W0292438

Pierre Bertaux · Friedrich Hölderlin

Pierre Bertaux

FRIEDRICH HÖLDERLIN

Aufbau-Verlag

Bertaux, Pierre:
Friedrich Hölderlin. – 1. Aufl.
Berlin; Weimar: Aufbau-Verlag 1987. – 725 S.

1. Auflage 1987
Aufbau-Verlag Berlin und Weimar
Ausgabe für die Deutsche Demokratische Republik
und für die sozialistischen Länder mit
Genehmigung des Suhrkamp Verlages Frankfurt am Main
© Suhrkamp Verlag Frankfurt am Main 1978
Gesamtgestaltung Hartmut Lindemann
Lichtsatz Karl-Marx-Werk, Graphischer Großbetrieb, Pößneck V 15/30
Druck und Binden Offizin Andersen Nexö, Graphischer Großbetrieb, Leipzig III/18/38
Printed in the German Democratic Republic
Lizenznummer 301. 120/224/87
Bestellnummer 613 499 5
01980

ISBN 3-351-00591-1

Meinen deutschen Freunden

im Namen Hölderlins!

Einleitung

Bis jetzt ist das überlieferte Bild Hölderlins davon geprägt worden, daß er angeblich die zweite Hälfte seines langen Lebens (er starb mit dreiundsiebzig Jahren) in sogenannter geistiger Umnachtung verbracht habe. Damit wird, wenn auch schonend, unmißverständlich darauf hingewiesen, daß er mit zweiunddreißig Jahren geisteskrank wurde und in Wahnsinn versank.

Wohl tut heute der Ruf eines »Umnachteten« der gebührenden Bewunderung und Verehrung, die dem Dichter gezollt wird, keineswegs Abbruch; im Gegenteil, er fördert sie vielleicht. Auch mich hat dieser Ruf nicht davon abgebracht, mich mit Hölderlin, mit seinem Werk und mit seiner Lebensgeschichte seit nun mehr als fünfzig Jahren zu befassen und dabei, wie ich glaube, immer neue, reichere und tiefer eindringende Einsichten zu gewinnen.

Auch bin ich damit noch lange nicht fertig. Hölderlin fordert einen immer wieder auf, ihn von einer bis jetzt kaum oder überhaupt nicht beachteten Seite zu erfassen. Hat er es nicht selbst gesagt und der Diotima in den Mund gelegt: »Du sagtest mir einmal, Hyperion: es sei Entwürdigung, vor irgend einem Menschen zu sagen, man hab' ihn ganz begriffen, hab' ihn weg.«[1]

Wer könnte sich anmaßen zu sagen, er habe den Hölderlin »weg«?

Schon damals, vor vierzig, fünfzig Jahren, störte mich die geläufige Vorstellung, die Einmaligkeit von Hölderlins Dichtung lasse sich mit einer pathologischen Veranlagung in Verbindung bringen – wenn nicht gar durch sie erklären –, die sich anfangs in der Genialität Hölderlins manifestiert, sich im Laufe der Jahre aber als ausgesprochene Geistesgestörtheit entpuppt hätte. Doch wie hätte ich damals den Konsens der gesamten Hölderlin-Forschung in Frage stellen und herausfordern können? Ich dachte nicht daran.

Als ich nach dem zweiten Weltkrieg von neuem zu Hölderlin griff, empfand ich stärker als zuvor die menschliche Nähe des Menschen Hölderlin: seine Gegenwart, seine Aktualität.

Einigen von uns war die Person Hölderlins, wie sie sich in seinen Schriften ausdrückt, genauso bedeutend, ja vielleicht be-

deutender noch als seine Dichtung, seine reine und unübertreffliche poetische Leistung. Unsere Briefe zeichneten wir »i. N. H.«, im Namen Hölderlins. »Im Namen Hölderlins« und unter dem Zeichen des Mannes Hölderlin entstanden Freundschaften.
Unter Fremden, die einander aus Zufall begegneten, konnte es vorkommen, daß irgendein Ausspruch Hölderlins als Erkennungszeichen diente, selbst ohne daß sein Name genannt zu werden brauchte. Am Ton erkannte man gleich: »Hölderlin!«
Am Tönen des »untrügbaren Krystalls« ist ein Vers, ein Wort Hölderlins[2] sofort zu erkennen, auch wenn man es vorher nicht kannte. Es kommt einem das Vermächtnis des scheidenden Empedokles an die Agrigentiner, aber darüber hinaus das Vermächtnis Hölderlins an uns, die Söhne Hesperiens, ins Gedächtnis: wenn ihr »am schönen Tage« eure Feste feiert,

> Dann wehet wohl ein Ton von mir im Liede,
> Des Freundes Wort […]
> vernimmt ihr liebend wieder […]
> Und ihr gedenket meiner.[3]

Mir wurde es immer unmöglicher, die Dichtung Hölderlins von der Person Friedrich Hölderlin zu trennen und sie als ein Abgesondertes zu behandeln. Schließlich enthalten seine Schriften nur das, was er als für ihn von Bedeutung vermitteln, nur das, was er als »Gut« hinüberretten wollte. Es gehört zum Verständnis Hölderlins, daß – wie bei jedem Gespräch – sein Wort als Ausdruck seiner Person vernommen werde: Wer spricht da?
Aber auch diese Person, so originell sie sei, ließ sich nicht als ein vom erlittenen Schicksal Getrenntes oder Trennbares erfassen.
Es störte mich, daß dieser Mann als Geisteskranker galt: Sollte er denn, wie er es von Rousseau sagte, »ein Ärgernis den Seinen« sein und immerfort bleiben? Bei uns, den sich selbst »gesund« Wähnenden, entstehen leicht eine gewisse Überheblichkeit und Selbstsicherheit dem »Kranken«, »Umnachteten« gegenüber, die gewiß nicht helfen, ihn zu verstehen.
Allmählich – zuerst ganz leise, aber dann immer lauter –

stellte sich für mich die Frage: Ist Hölderlin denn wirklich geisteskrank gewesen? Ist der »Fall Hölderlin«, wie es einhellig heißt, ein pathologischer Fall? Ist ihm als einem solchen beizukommen?

Verlangte eine gerechte Würdigung Hölderlins nicht, daß man sich mit dem Problem seiner »Umnachtung« einmal ernsthaft und unvoreingenommen befasse, was anscheinend bis jetzt versäumt worden war? Sollte man nicht versuchen, Werk, Person und Schicksal in einem, als Ganzes, zu erfassen?

Wenn man aber mit der simplen These, Hölderlin sei geisteskrank gewesen oder geworden, einmal abgerechnet haben werde – was dann? Eröffneten sich da nicht vielleicht neue Perspektiven, neue Aufgaben, reicher und weiter tragende Ansichten? Und wenn, dann welche?

Nachdem die Dokumente zum Fall Hölderlin (als psychiatrischer Fall verstanden) einmal gesammelt und geprüft worden wären und sich vielleicht daraus ergäbe, Hölderlin sei keineswegs krank – zumindest nicht geisteskrank im populären Sinn des Wortes – gewesen, wäre es dann nicht erforderlich, eine Alternative zu bieten und eine psychologische Interpretation des Falls zu versuchen?

Das hier vorliegende Unternehmen erhebt keineswegs den Anspruch, über Hölderlin auch nur annähernd das letzte Wort gesprochen zu haben. Es sollte zu einer Erneuerung des Hölderlin-Bildes beitragen und als Ermunterung zu weiteren, die eigene überholenden Forschungen dienen.

Früher, zur Zeit der Karawanen, gab es in der islamischen Welt eine schöne Sitte: Pilger, die nach Mekka wallfahrteten, hoben Steine am Straßenrand auf, trugen sie eine Weile mit und legten sie wieder hin; andere Pilger taten dasselbe, brachten die Steine ebenfalls ein Stück weiter, so daß auch die Steine nach Mekka pilgerten. Einen solchen Stein habe ich vielleicht ein paar Schritte weiter getragen.

Sehr einfach und in wenigen Worten zusammengefaßt, läßt sich die hier von mir vertretene These folgendermaßen formulieren: Hölderlin war nicht geisteskrank.
Allgemein, ja einstimmig wird der Dichter Friedrich Hölderlin für einen Geisteskranken gehalten. Die Psychiater sagen, er sei schizophren gewesen.
Nur über zwei Punkte gehen die Meinungen auseinander: w a n n diese seine Krankheit eingesetzt haben soll, ob schon früher oder erst später, und w i e sie sich in seinen Schriften manifestiert. Sonst sind sich alle einig: Hölderlin war ein Geisteskranker. Ein Psychopath.
Ich dagegen bin heute der Meinung: Die pathologische Interpretation von Hölderlins Geistesverfassung – von seiner, wie man sich schonend ausdrückt, »geistigen Umnachtung« – ist nichts anderes als eine romantische, heute wissenschaftlich überholte Legende, die allzu lange ihr Unwesen getrieben hat und mit der es jetzt abzurechnen gilt.

Wohl gibt es einen »Fall Hölderlin«. Ich will keineswegs sagen, Hölderlin sei ein »normaler« Mensch gewesen, ein Mensch wie alle anderen. Es war sowieso nicht »normal«, so zu dichten wie er und wie es seit Pindar nicht mehr getan worden war.
Ich meine, daß wir es bei Hölderlin mit einem rein psychologischen Fall zu tun haben, dem mit groben, zweifelhaften, der Pathologie entlehnten Begriffen nicht beizukommen ist.

Eine Revision des »Falles Hölderlin« ist heute, und schon längst, fällig. Ich erhebe keineswegs den Anspruch, den Fall restlos geklärt zu haben. Ich wäre schon zufrieden, wenn ich seine Revision in die Wege geleitet hätte – eine Revision, der die Kräfte eines einzelnen Forschers nicht gewachsen sind – und wenn ich meinem Leser Elemente zur Verfügung gestellt hätte, die ihm erlaubten, sich eine wenn auch vorläufige, doch auf Dokumentation und Kritik fußende eigene Meinung zu bilden.

Einem damit verbundenen Problem bin ich sorgfältig aus dem Wege gegangen: Wie ist es denn möglich gewesen, daß man Hölderlin so lange für einen Geisteskranken gehalten hat? Das ist ein weitläufiges Thema, das ich zunächst auf sich beruhen lassen will.
Nicht etwa, daß ich ihm ein für allemal ausweichen will: Ich bin der Überzeugung, daß es sich hier um ein sehr aktuelles, ja brennendes Thema handelt, das uns alle dringend angeht. Daß Menschen, die aus der Norm herausfallen – aus der ethischen, der sexuellen, der politischen und nicht zuletzt der psychologischen Norm herausfallen –, aus der Gemeinschaft der sich für die Norm haltenden Menschen ausgeschlossen werden, daß sie als »Geisteskranke« abgestempelt und als solche beseitigt werden, davon hören wir jeden Tag.
In allen bisherigen Erklärungen der Menschen- und Bürgerrechte fehlt mir die Proklamation des e i n e n Rechts: des Rechts des Andersgearteten auf respektierende Anerkennung seiner Eigenart. Auch darum ist es mir hier implicite und auf jeder Seite zu tun. Ich hoffe, daß der Bezug auf Aktualität unmißverständlich ist.

Als Geisteskranker ist Hölderlin zuerst namhaft geworden. Heute noch verdankt er diesem Ruf den größten – ich sage nicht den besten – Teil seiner Berühmtheit. Man braucht nur die Menschen um sich zu fragen, um sich davon zu überzeugen.

Erste Rundfrage, in einem breiteren Kreis:

Frage: »Hölderlin – ist Ihnen der Name bekannt? Haben Sie ihn schon gehört oder gelesen?«

Antwort (im besten Fall)*:* »Ja, ich kenne den Namen.«

Frage: »Was wissen Sie von ihm?«

Antwort: »Ein deutscher Dichter.«

Frage: »Richtig, ganz richtig. Und was wissen Sie noch von ihm?«

Antwort (in der Terminologie variabel)*:* »Ein Irrer«, »ein Spinner«, »eine Schraube los« …

So viel wissen die Leute, die den Namen Hölderlin kennen, doch nicht viel mehr als das: ein deutscher Dichter, der geisteskrank war.

Zweite Rundfrage, diesmal in einem engeren und gebildeteren Kreis:

Frage: »Sie kennen den Namen des deutschen Dichters Friedrich Hölderlin. Haben sie etwas von ihm gelesen? Wenn, dann wieviel und was?«

Antwort (in den günstigsten Fällen)*:* »Ja, in der Schule haben wir was von ihm gelesen, ein Gedicht oder zwei. Ich kann mich nicht recht erinnern. Man kann auch nicht alles behalten.«

Frage: »Was können Sie von Hölderlin sagen?«

Antwort: »Daß er in geistige Umnachtung versank.«

Frage: »Will das sagen, daß er geisteskrank, wahnsinnig war?«

Antwort: »Ja.«

Frage: »Warum haben Sie nicht mehr als die paar Gedichte gelesen?«

Antwort: »Ach, wissen Sie, Gedichte Hölderlins kann man sowieso nicht verstehen.«

Frage: »Hat das mit seiner Umnachtung zu tun?«

Antwort (wenn aufrichtig)*:* »Ich, mit meinem gesunden Menschenverstand, bin einfach nicht in der Lage, die Hirngespinste eines kranken Poeten nachzuvollziehen, und ...«

Frage: »Und?«

Antwort: »... und ich sehe auch nicht recht, was ich von der Mühe haben sollte. Es lohnt sich doch nicht.«

Dritte Rundfrage, diesmal bei deutschen Studenten der Germanistik:

Frage: »Sie sagen, Hölderlin sei geisteskrank gewesen. Woher wissen Sie das?«

Antwort: »Wie meinen Sie das? Wie können Sie so fragen? Das weiß doch jeder, daß Hölderlin geisteskrank war.«

Frage: »Wer w e i ß es? Wer kann sagen, er w i s s e es? Woher das angebliche Wissen, und worauf beruht die Behauptung?«

Antwort: »Ich verstehe nicht, wie Sie das fragen können. Alle sagen es, auch die Leute vom Fach. Die werden es wohl wissen. Es wird schon stimmen.«

Für die Echtheit der Fragen und der Antworten bürge ich. Nachprüfbar entsprechen die Antworten der allgemeinverbreiteten Meinung über Hölderlin in gebildeten, ja selbst in gebildeteren Kreisen. Wie könnte es auch anders sein, wenn man in den verschiedenen Enzyklopädien und Konversationslexiken, wo man auf Prägnanz angewiesen ist, etwa folgendes liest:

Hölderlin, Friedrich, Dichter. Geb. Lauffen a. Neckar 20. 3. 1770, gest. Tübingen 7. 6. 1843. Seit 1788 im Tübinger Stift, 1793 bis 1794 Hauslehrer bei Charlotte von Kalb, 1796 bei dem Bankier Gontard in Frankfurt a. M., dessen Gattin Susette (»Diotima«) er schwärmerisch verehrte. Kehrte 1802 von Bordeaux, wo er wieder Hauslehrer war, geisteskrank zurück. Lebte zuletzt, geistig umnachtet, im Haus eines Tübinger Tischlers. H. feierte in seiner Lyrik die Welt der alten Griechen ... [usw.] H. schrieb ferner den Briefroman *Hyperion* ... [usw.] Übersetzungen von Pindar und Sophokles ... [usw.]

Kann man da staunen, wenn für das Publikum das Hauptmerkmal des Dichters Hölderlin seine »geistige Umnachtung« ist?
Die Tatsache, daß »alle« dasselbe sagen, genügt, damit »alle« weiter daran glauben und es auch weiter verbreiten. So haben auch zur Zeit von Kopernikus und Galilei »alle« gesagt, die Sonne drehe sich um die Erde und nicht umgekehrt; auch wurde ihre Überzeugung dadurch bekräftigt, daß es »evident« und jeden Tag festzustellen war, daß es so ist und nicht anders herum. Nur Querköpfe können das Gegenteil von dem behaupten, was »alle« sagen. Ich traue mich kaum, in diesem Zusammenhang das Wort eines anderen berühmten Querkopfes zu zitieren. Nietzsche sagte: »Daß alle Welt das glaubt, ist bereits ein Einwand dagegen.«[4] Ich höre schon, was man mir entgegnen wird und in der Tat schon einmal entgegnete: »Nietzsche? Haha, Nietzsche! auch er ein Geisteskranker!« Bei Gelegenheit eines wissenschaftlichen Kolloquiums, an dem Psychiater beteiligt waren und das in einer psychiatrischen Anstalt gehalten wurde, hatte ich meine eingehende Beschäftigung mit Hölderlin, aber auch mit Nietzsche erwähnt. Beim Nennen Nietzsches hörte ich in der Runde ein leises »Haha!« – wie das Lechzen nach Blut eines Rudels von hungrigen Wölfen spürte ich um mich das wachgewordene Interesse der Psychiater für meinen eigenen Fall: »Haha, Nietzsche!« Es überlief mich kalt, ich sprach kein Wort mehr, bis ich auf der Straße war. Unter Umständen ist es nicht ganz un-

gefährlich, sich mit solchen Dingen abzugeben: Im Nu wird man zum Objekt.

Man wird meiner Bemühung um die Revision des »Falles Hölderlin« entgegnen können, dies ändere an dem Verständnis, das man dem Werk des Dichters entgegenbringt, überhaupt nichts. Da bin ich einverstanden, insofern es Hölderlin-Forscher sind, die sich mit dem Werk beschäftigen: die sind geimpft. Aber das Publikum? Wir sind wohl heute so weit, daß Hölderlins Dichtung, ja selbst die Gedichte der späten Zeit als dichterisch vollwertig anerkannt werden. Doch was die Rezeption Hölderlins in weiteren Kreisen betrifft, habe ich mehrmals feststellen müssen, daß der Ruf Hölderlins als eines »Umnachteten« ihr nicht förderlich ist: Das Leben ist kurz, sehr kurz, und man hat wenig Zeit und Lust, sich mit den Produkten eines kranken Geistes abzugeben. Es ist nicht ausgeschlossen, daß ein besseres Verständnis des psychologischen Falles Hölderlin eines Tages einem geänderten, eingehenderen und breiteren Verständnis seines Werkes die Bahn bricht.

Es ist ein gewagtes Unternehmen, ich weiß es, zu behaupten, Hölderlin sei nicht geisteskrank gewesen. Gegen den allgemeinen Konsens, wie wenig begründet er auch sein mag, ist nicht leicht anzukommen. Eine besondere Schwierigkeit meiner Aufgabe besteht darin, daß ich mich taktisch in einer ungünstigen Situation befinde.

Wenn ich behaupte, Hölderlin sei (höchstwahrscheinlich) nicht geisteskrank gewesen, kommt gleich der Gegenangriff: »Und wo sind die Beweise für ihre Behauptung?« Ich bin es, der aufgefordert wird, Beweise zu erbringen.

Das ist aber ein Kampf mit verkehrten Fronten. Es ist nämlich ein juristisches Prinzip, daß die Anklage, und nicht die Verteidigung, beweispflichtig ist. Nicht der Anwalt des Angeklagten hat die Beweise der Unschuld seines Mandanten zu liefern; wenn er es kann, um so besser, aber dazu ist er nicht verpflichtet. Die Anklage – der Staatsanwalt – muß die Schuld des Angeklagten beweisen.

Hier stehen wir vor einem ähnlichen Fall: Nicht ich, gleichsam als Anwalt in der Causa Hölderlin fungierend und bemüht, ihn gegen die Beschuldigung abzuschirmen, er sei gei-

steskrank gewesen, sollte verpflichtet sein, meine These durch Beweise zu bekräftigen. Es sollte umgekehrt sein; ich sollte fragen (und ich tue es auch, aber wer wird antworten?): »Sie, die behaupten, Hölderlin sei wahnsinnig gewesen – wo sind Ihre Beweisstücke?«
Nicht ich hätte Hölderlins Geistesgesundheit – nein, die andere Partei hätte seine Geisteskrankheit zu beweisen.
So ist es in Kriminalsachen; so sollte es im »Fall Hölderlin« sein, und dies um so mehr, als es nie eine ganz sichere Sache ist, die Geistesgesundheit von irgend jemandem – und sei es die eigene – nachzuweisen. Es ist bekannt, daß es vor psychiatrischen Experten nicht leicht gelingt, sich als geistig gesund zu erweisen. Wer ist da nicht suspekt? Der berühmte Psychiater Thomas Szasz schreibt:

> In meiner über zwanzigjährigen psychiatrischen Tätigkeit ist mir kein einziger Fall bekannt geworden, daß ein klinischer Psychologe auf Grund eines projektiven Tests eine Untersuchungsperson als »normal« und »geistig-seelisch gesund« bezeichnet hätte.[5]

Die autoritativen Äußerungen, Hölderlin sei geisteskrank gewesen, fallen unter drei Rubriken:
- die Meinung derer, die Hölderlin gekannt haben;
- die Meinung der Psychiater;
- die Meinung der Hölderlin-Forscher.

(Interpretationen, die in Hölderlins dichterischem Werk nichts anderes als Symptome einer Geisteskrankheit sehen, spielen heute wohl keine Rolle mehr; daher werde ich nur gelegentlich im historischen Rückblick auf sie eingehen.)

1. Die Meinung der Zeitgenossen

Die Zeugnisse der Zeitgenossen werden im dokumentarischen Teil der Krankheitsgeschichte unter die Lupe genommen. Diesen Zeugnissen ist zunächst zu entnehmen, Hölderlin sei im Sommer 1802 als Geisteskranker aus Frankreich zurückgekehrt. Als es 1806 mit ihm schlimmer wurde, mußte er in die Irrenanstalt von Dr. Autenrieth in Tübingen eingeliefert werden. Doch frommte die ihm da zuteil gewordene Behandlung wenig. Da sein Zustand nicht gefährlich war, fand Hölderlin

Aufnahme bei einem braven Tischlermeister, der am Ufer des Neckar wohnte. Er verbrachte dort die zweite Hälfte seines Lebens, volle fünfunddreißig Jahre, in »geistiger Umnachtung«. Die erste Person, die Friedrich Hölderlin gleich nach seiner Rückkehr aus Frankreich für geisteskrank hielt, war seine eigene Mutter. Sein Halbbruder Karl Gok scheint ihre Meinung geteilt zu haben. Hölderlins nächster Freund, Isaak von Sinclair, war, nachdem er eine Zeitlang an der Echtheit von Hölderlins Geisteskrankheit gezweifelt hatte, 1806 wohl derjenige, der seine Aufnahme in das Autenriethsche Klinikum erwirkte. Hölderlins Jugendfreund Schelling, der ihn 1803 ein einziges Mal gesehen hatte, beschrieb nach dem Besuch in einem Brief an den gemeinsamen Freund Hegel den zerrütteten Geisteszustand Hölderlins.
Nach dem siebenmonatigen Aufenthalt (1806–1807) in der Tübinger Irrenanstalt galt Hölderlin allgemein als krank. Als »der in geistiger Umnachtung« lebende Dichter wurde er bekannt, ja berühmt, als solcher besucht und mit Gefälligkeit dargestellt.
Auffälligerweise haben sich unter Hölderlins Zeitgenossen gerade die Ärzte – darunter Psychiater –, die Gelegenheit hatten, mit Hölderlin in Kontakt zu kommen, in ihren Äußerungen über Hölderlins »Krankheit« am zurückhaltendsten gezeigt.
Es ist jedoch nicht zu leugnen, daß seine Zeitgenossen Hölderlin für geisteskrank, für wahnsinnig gehalten haben.

2. Die psychiatrische Ansicht

Bis zum heutigen Tag ist ein einziges Mal der Versuch gemacht worden, den psychiatrischen Fall Hölderlin wissenschaftlich zu untersuchen. 1908 veröffentlichte Dr. Wilhelm Lange aus Tübingen ein Buch mit dem Titel *Hölderlin. Eine Pathographie.*
Als ich vor fünfzig Jahren das Buch zuerst in die Hand bekam, ärgerte ich mich über sein Unverständnis gegenüber dem Dichterischen am Werk Hölderlins. Heute erscheint mir dieses Buch – als Dokument einer gewissen Einstellung verstanden – ungemein wichtig. Es zeigt nämlich in aller Deut-

lichkeit die Ursachen des Unverständnisses, dem der Fall Hölderlin bis in die ersten Jahrzehnte unseres Jahrhunderts begegnete, bis Lyriker – Stefan George, Rilke, Hofmannsthal – der lyrischen Dichtung im allgemeinen und insbesondere der Lyrik Hölderlins ein besseres Verständnis entgegenbrachten und eine neue Rezeption seiner Dichtung in die Wege leiteten.
Ihr Zeitgenosse Dr. med. Wilhelm Lange hatte von ihnen wahrscheinlich nicht gehört. Von Literatur (als Belletristik verstanden), die er wohl seinem Sprachgebrauch gemäß als »Dichtung« bezeichnete, hatte er kaum eine Ahnung; von Poesie überhaupt keine. Ihm wird Schillers *Glocke*, im Gymnasium auswendig gelernt, das A und O der deutschen Lyrik gewesen sein.
Der Arzt Wilhelm Lange war Leiter der Psychiatrischen Universitätsklinik in Tübingen. Er war ein wissenschaftlich gebildeter Bürger der wilhelminischen Zeit: in der Arbeit methodisch, akkurat und anständig; gescheit und gut schreibend. Im Falle Hölderlin war er unvoreingenommen:

Die Hölderlin-Literatur war mir, wie auch die meisten Werke des Dichters, gänzlich unbekannt.

Als Psychiater in Tübingen kam er auf den an sich guten Einfall, den in der lokalen Tradition immer noch lebendigen Fall eines berühmten Tübinger Bürgers namens Hölderlin psychiatrisch zu untersuchen. Er brachte die damals verfügbaren Lebensdokumente mehr oder weniger zusammen, bearbeitete sie mit der Hilfe des Hölderlin-Herausgebers Zinkernagel und versuchte, den Fall als Mediziner zu diagnostizieren. Als erster und bis jetzt einziger machte er den Versuch, eine Krankheitsgeschichte Hölderlins zu rekonstruieren.
Sowohl sein Versuch als auch die Ursachen seines Scheiterns sind lehrreich.
Er kann nicht dafür verantwortlich gemacht werden, daß die Lebensdokumente, die ihm zur Verfügung standen, spärlich waren. Damals gab es die Hellingrath-Ausgabe noch nicht, die erst nach dem ersten Weltkrieg erschien – geschweige denn die Große Stuttgarter Ausgabe und ihre das Thema praktisch erschöpfende Materialiensammlung. Auch war ihm eine kritische Prüfung der Dokumente auf ihren Aussagewert

hin kaum möglich. Doch auch wenn Dr. Lange über die heutigen Mittel verfügt hätte, wäre sein Urteil nicht anders ausgefallen.
Die eigentliche Ursache seines Scheiterns liegt nämlich darin, daß er von der Voraussetzung ausging, Hölderlin sei geisteskrank gewesen; seine Fragen bezogen sich nur auf die Form von Hölderlins Krankheit. Warum hätte er auch die allgemein akzeptierte Überlieferung in Frage stellen sollen? Nicht erst als Arzt, sondern schon als Tübinger Bürger wußte er doch, was jeder wußte: daß Hölderlin fünfunddreißig Jahre lang als Geisteskranker im Turm am Neckar gelebt hat. Es hätte ein außergewöhnliches Maß von Unvoreingenommenheit und ungeheurer Mut dazu gehört, ausgerechnet in Tübingen die vox populi in Frage zu stellen und herauszufordern. Und dazu hatte Dr. Lange nicht den geringsten Anlaß. Es ist mir auch nicht bekannt, daß ein Psychiater je gesagt hätte: »Der Mann, den Sie für krank halten, ist ganz gesund.« Vielleicht gibt es das, aber wo und wann?
Eine nicht minder wichtige Ursache für das Scheitern von Dr. Langes Unternehmen ist seine Identifizierung des Poetischen am Werk Hölderlins mit dem »Kranken« an seiner Psyche. Hölderlin sei nicht »Dichter und krank« gewesen, sondern Dichter, insofern er krank, oder, wenn man will, krank, insofern er Dichter war. Von der »poëtischen Verfahrungsweise«, der »poëtischen Reflexion«, von dem »poëtischen Geschäfft« als Vehikel des »poëtischen Geistes«[6] hatte Dr. Lange nicht die leiseste Ahnung. Er stellte sich vor, daß ein Dichter sich an seinen Tisch setzt und ein Gedicht Zeile nach Zeile so hinschreibt, wie Dr. Lange selbst eine Seite Prosa verfaßt. Hätte Dr. Lange Hölderlins Abhandlung *Über die Verfahrungsweise des poetischen Geistes* (Titel nicht von Hölderlin!) gekannt, die erst ein paar Jahre später zum erstenmal gedruckt wurde und welcher die eben erwähnten Ausdrücke entnommen sind, so hätte er den Aufsatz gewiß als »krank« bezeichnet und darin ein unmißverständliches Symptom der dementia praecox erblickt. Dr. Lange:

Ursprünglich hatte ich die Darstellung der Krankheitsgeschichte und die der Werke von einander getrennt. Dies bot den Vorteil, daß sich die Werke im Zusammenhange fortlaufend überschauen ließen;

doch waren Wiederholungen unvermeidbar. Jetzt ist die Besprechung der Werke in die Krankheitsgeschichte eingestreut worden.[7]

Langes erster Ansatz – die Beurteilung der Lebensdokumente von der psychiatrischen Bewertung des Werkes getrennt zu behandeln – wäre der einzig richtige, der wissenschaftliche, gewesen. Heute werden die Schriften eines Dichters nicht mehr als Symptome seines Wahnsinns bewertet – man denke z. B. an Antonin Artaud. Warum hat Dr. Lange nicht an seinem ursprünglichen richtigen Ansatz festgehalten?
Er entschuldigt sich mit der fadenscheinigen Begründung, daß dann »Wiederholungen unvermeidbar« gewesen wären. Um Schönheitsfehler in einem wissenschaftlich angelegten Werk zu vermeiden, sich unwissenschaftlich verhalten? Daran glaube ich nicht. Nicht bei Dr. Lange, dessen wissenschaftlicher Anspruch ernst gemeint ist. Es gehört dazu, daß man in einem solchen Werk dieselbe Tatsache, denselben Text mehrfach erwähnt oder zitiert – wie es hier der Fall sein wird –, wenn es in verschiedenen Zusammenhängen am Platz ist.
Nein, der Grund zur Änderung des früheren Plans von Dr. Lange ist ein anderer gewesen: Er k o n n t e die Bewertung des Werkes nicht gesondert behandeln, weil er gerade im Werke, hauptsächlich im Werke, fast nur im Werke, die Symptome von Hölderlins Erkrankung zu erkennen meinte. Wo sind denn sonst pathologische Symptome an Hölderlin zu erfassen – abgesehen davon, daß er eine Zeitlang in einem Irrenhaus »behandelt« wurde, was – wie wir heute wissen – noch lange nichts über den Geisteszustand des »Behandelten« besagt.
So versucht Dr. Lange, Hölderlins »Krankheit« mit Hilfe einer graphologischen Analyse zu bekräftigen. Er gibt einige Proben von Hölderlins Handschrift aus verschiedenen Zeiten im Faksimile wieder und teilt sehr anständigerweise das negative Ergebnis seiner Untersuchung mit:

Als wir darangingen, den Beginn von Hölderlins Geisteskrankheit festzustellen, hofften wir, gerade aus der Handschrift viel dafür zu gewinnen. Diese Hoffnung hat getrogen. Bei manchen katatonischen Kranken ändern sich mit dem Einsetzen der motorischen Störungen auch sogleich die Schriftzüge. Nicht so bei Hölderlin. Seine Handschrift, in gesunden Tagen eine sehr klare und harmonische, bleibt in manchen Schriftstücken, auch aus der Zeit der Geisteskrankheit, eine durchaus normale: auf anderen Blättern wieder trägt sie dann offenkundig den Stempel der Krankheit. So wechselt sie beständig, und in diesem Hin und Her hat sich der genaue Zeitpunkt des Krankheitsbeginns nicht festsetzen lassen.[8]

In der Schrift der zwischen 1807 und 1828 an die Mutter gerichteten Briefe meint Dr. Lange Zeichen der Geisteskrankheit aufzudecken. Da

weicht zwar die Schrift in Vielem ab von Hölderlins Hand aus gesunder Zeit, aber man ist doch überrascht, in wie geringem Grade. Die Richtung der Grundstriche wechselt häufig, die Buchstaben sind im einzelnen plumper und einfacher geworden, der Druck ist stärker, besonders immer gegen das Ende des Briefes zu. Vieles ist nur noch ganz flüchtig hingeworfen, als ob der Kranke selbst gefühlt hätte, daß er bald nicht mehr weiter schreiben könne. Und doch kann man sich des Eindrucks nicht erwehren, daß hier noch eine gewisse Intelligenz ausgeprägt ist, zum mindesten eine einst vorhanden gewesene Bildung, die jetzt formelhaft geworden.[9]

Wir werden später sehen, unter welchem Druck die kurzen Briefe an die Mutter in dieser Zeit geschrieben wurden, nämlich als Erledigung einer peinlichen, vom guten Zimmer auferlegten Verpflichtung. Das flüchtige Hinwerfen der Schriftzeichen gegen Ende eines Briefes ist wohl weniger als Zeichen der Ermüdung denn als Zeichen des Verdrusses und des Unmuts zu deuten. Der Schreibende will so bald wie möglich mit seinem Pensum fertig werden, er will die Sache erledigen. Dr. Lange geht davon aus, daß Hölderlin seine Mutter – wie es sich doch gehört – über alles liebte. Er weiß nicht und kann nicht wissen, daß gerade an diesem Punkt der Kern des psychologischen Problems begraben liegt und daß die gezwungenen Schriftzüge, die Dr. Lange als solche richtig erkannt hat, einen Grund haben, der mit Geisteserkrankung nichts zu tun hat.

Wilhelm Lange muß es einsehen: Hölderlins Schrift bietet keinen Anhaltspunkt, um den Ausbruch der angeblichen Krankheit festzustellen. Seine Schrift ist bis ins hohe Alter, bis ein paar Wochen vor dem Tode, sehr schön und regelmäßig geblieben – nur dann nicht, wenn er sich zwang, der Mutter zu schreiben! Man betrachte z. B. in der Stuttgarter Aus-

gabe (Bd. 2, 2, nach der Seite 746) die Handschrift des Hymnenentwurfs *Der Einzige,* der nach den Begriffen Wilhelm Langes in die Zeit des Wahnsinns gehört und dessen Änderungen, auf demselben Blatt eingetragen, nach der Rückreise aus Frankreich vorgenommen wurden. Man betrachte ebenfalls in der Stuttgarter Ausgabe (Bd. 2, 2, nach der Seite 906) das Faksimile der Niederschrift eines der spätesten Gedichte, *Die Zufriedenheit,* das vielleicht gegen 1830, auf jeden Fall aber im Turm geschrieben wurde. Man betrachte an der Wand des Hölderlin-Turms das Faksimile seines letzten Gedichts, einige Monate vor seinem Tode, also mit über 70 Jahren, geschrieben. Nirgends ist das geringste Zeichen einer Zerfahrenheit, einer motorischen Störung, ja nicht einmal einer Beeinträchtigung des Sinnes für Schönheit der Züge nachzuweisen; und nicht einmal ein Zeichen von Senilität.
Daher sieht sich Dr. Lange gezwungen, um nicht bei einer rein negativen Feststellung zu bleiben, die Grenzen des im strikten Sinne Graphologischen zu überschreiten, indem er Pläne, Bruchstücke, ja auf ein Blatt vielleicht im Stehen flüchtig hingeworfene Keimworte mit fertigen, ins Reine geschriebenen Blättern vergleicht. Er läßt sich durch seine irrige Auffassung des Literarisch-Poetischen verleiten. Er glaubt, daß Gedichte genauso »geschrieben« werden wie eine Seite Prosa. Dies ist aber nicht der Fall. Der Dichter notiert dichterische Einfälle, wie sie gerade kommen; erst dann »komponiert« er daraus ein Gedicht.

Ein äußerst wichtiges Symptom, das auch zahlreiche Schriftstücke des kranken Hölderlin aufweisen, ist die katatonische Zerfahrenheit: abgebrochene, nicht zu Ende geführte Sätze – bald hier ein Wort, dort eins, ohne Zusammenhang – zahllose Änderungen, aber ohne ein Ergebnis, das sich noch sinnvoll entziffern ließe. Ein Beispiel dafür ist das Manuskript zu *Sapphos Schwanengesang.*[10]

Doch gerade so, und kaum anders, verfährt der geborene Lyriker. Genauso, wie es Dr. Lange hier beschreibt, verfuhr Saint-John Perse, der sich – wie Hölderlin – auf Pindar berief: er warf Wortgruppen auf ein Blatt Papier ordnungslos hin; erst dann verarbeitete er die Einfälle zum Gedicht. Beim Ansehen seiner Manuskripte hätte Dr. Lange ebenfalls auf schwere dementia praecox catatonica geschlossen.

Um den Ausbruch der Geisteskrankheit zu bestimmen, wendet sich Dr. Lange an die Dichtung selbst. Nur in ihr findet er die Anzeichen davon, aber dann reichlich.
Wenn Hölderlin einen Gedichtentwurf nicht ausführt, ist das für Dr. Lange ein unmißverständliches Zeichen von pathologischer Psychasthenie: was ein geistig gesunder Mensch unternimmt, sollte er doch auch fertigbekommen. Wenn nicht, dann ist er eben »geisteskrank«.

Die beginnende Zerfahrenheit zeigt schon eines der ersten kranken Gedichte, das *An Landauer* aus dem Mai 1801. Man sieht, wie mühsam hier der Dichter mit der Form gerungen hat, wie schwer es ihm geworden ist, über seine eigenen Vorstellungen Herr zu werden. [...] Die Schlußzeilen sind nicht zu entziffern; in den verschiedenen Ausgaben ist der Text auch nicht zu Ende geführt. Offenbar haben hier der Mangel an Konzentrationsfähigkeit, schwerste Ermüdung und planloses Träumen dem Dichter die Feder aus der Hand genommen. Auch erhält die Schrift (bei derselben Tinte) einen steiferen, gezwungeneren und plumperen Karakter.[11]

Bei der Beurteilung des Gedichtes, dem die Herausgeber den Titel *An Landauer* gegeben haben, sollte man indes die Entstehungsumstände berücksichtigen, sie zumindest kennen. Hölderlin war damals bei Landauer zu Gast und fühlte sich dort wohl und geborgen wie sonst nie. Er hatte sich die Aufgabe gestellt, für Landauers Geburtstag ein Lied zu komponieren, das »sicherlich nach einer bestehenden Melodie in geselliger Runde von den 31 Gästen gesungen« werden sollte.[12] Dabei verwendete er den von ihm schon lange nicht mehr gebrauchten Reim. Also ein Gelegenheitsgedicht – sicher kein Höhepunkt von Hölderlins Lyrik, doch kein schlechtes Lied für eine gesellige Runde. Hier eine Probe daraus:

Manch Leben ist, wie Licht und Nacht, verschieden,
In goldner Mitte wohnest du.

Wie dunkler Wein, erfreut auch ernster Sang;
Das Fest verhallt, und jedes gehet morgen
Auf schmaler Erde seinen Gang.[13]

Doch vielleicht meint Wilhelm Lange ein anderes, ebenfalls an Landauer gerichtetes, doch unvollendet gebliebenes Gedicht mit dem Titel *Der Gang aufs Land.* Dem sind aber, meine ich, keine sonderlichen Zeichen von poetischer Schwäche anzusehen; allerdings fällt ein für Hölderlin bedeutendes Wort:

Möge der Zimmermann vom Gipfel des Daches den Spruch thun,
Wir, so gut es gelang, haben das Unsre gethan.[14]

Am linken Rand des Entwurfs, quer geschrieben, sind zwei Zeilen zu lesen, die vielleicht erklären, warum das Gedicht unvollendet blieb:

Singen wollt ich leichteren Gesang, doch nimmer gelingt mirs,
Denn [es] machet mein Glük nimmer die Rede mir [leicht].

Hier ist es wirklich falsch am Platz, mit Dr. Lange von Ermüdung, von planlosem Träumen, von Mangel an Konzentrationsfähigkeit zu reden. Dr. Lange weiter:

Von anderen Gedichten [als *Sapphos Schwanengesang* und *An Landauer,* P.B.] der Übergangszeit, die mir in der Handschrift zur Verfügung gestanden haben (darunter *Der Wanderer* usw.), sind die Handschriften n i c h t k r a n k.

Von der Ode *Rousseau* sagt Lange: »zweifellos krank, Text nicht zu entwirren«. Allerdings liegt von dieser Ode keine Reinschrift vor; sie ist wohl nicht »ganz zur Vollendung gediehen«, aber Beißner hat, wie vor ihm Wilhelm Michel und Norbert von Hellingrath, das Manuskript sehr wohl entziffern können.[15] Übrigens ist Beißner der wohlbegründeten Meinung, das Gedicht sei von der älteren Forschung allgemein zu spät datiert worden und gehöre in die Zeit vor der Jahrhundertwende, also in eine Zeit, in der Hölderlins gesunder Geisteszustand keinem Zweifel unterliegt.
Soviel zur Übergangszeit. Doch ist für Dr. Lange

das erste wirklich kranke Gedicht, das wir finden, das in Hauptwyl entstandene *Unter den Alpen gesungen.* Schon diese Überschrift ist auffallend; mehr noch der Text. [...] Das Verschwommene des Ganzen fällt sofort in die Augen. Manirirt ist »liebste Vertrauteste«; gesucht erscheint mir auch das Versmaß des Gedichtes. Der Vergleich des Menschen mit dem Wilde, das zum Himmel staunt, ist wenig geschmackvoll. Vieles ist verworren, vieles trivial und leer: »aber es bleibet daheim gern, wer im treuen Busen Göttliches hält«.

Hier eine Probe des Gedichts, für mich ein Summum der Dichtkunst überhaupt:

> So mit den Himmlischen allein zu seyn, und
> Geht vorüber das Licht, und Strom und Wind, und
> Zeit eilt hin zum Ort, vor ihnen ein stetes
>   Auge zu haben,
>
> Seeliger weiß und wünsch' ich nichts [...][16]

Dr. Lange:

> Bei dem Gedicht *Der Rhein* fällt der Kompositionsmangel besonders auf, der Mangel an ordnender Übersicht und straffem Gedankengang. Planlos schweift die Einbildungskraft. [...]
> Als Ganzes betrachtet ist *Patmos* ein höchst unklares Phantasiestück: das verworrene Träumen eines Kranken schaut uns daraus entgegen. [...] Auch der Stoff an sich ist für Katatonische bezeichnend; denn mit der Apokalypse und ähnlichen religiösen Dingen pflegen sich diese Kranken häufig zu beschäftigen.[17]

Für Dr. Lange ist *Brod und Wein* entschieden und unrettbar »krank«:

> Petzoldt (1896) eifert dagegen, daß man das pathologische Moment bei Hölderlin zu schnell als Erklärung für unklare poetische Produkte herbeiziehe. [...] Petzoldts Versuch, *Brod und Wein* als geistesgesundes Gedicht voller Tiefsinn gleichsam zu retten, ist als mißglückt anzusehen. [...] Der Literarhistoriker wird gern über das Kranke hinwegsehen, dem Psychiater ist es unmöglich, das Auge davor zu verschließen. Auffallend sind die vielen substantivierten Adjektiva (oft abstrakt und im Neutrum), Infinitive und Partizipien: »ein Liebendes, ein Wehen, die Schwärmerische, die Erstaunenden, sein Liebstes«. [...] Die Wendung »wachend bleibend zur Nacht« ist inhaltlich trivial und der Syntax nach falsch; wahrscheinlich handelt es sich nur um ein gedankenloses hingeworfenes Füllsel. [...] Eines muß betont werden, daß das Gedicht als Ganzes betrachtet schlecht komponiert ist; die beginnende Assoziationsstörung macht sich in der mangelhaften Beherrschung und Bezwingung des Stoffes geltend. Die oft unklar und geschraubt ausgedrückten Gedanken stehen nur in einem lockeren Zusammenhang miteinander, und die wechselnden Gefühle wogen regellos auf und ab.

An dieser Stelle möchte ich daran erinnern, daß gerade die erste Strophe von *Brod und Wein* auf Clemens Brentano tief gewirkt hat und daß Hermann Hesse die Begegnung mit dieser Strophe als den Augenblick ansieht, »der ihn vielleicht zum Dichter hat werden lassen«.[18] Norbert von Hellingrath meint, dieses Gedicht »werde immer die beste Grundlage bleiben zum Eindringen in Hölderlins Gedankenwelt«[19].
Für die Faszination, die Hölderlin auf geistesverwandte Menschen (und nicht nur auf sie) ausübt, hat Dr. Lange eine Erklärung parat:

[Hölderlins Geisteskrankheit hat] die Blicke der Beurteiler im höchsten Grade fasziniert. [...] Immer und immer wieder sehen wir in den Urteilen über Hölderlin die Gedanken um dieses Problem des Wahnsinns spielen. Gewiß ist dies kein Zufall, und man kann sich des Gedankens nicht erwehren, daß Hölderlin nicht so berühmt geworden wäre ohne sein trauriges Schicksal; oder er hätte vielleicht ein wenig kalten Ruhm gewonnen, aber die lebendige Teilnahme, das Herz der Nachwelt hätte er nicht in so hohem Maße erworben. Woran liegt es nun, daß gerade die Geisteskrankheit Hölderlins dazu geholfen hat, seinen Namen weiter zu tragen, als es sonst der Fall gewesen wäre? [...] [Es] fällt ein Teil der Wirkung Hölderlins zusammen mit der Wirkung aller Geisteskranken auf die Menge überhaupt (der sie etwas Neues, Ungewohntes, Originelles, Geheimnisvolles, Rätselhaftes, Unbegreifliches bringt, das sie fasziniert). [...] Irrenärzte haben tagtäglich Gelegenheit, die anlockende Wirkung der Psychosen auf die Menge zu beobachten.[20]

Dem Dichter Hölderlin spricht Dr. Lange ein gewisses Talent nicht ab, er erkennt ihm sogar für die ersten Jahre seines Schaffens zumindest eine poetische Veranlagung zu, aber

bei manchen Menschen ist es [...] überhaupt erst das Psychotische gewesen, was den Begriff des Genies für sie geschaffen hat. Sonst wären sie stets »Talente« geblieben. [...] [Hölderlin] war ein echter Psychopath und hat als solcher seine Hauptwerke geschaffen; dann ist er nachträglich geisteskrank geworden. Mit seinen Leistungen als Dichter hat die Geisteskrankheit gar nichts zu tun.[21]

Daß Hölderlin vorerst ein Psychopath war, dann geisteskrank geworden ist, erklärt nach Dr. Lange zur Genüge die Faszination, die er auf »Geistesverwandte«, also ebenfalls Psychopa-

then (Clemens Brentano, Nietzsche, Hermann Hesse, Norbert von Hellingrath u. a. m.) ausübte, die sich mitreißen ließen und, der Kraft der Suggestion erliegend, eine »psychische Epidemie«, nämlich die Hölderlin-Bewunderung und -Verehrung, auslösten.
Doch zurück zu Dr. Langes Bewertung der Schriften als Symptome der d e m e n t i a p r a e c o x.

In *Andenken* ist die Ausdrucksweise oft seltsam und geschraubt, z. B.: »noch denket das mir wohl« anstatt »ich kann mich noch gut daran erinnern«. Öfters sinkt der Ton ins Burschikos-Platte, ins Prosaische und Nüchterne hinab: »Im Hofe aber wächst ein Feigenbaum.« Eng daran schließen sich billige Füllsel: »Thaten welche geschahen.« Manche Epitheta sind auffallend: »langsame Stege«. [...] Einige Sätze sind schwer verständlich, obwohl man ahnt, was der Dichter hat sagen wollen: »was bleibet aber stiften die Dichter.« Damit endet das Gedicht und beweist mit seinem zerfahrenen Schlusse, der viel schwächer ist als der Anfang, die erhöhte Ermüdbarkeit und die Aufmerksamkeitsstörung des Kranken.[22]

Daß Hölderlin in seinem Gedicht nicht wie ein in Dr. Langes Augen normaler Mensch »ich kann mich noch gut daran erinnern« geschrieben hat, wird vom Psychiater als untrügliches Zeichen der Geisteskrankheit bewertet.
An Hölderlins ab Winter 1801 entstandener Dichtung liest Dr. Lange folgende Symptome ab: langsame Abnahme der intellektuellen Fähigkeiten; Assoziationsschwäche; Mangel an Klarheit; eine gewisse Zerfahrenheit; Verlust des sicheren Schönheits- und Stilgefühls; Beginn der Sprachmanieren; Sinken des Interessenniveaus. Im Mai 1801: Sprachmanieren und Geschraubtheit stärker entwickelt. Die Werke von 1801 sind als Leistung sehr verschieden: die meisten bereits krank, teils im Stimmungsgehalt, teils (seit dem Frühjahr) auch mit deutlicher intellektueller Schwäche.
Der Versuch Hölderlins, eine theoretische Poetik zu begründen (die Theorie vom Wechsel der Töne), ist für Dr. Lange eine typisch katatonische Spielerei mit Stereotypen.

Die Übertragungen der beiden sophokleischen Tragödien [...] sind Werke eines Gehirns, das bereits schwer gelitten hat. Sie bilden eine reiche Fundgrube für das Studium der *dementia praecox.* [...] Auch die Anmerkungen tragen [...] deutlich die verzerrten Züge der Katatonie.[23]

Die Gedichte des Jahres 1804 (*Der Winter, Blödigkeit, Ganymed, Chiron, Sapphos Schwanengesang, Lebensalter, Der Winkel von Hart, Hälfte des Lebens*) tragen ohne Ausnahme den Stempel der Geisteskrankheit.[24]

Vielleicht hat man den Unterschied, den Dr. Lange zwischen Psychopathie und Geisteskrankheit macht, nicht gleich begriffen: er unterscheidet nämlich scharf zwischen zwei Zuständen, dem der Psychopathie und dem der Geisteskrankheit.

Unter Psychopathie versteht der Psychiater ungefähr das, was sich der Laie unter einer »angeborenen Nervosität« vorstellen mag. Es ist ein Sammelname für alle jene eigenartigen Veranlagungen, die weder eine Geistes- noch Gemütskrankheit darstellen und die dennoch nicht dem Seelisch-Normalen zugezählt werden können. [...] [Es handelt sich] bei Psychopathen von Jugend auf um eine dauernde, unzweckmäßige Verarbeitung aller oder vieler Lebensreize. Der Psychopath denkt, fühlt oder will in einer Art und Weise, die quantitativ oder qualitativ mit dem Zwecke, der jeweils verfolgt wird, nicht im Einklange steht. Dabei sieht kein Psychopath dem anderen gleich. Bei dem einen ist hier eine Lücke in der Veranlagung, bei dem anderen dort. [...] Die Intelligenz, d. h. die verstandesmäßige Verarbeitung der Außenwelt und die Urteilsfähigkeit ist oft gut, häufig sogar recht gut oder gar hervorragend (dégénérés supérieurs). [...] Häufig ist bei Psychopathen eine lebenslängliche leichte Depression, eine ständig »elegische« Stimmung zu bemerken, die sich jeder humorvollen Betrachtung der kleinen Widerwärtigkeiten des Lebens verschließt oder doch nur selten davon durchbrochen wird. Auch übertriebene Empfindsamkeit, Weichherzigkeit, krankhaftes Mitleid (mit anderen oder sich selber) und Tränenseligkeit bilden ein psychopathisches Symptom, ebenso wie auf der anderen Seite unbegründete Hoffnungsfreudigkeit und Überschwang aller Gefühlsregungen. Es hängt dies alles zum Teil mit der erhöhten Reizbarkeit der Psyche zusammen, einer erhöhten »Sensibilität«, die auf die feinsten Reize der Außenwelt sofort lebhaft zu reagieren vermag.[25]

Die Geisteskrankheit ist etwas völlig anderes. Krankheiten, auch Geisteskrankheiten, werden kategorisiert, bekommen

einen Namen und entsprechen einem jeweils feststehenden Krankheitsbild.
Hölderlin soll von jeher ein Psychopath gewesen sein. Ab 1801 ist er ein Geisteskranker. Seine Krankheit ist, nach Dr. Langes Terminologie, als Katatonie zu bezeichnen – eine Gattung der d e m e n t i a p r a e c o x (vorzeitiger Blödsinn).[26]
Das entscheidende Zeichen für den Ausbruch der Geisteskrankheit Hölderlins ist seinem Werk zu entnehmen:

Sprachverwirrtheit, Wortneubildungen (sprachliche Verdichtungen), Zusammenziehung aus mehreren Wörtern: was Forel nicht schön, aber treffend, mit dem Namen W o r t s a l a t belegt.[27]

Und da, wo »Wortsalat« ist, kann der Psychiater getrost auf Geisteskrankheit schließen. *Unter den Alpen gesungen, Brod und Wein, Patmos:* das Urteil des Psychiaters lautet »Wortsalat«. E r g o : der Autor ein Geisteskranker.
Für Wilhelm Lange hat die Erkrankung mit äußeren Umständen nichts zu tun. So weist er z. B. Carl C. T. Litzmanns Anschauung zurück, daß Hölderlins Wahnsinn die Folge eines Hitzschlags auf der Rückreise aus Bordeaux sein könne:

Die letzte Ursache der Katatonie [ist] noch unbekannt. [Man wird] auch den »Hitzschlag« als »Ursache« der Katatonie mit tiefer Skepsis betrachten. Nicht die Heimkehr hat Hölderlin krank gemacht; die Reise war bereits ein Krankheitssymptom.[28]

Dr. Lange schließt sich der Meinung des Psychopathologen Möbius an, der in der *Zeit*[29] folgendes geschrieben hatte:

In einem Leben, wie in dem Hölderlins, sind die individuellen Erlebnisse von geringer Bedeutung. Hölderlin erkrankte mit 32 Jahren an d e m e n t i a p r a e c o x , d. h. er verfiel einer Entartung des Gehirns, die ihn blödsinnig machte. Es handelt sich hier um eine endogene Erkrankung, d. h. um eine, die ihre Ursache in der individuellen Anlage hat, zu der der Keim mit auf die Welt gebracht wird. Hölderlin war eigentlich von vornherein krank: alle seine Eigentümlichkeiten, seine Überschwenglichkeit, seine Haltlosigkeit, seine Unfähigkeit, sich in der Welt zurechtzufinden, sind Ausdruck seiner krankhaften Beschaffenheit. Hätte er andere Leute und Ereignisse getroffen, so wäre der Erfolg wahrscheinlich derselbe gewesen, es hätte auch Schwankungen, Täuschungen, usw. gegeben, und schließlich wäre die Krankheit auch zu ihrer Zeit ausgebrochen.[30]

Für Dr. Lange ist es also eine ausgemachte Sache: Hölderlin war von jeher ein Psychopath gewesen; später – wann genau konnte Dr. Lange nicht feststellen – wurde er auch noch geisteskrank. Doch

an dieser Stelle soll [...] noch eine Frage gestreift werden [...]: war Hölderlin denn ein Psychopath? Gehörte er nicht vielmehr mit all seinen Eigentümlichkeiten einfach zur Romantik, oder doch zu einem Seitenzweig der Romantik? [...] Es kann für uns kein Zweifel darüber bestehen, daß viele »romantische« Bewegungen in der Geschichte der Literatur von ausgesprochenen Psychopathen eingeleitet oder heraufgeführt worden sind und daß dann in Gestalt einer psychischen Epidemie zahllose psychopathische Naturen diesen Spuren gefolgt sind und durch die Kraft der Suggestion auch viele »Normale und Gesunde« mit sich gerissen haben. [...] Und so kann man auf die Frage: »war Hölderlin nur Romantiker und kein Psychopath?« antworten: beides an ihm ist identisch. Die romantischen Züge seiner Natur waren im Wesentlichen zugleich auch die Charaktere seiner Psychopathie.[31]

Ich habe vorhin gesagt, daß Dr. Langes Auffassung intelligent, konsequent und wissenschaftlich anständig ist. Auch hat sie manches für sich. Wie definiert er die Psychopathie im Gegensatz zum »Normalen«? Er sagt sehr richtig:

Der Begriff des Geistig-Normalen ist abhängig von dem des geistigen Durchschnitts und dem gewisser psychischer Gesetzmäßigkeiten.[32]

Sein Begriff des »Normalen« ist einerseits ein statistischer, andererseits ein normativer. Pathologisch heißt, was von der statistischen Norm abweicht.

Dr. Lange spricht es deutlich aus:

Würde man z. B. einem Europäer die Seele eines Negers verleihen, so würde er bei uns wahrscheinlich schwachsinnig (imbecill) oder moralisch minderwertig genannt werden. Als Neger wäre er unter seinen Stammesgenossen normal.[33]

So ist es selbstverständlich, daß unter den Deutschen Hölderlin als dem Durchschnitt nicht entsprechend, als von der

Norm abweichend, also als »nicht normal« angesehen wird. Ein sehr kultivierter Schweizer, der lange unter den Indianern Nordamerikas gelebt hatte und von ihnen begeistert war, sagte mir einmal: »Hölderlin ist ein Indianer.«
Dr. Langes Intuition ist hier durchaus zutreffend. Er bemerkt auch, daß Hölderlin es selbst gefühlt, gewußt hat:

Das Gefühl, etwas Besonderes zu sein, hat ihn niemals verlassen. Er nannte sich selbst »sonderbar«: »mein sonderbarer Charakter, meine Launen, mein Hang zu Projekten«, schreibt er von sich selbst.[34]

Ab und zu sind Dr. Lange einige ganz grobe Fehleinschätzungen unterlaufen. Hier eine:

Sehr häufig sehen wir bei Psychopathen eine erhöhte Ermüdbarkeit. Sie fassen schnell auf, lernen leicht und oft spielend, ermüden aber auch rasch; ihnen fehlt es an Ausdauer. [...] [Hölderlin] ermüdet leicht. [...] Die Arbeitsfähigkeit Hölderlins war durch seine Ermüdbarkeit, die körperlichen Mißempfindungen, die Kopfschmerzen und die Excentricität seines Gefühlslebens stark beeinträchtigt. Ja einer ausdauernden streng geregelten Tätigkeit ist er niemals fähig gewesen.[35]

Dies ist faktisch einfach falsch. Wenn man bedenkt, daß Hölderlin den größten Teil seiner Werke in etwa zehn Jahren, von 1795 bis 1805, geschrieben hat, kann man von seinem Fleiß nur beeindruckt sein: 1300 volle Seiten der Dünndruckausgabe, also 130 Seiten pro Jahr, eine ganze Seite (zwei Manuskriptseiten) alle drei Tage, zehn Jahre lang; und dies in einer Zeit, in der Hölderlin auch öfters beruflich tätig war; eine Lyrik, so dicht wie sonst nur die Pindars; man betrachte nur die Manuskripte in der Frankfurter Ausgabe – zeugt das von einer, wie Dr. Lange es behauptet, »beeinträchtigten Arbeitsfähigkeit«?
Ein zweiter Irrtum Dr. Langes: Hölderlin soll ein scheuer, zurückhaltender, platonischer Liebhaber gewesen sein:

Hölderlin hat auch Frau Gontard, trotzdem er sie duzte und ihr Liebesbriefe schrieb, nicht eigentlich als Mann geliebt. [...] Seine Liebe hatte etwas Theoretisches und Blutloses an sich. [...] Daß aber unbewußt wohl auch sexuelle Gefühle mit hineingespielt haben, namentlich in späterer Zeit, soll nicht abgeleugnet werden.[36]

»Unbewußt wohl auch sexuelle Gefühle mit hineingespielt« ... lieber, guter, argloser Dr. Lange! Seine Entschuldigung liegt darin, daß einerseits das Bild des reinen Hölderlin in Deutschland fromm kultiviert wurde, daß andererseits zur Zeit Dr. Langes die Briefe Susettens noch nicht veröffentlicht worden waren; dies geschah erst 1921. Doch zeugt es davon, daß es ihm an Intuition gefehlt hat. Dieser Psychiater war kein Psychologe.

Von den anderen psychiatrischen Versuchen, den Fall Hölderlin zu klären, will ich hier absehen. Sie gehen alle in dieselbe Richtung: Hölderlin war geisteskrank. Einige darunter – auch Karl Jaspers – sind überhaupt nicht ernst zu nehmen.

Vor nicht allzu langer Zeit äußerte sich der Medizinhistoriker Dr. Hans Schadewaldt entschieden, selbstsicher und resümierend über den Fall Hölderlin:

> An der Psychose, der katatonischen Schizophrenie ist bei Hölderlin nicht zu zweifeln [...] Die Schizophrenie ist, wie die Medizin mit Sicherheit [...] nachgewiesen hat, eine schicksalhaft ablaufende endogene Psychose.[37]

Das Beste, was bis jetzt aus psychiatrischen oder psychoanalytischen Untersuchungen herauskommt, ist, daß der Fall Hölderlin über sie mehr aussagt als sie über ihn.

Ein Beispiel: Der Psychiater und Psychoanalytiker Jean Laplanche, der sich mit dem Vater-Problem Hölderlins eingehend befaßt hat, schreibt am Ende seines Buches:

> Wir sind der Meinung, daß es letzten Endes nicht die Lehre von der Schizophrenie ist, sei sie nun psychoanalytisch oder nicht, die das letzte Wort über Hölderlin zu sagen hat, sondern daß im Gegenteil er es ist, der die Frage nach der Schizophrenie als einem allgemeinen Problem von neuem aufwirft.[38]

Das sagt Jean Laplanche wohlweislich am Ende seines Buches: Hätte er das gleich am Anfang gesagt, so hätte er wohl das Buch nicht schreiben können; oder er hätte ein anderes Buch geschrieben. So oder so: Am Ende seiner Abhandlung wirft der Psychiater Jean Laplanche den Hölderlin-Forschern den Ball zu.

Heute, wo die Literaturwissenschaft bemüht ist, mit anderen Wissenschaften im Verbund zu arbeiten, möchte man hoffen, daß gerade im Fall Hölderlin eine interdisziplinäre Zusammenarbeit zwischen Psychiatern und Hölderlin-Forschern stattfände. Die Hölderlin-Gesellschaft hat auch stets Psychiater animiert, mit den Literaturhistorikern der Gesellschaft zu kooperieren; anscheinend mit wenig Erfolg.

3. Der Standpunkt der Hölderlin-Forschung

Einige Monate, bevor er 1916 in der Schlacht bei Verdun fiel, schrieb der um Hölderlin so verdiente, dem George-Kreis nahestehende Norbert von Hellingrath ein »Hölderlin-Vermächtnis«, das zwanzig Jahre später unter dem Titel *Hölderlins Wahnsinn*[39] veröffentlicht wurde. Da lesen wir folgendes, eigentlich die beste Darstellung der These, die ich bekämpfe – was übrigens meine Verehrung für Norbert von Hellingrath nicht im mindesten beeinträchtigt, habe ich doch auch selbst derselben Auffassung vom »Fall Hölderlin« lange genug beigepflichtet!

Wenn ich von Hölderlins Leben Ihnen sprechen will, so ist das nichts anderes, als wenn ich von seinem Werke rede. Es gibt da nichts Doppeltes und Trennbares. [...]
Und wenn ich von Hölderlins Leben Ihnen reden will, dann ist der Wahnsinn nicht nur das Ziel, worein das Leben mündet, der Wahnsinn ist das Geheimnis, das als rätselhaft anlockt und als unverständlich wegstößt, das lockende Geheimnis, wonach die Neugier fragt, das seinen Namen mehr bekannt gemacht hat als das Wunder des Werkes, das Unverständliche, das allen sein Werk überschattet, beinahe verdeckt hat, so daß uns jetzt erst die ganze Übersicht über das Werk auftut. Der Wahnsinn endlich ist unter den Geschehnissen seines Lebens das weithin Sichtbare, Signatur der Form seines Geschikkes. Darum, dachte ich, muß ich es »Hölderlins Wahnsinn« überschreiben, wenn ich von seinem Leben erzählen will.

Dann erzählt Hellingrath von der Jugend Hölderlins, von der Blüte:

Er hat seine größten Werke zwischen einunddreißig und dreiunddreißig geschaffen, ein Frühgealterter, aber seine ewige Gestalt ist die des Jünglings. So lebt sie unter uns fort. [...]

Nach einem inneren Gesetz mußte diese Blüte brechen. Es ist wenig wichtig, alle äußeren Kräfte zu suchen, die dazu halfen. [...]
Dann [nach 1804] wurde er müder und müder. [...] Die Müdigkeit nimmt jäh zu. Die Kraft gleitet gleichsam unter ihm weg. [...] Auch daß in diesen Jahren Susette Gontard starb, mag man bedeutsam finden. Kurz, die Kraft schwindet, und die Müdigkeit wird Herr, die Anfälle des Tobens werden stärker, überwältigend endlich.
Dann kommt die letzte Stufe der Übermüdung: die Kälte, eine gänzliche Gleichgültigkeit gegen alles, was ihn vorher bewegte. Das ist, in geläufigen Formen unseres Lebens ausgedrückt, die Geschichte seiner Krankheit. In der Gleichgültigkeit liegt zugleich Ende und Heilung. Er schiebt damit die ganze Last seines Lebens von sich, er läßt sich willenlos treiben und wiegen, »wie auf schwankem Kahne der See«, eine große Beruhigung kommt über ihn, Verzweiflung, Angst, Tobsucht verliert sich, die Dürre weicht, der Pulsschlag der Seele kehrt in sein rhythmisches Fließen zurück ... Mit wahrer Lebensklugheit hält er die Menschen von sich fern, indem er sie mit einem Schwall zierlicher Höflichkeit, übertriebener Titel und Anreden, hastiger atemloser Sätze, deutscher, französischer, italienischer und bauernschwäbischer Sprache überhäuft, so daß der vorwitzige Störer weder zum Fragen noch zum Festhalten eines bestimmten Gegenstandes kommt. Und wenn er ihn um ein Gedicht bittet, so stellt Hölderlin mit liebenswürdiger Verbeugung sich ans Stehpult, fragt: »Wünschen Ew. Heiligkeit über den Zeitgeist, über Griechenland, über die Jahreszeit?«, skandiert, wenn die Wahl getroffen ist, mit der linken Hand, während die Rechte aus dem Stegreif Verse schreibt wie diese, nicht mehr zum aufstrebenden Bau des Werkes gehörend, aber unnachahmlich an Zauber und Würde der Sprache:

Der Sommer

Die Tage gehn vorbei mit sanfter Lufte Rauschen
Wenn mit der Wolke sie der Felder Pracht vertauschen.
Des Tales Ende trifft der Berge Dämmerungen
Dort, wo des Stromes Wellen sich hinabgeschlungen.

Der Wälder Schatten sieht umhergebreitet,
Wo auch der Bach hinuntergleitet,
Und sichtbar ist der Ferne Bild in Stunden,
Wenn sich der Mensch zu diesem Sinn gefunden.

Bemerkenswert ist, daß Hellingrath, um für Hölderlin – für »seinen« Hölderlin – zu werben, kaum ein anderes als gerade dieses Gedicht aus der Zeit des »Wahnsinns« zitiert. Das Wort Wahnsinn hatte übrigens für Hellingrath nicht die Resonanz, die es allgemein hat: Das kann man an einem erstaunlich hellsehenden Satz desselben Aufsatzes ablesen. Hellingrath sagt:

[Es] ist auch verzeihlich, daß die Deutschen [diese] großen Hymnen nicht druckten und die gedruckten nicht gelesen, sondern sich bloß über die »Spuren des Wahnsinns« darin gefreut haben, mit der beruhigenden Freude, die den kleinen Bürger erfüllt, wenn er unter amtlicher Beistimmung einen unheimlich Großen verrückt nennen darf.

In seiner Vorrede zur ersten Auflage der Sämtlichen Werke 1913 stellte Hellingrath fest, Hölderlin sei in einer fremden Welt »mehr durch seinen Wahnsinn als durch sein Werk berühmt worden«.

Und das war um so leichter möglich, als der deutschen Menge das im engsten Begriffe Dichterische, das Gestalten im Wort, bis heute fremd geblieben ist. [...] So nahm der Leser das Fremdartige der zum ersten Mal in der kurzen und stockenden Geschichte des deutschen Geistes so unverstellt sich vorwagenden Dichtersprache gerne für Spuren des Wahnsinns, da ja viel mehr der romantische Reiz der Krankheit als die Kraft des Werkes Hölderlin Leser zuführte und diese Leser am Irrsinn sich erregen, nicht vom Werke wollten ergriffen werden, [...] und wenn man an Hölderlins Krankheit, dem notwendigen nicht anders denkbaren Abschluß seines Lebens, etwas bedauern dürfte, so wäre es, daß sie selbst den minder Stumpfen einen bequemen Vorwand bietet dort ihm die Folge zu weigern, wo er sein eigenstes Reich, ihnen freilich fremdes Land, betritt. Einen bequemen Vorwand; immerhin keine Entschuldigung für so kindliche Unschuld wie die eines Irrenarztes, der nichts besseres zum Kennzeichen des Krankhaften aufwirft als das unvertraute Staunen seiner Halbbildung vor Wendungen und Ausdrücken, wie sie von Horaz und Pindar her, den Messias und die Bibel nicht zu erwähnen, vor Satzgebilden, wie sie aus dem Aristoteles oder dem Hegel ihm geläufig sein konnten.

Im 1974 erschienenen Band 7,3 der Großen Stuttgarter Ausgabe wird der lobenswerte Versuch gemacht, den heutigen

Stand der allgemein akzeptierten – fast hätte ich gesagt: der allein beglaubigten – Auffassung von Hölderlins Geisteskrankheit zusammenfassend darzustellen.
Daß Hölderlin geisteskrank gewesen sei, daran wird hier selbstverständlich keinen Augenblick lang gezweifelt.
Wie hieß denn seine Krankheit?
Dafür hat es an Namen nie gefehlt. Doch warnt mit vollem Recht der Medizinhistoriker Gerhard Fichtner vor schnellfertiger Etikettierung der Krankheit Hölderlins.
Hölderlins Zeitgenossen, Ärzte und Laien, bezeichneten seinen Zustand, zumindest in der früheren Phase der angeblichen Erkrankung, als Hypochondrie (die Mutter spricht vom »traurigen Gemütszustand« ihres Sohnes und meint damit, daß er krankhaft traurig, melancholisch ist), die meistens auf Überspannung der Geisteskräfte und zu wenig Zerstreuung zurückgeführt wird. Hypochondrie war, nach Gerhard Fichtner, eine Modekrankheit des 18. Jahrhunderts.
Man sprach auch von Manie (vom griechischen Wort mania, Wahn, Irresein); so wahrscheinlich der Psychiater Autenrieth, der Hölderlin in sein Tübinger Klinikum aufnahm und ihn erfolglos behandelte. Man sagte, Hölderlin sei »manisch-depressiv« gewesen.
Anfang des 20. Jahrhunderts kam Kraepelin mit seinem Begriff der dementia praecox catatonica oder vorzeitiger Blödsinn. Dieser Begriff »wird heute öfters [...] als unbefriedigend angesehen, ist aber noch nicht durch einen treffenderen zu ersetzen«.[40]
Heute ist nur noch von Schizophrenie die Rede. Hier der Überblick von Adolf Beck in der Stuttgarter Ausgabe.

Nach dem wohl einhelligen consensus der Psychiatrie trifft auf Hölderlins Krankheit der Begriff Schizophrenie (Spaltungsirresein) zu. Von Eugen Bleuler statt des unzulänglichen Begriffs dementia praecox aufgebracht, wird er heute öfters ebenfalls als unbefriedigend angesehen, ist aber noch nicht durch einen treffenderen ersetzt. Der Sachverhalt wird aufgespalten in mehrere »Schizophrenien«. Eine davon ist die Katatonie. Sie war allem Anschein nach die Form der Schizophrenie Hölderlins. Auch sie aber äußert sich in verschiedenen, z. T. gegensätzlichen Formen. [...] Nach dem Scheitern vieler Bemühungen, das Wesen der Krankheit, die Hölderlins

Geist zerstörte, anatomisch zu erfassen, »ist es wahrscheinlich [...], daß es sich nicht um eine primäre Hirnkrankheit handelt« (E. und M. Bleuler).[41]

Über die Ursachen der Krankheit sei man sich noch nicht im klaren.

Die vorherrschende Auffassung der Psychiatrie scheint (allgemein, ohne ausdrücklichen Bezug auf Hölderlin) heute in Richtung auf eine Synthese zweier Grundfaktoren zu gehen, in der Art, daß bei der Genese der Schizophrenie »psychotraumatische Lebenserfahrungen« mit »vererbten Entwicklungsbereitschaften« zusammenwirken (M. Bleuler). Auf jeden Fall aber scheint große Skepsis geboten gegen die moderne sozialpsychiatrische Tendenz – die auch popularliterarische Blüten treibt –, die Krankheit des Dichters dem Unverständnis seiner Umwelt, der »Gesellschaft« in die Schuhe zu schieben.[42]

Adolf Beck zählt verschiedene Symptome auf, »die die Zuordnung der Krankheit Hölderlins zur vornehmlich katatonen Schizophrenie erlauben«. Diese Symptome sind:

1. Zustände hochgradiger Erregung, Paroxysmen, Wutanfälle, Toben;
2. starke motorische Unruhe, ständige Bewegung, stundenlanges Hin- und Hergehen im Zimmer, öfters auch bei Nacht;
3. gewisse stereotype Verrichtungen;
4. Zerfahrenheit des Denkens, Zusammenhanglosigkeit der Gedanken;
5. Bildung von Neologismen;
6. Intellektueller Negativismus;
7. Mit sich selbst Sprechen (vielleicht schizophrene Halluzination in Form des Stimmenhörens);
8. Verleugnung des eigenen und Aneignung eines fremden Namens, Komplex der Depersonalisation als eine der Grundstörungen der Schizophrenie.

Adolf Beck bringt eine Anzahl von Zeugnissen zusammen, aus denen – so meint er – erhellen soll, Hölderlin sei schizophren gewesen.
Doch gerade da liegt der Hund begraben: Aus einzelnen, unmethodisch zusammengestoppelten Daten läßt sich keine ernst zu nehmende Diagnose stellen.

Man kann nur staunen, wenn man immer wieder feststellen muß, wie leichtfertig, unseriös, unmethodisch Hölderlin als psychiatrischer Fall verstanden und behandelt wurde; eigentlich recht impressionistisch. Es hat sich z. B. niemand bemüht, eine möglichst umfassende dokumentarische Darstellung der »Krankheitsgeschichte« Hölderlins zu geben. Dies sei hier versucht. Ich warne den Leser: Das Ergebnis ist erschütternd und zerstört jede vorgefaßte Meinung.
Es werden hier zum erstenmal alle Dokumente zum Fall Hölderlin geschlossen dargeboten. Dies erlaubt einem jeden, sei er Fachmann oder Laie, sich seine eigene fundierte Meinung zu bilden.
Ich bleibe auf dem Gebiet der klassischen Psychiatrie; sie fordere ich in die Schranken. Sie hat nun unter Beweis zu stellen, Hölderlin sei geisteskrank gewesen – wenn es ihr gelingt.
Dann: Es wäre sowieso unvorsichtig, es den Psychiatern zu überlassen, darüber zu entscheiden, ob einer geisteskrank ist oder nicht. Mehr als ein fachmännisches Gutachten haben sie nicht zu geben.
Doch mit einem Gutachten, Hölderlin sei krank gewesen, hätten sie es noch nicht geschafft. Sie blieben uns noch schuldig zu sagen, ob es einen Zusammenhang gibt zwischen dem eventuell pathologischen Befund und Hölderlins dichterischem Temperament.
Ich möchte hoffen, daß mein Unternehmen sowohl Psychiater wie Neuropsychiater, von denen ich viel erwarte, wie man sehen wird, und auch Psychologen anfeuert, sich mit dem Fall Hölderlin einmal ernsthaft zu befassen. Er ist nicht nur an sich, sondern für uns alle lehrreich. Ihn besser zu verstehen, würde uns helfen, uns selbst besser zu verstehen.

Im Ersten Teil dieser Arbeit werden alle Dokumente zur Krankheitsgeschichte gesammelt und auf ihren wirklichen Aussagewert hin geprüft. Dabei war in einigen, seltenen Fällen eine umständlichere Darstellung von Hölderlins Lebensumständen notwendig, um auch die Hintergründe der Fakten zu erfassen. In solchen Fällen wird auf den Dritten Teil verwiesen, der diese Lebensumstände ausführlicher in Betracht zieht.

Im Zweiten Teil wird der Versuch unternommen, ein psychologisches Profil von Hölderlin zu zeichnen; denn manche Züge legen eine psychologische Alternative zur pathologischen Interpretation des Falles Hölderlin nahe.
Im Dritten Teil, der keine Biographie zu sein beansprucht, werden einige entscheidende Umstände von Hölderlins Leben dargestellt: wie ist es dazu gekommen, daß ...? Zum Beispiel: Warum und wie hat er sich mit der Situation im Tübinger Turm fünfunddreißig Jahre lang abfinden können?
Den Schluß ... den Schluß überlasse ich dem Leser.

Noch eins: Ich habe mich bemüht, so durchgehend wie nur möglich, die Dokumente sprechen und Hölderlin selbst zu Worte kommen zu lassen. Zitate von Hölderlin werden in seiner Rechtschreibung wiedergegeben: Einmal gehört das zur wissenschaftlichen Anständigkeit; andererseits aber ist mir die Gelegenheit nicht unwillkommen, den Leser mit der Sprache Hölderlins vertraut zu machen. Adolf Beck hat sehr richtig gesagt, die Sprache der Dichtung (Hölderlins Sprache) sei mit der Gebrauchssprache der Deutschen »gefährlich identisch«. Den Unterschied zwischen den beiden Sprachen einigermaßen in den Griff zu bekommen, oder wenigstens zu begreifen, daß da ein Unterschied ist, ist Voraussetzung zum Verständnis Hölderlins – des Menschen und der Dichtung, die seinen Namen trägt.
Andere Dokumente werden durchweg modern geschrieben, doch mit einigen Ausnahmen, so z. B. in Briefen von Susette Gontard und von Zimmer, wo Eigenheiten der Rechtschreibung manchmal zur »Farbe« des Geschriebenen gehören.
Dem Leser, der mit Hölderlins Lebensumständen nicht vertraut ist, hätte ich wohl damit helfen können, daß ich der Krankheitsgeschichte eine Lebensgeschichte Hölderlins vorausgeschickt hätte. Darauf habe ich aber verzichtet, denn eine von mir geschriebene Biographie wäre von vornherein und mit Recht als tendenziös beanstandet worden. So habe ich mich damit begnügt, dem Leser die Hauptdaten von Hölderlins Leben in Form einer Chronologie zur Verfügung zu stellen, auf die er jederzeit zurückgreifen kann.

Kurze biographische Skizze als chronologischer Rahmen zur Krankheitsgeschichte

1770
Johann Christian Friedrich Hölderlin am 20. März 1770 zu Lauffen am Neckar geboren. Erstes Kind von Johanna Christiana Heyn (1748–1828) und Heinrich Friedrich Hölderlin (1736–1772), Klosterhofmeister und geistlicher Verwalter. Durch seine Mutter, eine Urenkelin der Regina Burckhardt, der »Mutter der Schwaben«, ist Hölderlin mit der ganzen »schwäbischen Pfarraristokratie« verwandt, u.a. mit Schelling, Graf Reinhard, Mörike, Uhland u. a. m.

1772
Am 5. Juli plötzlicher Tod des Vaters nach einem Schlaganfall.
Am 15. August Geburt der Schwester Heinrike (Rike).

1774
Am 10. Oktober Wiedervermählung der Mutter mit Johann Christoph Gok (oder Gock) (1748–1779), Schreiber in Lauffen. Erwerb eines stattlichen Hauses in Nürtingen, später eines großen Gartens.

1776
Am 29. Oktober Geburt des Halbbruders Karl Christoph Friedrich Gok.
Hölderlins Stiefvater wird Bürgermeister von Nürtingen.

1779
Am 13. März stirbt Gok an einer »Brust-Krankheit«, einer Pneumonie, die er sich »in der eifrigen Erfüllung seiner Berufspflichten« zugezogen hat.

1780
Friedrich Hölderlin, der seit seinem 6. Jahr die Lateinschule in Nürtingen besucht und ergänzenden Privatunterricht erhält, fängt mit dem Musikunterricht an (Klavier, später auch Flöte).

1784
Am 20. Oktober Einzug Hölderlins in die niedere Klosterschule Denkendorf. Erste Gedichte (H. ist vierzehn).

1785
Erste erhaltene Briefe Hölderlins an Diakonus Köstlin und an die Mutter. Reges lyrisches Schaffen.

1786
Am 18. Oktober Einzug Hölderlins in das Kloster Maulbronn (H. ist sechzehn).
Bekanntschaft mit Louise Nast (1768 geb.), der jüngsten Tochter des Klosterverwalters. Erste Liebe.

1787
Freundschaft mit Louisens Vetter Immanuel Nast, Schreiber in Leonberg.
Gedicht *Mein Vorsaz*, ein Zeugnis der erwachenden Ruhmbegierde des siebzehnjährigen Dichters.

1788
Am 21. Oktober gleichzeitig mit Hegel Einzug in das Tübinger Stift (H. ist achtzehn). Aufnahme Hölderlins in den Freundes- und Dichterbund Neuffers und Magenaus, die seit einem Jahr im Stift sind: »Eine Seele in drei Leibern!«

1789
Im April Lösung des Verlöbnisses mit Louise Nast. Ende der Freundschaft mit Immanuel Nast.

1790
Am 1. Oktober Bekanntschaft in Stuttgart mit dem schwäbischen Dichter Stäudlin, mit dessen Schwester Rosine sich Hölderlins Freund Neuffer verlobt.
Ende des Jahres: tiefere Neigung zu Elise Lebret (der Lyda einiger Gedichte). – Eintritt des fünfzehnjährigen, frühreifen Schelling in das Stift. Am 16. November Spaziergang mit Hegel zur Wurmlinger Kapelle, am Spitzberg vorbei.
Die ersten Tübinger Hymnen, *An den Genius Griechenlands, An die Muse, An die Freiheit, An die Göttin der Harmonie.*

1791
Im Frühjahr Wanderung in die Schweiz. Gedichte *Kanton Schweiz, Hymne an die Schönheit.*
Im September erscheint Stäudlins *Musenalmanach fürs Jahr 1792,* vier Gedichte Hölderlins enthaltend. Dazu Schubart in seiner Chronik: »H.s Muse ist eine ernste Muse«. Tod Schubarts, Stäudlin setzt die Chronik fort.

1792
Im Mai teilt Hölderlin seinem Freund Magenau den Plan zum *Hyperion* mit.
Bildung eines revolutionär-patriotisch gesinnten politischen Clubs im Stift, in dem die Ereignisse der Französischen Revolution kommentiert werden. Hegel gilt als »derber Jakobiner«. Auch Hölderlin ist »dieser Richtung zugetan«.

1793
Ephorus Schnurrer über die Stimmung im Stift: »Unsre jungen Leute sind großenteils von dem Freiheitsschwindel angesteckt.«
Im Mai ist Stäudlin in Tübingen, Hölderlin liest ihm aus dem *Hyperion* vor (H. ist dreiundzwanzig).
Im Juni Abschlußexamen der Promotion. Hölderlins Klage über den Zwang, »an der Galeere der Theologie seufzen« zu müssen. Er plant, entweder zur Weiterbildung nach Jena oder als Hofmeister in die Schweiz zu gehen. Im September Bekanntschaft mit Isaak von Sinclair. Stäudlin empfiehlt Schiller Hölderlin als Hofmeister bei Charlotte von Kalb. Besuch Hölderlins bei Schiller in Ludwigsburg.
Am 28. Dezember Antritt der Hofmeisterstelle bei Charlotte von Kalb in Waltershausen.

1794
Hölderlin verbringt das ganze Jahr in Waltershausen. Im September schickt er an Schiller das sogenannte *Thalia-Fragment* des *Hyperion.*
Im November Besuch bei Schiller in Jena. Begegnung mit Goethe.

1795

Mitte Januar Trennung Hölderlins vom Haus von Kalb; Charlotte versieht ihn mit Geld für ein Vierteljahr. Hölderlin geht nach Jena. Er hört bei Fichte, besucht öfters Schiller, schließt Freundschaft mit Sinclair, in dessen Gartenhaus er einige Wochen wohnt.

Ende Mai plötzlicher, unerklärter Aufbruch in die Heimat. Auf dem Heimweg in Heidelberg Bekanntschaft mit dem Arzt und Naturforscher Johann Gottfried Ebel, der in Frankfurt der Familie Gontard nahesteht. Im August bietet er Hölderlin eine Hofmeisterstelle im Hause Gontard an.

Am 28. Dezember Ankunft Hölderlins in Frankfurt, am 31. »nähere Bekanntschaft« mit der Familie Gontard.

1796

Am 10. Januar Antritt der Stelle bei Gontard (H. ist fünfundzwanzig).

Am 10. Juli, verursacht durch die Kriegsereignisse, Flucht der Familie Gontard nach Kassel. Der Hausherr bleibt in Frankfurt zurück.

14. Juli–9. August Aufenthalt der Familie Gontard in Kassel. Bekanntschaft und Verkehr mit Wilhelm Heinse.

9. August–13. September Aufenthalt in Bad Driburg. Rückkehr nach Kassel.

Ende September Rückkehr nach Frankfurt.

1797

Auf Vermittlung Hölderlins wird Hegel Hofmeister bei dem kultivierten Weinhändler Gogel in Frankfurt.

Am 30. Januar briefliche Ablehnung einer von der Mutter angeratenen Pfarrei (H. ist sechsundzwanzig).

Mitte April erscheint der 1. Band des *Hyperion.*

Am 22. August besucht Hölderlin auf Anraten Schillers Goethe, der sich zu dieser Zeit in Frankfurt aufhält.

1798

Etwa am 25. September trennt sich Hölderlin vom Hause Gontard, ohne vom Hausherrn Abschied zu nehmen.

Auf Sinclairs Rat geht Hölderlin nach Homburg, wo er bei Glaser Wagner wohnt.

Am 4. Oktober erstes Wiedersehen mit Susette Gontard, abends im Schauspiel. Am Nachmittag darauf wohl kurze heimliche Zusammenkunft in Susette Gontards Zimmer. Heimliche Begegnungen dann, im November und Dezember, jeweils am ersten Donnerstag.
Ende November besucht Hölderlin Sinclair in Rastatt, wo dieser die Landgrafschaft Homburg beim Kongreß vertritt. Bekanntschaft mit Baz und anderen Gesinnungsgenossen, die eine politische Umwälzung in Württemberg wünschen.
Im Dezember Lektüre des Diogenes Laertius als Quelle zum *Empedokles*-Drama.

1799
Kurze, heimliche Zusammenkünfte mit Susette Gontard in Frankfurt, dann im Sommer Austausch von Briefen durch die Hecke des Adlerflychtschen Hofes.
Am 16. März gibt General Jourdan in Stuttgart bekannt, daß Unruhen von den französischen Truppen nicht toleriert würden. Aufgabe der Hoffnung auf eine »Schwäbische Republik« nach dem Modell der »République Batave« und der »République Helvétique«.
Aufgabe des *Empedokles* in erster Fassung.
Juni: Hölderlin plant, eine poetische Monatsschrift beim Verleger Steinkopf in Stuttgart herauszugeben. Er wirbt um Schiller, Goethe, Schelling u. a. m., bekommt aber lauter ablehnende Antworten. Der Plan scheitert.
Im Oktober erscheint der 2. Band des *Hyperion.*
Am 4. Dezember letzter Brief an Neuffer, Auflösung der Freundschaft.

1800
Am 29. Januar lehnt Hölderlin den Rat der Mutter zu einem »Amte« wieder ab (H. ist neunundzwanzig).
Am 8. Mai, am Adlerflychtschen Hof, ein (vielleicht) letztes Wiedersehen mit Susette Gontard.
Am 10. Juni Rückkehr nach Nürtingen zur Mutter. Dann Aufenthalt in Stuttgart bei dem Kaufmann Landauer, dessen Haus dem Dichter als Raststätte offensteht. Tatsächlich findet Hölderlin dort »Zufriedenheit und Ruhe«. Doch sieht er sich nach einer Hofmeisterstelle in der Schweiz um.

1801

Am 15. Januar Antritt der Hofmeisterstelle bei Gonzenbach in Hauptwil in der Schweiz (H. ist dreißig).
Am 11. April sehr höfliche Kündigung durch Gonzenbach. Fröhliche Rückkehr Hölderlins in die schwäbische Heimat.
Im Herbst vermittelt Ströhlin eine Hofmeisterstelle in Bordeaux bei dem hamburgischen Konsul und Weinhändler Meyer.
Am 10. Dezember Aufbruch von Nürtingen nach Bordeaux.

1802

Am 28. Januar Ankunft bei Konsul Meyer.
Am 10. Mai läßt sich Hölderlin einen Paß von Bordeaux nach Straßburg ausstellen. Am 7. Juni ist er in Straßburg. Ende Juni oder Anfang Juli trifft er erschöpft und erregt bei den Freunden in Stuttgart, bei der Mutter in Nürtingen ein.
Am 22. Juni ist Susette Gontard in Frankfurt gestorben.
Die ersten Oktoberwochen verbringt Hölderlin in Regensburg, wo Sinclair bei der Reichsdeputation als Diplomat tätig ist. Der Landgraf legt ihm nahe, ein religiöses Zeitgedicht in seinem Auftrag zu schreiben. So entsteht die Hymne *Patmos*, die dem Landgrafen am 30. Januar 1803 zum 55. Geburtstag überreicht wird.

1803

Anfang Juni besucht Hölderlin Schelling in Kloster Murrhardt. Im Sommer stirbt Heinse. Freund Böhlendorff kehrt als Gescheiterter in seine kurische Heimat zurück. Hölderlin wohnt bei der Mutter in Nürtingen, arbeitet »den ganzen Tag und die halbe Nacht«. Er feilt an den Übersetzungen von Sophokles und Pindar und an verschiedenen Hymnenentwürfen.

1804

Im April erscheinen beim Verleger Wilmanns in Stuttgart die *Trauerspiele des Sophokles*, 1. Band: *Oedipus der Tyrann*, Bd. 2: *Antigonä.*
Am 12. Juni holt Sinclair Hölderlin nach Stuttgart, wo er sich gemeinsam mit Blankenstein aufhält. Daselbst Gespräch über die Möglichkeit eines Staatsstreichs in Württemberg bei Gelegenheit der geplanten Ermordung des Kurfürsten.

Am 19. Juni fährt Sinclair mit Hölderlin über Tübingen, Stuttgart und Würzburg nach Homburg, wo Hölderlin, zum Hofbibliothekar ernannt, bei dem französischen Uhrmacher Calame wohnt, »gerade in der Gegend, wo er es wünschte«. Von da erblickt man Frankfurt in der Ferne (H. ist vierunddreißig). – Von Prinzessin Auguste von Hessen-Homburg erhält Hölderlin ein Klavier geschenkt.

1805
Am 26. Februar wird Sinclair auf Antrag des Kurfürsten von Württemberg in Homburg verhaftet und eines geplanten Anschlags gegen das Leben des Fürsten beschuldigt. In Ludwigsburg beginnt der Hochverratsprozeß gegen Sinclair, Baz, Seckendorf u. a. Verbringung der Häftlinge nach der Solitude. Ein Gutachten des Homburger Arztes Dr. Müller, Hölderlins Wahnsinn sei in Raserei übergegangen, bringt die Erkundigungen nach Hölderlin zum Stillstand.
Am 9. Juli wird Sinclair entlassen, doch nicht entlastet. Er reist »in Dienstgeschäften« nach Berlin.

1806
Am 3. August teilt Sinclair Hölderlins Mutter mit, sie solle ihren Sohn abholen lassen.
Am 11. September wird Hölderlin mit Gewalt von Homburg nach Tübingen abtransportiert und in das Autenriethsche Klinikum eingeliefert.

1807
Nach einem Aufenthalt von etwa sieben Monaten im Klinikum wird Hölderlin dem Schreinermeister Ernst Zimmer anvertraut. Der Arzt meint, Hölderlin werde »höchstens noch drei Jahre« leben. Von Hölderlins Fenster in Zimmers Haus am Neckar kann er »das ganze Neckartal samt dem Steinlacher Tal« übersehen (H. ist siebenunddreißig).

1808
Hölderlin bekommt wieder ein Klavier, wahrscheinlich von Zimmer gekauft und zur Verfügung gestellt. Er spielt wieder Flöte, er singt. Die Musik bleibt »immer seine Hauptbeschäftigung«.

1811
Hölderlin plant einen Almanach »und schreibt dafür täglich eine Menge Papiers voll«. Während der 35 Jahre, die er bei Zimmer im Turm am Neckar verbringt, verfaßt Hölderlin fünfzig erhaltene Gedichte. Doch schreibt er: »Ich bin nichts mehr, ich lebe nicht mehr gerne.«

1822
Der Stuttgarter Gymnasiast Wilhelm Waiblinger besucht Hölderlin des öfteren, geht mit ihm spazieren. 1827 schreibt Waiblinger seinen Aufsatz *Friedrich Hölderlins Leben, Dichtung und Wahnsinn*, der 1831 (nach dem Tode Waiblingers) erscheint.

1828
Tod von Hölderlins Mutter (H. ist achtundfünfzig). Häßlicher Erbstreit, erst vom Obertribunal in Stuttgart geschlichtet.

1841
Gustav Schwabs Sohn Christoph Theodor, seit Herbst 1840 im Tübinger Stift, besucht Hölderlin etwa sechsmal. Seine Notizen bilden die Quelle zur von ihm und seinem Vater verfaßten Lebensdarstellung, die der 2. Auflage von Hölderlins Gedichten bei Cotta vorangestellt wird.

1842
Im Oktober erscheint die 2. Auflage von Hölderlins Gedichten. Ihm wird ein Exemplar ohne den Lebensabriß überreicht. Er bedankt sich.

1843
Am 7. Juni, nachts um 11 Uhr, stirbt der dreiundsiebzigjährige Hölderlin.
Am 10. Juni wird er auf dem Tübinger Friedhof bestattet. Etwa hundert Studenten folgen dem Sarg. Christoph Schwab hält die Trauerrede.

Erster Teil

Lebensdokumente zur Krankheitsgeschichte

Jedem Dokument wird ein Kommentar beigefügt, der dessen relativen Aussagewert zu bestimmen versucht. In einigen Fällen wird auf den Dritten Teil verwiesen.

DOKUMENT NR. 1

Das ganze Jahr 1794 ist der damals vierundzwanzigjährige Hölderlin Hofmeister (Hauslehrer) bei Schillers Freundin Charlotte von Kalb auf Schloß Waltershausen. Anfangs geht es ihm gut, doch im Juli beklagt er sich bei der Mutter.

Ich werde wahrscheinlich nächste Woche wieder etliche Tage verreisen. Es ist diß ser nötig für mich, weil ich in meiner Einsamkeit beinahe gezwungen bin zu immerwährender sizender Beschäftigung, und so leicht etwas Hypochondrie sich einnistet, wenn man nicht auch zuweilen wieder den Geist und den Körper lüftet.

Er klagt über dieses »Eremitenleben«, wo die Gelegenheit zu »seinen alten Thorheiten« (damit meint er sein Verhältnis zu Elise Lebret) »gänzlich mangelt«.[1]
Hypochondrie ... Das Wort taucht hier zum ersten Mal auf, in Verbindung mit dem Empfinden, ein »Eremitenleben« zu führen. Dies ist um so merkwürdiger, als er noch zu Pfingsten, ein paar Wochen vorher, an den Schwager Breunlin geschrieben hat, sein Leben in Waltershausen sei »doch nichts weniger, als einsiedlerisch«[2].
Wohl hat sich inzwischen sein Verhältnis zu seinem Zögling Fritz von Kalb verschlechtert. Dessen »verwilderte Natur«, seine »Unempfindlichkeit für alle vernünftige Lehre«, seine »Stumpfheit und Trägheit«, seine »Verstocktheit« als Folge geschlechtlicher Selbstbefriedigung, die »ganze Unmöglichkeit, auf das Kind reell zu wirken, und ihm zu helfen«, greifen seine Gesundheit und sein Gemüt »auf das härteste« an. »Das ängstliche Wachen bei Nacht zerstörte meinen Kopf, und machte mich für mein Tagwerk beinahe unfähig.«[3]
Bis Ende Oktober 1794 war Charlotte von Kalb voll des Lobes über Hölderlin, seine Erziehungsmethoden und den erreichten Erfolg und schrieb an Schiller: »Das einzige Wesen welches manchmal unzufrieden mit Hölderlin ist, ist er selbst!«
Doch am 25. Oktober kommen bei ihr Zweifel auf: »Der Unterricht dieses Knaben ist eine schwere Aufgabe. [...] Hölderlin ist sehr empfindlich. [...] Ich vermute, Hölderlin ist etwas überspannt, und so sind auch vielleicht seine Forderungen an das Kind.«

Am 9. Dezember schreibt sie, immer an Schiller: »Seine [Hölderlins, P. B.] Empfindlichkeit ist grenzenlos, und man meint wirklich, daß eine Verworrenheit des Verstandes diesem Betragen zu Grunde liegt.«[4]
»Etwas überspannt«, »eine grenzenlose Empfindlichkeit«, »eine Verworrenheit des Verstandes« – da horcht man auf: sind da nicht symptomatische Vorboten einer psychologischen Entwicklung in Richtung auf das Pathologische zu erkennen?
Adolf Beck kommentiert: Die Frage, »ob und wie stark in dieser pädagogischen Krise ein (in Fällen von Schizophrenie durchaus nicht ungewöhnlicher) früher und vorübergehender Schub der Krankheit mitgewirkt haben mag«, sei wohl »wenig sicher zu beantworten«.[5]
Der Hölderlin-Forscher Adolf Beck wirft also die Frage auf, ob nicht da schon eine schizophrene Veranlagung zutage trete.

Zu Dokument Nr. 1:

Frau von Kalbs Zeugnis: »[...] man meint wirklich, daß eine Verworrenheit des Verstandes diesem Betragen zu Grunde liegt.«
Adolf Beck kommentiert, es möge da ein »früher und vorübergehender Schub der Krankheit (Schizophrenie) mitgewirkt haben«.
Zu dieser Interpretation gibt es eine Alternative, die für Hölderlins damaliges Verhalten eine hinreichende, aber eben nicht pathologische Interpretation gibt. Dazu muß man sich aber Hölderlins Situation in Waltershausen vergegenwärtigen. Wie war er dorthin gekommen?
Im August 1793, nach dem letzten Jahr im Tübinger Stift, mußte sich Hölderlin entscheiden: entweder er nahm, wie es die Tradition und seine Verpflichtung als Stiftler wollten, eine Vikarstelle bei einem Pfarrer an, mit der Aussicht, eventuell die Tochter des Pfarrers zu heiraten, wie es des öfteren der Fall war, oder aber er mußte etwas unternehmen, um sich von der Mutter finanziell unabhängig zu machen. »Ist man auch nicht untätig, so sagen die Leute doch, er verzehrt seiner Mutter das Brot, und nüzt ihr auf der Welt nichts.«[6]

Zur Annahme einer Hofmeisterstelle brauchte er die Genehmigung des Konsistoriums, die in solchen Fällen meist anstandslos erteilt wurde.
So kam Hölderlin auf den Gedanken, wie andere auch, eine Zeitlang eine Hauslehrerstelle zu bekleiden.

Kann ich eine gute Hofmeisterstelle bekommen, so bescheid' ich mich gerne so lange, mit meinem Jenaischen Projekt [d. h., als freier Schriftsteller in Jena zu leben, P. B.], bis ich vielleicht selbst (wenigstens) die Hälfte des Erforderlichen zusammen gehofmeistert – u. zusammengeschrieben habe.

In Jena hoffte er sich weiterzubilden, ebenso an der Universität wie auch durch Umgang mit dem verehrten Schiller.

Auch muß ich fürchten, wenn ich zu lange keinen Platz bekomme, das Konsistorium möchte mich bei'm Kopf kriegen, und mich auf irgend eine Vikariatstelle zu einem Pfarrer hinzwingen, der keinen freiwilligen Vikar bekommen kann. Ich will aber mit allen Kräften mich um eine Hofmeisterstelle bewerben.[7]

In den letzten Stiftstagen bot sich in dieser Richtung eine Möglichkeit.

Am 20. September [1793, P. B.] hatte Stäudlin dem in Ludwigsburg weilenden Schiller, der für Charlotte von Kalb einen Hofmeister ausmitteln sollte, an Hegels Stelle Hölderlin empfohlen, der, wie er schrieb, sehnlich »über die enge Sphäre seines Vaterlandes [i. e. Schwaben, P. B.] und eines Pfarrvikariats in demselben« hinaus- und ohnehin Jena zustrebte. Ende September hatte Schiller Hölderlin empfangen und am 1. Oktober die Empfehlung an Charlotte weitergegeben.[8]
Am 18. Oktober gab Charlotte von Kalb aus Jena Schiller die Antwort auf seinen Brief vom 1.: sie habe an ihren Mann »über die neue Wahl eines Lehrers« geschrieben. [...] Am 31. teilte sie [...] Schiller die endgültige Einwilligung ihres Mannes mit, bestimmte Weihnachten für Hölderlins Antritt und stellte 12 Carolin als Mindestgehalt in Aussicht.[9]

Mitte Dezember bricht Hölderlin von Nürtingen, am 20. von Stuttgart nach Waltershausen auf. Über Nürnberg, Bamberg und Coburg reisend, kommt er am 28. Dezember 1793 in Waltershausen an.

Hier schaltet sich ein kleines, nicht unbedeutendes Zwischenspiel ein, das aber zum Verständnis Hölderlins beiträgt.
Hölderlin berichtet in zwei Briefen über diese achttägige Reise von Stuttgart nach Waltershausen. Der eine dieser Briefe ist an seinen Freund Stäudlin gerichtet, mit der Bitte, ihn Neuffern mitzuteilen; der andere geht an die Mutter.[10]
Adolf Beck, der die Sache aufdeckte, mußte zu seinem Befremden feststellen, daß Hölderlin nicht nur der Mutter, sondern auch den Freunden gegenüber bei der Reisebeschreibung eine »Retouche vornahm«. Nach verschiedenen Zeugnissen ist Hölderlin »entgegen seinen brieflichen Angaben Mittwoch abends (25. Dezember) von Erlangen nochmals nach Nürnberg zurückgegangen«, um daselbst im Gasthof Mondschein, als »Herr Professor Hölderlin, von Stuttgard« eingeschrieben, zu übernachten und sich am Tage darauf mit eigener Hand in das Fremdenbuch des Nürnberger Lesekabinetts einzutragen. Warum ist Hölderlin am Weihnachtsabend nach Nürnberg, das er eben verlassen hatte, zurückgegangen, warum hat er dort die Nacht verbracht, warum hat er diesen »Seitensprung« nicht nur der Mutter, sondern auch seinen intimsten Freunden verschwiegen?
Ist es abwegig zu vermuten, Hölderlin habe in Nürnberg eine weibliche Bekanntschaft gemacht und die Weihnachtsnacht im Gasthof Mondschein nicht allein verbracht? Bei einem robusten und schönen vierundzwanzigjährigen jungen Mann wäre das nichts Erstaunliches.
Übrigens schreibt er der Mutter in dem brieflichen Bericht über die Reise: »Die vergnügteste Zeit meiner Reise hatt' ich in Nürnberg.« Etwas später wird die Stadt Nürnberg noch einmal erwähnt. Im April 1794 schreibt er der Mutter: »Auch werd' ich nächstens im Namen der Frau von Kalb nach Nürnberg reisen, wenn die Person, die ich dort sprechen solle, nicht schon abgereist ist.«[11]
Dazu sagt Adolf Beck: »Wen Hölderlin ›nächstens‹ in Nürnberg sprechen sollte, und ob die Reise damals stattgefunden hat, ist nicht bekannt.«[12] Es kann sich aber auch um einen Selbstauftrag Hölderlins gehandelt haben.
Als er im Dezember 1794 Jena verläßt, schreibt er der Mutter, er werde sich in Weimar umsehen »und dann wahrscheinlich

nach Nürnberg abreisen«.[13] »Was er aber dort wollte, [...] ist völlig unbekannt«, muß Adolf Beck feststellen. Er fügt hinzu:

In den Nürnberger Frag- und Anzeignachrichten findet sich noch am 24. April 1795 die Notiz: »Ein Brief an Hrn. Magister Hölderlin bei der Frau von Calb kann im Intelligenzkontor erfragt werden, weil dessen Logis nicht bekannt ist.«[14]

In Nürnberg gab es irgend etwas, das Hölderlin anzog. Was es gewesen sein mag, wissen wir nicht. Man verstehe mich recht: es handelt sich nicht um Schnüffelei und Gucken durchs Schlüsselloch, sondern erstens um den Erweis, daß Hölderlin auch seinen intimsten Freunden einiges verheimlichte, andererseits um die Infragestellung der Legende eines dem Weiblichen gegenüber scheuen, zurückhaltenden, keuschen, bis zur Impotenz »reinen« Hölderlin, wie sie noch unlängst Peter Härtling popularisiert hat. Hölderlin war ein Mann in der vollen Bedeutung des Wortes: er trank »männlich«, berichten seine Freunde, und in all seinem sonstigen Verhalten kommt seine Männlichkeit zur Geltung.

Daß er sich mit Damen gerne unterhielt, daraus machte er nie einen Hehl, selbst seiner Mutter gegenüber nicht. Kurz bevor er Jena verläßt, schreibt er ihr: »Ein merkwürdiger Zug in meiner Lebensgeschichte! ich sprach kein süßes Wort mit irgendeiner hiesigen Dame.« Allerdings fügt er hinzu: »Meine eingeschränkte Zeit ließ es mir auch nicht zu, die schönen und lustigen Cirkel zu besuchen. [...] Ich sage das auf die lieben wohlgemeinten Ermahnungen.«[15] Anscheinend hatte er nicht einmal bei der Mutter den Ruf, dem schönen Geschlecht gegenüber sehr zurückhaltend zu sein.

Nun: gerade in Waltershausen spielte sich eine Affäre ab, die, vor zwanzig Jahren von einem ausländischen Forscher zuerst aufgedeckt, anfangs die deutsche Hölderlin-Forschung in Verlegenheit versetzte, weil sie zum »frommen«, keuschen Hölderlin-Bild nicht recht passen wollte. Ich verweise auf den nüchternen Bericht von Adolf Beck.[16] Dann aber hat diese Episode die Phantasie von Peter Weiss und Peter Härtling in Bewegung gesetzt.

Vierzehn Tage nach seiner Ankunft in Waltershausen schreibt Hölderlin an seine Schwester:

Die Gesellschafterin der Majorin [Frau von Kalb, P. B.], eine Wittwe aus der Lausiz, ist eine Dame von seltnem Geist und Herzen, spricht französisch und englisch, und hat so eben die neuste Schrift von Kant bei mir gehohlt. Überdiss hat sie eine ser interessante Figur. Daß Dir aber nicht bange wird, liebe Rike! für Dein reizbares Brüderchen, so wisse 1., daß ich um 10 Jare klüger geworden, seit ich Hofmeister bin, 2. und vorzüglich, daß sie versprochen und noch viel klüger ist, als ich. Verzeihe mir die Possen, Herzensschwester![17]

Pfarrer Nenninger in Waltershausen nennt Wilhelmine Kirms »eine der vorzüglichen Personen ihres Geschlechts«[18]. Selbstverständlich ist, wie sich Adolf Beck ausdrückt, »in jeglicher Herstellung von Zusammenhängen Zurückhaltung geboten«. Doch kaum hat Hölderlin Waltershausen verlassen, um in Jena einige Monate zu verweilen, schreibt er an Freund Neuffer folgende rückblickende Zeilen:

Hier lassen mich die Mädchen und Weiber eiskalt. In Waltershausen hatt' ich im Hauße eine Freundin, die ich ungerne verlor, eine junge Wittwe aus Dresden, die jezt in Meiningen Gouvernante ist. Sie ist ein äußerst verständiges, vestes u. gutes Weib, und ser unglüklich durch eine schlechte Mutter. Es wird Dich interessiren, wenn ich Dir ein andermal mehr von ihr sage, u. ihrem Schiksaal.[19]

Eine Woche später schreibt er an die Mutter, um sie um etwas Geld zu bitten – sieben bis zehn Carolin, also gar nicht so wenig, denn als Hauslehrer bei Frau von Kalb bekam er zwölf Carolin jährlich –, und sagt, daß er nicht um so viel gebeten hätte, »wenn ich nicht noch einen kleinen Posten in Meiningen zu bezahlen hätte«. Zu diesem gar nicht so »kleinen Posten« in Meiningen hat Adolf Beck nichts zu sagen. Es ist aber bekannt, daß Wilhelmine Kirms sich zu jener Zeit in Meiningen aufhielt und, wie man sagt, »in anderen Umständen« war.

Mitte Juli 1795 sollte Wilhelmine Kirms ein uneheliches Kind zur Welt bringen, das Louise Agnese genannt wurde. Es kommt wohl kein anderer als Vater in Frage als Hölderlin. Hat er von der Schwangerschaft der Wilhelmine Kirms gewußt? Man hat dies wiederholt bezweifelt. Wer weiß warum? Um Hölderlins Ansehen nicht zu schaden?

Die Antwort ist aber wichtig, denn, wenn sie positiv ausfällt,

dann läßt sich Hölderlins Trennung vom Hause Kalb ganz anders begründen, als es bisher geschehen ist.
Nehmen wir an, Wilhelminens Schwangerschaft hätte im Oktober 1794 angefangen. Nach zwei, drei Monaten, spätestens im Dezember, war Wilhelmine Kirms als Gesellschafterin der Frau von Kalb genötigt, ihre Herrin über die Situation aufzuklären. Gegen Ende 1794, also Ende Dezember, verläßt sie das Haus und zieht nach Meiningen. Ihr Zustand wird nicht mehr lange zu verbergen sein. Es ist unwahrscheinlich, daß sie Frau von Kalb keine Erklärung gegeben hätte hinsichtlich der Vaterschaft, deretwegen sie sich übrigens nicht besonders zu schämen brauchte – zumal nah und fern kein anderer Erzeuger zu vermuten war. Weder der alte Major von Kalb noch der Gärtner noch der Pfarrer von Meiningen kamen wohl in Frage.
Frau von Kalb konnte Wilhelmine Kirms unmöglich länger im Hause behalten.
Hölderlin, der Vierundzwanzigjährige, wird jedoch dadurch in eine schwierige Lage versetzt. Eigentlich ist es seine Schuld – und er sieht es als solche an –, daß Wilhelmine ihre Stelle aufgeben und ins Ungewisse fortgehen muß. Wie kann er länger bleiben, wenn sie vor die Tür gesetzt wird?
Tatsächlich wird einige Tage nach Wilhelminens Weggang, kurz vor dem 14. Januar 1795, Hölderlins Dienstverhältnis zum Hause von Kalb ebenfalls gelöst. Doch trägt die verständnisvolle Frau von Kalb Sorge dafür, daß die Trennung »für Hölderlin auf die ruhigste delikateste Weise geschehe«.[20] Grund – angeblicher Grund – für die Trennung ist das gespannte Verhältnis des Hauslehrers Hölderlin zu seinem Zögling Fritz.
Doch drängt sich noch eine andere, zumindest ergänzende Begründung auf, die sowohl Hölderlins Trennung vom Hause Kalb als auch seine damalige Überspanntheit erklären kann. Der in Dokument 1 zitierte Bericht von Frau von Kalb an Schiller, in dem sie von Hölderlins grenzenloser Empfindlichkeit spricht, die sie fürchten läßt, »eine Verworrenheit des Verstandes« liege diesem Betragen zugrunde, datiert vom 9. Dezember 1794. Dies ist aber gerade die Zeit des zweiten oder dritten Monats der Schwangerschaft von Wilhelmine Kirms, also gerade die Zeit, in der sie ihrer Schwangerschaft

gewahr wird, deren Konsequenzen durchdenkt und wahrscheinlich mit Hölderlin bespricht. Es ist schwerlich vorstellbar, sie hätte die »anderen Umstände«, in denen sie sich befand, Hölderlin gegenüber geheimgehalten. Warum denn auch?

Vielleicht ist ein Echo davon in einem Brief Hölderlins zu hören, der allerdings erst drei Jahre später an den Bruder geschrieben wurde:

Ich hab' es genug gebüßt, daß ich noch die zwei lezten Jahre in Tübingen in einem solchen interesselosen Interesse lebte. Ich hab' es genug abgebüßt durch die Frivolität, die sich dadurch in meinen Karakter einschlich, und aus der ich nur durch unaussprechlich schmerzliche Erfahrungen mich wieder loswand.[21]

Welche »Frivolität« kann er mit »unaussprechlich schmerzlichen Erfahrungen«, die er zwischen der Zeit im Tübinger Stift (Ende 1793) und der Ankunft in Frankfurt (Ende 1795) gemacht hätte, wohl »abgebüßt« haben? Kann es sich um etwas anderes handeln als um das Erlebnis mit Wilhelmine Kirms?

Auch läßt sich vermuten, daß sich folgende Stelle eines Briefes von Susette Gontard an Hölderlin auf diese Episode bezieht:

Kehre nicht dahin zurück, woher Du mit zerrißnen Gefühlen in meine Arme Dich gerettet. [...] Wenn es einst so wäre, O! dann gedenke der Liebe! und ihrer unzähligen Qualen![22]

»Dahin«: damit meint Susette Jena, Weimar, Sachsen. Wohl erklärt sie ihre »Abneigung« dagegen damit, daß ihr Hölderlin geschrieben habe, er wolle »in einem gewissen Falle dem Rat und Ausspruch Schillers folgen«. Weimar sei nur eine halbe Tagereise von Jena entfernt, und sie habe gehört, daß Schiller »diesen Winter« nach Weimar ziehen würde; Hölderlin könne »doch nicht umhin, ihn zu besuchen, es könnte Dir wohl nicht angenehm sein«. Doch ist wohl nicht die Nähe Schillers der Hauptgrund ihrer Aufregung bei dem Gedanken, Hölderlin könne sich wieder einmal in Jena aufhalten. Nicht dieser Gedanke verursacht ihr Herzklopfen:

Was ich dabei empfinden würde, fühlte ich genug an meinem hochklopfenden Herzen als ich zufällig einige Stunden dort zubrachte.

Damals schrieb ich Dir nicht davon [...]. Ich glaube aber jetzt es Dir und mir selbst schuldig zu sein, Dir diese Schwachheit zu entdekken. Ich weiß es wohl, vor dem hohen Ideal der Liebe, gelten solche Schwachheiten nicht und verdienen Verdammung, aber vor der menschlichen Empfindung der Liebe! Schonung – Du verstehst mich![23]

Dies paßt nicht recht zu der Interpretation, Susette wolle Hölderlin vor Schillers Einfluß warnen. Adolf Beck meint mit Recht:

[Susette Gontards] Worte bekämen vielleicht lebendigeren Hintergrund, wenn sie sich auf ein anderes, dunkleres Verhältnis bezögen [d. h. die Affäre Kirms, P. B.], von dem ihr der Dichter, sich erleichternd, berichtet haben müßte.[24]

Auch war die Kirms-Affäre kein Geheimnis geblieben. Am 2. April 1797 schrieb ein Kaufmann aus Frankfurt, Ernst Schwendler, der mit Hofrätin Heim in Meiningen, einer Nachbarin und wohl Bekannten von Frau von Kalb, befreundet war, folgendes:

Hölderlein habe ich vor 14 Tagen in einem Conzert gefunden, [er geht selten aus] angeredet und lange mit ihm gesprochen, nur nicht von der Kirms. Ich glaube ohnedies, daß er mich vielleicht, wenn er vermutet, daß ich etwas davon weiß, lieber 10 Meilen weiter gewünscht hat. Ein hübscher Mann ist es. Ich wünschte selbst zu wissen, wie er jetzt wegen der Kirms gestimmt ist, möchte aber nicht gerne gerade zu ihm sagen, daß ich davon weiß.[25]

Frau von Kalb hat ihm die Sache nicht übelgenommen. Sechs Jahre später schreibt sie ihm einen freundlichen Brief, auf den wir später noch zurückkommen werden. Schließlich wird sie noch 1806 an Jean Paul über Hölderlin schreiben: »Ich könnte viel von ihm sagen.«[26]

Wie dem auch sei: Angesichts der Situation und des Umstands, daß Hölderlin nicht mehr in ihrem Hause bleiben konnte, hat sich Frau von Kalb den beiden gegenüber menschlich sehr korrekt, ja elegant verhalten und eine schonungsvolle Lösung gefunden.

Zurück zur genauen Zeitfolge: Im Dezember mußte wohl Wilhelmine ihre Herrin mit der Situation bekannt machen. »Gegen Ende 1794«, also in den letzten Dezembertagen, verläßt

sie das Haus, bevor sich ihr Zustand nicht mehr verbergen läßt, und zieht nach Meiningen.
Charlotte von Kalb läßt dann vierzehn Tage vergehen, damit der Zusammenhang nicht zu offensichtlich sei, und löst erst dann das Dienstverhältnis Hölderlins zu ihrem Hause. Doch trägt sie Sorge dafür, daß die Trennung »für Hölderlin auf die ruhigste delikateste Weise geschehe«, wie sie Schiller mitteilt. Zuerst übersiedelt sie selbst mit ihrem Sohn und seinem Lehrer nach Weimar – das geschieht ebenfalls Ende Dezember. Zwei Wochen später trennt sie sich von Hölderlin, versieht ihn mit Geld und empfiehlt ihn Schiller, um Hölderlin die Möglichkeit zu verschaffen, endlich seinen alten Plan, in Jena zu studieren, zu verwirklichen.
Hier Hölderlins Darstellung der Trennung in einem Brief an Neuffer:

[Sie] versah mich noch mit Gelde auf ein Vierteljahr, will sonst alles thun, um mir einen längeren Aufenthalt hier möglich zu machen, bat mich, ja alle Monathe ein paarmal hinüber zu kommen – u. zeigte noch beim Abschiede ihren ganzen edlen Sinn, u. ihre, wie ich doch glauben muß, herzliche Freundschaft für mich.[27]

Schiller bittet sie, sich Hölderlins anzunehmen:

Ihre Güte für ihn kann sehr viel tun. Suchen Sie ihn auch leichte Arbeiten zu verschaffen, die auf eine schleunige Art seinen Unterhalt erleichtern, und ihn von Sorgen befreien. [...] Ruhe, Selbstgenügsamkeit – und Stetigkeit werde doch endlich den Rastlosen! Er ist ein Rad welches schnell läuft![28]

Um der Situation gerecht zu werden, muß man sich die jungen Menschen vorstellen, die damals die drei Hauptakteure waren: Als sie sich begegneten, war Charlotte von Kalb dreiunddreißig Jahre alt, Hölderlin vierundzwanzig und Wilhelmine, die Witwe, erst zweiundzwanzig.
Beim Abschied ist von seiten Charlottens überhaupt nicht mehr von »Verworrenheit des Verstandes« die Rede. Es ist zu vermuten, daß sie zwischen dem 9. Dezember 1794, wo sie diese Worte an Schiller schrieb, und Ende des Monats eine vernünftige Erklärung für Hölderlins Überspanntheit und anscheinende Geistesverworrenheit gefunden hatte, deren Ursache sie Anfang des Monats noch nicht gekannt hatte.

Wenn dem so ist, so kann die im Dokument 1 enthaltene Aussage von Frau von Kalb nicht mehr als das Symptom eines »frühen und vorübergehenden Schubs der Krankheit« Hölderlins, als schizophrene Krise gelten, sondern nur als der Versuch der damals ratlosen Hausherrin, Hölderlins manchmal befremdendes Gebaren zu interpretieren, dessen wirkliche und wohl verständliche Gründe sie erst später erfuhr.

Nachdem er sich vom Hause von Kalb getrennt hatte, verbrachte Hölderlin die ersten fünf Monate des Jahres 1795 in Jena, wo er an der Universität Fichte hörte, Schiller öfters besuchte, Friedrich von Hardenberg (Novalis) einmal begegnete.
Doch Ende Mai verläßt er Jena urplötzlich und unvorbereitet. Auch nachträglich ist sein Weggang nur schwer zu erklären. Höchstens kann folgende Stelle aus einem Brief an Niethammer, den er 1796 aus Frankfurt schrieb, als Erklärung gelten:

Der Nachhall aus Jena tönt noch zu mächtig in mir, und die Erinnerung hat noch zu große Gewalt, als daß die Gegenwart mir heilsam werden könnte. Verschiedene Linien verschlingen sich in meinem Kopf, und ich vermag sie nicht zu entwirren. Für ein continuirliches angestrengtes Arbeiten, wie es die gestellte philosophische Aufgabe erfordert, bin ich noch nicht gesammelt genug.[29]

Zerfahrenheit des Denkens, Unfähigkeit, sich zu sammeln – man horcht um so mehr auf, als andere Zeugnisse damit konvergieren. An Schiller schreibt er drei Monate, nachdem er Jena verlassen hat, am 4. September 1795 aus Nürtingen, wo er bei der Mutter lebt:

Maladie und Verdruß hinderten mich, das, was ich wünschte, auszuführen.
Vieleicht zürnen Sie nicht, wenn ich Ihnen diß in einiger Zeit zuschike.
Ich gehöre ja – wenigstens als r e s n u l l i u s – Ihnen an; also auch die herben Früchte, die ich bringe.
[...] Ich fühle nur zu oft, daß ich eben kein seltner Mensch bin. Ich friere und starre in dem Winter, der mich umgiebt.
So eisern mein Himmel ist, so steinern bin ich.[30]

Nota bene: Das Frieren und Starren ist ausschließlich psychologisch zu verstehen, da der Brief im Sommer, am 4. September, geschrieben ist. Adolf Beck vergleicht die Stelle mit einer Stelle aus einem früheren, wahrscheinlich um den 20. Oktober 1793 – also zwischen dem letzten Jahr im Stift und der Hofmeisterstelle in Waltershausen – aus Nürtingen an Neuffer geschriebenen Brief. In Erwartung der Entscheidung über die in Aussicht gestellte Stelle führt er in Nürtingen ein »einförmiges Leben« und beklagt sich:

In meinem Kopf ists bälder Winter geworden, als draußen. Der Tag ist ser kurz. Um so länger die kalten Nächte.[31]

Ist dieses Gefühl der Kälte, des Frierens vielleicht symptomatisch? Es scheint bei ihm Verstimmung und Bedrückung des Gemüts zu begleiten und rein psychologischen (pathologischen?) Ursprungs zu sein.
Hölderlins Formulierungen an Niethammer und an Schiller soll hier eine allerdings später und im Rückblick geäußerte Feststellung seines Freundes Magenau ergänzen. Dieser schreibt am 25. November 1796 an Neuffer:

Hölderlin habe ich voriges Jahr bei meinen Eltern gesprochen, gesehen wollt' ich sagen, denn er konnte nicht mehr sprechen, er war abgestorben allem Mitgefühl mit seines Gleichen, ein lebender Toter. Er sprach viel fantastisches Zeug von einer Reise nach Rom, wo gewöhnlich die guten Deutschen sich die Seele verkälten.[32]

Adolf Beck kommentiert: »Hölderlin muß nach seiner überraschenden Heimkehr von Jena zeitweise in tiefe Verstimmung und Bedrückung des Gemüts gesunken sein, die ihn seiner Umwelt entfremdete: ›Ein vertriebener Wanderer / Der vor Menschen und Büchern floh‹.«[33]
Gibt es einen Zusammenhang zwischen seinem plötzlichen fluchtartigen Weggang aus Jena und dieser Abgestorbenheit, dem Fehlen allen Mitgefühls mit seinesgleichen? Unerklärliche Impulse, Anwandlung von Autismus? »Die Gründe und Hintergründe [des Aufbruchs, P. B.] werden sich wohl kaum völlig klären lassen«, meint Adolf Beck.[34]
Damit wird aber nahegelegt, daß wir vor einem Rätsel stehen, wo die möglichen (psychologischen) Gründe einen (pathologischen) Hintergrund vermuten lassen.

Zu Dokument Nr. 2:

Hölderlins plötzlicher Weggang aus Jena, seine Entfremdung der Umwelt gegenüber in den folgenden Monaten sind gewiß ein psychologisches Rätsel, besonders aber, wenn man von den Umständen absieht und von ihnen nichts wissen will.

In Jena scheint er ein ziemlich beschäftigtes und vergnügtes Leben geführt zu haben. Er besucht Schiller öfters, kommt im Professoren-Klub ins Gespräch mit Goethe und dem Maler Meyer, er hört bei Fichte und wohnt zuerst ganz in dessen Nähe; er denkt an die Möglichkeit einer Dozentur in Jena.
Er erneuert die Bekanntschaft mit dem fünf Jahre jüngeren Isaak von Sinclair aus Homburg, die er bereits zur Zeit des Tübinger Stifts gemacht hatte. Sie freunden sich so weit an, daß Hölderlin im April umzieht, um gemeinsam mit Sinclair in dessen Gartenhause zu wohnen, von wo aus man den Blick über die Stadt und das herrliche Tal der Saale genießt. Der neunzehnjährige Sinclair liebt ihn, findet in ihm einen »Herzensfreund instar omnium«. Hölderlin arbeitet fleißig am *Hyperion*-Roman.
Und plötzlich geht er weg ... Wovor flieht er? Neben den psychologischen Momenten, die wohl nicht zu leugnen, wenn auch nur schwer einzuschätzen sind, können andere Umstände mitgewirkt haben.
Erstens politische. Zu wiederholten Malen hatte es an der Universität Jena schwere politische Zwischenfälle gegeben. Sinclair war als Mitglied des Ordens der Schwarzen Brüder an Studententumulten beteiligt. Hölderlins Beschreibung des Bundes der Nemesis im *Hyperion*[35] beruht auf der Erfahrung, die er in Jena mit den Studentenorganisationen gemacht hatte, mit dem Bund Freier Männer und den drei Orden (den Schwarzen Brüdern, den Konstantisten und den Unitisten). Durch diese Krise war die Universität in ihrer Existenz bedroht. Es kam zu Studentenkrawallen. Im April 1793 wurde Fichtes Haus mit Steinen beworfen. Ein durch das Fenster hereinfliegender Stein traf Fichtes Schwiegervater zumindest psychisch schwer. Fichte selbst wurde eine Zeitlang von bewaffneten Studenten beschützt.[36]
Das Geheimwesen der Organisationen war keine harmlose, unschuldige Spielerei. Nicht nur Sinclair, auch der später mit Hölderlin eng befreundete Böhlendorff war ein Mitglied der Schwarzen Brüder; es gehörte wohl auch ein gewisser Bauer dazu; gerade dieser Bauer wurde später im Hochverratsprozeß gegen Sinclair von Blankenstein als derjenige denunziert, den Sinclair zum »Beseitigen« des Kurfürsten und der Durchführung des Attentats vorgeschlagen hatte. Georg Friedrich

Bauer aus Hanau war bei den Tumulten vom 27. Mai 1795 und dem »Tumult auf dem Markt« vom 19. Juli gemeinsam mit Sinclair beteiligt. Bauer wurde als Rädelsführer durch ein Senatsurteil von der Universität relegiert. Dieselbe Strafe wurde bei dem Adligen Isaac von Sinclair zu einem consilium abeundi – der Empfehlung, von selbst abzugehen, bevor man ihn hinausweise – gemildert. Doch darauf hatte Sinclair nicht gewartet: er hatte das Gartenhaus verlassen und war nach Homburg zurückgekehrt.

Hölderlin hatte also diese Seite der politischen Aktivität – Geheimbundrivalitäten, Studentenkrawalle, Repression usw. – in Jena aus nächster Nähe und vielleicht nicht unbeteiligt miterlebt. Es ist festzuhalten, daß sein »plötzlicher, fluchtartiger Aufbruch aus Jena« gleich nach dem Tumult vom 27. Mai, an dem er vielleicht mit Bauer und Sinclair teilgenommen hatte, erfolgt. Auch ist er von nun an allein im von Sinclair gemieteten Gartenhaus. Vielleicht hatte Sinclair die Miete nur bis Ende Mai bezahlt und Hölderlin wollte oder konnte sie nicht weiter übernehmen – an solche Probleme muß man eben auch denken, nicht nur an metaphysische Auseinandersetzungen mit Fichtes Gedankenwelt.

Wie dem auch sei – kurz nach Sinclairs Abreise macht er sich selbst auf den Weg, ganz gemächlich übrigens. Am 13. Juni, auf dem Heimweg nach Nürtingen, macht er in Heidelberg, dank einem Arrangement Sinclairs, die für ihn entscheidende Bekanntschaft mit Ebel, der ihm dann die Stelle bei Gontard vermitteln wird.

Die dargelegten Umstände könnten wohl Hölderlins Weggang aus Jena erklären, doch nicht den depressiven Zustand, der sich angeblich in den folgenden Monaten manifestierte.

Eine andere Möglichkeit sollte freilich auch erwogen werden. Gerade zu der Zeit, zu der Magenau Hölderlins »Abgestorbensein allem Mitgefühl mit seines Gleichen« feststellt, Mitte Juli 1795, hat Wilhelmine Kirms eine Tochter, Louise Agnese, zur Welt gebracht, die allem Anscheine nach Hölderlins Tochter war. Man versetze sich nur an die Stelle eines fünfundzwanzigjährigen schwäbischen Theologen, eines angehenden Pfarrers, dem so etwas geschieht, und man wird vielleicht nicht mehr so versucht sein, die Depression auf »endogene« psychopathologische Ursachen zurückzuführen.

Interessant ist, daß er in dieser Stimmung, will man Magenaus Zeugnis glauben, »fantastisches Zeug von einer Reise nach Rom« redet – oder handelt es sich vielleicht um das nicht beispiellose Ausphantasieren einer Flucht vor der Welt, vor der Umgebung, vor dem ganzen schwäbisch-deutschen Komplex von Konsistorium und Pfarrerberuf, Mutter und Einheirat in eine Pfarre, spießigen Weltanschauungen und geheimbündlerischen Umtrieben?

An diesem Fluchtkomplex kann ich, wenn man sich die Umstände vorstellt und sich in Hölderlins Situation zu versetzen versucht, nichts besonders Pathologisches finden.

Beim Wort Magenaus: Hölderlin, »ein lebender Toter«, horcht man auf. Auf diesen psychischen Zustand zwischen Leben und Tod, den Hölderlin besonders stark empfand und in dem er schließlich die zweite Hälfte seines Lebens verbrachte, wird noch eingehend zurückzukommen sein.

Nach der Periode des Glücks in Frankfurt (1. Januar 1796 bis etwa 25. September 1798), die ein abruptes Ende nimmt (siehe den Dritten Teil), siedelt sich Hölderlin in der Nähe seines Freundes Isaak von Sinclair in Homburg vor der Höhe an, also ganz nahe bei Frankfurt. »Es wird auch wirklich wenige Freunde geben, die sich gegenseitig so beherrschen und so unterthan sind« als er und Sinclair, schreibt er der Mutter.[37]
Er erholt sich nur schwer vom Schock der Trennung von Susette. Er konzentriert sich auf das dichterische Schaffen. Dem Freund Neuffer schreibt er:

Das Lebendige in der Poësie ist jezt dasjenige, was am meisten meine Gedanken und Sinne beschäfftiget. Ich fühle so tief, wie weit ich noch davon bin, es zu treffen, und dennoch ringt meine ganze Seele danach und es ergreift mich oft, daß ich weinen muß, wie ein Kind, wenn ich um und um fühle, wie es meinen Darstellungen an einem und dem andern fehlt, und ich doch aus den poëtischen Irren, in denen ich herumwandele, mich nicht herauswinden kann. Ach! die Welt hat meinen Geist von früher Jugend an in sich zurükgescheucht, und daran leid' ich noch immer. Es giebt zwar einen Hospital, wohin sich jeder auf meine Art verunglükte Poët mit Ehren flüchten kann – die Philosophie. Aber ich kann von meiner ersten Liebe, von den Hofnungen meiner Jugend nicht lassen, und ich will lieber verdienstlos untergehen, als mich trennen von der süßen Heimath der Musen, aus der mich blos der Zufall verschlagen hat. [...] ich fürchte, das warme Leben in mir zu erkälten an der eiskalten Geschichte des Tags, und diese Furcht kommt daher, weil ich alles, was von Jugend auf zerstörendes mich traf, empfindlicher als andre aufnahm, und diese Empfindlichkeit scheint darinn ihren Grund zu haben, daß ich im Verhältniß mit den Erfahrungen, die ich machen mußte, nicht fest und unzerstörbar genug organisirt war. Das sehe ich. Kann es mir helfen, daß ich es sehe? Ich glaube, so viel. Weil ich zerstörbarer bin, als mancher andre [...][38]

Zusammengefaßt: Hölderlin betrachtet sich als empfindlicher und zerstörbarer als andere; er muß immer fürchten, von der Wirklichkeit »gestört« zu werden. Das uns bei ihm bereits bekannte Gefühl der »Kälte«, des »Erfrierens« bemächtigt sich

seiner: er fürchtet, »das warme Leben« in sich »zu erkälten an der eiskalten Geschichte des Tags«.
Doch Ende November lebt er wieder auf. Sinclair ist als diplomatischer Vertreter des Landgrafen von Homburg beim Rastatter Kongreß tätig, wo die Fragen der Abtretung des linken Rheinufers an Frankreich und die Entschädigung der durch diese Abtretung enteigneten Fürsten diskutiert werden. Hölderlin verbringt etwa zwei Wochen in Rastatt und macht dort »manche interessante Bekanntschaft«. Anfang Dezember ist er wieder in Homburg zurück, weil er dem Vorschlag Susettens Folge leisten will, sich am ersten Donnerstag jeden Monats zu treffen. Er will also am Donnerstag den 6. Dezember wieder in Frankfurt sein. An Sinclair, der in Rastatt geblieben ist, schreibt er am 24. Dezember: »Ich habe sehr an Glauben und Muth gewonnen, seit ich von Rastadt zurük bin. Ich sehe Dich selbst klarer und fester, seit ich Dich mit meinen neuen Freunden zusammen denke.«[39]
Im Januar 1799 schreibt er an die Mutter:

Ich kenne kein größer Glük, als bescheidenes Wirken und Hoffen. Das kann aber bei einem leicht gekränkten Sinne nicht bestehen. – Ich suche auch durch mäßige Bewegung meinen Körper zu bevestigen, weil ich einsehe, daß mitunter auch die Ursache in ihm liegt. Ich bin zwar gesund und jezt gesunder als sonst, und leide am Kopf und in den Eingeweiden nimmer, wie gewöhnlich, aber ich finde doch, daß meine Nerven zu reizbar sind.[40]

Zur Krankheitsgeschichte gehört das, was Hölderlin seiner Mutter mitteilt, nämlich, daß er früher an Kopfschmerzen und »in den Eingeweiden« gelitten habe, aber jetzt gesünder als sonst sei; doch sei er »leicht gekränkt« und seine Nerven seien »zu reizbar«. Da doch mitunter die Ursache im Körperlichen liege, solle, so meint er, eine gute körperliche Hygiene bei der Gesundung behilflich sein.
Am 25. März 1799 schreibt er an die Schwester, er sei in der letzten Zeit »durch Geschäffte und Maladie« am Absenden des im Februar geschriebenen Briefes verhindert worden. (N.B. Das Wort Geschäfft bedeutet in Hölderlins Sprachgebrauch Beschäftigung. Damit meint er offensichtlich seine dichterischen Arbeiten.) Die »Maladie«: »Eine Gallenkolik, von der ich aber jezt wieder frei bin.«[41]

Etwa um dieselbe Zeit, vielleicht am selben Tag, gesteht er der Mutter, er brauche Geld.

Nun glaube ich zwar zur Noth mit dem Gelde, welches ich noch vorräthig habe, bis dahin [bis sein Buch fertig ist, P.B.] auszukommen, doch muß ich Ihnen gestehen, daß durch die enorme Holztheurung und meine drei Wochen lange Maladie, wo ich zwar den Arzt nicht weiter als Einmal brauchen mußte, aber meine gewöhnliche Kost nicht brauchen konnte, mein Geldvorrath izt etwas geringer ist, als ich auf diese Zeit hin gerechnet habe.[42]

Er bereitet sie darauf vor, gegen die Mitte des Sommers hundert Gulden notwendig zu haben, »doch kann ich Ihnen im reinsten Ernste versichern, daß ich, um meiner eigenen Ruhe willen, das Geld nur als geliehen annehmen werde. Ich bin es Ihnen schuldig u. meinen Geschwistern, so zu handeln.«
Der Arzt, den er »nicht weiter als einmal« bemüht hat, ist Dr. Müller, derselbe, der sechs Jahre später (1805) ein Gutachten über Hölderlins Geistesverfassung ausstellen sollte und seinen Patienten schon zur Zeit des ersten Homburger Aufenthalts in Behandlung gehabt hatte, doch damals nur wegen einer Gallenkolik.
In dem Entwurf eines Briefes an Schiller (September 1799) erwähnt Hölderlin seinen schlechten Gesundheitszustand:

[...] eine Kränklichkeit, die beinahe den ganzen Winter und noch einen Theil des Sommers dauerte, nöthigte mich einestheils meine frugale Lebensart zu ändern, anderntheils benahm sie mir auch von meiner Zeit und meinen Kräften mehr, als dem Plane [damit ist das Trauerspiel *Empedokles* gemeint, P.B.] gemäß war.[43]

Das ganze Jahr 1799 hindurch ist er sehr beschäftigt. Während der ersten Hälfte des Jahres arbeitet er an der ersten Fassung des *Empedokles,* die er im Juni aufgibt. In der zweiten Jahreshälfte beschäftigt ihn der Plan, eine poetische Monatsschrift herauszugeben. Vom Gelingen dieses Plans macht er manches abhängig. Auch erscheint im Oktober der 2. Band des *Hyperion.*
Am 29. Januar 1800 schreibt er der Mutter, das eventuelle Mißlingen seines Plans, eine Zeitschrift zu gründen und zu leiten, würde ihn sehr bedrücken:

Nemlich, im Fall er fehlschlüge, so würde diß für meine Ruhe, die mir so theuer ist, und für die Gedult, mit der ich mich unter den menschlichen Verhältnissen sehe, eine fast zu starke Probe seyn, denn, wie gesagt, ich fühle, daß ich noch etwas stärker werden muß, um mich derlei Demüthigungen auszusezen, die mir wenigstens auf einige Zeit die Lust und die rechte Kraft, unter den Menschen etwas zu fördern, nehmen würden. Und ich darf Ihnen wohl gestehen, liebste Mutter! daß eben hierauf mein Leibes- und Seelenwohl, wenn ich so sagen darf, im hohen Grade beruht.[44]

Hier scheint er klarmachen zu wollen, daß der Erfolg oder Mißerfolg seiner Pläne und Arbeiten seine physische und psychische Gesundheit beeinflussen würden, und nicht umgekehrt.
Im selben Brief an die Mutter schreibt er beruhigende Worte:

Um meine Gesundheit dürfen Sie ja nicht bange seyn, theuerste Mutter! Ich habe schon seit guter Zeit dieses kostbare Gut ungestört genossen, und es freut mich um so mehr, weil ich immer fürchtete, daß der böse krampfhafte Zustand bleibend werden möchte. Am hiesigen Arzte habe ich dadurch eine gar gute Bekanntschaft gewonnen, es ist ein immer heiterer treuherziger Mann, der einen wenigstens auf Augenblike schon durch sein gesundes menschenfreundliches Gesicht heilen kann. Er ist der Mann für alle Hypochonder.[45]

Hier horcht man auf: Hypochondrie! Adolf Beck interpretiert:

Etwa im März 1799: Eine Gallenkolik lähmt die Arbeitskraft des Dichters, der darunter leidet, öfters »müßig und kopflos den ganzen Tag dazusizen«. Der behandelnde Dr. Müller stellt starke »Hypochondrie« fest: vielleicht Nachwirkung des Abschieds von Diotima, vielleicht heimlicher Vorbote der Krankheit.[46]

Zu Dokument Nr. 3:

Der erste Homburger Aufenthalt ist wohl im ganzen keine sehr glückliche, doch eine produktive Periode in Hölderlins Leben gewesen.
Er ist um seine Gesundheit besorgt, spürt sehr feinfühlig den Zusammenhang zwischen »Leib und Seele« und ihrer respektiven Gesundheit – das Wort »psychosomatisch« kennt er noch nicht, aber es trifft wohl das, was es meint.

Die einzige »Maladie« ist eine Gallenkolik im März 1799, die ihn zwingt, seine gewöhnliche spärliche Kost eine Zeitlang zu ändern.
Zu sagen – wie es Adolf Beck tut –, der behandelnde Dr. Müller habe schon damals starke »Hypochondrie« festgestellt, ist eine sehr gewagte Darstellung des Tatbestandes.
Hölderlin selbst sagt, er habe den Arzt nur einmal gebraucht, und zwar zur Behandlung seiner Gallenkolik. Wohl sagt er etwas später, Dr. Müller sei als »treuherziger Mann« mit einem »gesunden menschenfreundlichen Gesicht« »der Mann für alle Hypochonder«. Dies will aber noch lange nicht bedeuten, Dr. Müller habe ihn damals wegen Hypochondrie ärztlich behandelt.
Zwar steht in einem viel späteren Gutachten von Dr. Müller, »daß genannter Magister Hölderlin im Jahr 1799 schon, als er sich hier aufhielt, stark an Hypochondrie litt (NB damalen fragte er mich seines Übels wegen um Rath) die aber keinen Mitteln wiche, und mit welcher er auch wieder von hier wegzog«.
Ich werde noch Gelegenheit haben, zu zeigen, daß dieses »Gutachten« von Dr. Müller nicht wörtlich zu nehmen ist, da es nichts anderes ist als ein Gefälligkeitsgutachten, das fünf Jahre später, am 9. August 1805, in aller Eile gestellt wurde, um Hölderlin vor der ihm bevorstehenden Verhaftung zu schützen.
Daß Hölderlin in der Zeit des ersten Homburger Aufenthalts melancholisch war – dafür hat es mehr als einen Grund gegeben. Die Trennung von Susette hatte er nicht verwunden. Weder die heimlichen Zusammenkünfte in Frankfurt noch ihre Briefe waren dazu angetan, ihm frischen Mut zu machen. Auf diese Briefe werden wir noch zurückkommen. Ihr Thema lautet: »Ich fühlte es lebhaft, daß ohne Dich mein Leben hinwelkt und langsam stirbt.« Im zweiten der Briefe kommen die Worte Tod und Sterben immer wieder wie ein Kehrreim vor.
Dazu kommt aber – wie im Dritten Teil ausführlich dargestellt wird –, daß Hölderlin um diese Zeit verzweifelt versucht, sich die Grundlage eines unabhängigen Lebens zu verschaffen. Drei Pläne hatte er geschmiedet: der eine war die Perspektive, eine literarische Zeitschrift zu gründen; der

zweite war, als offizieller Dichter der von ihm und seinen Freunden erhofften Schwäbischen Republik aufzutreten; der dritte war, einen Lehrstuhl in Jena zu bekleiden. Alle drei Pläne, für die er hart gekämpft hatte, werden fehlschlagen. Auch lassen ihn seine Freunde im Stich. Muß man denn, unter den gegebenen Umständen, unbedingt an eine melancholische Veranlagung denken, an eine angeborene Hypochondrie, um seinen Mißmut zu erklären?
Ich würde eher meinen, daß angesichts der vielen erlittenen Schicksalsschläge Hölderlin ein gutes, ein besonders standhaftes Gleichgewicht besaß und sich nicht so leicht kleinkriegen ließ.

Im vorhin erwähnten Brief 204 an die Mutter teilt er ihr seine Absicht mit, nach Stuttgart zu übersiedeln. Vom Verleger hat er ungefähr 400 Gulden jährlich »sicher einzunehmen« und wird dazu »durch Privatvorlesungen noch einiges« verdienen. Er meint, er sei also »jezt erst gewissermaßen eingeschirrt« und habe »nach manchen Zerstreuungen und Unruhen endliche einige Vestigkeit in [seinem] Thun gewonnen«.[47] Er läßt sich mit Hilfe der Mutter ein »Logis in Stutgard« bei seinem Bekannten, dem Kaufmann Landauer, einrichten: »Meubles«, Bücherkasten, »Koffre« und Schreibtisch …
Übrigens geht es ihm gut:

Könnte ich von meiner Gesundheit immer so gewiß seyn, wie ich es jezt bin, so würde ich auch denken, daß ich meine schriftstellerische Arbeiten immer so ununterbrochen würde fortsezen können, um davon zu leben.[48]

Nun hat er es eilig, »in Stutgard so bald wie möglich in die Thätigkeit« einzutreten. Im Juni 1800 bezieht er die neue Wohnung in Stuttgart. »Mein Logis und die Aufnahme in meines Freundes Hauße fand ich ganz nach meinem Wunsche.«[49]
Etwa Ende Juli schreibt Hölderlin der Mutter:

Wenn ich denke, wie viel stärker und gesünder ich mich seit der Veränderung meines Aufenthalts fühle, und wie sich meine jezige Lage täglich angemessener für meine Bestimmung und sicherer zu meinem Auskommen bildet, so fühle ich eine Zufriedenheit und Ruhe, die ich lang entbehrte, und ich hoffe, es soll so bleiben […] Meine Feierstunden bringe ich in guter wohlmeinender Gesellschaft zu, und mein eigenstes Geschäfft gehet, wie es scheint, mir jezt auch leichter und reiner von Herzen.[50]

In einem etwa zur gleichen Zeit geschriebenen Brief an die Schwester kommt er auf das verflossene »böse malade Jahr« zurück:

Ich bin durch das böse malade Jahr, das ich überstanden habe, etwas langsamer in meinem Geschäfte geworden, und muß oft mit einem halbmüßigen Nachsinnen manche gute Stunde zubringen […] Auch fühl ich mich nach und nach auch wieder stärker zu dem, was ich aus Liebe und Pflicht den Tag durch arbeite und schaffe […]

Im Herbst schreibt er ihr wieder:

Der schöne Herbst bekommt meiner Gesundheit außerordentlich wohl, und ich fühle mich frisch in der Welt, und eine neue Hoffnung, noch eine Weile unter den Menschen das Meinige zu thun, lebt allmählich immer stärker in mir auf.[51]

Weder in seinen Briefen aus dieser Zeit noch in den in dieser Zeit entstandenen dichterischen Werken ist das leiseste Zeichen des Mißmuts zu finden. Und doch zitiert Adolf Beck folgende Stelle aus dem Lebensbericht Schwabs, Hölderlins Erscheinung in Stuttgart betreffend:

Seine Gemüthsstimmung schien gefährlich. Schon sein Aeußeres zeugte von der Änderung, die sein Wesen in den vergangenen Jahren erlitten hatte; als er von Homburg zurückkehrte, glaubte man einen Schatten zu sehen, so sehr hatten die inneren Kämpfe und Leiden den einst blühenden Körper angegriffen. Noch auffallender war die Gereiztheit seines Seelenzustandes; ein zufälliges, unschuldiges Wort, das gar keine Beziehung auf ihn hatte, konnte ihn so sehr aufbringen, daß er die Gesellschaft, in der er sich eben befand, verließ und nie zu derselben wiederkehrte.[52]

Dieser Bericht steht in absolutem Gegensatz zu allen anderen Dokumenten. Dazu Adolf Beck:

Umso erstaunlicher mutet nach diesem Bericht über die Verfassung des Menschen die Sammlung und Erhebung des Dichters in dem gesegneten Sommer und Herbst 1800 an. Sie ist aus der Wohltat des Lebens in der Heimat, in einem Kreise »treuer wohlmeinender Gemüther« nicht allein zu erklären. Ein streng disziplinierender Wille und ein tiefer gelassener Glaube an den Sinn des eigenen Dichterberufes verbinden sich darin wohl auf eigenartige Weise mit einem rätselhaften psychischen Wandlungsprozeß, der das allmähliche Nahen der Krankheit ankündigt. Diese aber hat, wie Karl Jaspers in dem Hölderlin-Kapitel seines Buches über Strindberg und van Gogh […] ausführt, zunächst aufgelockert und gesteigert, was in der ursprünglichen Persönlichkeit an dichterischer und religiöser Potenz schon da war, »um nach dieser einen, so bei Gesunden gar nicht möglichen Blüte alles zu zerstören«.[53]

Zu Dokument Nr. 4:

Die Forschung, d.h. der Psychiater Karl Jaspers und, ihm folgend, Adolf Beck, steht hier vor einem angeblichen psychologischen Rätsel: dem völligen Gegensatz zwischen Werk und Leben, zwischen der Ausgewogenheit der Dichtung und der Zerrissenheit des Lebens.
Dichterisch waren die Monate in Stuttgart äußerst produktiv. Die Elegien *Der Gang aufs Land,* Landauer gewidmet, *Stutgard,* an Siegfried Schmid, der erste Entwurf von *Brod und Wein,* Wilhelm Heinse gewidmet, fallen in diese Zeit. Hier der Anfang von *Stutgard*:

Wieder ein Glük ist erlebt. Die gefährliche Dürre geneset,
Und die Schärfe des Lichts senget die Blüthe nicht mehr.
Offen steht jezt wieder ein Saal, und gesund ist der Garten,
Und von Reegen erfrischt rauschet das glänzende Thal,
Hoch von Gewächsen, es schwellen die Bäch' und alle gebundnen
Fittige wagen sich wieder ins Reich des Gesangs.[54]

In den Briefen äußert er seine »Zufriedenheit und Ruhe«, er fühlt sich »frisch in der Welt«.
Wie reimt sich das zu Schwabs Aussage, »Hölderlins Zustand schien gefährlich«, man glaubte, »einen Schatten zu sehen«, usw.?
Adolf Becks Lösung des Rätsels heißt: »ein streng disziplinierender Wille und ein tiefer, gelassener Glaube an den Sinn des eigenen Dichterberufes«, die sich »mit einem rätselhaften psychischen Wandlungsprozeß [verbinden], der das allmähliche Nahen der Krankheit ankündigt«.
Karl Jaspers war einen Schritt weiter gegangen, indem er in Hölderlins dichterischem Gelingen in dieser Zeit eine »Blüte« erkannte, die »so bei Gesunden gar nicht möglich« wäre.
Dichterisches Gelingen als Symptom der Erkrankung, als Vorzeichen der unabwendbar drohenden Schizophrenie – mit einer solchen Interpretation haben sich bis jetzt sowohl die Psychiatrie wie die Hölderlin-Forschung im allgemeinen zufrieden gegeben.
Zu dieser Deutung von Schwabs Bericht gibt es jedoch eine Alternative.

Das einzige Dokument über die »Schwermut«, über die »gefährliche Gemütsstimmung«, die Gereiztheit und den schlechten Seelenzustand Hölderlins zur Zeit des ersten Stuttgarter Aufenthalts (Juni–Dezember 1800) ist der gerade von Adolf Beck zitierte Bericht Schwabs. Adolf Beck vermutet dahinter wohl mit Recht »einen mündlichen Bericht des alten, von Schwab noch persönlich gekannten und befragten Landauer«[55].

Nun muß man aber bedenken, daß der Bericht der Schwabs (des Vaters und des Sohns) im Jahre 1842 niedergeschrieben wurde. Sie verfügten über eine einzige Quelle: Christian Landauer, der, ein Jahr älter als Hölderlin, 1845 starb. Als die beiden Schwabs an der biographischen Skizze arbeiteten und höchstwahrscheinlich Christian Landauer befragten, etwa im Jahre 1841, haben sie einen zweiundsiebzigjährigen Greis von Ereignissen, die über vierzig Jahre zurücklagen, sprechen gehört.

Da drängt sich eine Vermutung auf. Hölderlin hatte sich nicht einmal, sondern zweimal bei Landauer in Stuttgart aufgehalten: das erste Mal von Juni bis Dezember 1800, das zweite Mal nach seiner Rückkehr aus Bordeaux (Juli 1802). Vielleicht hat Landauer, als ihn die Schwabs befragten, die Erinnerungen an die beiden Aufenthalte nicht richtig auseinander gehalten. Was er – Schwab zu glauben – von Schwermut, gefährlicher Gemütsstimmung, Gereiztheit usw. sagt, was aber dem nicht entspricht, was wir sonst vom ersten Stuttgarter Aufenthalt wissen, könnte dagegen sehr wohl auf den zweiten Stuttgarter Aufenthalt nach der Rückkehr aus Frankreich und dem Tode Susettens passen. Auf diese Zeit könnte sich auch der Bericht Schwabs beziehen, der (wahrscheinlich im Datum falsch) vom »Anfang des Jahres 1800« zu berichten weiß:

»Sein körperlicher Zustand hatte sich gebessert, aber seine Seele war schwer darniedergebeugt; war er mit seinen Freunden auf einem Spaziergang zusammen, so konnte er hie und da recht heiter und aufgeräumt sein, aber umsonst erwartete man eine längere Dauer dieser Stimmung, man fand ihn gewöhnlich Tags darauf wieder in düstere Schwermut versunken.«[56] Der hier beschriebene Zustand würde viel eher auf den zweiten Stuttgarter Aufenthalt passen als auf den »Anfang des

Jahres 1800«, eine Zeit, in der Hölderlin sich übrigens noch in Homburg aufhielt, wo er allerdings von Landauer besucht worden war.

Man steht hier also vor einem scheinbaren Gegensatz zwischen Werk und Lebensbericht, doch auch vor zwei möglichen Hypothesen, die nicht zu vereinbaren sind.

Einerseits betrachten sowohl Psychiatrie als auch Hölderlin-Forschung den Bericht Schwabs als über jede kritische Prüfung erhaben und der Wahrheit entsprechend; man beruft sich auf Hölderlins »Geisteskrankheit« und lobt »eine so bei Gesunden gar nicht mögliche Blüte«, sieht also in seinem dichterischen Gelingen ein Symptom der ihn bedrohenden Erkrankung – so habe ein gesunder Mensch gar nicht dichten können.

Andererseits gibt es aber die einfachere und wahrscheinlichere Hypothese, daß das einzige Dokument zu Hölderlins damaligem angeblichen Geisteszustand aus zweiter Hand kommt und auf einem Gespräch mit einem alten Mann beruht, der nach mehr als vierzig Jahren zwei verschiedene Aufenthalte Hölderlins in seinem Hause, die in einem Abstand von nur zwei Jahren stattgefunden hatten, nicht mehr auseinanderzuhalten vermag. Der alte Landauer, der junge Schwab, ober beide zusammen, haben sehr wohl beide Aufenthalte miteinander verwechseln können. Das über den ersten Aufenthalt Berichtete paßt nämlich überhaupt nicht zu dem, was wir sonst davon wissen, doch optimal auf den zweiten.

Wenn dem aber so ist, dann erübrigt sich jede Betrachtung über den angeblichen – übrigens als pathologisches Symptom interpretierten – Gegensatz von Leben und Werk. Von dem »disziplinierenden Willen« des erkrankenden Dichters, von dem »rätselhaften Wandlungsprozeß« und der »so bei Gesunden gar nicht möglichen Blüte« zu sprechen, ist dann leeres Gerede.

Kurz vor dem 6. Dezember 1800 schreibt Hölderlin aus Stuttgart, er stehe mit einer Familie in der Schweiz wegen einer eventuellen Hofmeisterstelle in Verbindung; er habe sich zu einer »dritten Wanderschaft« entschlossen.[57]
Wie begründet er die Entscheidung? Der Schwester schreibt er am 11. Dezember:

Ich gestehe Dir, Theure! daß ich meinen Entschluß, so sehr er meinem Herzen widersprach, doch immer mehr mit meinem Herzen zu reimen weiß. Ich habe in mir ein so tiefes dringendes Bedürfniß nach Ruhe und Stille – mehr als Du mir ansehn kannst und ansehn sollst. Und wenn ich diß in meiner künftigen Lage finde, so erhalte ich mein Herz meinen unvergeßlichen Verwandten und Freunden nur um so wärmer und treuer. Ich kann den Gedanken nicht ertragen, daß auch ich, wie mancher andere, in der kritischen Lebenszeit, wo um unser Inneres her, mehr noch als in der Jugend, eine betäubende Unruhe sich häuft, daß ich, um auszukommen, so kalt und allzunüchtern und verschlossen werden soll. Und in der That, ich fühle mich oft, wie Eis, und fühle es nothwendig, so lange ich keine stillere Ruhestätte habe, wo alles was mich angeht, mich weniger nah, und eben deßwegen weniger erschütternd bewegt. Hierinn liegt für mich, und wie ich glaube, auch für die Meinigen, der Hauptgrund, der mich, wo manches andere auf beiden Seiten gleich war, zu meinem Entschlusse bestimmte.[58]

Adolf Beck kommentiert diesen Brief wie folgt:

Das Wiedererstarken dieses Bedürfnisses, nach einigen glücklich-schaffensreichen Monaten in Stuttgart, und das Gefühl, »eine betäubende Unruhe«, die nicht mehr erträglich sei, um sich zu haben und in der Abschirmung gegen sie »kalt und allzunüchtern und verschlossen« werden zu müssen: all das hatte vermutlich gar keinen konkreten, scharf bestimmbaren Anlaß, sondern hing mit dem (schon berührten) psychischen Wandlungsprozeß zusammen, der das heimliche Nahen der Krankheit ankündigte. [...] »Ich fühle mich oft, wie Eis« – Dieses periodische Gefühl war Hölderlin durch die psychische Struktur des Schizothymen vorgegeben [...][59]

Das friedlich-freundliche Asyl, das seinem Bedürfnis nach »Ruhe und Stille« entspricht, scheint sich ihm in der Schweiz anzubieten. Er nimmt das Angebot des Hauses Gonzenbach in Hauptwil an, die jüngeren Töchter des Hausherrn zu unterrichten und zu erziehen. Etwa am 5. Januar bricht er auf. Am 15. Januar 1801 tritt er die neue Hofmeisterstelle in Hauptwil an.

Zuerst atmen seine Briefe reinste Zufriedenheit über die Menschen, mit denen er zu leben hat, und über die Gebirgslandschaft: die Alpen, die »wie eine wunderbare Sage aus der Heldenjugend unserer Mutter Erde« sind und »an das alte bildende Chaos« gemahnen.

Doch nach einem »Frühlingsanfang«, wo ihm »alle Elemente wohlthun«, »seit drei Jahren der erste Frühling, den [er] mit freier Seele und frischen Sinnen genieße«,[60] ist schon in einem Brief, der ein paar Wochen später, vermutlich in der zweiten Hälfte des März 1801, ebenfalls an Landauer gerichtet ist, ein Umschwung spürbar.

Überhaupt ists seit ein paar Wochen ein wenig bunt in meinem Kopfe. O! Du weist es, Du siehest mir in die Seele, wenn ich Dir sage, daß es mich oft um so mächtiger wieder überfällt, je länger ichs mir verschwiegen habe, diß, daß ich ein Herz habe in mir, und doch nicht sehe wozu? mich niemand mittheilen, hier vollends niemand mich äußern kann. Sage mir, ists Seegen oder Fluch, diß Einsamseyn, zu dem ich durch meine Natur bestimmt und je zwekmäßiger ich in jener Rüksicht, um mich selbst herauszufinden, die Lage zu wählen glaube, nur immer unwiderstehlicher zurükgedrängt bin![61]

Am 11. April 1801, dem Samstag nach Ostern, kündigt ihm Anton von Gonzenbach. Adolf Beck: Gonzenbach kündigte »in schriftlicher, sehr höflicher Form, am 13. stellte er ein günstiges Zeugnis aus, worin er seinen Hofmeister als ›schätzbaren Freund‹ bezeichnete. Die frühe Kündigung brachte familiäre Gründe vor, hing aber doch wohl mit der Auswirkung der Stimmung, von welcher der [eben erwähnte Brief an Landauer, P. B.] spricht, vielleicht mit einem vorläufigen Schub der Krankheit zusammen. – Unmittelbar danach, Mitte April, dürfte Hölderlin abgereist sein.«[62]

Noch vor der Abreise aus Hauptwil schreibt Hölderlin einen besonders bedeutsamen Brief an den Bruder, mit nicht immer leicht zu deutenden Aussagen. Hier einige Zeilen daraus.

Wie wir sonst zusammen dachten, denke ich noch, nur angewandter! Alles unendliche Einigkeit, aber in diesem Allem ein vorzüglich Einiges und Einigendes, das, an sich, kein Ich ist, und dieses sei unter uns Gott! [...] Hier in dieser Unschuld des Lebens, hier unter den silbernen Alpen, soll mir es auch endlich leichter von der Brust gehen. Die Religion beschäfftigt mich vorzüglich.

Adolf Beck kommentiert die Stimmung des Briefs,

die sich in dem pathetischen, öfters beschwörenden, öfters geheimnisvoll andeutenden oder verhüllenden Stil kundgibt als Grenzverfassung zwischen Freudigkeit und Schauder, zwischen Betroffenheit und Ratlosigkeit, – als höchste Gehobenheit im Übergang zu einem Hingerissensein, worin, nach einem früheren Wort des Dichters, »die ewige Veste seiner Gedanken stürzt«.[63]

Schonender und deutlicher kann man nicht auf einen möglichen, ja wahrscheinlichen Zusammenhang zwischen der Kündigung Hölderlins als Hofmeister und seiner Geistesverfassung hinweisen.

Zu Dokument Nr. 5:

Es ist wohl nicht zu entscheiden, ob Hölderlins Kündigung mit seiner damaligen Geistesverfassung etwas zu tun hat oder nicht. Aus den Dokumenten ist nichts derartiges herauszulesen. Dem Kündigungsbrief ist bei bestem Willen nichts davon zu entnehmen. Hier ist er.

Sie werden sich erinnern, mein Hochgeschätzter Herr und Freund, daß sowohl mein Sohn, als auch ich, Ihnen von zwei jungen Knaben aus meiner Familie gesprochen, welche zu mir kommen sollten, und die eigentlich der Haupt Gegenstand meines Erziehungs-Plans waren – Da sich nun, durch unvorgesehene Zufälle, die größte Wahrscheinlichkeit zeigt, daß diese Knaben eine andere Bestimmung haben werden, und also dadurch das Hauptsächlichste meiner Absichten wegfällt, so werden Sie mir nicht übeldeuten, wenn ich, um Sie in keine nachteilige Verlegenheit zu setzen, Sie hiermit in Zeiten davon benachrichtige, und höflichst ersuche sich nach diesen Umständen gefälligst zu richten, und Ihre Maßregeln darnach zu nehmen; das heißt, [...] daß Sie sich dabei gänzlich nach Ihrer Convenienz in allen Rücksichten richten. – Ich bedaure von Herzen, daß uns das

Schicksal sobald wieder trennen soll, da aber die Wendungen desselben nicht in unserer Macht stehen, so hoffe ich Sie werden mir diese Notwendigkeit nicht zurechnen, sondern mich auch in der Ferne mit der Fortdauer Ihrer schätzbaren Freundschaft beehren, sowie Ihnen die meinige lebenslänglich gewidmet bleiben wird. –
Mit den aufrichtigen Gesinnungen unwandelbarer

Hochachtung / Ihr ergebenster / A. v. Gonzenbach

Hauptwil d. 11ten April 1801[64]

Lothar Kempter vergleicht diesen Kündigungsbrief mit einem anderen, vom selben Anton von Gonzenbach an einen früheren Hofmeister gerichteten Kündigungsbrief. An den früheren Hofmeister, Meyer, »wendet sich Gonzenbach in einem Ton, den der Gebieter gegenüber dem Untergebenen anschlägt; bei Hölderlin wählt er eine Sprache, die keineswegs zu einem minder Geachteten gesprochen wird«.[65]

Auch scheint Lothar Kempter, der der Sache mit Sorgfalt nachgegangen ist, die angegebene Ursache der frühen Trennung nicht aus der Luft gegriffen zu sein. Daß »die zwei jungen Knaben« Gonzenbachs Neffen sind, dafür sprechen mehrere Gründe: das Alter der Knaben, dauernde Beziehungen zu Hauptwil und das besondere Schicksal der Familie Develay. Vielleicht, vermutet Lothar Kempter, waren es auch »unliebsame wirtschaftliche Überraschungen, die den Wechsel geboten«.

Noch einmal: In den Dokumenten ist nicht der leiseste Hinweis auf einen Zusammenhang der Kündigung mit irgendeinem nicht »normalen« Verhalten Hölderlins aufzuspüren.

Wie dem auch sei: Hölderlin geht nach Hause. Lothar Kempter staunt: »Doch nun geschieht das Erstaunlichste. Der seelische Rückschlag auf die Kündigung, die selbst in ihrer höflichsten Form eine Demütigung blieb, setzt aus. Nicht gedrückt – in feierlich-freudiger Erregung, in höchster Heiterkeit tritt Hölderlin die Heimkehr an.«

Tatsächlich zeugt das kurz nach der Rückkehr aus Hauptwil verfaßte Gedicht *Heimkunft. An die Verwandten* von gehobenster Stimmung. Hier einige Proben daraus:

Drinn in den Alpen ists noch helle Nacht und die Wolke,
Freudiges dichtend, sie dekt drinnen das gähnende Thal.

Dahin, dorthin toset und stürzt die scherzende Bergluft,
[...]
Wenn er die Zeiten erneut, der Schöpferische, die stillen
Herzen der alternden Menschen erfrischt und ergreifft,
[...]
[...] und jezt wieder ein Leben beginnt,
Anmuth blühet, wie einst, und gegenwärtiger Geist kömmt,
Und ein freudiger Muth wieder die Fittige schwillt.
[...]
Alles scheinet vertraut, der vorübereilende Gruss auch
Scheint von Freunden, es scheint jegliche Miene verwandt.
[...]
Thörig red ich. Es ist die Freude.[66]

In der letzten Strophe kommt in abgewandelter Form das Wort Freude sechsmal vor: als »Freude«, aber auch als »freuen, Frohen, erfreuet, das Freudige«. Und: »wie bring' ich den Dank?«

Es gibt eine mögliche Erklärung, die mit Pathologie nichts zu tun hat: es ist nicht abwegig zu vermuten, Hölderlin habe sich in Hauptwil gelangweilt.

Auch war er in Gedanken ferne; wie er von Ganymed sagt: »nicht mehr dabei«. Im aus Hauptwil an den Bruder gerichteten Brief, der Adolf Beck zu einem pathetischen Kommentar inspirierte, jedoch (wenn auch gedrängt und nur anspielend formuliert) sehr nüchtern und gar nicht unverständlich ist, erwähnt Hölderlin ganz am Anfang die erste Zeit seines Aufenthalts in Homburg:

Erinnerst Du Dich der Briefe, die Du mir damals schriebst? Aber ein Unglaube an die ewige Liebe hatte sich meiner bemächtiget. Ich sollte auch dahinein gerathen, in diesen furchtbaren Aberglauben an das, was eben Zeichen der Seele und Liebe, aber so mißverstanden ihr Tod ist. Glaub' es, Theuerster! ich hatte gerungen bis zur tödtlichen Ermattung, um das höhere Leben im Glauben und im Schauen vest zu halten, ja! ich hatte unter Leiden gerungen, die, nach allem zu schließen, überwältigender sind, als alles andre, was der Mensch mit eherner Kraft auszuhalten im Stande ist. – Ich sage Dir dieses nicht umsonst. –[67]

Das und was darauf folgt, besonders gewisse Betrachtungen über das Wort als Zeichen, auf die wir später zurückkommen

werden, der Appell an die, »die noch ungeboren sind«, die erst recht mit der Welt auskommen werden – all dies sind direkte Anspielungen auf sein Ringen mit dem »Geist« und dem »Zeitlichen« nach der Trennung von Frankfurt.
Wenn er sich gleichzeitig bei Christian Landauer beklagt, es sei »seit ein paar Wochen ein wenig bunt« in seinem Kopfe, so ist doch wieder von Susette, wenn auch unausgesprochen, die Rede: Er habe sich dies verschwiegen, »diß, daß ich ein Herz habe in mir, und doch nicht sehe wozu?«; und daß er sich in Hauptwil niemandem gegenüber äußern könne – wie er es wohl in Stuttgart vor Eingeweihten tun konnte – ist bedrückend.
Susette Gontard hatte selbst vorgeschlagen:

Vor einiger Zeit fiel mir ein ob wir künftig im Notfall nicht durch den Herrn Landauer Nachricht von einander bekommen könnten, er ist Dein Freund, und war auch letzt gegen mich besonders höflich und artig. Es müßte aber mit der äußersten Vorsicht und Schonung geschehen, um daß er selbst auch in keinen Verdacht käme. Es ist nur so ein Gedanke und wenn Du ihn nicht gut findest, wollen wir weiter nicht darüber sprechen. Du kannst indeß immer durch ihn von mir zuweilen indirekte Nachricht bekommen. Die künftige Messe wird er wohl hier her kommen. Du kannst ihn aber wenn Du ihn sehen solltest, fühlen machen daß er nur mir Deinen Namen nennt.[68]

Wenn Hölderlin jetzt also einen mißmutigen Brief an Landauer schreibt und sich beschwert, er habe »ein Herz« in sich und sehe nicht wozu, so ist es nicht unberechtigt, darin eine direkte Anspielung auf seine Liebe zu Susette zu finden und auf die Unmöglichkeit einer vertrauten Mitteilung darüber in Hauptwil, wie sie in Stuttgart möglich war. Auch endet der Brief mit den Worten:

Bester! wenn Du nach Frankfurt kommst, so denk an mich! Willst Du? Ich werde hoffentlich immer meiner Freunde werth sein.[69]

Der Brief dürfte »in der zweiten Hälfte des März« geschrieben worden sein; die Messe in Frankfurt, die Landauer zu besuchen pflegte, fand gleich nach Ostern (dem 5. April) statt. Heimkehrend durfte Hölderlin erwarten, durch Landauers Vermittlung Nachrichten von Susette zu erhalten.

Vielleicht hat noch ein anderes Element eine Rolle gespielt. Im Lebensabriß Schwabs steht folgender Satz:

Während [sich Hölderlin] in Hauptwil befand, knüpfte der ihm befreundete Huber in Stuttgart Unterhandlungen an über die Herausgabe von Hölderlins Gedichten, und dies scheint mit ein Grund zu sein, warum er im April 1801 in seine Heimat zurückkehrte. [...] Indessen die Hoffnung [...] zerschlug sich.[70]

Adolf Beck meint, daß Hölderlin vielleicht schon vor Antritt der Stelle in Hauptwil mit Huber, dem Vertreter des Verlegers Cotta in Stuttgart, in Verhandlungen über die Herausgabe seiner Gedichte eingetreten war. Warum sich die Hoffnung zerschlug, ist nicht bekannt. Fest steht jedoch, daß ihm Huber am 6. August, also vier Monate, nachdem Hölderlin Hauptwil verlassen hatte, nach Nürtingen meldete, Cotta werde seine Gedichte gern Ostern 1802 herausbringen. Die Sache ist also erst später im Sande verlaufen, und Hölderlins Heimkunft hat damit nichts zu tun, wie Schwab fälschlich vermutet.[71]
Wie dem auch sei: Die Vermutung, Hölderlins Weggang aus Hauptwil habe mit einem »vorläufigen Schub der Krankheit« zu tun, ist völlig aus der Luft gegriffen. Weder seine Briefe aus Hauptwil noch sein dichterisches Werk in und nach Hauptwil (das Gedicht *Unter den Alpen gesungen* gehört zum Vollkommensten und Ausgereiftesten in Hölderlins Lyrik), noch irgendwelche anderweitige Dokumente oder sein Zustand nach der Rückkehr in die Heimat geben Anlaß zu einer solchen Vermutung.
Hier, als Zeugnis, die letzten Strophen von *Unter den Alpen gesungen*:

So mit den Himmlischen allein zu seyn, und
Geht vorüber das Licht, und Strom und Wind, und
Zeit eilt hin zum Ort, vor ihnen ein stetes
  Auge zu haben,

Seeliger weiß und wünsch' ich nichts, so lange
Nicht auch mich, wie die Weide, fort die Fluth nimmt,
Daß wohl aufgehoben, schlafend dahin ich
  Muß in den Woogen;

Aber es bleibt daheim gern, wer in treuem
Busen Göttliches hält, und frei will ich, so
Lang ich darf, euch all', ihr Sprachen des Himmels,
Deuten und singen.[72]

Nach dem Aufenthalt in Bordeaux und der Rückkehr aus Frankreich taucht Hölderlin ganz unerwartet in der Heimat (Stuttgart und Nürtingen) auf. Angeblich sind Zeichen geistiger Zerrüttung an ihm bemerkbar.
Am 3. Juli 1802 schreibt Landauer, der ihn beherbergt, an den Bruder Karl Gok: »Hölderlins Zustand werde allmählich ruhiger, und er sei lebhaft überzeugt, daß er sich schnell vollends bessern werde.«[73]
Was ist denn passiert? Der letzte konkrete Anhaltspunkt, den wir besitzen, ist das Faktum, daß er am 10. Mai, auf dem Rückweg begriffen, seinen Paß beim Grenzübertritt bei Kehl visieren ließ. Sonst sind wir auf Berichte angewiesen. Hier sind sie.
Zuerst eine Stelle aus dem noch nicht vollständig veröffentlichten Lebensabriß Karl Goks. Dieser sagt, Hölderlin sei daheim in einem Zustand angekommen, »der die deutlichsten Spuren seiner Geistes Zerrüttung zeigte«.[74]
Auch folgender Auszug aus Karl Goks Lebensabriß wird überliefert: »Rastlos durchirrte er mitten in den heißesten Sommermonaten Frankreich zu Fuß.« In Schlesiers Auszug aus der Reinschrift von Goks Lebensskizze heißt es: »[...] in den heißen Sommertagen zu Fuß von einer Grenze Frankreichs zur andern.«[75]
In seiner 1827 oder 1828 verfaßten Lebensbeschreibung Hölderlins berichtet Wilhelm Waiblinger:

Hölderlin ward abermals Hofmeister, und zwar in Frankreich. Er konnte unmöglich ein wüstes Leben ertragen. Er war für ein reines, geordnetes, thätiges Leben geboren, seine geistige und körperliche Natur mußte zu Grunde gehen, wenn er besinnungslos genug war, nun genießen zu wollen, ohne zu fühlen, wie er vorher fühlte, ohne zu genießen. Es währte kurze Zeit, so gerieth sein Geist durch die Schwächung eines so unordentlichen Verhaltens dermaßen aus den Fugen, daß er Anfälle von Wuth und Raserey bekam.
Auf eine unerklärbare Weise, plötzlich und unerwartet, ohne Geld und Habseligkeiten, erschien er in seinem Vaterlande. Herr von Matthisson erzählte mir einmal, daß er ruhig in seinem Zimmer gesessen, als sich die Thüre geöffnet, und ein Mann hereingetreten,

den er nicht gekannt. Er war leichenbleich, abgemagert, von hohlem wildem Auge, langem Haar und Bart, und gekleidet wie ein Bettler. Erschrocken hebt sich Herr von Matthisson auf, das schreckliche Bild anstarrend, das eine Zeitlang verweilt, ohne zu sprechen, sich ihm sodann nähert, über den Tisch hinüberneigt, häßliche ungeschnittene Nägel an den Fingern zeigt, und mit dumpfer geisterhafter Stimme murmelt: Hölderlin. Und sogleich ist die Erscheinung fort, und der bestürzte Herr hat Noth, sich von dem Eindruck dieses Besuches zu erhohlen. In Nürtingen bey seiner Mutter angelangt, jagte er sie und sämmtliche Hausbewohner in der Raserei aus dem Hause.

Er hielt sich einige Zeit bey ihr auf, und hatte helle und gute Augenblicke, wiewohl er immer von der schwärzesten Melancholie geplagt war. Abermals, aber nun zum letztenmale, sollte sein für die Liebe so offenes unglückliches Herz entzündet werden. Allein man war genöthigt, ihm den Gegenstand seiner Neigung und Verehrung zu entreißen, und ein ihm sehr naher Blutsverwandter heurathete das Frauenzimmer. Diß fehlte noch, um Hölderlins Raserey zu vollenden. Nie mehr in seinem Leben wollte er diese Person kennen, wiewohl sie oftmals um ihn war. Hölderlin behauptete schlechterdings, daß er nicht die Ehre habe, Seine Majestät jemals gesehen zu haben.[76]

Schwabs vierzig Jahre nach den Ereignissen verfaßter Bericht lautet:

Seit Ostern 1802 hatte seine Familie keine Nachrichten mehr von dem Dichter. Aus dieser Ungewißheit wurde sie auf eine schmerzliche Weise gerissen, als im Anfang Juli's desselben Jahres Hölderlin plötzlich bei seiner Mutter in Nürtingen eintraf. Er erschien mit verwirrten Mienen und tobenden Geberden, im Zustand des verzweifeltsten Irrsinnes und in einem Aufzug, der die Aussage, daß er unterwegs beraubt worden sey, zu bestätigen schien. Unerwartet schnell hatte er im Juni seine Stelle zu Bordeaux verlassen, Frankreich mit Inbegriff von Paris in den heißesten Sommertagen von einer Gränze zur andern zu Fuß durchreist, sich flüchtig seinen Freunden in Stuttgart, unter andern auch dem damals dort befindlichen Matthisson, gezeigt und war so in die Heimath gekommen. Matthisson schilderte noch manchmal in spätern Jahren den schaurigen Eindruck, den die zerstörte Gestalt des Fremdlings auf ihn machte, der mit hohlem Tone einsylbig sich als »Hölderlin« ihm ankündigte. [...] Man hatte anfangs im Sinne, Hölderlin zu einem Geistlichen auf's Land zu geben, allein der Gedanke war schon deßhalb nicht ausführbar, weil er geglaubt hätte, man wolle ihn zu geistlichen Amtsverrichtungen gebrauchen, wogegen er eine Abneigung hatte; er blieb also vorerst im mütterlichen Hause, wo unter sorgfältiger Pflege und freundlicher Behandlung sein Zustand, abgesehen von vorübergehenden Anfällen, allmählig etwas ruhiger wurde. [...] Heftige Ausbrüche seiner Krankheit sänftigte wunderbar, mehr als einmal, eine Vorlesung aus dem griechischen Homer, die er einem talentvollen jungen Menschen hielt, den man öfters zu diesem Zwecke herbeirief.[77]

Ferner berichtet Schwab, daß Hölderlin »im Zustand entschiedenen Wahnsinns im mütterlichen Haus erschien, dessen Bewohner er in seiner Raserei alle vor die Thüre hinaus jagte«.[78]
Hier ist zum ersten Mal von einer Erkrankung, von »Krankheit«, von »Wahnsinn« die Rede.

Zu Dokument Nr. 6:

Aus Hauptwil nach Nürtingen zur Mutter zurückgekehrt, schreibt Hölderlin am 2. Juni 1801 einen Brief an Schiller – es wird der letzte sein –, in dem er mitteilt, daß er genötigt sei, falls er sonst keine Beschäftigung finde, »in einigen Wochen als Vikar zu einem Landprediger zu gehen«. Doch da er sich »seit Jahren fast ununterbrochen mit der griechischen Literatur beschäfftiget« habe, glaube er sich im Stande, Jüngeren damit nützlich sein zu können, daß er sie »vom Dienste des griechischen Buchstabens befreie und ihnen die große Bestimtheit dieser Schriftsteller als eine Folge ihrer Geistesfülle zu verstehen gebe«. Kurz und gut: er meint, er könne an der Universität Jena Vorlesungen über griechische Literatur halten. »Ich erwarte nicht gerade eine große Menge von Zuhörern, doch so viele, als bei derlei Vorlesungen gewöhnlich sind.«[79]
In derselben Angelegenheit wendet sich Hölderlin an Immanuel Niethammer. Hier schreibt er:

Vor kurzem bin ich aus der Schweiz, wo ich als Hauslehrer eine wenig glükliche Zeit verbrachte, in das Vaterland zurückgekehrt. Hier hat sich ein alter Plan, den ich schon fast aufgegeben hatte, in meinem Kopfe wieder vestgesezt, so sehr, daß ich mir jeden Tag überlege, wie er wohl zu verwirklichen sei. [...] Ich will meine Lage verändern und bin entschlossen, das Leben eines privatisierenden Schriftstellers, das ich jezt führe, nicht länger fortzusezen. Ich habe im Sinne, nach Jena zu gehen und möchte mich dort auf dem Gebiete der griechischen Literatur, die in den vergangenen Jahren der Hauptheil meiner Beschäfftigung gewesen ist, mit Vorlesungen nüzlich machen. [...] Ich habe schon Hrn. Hofrath Schiller geschrieben und ihm die Gründe dargestellt, die mich bewegen, meine Lebenslage zu verändern. Ich weiß, daß Du mit ihm im freundschaftlichen Umgang stehst, und so wäre es wol keine Zumuthung, Dich zu bitten, daß Du mit ihm über meinen Plan redest und auch darüber, ob es möglich ist, meine Existenz zu sichern und meinem Thun in einer Stellung an der Universität Vestigkeit zu geben.[80]

Anscheinend hat er sich an seinen alten Freund Schelling, der einen Lehrstuhl an der Universität Jena bekleidete, nicht gewendet, da dieser auf seinen Brief vom Juli 1799, wo er ihn um Mitarbeit an der geplanten Zeitschrift gebeten hatte, abschlägig geantwortet hatte.
Schiller antwortete nicht, Niethammer wahrscheinlich auch nicht.
Friedrich Jakob Ströhlin, ein entfernter Verwandter Hölderlins – seine Mutter war eine geborene Bardili –, der längere Zeit Hofmeister in Bordeaux gewesen war (wie auch ihr gemeinsamer Verwandter Karl Friedrich Reinhard), kam am 21. Oktober 1801 bei Landauer in Stuttgart vorbei. Er hatte Briefe aus Bordeaux erhalten, wo eine Hauslehrerstelle frei war. »Komm also morgen hierher«, schrieb Landauer an Hölderlin. Die Sache wurde abgeschlossen. Wahrscheinlich aus Stuttgart und vor der Abreise schrieb Hölderlin einen kurzen Brief an die Seinigen:

Ins abhängige Leben muß ich hinein, es sei, auf welche Art es wolle, und Kinder zu erziehen, ist jezt ein besonders glükliches Geschäfft, weil es so unschuldig ist.[81]

Die Reise nach Frankreich, der Aufenthalt in Bordeaux und die Rückkehr von dort werden in einem anderen Zusammenhang ausführlicher geschildert (siehe den Dritten Teil).
Hier sei nur darauf hingewiesen, daß es hinsichtlich dieses Aufenthaltes nur drei einigermaßen glaubwürdige Quellen

gibt. Es ist schwer verständlich, daß der Text von Moritz Hartmann, *Eine Vermutung,* nämlich der angebliche Bericht einer französischen Dame, Madame de S . . . . y, aus dem Jahre 1852 über einen wahnsinnigen deutschen Poeten, der fünfzig Jahre zuvor auf ihrem Schloß bei Blois einige Tage verweilt hätte, von Hellingrath – richtiger gesagt, von seinen Nachfolgern Ludwig von Pigenot und Friedrich Seebass – als »inhaltsschwerer Bericht« betrachtet und praktisch für bare Münze genommen wurde, obwohl es nicht schwer war, den Aufsatz als »feuilletonistische Plauderei« und reinste Erfindung zu entlarven, wie ich es 1936 getan habe.[82] Noch unverständlicher ist es, daß Adolf Beck, der die Fabrikation durchschaut hat, denselben Text als »Lebensdokument« immer noch in die Stuttgarter Ausgabe aufnimmt, da dieser Aufsatz nicht den geringsten dokumentarischen Wert für den Fall Hölderlin besitzt, sondern höchstens über die Art, wie eine Legende um den Dichter gesponnen wurde, etwas aussagt.

Zu den Quellen: Primär scheint es, wie gesagt, nur drei gegeben zu haben: Karl Gok, mit dem sich wahrscheinlich Waiblinger unterhalten hat, Landauer und Matthisson, mit denen sich die Schwabs in Verbindung gesetzt haben.

Sekundär gibt es zwei auf diesen Urquellen fußende Darstellungen: die von Waiblinger (1827 oder 1828 redigiert, auf Untersuchungen in Tübingen in den Jahren 1822 bis 1824 beruhend) und die von Schwab, die von derjenigen Waiblingers stark abhängig ist.

Auf solch schmaler Basis ist seitdem als unbestreitbares Faktum von der ganzen Tradition allgemein akzeptiert worden, Hölderlin sei als Geisteskranker aus Frankreich zurückgekehrt.

Warum ist er in Frankreich erkrankt? Da divergieren die Interpretationen.

Einige meinen, daß ihm in Bordeaux etwas widerfahren sei, das ihn aufgeregt habe, so z. B. die Zumutung (für die jeder Anhaltspunkt fehlt), er habe bei seinem Hausherrn Predigten halten müssen, was ihm zuwider war.

Eine andere Vermutung ist diejenige Waiblingers, Hölderlin habe in Frankreich »ein wüstes Leben« geführt, habe aber »Sinnentaumel«, »wilde unordentliche Genüsse«, »betäubende Ausschweifungen« nicht ertragen können.[83]

Eine dritte Vermutung lautet, daß er, den Weg von Bordeaux in die Heimat zu Fuß zurücklegend (wie es Karl Gok darstellt, was aber unwahrscheinlich ist), einen Hitzschlag erlitten habe:

Ärztliche Untersuchungen haben festgestellt, daß bei angestrengten Fußmärschen in warmer Jahreszeit, zumal bei windstiller Luft, die Körpertemperatur des Menschen erheblich steigt, bis zu den höchsten, das Leben unmittelbar bedrohenden Fiebergraden [Hitzschlag] hinauf.[84]

Auch eine politische Interpretation gibt es, und zwar die von Eugen Gottlob Winkler: Auf dem Heimweg habe Hölderlin einen politischen Schock erlitten beim Anblick

der Spuren der tierischen Kämpfe, welche die Truppen der Französischen Revolution in der Vendée der aufständischen Bevölkerung geliefert hatte. Mit Sensen und Dreschflegeln waren die Bauern vorgerückt, um die fromme, ihnen seit alters vertraute, von den Vätern überlieferte und von Gott beglaubigte Ordnung ihrer Wirklichkeit gegen den gewalttätigen Traum eines hybrischen Geistes, gegen das unhimmlische, unirdische Dreigestirn einer illusorischen Freiheit, einer tödlichen Gleichheit und einer Brüderlichkeit im Gemeinen zu verteidigen. Hölderlin sah die »traurige, einsame Erde«, und erschüttert im Grund seines Wesens, in der Seele verstört, langte er im Sommer 1802 bei seinen Verwandten an.[85]

Hier noch eine (fünfte) Interpretation, die des Psychiaters Dr. Wilhelm Lange:

Die letzte Ursache der Katatonie [ist uns] noch unbekannt; [man wird] auch den »Hitzschlag« als »Ursache« der Katatonie mit tiefer Skepsis betrachten. […] Nicht die Heimreise hat Hölderlin krank gemacht; die Reise war bereits ein Krankheitssymptom.[86]

E i n e Interpretation fehlt mir: daß Hölderlin weder in Bordeaux noch während der Heimreise (er kam nicht zu Fuß nach Hause, sondern fuhr über Paris, wo er sich höchstwahrscheinlich einige Tage aufhielt) geisteskrank war.
Nicht einmal der Zwischenfall bei Matthisson kann als symptomatisch gelten. Kürzlich rekonstruierte Adolf Beck die Szene mit größter Wahrscheinlichkeit folgendermaßen:

Etwa so: Der Dichter [Hölderlin, P. B.] tritt unangemeldet bei Matthisson ein – »abgerissen«, abgemagert von langer Reise, mit »langem Haar und Bart«, den er sich unterwegs hat wachsen lassen. Der soignierte Herr, der ihn vielleicht vor neun Jahren, im Stift, ein einziges Mal gesehen hat, erkennt ihn nicht und ruft ihm unwillig entgegen: Wer sind Sie, was wollen Sie hier? Der Besucher, eingeschüchtert, enttäuscht, aber auch verletzt in seinem Stolz, nennt seinen Namen und geht.[87]

Mit Matthissons Zeugnis von Hölderlins angeblicher Erkrankung wäre also aufgeräumt.
Was die anderen Zeugnisse betrifft, will ich hier vorläufig nur folgendes sagen: Hölderlins damals befremdendes Benehmen – seine tiefe Melancholie, seine Wutausbrüche – durfte wohl von den Seinen als pathologisch interpretiert werden, insofern sie von den ganz konkreten Gründen und Veranlassungen dazu nichts wußten oder davon absahen.
Heute aber lassen sich die Vorgänge – sowohl diejenigen, über die wir genau unterrichtet sind, als auch diejenigen, die sich mit einiger Wahrscheinlichkeit vermuten lassen – ganz anders rekonstruieren.
Sie fordern zu einer ganz anderen Interpretation von Hölderlins psychischer Situation auf, wie man später sehen wird.

Dokument Nr. 7

Am 22. Juni 1802 stirbt Susette Gontard in Frankfurt.
Acht Tage später teilt Sinclair seinem Freund Hölderlin brieflich die Nachricht mit. Da er ihn immer noch in Bordeaux glaubt, schickt er den Brief an Landauer nach Stuttgart zur Weiterbeförderung nach Bordeaux. Doch in den ersten Julitagen, als der Brief vom 30. Juni bei Landauer eintrifft, ist Hölderlin in Stuttgart zurück und wohnt bei Landauer. Der Brief wird ihm wohl von letzterem direkt ausgehändigt. Hier der Wortlaut dieses Briefes:

Homburg vor der Höhe, den 30ten Jun. 1802.

Lieber Hölderlin!
So schrecklich mir die Nachricht ist, die ich Dir zu geben habe, so kann ich doch nicht das dem Zufall überlassen, wogegen die Hülfe der Freundschaft zu gering ist. Auch bin ich mehr dazu gemacht, seit mich ein ähnliches Schicksal betroffen hat, das ich nicht erwartete, und das mich im tiefsten Herzen kränkt. Der edle Gegenstand Deiner Liebe ist nicht mehr, aber er war doch Dein, und wenn es schrecklicher ist, ihn zu verlieren, so ist es kränkender, nicht der Liebe würdig geachtet zu werden. Jenes ist Dein, dieß ist mein Schicksal. Trost weiß ich Dir keinen zu geben, besser, als Du selbst hast. Du glaubtest an Unsterblichkeit, da sie noch lebte, Du wirst gewiß itzt mehr denn vorher glauben, da das Leben Deiner Liebe sich vom Vergänglichen geschieden hat. Und was ist größer und edler, als ein Herz, das seine Welt überlebt, und das, schon frühe, das Schicksal zu dem ernsten Gefühl stimmt, in dem allein uns Leben, Frieden und Ewigkeit beschieden ist. Ich rede Dir Muth zu mit unerschrokkenem Herzen. Wie ich ohne alle Furcht bin, darf ich zur Liebe die Wahrheit reden.
Am 22ten dieses Monats ist die G. gestorben, an den Rötheln, am 10ten Tag ihrer Krankheit. Ihre Kinder hatten sie mit ihr und überstanden sie glücklich. Sie hatte den verflossenen Winter einen gefährlichen Husten gehabt, der ihre Lunge schwächte. Sie ist sich bis zuletzt gleich geblieben. Ihr Tod war wie ihr Leben.
Es hat mich tief gerührt, und ich weine, indem ich dieß schreibe. Seit Deiner Trennung hatte ich sie auch nicht mehr gesehen, und ich hielt es für unwürdig, mich nach einem Wesen zu erkundigen, das das wandellose Leben der Gottheit lebte. Die Nachricht war um so

unerwarteter, aber ich habe sie auch in einem desto reineren Herzen empfangen, und ich rede zu Dir, ihrer nicht unwürdig.
Seit du mich verlassen hast, hat mich mancherlei Schicksal betroffen. Ich bin ruhiger und kälter geworden, und ich kann Dir versprechen, daß Du an der Brust Deines Freundes ausruhen kannst. Du kennst alle meine Fehler, ich hoffe, keiner soll mehr eine Mißhelligkeit zwischen uns hervorbringen. Ich lade Dich also ein, zu mir zu kommen, und bei mir zu bleiben, so lange ich hier bin. Die möglichen Fälle, die meine Lage verändern würden, wollen wir gemeinschaftlich überlegen und beschließen, und wenn das Schicksal gebieten sollte, so werden wir als ein treues Paar seine Bahn gehen. Itzt kann ich 200 fl. jährlich füglich entbehren, die kann ich Dir geben, und freie Wohnung und was dazu gehört. Nimm dieß nicht als meine bloße Bitte, sondern auch als meinen Rath an, so sehr ich Dir, da ich Deine Lage nicht kenne, rathen kann, weil es der Fall sein könnte, daß Du dort den Frieden fändest, der Dir nöthig ist. Melde mir Deine Entschließung. Auch will ich zu Dir nach Bordeaux reisen, wenn Du willst, und Dich abholen.
Freund Ebel läßt Dich grüßen, er ist seit dem Januar in Frankfurt. Er war bei der G. in ihrer Krankheit, und ihr Trost in ihren letzten Stunden.

Dein Sinclair.[88]

Schwab weist auf den zeitlichen, nicht etwa kausalen, Zusammenhang zwischen Hölderlins Rückkehr aus Bordeaux, seinem geistigen Zustand und dem Umstand des Ablebens von Susette hin. Er sagt einfach:

Seine Natur brach zusammen zur gleichen Zeit, da jenes Wesen, in dem er die sonst vergebens gesuchte Idealwelt gefunden hatte, von der Erde schied.[89]

Adolf Becks Vorstellung der Vorgänge ist folgende:

Anfang Juli war [Hölderlin] – schon seit einer gewissen Zeit, und nachdem er vorher zuhaus gewesen – in Stuttgart, wohl bei Landauer: der schreibt am 3.7. an Karl Gok – nach Nürtingen, wie die Adresse zeigt –, sein »Zustand werde allmählich ruhiger, und er sei lebhaft überzeugt, daß er sich schnell vollends bessern werde«. Kurz darauf aber muß er, diesmal endgültig, in der Mutter Haus zurückgekommen sein. [...] [Es] drängt sich der Schluß auf, Hölderlins endgültige Heimkehr, nach dem Interim der Besserung in Stuttgart, hänge mit der Nachricht von Diotimas Tod zusammen: er kommt Mitte Juni über Stuttgart heim, erschöpft und erregt; kaum aber leidlich erholt, geht er wieder nach Stuttgart, wie im Sommer 1800, besessen von der Hoffnung, seinem Werk leben zu können; er wird dort »allmählich ruhiger«, die Freunde schöpfen Hoffnung – da trifft ihn der Blitz der Nachricht Sinclairs: die stürzt den Reizbaren in tiefe Verstörung, die ihn aus dem geistigen Lebenskreise fort und wieder in die Heimat, die Geborgenheit des Mutterhauses treibt. Mehr Flucht als Entschluß.[90]

Am 20. Juli schreibt Sinclair aus Homburg an Hölderlin:

Meinen Brief an Dich hatte ich an Landauer eingeschlossen. Dieser schrieb mir indeß, daß Du von Bourdeaux zurück in Nürtingen wärest. Seitdem wartete ich auf Briefe von Dir und es beunruhigt mich keinen zu empfangen. Du bist mir itzt näher und ich hoffe itzt mehr Dich zu sehen und zu besitzen. Wenn Du willst, so hole ich Dich ab. Umstände verhindern mich itzt zu Dir zu kommen. Dein / Sinclair.[91]

Adolf Beck interpretiert die Situation folgendermaßen:

Die Skepsis Litzmanns (S. 600) und Böhms (Bd. 2, 654) in der Frage, ob Hölderlin »fähig war, die ganze Größe des Schmerzes zu ermessen«, »von der Nachricht so erschüttert zu werden, wie unser Gefühl dies verlangt«, ist ohne festen Grund. Allem nach war Hölderlin im Sommer 1802 nach der Rückkehr viel mehr in einem Zustand hoher Sensibilität und Erregbarkeit als stumpfer Dämmerung, und dies entspricht wohl dem Krankheitsbilde beginnender Schizophrenie. Vielleicht vermochte er den Verlust der geliebten Frau nicht mehr vollkommen geistig zu bewältigen und in sein Weltbild einzuordnen; doch dies bedeutet nicht, daß er nicht zutiefst davon erschüttert werden konnte.[92]

In einem Punkte war Litzmann kategorisch: »Sicher ist«, sagte er, »daß der am 22. Juni erfolgte Tod Frau Gontards auf diese Katastrophe [den Ausbruch von Hölderlins ›lange vorbereiteter Krankheit‹, P. B.] keinen Einfluß gehabt haben kann.«[93]

Zu Dokument Nr. 7:

Die Konstruktion Adolf Becks beruht auf zwei impliziten Voraussetzungen:

1. daß Hölderlin bei seiner Ankunft auf deutschem Boden geisteskrank war;
2. daß er den Tod Susettens durch den Brief von Sinclair, und nicht anders, erfahren hat; daß, als Sinclairs Brief in Stuttgart eintraf, Hölderlin vom Tode Susettens noch nichts wußte – was jeglichen Beweises ermangelt und nur zum überlieferten Bild des »geisteskranken Hölderlin« gut paßt. Früher hat man (z. B. Carl Litzmann) gar gemeint, Hölderlin sei damals in einem Zustand gewesen, der ihn unfähig gemacht hätte, den Verlust der Geliebten wahrzunehmen. Ganz so weit geht Adolf Beck nicht; er begnügt sich damit zu meinen, Hölderlin habe vielleicht »den Verlust der geliebten Frau nicht mehr vollkommen geistig zu bewältigen und in sein Weltbild einzuordnen« vermocht – woher diese Vermutung? Sie scheint mir völlig aus der Luft gegriffen.

Wenn Hölderlin etwas später an Böhlendorff schreibt: »Es war mir nöthig, nach manchen Erschütterungen und Rührungen der Seele mich vestzusezen, auf einige Zeit, und ich lebe indessen in meiner Vaterstadt«, so scheint für Adolf Beck doch »hier ein Leid um Diotimas Hingang nachzuschwingen, das jedoch schon in nüchterner, mittelbarster Form der Aussage gebannt ist«.

Ich würde eher in dieser »Fassung« – hier ein bei Gelegenheit des Todes der Großmutter ausgesprochenes Wort aufnehmend, in dem Hölderlin seine Mutter bittet, ihn nicht zu verkennen, »wenn ich über den Verlust [...] mehr die nothwendige Fassung, als das Laid ausdrüke, das die Liebe in unsern Herzen fühlt«[94] –, ich würde also in dieser »Fassung« Hölderlins eher einen stoischen, der Antike würdigen Zug erkennen als eine »Unfähigkeit, den Verlust geistig zu bewältigen«[95].

Man sehe weiter unten, wie ich die Rückkehr aus Frankreich und den psychischen Zusammenbruch Hölderlins ganz anders zu rekonstruieren versuche, als es bisher getan wurde.

Dokument Nr. 8

Hölderlins Freund und Gastgeber in Stuttgart, der Kaufmann Christian Landauer, schreibt am 3. Juli 1802 einen Brief an Hölderlins Bruder Karl Gok. Dieser Brief ist uns nur in der Form eines Resümees (Regest) von der Hand Schlesiers erhalten. Es lautet:

H.'s Zustand werde allmählich ruhiger, u. er sei lebhaft überzeugt, daß er sich schnell vollends bessern werde. Er, Pf. Neuffer u. Prof. Ströhlin, der sich lebhaft für H. interessire, beschäftigen sich jetzt mit der Ausführung eines Planes, der die Billigung der Seinigen zu haben scheine – ihn zu dem Pfarrer in Bothnang, einem trefflichen Mann, zu bringen.[96]

Laut dem in Dokument 6 zitierten Bericht Schwabs wurde von Hölderlins Freunden der Plan als »nicht ausführbar« betrachtet, »weil er geglaubt hätte, man wolle ihn zu geistlichen Amtsverrichtungen gebrauchen, wogegen er eine Abneigung hatte«.
Am 31. Juli schreibt Christian Landauer an Hölderlins Mutter:

Theuerste Freundin! Ich kann es Ihnen wahrlich nicht genug aussprechen, wie sehr mich der Zustand unseres H. zu Boden drückt. Geduld und Ausdauern so viel als möglich ist allein, was ich Ihnen wünschen kann; ich habe übrigens die Hoffnung, daß es sich mit ihm bessern soll. [...] Ich werde wegen H. Lage noch heute mit seinen Freunden sprechen, und wenn es noch trauriger mit ihm werden sollte, so haben Sie die Freundschaft meinem Weib davon Nachricht zu geben, die alsdann unsern Freunden solche mitteilen wird, und wenn eine Änderung nötig werden sollte, so werden Sie diese mit ihrem Freundes Rat unterstützen.[97]

Zu Dokument Nr. 8:

Hier wird über Hölderlins Zustand recht wenig ausgesagt. Doch vielleicht folgendes:
1. Dem Satz, »H.'s Zustand werde allmählich ruhiger«, kann man entnehmen, daß sein »Zustand« als der einer »Unruhe« oder großen Reizbarkeit und Erregung betrachtet wurde. Bei Waiblinger ist von »Raserey« die Rede, und daß er in Nürtin-

gen bei seiner Mutter angelangt sei und sämtliche Hausbewohner aus dem Hause gejagt habe – also Wutanfälle, Tobsucht. Es fragt sich aber, ob die »Raserey« nicht einen für uns verständlichen Grund hatte, den allerdings selbst die in unmittelbarer Nähe Hölderlins lebenden Menschen nicht kennen oder verstehen konnten. Diesen Grund hat es gegeben. Darüber später.

2. Landauer schreibt der Mutter: »wenn es noch trauriger mit ihm werden sollte«. Dieser Ausdruck bedeutet auf den ersten Blick, daß Landauer und die Freunde über Hölderlins Zustand »traurig« sind und den Tatbestand »traurig« finden. Es fragt sich jedoch – die Frage wird später noch einmal bei Gelegenheit von Briefen der Mutter an Sinclair erörtert –, ob nicht damit gemeint ist, daß Hölderlin »traurig«, in tiefer Trauer versunken, daher »melancholisch« ist; daß seine Freunde der Meinung sind, wenn sich dieser Zustand noch verschlimmere, sei zu befürchten, er könne sich ein Leid antun; daß in diesem Falle die Mutter sich an Landauer, an seine Frau und seine Freunde wenden solle.

Dies läßt sich allein auf Grund des überlieferten Textes nicht entscheiden.

Doch außer a) der Melancholie oder Trauer, b) der »verwirrten Mienen« und des vernachlässigten Aussehens (nach dem Zeugnis von Matthisson, Dokument Nr. 6), c) »tobenden Geberden«, »Raserey« wird kein anderes Symptom von Geisteskrankheit angeführt. Von Wahnvorstellungen z. B. ist überhaupt nicht die Rede.

Dokument Nr. 9

Schwab berichtet:

Ein jetzt [vor 1842, Adolf Beck] verstorbener ausgezeichneter Schulmann, der damals noch die Nürtinger Schule besuchte, pflegte in seinen späteren Tagen oft zu erzählen, wie er, wenn man einen Ausbruch von Wut bei dem Unglücklichen befürchtete, mit seinem Homer habe zu demselben kommen müssen und wie hiedurch sein Gemüt sich wunderbar erheitert habe.[98]

Dieser »ausgezeichnete Schulmann« soll, nach Adolf Beck, Heinrich Planck (1788–1839) gewesen sein, ein damals vierzehnjähriger Junge, später Rektor der Nürtinger Lateinschule, ein Mitglied der Familie, dessen Namen in unserem Jahrhundert Max Planck berühmt machen sollte.
Von Heinrich Planck schrieb sein Sohn:

Er hatte eine klangvolle, angenehme Stimme; der Ton seines Vortrags war gehalten, gleichmäßig, ruhig. [...] Musik tat ihm besonders wohl.[99]

Nach Schwabs Bericht (siehe Dokument Nr. 6) las der junge Planck »aus dem griechischen Homer«, also in der Ursprache.

Zu Dokument Nr. 9:

Hier ist wiederum nur von »Ausbruch von Wut« die Rede.
Bedeutsam ist, psychologisch gesehen, daß das Vorlesen des »griechischen Homer« Hölderlin beruhigte und sich »hiedurch sein Gemüt wunderbar erheitert habe«.
Das Musikalische am Vortrag, das Gleichmäßige, Ruhige der klangvollen, angenehmen Stimme habe auf Hölderlin beruhigend gewirkt.
Daß man Hölderlin zu »beruhigen« bestrebt war, ist auch nicht ohne Bedeutung.

Sinclair, der als diplomatischer Vertreter des Landgrafen von Hessen-Homburg den Auftrag erhalten hatte, bei der Reichsdeputation in Regensburg eine Vergrößerung der Landgrafschaft zu erwirken, lud Hölderlin dahin ein. Dieser hielt sich in der ersten Oktoberhälfte in Regensburg auf.
Um nach Regensburg reisen zu dürfen, läßt sich Hölderlin in Nürtingen einen Reisepaß ausstellen. Auffallend dabei ist, daß er einen »braunen Bart« trägt.
Adolf Becks Kommentar zum Paß und den darin enthaltenen Angaben, »breite Schultern, ohne Gebrechen«:

Das ist doch wohl von Bedeutung in bezug auf die Theorie Ernst Kretschmers in seinem Buche *Körperbau und Charakter,* wonach der schizoide Typ, dem Schizophrenie droht, seiner Statur nach vorwiegend dem leptosomen Typ angehört.[100]

Nach der Regensburger Reise schreibt Hölderlins Mutter an Sinclair am 20. Dezember 1802, daß sich Hölderlin »in einer ruhigen Fassung« befinde, »und ich hatte die beste Hoffnung, daß Sie das edle Werkzeug zu seiner Genesung seien, aber leider scheint sich eben diese Besserung zu verzögern. Da er sich durch Arbeiten öfters sehr anstrengt, und wenig sich Bewegung macht, auch auf das dringende Freundschaft Einladen seiner Freunde mit niemand keinen Umgang hat, so ist leider wenig Hoffnung.«
Sie ist bereit, »mit Vergnügen« für seine Versorgung (Kost und Logis) mit etwas Geld beizutragen, »weil ich an seiner Rettung und Genesung gewiß nichts ermangeln lasse, was in meinen Kräften steht. Der hiesige Dr. Planck und seine übrigen Freunde sagen, daß er bei uns bänglichen Frauenzimmer, so schonend wir ihn auch behandeln, sich nicht leicht bessern werde, da wir nicht imstande sind, ihn zu unterhalten und zu zerstreuen, so sei er zu viel sich selbst überlassen.«[101]
In der ersten Hälfte des Jahres 1803 wurde von »den Ärzten in Nürtingen« eine zur Hoffnung wenig ermutigende Diagnose gestellt. Unter diesen Ärzten war Dr. Planck, der Vater des Schuljungen, der Hölderlin aus dem Homer vorlas. Diese Diagnose wurde dem Freund Sinclair von der Mutter am

6. Juni 1803 mitgeteilt. Brief und Diagnose sind verlorengegangen.
Auf diesen verlorenen Brief der Mutter antwortet Sinclair am 17. Juni:

Doch kann ich es nicht denken, daß eine eigentliche Gemüts Verwirrung und Abnahme der Geistes Kräfte bei meinem teuren und lieben Freunde statt habe. Es sind hoffe ich nur Symptome, die niemand beurteilen kann, als wer die vielen und großen Ursachen kennt, die ihn auf den Punkt, wo er ist, gebracht haben. Zu Regensburg war ich auch beinahe der einzige, der ihn nicht für das hielt, wofür ihn die dasigen Ärzte ausgeben: und ich kann mit Wahrheit behaupten, daß ich nie größere Geistes- und Seelenkraft als damals bei ihm gesehen.[102]

Allerdings wird Sinclair später schreiben:

Es ist bekannt, daß Hölderlin schon seit drei Jahren an Wahnsinn leidet und mich schon in Regensburg bei Serenissimo meo in dem Zustand besuchte.[103]

Zu Dokument Nr. 10:

Daß die Eintragung in dem Nürtinger Paß, »breite Schultern, 6 Fuß hoch«, den Forschern Anlaß gibt, zu sagen, Hölderlin gehöre dem schizoiden Typ an, dem Schizophrenie droht, ist befremdend.
Interessanter ist die Ansicht der Mutter, daß sich die erhoffte Besserung dadurch verzögert, daß Hölderlin zu angestrengt arbeitet, sich wenig Bewegung macht, mit niemandem Umgang hat, auch mit seinen Freunden (was für »Freunde« in Nürtingen?) nicht. Sehr einleuchtend erscheint Dr. Plancks Vermutung, daß das Leben im Familienkreis der Witwen, mit seiner Mutter und seiner Schwester, seinem seelischen Gleichgewicht nicht förderlich ist.
Auch will er keine Unterhaltung und Zerstreuung, wie er sie in Nürtingen finden könnte. Er arbeitet ungeheuer konzentriert.
Wenn sich eine Gelegenheit ergibt wie die Reise nach Regensburg, lebt er wieder auf: da ist er fort von zu Hause, fort von den ewigen Witwen, zusammen mit einem wahren

Freund und mit bedeutenden Menschen. Weit weg vom »fatalen Nürtingen«, wie er der Mutter einmal schrieb.
Sehr schön ist es von der Mutter, zu sagen, sie sei »mit Vergnügen« bereit, für seine Versorgung mit etwas Geld beizutragen: es handelt sich doch nicht um ihr Geld, sondern um das Geld Friedrich Hölderlins, das er von seinem Vater geerbt hatte und dessen Verwaltung er aus Pietät der Mutter überlassen hat.
Während der Regensburger Reise hatte Sinclair zum ersten Mal seit Jahren, wahrscheinlich seit Mai 1800, wieder Gelegenheit, seinen Freund zu sehen. In seinem Brief an die Mutter finden sich zwei gewichtige Aussagen.
Erstens, daß er, Sinclair, »nie größere Geistes- und Seelenkraft als damals bei ihm [Hölderlin] gesehen«. Also: geistig und seelisch unversehrt? Was soll dann an ihm »schadhaft« sein als nur das Gemüt, die Lebensfreude?
Zweitens, das wichtigste: Die Gemütsverwirrung sei ein Symptom, das »niemand beurteilen kann, als wer die vielen und großen Ursachen kennt, die ihn auf den Punkt, wo er ist, gebracht haben«. Ursachen – viele, und große? Nur wer sie kennt, könne seine geistige Situation beurteilen? – Nichts anderes als dies ist das Thema meiner Abhandlung: Wir sollten einmal versuchen, die »vielen« und »großen« Ursachen kennenzulernen und zu bewerten, die ihn dahin gebracht haben, wo wir ihn später finden.
Hier noch einiges zum Regensburger Aufenthalt, das zum Verständnis Hölderlins in jener Zeit beitragen dürfte.

Seit Anfang September weilte [der Landgraf von Homburg] Friedrich Ludwig mit Sinclair, seinem obersten Staatsmann und hingebenden Helfer, in Regensburg, um unter den Fürsten [der Reichsdeputation, P. B.], die noch um die Reste säkularisierten Reichsgebietes feilschten, einen Zuwachs für sein in den Revolutionskriegen ausgesogenes Ländchen zu erlangen. Am 16. September [1802, P. B.] lehnte die Reichsdeputation den Antrag Hessen-Homburgs ab.[104]

Es ist nicht ausgeschlossen, daß Hölderlin im Gasthof zum Goldenen Adler untergebracht wurde, in dem der Landgraf logierte, und so gut wie gewiß, daß die Kosten von Hölderlins Aufenthalt vom Landgrafen gedeckt wurden. Auf jeden Fall hatte Hölderlin in Regensburg Gelegenheit, dem Landgrafen

nahezutreten, wie vordem nie, nicht einmal zur Zeit seines ersten Aufenthalts in Homburg, da in dieser Zeit der Landgraf seine immer wieder von französischen Revolutionsgeneralen besetzte Residenz gemieden und sich lieber in Frankfurt oder in Schlangenbad aufgehalten hatte. »Durch die Plage des Stotterns früh nach innen gekehrt«, Autor von »zahllosen religiösen, moralischen, politischen und geschichtlichen Aufzeichnungen«, aber auch von Gedichten und von einem Drama *Agis*, Schwager des Herzogs Karl August von Sachsen-Weimar (siehe Wilhelm Kirchner), patriarchalisch fromm, aber auch Mitglied des freimaurerischen Ordens der Illuminaten – Landgraf Friedrich fand Gefallen an Hölderlin.[105]
Anfang des Jahres 1802 hatte sich der Landgraf an den von ihm verehrten Klopstock »mit einem Anliegen sehr besonderer und dringlicher Art« gewendet[106]:

Ich wage es nun, Sie, als den Homer und den Nestor unserer Poesie, als mehr wie Homer, als den Vater unserer heiligen Dichtkunst, zu bitten, im Schatten des Palmenhaines, den Sie entdeckt haben, noch in irgend einem Gedichte, einer Ode, die Ihren sämtlichen Werken die letzte Krone aufsetzte, diese neue Ausleger [der Religion], sei es auch nur bloß durch Ihr Zeugnis, zu beschämen und ihre exegetischen Träume zu Boden zu werfen. [...] Da Sie im Alter noch alle Kraft des Geistes haben und immer noch für die Unsterblichkeit arbeiten, so glaube ich, daß Sie bei der jetzigen Stimmung des Zeitgeistes beinahe verpflichtet sind, der Menschheit diesen Dienst noch zu leisten. Leben Sie noch, lebe ich noch in einem Jahre, so hoffe ich, Sie noch einmal zu sehen, und dieses würde ich als ein großes Gut schätzen. Geschieht es hier nicht mehr, so bleibe ich auch in jener Welt

Ihr Verehrer, Bewunderer und Freund.

Der achtundsiebzigjährige Klopstock antwortete am 2. April 1802, er sei nicht in der Lage, den Wunsch des fürstlichen Freundes zu erfüllen: »Ich habe von der Religion so laut und so viel gesagt, daß es mir schwer werden würde, noch etwas hinzuzusetzen.«
In Regensburg erhielt Hölderlin den Auftrag. Das vom Landgrafen gewünschte Gedicht sollte den Titel tragen: *Patmos.* Gleich ging Hölderlin an die Arbeit:

Nah ist
Und schwer zu fassen der Gott.
Wo aber Gefahr ist, wächst
Das Rettende auch.

Glaubt man, der Landgraf hätte einem Irren den Auftrag anvertraut? Glaubt man, ein Irrer hätte die Hymne *Patmos* gedichtet?

Am 30. Januar 1803, bei Gelegenheit des fünfundfünfzigsten Geburtstags des Landgrafen, überreicht Sinclair die *Patmos*-Hymne dem Landgrafen, der sie mit vielem Dank und Freude aufgenommen haben soll.[107]

Die Monate zwischen dem 15. Oktober 1802 (der Rückkehr Hölderlins aus Regensburg nach Nürtingen) und Mitte Januar 1803 (der Reinschrift des dem Landgrafen überreichten Widmungsexemplars), diese drei Monate des Austragens der Hymne entsprechen der im Brief der Mutter beschriebenen Periode des »Krankseins«, der Anstrengung durch zu viel Arbeit und zu wenig Zerstreuung, des Mangels an Verkehr mit Freunden usw. Was sie, nicht mit Unrecht, als depressiven Zustand beschreibt, ist aber auch eine Periode außerordentlicher dichterischer Konzentration und poetischer Produktivität – ein psychischer Zustand, für den die Mutter überhaupt kein Verständnis hat (sie ist überzeugt, gerade das Dichten mache ihren Sohn krank), der aber Sinclairs positive Einschätzung der Geistes- und Seelenkräfte seines Freundes bestätigt.

In einem Brief an die Mutter läßt Sinclair einen gewissen Ärger über die Indiskretion der Mutter durchscheinen:

Wie wohl ich überzeugt bin, daß seine verehrungswürdigen Angehörigen alle Schonung und Delicatesse die nur denkbar ist, in den Beweisen ihrer Liebe gegen ihn zeigen werden, so ist er doch ein viel zu fein fühlendes Wesen, als daß er nicht auch das geheimste Urteil, daß man über ihn fällt, im Innern des Herzens lesen sollte: und um wie bekümmerter muß dieses ihn nicht machen. Ich glaube daher, daß nichts für ihn besseres sein könnte, als bei jemand zu sein, der ihn und sein Schicksal ganz kennt, und vor dem er nichts verborgenes hat.[108]

Hier lesen wir eine unmißverständliche Anspielung auf die geheimgehaltenen »vielen und großen Ursachen«, von denen die Mutter nichts weiß und nichts zu wissen hat. Deutlicher kann es nicht sein: Die Mutter kennt das Schicksal ihres Sohnes nicht »ganz«, er verbirgt ihr etwas, was ihn zu einer dauernden, schwer auf ihm lastenden Verheimlichung zwingt. Bei Sinclair soll es anders sein. Er lädt Hölderlin ein, zu ihm zu kommen:

Gäbe es einen andern solchen Freund, als mich, so wollte ich es nicht sein, der ihn aufnähme, weil es eine große Verantwortlichkeit ist, die Gefahr eines solchen Kleinods als Ihr Sohn ist auf sich genommen zu haben. Er hat aber keinen, der ihn so kennt und auf den er eben, weil er ihn so kennt, ein solch Zutrauen setzt als mich, wiewohl er viele hat, die ihn von Herzen lieben und verehren. – Es war daher zu Regensburg unsre festgenommene Abrede, daß er das Frühjahr zu mir kommen sollte, und es ist noch meine feste Entschließung. [...] [Es] ist zwischen uns die Verabredung getroffen, daß er 200 fl. jährlich von meiner Besoldung annimmt, solang es meine Umstände erlauben: und dies ist jetzt der Fall. Ich glaube aber, daß er es nicht gerne sehen wird, vielleicht, daß ich es Ihnen schreibe.

Und er ermahnt die Mutter höchst eindringlich:

Da dieses alles genau mit unsern Verhältnissen zusammenhängt, die Ihnen unbekannt sind, so verbinden Sie mich, wenn Sie sich alles Urteils hierüber enthalten: und daher so wie gegen ihn, also auch gegen mich, und gegen niemand nicht Sich dessen äußern.[109]

Das Geheimnis, das auf Hölderlins Seele lastet, glauben wir heute zu kennen. Warum er, der »immer verschlossene Mensch«[110], den Grund seiner tiefen Trauer, den Tod von Susette, verheimlichte – da sind wir auf Vermutungen angewiesen. Darüber später. Doch in diesem Kontext gewinnen die Zeilen der *Mnemosyne*-Hymne ihre volle Bedeutung:

[...]   vieles
Wie auf den Schultern eine
Last von Scheitern ist
Zu behalten.[111]

Dokument Nr. 11

Im Herbst 1802, vermutlich im November, nach der Regensburger Reise, schreibt Hölderlin an seinen Freund Böhlendorff einen Brief, der als Zeugnis seines verwirrten geistigen Zustandes angeführt wird:

Mein Theurer!
Ich habe Dir lange nicht geschrieben, bin indeß in Frankreich gewesen und habe die traurige einsame Erde gesehn; die Hirten des südlichen Frankreichs und einzelne Schönheiten, Männer und Frauen, die in der Angst des patriotischen Zweifels und des Hungers erwachsen sind.
Das gewaltige Element, das Feuer des Himmels und die Stille der Menschen, ihr Leben in der Natur, und ihre Eingeschränktheit und Zufriedenheit, hat mich beständig ergriffen, und wie man Helden nachspricht, kann ich wohl sagen, daß mich Apollo geschlagen.
In den Gegenden, die an die Vendée gränzen, hat mich das wilde kriegerische interessirt, das rein männliche, dem das Lebenslicht unmittelbar wird in den Augen und Gliedern und das im Todesgefühle sich wie in einer Virtuosität fühlt, und seinen Durst, zu wissen, erfüllt.
Das Athletische der südlichen Menschen, in den Ruinen des antiquen Geistes, machte mich mit dem eigentlichen Wesen der Griechen bekannter; ich lernte ihre Natur und ihre Weisheit kennen, ihren Körper, die Art, wie sie in ihrem Klima wuchsen, und die Regel, womit sie den übermüthigen Genius vor des Elements Gewalt behüteten.
Diß bestimmte ihre Popularität, ihre Art, fremde Naturen anzunehmen und sich ihnen mitzutheilen, darum haben sie ihr Eigentümlichindividuelles, das lebendig erscheint, so fern der höchste Verstand im griechischen Sinne Reflexionskraft ist, und diß wird uns begreiflich, wenn wir den heroischen Körper der Griechen begreifen; sie ist Zärtlichkeit, wie unsere Popularität.
Der Anblik der Antiquen hat mir einen Eindruk gegeben, der mir nicht allein die Griechen verständlicher macht, sondern überhaupt das Höchste der Kunst, die auch in der höchsten Bewegung und Phänomenalisirung der Begriffe und alles Ernstlichgemeinten dennoch alles stehend und für sich selbst erhält, so daß die Sicherheit in diesem Sinne die höchste Art des Zeichens ist.

Es war mir nöthig, nach manchen Erschütterungen und Rührungen der Seele mich vestzusezen, auf einige Zeit, und ich lebe indessen in meiner Vaterstadt.

Die heimathliche Natur ergreift mich auch um so mächtiger, je mehr ich sie studire. Das Gewitter, nicht blos in seiner höchsten Erscheinung, sondern in eben dieser Ansicht, als Macht und als Gestalt, in den übrigen Formen des Himmels, das Licht in seinem Wirken, nationell und als Prinzip und Schicksaalsweise bildend, daß uns etwas heilig ist, sein Drang im Kommen und Gehen, das Karakteristische der Wälder und das Zusammentreffen in einer Gegend von verschiedenen Karakteren der Natur, daß alle heiligen Orte der Erde zusammen sind um einen Ort und das philosophische Licht um mein Fenster ist jezt meine Freude; daß ich behalten möge, wie ich gekommen bin, bis hieher!

Mein Lieber! ich denke, daß wir die Dichter bis auf unsere Zeit nicht commentiren werden, sondern daß die Sangart überhaupt wird einen andern Karakter nehmen, und daß wir darum nicht aufkommen, weil wir, seit den Griechen, wieder anfangen, vaterländisch und natürlich, eigentlich originell zu singen.

Schreibe doch nur mir bald. Ich brauche Deine reinen Töne. Die Psyche unter Freunden, das Entstehen des Gedankens im Gespräch und Brief ist Künstlern nöthig. Sonst haben wir keinen für uns selbst; sondern er gehöret dem heiligen Bilde, das wir bilden. Lebe recht wohl!

Dein H.[112]

Zu Dokument Nr. 11:

Ein äußerst wichtiger Text: Für manche dokumentiert sich hier zum ersten Mal unmißverständlich Hölderlins Geisteskrankheit.

Zum Text notiert der erste Kommentator Gustav Schlesier ganz einfach: »Schreiben mit allen Zeichen der Geistesverwirrung.«[113]

Adolf Beck betrachtet ihn ebenfalls als symptomatisch im pathologischen Sinn des Wortes:

»Zeichen erlahmender Kraft im sprachlichen Ausdruck tiefer Einsichten und in der gedanklichen Entfaltung der Intuitionen sind wohl unverkennbar.«[114]

Zur Stelle: »wie man Helden nachspricht, kann ich wohl sagen, daß mich Apollo geschlagen«, sagt Adolf Beck:

Es mag wohl sein, daß die Heimwanderung unter sengender Sommersonne die gegen Wirkung prallen Lichtes hochempfindlichen Nerven Hölderlins zerrüttet hat; sein eigenes Bekenntnis ist aber wohl nicht naturalistisch-physiologisch aufzufassen. Für ihn verkörpert Apollo ein kosmisch-geistiges Prinzip: »das gewaltige Element, das Feuer des Himmels«, das die Seele des Menschen, der ihm schutzlos ausgesetzt ist, zu verzehren droht.[115]

Zur Stelle: »Es war mir nöthig, nach manchen Erschütterungen und Rührungen der Seele mich vestzusezen, auf einige Zeit, und ich lebe indessen in meiner Vaterstadt«, sagt Adolf Beck: »In gefaßter Weise denkt Hölderlin wohl auch an das Leid um den Hingang Diotimas.«[116] Wohl auch!
Beim Kommentieren dieses Briefs hat man fast methodisch – auf jeden Fall handelt es sich um einen methodischen Fehler – die Tatsache übersehen oder ignoriert, daß es sich keineswegs um einen Brief, sondern um den Entwurf eines Briefes handelt: also nicht um einen ins Reine geschriebenen endgültigen, an den Empfänger in dieser Form abgesandten Text. Es handelt sich um ein Konzept: um Notizen, die sich Hölderlin gemacht hat, um sie noch zu redigieren. Daß es eine endgültige Fassung des Briefes gegeben hat, glauben wir zu wissen, doch wissen wir nicht, inwiefern sie sich vom Briefentwurf unterschied. Es muß aber der ganze Unterschied zwischen einem Konzept – hingeworfenen Notizen, wenn auch mit dem Anfangsbuchstaben der Unterschrift versehen – und der Endfassung eines Textes berücksichtigt werden. Wer von uns wollte, daß seine Konzepte einem psychiatrischen Experten als Dokumente seiner Geistesgesundheit unterbreitet würden? Eine nicht ungefährliche Probe.
Nebenbei bemerkt: Diesen Briefentwurf kennen wir nicht einmal in der originalen Handschrift Hölderlins, sondern nur in zwei Abschriften: die eine von Gustav Schlesier, der daran »alle Zeichen der Geistesverwirrung« ablas; die andere von der Hand Christoph Theodor Schwabs. Keiner von beiden scheint die originale Schreibung Hölderlins respektiert zu haben: Es handelt sich also nicht um diplomatische Abschriften. Wo der eine in der zweiten Zeile »die Hütten des südlichen Frankreichs« las, schrieb der andere »die Hirten des süd-

lichen Frankreichs«. Doch dies ist nicht von entscheidender Bedeutung.

Gewichtiger ist eine weitere Bemerkung. Es wird von der Forschung allgemein übersehen, daß Böhlendorff von Hölderlin als einer der ganz wenigen – in der Zeit wohl als der einzige – betrachtet wurde, der ihn wirklich verstand und der auf die ihm eigene Sprache eingespielt war. Im März 1803 sagte Böhlendorff einem Bekannten in Berlin, dem er von Hölderlin erzählte: »Menschen, die ihn nicht faßten, machten ihn traurig.«[117] Demnach darf Böhlendorff als derjenige gelten, von dem Hölderlin weiß, daß er ihn »faßte«: Einer, den seine eigenartige, gedrängte, dichte und dichterische Ausdrucksweise nicht befremdet.

Dieser aufs Papier hingeworfene Entwurf ist also weniger ein Brief in unserem Sinne des Wortes als die Wiederaufnahme eines Gesprächs: gleichsam eine Zwischenstufe zwischen dem Selbstgespräch und der Kommunikation mit einem Geistesverwandten; der Versuch eines schon dagewesenen, in Schriftzeichen wiederauflebenden Gedankenaustauschs, der allusiv verfahren darf, weil beide Partner aufeinander eingespielt sind.

Übrigens endet dieser als Symptom der Geisteserkrankung bewertete Brief gerade mit einer schönen Reflexion über den Austausch unfertiger, im Entstehen begriffener Gedanken:

> Schreibe doch nur mir bald. Ich brauche deine reinen Töne. Die Psyche unter Freunden, das Entstehen des Gedankens im Gespräch und Brief ist Künstlern nöthig. Sonst haben wir keinen für uns selbst; sondern er gehöret dem heiligen Bilde, das wir bilden. Lebe recht wohl!

Die Behauptung, Böhlendorff sei einer der ganz wenigen Gesprächspartner Hölderlins gewesen, soll hier etwas präzisiert und begründet werden, damit deutlich wird, was bei Hölderlin unter »Freundschaft« und »Gespräch« verstanden werden soll.

Casimir Ulrich Böhlendorff, 1775 zu Mittau in Kurland geboren – fünf Jahre jünger als Hölderlin –, Autor eines Aufsatzes *Geschichte der Helvetischen Revolution* (1802), kehrte »nach vergeblichen Versuchen, [...] in Berlin als Schriftsteller [...] Fuß zu fassen«, 1803 geistig gestört nach Kurland zurück und starb nach unstetem Wanderleben von eigener Hand am

10. April 1825: ›ein gescheiterter Idealist‹«[118]. Böhlendorff: auch er eine verfehlte Existenz, ein Gescheiterter.
Böhlendorff war Student der Rechte in Jena gewesen, zu einer Zeit, zu der Hölderlin und Sinclair ebenfalls in Jena studierten. Er war Mitglied der Gesellschaft der Freien Männer. In Jena hatte er den Berner Rudolf Steck von Erlach (auch er ein Mitglied des Bundes der Freien Männer) kennengelernt und sich mit ihm angefreundet. Als Steck in die Berner Heimat zurückkehrte, betätigte er sich politisch. Am 12. Mai 1799 schreibt Böhlendorff aus Homburg, wo er sich vom April bis zum 20. Juni aufhält und vielleicht täglichen Umgang mit Hölderlin pflegt, an den Freund Rudolf Steck in die Schweiz:

Hier hast Du Hölderlins Hyperion. Dort findest Du, was unsere Geister mit einander sprachen – und was sie wohl noch lange sprechen werden. Er ist ein Pfand der Freundschaft, wie ich noch keins gefunden habe.[119]

Dazu schreibt Adolf Beck:

Der seiner selbst unsichre Böhlendorff umfaßte damals Rudolf Steck, der ihm als Mann der Tat zum Vorbild geworden war, und Hölderlin mit gleicher Liebe; schrieb er doch dem Berner Freunde: »Du warst nicht der erste Mensch, an den ich glaubte – aber Du warst der Erste, dem ich ganz und ohne Rückhalt vertraute. [...] Du warst der Erste, in welchem Geist, Leben und Wort einander niemals widersprach.«[120]

Hölderlin war auch so einer: einer der ganz seltenen Menschen, bei denen Geist, Leben und Wort einander nicht widersprechen (von den Briefen an die Mutter vielleicht abgesehen, die Beziehungen zur Mutter sind aber ein Problem an sich und für sich), wie es Böhlendorff treffend zu formulieren wußte.
Nun: Unter solchen Menschen sind »Zeichen«, »Winke« zum gegenseitigen Verständnis hinreichend. »Winke sind / Von Alters her die Sprache der Götter«, der Götter – und der Menschen, die das Göttliche in sich haben und es heilighalten.
Man denke dabei auch an den Brief Hölderlins an den Bruder: »[...] es fehlt sehr oft noch unter uns Menschen an Zeichen und Worten.«[121]

Der oben erwähnte Brief ist – in welcher endgültigen Form auch immer – abgefaßt und abgesandt worden; er hat Böhlendorff in Berlin erreicht, und dieser soll ihn beantwortet haben. Man liest nämlich bei Schlesier: »Berlin, Dez. 1802. [Böhlendorff, P.B.] dankt für Hölderlins Brief u. begrüßt den Heimgekehrten ins Vaterland. – Erbittet sich Beiträge für sein nächstes Taschenbuch.«[122]

Böhlendorff scheint also den Brief Hölderlins nicht beanstandet und ihn »normal« gefunden zu haben, da er auf diesen Brief hin Hölderlin um einen dichterischen Beitrag bittet. (Allerdings hat man von Böhlendorff gesagt, auch er sei geistesgestört gewesen. In seiner Novelle *Boehlendorff* hat Johannes Bobrowski die These der »Umnachtung« Böhlendorffs nicht übernommen.)
Drei Monate später, am 9. März 1803, notiert ein literarisch interessierter, sich in Berlin als Hofmeister aufhaltender Schwabe, Georg Wilhelm Keßler, er habe mit Böhlendorff eine Tasse Tee getrunken, dann Punsch. Er schreibt:

Ich erfuhr jetzt, daß Böhlendorff ein Bekannter, ja ein Freund Hölderlins sei. […] Jetzt erst entdeckte ich, wie tief B. diesen H. verehrte und liebte. […] Ein Weib in Frankfurt hatte, wie B. erzählte, tiefe unendliche Folgen auf sein Wesen gehabt. Menschen, die ihn nicht faßten, machten ihn traurig. Eine lehrte ihn ganz, was Liebe sei.[123]

Dokument Nr. 12

Am Anfang des Sommers 1803, wohl im Juni, in einer Zeit, in der er sich bei der Mutter in Nürtingen aufhält, geht Hölderlin zu Fuß nach Kloster Murrhardt, wo Schellings Vater Prälat ist, um den Freund aufzusuchen. Eben hat sich Schelling mit Caroline, der ehemaligen Frau Schlegels, am 26. Juni trauen lassen. Kurz nach dem Zusammensein berichtet Schelling dem gemeinsamen Freund Hegel, Privatdozent in Jena, folgendes:

Der traurigste Anblick, den ich während meines hiesigen Aufenthalts gehabt habe, war der von Hölderlin. Seit einer Reise nach Frankreich, wohin er auf eine Empfehlung von Professor Ströhlin mit ganz falschen Vorstellungen von dem, was er bei seiner Stelle zu thun hätte, gegangen war und woher er sogleich wieder zurückkehrte, da man Forderungen an ihn gemacht zu haben scheint, die er zu erfüllen theils unfähig war, theils mit seiner Empfindlichkeit nicht vereinen konnte – seit dieser fatalen Reise ist er am Geist ganz zerrüttet, und obgleich noch einiger Arbeiten, z. B. des Übersetzens aus dem Griechischen bis zu einem gewissen Punkte fähig, doch übrigens in einer vollkommenen Geistesabwesenheit. Sein Anblick war für mich erschütternd: er vernachlässigt sein Äußeres bis zum Ekelhaften und hat, da seine Reden weniger auf Verrückung hindeuten, ganz die äußeren Manieren solcher, die in diesem Zustande sind, angenommen. – Hier zu Lande ist keine Hoffnung ihn herzustellen. Ich dachte Dich zu fragen, ob Du Dich seiner annehmen wolltest, wenn er etwa nach Jena käme, wozu er Lust hatte. Er bedarf ruhige Umgebung und wäre durch eine suivirte Behandlung wahrscheinlich zurecht zu bringen. Wer sich seiner annehmen wollte, müßte durchaus seinen Hofmeister machen und ihn von Grund aus wieder aufbauen. Hätte man über sein Äußeres gesiegt, so wäre er nicht weiter zur Last, da er still und in sich gekehrt ist.[124]

Hegel antwortet darauf:

[Unerwartet ist] die Erscheinung Hölderlins in Schwaben, und zwar in welcher Gestalt! Du hast freylich recht, daß er dort nicht wird genesen können; aber sonst ist er überhaupt über die Periode hinaus, in welcher Jena eine positive Wirkung auf einen Menschen haben kann; und es ist izt die Frage, ob für seinen Zustand die Ruhe hinreichend ist, um aus sich selbst genesen zu können. Ich hoffe, daß er noch immer ein gewisses Zutrauen in mich setzt, das er sonst zu mir hatte, und vielleicht ist dieses fähig, etwas bey ihm zu vermögen, wenn er hieher kommt.[125]

Der Gedanke, daß Hölderlin zu Hegel nach Jena kommen sollte, wurde nicht weiter verfolgt. Schelling und Hegel gaben den Freund auf.[126]
45 Jahre später erinnerte sich Schelling noch an die Begegnung. Auf Anfrage Gustav Schwabs, der ihm die neue Ausgabe von Hölderlins Werken hatte zukommen lassen, erinnerte sich Schelling dieser letzten Begegnung mit dem Jugendfreund. Er beschreibt »Hölderlins Erscheinung in Kloster Murrhardt, wohin er im Frühling 1803 – ich glaubte bis jetzt von Tübingen aber wahrscheinlicher von Nürtingen aus – wenige Tage nachdem ich daselbst auf Besuch bei meinen Eltern angekommen war, ohne Begleitung, zu Fuß, querfeldein wie durch Instinkt geführt … Es war ein trauriges Wiedersehn, denn ich überzeugte mich bald daß dieses zart besaitete Instrument auf immer zerstört sei. Wenn ich einen Gedanken anschlug, der ihn ehmals ansprach, war die erste Antwort immer richtig und angemessen, aber mit dem nächsten Wort war der Faden verloren. Aber ich habe an ihm erfahren, wie groß die Macht angeborener, ursprünglicher Anmuth ist. Während 36 Stunden, die er bei uns verweilte, hat er nichts unschickliches, nichts seinem früheren, edlen und anstandsvollen Wesen widersprechendes weder getan noch geredet. Es war ein schmerzlicher Abschied – ich glaube vor Sulzbach. Seitdem habe ich ihn nicht wieder gesehen.«[127]
Am 14. Juli 1804 schreibt Schelling an Hegel:

Dieser [Hölderlin, P.B.] ist in einem besseren Zustand als im vorigen Jahr, doch noch immer in merklicher Zerrüttung. Seinen verkommenen geistigen Zustand drückt die Übersetzung des Sophokles ganz aus.[128]

Zu Dokument Nr. 12:

Was kann man den beiden Berichten Schellings entnehmen? Welches sind die Symptome?
1. Seit der »fatalen« Reise nach Frankreich ist Hölderlin »am

Geist ganz zerrüttet«. Was hat das zu sagen? Es wird kein irres Reden, kein konfuses Phantasieren erwähnt: seine Reden deuten weniger als seine äußeren Manieren auf Verrückung. Er ist noch einiger geistigen Arbeit fähig, obwohl Schelling die Sophokles-Übersetzungen als Zeichen seines verkommenen geistigen Zustandes ansieht. – Bei dieser Gelegenheit: Da versteht man, warum Schelling, den Hölderlin gebeten hatte, sich für seine Sophokles-Übertragungen zu verwenden, z.B. durch Empfehlung an das Weimarische Theater, in dieser Angelegenheit nichts unternommen hat. Wenigstens ist »von einem Schritt zugunsten des Werkes nichts bekannt«.[129]

2. Sein Anblick war »erschütternd«: Er vernachlässigte sein Äußeres »bis zum Ekelhaften«. Man soll aber nicht vergessen, daß Hölderlin ohne Begleitung und zu Fuß von Nürtingen nach Kloster Murrhardt gewandert war, »querfeldein wie durch Instinkt geführt«, in den heißesten Sommertagen, wohl schwitzend ... für den eleganten, eben verheirateten Schelling ein Ekel. Ein Ausdruck Schellings macht stutzig: Hölderlin habe, »da seine Reden weniger auf Verrückung deuten, ganz die äußeren Manieren solcher, die in diesem Zustande sind, angenommen«. Was meint er mit »angenommen«? Sinclair wird etwas später, am 6. August 1804, der Mutter schreiben, er und noch 6 bis 8 Personen seien überzeugt, »daß das was Gemüths Verwirrung bei ihm [Hölderlin] scheint, nichts weniger als das, sondern eine aus wohl überdachten Gründen angenommene Äußerungs Art« sei. Was meinen die beiden, Schelling und Sinclair, mit »angenommen«?[130]

3. Er ist still und in sich gekehrt. Was Schelling in Erinnerung (nach 45 Jahren!) geblieben ist: »Wenn ich einen Gedanken anschlug, der ihn ehmals ansprach, war die erste Antwort immer richtig und angemessen, aber mit dem nächsten Wort war der Faden verloren.« Eine »vollkommene Geistesabwesenheit«. Ja, das ist es: Hölderlin ist im Geiste abwesend. Seine Gedanken sind anderswo.

Alle diese »Symptome«, als solche verstanden, lassen doch eher auf eine tiefe Depression schließen als auf eine Geisteskrankheit. Eine Depression, deren »viele und große Ursachen« Schelling nicht vermutet; er vermutet nicht einmal, daß es sie gibt.

Dokument Nr. 13

Johann Isaak (von) Gerning (1767–1837), ein sehr wohlhabender Kaufmann aus Frankfurt, Kunstsammler und Schriftsteller, der auch öfters in Weimar war, hatte sich im Jahre 1803 in Homburg niedergelassen und ein Haus erworben. »Eitel, betriebsam, boshaft, überheblich«[131], lud er Gäste zu sich ein. Er notierte in seinem Tagebuch unter dem Datum des 28. Juni 1804:

Sinclair brachte mir Hölderlin, der Bibliothekar geworden, aber ein armer Schlucker ist und trübsinnig. »Quantum distat ab illo« schrieb mir Haug von ihm.

Doch freut sich Gerning am 2. September 1804, daß Sinclair und Hölderlin am nächsten Tag bei ihm essen: »Ich freue mich doch, hier auch einen lyrischen Menschen zu haben.« Am 19. Juni 1805 meldet Gerning die Absicht, ein Lehrgedicht zu beginnen: »Der arme Hölderlin lobt sogar den Gedanken, sagte aber ich möge es nicht zu moralisch machen. Spricht da ein kranker oder ein gesunder Geist aus ihm?«
Drei Wochen später schreibt Gerning an Karl Ludwig von Knebel:

Wie geht es mit Ihrem Lukrez und Pindar? [...] Hölderlin, der immer halb verrückt ist, zackert auch am Pindar.[132]

Zu Dokument 13:

Herr Legationsrat (von) Gerning wurde von Goethe als »poetischer Dilettant«, der »noch immerfort bei jedem Anlaß Verse macht«, abgetan. An Christiane schreibt er über ihn: »Er mischt sich in vieles, macht den Unterhändler, Mäkler, Versprecher. Als Dichter, Antiquar, Journalist sucht er auch Einfluß und scheint nirgends Vertrauen zu erregen.« Goethes Mutter (wenn Bettina glaubwürdig ist) hatte die treffende Formulierung gefunden: »Gerning, der immer spricht: ›Wir übrigen Gelehrten‹, und ganz wahr spricht; denn er ist übrig.«[133]
Hölderlin, sagt Gerning, der immer halb verrückt ist, »zackert auch am Pindar«.

»Zackern«: oberdeutsch, »zu Acker gehen, pflügen«, hier mit dem Beiklang der Mühe. »Jedenfalls abschätzige Bemerkung des Dichterlings [Gerning, P. B.].«[134]
Gernings Bemerkung trifft vielleicht mit dem Urteil Schellings über Hölderlins Übersetzungen zusammen: Produkte eines kranken Geistes, als Symptome seiner Krankheit anzusehen.
Als die Sophokles-Übertragungen im Druck erschienen, wurden sie »in drei Rezensionen öffentlich angezeigt [...] und zwar in allen dreien scharf und spöttisch ablehnend«[135].
Der junge Heinrich Voss, der Sohn des berühmten Homer-Übersetzers, der mit 24 Jahren bei Goethe und Schiller »ein gern gesehener Gast und Gesprächspartner«[136] war, schrieb an einen Freund namens Abeken:

Was sagst Du zu Hölderlins Sophokles? Ist der Mensch rasend oder stellt er sich nur so, und ist sein Sophokles eine versteckte Satire auf schlechte Übersetzer? Ich habe neulich abends als ich mit Schiller bei Goethe saß, beide recht damit regaliert. Lies doch den IV. Chor der Antigone – Du hättest Schiller sehen sollen, wie er lachte; oder Antigone Vers 20: »Was ist's, Du scheinst ein rothes Wort zu färben.« Diese Stelle habe ich Goethe als einen Beitrag zu seiner Optik empfohlen, zu welcher ich ihm aus meiner antiquarischen Lektüre alles was ich finde, mitteile.[137]

Zu Lebzeiten Hölderlins hat sich Bettina Brentano als einzige über diese Übersetzung begeistert ausgesprochen, und zwar in ihrem Buch *Die Günderode,* das 1840 erschien und das er wahrscheinlich nicht mehr zu sehen bekam.
Sonst ist seine Art zu übertragen lange Zeit nur auf Unverständnis gestoßen.
Erst Norbert von Hellingrath, der kurz vor dem ersten Weltkrieg den Band IV der Propyläen-Ausgabe besorgte, und dann Friedrich Beißner[138] haben erkannt, daß dem Übertragungsverfahren Hölderlins eine sehr genau überlegte Methode zugrunde liegt. Anders als übliche Übersetzungen, die unreflektiert den Informationsgehalt des Originals, also das Prosaische daran, vermitteln, ist Hölderlin bemüht, das Poetische am Urtext in deutscher Sprache nachzubilden. Der »Kunstcharakter« der griechischen Dichtung ist ihm wichtiger als der sogenannte Inhalt des Gesagten, als die Aussage.

Es erscheint kaum glaublich, daß bislang [1933, P. B.] niemand von denen, die sich mit Hölderlins Übertragungen beschäftigten, erkannt hat, daß diese Wiedergabe metrisch ist, zum mindesten metrisch gemeint ist.[139]

Genaue Untersuchung hat in der übertragenden Beschäftigung Hölderlins mit Sophokles vier Schichten unterschieden:
1. ein freies Gestalten vom vorher erfaßten und überschauten Sinn her, wobei das einzelne Wort verhältnismäßig leicht wiegt und noch nicht eigentliches Element der Rede ist;
2. eine genauere Aufmerksamkeit auf die griechischen Silbenmaße;
3. die »hinhörende Verfahrungsart«, die, nach dem Experiment mit Pindar, die Wortfolge der Vorlage möglichst wahrt;
4. eine späte Überarbeitung besonders der *Antigonä,* doch auch des *Oedipus,* im Herbst 1803.
In den beiden gedruckten Trauerspielen sind alle vier Schichten nachzuweisen, zumal die dritte und die vierte.[140]
Man kann wohl mit Gerning fragen: »Spricht da ein kranker oder ein gesunder Geist aus ihm?« Die Frage, die Gerning offen läßt, kann heute beantwortet werden; doch nicht so, wie er es wohl meinte.
Wenn man der Chronologie genauer nachgeht, wie es Friedrich Beißner getan hat, kann man mit ihm annehmen, daß die Hauptarbeit an der Sophokles-Übertragung nicht auf den Winter 1803 zu datieren ist – also eine Zeit, in bezug auf die man an Hölderlins Geistesgesundheit zweifeln darf –, sondern daß sie schon vorher, ja vor der Reise nach Bordeaux, geleistet worden war; daß Hölderlin »nach der Rückkehr aus Frankreich an der Sophokles-Übersetzung wenig mehr als jene Überarbeitung vornahm, mit der er bei der Übersendung endlich des Manuskripts an Wilmans [am 8. Dezember 1803] die Verzögerung entschuldigte«[141].
Damit wird aber die pathologische Interpretation von Hölderlins Übertragungen und ihr etwaiger symptomatischer Charakter hinfällig.
An diesem Beispiel wird deutlich, wie leicht man eine Manifestation als »verrückt« einschätzt, wenn man ihre Begründung und Hintergründe verkennt.

Wenn man von Hölderlins eigenartiger, aber wohlüberlegter Übersetzungsweise absieht, redet Gerning von Hölderlins Trübsinn (»ein armer Schlucker und trübsinnig«), was eigentlich auf tiefe Melancholie, Niedergeschlagenheit, Depression hinweist, doch keineswegs auf Geistesgestörtheit.

Dokument Nr. 14

Zehn Briefe von Hölderlins Mutter an Sinclair, zwischen dem 20. Dezember 1802 und dem 26. Dezember 1804 geschrieben, sind erhalten. Vom ersten haben wir schon in Dokument Nr. 10 Gebrauch gemacht.
Im zweiten, vom 4. Juli 1803, steht:

Leider werden Euer Wohlgeboren aus dem Schreiben meines l[ieben] Sohns seinen traurigen Gemüts Zustand sehen.[142]

Dieses »Schreiben« Hölderlins an Sinclair ist nicht erhalten. In einem schwer datierbaren Brief bedankt sie sich bei Sinclair für seine »Verwendung« für den Druck der Sophokles-Übersetzungen, »weil es schon seit geraumer Zeit das erste Werk ist, das das Glück hatte, zum Drucken angenommen zu werden, welches auf seine traurige Gemüths Stimmung sehr wirkte [...] Seine Umstände haben sich leider nicht viel gebessert [...] Aber doch auch nicht verschlimmert, wofür der l. Gott 1000 mal gepriesen sei. Ich hoffe immer, wann der Gute nicht mehr so angestrengt arbeiten würde, wovon ihn all unser Bitten seit einem Jahr nicht abbringen konnte, (weil er nach seiner Aeußerung doch nicht viel aufweisen könne wegen seinen geschwächten Sinnen) seine Gemüthsstimmung würde sich auch bessern, aber leider wurde ich in meiner Hoffnung getäuscht. Seit 4 Wochen arbeitet er wenig u. geht beinahe den ganzen Tag aufs Feld, wo er aber eben so ermüdet nach Hause kommt, als ihn vorher das Arbeiten anstrengte. Und eben diese Ermüdung muß aber seine Sinnen schwächen, weil keine Besserung darauf erfolgt.«[143]
Im Januar 1804 schreibt sie an Sinclair:

Leider haben sich seine Gemütsumstände noch nicht gebessert, aber etwas geändert. Die Heftigkeit, die ihn so oft befallen, hat sich Gott sei Dank beinahe ganz verloren. Nach meiner Beurteilung ist sein trauriger Zustand mehr Schwachmut zu nennen, wo es aber auch abwechselnd ist, aber leider hat er jetzt weniger ganz freie Stunden, wie ehemals. Das Traurigste für mich ist, daß die Ärzte mir so wenig Hoffnung machen für Wiedergenesung, da ihn seine Arbeiten so gemach es auch mit seinen Arbeiten geht ihn doch so sehr anstrengen und er sich auch nicht dazu entschließen kann, Arznei Mittel zu gebrauchen und sich oft sehr lange aller Gesellschaft enthielt. Den guten so traurig zu sehen ist vor eine treue Mutter u. l. Geschwister sehr schwer wan nicht noch einige Hoffnung zu seiner Wiedergenesung mich erheiterte so wäre ich schon lange erlegen ... zum Beweis seiner Dankbarkeit (dem H. Landgrafen gegenüber) will er der Prinzessin von der er immer mit vieler Achtung spricht zugleich ein Gedicht übersenden, u. quält sich schon 3 Wochen so sehr daß er gegenwärtig ganz geschwächt ist und beynahe seine Besinnungskraft verlohren hat.[144]

In einem Brief vom 24. Mai 1804 bedankt sich die Mutter bei Sinclair für die Bibliothekarstelle, die Hölderlin von ihm bei Hofe verschafft worden ist; doch äußert sie auch die Sorge, »daß er vorjetzt nicht im Stand wäre, diese Stelle anzunehmen, nach meiner geringen Einsicht erfordert solche doch einen geordneten Verstand, und laider ist mein l. Sohn so unglücklich, daß seine Verstandes Kräfte sehr geschwächt sind, wenn er sein Amt nicht mit gehöriger Aufmerksamkeit versehen könnte, und eine baldige Entlassung zu befürchten wäre, würde seinem zu großen Ehrgefühl, welches ich als Mutter gestehen muß seine schwache Seite ist, aufs Neue wieder einen zu harten Stoß geben, und ich bei der weiten Entfernung in der größten Sorge sein, auf welche Art er in solchen unglücklichen Umständen wieder die Reise zurück machen könnte. Wahrscheinlich hat der Bedauerungswürdige aus Freude über Euer Wohlgeboren Gegenwart und die ihm erwiesene Ehre all seiner Besinnungs Kraft aufgeboten, daß Ihnen sein zerrütteter Verstand Ihnen nicht so sehr auffiel, ich kann es mir freilich nicht erklären wie es möglich ist in diesem Fall noch zu arbeiten. Doch sehe ich mit Betrübnis, daß es ihm außerordentlich viel Anstrengung kostet, welches ihn dann immer mehr schwächt, und deswegen sagen auch die Ärzte, daß bei ihm alle Curart und Arzneimittel nicht anschlagen könnten weil er sich nicht dahin bringen läßt, sein Lieblings Studium aufzugeben oder mit Maß zu behandeln.«[145]

Zu Dokument Nr. 14:

Der Standpunkt der Mutter ist sehr eindeutig und einfach darzustellen.
Erstens kommt sie immer wieder darauf zurück, die Geistesverfassung ihres Sohnes als »seinen traurigen Gemüths Zustand«, seinen »traurigen Zustand«, seine »traurige Gemüths Stimmung« zu bezeichnen. Dies ist allgemein als »seinen mich [seine Mutter] traurig machenden Zustand« verstanden worden. Tatsächlich sagt sie auch einmal: »Das Traurigste für mich ist [...]«
Doch ist unmißverständlich, daß sie allgemein »das traurige Gemüth« ihres Sohnes meint. Seine »Gemüthsstimmung« ist es, die krank ist. Er ist traurig, und das macht sie traurig, weil sie und die Ärzte da hilflos sind. Bedeutsam ist der Satz: »Nach meiner Beurteilung ist sein trauriger Zustand mehr Schwachmut zu nennen«, besonders wenn man annimmt, daß, wenn sie »Schwachmut« schreibt – ein Wort, das es nicht gibt, und »Schwachsinn« meint sie nicht –, sie darunter »Schwermut« versteht.
Schwermut, also: Gemütskrankheit, Melancholie, anhaltende tiefe Niedergeschlagenheit und Traurigkeit: Damit wird m. E. Hölderlins Zustand am treffendsten charakterisiert. Er trauert und hat guten Grund dazu. Die Mutter wußte es nicht, oder sie wollte es nicht wissen und konnte es nicht verstehen. Erstaunlicher, daß es die Forschung ebenfalls ignoriert hat und Hölderlins Zustand als einen pathologischen bezeichnete.
Zweitens: Er arbeitet zu viel, zu konzentriert, er will sich nicht zerstreuen noch erholen; er will sein »Lieblings Studium«, die Dichtung, weder ganz aufgeben noch mit Maß betreiben. Das kann die Mutter nicht verstehen. Es ist eine weit verbreitete Meinung, daß zu viel geistige Arbeit verrückt macht: »Woyzeck, du bist ein guter Mensch. Aber du denkst zu viel, das zehrt«, sagt hierzu Georg Büchners Hauptmann.
Ein anderer Zug, den die Mutter nicht verstehen kann: Wenn Hölderlin im Sommer 1803 »beinahe den ganzen Tag aufs Feld geht, wo er aber eben so ermüdet nach Hause kommt, als ihn vorher das Arbeiten anstrengte«, pflichtet sie der naiven

Vorstellung bei, das Dichten sei eine schriftstellerische Arbeit, die nur am Tisch sitzend zu verrichten sei. Tatsächlich aber besteht die Arbeit am Tische hauptsächlich im Niederschreiben des im Laufen, im Schritt Gedichteten. Hölderlin arbeitet im Schreiten; es hat nichts Erstaunliches, daß er dann ermüdet nach Hause kommt.

Drittens: Wenn sie sagt, die Verstandeskräfte ihres Sohnes seien geschwächt, so meint sie damit, daß er – fürchtet sie – nicht in der Lage wäre, einem Amt wie der ihm von Sinclair angebotenen Bibliothekarstelle, die »einen geordneten Verstand erfordert«, zu genügen.

Das hat aber nicht unbedingt mit einem pathologischen Zustand zu tun: Ich habe öfters gehört, daß ein Dichter (»ein Poët!«) in der Verwaltung nicht brauchbar sei.

Übrigens waren die Sorgen der Mutter ungerechtfertigt: Als Bibliothekar des Landgrafen hatte Hölderlin nichts zu tun. Unter den amtlichen Papieren findet sich keine Dienstanweisung an den »fürstlichen Bibliothekarius« (wie er sich anreden ließ) Friedrich Hölderlin. Auch war dieses Amt niemals vorher eingerichtet worden. Es war eine Idee Sinclairs gewesen, um damit seinem Freund Hölderlin einen Vorwand zu geben, nach Homburg zu übersiedeln. Auch die Besoldung, 200 Gulden jährlich, wurde von Sinclair bestritten. In einem am 7. Juli an den Landesfürsten gerichteten Promemoria bat nämlich Sinclair darum, eine Gehaltszulage, die er vor zwei Jahren erhalten, seinem Freunde überlassen zu dürfen. Er habe sie damals »bloß in Rücksicht seiner angenommen« und auch demselben seiner »vielen gegen ihn habenden Verbindlichkeiten wegen seitdem abgegeben«. Das »Arrangement« wurde vom Landgrafen Friedrich Ludwig »gänzlich genehmigt« und die richtige Zahlung gesichert. So hatte Sinclair versucht, Hölderlin aus der Abhängigkeit von seiner Mutter zu befreien und ihm eine angenehme Beschäftigung zu verschaffen.

Da ihm die Mutter zusätzlich 170 Gulden mitgab und er über jährlich 125 Gulden Zinsen aus dem väterlichen Kapital verfügte, hat es Hölderlin in Homburg an Mitteln nicht gefehlt.

Er wohnte schön. Sinclair schreibt an die Mutter:

Er wohnt im Hause eines französischen Uhrmachers, Namens Calame, gerade in der Gegend, wo er es wünschte. Es sind sehr brave Leute, die alles für ihn besorgen und wo er sehr gut aufgehoben ist.[146]

Dieses Logis, von Sinclair vermittelt, ist in der Nähe von dessen Wohnung. Von der noch freien Straßenseite gegenüber

stieg ein mit Obstgärten bestandener Abhang zum breiten Wiesental des Mühlgrundes hinab. [...] Der Blick konnte [...] weit nach Süden schweifen, wo sich am Horizont die Türme Frankfurts zeigten.[147]

Der Blick nach Frankfurt, wo Susette begraben lag –

Frankfurt aber [...] ist der Nabel
Dieser Erde, diese Zeit auch
Ist Zeit

steht im Entwurf *Vom Abgrund nemlich ...*[148]
Bei Hofe war Hölderlin gern gesehen, wenn er auch wenig oder gar nicht dort verkehrte. Die Hymne *Patmos* hatte er im Auftrag des Landgrafen gedichtet und ihm gewidmet.
Während des ersten Homburger Aufenthalts hatte er der Tochter des Landgrafen, der Prinzessin Auguste von Homburg, zu ihrem 23. Geburtstag eine Ode gewidmet, wofür sie sich bedankte:

Ihre Laufbahn ist begonnen, so schön und sicher begonnen, daß sie keiner Ermunterung bedarf; nur meine wahre Freude an Ihre Siege und Fortschritte wird sie immer begleiten. Auguste. –[149]

Ihr waren die während des zweiten Homburger Aufenthalts beim Verleger Wilmans erschienenen zwei Trauerspiele des Sophokles mit einem anerkennenden Vorwort zugeeignet:

Sie haben mich vor Jahren mit einer gütigen Zuschrift ermuntert, und ich bin Ihnen indessen das Wort schuldig geblieben. Jezt hab' ich, da ein Dichter bei uns auch sonst etwas zum Nöthigen oder zum Angenehmen thun muß, diß Geschäft gewählt, weil es zwar in fremden, aber festen und historischen Gesezen gebunden ist. Sonst will ich, wenn es die Zeit giebt, die Eltern unsrer Fürsten und ihre Size und die Engel des heiligen Vaterlands singen. / Hölderlin.[150]

Doch dies ist schon vor der Abreise aus Nürtingen, im Sommer 1804, geschehen.

Wohl als Dank für die Zueignung der Tragödien des Sophokles schenkte ihm Prinzessin Auguste ein Klavier. Bei den kargen Geldverhältnissen, die am Hof Hessen-Homburg herrschten, ein wahrhaft fürstliches Geschenk, schreibt Kirchner.
Aus den zwei Jahren des zweiten Homburger Aufenthalts ist kein einziger Brief Hölderlins überliefert und auch praktisch kein Dokument, abgesehen vom unheilschwangeren Dokument Nr. 16.

Dokument Nr. 15

Sinclairs Einladung Folge leistend, hatte Hölderlin beschlossen, nach Homburg zu gehen – doch mit einem Umweg, der sich später als unheilvoll erweisen wird.
Etwa am 26. Juni 1804 kam er an; es begann der sogenannte zweite Homburger Aufenthalt.
In der zweiten Julihälfte schreibt die Mutter an Sinclair:

Auch nehme ich mir die Freiheit Euer Gnaden gehorsamst zu bitten, meinen l[ieben] S[ohn] [...] an ihn die Erinnerung gehen zu lassen, [...] mir doch recht bald zu schreiben, ich berge nicht, daß mir die Verzögerung eines Briefs, auf den ich mit Sehnsucht schon mehrere Wochen warte, das Schlimmste befürchten ließe. [...] Leider befürchte ich, daß sein langes Stillschweigen ein trauriger Beweis ist, daß seine Gemütsstimmung sich noch nicht gebessert hat. [...] Haben Sie die Gnade, meinem Sohn zu sagen, was er deswegen mir zu schreiben hat, wann ich nur so glücklich wäre, recht bald eine beruhigende Nachricht zu erhalten.[151]

Darauf antwortet Sinclair am 6. August 1804:

Zum Glück war das Stillschweigen [...] nicht durch einen üblen Zustand [Hölderlins, P. B.] veranlaßt. Vielmehr befindet sich derselbe vollkommen wohl und zufrieden, und nicht nur ich, sondern außer mir noch 6–8 Personen, die seine Bekanntschaft gemacht haben, sind überzeugt, daß das was Gemüths Verwirrung bei ihm scheint, nichts weniger, als das, sondern eine aus wohl überdachten Gründen angenommene Äußerungs Art ist, und freuen sich sehr darüber, seines Umgangs profitiren zu können.[152]

Am 25. November 1804 beschwert sich die Mutter wieder einmal bei Sinclair, ihr Sohn lasse sehr lange auf seine Briefe warten.

Leider bin ich durch seinen erhaltenen Brief wegen sein traurigen Gemüths Zustand um nichts beruhigter worden, vielmehr habe ich Ursache zu befürchten, daß sich solches verschlimmert haben möchte, ich habe mich oft gewundert, daß in seinen Briefen so wenig von der Zerrüttung seines Verstandes zu bemerken war, aber leider leider waren in dem erhaltenen Schreiben genug Spuren hiervon.[153]

Am 26. Dezember (1804) schreibt sie, diesmal an Sinclairs Mutter, mit der Bitte, »daß ihm [Hölderlin, P. B.] im Haus ge-

waschen wäre«, weil ihr »l. Sohn nicht so viel Besinnungs Kraft hat zu bemerken, ob und was er der Wascherin gegeben hat. Er ist bei seinen besseren Zeiten durch sein Zutrauen in jedermann um so vieles gekommen.«[154]
Auch bittet sie um folgendes:

Er [Hölderlin, P. B.] schrieb mir aber auf meine bisher gemachte Frage, wie viel ich ihm senden solle, daß er für dieses Jahr keins [kein Geld, P. B.] nötig habe, welches ich aber freilich kaum begreifen kann. Ich nehme mir deswegen die Freiheit, Euer Gnaden H. Sohn untertänigst zu bitten, da ich ja nicht wissen kann, was indessen seine Einnahme vom Buchführer ist, die Gewogenheit zu haben, mir zu melden (sollte es auch durch seinen Bedienten sein) wieviel und wann ich meinen l. Sohn Geld senden solle, und da mein Sohn zu schwach ist, seine Bedürfnisse zu berechnen oder oft nicht gern gleich auszahlt, auch diese Bemühung zu übernehmen, die größeren Bezahlungen selbst zu übernehmen.[155]

Zu Dokument Nr. 15:

Seitens der Mutter machen sich zwei Hauptsorgen geltend: daß ihr der Sohn kaum noch schreibt und daß er »nicht so viel Besinnungs Kraft hat«, für seine Wäsche und seine Geldsachen selbst zu sorgen.
Zu 1: Der Sohn schreibt ihr nicht – doch nicht, weil es ihm gesundheitlich nicht gut geht, sondern einfach, weil er ihr nicht schreiben will. Darauf werden wir zurückkommen.
Erläuterungsbedürftig ist die Stelle, wo sie sagt, sie habe sich oft gewundert, »daß in seinen Briefen so wenig von der Zerrüttung seines Verstandes zu bemerken war«, wogegen in dem an sie gerichteten Schreiben »genug Spuren hiervon« zu finden sind. Wenn sie hier von »seinen Briefen« spricht, so handelt es sich um von Nürtingen aus an andere Korrespondenten als sie geschriebene Briefe – z. B. an Sinclair. Anscheinend hat sie diese Briefe vor ihrer Absendung gelesen, und sie sollen vernünftig gewesen sein. Ihre Interpretation davon ist im Brief vom 24. Mai 1804 enthalten, wo sie meint, Sinclair habe den »zerrütteten Verstand« ihres Sohnes wohl an seinen Briefen nicht merken können, weil er »wahrscheinlich [...] all seine Besinnungskraft aufgeboten«[156] habe, um dem Freund

entgegenzukommen. In dem nun an sie selbst gesendeten »Schreiben« merke man dagegen, daß seine Verstandeskräfte sehr geschwächt seien.
Das Phänomen wird sich in der späten Tübinger Zeit wiederfinden: den anderen gegenüber ist Hölderlin vernünftig, der Mutter gegenüber gibt er Zeichen von ... ja, wovon denn? Das Verhalten gegenüber der Mutter ist gewiß ein Symptom – aber weniger ein Symptom der Geisteserkrankung Hölderlins als eines seines gestörten Verhältnisses und seiner gestörten Beziehungen zur Mutter. Wer ist daran schuld? Hat die Mutter ihm gegenüber vielleicht eine pathogene Präsenz? Das gibt es.
Zu 2: Daß Hölderlin das Abgeben und Zurückerhalten der Wäsche nicht kontrolliert, daß er mit Geld nicht umzugehen weiß, ist ein von Müttern ihren Söhnen gegenüber oft geäußerter Vorwurf. Diese Sorglosigkeit führt sie in dem zitierten Brief auf den »schwachen« Zustand ihres Sohnes zurück. Dabei läßt sie aber durchaus merken, daß dies nichts Neues, sondern schon immer so gewesen ist. Auch in besseren Zeiten ist er so um viel Wäsche gekommen, auch in besseren Zeiten hat er seine Bedürfnisse schlecht berechnet und Posten nicht gleich ausgezahlt, die sie dann ausgleichen mußte und in die Liste der »Ausgaben für den l. Fritz, welche aber wan er in Gehorsam bleibt nicht sollen abgezogen werden«, eingeschrieben wurden. Hölderlin ist nie ein akkurater Buchhalter gewesen.
Seitens Sinclairs: Hölderlin ist »vollkommen wohl und zufrieden« in Homburg. Doch was bedeutet die Angabe Sinclairs, nicht nur er, sondern auch andere seien überzeugt, daß seine »Gemüths Verwirrung« eine aus wohl überdachten Gründen angenommene Äußerungsart sei – also eine Simulation? Hölderlin, ein Simulant? Einer, der das Irresein simuliert? Darauf wird noch zurückzukommen sein, denn aus dem hier angegebenen Kontext ist das nicht zu erklären. Fest steht, daß zu diesem Zeitpunkt und im Brief an die Mutter Sinclair an eine Geisteskrankheit Hölderlins nicht glaubt.
Vielleicht kann Dokument 16 und der Kommentar dazu einige Aufklärung über die Möglichkeit einer Simulation seitens Hölderlins liefern.

Dokument Nr. 16

Am 29. Januar 1805 sandte ein guter Bekannter und Protegé Sinclairs, Blankenstein, dem Kurfürsten von Württemberg eine Anzeige folgenden Inhalts:

Als Deutscher und Verehrer Ew. Churfürstl. Durchlaucht fühle und erachte ich mich verpflichtet, Höchstdenenselben eine sehr wichtige Mitteilung zu machen, die hoffentlich die mörderischen Pläne einiger Schurken zu vereiteln im Stande sein wird. [...]
Vor einem Jahr trat ich in hiesige Dienste [i. e. in Hessen-Homburgische Dienste, P. B.] als Hofcommissaire und Lotteriedirektor. In letzterer Eigenschaft mußte ich fast täglich mir dem Regierungsrat von Sinclair, der zum Mitdirector der Lotterie wurde, umgehen, und wir wurden vertrauliche Freunde. Damals schon sprach Sinclair von weitaussehenden Entwürfen, von deutscher Republik usw. [...]
Die Mitteilung, daß er in Rastadt einen Plan zur Revolution Schwabens gemacht, und solchen dem verstorbenen Posselt und an Baz und Hofacker mitgeteilt hatte, daß er Mitglied eines Württembergischen Comité gewesen sei und die Einladung, daß ich an einer noch bestehenden Verbindung Anteil nehmen sollte, erregte meine ganze Aufmerksamkeit.

Blankenstein berichtet, wie er im Juni 1804 mit Sinclair in Stuttgart an Zusammenkünften bei Baz beteiligt gewesen sei:

Sinclair sprach damals davon, daß ein großer entscheidender Coup gewagt werden müsse, und er und Baz waren nur in der Auswahl eines fähigen Subjekts streitig. [...] Als ich vom teuflischen Plan, der die höchste Person Ew. Churfürstl. Durchlaucht und die des Herrn Grafen von Winzingerode selbst betraf, Spuren bekam, entschloß ich mich, solchen persönlich Ew. Churfürstl. Durchlaucht zu entdecken.

Ein Brief des Grafen Wintzingerode ermutigte Blankenstein, sich auf nähere Einzelheiten seiner Anzeige einzulassen. In einem Schreiben vom 7. Januar sagte nun Blankenstein unter anderm folgendes:

Da der größte Teil der Bewohner Schwabens wohl schwerlich zur Rebellion geneigt ist und man sich auf einen Volksaufstand wenig Hoffnung machen konnte, so sollte durch einen fürchterlichen Schlag, durch die Ermordung Seiner Churfürstlichen Durchlaucht

und Ew. Excellenz, wobey man sich [...] im Anfang [einen] ehemaligen Universitätsfreund Bauer [...] in Vorschlag brachte, die Scene dort eröffnet [...] werden. [...]
Ein sonderbarer Zufall trug auch dazu bei, Sinclair sehr mißtrauisch zu machen. Sein Cammerad Friderich Hölderlin von Nürtingen, der von der ganzen Sache ebenfalls unterrichtet war, ist in eine Art Wahnsinn verfallen, schimpft beständig auf Sinclair und die Jacobiner und ruft zu nicht geringem Erstaunen für hiesige Einwohner in einem fort: ich will kein Jacobiner bleiben.

Sinclair wurde in Homburg verhaftet und nach Stuttgart abgeführt. Nach der Mitwisser- oder Mittäterschaft Hölderlins wurde gefahndet.[157]

ZU DOKUMENT NR. 16:

In dem Brief vom 30. Juni 1802, in dem er ihm den Tod von Susette Gontard meldete, hatte Sinclair seinem Freund angeboten, zu ihm zu kommen und bei ihm zu bleiben:

Du kennst alle meine Fehler, ich hoffe, keiner soll mehr eine Mißhelligkeit zwischen uns hervorbringen. Ich lade Dich also ein, zu mir zu kommen, und bei mir zu bleiben, so lange ich hier bin. Die möglichen Fälle, die meine Lage verändern würden, wollen wir gemeinschaftlich überlegen und beschließen, und wenn das Schicksal gebieten sollte, so werden wir als ein treues Paar seine Bahn gehen. Itzt kann ich 200 fl. jährlich füglich entbehren, die kann ich Dir geben, und freie Wohnung und was dazu gehört.[158]

Sinclair bietet dem Dichter eine heroische Freundschaft an im antiken Stil: die Dioskuren, Harmodios und Aristogeiton, Achilles und Patroklos ... Das Thema läuft durch das ganze Werk Hölderlins; im *Hyperion* das Paar Hyperion–Alabanda, im Gedicht *An Eduard* unmißverständlich Sinclair und Hölderlin.
Das war aber bei Sinclair keineswegs nur antikisierende Phrase. Er meinte es ernst.
Wohl war er auch Dichter, aber er wollte in erster Linie ein Mann der Tat sein. Wenn er in dem eben erwähnten Brief an Hölderlin den etwas hochtrabenden Ausdruck gebraucht: »und wenn das Schicksal gebieten sollte, so werden wir als ein

treues Paar seine Bahn gehen«, so soll daran erinnert werden, daß nicht er, sondern Hölderlin es gewesen war, der als erster den heroischen Ton anschlug. Doch später davon.

Im erwähnten Brief Sinclairs kann ein geübtes Ohr eine Anspielung auf politische Verwicklungen heraushören, wie sie sich tatsächlich – doch ganz anders, als es Sinclair erhofft hatte – später ergaben. Hölderlin wurde nämlich in Sinclairs Hochverratsprozeß verwickelt und geriet in größte Gefahr, selbst verhaftet zu werden.

Die Geschichte des Hochverratsprozesses gegen Sinclair ist von Werner Kirchner aus den Archiven herausgegraben und detailliert dargestellt worden. Hier kann nur auf seine grundlegende Arbeit verwiesen und das Hölderlin Betreffende zusammenfassend dargestellt werden.

Sinclair hatte schon 1804 seine beiden Freunde, Hölderlin und Blankenstein, miteinander bekannt gemacht. An Blankenstein hatte er am 8. Mai geschrieben: »Wenn Sie über Nürtingen kommen, vergessen Sie nicht, Hölderlin zu besuchen.« Am 29. Mai: »Sie müssen wohl über Nürtingen unserer Abrede nach reisen, um Hölderlin kennen zu lernen und ihn mitzubringen.«

Im Juni fuhr Sinclair nach Stuttgart und traf sich dort mit Blankenstein und Hölderlin. Auf der Pernoktantenliste des Gasthauses *Zum Römischen Kaiser* in Stuttgart sind eingeschrieben:

am 12./13. Juni: Blankenstein, Sinclair und Hölderlin von Nürtingen Magister (nachgekommen)
am 20./21. Juni: Hölderlin, Sinclair und Blankenstein
am 21./22. Juni: Hölderlin, Sinclair und Blankenstein
am 22./23. Juni: Hölderlin, Sinclair und Blankenstein abgereist.[159]

An einem dieser Abende in Stuttgart hatte ein Souper bei Baz stattgefunden, dem Bürgermeister von Ludwigsburg, der schon 1799 in die Vorbereitung eines Staatsstreiches für eine Schwäbische Republik verwickelt gewesen und danach verhaftet, doch inzwischen befreit worden war. An dem Souper war außer Sinclair und Blankenstein (und aller Wahrscheinlichkeit nach Hölderlin) auch ihr gemeinsamer Freund Leo von Seckendorf beteiligt. Über den Abend berichtete Blankenstein in seiner Anzeige wie folgt:

Wie ich in Stuttgart war, hatte Baz sehr auf die Unterstützung Frankreichs bei einer Regierungsveränderung in Schwaben gehofft. [...] Am Abend [...] soupirten Sinclair, Seckendorf und ich bei Baz, und dort erklärte Baz, [...] daß eine schleunige Regierungsveränderung allein die Stände retten könne usw., daß derjenige, der Württemberg von seinem Kurfürsten [...] befreie, auf große Belohnungen und Ehrenstellen rechnen dürfe. Sinclair war hiemit ganz einstimmig [...] und hörte erst dann zu schwadronieren auf, als er merkte, daß Sekkendorf und ich keinen Anteil am Gespräch nahmen.[160]

Nach der eigenen Anzeige Blankensteins soll Sinclair an diesem Abend gemerkt haben, daß Blankenstein ihm nicht bis zu den letzten Konsequenzen folgte.

Bedenkt man die gesamte Situation, so ist die Möglichkeit nicht auszuschließen, daß Hölderlin, durch Sinclairs Leichtsinn beängstigt, seinen Freund aber auch nicht preisgeben wollend, einen irren Geisteszustand vorgespielt hätte. Seinen Leichtsinn hat Sinclair später selbst eingesehen: Als er verhaftet wurde, sagte er seiner Mutter, er sei zwar unschuldig, doch sehr leichtsinnig gewesen.[161]

Irrsinn als Maske, Irrsinn als Schutz, das hat Hölderlin von Hamlet lernen können: Hamlet gesteht seiner Mutter, aber ihr allein, er sei nicht verrückt, er stelle sich nur so, er sei m a d i n c r a f t, aus List wahnsinnig.

Nachweislich hatte Hölderlin den *Hamlet* gelesen. Im August 1797 schreibt er an Schiller, es sei für Hamlet »karakteristisch [...], daß es ihn so schwer ankömmt, e t w a s zu thun, aus dem e i n z i g e n Zweke, seinen Vater zu rächen«[162]. Da horcht man auf und spürt eine gewisse Identifikation Hölderlins mit Hamlet die Situation betreffend: der Vater gestorben, die Mutter wiedervermählt ...

1797 war die große Shakespeare-Übersetzung von A. W. Schlegel erschienen, und sie war Gesprächsthema der kultivierten Kreise, auch in Frankfurt.

Gewiß ist es nicht leicht, ja wohl unmöglich, eindeutig zu demonstrieren, Hölderlin habe damals in Stuttgart verrückt gespielt: selbst im Falle Hamlets wird heute noch darüber diskutiert. Ist Hamlet ein Simulant?[163] Ist das Simulieren vielleicht schon an sich das Symptom einer psychopathischen Veranlagung, die eine schwere Geisteskrankheit vortäuscht, um sich

vor einer feindlichen Umwelt zu schützen? Weder im Fall Hamlets noch im Fall Hölderlins ist das eindeutig zu entscheiden.
Objektiv aber ist folgendes festzustellen.
Erstens: Sechs Wochen nach dem kompromittierenden Souper bei Baz in Gesellschaft von Sinclair und Blankenstein (und anderen Begegnungen, von denen Hölderlin nicht ferngehalten wurde) macht Sinclair in einem Brief an die Mutter die sehr merkwürdige Aussage, nicht nur er, Sinclair, sondern auch andere seien überzeugt, es handle sich bei seinem Freund Hölderlin weniger um eine echte Gemütsverwirrung als um eine »aus wohl überdachten Gründen angenommene Äußerungs Art« – also um eine Maske, um eine Simulation.
Zweitens: Solch eine Simulation war für Hölderlin der einzige Weg, sich von Sinclairs kompromittierenden Unternehmungen loszusagen, ohne den Freund bloßstellen zu müssen.
Drittens: Ob kalkuliert oder nicht, letztlich hat dieses Verhalten Hölderlin vor einem schlimmen Schicksal bewahrt: Wenn ihn Blankenstein nicht schon in Stuttgart für geistesgestört gehalten hätte, wäre Hölderlin auf Befehl des Kurfürsten verhaftet und auf dem Hohen Asperg eingekerkert worden – da, wo der schwäbische Dichter Schubart elf Jahre verbracht hatte.
Wie dem auch sei: Zeit seines Lebens ist Hölderlin immer ein zurückhaltender, ja verborgener, sich selbst seinen Freunden wenig oder nicht anvertrauender Mensch gewesen. Man kann nicht sagen, er habe sich irgendwie verstellt oder falsch gespielt: Er hat einfach eine schwarze Maske getragen. Sein Lebensmotto hätte dasjenige von Descartes sein können: l a r v a t u s p r o d e o, ich trete maskiert vor.

DOKUMENT NR. 17

Hier einige Gutachten über Hölderlins Geistesverfassung, alle aus dem Jahr 1805 und auf den Hochverratsprozeß bezüglich.
Zuerst das von Dr. Müller in Homburg verfaßte ärztliche Gutachten. Von dem guten Dr. Müller hatte Hölderlin seiner Mutter am 29. Januar 1800 geschrieben, er sei »ein immer heiterer, treuherziger Mann, [...] der Mann für alle Hypochonder«.

Hochfürstliche,
Preiswürdige Regierung!
Den mir gegebenen Auftrag, den Magister Hoelderlin betreffend, kann ich nur einseitig befolgen, denn ich war und bin nicht sein Arzt, kenne also auch seine Umstände nicht genau und alles was ich davon sagen kann ist das –
Daß genanter Magister Hoelderlin im Jahr 1799 schon, als er sich hier aufhielte, stark an hypochondrie litte (NB damalen fragte er mich seines Übels wegen um Rath) die aber keinen Mitteln wiche, und mit welcher er auch wieder von hier weg zoge. Von der Zeit an hörte ich nichts mehr von ihm bis im vergangenen Sommer wo er wieder hierher kam, und mir gesagt wurde »Hoelderlin ist wieder hier allein wahnsinnig«. Seiner alten hypochondrie eingedenk fande ich die Saage nicht sehr auffallend, wolte mich aber doch von der Wirklichkeit derselben überzeugen und suchte ihn zu sprechen. Wie erschrake ich aber als ich den armen Menschen so zerrüttet fande, kein vernünftiges Wort war mit ihm zu sprechen, und er ohnausgesetzt in der heftigsten Bewegung. Meine Besuche wiederholte ich einigemal fande den Kranken aber jedesmal schlimmer, und seine Reden unverständlicher. Und nun ist er, so weit daß sein Wahnsinn in Raserey übergegangen ist, und daß man sein Reden, das halb deutsch, halb griechisch und halb Lateinisch zu lauten scheinet, schlechterdings nicht mehr versteht.
Homburg vor der Höhe
d. 9t. April 1805

Dr Müller[164]

Nun ein Auszug aus dem Sitzungsprotokoll des Kurfürstlichen Konsistoriums. Die im Hochverratsprozeß eingesetzte Untersuchungskommission hatte sich an das Württembergische Konsistorium gewendet, um über die Studien und die Gemütsverfassung von Magister Hoelderle und seine Aufführung Aufklärung zu erlangen. Das Konsistorium antwortet am 8. März 1805:

Der M. Hoelderle habe während seines Laufs durch die Klöster immer eine untadelhafte Aufführung gehabt. Bei seinen guten Gaben und Fleiß seien seine Studien vorzüglich beschaffen; nur sei zu bedauern, daß die sehr kranke Tätigkeit seiner Phantasie ihn bald seiner Hauptbestimmung entrückt habe, so daß er bei Kirchen Geschäften und auf Vikariaten nicht habe gebraucht werden können. Man habe immer gehofft, durch dienliche Kurmittel die bald näher, bald entfernter geschiene Herstellung seiner Gemüts Verfassung bewirkt zu sehen. Auf Anraten der Ärzte habe er im August vorigen Jahrs sich zu einer Reise entschlossen, um durch diese Erholung noch einen Versuch zu seiner Herstellung zu machen.[165]

Der Oberamtsverweser und Bürgermeister Volz von Nürtingen schreibt am 11. März 1805:

Um die natürlich guten Anlagen des M. Hölderlens nicht unbenutzt liegen zu lassen, wurde derselbe nach überstandenen Schuljahren ins theologische Stift in Tübingen gebracht – woselbst er Anfangs durch anhaltenden Eifer und Fleiß ganz den auf ihn gesetzten Erwartungen entsprach – bis er endlich leider durch zu viele Geistes Anstrengung eine etwas schiefe Richtung bekam. [...] Ob gleich die edle Bemühung noch nicht die Hoffnung aller Freunde Hölderlens erfüllte, so ist damit doch noch nicht alle Hoffnung zu dessen Geistes Wiedergenesung verschwunden, und vielleicht würde derselbe – in eine tätigere Lage versetzt seinen Mitbürgern noch nützlich werden können – so wie ins Gegenteil – in die Studierstube verschlossen seine lebhafte Phantasie sich mehr zu überspannen scheint.[166]

Der Bericht des Dekans Denk von Nürtingen vom 11. März 1805:

Er [Hölderlin] hat in den Klöstern sich immer gut aufgeführt, hat gute Studia, excelliert sonderlich in der Griechischen Sprache, ist an verschiedenen Orten Hofmeister gewesen, aber dadurch von seinem Hauptzweck, dem Studio theologico, abgekommen; wie er dann sich mit vieler Anstrengung auf Neben-Sachen gelegt, z. B. auf die Poësie, den Sophokles übersetzt, und in den Druck gegeben, und ist eben dadurch, nämlich durch das überspannte Studieren in eine solche Verwirrung seines Gemüts geraten, daß er ganz unbrauchbar worden.[167]

Zu Dokument Nr. 17:

Alle vier im Dokument zitierten Berichte konvergieren dahin, Hölderlin zu entlasten und ihn als einen Geisteskranken darzustellen. Doch inwiefern haben sie einen für die Pathologie verwertbaren Aussagewert?

Zunächst fällt auf, daß der erste dieser Berichte das Datum des 9. April 1805 trägt, der zweite am 8. März abgefaßt wurde, der dritte und der vierte am 11. März desselben Jahres; daß sie also alle vier einem gemeinsamen Zweck entsprechen und von vornherein zweckgerichtet sind.

Der Zusammenhang ist folgender.

Am 25. Februar 1805 hatte sich Graf Wintzigerode, Minister des Kurfürsten, im Auftrag seines Herren beim Landgrafen von Hessen-Homburg gemeldet und ihm ein Schreiben überreicht, in dem der Kurfürst die sofortige Verhaftung und Auslieferung Sinclairs verlangte.

Der Landgraf Friedrich Ludwig, der sich als kranker Mann in Frankfurt, im Gasthof »Zum Roten Haus«, aufhielt, tat sein Äußerstes, um Sinclair, seinen Freund und ersten Staatsdiener, zu beschützen. Doch von Wintzigerode unter Druck gesetzt, mußte er zuletzt in die Ausführung des Auftrags des Kurfürsten einwilligen.

In der Nacht vom 25. zum 26. Februar wurde Sinclair in der Früh, noch vor Tagesanbruch, in seiner Wohnung verhaftet, seine Papiere wurden beschlagnahmt, er selbst nach Stuttgart abtransportiert.

Dem armen Landesvater war nichts übrig geblieben, als einen Stallknecht mit einer Nachricht an die Landgräfin Caroline nach Homburg zu entsenden.

In ihrer Antwort an den Landgrafen macht Caroline eine Anspielung auf Hölderlin:

L'accusation seule est affreuse. Cela me rappelle des propos de Hölderlein dans sa folie. Hier entre autre il lui fit visite. Après qu'il étoit sorti, il cria des épithètes sur S[inclair] qui n'étoit pas honorables.

(Schon die Anschuldigung ist abscheulich. Das erinnert mich an Reden Hölderlins in seinem Wahnsinn. Gestern besuchte er ihn übrigens. Als er weggegangen war, belegte er Sinclair mit Beinamen, die nicht ehrenvoll ware.)[168]

Im selben Billet an ihren Gemahl sagt die Landgräfin, auf die auf Hochverrat lautende Beschuldigung Sinclairs anspielend: »Ich hoffe, daß man ihm Unrecht tut, aber ich wußte schon einige Zeit, daß man ihn dessen beschuldigt.« Es ist zu vermuten, daß solche Gerüchte auch Hölderlin zu Ohren gekommen waren. Sinclairs ungestümes, unbedachtes, unvorsichtiges Temperament war ihm längst bekannt, und vermutlich konnte er die Gefahr ermessen, in die Sinclair die beiden durch seinen Leichtsinn gestürzt hatte.
Der Württembergische Oberlandesgerichtsrat Wucherer, dem die Sache anvertraut worden war, sichtete die bei Sinclair beschlagnahmten Papiere. Er fand darin viele Briefe von Freunden Sinclairs aus früherer Zeit, von Pfarrer Leutwein, Johann Gottfried Ebel, Hofrat Jung – alles Revolutionäre – und sieben Briefe Hölderlins an Sinclair nebst Briefen seiner Mutter. Der etwas enttäuschte Wucherer fand darin nichts, »was die Hauptsache näher oder entschiedener aufklären konnte«. Er berichtet:

Das Übrige ist freundschaftliche Korrespondenz, aus der zum Teil nur so viel hervorgeht, daß von Sinclair von seinen frühesten Jahren an einen Hang zu philosophischer und politischer Schwärmerei hatte und ein erklärter Verteidiger der französischen Revolution war, wogegen ihn seine Freunde mehrmalen ernstlich warnten.[169]

Am 5. März kam Wucherer ein letztes Mal nach Homburg, diesmal zur Hausdurchsuchung bei Blankenstein. Der Landgraf ließ ihm folgendes sagen, »um es officiell zu berichten«:

Der Freund des von Sinclair M. Hölderlin aus Nürtingen befinde sich zu Homburg seit dem Monat July vorigen Jahrs. Seit einigen Monaten seye derselbe in einen höchsttraurigen Gemützustand verfallen, so daß er als wirklich Rasender behandelt werden müsse. Er rufe beinahe unausgesetzt: »Ich will kein Jacobiner seyn, fort mit allen Jacobinern! Ich kann meinem gnädigsten Churfürsten mit gutem Gewissen unter die Augen treten.«
Der Herr Landgraf wünschen, daß die Auslieferung dieses Men-

schen, wenn bey der Untersuchung die Sprache von ihm werden sollte, umgangen werden könnte. Wenn man solche aber nötig finden sollte, so müßte der Unglückliche ganz und auf immer übernommen und versorgt werden, weil demselben in diesem Fall die Rückkehr nach Homburg nicht mehr gestattet werden könne.[170]

Kirchner sagt: »Es war ein schwacher Versuch, die dem Dichter drohende Gefahr abzuwenden«, nämlich mit der Drohung, Württemberg müsse dann den lebenslänglichen Unterhalt eines Geisteskranken übernehmen. Ein schwacher Versuch vielleicht, der aber gelang, weil alle in dieselbe Kerbe hauten und einstimmig Hölderlin für geisteskrank und verantwortungsunfähig erklärten – was für uns noch lange kein Beweis ist, daß er es wirklich war.

Die in Stuttgart eingesetzte Untersuchungskommission, die über »Herkommen, Familien- und Vermögensumständen des Mag. Hoelderlin von Nürtingen so wie auch von dessen Betragen, Gemütsverfassung und übrigen Verhältnissen« nähere Nachrichten zu wissen verlangte, ließ sich darüber vom Konsistorium, vom Bürgermeister und vom Dekan von Nürtingen Auskunft erteilen. Diese Anfrage beantworten die in Dokument 17 zitierten Berichte. Sie zeugen vom Wunsch der befragten Stellen und Personen, Hölderlin gegen Fahndung möglichst zu schützen. Keinesfalls dürfen sie unmittelbar als Dokumente zum psychiatrischen Fall gelten.

Dasselbe gilt für das Gutachten von Dr. Müller.

Die Untersuchungskommission hatte am 5. April 1805 sich an die »Regierung in Homburg« gewendet, um zu erfahren, ob »ein gewisser Magister Hölderlin von Nürtingen wirklich in Homburg als Bibliothekar angestellt, bald aber in verwirrten Gemütszustand verfallen sei. Ob dies gegründet ist, u. was dessen häufigsten Äußerungen in seinem jetzigen widernatürlichen Zustande sind.«

Am 9. April traf das Schreiben in Homburg ein. Am selben Tag verfertigte Dr. Müller sein Gutachten, das noch vor Abend vom Landgrafen an die Untersuchungskommission in Stuttgart abgeschickt wurde:

Um dem Inhalt des [...] an Uns abgelassenen schätzbaren Schreibens ganz zu entsprechen, haben Wir dem hiesigen Physikus Ordinarius, Hofrat Müller, aufgegeben, Uns über den Gemütszustand des

Fürstl. Bibliothekärs M. Hölderlen ohne Verzug pflichtmäßig zu berichten.
Wir verfehlen nicht, den eingekommenen Bericht originaliter hierdurch zu übersenden.

Werner Kirchner:

Dieses Gutachten setzte den Nachforschungen des Kurfürsten nach Hölderlin ein Ende. Kein Zweifel, daß er vom Landgrafen die Auslieferung seines [des Kurfürsten, P. B.] Untertanen verlangt hätte, wäre Hölderlin auch nur im mindesten vernehmungsfähig gewesen. Die Krankheit schützte den Dichter vor jedem Zugriff, aber es fehlte nicht viel, und er hätte Sinclairs Los geteilt.[171]

Sinclairs Los, wahrscheinlich noch viel Schlimmeres, nämlich Schubarts Los. Man vergesse nicht, daß Hölderlin ein Untertan des Kurfürsten war, Sinclair dagegen nicht; daß Sinclair ein Adliger und ein hoher fürstlicher Beamter war, Hölderlin nur ein Poet.
Daß man heute noch Kirchners Darstellung der Alternative – wenn Hölderlin nicht für wahnsinnig erklärt worden wäre, wäre er inhaftiert worden – als bloße »Vermutung« abtun kann, ist mir unverständlich.[172]
Daß man heute noch das Gutachten des guten, »treuherzigen« Dr. Müller, Hofrat und Physikus ordinarius des Landgrafen, als ein psychiatrisch verwertbares Dokument ansieht, ohne die konkrete Situation zu berücksichtigen, aus der es entstanden ist, ist nicht weniger befremdlich.

Dokument Nr. 18

Am 3. August 1806 schreibt Isaak von Sinclair an Hölderlins Mutter folgenden Brief:

Homburg d. 3ten August. 1806.

Hochzuverehrende Frau Kammer Räthinn!
Die Veränderungen, die sich leider! mit den Verhältnissen des Herrn LandGrafen zugetragen haben, die Ihnen auch schon bekannt sein werden nöthigen den Herrn LandGrafen zu Einschränkungen, und werden auch meine hiesige Anwesenheit wenigstens zum Theil aufheben. Es ist daher nicht mehr möglich, daß mein unglücklicher Freund, dessen Wahnsinn eine sehr hohe Stufe erreicht hat, länger eine Besoldung beziehe und hier in Homburg bleibe, und ich bin beauftragt Sie zu ersuchen, ihn dahier abhohlen zu lassen. Seine Irrungen haben den Pöbel dahier so sehr gegen ihn aufgebracht, daß bei meiner Abwesenheit die ärgsten Mishandlungen seiner Person zu befürchten stünden, und daß seine längere Freiheit selbst dem Publikum gefährlich werden könnte, und, da keine solche Anstalten im hiesigen Land sind, es die öffentliche Vorsorge erfordert, ihn von hier zu entfernen.
Wie sehr mich es schmerzt, können Sie glauben, aber der Nothwendigkeit muß ein jedes Gefühl weichen, und in unsern Tagen erfährt man nur zu oft diesen Zwang. Ich werde mir es auch für die Zukunft zur Pflicht machen, für Hölderlin möglichste Sorgfalt zu tragen, die Umstände aber erlauben mir izt nicht, mich hierüber bestimmt zu äußern.
Empfangen Sie von meiner Mutter und mir nebst den Ihrigen die Versicherung unserer hochachtungsvollen Freundschaft, mit welcher ich zu verharren die Ehre habe

Euer Wohlgebohren
geh. Dr. I. v. Sinclair.[173]

Zu Dokument Nr. 18:

Hier gibt Sinclair seinen Freund anscheinend auf. Der Grund, den er dafür angibt, ist, daß »dessen Wahnsinn eine sehr hohe Stufe erreicht hat«. Er sei beauftragt (von wem, das sagt er nicht), die Mutter zu ersuchen, Hölderlin abholen zu lassen und die Verantwortung seiner Versorgung zu übernehmen. Sinclair dramatisiert die Situation: Der Pöbel sei gegen Hölderlin aufgebracht, man müsse Mißhandlungen befürchten, seine längere Freiheit könne dem Publikum gefährlich werden.

Kann jedoch dieser Brief als Dokument zu Hölderlins Geistesverfassung im Sommer 1806 gelten?

Noch einmal muß man, um die Frage einigermaßen beantworten zu können, sich die Umstände vergegenwärtigen und sich in die damalige Situation versetzen.

Nach einer Haft – meistens Einzelhaft –, die über vier Monate gedauert hatte, war Sinclair entlassen worden. Am 10. Juli 1805 kam er heim nach Homburg, von seinem Abenteuer sehr mitgenommen.

Von dem Wiedersehen mit Hölderlin haben wir nicht die geringste Kunde. Tatsächlich aber scheint eine Wende in den Beziehungen der beiden Freunde eingetreten zu sein. Sinclair zeigt keine Anteilnahme mehr an dem Schicksal seines Freundes: mit dem eigenen hat er schon genug zu tun.

Kaum aus dem Gefängnis entlassen, doch lange nicht freigesprochen, bekommt Sinclair zum erstenmal die Protokolle der Untersuchungskommission zu Gesicht. In seiner Empörung über die Denunziation seines falschen Freundes Blankenstein und über das ganze Verfahren redigiert er ein Promemoria, dem wir folgende Hölderlin betreffende Zeilen entnehmen:

Es ist bekannt, daß Hölderlin schon seit drei Jahren an Wahnsinn leidet und mich schon in Regensburg bei Serenissimo meo [Anfang Oktober 1802, drei Monate nach der Rückkehr aus Frankreich und dem Tode Susettens, P. B.] besuchte. Aus den Briefen seiner Mutter an mich, die die Commission vor Augen hatte, konnte sie dies ersehen und welche Absichten ich mit diesem unglücklichen Freunde hatte: und dennoch beging sie die abscheuliche Bassesse, meine Barmherzigkeit zu einem Mittel zu machen, mich aufzuopfern. […] Man ging sogar so weit, mein Verhältnis zum armen, unglücklichen Hölderlin, das ein jeder menschlich Denkende hätte respectiren sollen und das die Commission aus denen bei mir gefundenen Briefen seiner Mutter sowie seinen Wahnsinn ersehen mußte, zu einem Mittel meiner Anklage im Geist und auf Anlaß Blankensteins zu machen.[174]

Bald darauf traf ein Gutachten der Heidelberger Universität ein, von dem Sinclair und sein Landgraf erwartet hatten, daß

es Sinclair völlig entlaste. Dies war aber nicht der Fall. Die Heidelberger Professoren setzten auseinander, daß wohl noch nichts gegen Sinclair erwiesen sei, daß aber die Behauptungen des Denunzianten Blankenstein noch durch nichts widerlegt und beseitigt seien.
Sinclair, der in Homburg nie beliebt gewesen war, spürte, wie ein unheimliches Kesseltreiben seiner Feinde am Hof und in der Stadt gegen ihn einsetzte. »Die lange Haft auf der Solitude, die peinliche Zurückgezogenheit nach seiner Heimkehr und die Aussicht auf neue, unberechenbare Nachstellungen und Verwicklungen, alles das zehrte an seinen Nerven.«[175] Der Landgraf ernannte ihn zum wirklichen Geheimrat, betraute ihn aber zugleich mit einer diplomatischen Mission nach Berlin.

Am 13. September 1805 reiste Sinclair ab, nachdem er wie ein Verfemter in der Heimat geweilt hatte.[176]

Zwei Monate, während deren er sich mit vollem Recht eher um sich selbst als um den Freund kümmerte.
»Der Aufenthalt in dem regen Berlin war für Sinclair eine Zeit ununterbrochener literarischer Tätigkeit.«[177] In Berlin wohnte er bei der verarmten und halb erblindeten Frau von Kalb. Am 28. Januar 1806 schrieb sie an Jean Paul:

Ich las vor einigen Tagen die Briefe von Hölderlin wieder, die drei, so ich mir bewahrte. [...] Dieser Mann ist jetzo wütend wahnsinnig; dennoch hat sein Geist eine Höhe erstiegen, die nur ein Seher, ein von Gott belebter haben kann – ich könnte viel von ihm sagen. Der Mann kann es noch weniger ertragen, als das Weib, wenn er seinesgleichen um sein Thun nicht findet; aber ein jeder wird arm und ist beklagenswert in der Öde und Leere. Ein Chaos wartet auf die Liebe des Geistes.[178]

Diese Sätze, die ihr persönliches Erlebnis Hölderlins spiegeln, sind doch wohl auch der Niederschlag der Gespräche mit Sinclair in Berlin.

Über ein halbes Jahr verbrachte Sinclair in Berlin, und da seine verhärmte Mutter mit ihm gereist war, befand sich Hölderlin in Homburg allein wie noch nie.[179]
Die Nachricht, daß eine umfassende Mediatisierung der kleinen deutschen Fürsten durch Napoleon unmittelbar bevorstehe, veran-

laßte Sinclair, im Frühjahr 1806 nach Homburg zurückzukehren. [...] In Weimar war er auf der Durchreise von Goethe empfangen worden, und der große Dichter hatte das ihm vorgelegte Drama vom Aufstand der Cevennen zur Aufführung auf der Weimarer Bühne angenommen. [...] Am 12. Juni 1806 ging das Land Hessen-Homburg durch die Rheinbundakte an den zum Großherzog erhobenen Landgrafen von Hessen-Darmstadt über. [...] Mit dem staatlichen Ende Hessen-Homburgs endete auch Hölderlins Aufenthalt in Homburg.[180]

Da es aber keinen Staat Hessen-Homburg mehr geben sollte, also auch keine Hofbibliothekarstelle und keine Besoldung mehr, da Sinclairs eigene Zukunft unsicher war, wobei als einzig Sicheres nur feststand, daß er nicht in Homburg bleiben konnte – was sollte denn da mit Hölderlin geschehen?
Sollte nicht die Mutter die Verantwortung für ihren »lieben« Sohn wieder übernehmen? Sollte der Brief an sie nicht derart verfaßt werden, daß sie sich ihrer Verantwortung bewußt und schließlich dazu bewogen wurde, die notwendigen Schritte zu unternehmen? Sinclair war ein Diplomat: Auf den Wahrheitsgehalt des Gesagten kam es ihm weniger an als auf die Wirkung.
Sinclairs dringender Brief an die Mutter kann nicht als ein Dokument gelten, das einen wirklichen Tatbestand objektiv schildert. Zum psychiatrischen Fall Hölderlin sagt er wenig, vielleicht gar nichts.
Daß eine Entfremdung zwischen Hölderlin und Sinclair eingetreten war, ist nicht unmöglich, ja nicht einmal unwahrscheinlich. Wenn die Landgräfin zu berichten weiß, Hölderlin habe zur Zeit der Inhaftierung Sinclairs auf seinen Freund geschimpft, so kann man sich wohl denken, daß dasselbe Gerücht auch Sinclair zu Ohren gekommen war. Aus den Akten hatte er auch lesen können, Hölderlin habe »unausgesetzt gerufen«, er wolle kein Jakobiner sein: »Fort mit allen Jakobinern!«
Tatsache ist, daß wir von den Beziehungen der beiden während des zweiten Homburger Aufenthalts praktisch nichts wissen.
Wahrscheinlich hat Werner Kirchner als einziger das Richtige gesagt: daß Hölderlin in dieser Zeit »allein wie noch nie« war.

Inwiefern diese Isoliertheit Hölderlins auf äußere Umstände – die Verhaftung Sinclairs, dann dessen Reisen in diplomatischen Diensten – zurückzuführen ist, inwiefern sie einem psychischen Verhalten Hölderlins entspricht, vermag ich nicht zu entscheiden.
Tatsache ist, daß er in dieser Zeit mit niemandem verkehrte, anscheinend keine Briefe schrieb – an wen auch?
»Allein wie noch nie« …

Dokument Nr. 19

Über Hölderlins zweiten Homburger Aufenthalt (Juni 1804 bis September 1806) und seine Übersiedlung nach Tübingen berichtet Schwab wie folgt:

Er fand auch ein Klavier wieder, das ihm in der früheren Zeit die Prinzessin Auguste zum Geschenk gemacht hatte; der Landgraf schenkte ihm die schöne Wakefieldische Ausgabe des Virgil ... Man hatte den Unglücklichen bei einem französischen Uhrmacher untergebracht, mußte ihn aber, da ihn dieser Mann nicht mehr behalten wollte, wegnehmen und übergab ihn einem braven Sattlermeister. Das Klavier, auf dem er zu spielen pflegte, war, ein Bild seiner Seele, fast ganz zerstört, da sich häufig seine Wuth an dem Instrument austobte. Wenn auch in einzelnen Momenten sein Geist sich zu erhellen schien, der Trübsinn kehrte immer wieder und steigerte sich öfter zu den heftigsten Anfällen, so daß der Kranke sogar den Pöbel gegen sich aufgebracht hatte. Die Verhältnisse des Landgrafen forderten auch Beschränkung und so entschloß man sich, nach reiflicher Berathung mit sachverständigen Ärzten, Hölderlin im Herbst 1806 von Homburg zu entfernen. Man führte ihn ins Vaterland zurück, um den letzten Heilungsversuch in dem – von dem berühmten Autenrieth damals neu eingerichteten – Klinikum Tübingens zu wagen. Er wurde von Sinclair unter dem Vorwand, daß er zu Tübingen einen Büchereinkauf zu machen habe, dorthin gebracht und ließ sich den Aufenthalt in jener Heilanstalt geduldig vorschreiben, als »auf höheren Befehl« über ihn verhängt.[181]

Zu Dokument Nr. 19:

Dieses Dokument zeugt weniger von Hölderlins Geisteskrankheit als von der Legendenbildung um ihn. Schwabs mehr als 40 Jahre nach den Ereignissen aufgrund gesammelter Gerüchte zusammengestellter Bericht kann nicht als zuverlässige Quelle gelten. Doch hat gerade er zur Popularisierung der Geschichte von Hölderlins Wahnsinn entscheidend beigetragen.

Die einzelnen Punkte dieses Berichts sollen hier unter die Lupe genommen und – da, wo es möglich ist – als fromme, »beschönigende« Fabrikation entlarvt werden. Wobei »das

Schöne« selbstverständlich das Bild des »umnachteten Dichters« ist.

1. »Er fand auch ein Klavier wieder, das ihm in früherer Zeit die Prinzessin Auguste zum Geschenk gemacht hatte.« Auf die Anfrage von Hofbibliothekar Hamel in Homburg antwortete die Prinzessin selbst 1864: »Das Clavier erinnere ich mir – daß ich Eines an den Dichter habe zukommen lassen; da ich von Hr. von Sinclair, seinem Freunde, gehört hatte, daß derselbe in einer sehr trüben Stimmung sei – und hoffte damit Ihm eine Erheiterung zu verschaffen! – ich glaube es mag wohl 1800 gewesen sein: doch genau kann ich mir die Jahreszahl nicht entsinnen! –«[182]

Man kann mit Adolf Beck übereinstimmen: Es stehe so gut wie fest, Hölderlin habe das Klavier erst bei seinem zweiten Homburger Aufenthalt erhalten, wohl als Dank für die Zueignung der Tragödien des Sophokles.

2. »Das Klavier, auf dem er zu spielen pflegte, war, ein Bild seiner Seele, fast ganz zerstört, da sich häufig seine Wut an dem Instrument austobte.« Dazu sagt Adolf Beck: »Das Faktum des Wütens auf dem Instrument steht fest, die Überlieferung der Umstände ist unsicher.« Doch bringt Adolf Beck keinen weiteren Beleg bei, der dieses »Faktum« – das Wüten auf dem Instrument – erhärten könnte. Er verweist auf zwei Berichte. Der eine, von dem Journalisten Georg Schudt, aus dem Jahre 1865 lautet:

Sein zeitweise eintretender Irrsinn steigerte sich manchmal zu Wutanfällen, während welcher er schrecklich auf sein Clavier, ein Geschenk der Prinzessin Auguste, loshämmerte. Es kam auch vor, daß er in einem solchen Anfalle nach dem Mond schoß.[183]

Der zweite Bericht ist ein anonymer Aufsatz aus der *Frankfurter Zeitung* vom 6. Februar 1894:

Hölderlin bewohnte in dem Hinterhause des Grundstückes Haingasse 8, im ersten Stock, ein einfensteriges Zimmer. Er phantasierte daselbst Tag und Nacht auf seinem Klavier, als sich Spuren von Geistesstörung bei ihm zeigten, griff er nicht selten zu Holzscheiten und bearbeitete damit die Tasten seines Instruments. Er belästigte die Nachbarschaft sehr, aber man wußte, wie unglücklich er war, und ließ ihn ruhig gewähren.[184]

Gerade an diesem Beispiel kann man das selbsttätige Wuchern der Legende gut verfolgen.
Die berichteten Ereignisse fallen in die Jahre 1804–1806.
Über vierzig Jahre später, 1847, weiß Schwab (ohne Angabe von Gewährsleuten) vom zerstörten Klavier als »Bild seiner Seele« zu berichten.
Weitere zwanzig Jahre später, 1865, »hämmert« Hölderlin während seiner »Wutanfälle« schrecklich auf sein Klavier los ... und »schießt nach dem Mond«!
Noch weitere dreißig Jahre später, 1894, einem anonymen Journalisten zu glauben, »greift er nicht selten zu Holzscheiten«, um »damit die Tasten seines Instruments zu bearbeiten«.
Keiner dieser »Berichte« ist glaubwürdig.
Der einzige möglicherweise auf einer einigermaßen glaubwürdigen mündlichen Tradition beruhende Bericht findet sich in Bettina Brentanos 1840 veröffentlichtem Buch *Die Günderode*:

Die Prinzessin von Homburg hat ihm einen Flügel geschenkt, da hat er die Saiten entzwei geschnitten, aber nicht alle, so daß mehrere Klaves klappen, da fantasirt er drauf.[185]

Ihr Gewährsmann für dieses Faktum mag Sinclair gewesen sein, der vierunddreißig Jahre früher einige Tage bei ihr verbracht und ihr von Hölderlin erzählt hatte. Es stünde hiermit fest, daß auf Hölderlins Klavier »mehrere Klaves« klappten und er trotz einiger entzweigeschnittener Saiten darauf »fantasirte«. Für das Abschneiden der Saiten, ein an sich schwer deutbares Vorgehen, ist die Erklärung vielleicht in folgendem zu suchen: Die Klaviere besaßen zu Hölderlins Zeiten noch keineswegs die Qualität heutiger Instrumente. Es ist durchaus denkbar, daß Hölderlin, der ein höchst feinfühliges und empfindliches Ohr hatte, falschklingende Saiten außer Betrieb gesetzt hätte. Einen unmusikalischen Menschen wie Sinclair mußte das natürlich schwer befremden. Damit wäre die Entstehung der ganzen romantischen Legende vom zerstörten Klavier als Bild der zerstörten Seele des Dichters verständlich gemacht – und selbst zerstört.
3. Daß der französische Uhrmacher Calame, bei dem Hölderlin anfangs wohnte, Hölderlin »nicht mehr behalten wollte«,

kann andere Ursachen haben als ein tolles Benehmen des Dichters. Adolf Beck interpretiert: »Calame kündigte ihm, sicher seines Zustandes und Gebarens wegen.« Die Behauptung »sicher« manifestiert hier, daß man nichts sicher weiß. Es kann das Klavierspielen Hölderlins dem ruhigen Calame auf die Nerven gegangen sein. Auch hat er wohl, sogar sehr wahrscheinlich, von der dem Dichter drohenden Verhaftung hören können und politische Verwicklungen vermeiden wollen: Wäre Hölderlin, wie Schubart, jahrelang auf dem Hohen Asperg eingesperrt worden, wer hätte dann die Miete bei Calame bezahlt?

4. »Wenn auch in einzelnen Momenten sein Geist sich zu erhellen schien, der Trübsinn kehrte immer wieder und steigerte sich öfter zu den heftigsten Anfällen, so daß der Kranke sogar den Pöbel gegen sich aufgebracht hatte.« Die einzige Quelle dafür kann der Brief Sinclairs an die Mutter vom 3. August 1806 (Dokument Nr. 18) sein.

5. »So entschloß man sich, nach reiflicher Beratung mit sachverständigen Ärzten, Hölderlin im Herbst 1806 von Homburg zu entfernen. Man führte ihn ins Vaterland zurück, um den letzten Heilungsversuch in dem – von dem berühmten Autenrieth damals neu eingerichteten – Klinikum Tübingens zu wagen.«

Von ärztlicher Beratung ist sonst nirgends die Rede. Wenn eine solche stattgefunden hätte, wäre sie wohl von Sinclair in dem Brief an Hölderlins Mutter erwähnt worden. Höchstens hat vielleicht Dr. Müller auf die neu eingerichtete Klinik Autenrieths in Tübingen hingewiesen, von der er hatte hören können.

6. »Er wurde von Sinclair unter dem Vorwand, daß er zu Tübingen einen Bücherkauf zu machen habe, dorthin gebracht und ließ sich den Aufenthalt in jener Heilanstalt geduldig vorschreiben, als ›auf höheren Befehl‹ über ihn verhängt.« – Diese Darstellung von Hölderlins Transport nach Tübingen ist völlig falsch. Sinclair war nicht beteiligt; er hat Hölderlin nicht nach Tübingen begleitet. Daß Hölderlin sich den Aufenthalt in der Heilanstalt hat »geduldig vorschreiben« lassen, »als ›auf höheren Befehl‹ über ihn verhängt«, ist aus der Luft gegriffen.

Doch müßten wir mangels anderer Anhaltspunkte daran glauben, wenn wir es nicht einem gewiß von Schwab nicht vorgesehenen zufälligen Umstand – und dem Spürsinn Werner Kirchners – verdankten, daß man heute in der Lage ist, die fein gesponnene fromme Legende richtigzustellen. Man lese Dokument Nr. 20.

Dokument Nr. 20

Am 11. September 1806 schreibt die Landgräfin Caroline von Hessen-Homburg an ihre Tochter Marianne folgenden Brief:

Le pauvre Holterling a été transporté ce matin pour être remis à ses parens. Il a fait tous ses efforts, pour se jeter hors de la voiture, mais l'homme qui devoit avoir soin de lui le repoussa en arrière. Holterling crioit que des Harschierer l'amenes, et faisoit de nouveaux efforts et gratta cet homme, au point, avec ses ongles d'une longueur énorme, qu'il étoit tout en sang.

Hier Kirchners Wiedergabe des von ihm aufgespürten Dokuments:
»Es war am Morgen des 11. September 1806, als der Wagen vorfuhr, der Hölderlin in die Heimat bringen sollte. Der Wahnsinnige mußte mit Gewalt hineingesetzt werden. Wieder und wieder versuchte er sich herauszustürzen, und jedesmal stieß ihn der Mann, der zu seiner Begleitung mitfuhr, zurück. Hölderlin schrie, daß ›Harschierer‹ ihn wegholten und wehrte sich mit seinen ungeheuer langen Fingernägeln so heftig, daß der Mann ganz mit Blut bedeckt war.
Man sieht, welcher Wahn ihn ergriffen hatte. Ihm stand vor Augen, wie im Vorjahr Sinclair nach Württemberg in die Haft abgeführt wurde.«[186]

Zu Dokument Nr. 20:

Das Dokument spricht für sich selbst und bedarf keiner Erläuterung.
Gleich nach der Beschreibung von Hölderlins gewaltsamem Abtransport von Homburg nach Tübingen berichtet Werner Kirchner folgendes:

Kaum hatte der Dichter Homburg verlassen, da erschien, begleitet von einem Beamten in hessendarmstädtischer Hofuniform, der französische General Monthion, um das Land für den neuen Großherzog in Besitz zu nehmen und überall das neue Wappen anbringen zu lassen.[187]

Der Landgraf war selbstverständlich nicht in Homburg anwesend. Wie öfters hielt er sich in Frankfurt auf. Sinclair leistete ihm dort eine Woche lang Gesellschaft. Bei dieser Gelegenheit verkehrte er im Hause Brentano. Durch ihn hörte die damals zwanzigjährige Bettina viel von Hölderlin. Am 26. September 1806 schrieb Sinclair von Kassel aus an die Prinzessin Marianne von Preußen, die neun Jahre jüngere Schwester von Prinzessin Auguste, folgendes:

Ew. Hoheit sind so gütig gewesen, sich Hölderlins zu erinnern. Die Änderungen in Homburg haben seinen längeren Aufenthalt dort unmöglich gemacht. Er ist noch vor meinem Abgang dort abgereist nach Tübingen, wo ihn ein geschickter Arzt in die Kur nehmen wird. Übrigens hat es mich sehr gefreut, daß seine literarische Celebritet so zunimmt, daß im Fall der Wiederherstellung es sehr zu seinem Fortkommen beitragen wird, und es gewiß auch bei der Nachwelt einen Ruhm für des Herrn Landgrafen HFD sein wird, sich sein im Unglück angenommen zu haben. Ich habe kürzlich die Bekanntschaft von Friedrich Schlegel, Ludwig Tieck und Clemens Brentano gemacht. Alle diese Männer, die Ew. Hoheit gewiß dem Ruf nach als ausgezeichnete Köpfe bekannt sein werden, sind die größten Bewunderer Hölderlins und weisen ihm eine der ersten Stellen unter den Dichtern Teutschlands zu. Vielleicht wird dies I. D. die Prinzeß Auguste freuen zu erfahren, die immer viel Gnade für Hölderlin hatte und die ich in langer Zeit nicht mehr das Glück hatte zu sprechen.[188]

An Hegel schrieb Sinclair am 23. Mai 1807:

Von Hölderlin weiß ich auch nichts, als daß ihn Autenrieth in Tübingen in der Kur hat. Mit welchem Erfolg weiß ich nicht. In Sekkendorfs Taschenbuch stehen aber einige Sachen von ihm, in seinem jetzigen Zustand verfertigt, die ich aber für unvergleichlich ansehe, u. die Fr. Schlegel u. Tieck, die ich voriges Jahr darübersprach, für das höchste in ihrer Art in der ganzen modernen Poesie erklärten.[189]

Für Sinclair war Hölderlin anscheinend zu einer literarischen Figur geworden. Um den Freund, um den Menschen Hölderlin hat er sich nie mehr bekümmert. Er scheint nicht einmal auf den Gedanken gekommen zu sein, ihn in Tübingen zu besuchen. Hölderlin gehörte zur Vergangenheit.

Dokument Nr. 21

In der Liste der Ausgaben der Mutter für »den l. Hölderlin« steht unter dem 16. September 1806 vermerkt:
»Reisekosten von Homburg nach Tübingen: 137 fl. (Gulden).«[190]
In der Autenriethschen Klinik in Tübingen wird die Einlieferung von »Magister Hölderlin« am 15. September 1806 vermerkt.[191]
In der Klinik bleibt er bis zum 3. Mai 1807, also 231 Tage à 24 Kreutzer; macht 92 fl. (Gulden) 24 Kreutzer, die, von der Mutter beglichen, gleichfalls auf der Liste der Ausgaben für Hölderlin vermerkt werden.
Am Tage nach seiner Einlieferung, am 16. September, kommt er in Behandlung. Dem Rezeptbuch des Klinikums ist die pharmazeutische Behandlung Hölderlins zu entnehmen: sechs Gran Belladonna-Blätter, zwei Gran Digitalis-Blätter sind mit zwei Unzen Anis-Kamillen-Wasser einzugeben; vom 17. September bis zum 21. September täglich zu wiederholen.
Am 21. September wird ihm Kantharid (cantharidum) mit Quecksilber (mercurius dulcis) und Opium, mit Zucker versetzt, verabreicht. Dieselbe Behandlung wird am 30. September und am 16. Oktober wiederholt.
Am 17. Oktober bekommt Hölderlin Aloe und ein tartrisches Vitriolat mit Zucker und Anis-Kamillen-Wasser, jede Stunde einen Löffel voll.
Ab 21. Oktober wird ihm das »Spazierengehen« empfohlen.
Zur Behandlung sagt Adolf Beck: »Das Ende seines Aufenthalts im Klinikum hatte zum Grunde, daß seine Behandlung keinen Erfolg hatte.«[192]

Zu Dokument Nr. 21:

Der Begründer und langjährige Leiter des Tübinger Klinikums, Johann Heinrich Ferdinand (von) Autenrieth (1772 bis 1835), war

Sproß einer alten schwäbischen Familie, auf der Karlsschule, wo sein Vater Verwaltungswissenschaft lehrte, ausgebildet und seither befreundet mit dem großen Cuvier [...], 1797 nach Tübingen berufen, wo er [...] nicht nur innerhalb der medizinischen Fakultät bald die Führung übernahm, sondern auch der gesamten Universität ihren Stempel aufdrückte. [...] Im Frühjahr 1805 wurde das von ihm gegründete Tübinger Klinikum – die Keimzelle der späteren Universitätskliniken – eingeweiht und in der alten Bursa, an der unterhalb der Stiftskirche zum Stift führenden Bursa-Gasse, untergebracht. Darin standen in zwölf Zimmern fünfzehn Betten für Kranke [...] zur Verfügung. [...] Hölderlin war vermutlich der erste Geisteskranke, den Autenrieth in seine Klinik aufnahm.[193]

Wie hat Hölderlin in der Klinik gelebt? Nach Adolf Beck erscheint »der Verpflegungssatz von 24 Kreuzern täglich recht niedrig und läßt vermuten, daß die Kost bescheiden war«.[194] Doch bekommt er ab 18. September »einen Schoppen Wein auf 2 Tage«.[195]
»Belladonna und Digitalis [...] wurden öfters gegen Wahnsinn verwendet.«[196] Damit wurde, wie auch mit dem Opium, Beruhigung bezweckt; was auf einen starken Erregungszustand Hölderlins (Wutausbrüche) schließen läßt.
Genau entgegengesetzt ist die Wirkung der Canthariden, der spanischen Fliegen, die ein starkes Reizmittel sind. Diese Behandlung, sechs Tage nach Einlieferung in die Klinik, läßt auf den Versuch schließen, bei Hölderlin einen Stupor (Zustand der völligen Reaktionslosigkeit) zu bekämpfen. Offen bleibt, ob dieser Stupor auf die Behandlung mit Digitalis und Belladonna oder vielleicht auf die Verwendung der Zwangsjacke und wahrscheinlich auch der »Autenriethschen Maske« zurückzuführen ist.
Zur Autenriethschen Maske:

Da sich Hölderlin bei der Aufnahme [in die Klinik] in einem lebhaften Erregungszustand befand, so ist es höchst wahrscheinlich, daß man ihm auch die »Autenriethsche Maske« angelegt hat. Es war dies eine Maske, die der Leiter der Klinik, Autenrieth, gegen das Schreien erfunden hatte. Sie bestand aus Schuhsohlenleder und umfaßte unten mit einer Art von Boden das Kinn; dem Munde gegenüber befand sich auf der inneren Seite ein weich ausgepolsterter Wulst von feinem Leder. Je eine Öffnung war für Nase und beide Augen bestimmt. Mit zwei Riemen, die über und unter den Ohren von vorn nach hinten liefen, wurde die Maske am Hinterkopf befestigt, während ein dritter breiter Riemen, der durch lederne Bügel an

den Seiten der Maske gehalten wurde, unter den Boden der Mundhöhle quer faßte und oben auf dem Scheitel zusammengeschnallt wurde. Dadurch war das zu weite Öffnen des Mundes verhindert; die Lippen drückte der Lederwulst von vorn gegeneinander. Damit der Kranke die Maske nicht mit den Händen herunterreißen konnte, wurden diese auf dem Rücken zusammengebunden. In dieser Zwangslage ließ man die Patienten eine halbe bis eine Stunde lang, und nach den Versicherungen Autenrieths schrien sie später nicht mehr, auch wenn man ihnen die Maske abgenommen hatte.
Für viele der Kranken mußte dies alles ohne Zweifel eine Tortur bedeuten, ebenso wie die Anlegung der Zwangsjacke, deren Anwendung bei Hölderlin mehrere Male nötig gewesen sein soll.[197]
Im Herbst des Jahres 1806 ist zweifellos bei dem Kranken [Hölderlin, P. B.] auf die katatonische Erregung ein Stupor gefolgt. Wir können dies erschließen aus alten Arzneirezepten, die uns erhalten sind [belladona, digitalis...]. [...] Wir gehen gewiß nicht fehl, wenn wir eine solche Torpidität, die man bekämpfen wollte, in unserem Falle als katatonischen Stupor deuten.[198]

Der Pathograph Wilhelm Lange interpretiert den Stupor im Herbst 1806, nach einigen Wochen der Behandlung in der Autenriethschen Klinik, als »katatonischen Stupor«. Weder er noch nach ihm irgend jemand kommt auf den Gedanken, dieser Stupor (Stupor: der Zustand völliger Reaktionslosigkeit, Stummheit und Unbeweglichkeit bei erhaltenem Bewußtsein) könne mit der Behandlung etwas zu tun haben!
Doch stelle man sich den stolzen, cholerischen, aber auch hypersensiblen und depressiven Hölderlin vor: Monatelang hat er in der Panik gelebt, auf den Hohen Asperg geführt zu werden und im Gefängnis Schubarts Schicksal zu erleiden. Darauf erleidet er Schlag auf Schlag zuerst den Schreck, als er glaubt, verhaftet zu sein, dann die Gewaltanwendung des mit dem Transport beauftragten Mannes, dem er das Gesicht blutig kratzt und der sich wohl dafür im Wagen rächt, ihn wahrscheinlich mit Schlägen traktiert, und schließlich im Klinikum, unter Behandlung mit Opium und Kantharidenpulver, die Anwendung der Zwangsjacke, wohl auch der Autenriethschen Maske – daß er darauf zusammenbrach, in Stupor verfiel und reaktionslos wurde, ist kein Wunder und dürfte nicht als Symptom einer Geistesgestörtheit gelten.

Ist es zu verwundern, daß Hölderlin die Klinik nicht in guter Erinnerung hatte, daß er »gleich in Zorn und Konvulsionen geriet, wenn er jemand aus dem Klinikum sah«, wie es später Waiblinger, sicher nach Zimmer, berichtet?[199]

Dann sagt man, dann sagen die Ärzte, er habe die Veranlagung zur »Krankheit« schon immer in sich gehabt, es handle sich in seinem Fall um »katatonischen Stupor« (Dr. Lange), um eine »schicksalhaft ablaufende endogene Psychose« (Dr. Schadewaldt). Eine Unverschämtheit!

Von nun an ist Hölderlin nicht mehr »normal«, ist er eines »normalen« Lebens unter »normalen« Menschen nicht mehr fähig. Die Lust dazu hat man ihm genommen.

Das erlaubt aber nicht, ihn unwiderruflich als einen »kranken Geist« zu bezeichnen.

Es fällt niemandem ein, einen, z. B. einen Kriegsbeschädigten, der verstümmelt wurde, einen »Kranken« zu nennen. Hölderlin ist psychisch verstümmelt worden: Man hat ihn zum geistigen Krüppel geschlagen.

Im Turm schrieb er: »ich lebe nicht mehr gerne«. Ist das unbedingt »krank«?

Dokument Nr. 22

Der schwäbische Arzt und Dichter Justinus Kerner (1786 bis 1832) studierte Medizin in Tübingen, als Hölderlin in das Klinikum eingeliefert wurde. Er war damals 20 Jahre alt. Sein Biograph Aimé Reinhard berichtet, daß der junge Medizinstudent den Auftrag hatte, Hölderlin ärztlich zu beaufsichtigen; ob schon im Klinikum oder erst nach Entlassung des Patienten, ist nicht festzustellen. Hier ein Exzerpt aus Kerners Biographie.

Sein [Hölderlins, P. B.] Wahnsinn war [...], einige Ausnahmen abgerechnet, ganz harmloser Natur, und hatte der Unglückliche auch keine eigentlich lichte Augenblicke, so war doch der Verkehr mit ihm, der besonders von Seiten der Studenten ziemlich lebhaft blieb, nichts weniger als gefährlich, und selbst interessant für diejenigen, die sich aus Mitleid häufiger mit ihm abgaben und denen sich Hölderlin meist fügsam wie ein Kind zeigte; nur mußte der Besucher nicht vergessen, ihn so oft als möglich [nach seinem früheren Titel] mit »Herr Archivrat« anzureden, worauf der arme Dichter nicht selten, unter tiefen Verbeugungen, die Gegentitulatur »Euer Heiligkeit« zurückgab! [...] So sollte Kerner schon frühzeitig das geheimnisvolle Wesen des Wahnsinns kennen lernen, dem er in späteren Jahren einen bedeutenden Teil seiner Tätigkeit zu widmen bestimmt war.[200]

Zu Dokument Nr. 22:

Justinus Kerner, der sich später auch für den Wahnsinn Lenaus interessierte, hat leider kein wissenschaftlich brauchbares Zeugnis zu Hölderlins »Wahnsinn« hinterlassen. Es ist möglich, daß er, solange Hölderlin noch im Klinikum behandelt wurde, mit dem Fall nichts zu tun hatte. Auf ihn wird die Bemerkung Waiblingers (wahrscheinlich Zimmers) zielen, daß Hölderlin in Zorn und Konvulsionen geriet, wenn er jemand aus dem Klinikum sah. Wer denn aus dem Klinikum, wenn nicht Justinus Kerner, wäre zu ihm in den Turm gekommen?
Weder über die Zeit des Klinikums noch über die spätere Zeit wird man von Kerners Zeugnis irgendeine Aufklärung erwar-

ten dürfen. Übrigens hat Kerner Hölderlin nicht als pathologisch interessanten Fall, sondern als literarisches Thema behandelt. Die Stellen seines Romans, *Die Reiseschatten* betitelt, wo er den »wahnsinnigen Dichter Holder« beschreibt, die in der Stuttgarter Ausgabe nachgedruckt sind, sind haarsträubend. Hier eine Stichprobe:

Der Mond stieg immer heller und voller über die Berge. Da ersah ich plötzlich, wie ein Reuter auf einem weißen dürren Gaule einhergeritten kam; der alte Gaul war gar seltsam mit Blumen behängt, der Reuter aber hatte ein langes weißes Tuch im sonderbarsten Faltenwurf um sich geschlungen, und eine hohe Lilie in der Hand. Ich erkannte alsbald in ihm den wahnsinnigen Dichter Holder.[201]

Die richtige Antwort darauf hat nach der Lektüre dieses Buches von Justinus Kerner, in dem er als »Schreiner« vorkommt, Schreinermeister Zimmer gegeben:

Der Kerl [Justinus Kerner, P. B.] hätte lieber auf dem Feld arbeiten sollen, statt solches Zeug zu schreiben. [...] Tollheit ist Tollheit, und dies könnte man noch so hingehen lassen, aber Menschen nach dem Leben darzustellen – von mir will ich nicht reden, aber einen armen Narren wie Hölderlin zu conterfeien, dies beweist Aberwitz und einen höchst unmoralischen ungebildeten Charakter. Wenn ich wollte, so könnte ich ihn ja verklagen und er müßte mir gedruckte Satisfaction geben.[202]

Dies stammt aus einem Bericht von August Mayer, der 1811 als Student bei Zimmer wohnte. Die Nachricht ist zuverlässig. In Gustav Schwabs Fassung, die sicher auf die Aussage August Mayers zurückgeht, lautet die Stelle:

Zimmer: Hoh! das [Justinus Kerners *Reiseschatten*, P.B.] ist nicht der Mühe wert, daß man es liest; der Esel hätte sollen auf dem Felde schaffen, anstatt ein Buch zu schreiben! Nein! Es ist gar zu erbärmlich! [...] Und woher weiß doch der Kerl all das Zeug von Hölderlin und mir?[203]

Ein tiefes Wort hat Zimmer da gesprochen: Alle die Leute, die über den »umnachteten Dichter« schreiben – woher wissen sie denn »das Zeug«?

Dokument Nr. 23

Im Tübinger Klinikum hatte es Autenrieth anscheinend nach sieben Monaten aufgegeben, Hölderlin zu kurieren. Darüber gibt es aber zwei Versionen; hier seien beide wiedergegeben.

Im Jahre 1830, nach dem Tode von Hölderlins Mutter, schreibt Oberamtmann Burk aus Nürtingen, vor dem Waisengericht als »Pfleger des geisteskranken Hölderle bestätigt«, bei Gelegenheit eines »Wart-, Kost-, Verpflegungs-, Hausmietzinses u. dergl. Akkord« folgendes:

Nachdem die Gemütskrankheit sich in etwas vermindert, und von dem Klinischen Institut dieser kranke Sohn der Mutter zurückgeben wurde, so hat sich die Mutter Frau Kammrat Gokin dahin entschlossen, diesen ihren Sohn in Tübingen unter gute Aufsicht zu bringen, und auch wirklich dem Ernst Zimmer, Schreinermeister in Kost und Logis, und sorgfältiger Wart und Verpflegung zu übergeben [...][204]

Zimmer selbst erzählt die Geschichte ganz anders und glaubwürdiger.

In Clinikum wurde es aber mit ihm noch schlimmer. Damals habe ich seinen Hyperion mit der Frau Hofbuchbinder Bliefers gelesen, welcher mir ungemein wohl gefiel. Ich besuchte Hölderlin im Clinikum [wo Zimmer als Schreiner zu tun hatte, P.B.] und bedauerte ihn sehr, daß ein so schöner herrlicher Geist zu Grunde gehen soll. Da im Clinikum nichts weiter mit Hölderlin zu machen war, so machte der Kanzler Autenrieth mir den Vorschlag, Hölderlin in mein Haus aufzunehmen, er wüßte kein passenderes Lokal. Hölderlin war und ist noch ein großer Natur Freund und kann in seinem Zimmer das ganze Neckartal samt dem Steinlacher Tal übersehen. Ich willigte ein, und nahm ihn auf, jetzt ist es 30 Jahre, daß er bei mir ist.[205]

Am 3. Mai 1807 wurde Hölderlin aus der Klinik entlassen; am gleichen Tage übersiedelte er zu Zimmers.

Schwab berichtet: »Im Sommer 1807 bezog er die neue am Neckar gelegene Wohnung und gewöhnte sich bald an den redlichen Tischler, welchem übrigens der Arzt erklärte, der Kranke werde höchstens noch drei Jahre leben.«[206]

Zu Dokument Nr. 23:

Von welchem Arzt – wahrscheinlich von Autenrieth selbst – die Fehlprognose stammt, Hölderlin werde höchstens noch drei Jahre leben, ist nicht eruierbar. Sie zeugt von der Hinfälligkeit ärztlicher Diagnosen, ich meine: damals, und im Falle Hölderlins.

Volle 36 Jahre, fast genau die Hälfte seines Lebens, vom 3. Mai 1807 bis zu seinem Tode am 7. Juni 1843, wohnte Hölderlin im Turm am Neckar, aufgehoben bei guten Menschen, dem »redlichen« Zimmer, zu dem er volles Vertrauen hatte, und nach dessen Tode bei seiner Tochter Lotte Zimmer: bei Menschen – gar nicht so ungebildeten, wie man meinen könnte –, die ihn liebten, ihn zu schätzen und zu betreuen wußten und die vom Menschen Hölderlin wohl viel mehr verstanden als alle anderen.

Dokument Nr. 24

Die folgenden Dokumente sind nicht mehr chronologisch geordnet; denn in der zweiten Hälfte von Hölderlins Leben, während der 36 Jahre des Aufenthalts im Tübinger Turm, hat sich an seinem Zustand kaum etwas geändert. Physisch gesund, psychisch stabilisiert, sozial isoliert lebend – eine chronologische Abfolge der Dokumente hätte hier wenig Sinn, um so weniger, als manche Berichte aus dem Gedächtnis und viele Jahre nach dem Erlebnis niedergeschrieben wurden.
Dagegen ist wichtiger, die verschiedenen Zeugnisse nach ihrem Aussagewert, nach ihrer Zuverlässigkeit zu ordnen. Gewisse Zeugen sind glaubwürdig, andere weniger.
Unter den Zeugnissen erster Hand, nämlich solchen von Leuten, die Hölderlin persönlich erlebt haben, sind diejenigen des Schreinermeisters Zimmer die mit Abstand wertvollsten und auch medizinisch die wichtigsten: nüchtern und sachlich.
Drei Jahrzehnte lang, bis zu seinem Tode 1838, hat Zimmer täglich mit Hölderlin verkehrt und ihn betreut. Er war ein gescheiter, vernünftiger, nicht ungebildeter Mann, ein verständnisvoller und sachlicher Beobachter, ein Zeuge, der weder von psychiatrischen noch von literarischen Vorurteilen beeinflußt war.
Es »bewahrte Hölderlin eine unauslöschliche Dankbarkeit für seine treuen Pflegeeltern«, berichtet Schwab.[207]
Hier einige Auszüge aus Zimmers Briefen. Ihnen gebührt der erste Platz. Seine Schreibweise wird hier nicht durchgehend respektiert, da sie sonst manchem Leser Verständnisschwierigkeiten bereitet hätte.

Zimmer an Hölderlins Mutter.

14. Oktober 1811

Das Geld für die Flöte habe ich [...] erhalten. Gestern bin ich zum erstenmal mit Ihrem lieben Sohn wieder ausgegangen, derselbe ist seitdem mein Vater seine Zweschgen herunter getan hat nicht mehr aus dem Haus gekommen, damals war Er auch mit draußen und lachte recht, wenn man schüttelte und die Zweschgen Ihm auf den Kopf fielen. Im Heimgehen begegnete uns Professor Konz und grüßte Ihren Sohn, nannte ihn Herr Magister, sogleich erwiderte Ihr

Sohn, Sie sagen, Herr Magister, Konz bat Ihren Sohn um Verzeihung und sagte: bei uns alte Bekannte kommt es nicht darauf an, wie mir uns tituliren. Bei diesen Worten zog Konz den Homer aus der Tasche und sagte: sehen Sie, ich habe auch unseren alten Freund bei mir. Hölderlin suchte eine Stelle darin auf, und gab sie Konz zum lesen. Konz las die Seite Ihrem Sohn ganz begeistert vor, dadurch wurde Ihr Sohn ganz entzückt. Mir gehen dann auseinander, und Konz sagte, leben Sie recht wohl Herr Biebledekarius, das machte Ihren Sohn ganz zufrieden. Aber 3 Tage nachher brach er aus, und sagte in der Heftigkeit: Ich bin kein Magister, ich bin Fürstlicher Biebledekarius, schimpfte und fluchte auf das Consistorium und war lange unzufrieden darüber, jetzt ist Er aber wieder ganz ruhig.[208]

19. April 1812

Hochgeehriste Frau Kammerrathe! Bey Ihrem lieben Hölderle ist eine sehr wichtige Veränderung eingetreten, mir bemerkten seit geraumer Zeit eine Abnahme seines Körpers, ohngeachtet Er einen mehr als gewöhnlichen Apeditt hatte, auch ist Er letztes Vierteljahr ruhiger wie sonst gewesen, war er auch im Paroxismus so tobte Er nicht sehr, und gewöhnlich wars bald vorüber.
Vor ungefähr 10 Tagen war Er aber des Nachts sehr unruhig, lief in meiner Werkstatt umher, und sprach in der größten Heftigkeit mit Sich selbst. Ich stund auf und fragte was ihm fehle. Er bat mich aber wieder ins Bett zu gehen und Ihn allein zu lassen, sagte dabei ganz vernünftig Ich kann im Bett nicht bleiben und muß herumlaufen, Sie alle können ruhig sein, ich tue niemand nichts, schlafen Sie wohl, bester Zimmer, dabei brach er das Gespräch ab, ich konnte auch nichts weiter tun als wieder ins Bett zu gehen wenn ich ihn nicht erzürnen wollte, tat es auch und ließ Ihn tun was er wollte.
Morgens wurde Er dann ruhig, bekam aber große innerliche Hitze und Durst, wie einer im starken Fieber nur immer haben kann, und einen Durchlauf dazu. Er wurde dadurch so schwach, daß Er im Bett bleiben mußte, Nachmittags einen sehr starken Schweiß.
Den 2ten Tag noch stärkere Hitze und Durst, nachher einen so starken Schweiß, daß das Bett und alles was Er anhatte ganz durchnäßt wurde. Dies dauerte noch einige Tage so fort, dann bekam er einen Ausschlag am Mund. Durst, Hitze und Schweiß blieben nach und nach weg, aber leider der Durchlauf nicht, diesen hat Er noch immer fort, doch nicht so stark mehr.
Jetzt ist Er wieder den ganzen Tag außer dem Bette und äußerst höf-

lich, der Blick seines Auges ist freundlich und liebreich. Auch spielt und singt Er, und ist übrigens sehr vernünftig.
Das merkwürdigste dabei ist, daß Er seit jener Nacht keine Spur von Unruhe mehr hatte. Sonst hatte Er doch wenigstens alleander Tage eine unruhige Stunde. Und auch der eigene Geruch der besonders des Morgens in seinem Zimmer so auffallend war hat sich verloren.
Ich habe den Herrn Professor Gmelin, als Arzt zu Ihrem lieben Sohn holen lassen, dieser sagte, man könne über Ihres Sohnes wirklichen Zustand noch nichts Bestimmtes sagen, es scheine ihm aber ein Nachlaß der Natur zu sein, und leider gute Frau bin ich in die traurige Notwendigkeit versetzt, es Ihnen zu schreiben, daß ich es selbst glaube …
Sein dichterischer Geist zeigt sich noch immer tätig, so sah Er bey mir eine Zeichnung von einem Tempel. Er sagte mir ich solte einen von Holz so machen, ich versetzte Ihm drauf, daß ich um Brot arbeiten müßte, ich sey nicht so glücklich so in Philosofischer Ruhe zu leben wie Er. Gleich versetzte er, Ach, ich bin doch ein armer Mensch, und in der nämlichen Minute schrieb er mir folgenden Vers mit Bleistift auf ein Brett:

Die Linien des Lebens sind verschieden
Wie Wege sind, und wie der Berge Gränzen.
Was hier wir sind, kann dort ein Gott ergänzen
Mit Harmonien und ewigem Lohn und Frieden.[209]

2. März 1813

Hölderlin ist recht brav und immer sehr lustig. Die Pfeifenköpfe haben ihn gefreut, die Sie die Güte hatten, mit zu schicken. Er kannte sie gleich und sagte: Ich habe sie in Frankfurt gekauft. Auch setzte er hinzu: in Frankfurt habe ich viel Geld gebraucht, auf meinen Reisen aber habe ich nicht viel gebraucht …
Ich habe Hölderlin gefragt, ob Er nicht auch schreiben wolle, Es scheint aber, daß Er würklich keine Lust dazu hat.[210]

22. Februar 1814

Ihr lieber Hölderle ist so braf das man Ihn nicht besser wünschen kann. Er hat viel Freude an seinem Christgeschenk gehabt, das Wämsle ist ihm auch nicht zu weit, eher etwas zu kurz. Über den Brief, den der Herr Pfarrer in Löschgau [Pfarrer Majer, vermählt mit der Schwester von Hölderlins Mutter, Adolf Beck] geschrieben hat, hatte er viele Freude bezeigt. Er sagte zu mir, der Mann hat mir viele

Wohltaten in meiner Jugend erzeigt. Auch das kleine Büchle von Böhlendorf hat ihn sehr gefreut. Er sagte: ach, der Gute ist früh gestorben, es war ein Kurländer. Ich habe ihn in Homburg gekannt, es war ein recht guter Freund von mir. Wie sehr ist es Ihrem lieben Guten Hölderle zu gönnen, daß Er keine wilde Anfälle mehr hat, und das Er so heiter und zufrieden lebt. Mein Büble hat das Clavierspiel angefangen, und da tut Sich ihr lieber Sohn meistens mit Clavierspielen unterhalten. Er kann noch nach Noten spielen wenn Er will, Er spielt aber lieber nach eigener Fantasie.[211]

23. März 1823

(in Gustav Schlesiers Transkription):
Seit kurzem scheine Hölderlin wie aus einem langen Traum erwacht. Er sei den ganzen Tag bei ihnen [bei Zimmers, P. B.]. Als man ihm sagte, daß sein Bruder in Stuttgart Hofrath wäre, rief er: Was Hofrath? Hofrath? Ich habe ihn, so lange ich hier bin, nicht mehr gesehen, ich muß ihm schreiben. Er schrieb auch nachher wirklich an ihn [siehe den Brief weiter unten. P. B.]. [...] Er liest jetzt auch in der Zeitung u. fragte mich, ob denn Württemberg ein Königreich sei. Er staunte ebenso, als ich es bejahte. An den Griechen nimmt er Anteil und liest mit Aufmerksamkeit ihre Siege. Letzthin sagte ich ihm, daß der ganze Peloponesus von den Türken befreit sei. Das ist erstaunlich, rief er, es freut mich! Mit meinem Christian spricht er französisch, und er spricht es noch ziemlich gut. Er sagte meinem Christian letzthin auf französisch: wenn das Wetter gut sei, so wolle er öfters auf den Österberg spazieren gehen. Den Hyperion kann ich Ihnen nicht mehr zurückschicken. Er liest täglich darin, auch Übersetzungen aus griechischen Dichtern von Conz liest er. Öfters holt er auch von meinem Christian alte Klassiker und liest darin.[212]

Nach dem Tode von Hölderlins Mutter schreibt Zimmer regelmäßig an seine Schwester Rike.

19. Juli 1828

Ihr Herr Bruder befindet sich ganz wohl, steht so wie der Tag graut auf, und spaziert den Öhrn auf und ab, bis abends 7 Uhr, wo er dann zu Nacht speist und gleich nach Tisch zu bette geht. Seine körperlichen Kräfte sind noch immer gut, auch hat er noch immer einen starken Apetit, in seinem Gesicht ältert er etwas, weil er die vordere Zähne verloren hat, stehen die Lippen einwärts und das Kinn hervor. Jetzt ist er nicht mehr unglücklich, sein Gemüt ist ganz ruhig, auch im Umgang ist er sehr gefällig und zuvorkommend.

Doch hat er nicht gern, wenn Fremde mit ihm reden wollen, und er in seiner Gewohnheit gestört wird.[213]

15. April 1829

Hölderlin ist oft recht lustig, wenn einer meiner Hausherren [die bei Zimmer wohnenden Studenten, P.B.] einen Walzer spielt, so fängt er gleich zu tanzen an, auch witzig ist Er oft noch, besonders ruhig war Er auch dieses Frühjahr, jetzt kommt wieder seine goldene Zeit wo Er schon Morgens um 3 Uhr aufstehen und spaziren gehen kann, für ihn ein wahrer Festgenuß.[214]

18. Juli 1829

Ihr Herr Bruder [ist] recht wohl ... Er wird jetzt beinahe 60 Jahr alt sein, ist aber noch immer ein kräftiger Mann, auch lebt er jetzt ruhig und vergnügt, höchst selten zeigt er Unzufriedenheit und diese kommt nur wenn er in Seiner Einbildung mit Gelehrten streitet.[215]

30. Oktober 1829

Ihr Herr Bruder ist recht wohl, und auch recht brav, wir haben im geringsten nichts Unannehmliches mehr von ihm, auch gegen die übrigen Hausbewohner ist er sehr artig und freundschaftlich. Er wird auch von allen bedauert und geachtet.[216]

30. Januar 1830

Es wohnt ein Herr Lebret bei uns im Haus, der viel Anteil an Ihrem Herr Bruder nimmt. Er hat mir gesagt, Hölderlin sei in seines Vaters Schwester verliebt gewesen, er bedaure Hölderlin unendlich, daß Er so unglücklich geworden sei, Er sei früher ein trefflicher Kopf gewesen, u.d.g. Übrigens ist Ihrem H. Bruder zu seiner Erheiterung noch Vieles geblieben. Seine Liebe zur Musik, Sein Sinn für Naturschönheiten, und Gefühl für zeichnete Künste.[217]

Nach dem Tode von Hölderlins Mutter war Oberamtspfleger Burk vom Waisengericht in Nürtingen als Pfleger Hölderlins eingesetzt worden. Hier Auszüge aus zwei Briefen Zimmers an Burk.

16. April 1828

Ich weiß nicht ob Sie den Lieben unglücklichen Hölderlin kennen und Anteil an ihm nehmen. Er verdient es gewiß in jeder Rücksicht. Die neuesten Tagblätter nennen Ihn den ersten Elegischen Dichter Deutschlands, schade vor seinen herrlichen und großen Geist, der jetzt in Fesseln liegt. Auch sein Gemüt ist so reich, so tief und so edel, daß man selten einen Sterblichen finden wird, der ihm gleicht.

Nach dem Tod der Mutter gab es Auseinandersetzungen zwischen den Erben. Hölderlins Schwester und sein Bruder machten ihm seinen Anteil strittig. Zimmer schrieb an Burk im selben Brief:

Traurig, daß man Ihm nicht einmal das, was seine Mutter für ihn angeordnet hat, zuerkennen will, und auch da Ihn noch das Schicksal verfolgt. Was wird sein künftiger Biograph sagen, der wie ich hoffe nicht ausbleiben wird, über diese Geschichte?[218]

An Burk, 29. November 1828:

Ihr frommer Wunsch, den guten Herrn M[agister] Hölderlin von seiner Krankheit befreit zu sehen, ist auch schon oft in mir aufgestiegen, aber er scheint leider nicht in Erfüllung gehen zu wollen. Übrigens ist er in der Tat nicht unglücklich. Er hat eine ungeheure Fandasie und findet immer mit sich selbst Beschäftigung genug.[219]

Im selben Zusammenhang, nämlich dem Tode von Hölderlins Mutter, wurde ein ärztliches Zeugnis über Hölderlin verlangt. Dieses wurde von Dr. Wilhelm Leube (1799–1880), praktischer Arzt und Psychiater in Tübingen, hergestellt. Zimmer schrieb an Hölderlins Schwester, Hölderlin habe ihr »einen sehr schönen Brief« geschrieben, Dr. Leube habe ihn auf einige Stunden zum Durchsehen mitgenommen. Es hat sich weder der Brief noch das ärztliche Zeugnis von Dr. Leube gefunden, das zur Fortzahlung des von der Mutter erwirkten Gratials von jährlich 150 Gulden erforderlich war. Anscheinend hat sich dieser Tübinger Psychiater aus irgendeinem Grunde für den Fall Hölderlin nicht interessiert. Wenigstens hat er von seinem Interesse nichts verlauten lassen, was sehr bedauerlich ist.

Schließlich Auszüge aus einem Brief Zimmers an einen Unbekannten vom 22. Dezember 1835, einem überaus wichtigen und aufschlußreichen Dokument. Ihm soll hier nur das entnommen werden, was zur Krankheitsgeschichte gehört und von Zimmer als direktem Zeugen berichtet wird.
Zimmer erzählt in diesem Brief, unter welchen Umständen Hölderlin zu ihm kam (siehe Dokument 23):

Jetzt ist es 30 Jahre, daß er bei mir ist.
Ich habe keine Beschwerlichkeiten mehr von ihm, aber früher war er

oft rasend, das Blut stieg ihm so in Kopf, daß er oft ziegelrot aussah und dann alles beleidigte, was ihm ingegen kam. War aber der Paroxismus vorbei, so war er auch immer der erste, welcher die Hand zur Versöhnung bot.
Hölderlin ist edelherzig, hat ein tiefes Gemüt, und einen ganz gesunden Körper, ist so lang er bei mir ist nie krank gewesen. Seine Gestalt ist schön und wohlgebaut, ich hatte noch kein schöneres Auge bei einem Sterblichen gesehen als Hölderlin hatte.
Er ist jetzt 65 Jahre alt, ist aber noch so munter und lebhaft als wenn er erst 30 wäre. Das Gedicht das beifolgt [wohl verloren, Adolf Beck] hat er in 12 Minuten niedergeschrieben. Ich forderte ihn dazu auf, mir auch wieder etwas zu schreiben, er machte nur das Fenster auf, tat einen Blick ins Freie, und in 12 Minuten war es fertig.
Hölderlin hat keine fixe Idee, er mag seine Fantasie auf Kosten des Verstands bereichert haben. Hölderlin ging durch widriges Geschick zu Grunde ...
Hölderlin kann [aber] seine Verwandten nicht ausstehen; wenn sie ihn nach langen Jahren besuchen, so fährt er wütend auf sie ein. Ich habe so weitläufig gehört, daß sein Bruder Hölderlins Geliebte geheiratet hat. Glaube aber, daß es erst geschehen ist, als man sah, daß Hölderlin verloren war.
Hölderlin unterhält sich mit Fortepiano Spiel und zuweilen auch mit Deklamieren, oft auch mit Zeichnen.
Daß Hölderlin zuweilen seinen Zustand fühlt ist keinem Zweifel unterworfen. Er machte vor ein paar Jahre folgenden Vers auf Ihn selbst:

Nicht alle Tage nennet die schönsten der,
Der sich zurücksehnt unter die Freuden wo
Ihn Freunde liebten wo die Menschen
Über dem Jüngling mit Gunst verweilten.

... Ich habe noch 5 Studenten in meinem Haus wohnen, die wenn sie Commers haben, allemal Hölderlin dazu einladen, wo er dann noch fröhlich ihre Lieder mitsingt.[220]

Ernst Zimmer, zwei Jahre jünger als Hölderlin, starb 1838. Nach ihm übernahm seine jüngere Tochter, Charlotte (Lotte, »Jungfer Loddl genannt«, 1813 geboren), die Betreuung des Gastes. Adolf Beck:

Die Pflege des Kranken machte, besonders nach dem Tod ihres Vaters, einen wesentlichen Teil ihres Alltags aus. Sie war mit dem Herzen dabei, und sie vornehmlich war es, die ihn richtig zu »nehmen« und sein fast kindliches Zutrauen zu gewinnen wußte.[221]

Lotte Zimmer an Hölderlins Schwägerin Frau Gok:

17. Januar 1841

[Ihr Herr Schwager] befindet sich gegenwärtig recht wohl, ausgenommen daß er Nachts oft sehr unruhig ist, was aber ja schon Jahre lang so ist, u. immer bei Ihm wechselt. Frau Professorin schickte ihm auch einiges Backwerk, wo ich Ihr in meinem Brief bemerkte, daß das bessere Vesper was Ihr Herr Bruder bekomme, ihm sehr wohl tue, und daß es notwendig sei, und daß es mich so sehr gefreut habe, daß Herr Hofrat [Gok, P. B.] mir mit diesem zuvorgekommen sei, indem ich zum Teil schüchtern gewesen sei, es anzubringen, indem man glauben könnte, wir suchen Nutzen darin, was aber durchaus nicht der Fall sei, indem wir an Ihrem Herrn Bruder noch nie uns zu bereichern suchten. Ich schrieb der Frau Profeßorn dies bloß, damit Sie nicht in Sorgen sein soll, denn ich bin überzeugt, daß Sie noch mißtrauisch gegen uns ist, was Sie schon bewiesen hat.[222]

Am 25. Januar schickte Lotte Zimmer an Frau Hofrätin Gok einen Brief, dem sie ein kurzes Gedicht in gereimten Versen, *Höhe des Menschen,* beilegte. Brief und Gedicht sind verloren.

Lotte Zimmer an Frau Gok:

24. Mai 1841

Ihr Herr Schwager war vor 14 Tagen auch unwohl, an einem starken Katarrh, weil er Nachts ohne Schuhe oft aus dem Zimmer geht, so hat er sich erkältet, wo ich einige Male Nachts aufstand und Ihm noch Thee machte, jetzt ist er aber wieder wohl, nur Nachts sehr unruhig, daß ich oft mitten in der Nacht Ihm sagen muß, Er soll doch auch ruhig sein, es könne ja niemand schlafen, wo Er dann doch nachläßt. Die gegenwärtige Hitze muß viel dazu beitragen. [...] Wegen der Kost dürfen Sie überzeugt sein, daß es Ihr Herr Schwager gewiß gut hat, einfach bekommt er das Essen, aber recht gut, wie Er es bedürftig ist, ich koche meiner Mutter schon längere Zeit immer etwas Besonderes, wo Er das Gleiche bekommt [...] Er bekommt nun alle Tage Wein Morgens und Mittags, wo ich aber zu 3 Teil Wein in ein Glas einen Teil von unserm Haustrunk welcher immer sehr gut und rein ist, weil wir meistens ohne Wasser Mosten darunter tun, wo Er dieses gerne trinkt, und dieses Ihm nicht schadet.[223]

Brief Lotte Zimmers an Hölderlins Bruder Karl Gok:
(Nach der Adresse vermerkt Lotte: »Höchst preßand, man bittet diesen Brief so schnell wie möglich abzugeben«. Datiert: Tübingen d. 7ten Juni 1843. Nachts 12 Uhr.)

Hochzuverehrender Herr Hofrat!
Ich nehme mir die Ehre, Ihnen die sehr traurige Botschaft zu erteilen von dem sanften Hinscheiden Ihres geliebten Herrn Bruders. [...] Die Bestürzung ist nun so groß, daß mirs übers Weinen hinaus ist.[224]

Sie meldet ihm auch, sie habe »nach Nürtingen«, d.h. an Hölderlins Schwester geschrieben. Der Brief ist angekommen, ist aber nicht erhalten.
Viel später, 1870, lud Christoph Theodor Schwab die nun sechsundfünfzigjährige Lotte Zimmer, die ledig geblieben war, zur Feier von Hölderlins 100. Geburtstag in Lauffen ein. Aus Balingen antwortete ihm Lotte am 13. März 1870:

Ich würde auch gewiß herzlich gerne kommen, da ich mich immer lebhaft u. mit Freude, freilich zugleich auch mit viel Wehmut, an die Zeiten zurückdenke, da ich die Pflegerin des unglücklichen Dichters sein durfte, u. wie wohltuend war es für uns, wenn Sie so oft den unglücklichen Dichter besuchten, u. so warme Teilnahme an seinem Unglück nahmen, wo Sie aber auch meistens gnädige Aufnahme bei Ihm fanden, was nicht Jedem bei ihm glückte.[225]

Zu Dokument Nr. 24:

Es ist nicht meine Sache, mich aufgrund der Briefe Zimmers über Hölderlins Geisteszustand diagnostizierend auszusprechen. Da sie aber von einem Menschen stammen, der dreißig Jahre mit Hölderlin verlebte, sehr vernünftig und ein guter Beobachter war, sollten sie von Fachleuten zur Einschätzung von Hölderlins »Geisteskrankheit« als grundlegende Zeugnisse verwertet werden.
Der Eindruck, den man als Laie gewinnt, kann etwa folgendermaßen zusammengefaßt werden.
1. Hölderlin ist physisch gesund, nicht gebrechlich, ja kräftig.

2. Von einer Einschränkung seiner geistigen Fähigkeiten ist mit ganz wenigen Ausnahmen nicht die Rede: Einmal schreibt Zimmer an Burk, den er nicht kennt und der Hölderlin nicht kennt, von Hölderlins herrlichem und großem Geist, der jetzt in Fesseln liege. Trotzdem sei er im Alter von 65 fähig, ein Gedicht in 12 Minuten niederzuschreiben: »Ich forderte ihn dazu auf, mir auch wieder etwas zu schreiben, er machte nur das Fenster auf, tat einen Blick ins Freie, und in 12 Minuten war es fertig.« Wo bleibt dabei die Überlieferung des »Umnachteten«, des Schwachsinnigen, Verblödeten? »Er mag seine Fantasie auf Kosten des Verstands bereichert haben«, meint mit Recht der einfühlsame Zimmer.

3. Er hat keine fixe Idee. Es gibt auch keine Zeichen, daß er je Unsinniges, Blödes geredet habe, von den Titulaturen abgesehen, die er den Besuchern erteilte, die aber Zimmer in einem Gespräch mit Gustav Kühne als ein probates Mittel interpretierte, sich jeden vom Leibe zu halten – woran Hölderlin besonders gelegen war.

4. Als Symptome nennt Zimmer Wutanfälle, besonders in der ersten Zeit, wo ihm das Blut so in den Kopf stieg, daß er ziegelrot aussah. Doch war er nicht nachtragend und war der Paroxysmus vorbei, war er immer der erste, welcher die Hand zur Versöhnung bot.

5. Nur seine Verwandten kann er nicht ausstehen; wenn sie ihn nach langen Jahren besuchen, fährt er wütend auf sie ein. Es gibt manche Leute, die mit ihren nächsten Verwandten auf gespanntem Fuß stehen, ohne daß man sie deswegen als geisteskrank ansähe. Vielleicht hatte er einige Gründe zum Unmut gegen sie, die bis jetzt kaum in Betracht gezogen oder gar unterdrückt wurden, weil sie zum »frommen Hölderlin-Bild« nicht recht passen.

6. Jetzt ist er meistens ruhig und vergnügt, heiter und zufrieden, gegen die übrigen Hausbewohner sehr artig und freundschaftlich, gefällig und zuvorkommend. Auch witzig ist er noch und oft recht lustig.

7. »Jetzt ist er nicht mehr unglücklich«, sein Gemüt ist ruhig. Dies weist darauf hin, daß die Schwermut, die ihn nach der Rückkehr aus Frankreich (und nach dem Tode von Susette) befallen hatte, sich im Laufe der Jahrzehnte doch gelindert hat.

8. Seine Liebe zur Musik, sein Sinn für Naturschönheiten, sein Gefühl für »gezeichnete Kunst« ist ihm geblieben. Er hat ungeheure Phantasie. Er zeichnet auch noch.
9. Er lebt gänzlich zurückgezogen; er hat es nicht gern, wenn Fremde mit ihm reden wollen und er in seiner Gewohnheit gestört wird. Er hat mit sich selbst Beschäftigung genug.
10. Er lebt (Selbstzitat von Zimmer) »in philosophischer Ruhe«.
11. Glaubt man schließlich, daß Zimmer von einem verblödeten Menschen, als welchen man Hölderlin nur zu oft beschrieben hat, gesagt hätte, sein Gemüt sei so reich, so tief und so edel, daß man selten einen Sterblichen finden werde, der ihm gleicht?
Dies ist keine aus der Kenntnis von Hölderlins dichterischem Werk erwachsene Einschätzung: vom *Hyperion* abgesehen kannte Zimmer dieses Werk wohl nicht. Auch hatte er seinen Gast in besseren Zeiten, nämlich vor dem Aufenthalt im Klinikum, nicht gekannt. Nein: Bei Zimmer ist es das Ergebnis eines dreißigjährigen täglichen Verkehrs mit dem »umnachteten« Hölderlin.
Zur Aussage Zimmers, Hölderlin könne seine Verwandten nicht ausstehen; wenn sie ihn nach langen Jahren besuchten, fahre er wütend auf sie ein:
Von den Beziehungen zur Mutter, die ihren Sohn in Tübingen kein einziges Mal besuchte, wird später die Rede sein.
Zum Bruder Karl Gok: Schon immer waren die Beziehungen zwischen den Brüdern aus zwei Ehen belastet (siehe weiter unten die Episode vom Erbstreit nach dem Tode der Mutter). Daß Karl »Hölderlins Geliebte geheiratet« hatte, verweist Adolf Beck ins Reich der Legende: »Die gleiche ›Sage‹ und der gleiche Zusammenhang bei Waiblinger.«[226] Über Waiblingers Lebensabriß von Hölderlin sagt Adolf Beck: »Vermutlich beruht der völlig unverbürgte ›Bericht‹ auf mündlicher Mitteilung Zimmers.«[227]
Karl Gok hatte Ende Mai 1804 eine jüngere Base seiner Mutter, Marie Eberhardine Blöst, geheiratet.[228] An sie sind die beiden Briefe von Lotte Zimmer vom 17. Januar und vom 24. Mai 1841 gerichtet. Sie soll auch Hölderlin im Turm besucht haben, dieser habe sich ihr gegenüber aber gleichgültig verhalten, als ob er sie nicht kannte.

Von Eberhardine wissen wir wenig, nur, daß Hölderlins Mutter Sinclair geschrieben hat (warum denn auch?), daß ihr zweiter Sohn, der »von seinem l. Vater wenig Vermögen« ererbt hatte, »auch von seiner Frau, die er nur ihres vorzüglich guten Karakters willen vorgezogen, sehr wenig Vermögen bekommen«.[229]

Wo und wann Hölderlin Gelegenheit gehabt hätte, sich in seine Cousine zu verlieben, ist nicht zu ermitteln. Sicher ist nur, daß er sie als eine nahe Verwandte zu treffen Gelegenheit gehabt hat, vielleicht in der Zeit, während der er, aus Frankreich zurückgekehrt, sich bei der Mutter in Nürtingen 1802–1803 aufhielt. Mangels näherer Nachricht kann man Zimmers Bericht auf sich beruhen lassen. Nicht einfach von der Hand weisen kann man, daß es da vielleicht einen zusätzlichen Grund zu Zwistigkeiten zwischen den Brüdern gab.

Es war nicht der einzige. Als die Mutter starb (17. Februar 1828), machte Karl Gok seinem älteren Bruder den ihm laut Testament der Mutter zukommenden Anteil, nämlich die Erbschaft seines Vaters, streitig. Die Schwester Hölderlins, Rike, und der für Hölderlin verantwortliche Pfleger schlugen eine »gütliche Übereinkunft« vor, die Karl Gok aber ablehnte, weil er auf Teilung der ganzen Erbmasse in drei gleiche Teile bestand. Die Sache mußte vor Gericht kommen, wo die Disposition des Testaments der Mutter aufrechterhalten wurde. Darüber hinaus wurde bestimmt, daß der Nachlaß Hölderlins zu sieben Achtel an seine Schwester und ihre Kinder kommen sollte, nur ein Achtel an Karl Gok und seine Nachkommen.

Dieser vorsorglichen gerichtlichen Entscheidung zum Trotz gab es nach Hölderlins Tod erneut eine Erbauseinandersetzung. Von diesem »Satyrspiel familiären Zwistes«[230] sei hier nur gesagt, daß es unter anderem um die Honorare aus den Veröffentlichungen Hölderlins ging, eine nicht unbeträchtliche Summe: hatte doch der Verleger im Jahre nach Hölderlins Tod 500 Exemplare der Ausgabe der Gedichte in weniger als einem Jahr abgesetzt und dem Bruder »weitere 198 fl. [Gulden]« übersandt.[231]

Im Laufe dieser Auseinandersetzung schrieb Fritz Breunlin, der Sohn von Hölderlins Schwester, an seinen Onkel Karl Gok:

Ebenso wenig geschreckt durch Ihre Drohungen als gereizt durch Ihre Beschuldigungen bleibe ich als Mann und Christ bei dem, was ich meiner Mutter schon vorher riet, (usw.). Nur werden Sie, geehrter Herr Oheim, mir nicht verdenken, wenn ich, um auch für die Zukunft den Familien Frieden festzustellen, um die schriftliche Mitteilung bitte, welche Ansprüche Sie an die Honorare für etwaige weitere Auflagen von Hölderlins Werken machen wollen?[232]

Die Schwester bezeichnet die Ansprüche Karl Goks als »eine kaum zu begreifende Zumutung, die ich nur als krankhafte Fixe Ideen zu entschuldigen u. leider! wie vieles zu nehmen wußte«.[233]

Vielleicht gewinnt dabei Zimmers Ausspruch an Burk einen konkreteren Sinn, wenn er meint, »für seine Familie [sei] freilich Sein Zustand ein großer Verlust« – ein Verlust an Geld, an Honoraren, an Ruhm ... »um so schmerzhafter, da der Gute früher so hoffnungsreich und groß in der gelehrten Welt war«.[234]

Die hinter sentimentaler Phraseologie lauernde Kleinlichkeit und Habgier seiner Familie war Hölderlin völlig fremd, und es versteht sich von selbst, daß dies ihm seine Familie entfremdet haben muß. Es ist schwerlich glaubhaft, daß er von den Erbstreitigkeiten nach dem Tode seiner Mutter nichts erfahren hätte. Man versteht, daß er davon, wie überhaupt von der eigenen Familie, so wenig wie möglich hören und wissen wollte, daß er sich abseits und ferne hielt.

In scharfem Kontrast dazu steht die Uneigennützigkeit der Familie Zimmer. Es ist z. B. höchst wahrscheinlich, daß sie es war, die ihrem Hausgast ein Klavier verschaffte. Wenn man sich des Klimas in dieser Familie gewahr ist, lesen sich Lotte Zimmers Briefe anders. In den zwei erhaltenen Briefen, die sie an Hölderlins Schwägerin Frau Gok (ehem. Eberhardine Blöst) schrieb, fallen zwei anscheinend in keinen Zusammenhang gehörende Punkte auf.

In dem einen Brief legt sie einen nicht ungezielten Nachdruck darauf, daß die Familie Zimmer in der Verpflegung Hölderlins keinen Nutzen suche und sie sich an dem »Herrn Bruder« noch nie zu bereichern suchte. Dies schreibt sie ausdrücklich an Frau Gok und hatte dasselbe an deren Schwägerin Frau Prof. Breunlin (Hölderlins Schwester Rike) geschrie-

ben, damit sie nicht »in Sorgen« sei, da sie schon bewiesen habe, daß sie gegen die Familie Zimmer »mißtrauisch« sei. Was für ein »Mißtrauen«? Wohl hatte Karl Gok unsinnigerweise einmal darauf bestanden, jede einzelne Extraausgabe solle eigens vermerkt werden. Es wird möglicherweise aber auch etwas anderes dahinter stecken, nämlich die Furcht, Hölderlin könne seine Pflegerin Lotte zur Erbin einsetzen – wer weiß? Vielleicht sie heiraten? So ließe sich der zweite Brief an Frau Gok denken, in dem sich Lotte bemüht zu erklären – wahrscheinlich um irgendeinem Tratsch zuvorzukommen –, warum Hölderlin in der Nacht durch das Haus hin und her geht, sie ebenfalls aufsteht, um ihm Tee zu kochen ... usw.; wieso man sich des Nachts im Hause herumtreibt, und nicht, wie es sich ziemt, jeder in seinem eigenen Zimmer bleibt und schläft.
Während die ältere Tochter Zimmers, Christiane (1805 geboren), gut heiratete, blieb Charlotte – Lotte, Jungfer Loddl – ledig. Pietätvoll verwahrte sie bis ins Alter das Andenken des Dichters. Diese Pietät hätte einem Geisteskranken gegolten? Unwahrscheinlich.

Als Hölderlin im Sommer 1807 die Krankenanstalt verließ, wurde er von der Familie Zimmer aufgenommen. Die einzige Alternative wäre gewesen, zur Mutter nach Nürtingen zurückzukehren. Hat es die Mutter nicht gewollt, hat der Sohn die Wahl bewußt getroffen? Oder hat es ein gütiges Schicksal, haben es »die Götter« für ihn getan? Auf jeden Fall war es für ihn genau das Richtige, bei Zimmers zu bleiben.
Da ist ihm die Möglichkeit gegönnt gewesen, noch volle fünfunddreißig Jahre ein (Zimmer *dixit*!) »philosophisches Leben« zu führen.

Die zweitbeste Quelle, die allerdings nur zum Teil auf eigener Anschauung, zum anderen Teil auf Berichten anderer, darunter Ernst Zimmers beruht, sind Waiblingers Schriften.
Dabei muß man zwischen Waiblingers Tagebüchern vom 30. Mai 1822 bis zum 31. Dezember 1824, in die er – zumindest bis zum 1. Juli 1823 – seine unmittelbaren Erfahrungen mit Hölderlin eintrug, und seiner 1831 unter dem Titel *Friedrich Hölderlins Leben, Dichtung und Wahnsinn* postum veröffentlichten Schrift unterscheiden.
Wilhelm Waiblinger, 1804 geboren, literarisch interessiert, als junger Mensch in Stuttgart mit Künstlern und Literaten verkehrend, begann schon mit sechzehn Jahren ein Tagebuch zu führen. 1822, mit achtzehn, besuchte er zum erstenmal Hölderlin in Tübingen und wiederholte seine Besuche im Laufe der zwei folgenden Jahre. Zunächst Auszüge aus seinen Tagebüchern.[235]

Am 3. Juli 1822.

Heut besucht' ich [Hölderlin] mit Wurm. Wir stiegen enge Steintreppen zum Neckar hinab und trafen da einen beschränkten Gassenwinkel an, zu dem ein ordentlich-gebautes Haus den Hintergrund bildete. Die vor der Thüre aufgestellten Tischlergerätschaften zeigten uns an, daß wir an unsrer Stelle seyen. Wir stiegen eine Treppe hinauf, als uns gleich ein wunderhübsches Mädchen [Christiane Zimmer, die älteste Tochter des Schreinermeisters, neunzehn Jahre alt, P.B.] entgegentrat. [...] [Sie] fragte, zu wem wir wollten. Die Antwort ward uns erspart, denn eine offene Thüre zeigte uns ein kleines, geweißnetes Amphitheatralisches Zimmer ohne allen gewöhnlichen Schmuck, worin ein Mann stand, der seine Hände in den nur bis zu den Hüften reichenden Hosen stecken hatte und unaufhörlich vor uns Complimente machte. Das Mädchen flüsterte, der ists! Die schreckliche Gestalt brachte mich in Verwirrung, ich trat auf ihn zu, und richtete eine Empfehlung von Hofrath Haug und Oberfinanz-Rath Weißer aus. Hölderlin lehnte seine rechte Hand auf einen an der Thüre stehenden Kasten, die linke ließ er in den Hosentaschen stecken, ein verschwitztes Hemd hieng ihm über den Leib und mit seinem geistvollen Auge sah er mich so mitleids- und jammerwürdig an, daß mirs eiskalt durch Mark und Bein lief. Er redete mich nun Eure Königliche Majestät an und seine übrigen Töne waren theils unartikuliert, theils unverständlich und mit Französisch durchworfen. Ich stand da, wie ein Gerichteter ... Wurm war gefaßter, als ich, und fragte ihn, ob er den Hofrath Haug kenne. Er war genau mit ihm bekannt. Hölderlin neigte sich und aus dem unvernehmlichen Tonmeer klangen die Worte: Eure Majestät – hier sprach er wieder französisch, sah einen an, und machte Complimente – Eure königliche Majestät – das kann, das darf ich ihnen nicht beantworten. Wir verstummten, das Mädchen rief uns zu, nur mit ihm zu sprechen, wir blieben unter der offenen Thüre stehen. Nun murmelte er wieder, ich bin eben im Begriff katholisch zu werden, Eure königliche Majestät. Wurm fragte, ob er sich an den griechischen Angelegenheiten erfreue – Hölderlin umfaßte einst die Welt der Griechen mit dem trunkensten Enthusiasmus – Er machte Komplimente und sagte unter einem Strom von unverständlichen Worten: Eure königliche Majestät, das darf, das kann ich nicht beantworten. Das Einzig-Verständige, was er sprach, war eine Antwort auf Wurms Worte, er habe in seinem Zimmer eine gar angenehme Aussicht ins Freie, worauf er antwortete, Ja, ja, Eure Majestät, schön, schön! Nun aber stellte er sich mitten in sein Zimmer und neigte sich unablässlich fast bis zum Boden, ohne etwas anderes zu sagen, das man hätte verstehen können, als: Eure königliche Majestät, die königlichen Herrschaften – wir konnten nicht länger bleiben, und eilten nach einem Aufenthalt von 5 Minuten in die Stube des Tischlers. Da ließen wir uns nun von dem schönen freundlichen Mädchen und ihrer Mutter seine ganze Geschichte, solang er bei ihnen ist, erzählen. Er ist schon gegen 16 Jahre wahnsinnig, und ist nun gegen 50 Jahre alt. [...] Den ganzen Tag [...] phantasierte [ich] unaufhörlich von diesem Hölderlin. Auch das liebe Mädchen kam mir nicht aus dem Sinne [...]

Am 7. August 1822

Dieser Hölderlin regt mich auf. Gott! Gott! diese Gedanken, dieser kühne hohe reine Geist und dieser wahnsinnige Mensch! – Da bleib' ich stehen ... Hölderlin ist ein wahrer ächter vom Himmel berufener Dichter. Hölderlin schüttelt mich. Ich finde eine unendlich reiche Nahrung in ihm. Er schließt meinen ganzen Busen auf – ich fühle mich dieser großen, trunkenen Seele verwandt – o Hölderlin – Wahnsinn – – –

Am 8. August 1822

Nur einen Wahnsinnigen möcht' ich schildern, – ich kann nicht leben, wenn ich keinen Wahnsinnigen schildre.

Am 9. August 1822

Ich muß nun genaue Nachrichten von Wahnsinnigen haben.

Am 10. August 1822

Der Held meines Romans [...] ist ein Hölderlin. – einer der da wahnsinnig wird aus Gotttrunkenheit, aus Liebe und aus Streben nach dem Göttlichen.

Am 11. August 1822

Ich schreibe einen Roman! [...] Er wird in Briefen geschrieben. [...] Der Held ist ein Bildhauer. Der Ton ist tieffantastisch – nicht der weitläufige Werthersche – etwas Eigenes, ganz Eigenes – und Fantasien! Wenn ich nicht selbst ein Narr werde, wie mein Künstler, so erschaff ich etwas Großes. Hölderlins Geschichte benütz' ich am Ende.

Am 1. September 1822

Ein Geist wie Hölderlin, der von der Himmelsunschuld durch eine fürchterliche Verirrung in die gräßlichste Befleckung gerieth ist mehr als die Schwächlinge, die ewig im Gleise bleiben. Hölderlin ist ganz mein Mann. Sein Leben ist das große, furchtbare Rätsel der Menschheit. Dieser hohe Geist mußte untergehen oder er wäre – nicht so hoch gewesen ...

Am 24. Oktober 1822

Ich war wieder bei Hölderlin. Ich richtete viele Fragen an ihn, die ersten Worte, die er dann sprach, waren vernünftig, die andern fürchterlicher Unsinn. Wie ich ging und zum Schreiner hinübertrat, sagte Hölderlin jenem Mädchen, er kenne mich noch, ich sei bei ihm gewesen, ich sei ein [...] artiger Mensch.

Am 8. Juni 1823

Ich besuchte Hölderlin, lud ihn auf morgen zu einem Spaziergang ein. Er liegt seit einigen Tagen immer im Bett, und wandelt nur des Morgens im Zwinger auf und ab. Er liest viel in seinem Hyperion. Eine schreckliche Eigenheit an ihm ists auch, daß er, sobald er gegessen, das Geschirr vor die Tür stellt. Er sprach lauter Wahnsinn an mich hin.

Am 9. Juni 1823

Hölderlin weigerte sich heute noch im Bett liegend, mit den schrecklichsten Entschuldigungen mit meiner königl. Majestät zu gehen. [...]

Auch Onanie trug zu seiner Versunkenheit bei. Sein Leben aber ist unendlich reich. Hölderlin hätte können der erste deutsche Lyriker

werden. Des Morgens läuft er in diesen Tagen von ½4 Uhr bis beinahe Mittag im Zwinger auf und ab. Der junge Zimmer bracht' ihn endlich zum Aufstehen. Ich folgte nach: Hölderlin kannte mich gleich, und entschuldigte sich in lauter Unsinn. Es ist schrecklich, wie sich dieser einst so große Geist nun in leeren Wortformeln umdreht. [...] Ich bracht' ihn dazu, daß er in mein Pantheon ging. [...] Als ich ihn fragte: wie alt sind Sie, Herr Bibliothekar? antwortete er unter einem Schwall französischer Worte: bin mir nicht mehr bewußt, Euer Gnaden.
[...] Auf mein Vorbringen setzt' er sich an meinen Pult, fing an ein Gedicht zu schreiben: der Frühling, schrieb aber nur 5 gereimte Zeilen und übergab sie mir mit einer tiefen Verbeugung. Vorher hatt' er nie aufgehört, mit sich zu sprechen und immer: Schon recht: Nun Nein! Wahrheit! Bin Euer Gnaden sehr ergeben, bezeuge tief meine Untertänigkeit für Ihre Gnaden – ja, ja, mehr als ich reden kann – Euer Gnaden sind allzu gnädig – Als ich ihm sagte, auch ich habe das Bestreben eines Dichters, und ihm mein Manuskript zeigte, sah' er's starr an und neigte sich und sagte: So! So? Eure Majestät schreiben? Schon recht – Mit wirklicher Teilnahme rief er, als ich ihm von Haugs Unglücksfällen erzählte – O! Er fragte mich auch, wie alt ich sei? Aber sobald er von dem Schreiben aufstand, ward er stiller, sah viel zum Fenster hinaus, sagte nicht mehr, wie vorher: Erstaunlich schön, was Euer Gnaden da haben – senkte dann wieder das Auge gedankenvoll in sich hinein, schwieg, bewegte nur äußerst selten den Mund zu einem krampfhaften Laut – nahm endlich den Hut, ohne jene Complimente, ging mit uns fort, still, ohne zu sprechen, ohne den Leuten ein Compliment zu machen – ohne hinter uns zu gehen – was er immer aus Höflichkeit tut – bewegte sogar eine Melodie im Munde und machte mir endlich beim Abschied ein ziemlich verständiges Compliment. [...]

Zwischen 15. Juni und 1. Juli 1823

Hölderlin war in meinem Gartenhaus, las mir vor aus seinem Hyperion. O auch ich bin noch ein Kind in der Freude. Hölderlin ist mein liebster Freund! Er ist ja nur wahnsinnig. O ich möchte sie küssen, diese abgehärmten, zuckenden Lippen!

Waiblinger war der erste Hölderlin-Biograph. Aus seinem umfassenden Werk *Hölderlins Leben, Dichtung und Wahnsinn,* das in der Stuttgarter Ausgabe abgedruckt ist, werde ich dem Le-

ser hier einige Auszüge vorführen. Der Übersichtlichkeit halber habe ich versucht, diese Exzerpte nach Themen zu ordnen. Sie sind jeweils mit der Zeilenangabe der Stuttgarter Ausgabe versehen.
Der erste Eindruck des Besuchers (Z. 403ff.):

[Wenn man in das Haus des Tischlers tritt und nach dem Zimmer des Herrn Bibliothekar fragt,] kommt man auf eine kleine Tür zu. Schon hört man innen reden, man glaubt, daß Gesellschaft innen sei: Der brave Tischler sagt aber: er sei ganz allein, und rede Tag und Nacht mit sich selbst. [...] Zuletzt klopft man an, und ein heftiges lautes: Herein! wird gehört. Man öffnet die Tür, und eine hagere Gestalt steht in der Mitte des Zimmers, welche sich aufs Tiefste verneigt, nicht aufhören will, Complimente zu machen, und dabei Manieren zeigt, die voll Grazie wären, wenn sie nicht etwas Krampfhaftes an sich hätten. Man bewundert das Profil, die hohe gedankenschwere Stirne, das freundliche freilich erloschene, aber noch nicht seelenlose liebe Auge; man sieht die verwüstenden Spuren der geistigen Krankheit in den Wangen, am Mund, an der Nase, über dem Auge, wo ein drückender schmerzlicher Zug liegt, und gewahrt mit Bedauren und Trauer die convulsivische Bewegung, die durch das ganze Gesicht sich zuweilen vorbereitet, die ihm die Schultern in die Höhe treibt, und besonders die Hände und Finger zucken macht. Er trägt ein einfaches Wams, in dessen Seitentaschen er gerne die Hände steckt.
Man sagt einige einleitende Worte, die mit den verbindlichsten Verbeugungen und einem Schwall von Worten empfangen werden, die ohne allen Sinn sind, und den Fremden verwirren. Hölderlin fühlt jetzt, artig wie er war und wie er der Form nach es noch ist, die Notwendigkeit, dem Gaste etwas Freundliches zu sagen, eine Frage an ihn zu errichten. Er tut es; man vernimmt einige Worte, die verständlich sind, die aber meist unmöglich beantwortet werden können. Hölderlin selbst erwartet nicht im mindesten Antwort und verwirrt sich im Gegenteil aufs Äußerste, wenn der Fremde sich bemüht, einen Gedanken zu verfolgen.
[...]
Der Fremde sieht sich Eure Majestät, Eure Heiligkeit, gnädiger Herr Pater betitelt.
Allein Hölderlin ist äußerst unruhig: er empfängt solche Besuche sehr ungern, und ist nachher immer verstörter als früher.

[...]
Wenn mich jemand bat, ihn zu Hölderlin zu führen [...], war die Erscheinung für den Einsamen, von allem Menschenumgang Abgeschlossenen zu neu, zu störend, und der Fremde wußte ihn nicht zu behandeln. Hölderlin selbst fing auch bald an, für den Besuch zu danken, sich abermals zu verbeugen, und es war alsdann gut, wenn man nicht länger verweilte. [...]
Länger hielt sich auch keiner bei ihm auf. Selbst seine früheren Bekannten fanden eine solche Unterhaltung zu unheimlich, zu drükkend, zu langweilig, zu sinnlos. Denn eben gegen sie war der Bibliothekar am wunderbarsten. So war einmal Friedrich Haug, der Epigrammatiker, bei ihm, der ihn von lange her kannte. Auch er wurde Königliche Majestät betitelt, und Herr Baron von Haug geheißen. Wiewohl der alte Freund versicherte, daß er nicht geadelt sei, so ließ Hölderlin dennoch schlechterdings nicht ab, ihm jene vornehmen Titel zu spenden.
Gegen ganz Fremde kehrt er absolute Sinnlosigkeit vor.

Hölderlins Tagesablauf (Z. 530ff.):

Sein Tag ist äußerst einfach. Des Morgens, besonders zur Sommerzeit, wo er überhaupt viel unruhiger und gequälter ist, erhebt er sich vor oder mit der Sonne, und verläßt sogleich das Haus, um im Zwinger spazieren zu gehen. Dieser Spaziergang währt hie und da vier oder fünf Stunden, so daß er müde wird. Gerne unterhält er sich damit, daß er ein Schnupftuch in die Hand nimmt, und auf die Zaunpfähle damit zuschlägt, oder das Gras ausrauft. Was er findet, und sollt' es nur ein Stück Eisen oder ein Leder sein, das steckt er ein und nimmt es mit. Dabei spricht er immer mit sich selbst, fragt sich und antwortet sich, bald mit Ja, bald mit Nein, häufig mit beidem. Denn er verneint gerne.
Alsdann geht er ins Haus, und schreitet dort umher. Man bringt ihm sein Essen aufs Zimmer und er speist mit starkem Appetit, liebt auch den Wein, und würde so lange trinken, als man ihm gäbe. Ist er mit dem Essen zu Ende, so kann er keinen Augenblick länger das Geschirr in seinem Zimmer leiden und er stellts sogleich vor die Türschwelle auf den Boden. Er will durchaus nur drin haben, was sein ist, alles andere wird auf der Stelle vor die Türe gelegt. Der übrige Teil des Tages zerfließt in Selbstgesprächen und Auf- und Abgehen in seinem Zimmerchen.

Manchmal geht er spazieren (Z. 476ff.):

Oft nahm die Frau des Tischlers oder eine der Töchter und Söhne den Armen in die Güter und Weinberge hinaus, wo er sich alsdann auf einen Stein setzte und wartete, bis man wieder nach Hause ging. Es ist zu bemerken, daß man ganz wie mit einem Kinde mit ihm verfahren mußte, wenn man ihn nicht störrisch machen wollte. Wenn er so ausgeht, so muß man ihn zuvor mahnen, sich zu waschen und zu säubern, indem seine Hände gewöhnlich schmutzig sind, weil er sich halbe Tage lang damit beschäftigt, Gras auszureißen. Wenn er alsdann angekleidet ist, so will er durchaus nicht vorausgehen. Seinen Hut, den er tief aufs Auge hinabdrückt, lüpft er vor einem zweijährigen Kinde, wenn er anders nicht zu sehr in sich versenkt ist. Es ist sehr lobens- und erwähnenswert, daß die Leute in der Stadt, die ihn kennen, ihn nie verspotten, sondern ruhig seines Weges gehen lassen, indem sie oft zu sich sagen: ach wie gescheit und gelehrt war dieser Herr, und jetzt ist er so närrisch. Allein läßt man ihn aber nicht ausgehen, sondern nur in dem Zwinger vor dem Hause spazierenwandeln.

Er geht mit Waiblinger Wein trinken (Z. 727ff.):

Ich lud ihn auch ein, mit mir in einen Garten zu gehen, wo ein Weinschank war. Die Aussicht war hier sehr hübsch, und man war gänzlich unbeobachtet. Hölderlin trank männlich. Auch das Bier schmeckte ihm. Er vertrug mehr als man glauben sollte. Ich sorgte aber, daß nie die Grenze überschritten wurde.

Allerdings geht er nicht mehr auf Reisen (Z. 771ff.):

Ich machte in der Zeit, da ich mit ihm umging, viele Reisen nach Italien, in die Schweiz und ins Tirol, und wenn ich zurückkehrte, so wußte er immer, wo ich gewesen. [...] Einmal sagte ich ihm, daß ich nun nach Rom gehen und sobald nicht mehr zurückkehren werde, und lud ihn scherzhaft ein, mein Reisegefährte zu sein. Er lächelte so liebenswürdig verständig, als nur ein Weiser lächeln kann, und sagte: »Ich muß zu Hause bleiben und kann nicht mehr reisen, gnädiger Herr.«

Er hat Wutanfälle (Z. 459ff.):

In der ersten Zeit, da er bei dem Tischler war, hatte er noch sehr viele Anfälle von Raserei und Wut, so daß jener nötig hatte, seine derbe Faust anzuwenden, und dem Wütenden tüchtig mit Schlägen zu imponieren. Einmal jagte er ihm seine sämtlichen Gesellen aus dem Hause und schloß die Tür. In Zorn und Konvulsionen geriet er gleich, wenn er jemand aus dem Klinikum sah. Indem er oft frei herumging, so war er natürlich dem Spott heilloser Menschen ausgesetzt, deren es überall gibt [...] Das machte nun Hölderlin, wenn ers bemerkte, so wild, daß er mit Steinen und Kot nach ihnen warf, und dann wars ausgemacht, daß er noch einen Tag lang fortwütete. Mit tiefem Bedauern haben wir bemerken müssen, daß selbst Studierende tierisch genug waren, ihn zuweilen zu reizen und in Zorn zu jagen.

Üble Laune, Zorn, heftige Gebärden (Z. 705ff.):

Wenn er in Bewegung, in Zorn, oder nur in übler Laune ist, so zuckt sein ganzes Gesicht, seine Gebärden sind heftig, er dreht die Finger so krampfig zusammen, als ob keine Gelenke drin wären, und schreit wohl auch laut, oder tobt er in ungestümen Diskursen mit sich selbst. In einem solchen Moment muß man ihn allein lassen, bis sich die Wallung gesetzt hat, sonst wird man am Arm hinausgeführt. Ist er ganz aufgebracht, so liegt er ins Bett und steht einige Tage lang nicht mehr auf.
Einmal kam es ihm plötzlich im Sinn, nach Frankfurt zu gehen. Man nahm ihm nun die Stiefel weg, und das erzürnte den Herrn Bibliothekar dergestalt, daß er fünf Tage im Bette blieb.

Unruhe, dauerndes Auf- und Abgehen im Hause (Z. 700f.):

Im Sommer plagt ihn die Unruhe [...] oft so, daß er nächtelang im Hause auf- und abgeht.

Ein gutes, doch selektives Gedächtnis (Z. 654ff.):

Er erinnerte sich Matthissons, Schillers, Zollikofers, Lavaters, Heinses und vieler anderer, nur, wie ich schon bemerkte, Goethe's nicht. Sein Gedächtnis zeigte noch Kraft und Dauer. [...] So erkennt er auch alle wieder, die er gesehen. Er vergaß nie, daß ich Dichter bin, und fragte mich unzähligemal, was ich gearbeitet hätte, und ob ich fleißig gewesen sei.

Von Frankfurt und Diotima redet er kein Wort (Z. 756ff.):

Merkwürdig ist, daß er nicht auf Gegenstände zu sprechen gebracht werden konnte, die ihn ehedem in besseren Tagen sehr in Anspruch genommen. Von Frankfurt, Diotima, von Griechenland, seinen Poesien und dergleichen ihm einst so wichtigen Dingen redet er kein Wort, und wenn man auch geradezu fragt: »Sie waren wohl schon lange nicht mehr in Frankfurt«, so antwortete er blos mit einer Verbeugung: »Oui, Monsieur, Sie behaupten das« und dann kommt eine Flut von Halbfranzösisch.

Er meidet, was ihn plagt, und zieht sich zurück (Z. 981 ff.):

Wie er alles meidet, was ihn plagt, was ihm die Denkfunktion in noch größere Verwirrung bringt, so erinnert er sich auch weniger gern an die wichtigen Gegenstände seines früheren Lebens, die seine Krankheit veranlaßt haben.
Kommt er aber darauf, so wird er entsetzlich unruhig, er tobt, er schreit, er geht nächtelang umher, er wird unsinniger als gewöhnlich. [...] Ist er erzürnt oder gereizt [...], so sucht er aus Bitterkeit sich sein Zimmerchen, auf das er die ganze weite Welt reduziert hat, auf einen noch kleineren Raum zu reduzieren, als wie wenn er dann sicherer, unangefochtener wäre und den Schmerz besser aushalten könnte. Dann legt er sich zu Bett.

Er schreibt (Z. 670 ff.):

Ich gab ihm auch Papier zum Schreiben. Alsdann setzte er sich an den Schreibtisch und machte einige Verse, auch gereimte. Sie waren jedoch ohne Sinn, besonders die letztern, übrigens metrisch richtig. Er erhob sich sodann, und überreichte sie mir mit großen Complimenten. Einmal schrieb er drunter: »Dero unterthänigster Hölderlin«.

Was schreibt er? (Z. 453 ff.):

Anfänglich schrieb er viel, und füllte alle Papiere an, die man ihm in die Hand gab. Es waren Briefe in Prosa, oder in pindarischen freien Versmaßen, an die teure Diotima gerichtet, häufiger noch Oden in Alcäen. Er hatte einen durchaus sonderbaren Stil angenommen. Der Inhalt ist Erinnerung an die Vergangenheit, Kampf mit Gott, Feier der Griechen.

Er liest vor, auch aus dem *Hyperion* (Z. 550 ff.):

Womit er sich tagelang beschäftigen kann, das ist sein Hyperion. Hundertmal, wenn ich zu ihm kam, hört ich ihn schon außen mit lauter Stimme deklamieren. Sein Pathos ist groß, und Hyperion liegt

beinahe immer aufgeschlagen da. Er las mir oft daraus vor. Hatte er eine Stelle weg, so fing er an mit heftigem Gebärdenspiel zu rufen: »O schön, schön! Eure Majestät!« – Dann las er wieder, dann konnte er plötzlich hinzusetzen: »Sehen Sie, gnädiger Herr, ein Komma!« Er las mir auch oft aus anderen Büchern vor, die ich ihm in die Hand gab. Er verstand aber nichts, weil er zu zerstreut ist, und nicht einmal einen eigenen Gedanken, geschweige einen fremden, verfolgen kann. Jedoch lobte er seiner gewöhnlichen Artigkeit zufolge das Buch immer über die Maßen.
Ich sagte ihm unzähligemal, daß sein Hyperion wieder neu gedruckt worden, und daß Uhland und Schwab seine Gedichte sammeln. Ich erhielt aber nie eine andere Antwort, als eine tiefe Verbeugung, und die Worte: »Sie sind sehr gnädig, Herr von Waiblinger! Ich bin Ihnen sehr verbunden, Eure Heiligkeit.«

Die Musik hat ihn nicht verlassen (Z. 684ff.):

Die Musik hat ihn noch nicht ganz verlassen. Er spielt noch richtig Klavier, aber höchst sonderbar. Wenn er dran kommt, so bleibt er tagelang sitzen. Alsdann verfolgt er einen Gedanken, der kindisch simpel ist, und kann ihn viele hundertmal hindurch drehn und dermaßen abspielen, daß man's nicht mehr aushalten kann. Zudem kommt noch ein schnelles Aufzucken von Krampf, das ihn nötigt, manchmal blitzschnell über die Tasten wegzufahren, und das unangenehme Klappern seiner langgewachsenen Nägel [...] Hat er eine zeitlang gespielt, und ist seine Seele ganz weich geworden, so sinkt zumal sein Auge zu, sein Haupt richtet sich empor, er scheint vergehn und verschmachten zu wollen, und er beginnt zu singen. In welcher Sprache, das konnte ich nie erfahren, so oft ich es auch hörte, aber er tats mit überschwänglichem Pathos, und es schauderte einen in allen Nerven, ihn so zu sehen und zu hören. Schwermut und Trauer war der Geist seines Gesanges; man erkannte einen ehmals guten Tenor.

Waiblinger bringt Hölderlin auf sein Gartenhaus am Österberg, wo man Aussicht über »grüne freundliche Täler, die Krümmung des Neckars, viele lachende Dörfer, die Kette der Alb« und die am Schloßberg emporgelagerte Stadt hatte. (Zeile 583ff.):

Hölderlin öffnete sich das Fenster, setzte sich in seine Nähe und fing an, in recht verständlichen Worten die Aussicht zu loben. Ich bemerkte es überhaupt, daß es besser mit ihm stand, wenn er im Freien war. Er sprach weniger mit sich selbst. [...] Ich versorgte Hölderlin mit Schnupf- und Rauchtabak, an welchem er eine große Freude hatte. Mit einer Prise konnte ich ihn ganz erheitern, und wenn ich ihm nun gar eine Pfeife füllte, und ihm Feuer machte, so lobte er den Tabak und die Maschine aufs lebhafteste, und war vollkommen zufrieden. Er hörte auf zu sprechen, und wie er sich nun so am besten fühlte, und es nicht gut war, ihn zu stören, so ließ ich ihn, indem ich etwas las.

Naturanschauungen sind klar; Abstraktes verwirrt ihn (Z. 821 ff.):

Naturanschauungen sind ihm noch vollkommen klar. [...] Das beweist sein Benehmen im Freien, der Eindruck und die wohltätige, beruhigende Wirkung, die (die Natur) auf ihn äußert, und besonders manche schöne Bilder, die er sich frischweg aus der Natur holte, indem er von seinem Fenster aus den Frühling kommen und gehen sah. So malte er in einem Verse auf eine homerisch anschauliche Weise, wie die Schafe über einen Steg wandern. Er kam auf einen ganz sublimen Gedanken, indem er die silbernen Regentropfen von seinem Dache fallen sah.
Der Zusammenhang wird aber freilich vergebens gesucht, und bemüht er sich etwas Abstraktes zu sagen, so verwirrt er sich, wird lahm, und hilft sich am Ende bloß mit einer extravaganten Wortfügung.

Zerstreuung, Humor ... oder beides? (Z. 522 ff.):

Conz bemühte sich, ihn an Vergangenes zu erinnern, jedoch umsonst. Einmal sagte er: »Herr Hofrat Haug, dessen Sie sich noch gut erinnern werden, hat unlängst ein sehr schönes Gedicht gemacht.« Hölderlin wie gewöhnlich ganz und gar unachtsam auf das, was man zu ihm spricht, versetzte: »Hat er eins gemacht?« So daß Conz herzlich darüber lachte.

Wie meint er das? (Z. 780 ff.):

Zuweilen gab er Antworten, worüber man fast durchaus lachen mußte, zumal er sie mit einer Miene gab, als ob er wirklich spottete. So fragte ich ihn einmal, wie alt er nun sei, und er versetzte lächelnd: »Siebzehn, Herr Baron«. Dies ist aber keine Ironie, sondern gänzliche Zerstreuung.

Eine Kluft zwischen ihm und der Menschheit (Z. 917ff.):

Auf diese Art ist er immer mit sich selbst beschäftigt, wenn er nicht etwa in einem Zustand vollkommener Stumpfheit ist. Kommt er nun mit einem Menschen zusammen, so erscheinen die verschiedensten Motive, die ihn so unzugänglich und unverständlich machen. Fürs Erste ist er gewöhnlich dergestalt in sich versenkt, daß er nicht die mindeste Aufmerksamkeit auf das hat, was außer ihm ist. Es ist eine unermeßliche Kluft zwischen ihm und der ganzen Menschheit. Er ist entschieden aus ihr hinausgetreten. [...] Es findet keine Verbindung mehr mit ihr statt, als etwa die der bloßen Erinnerung, der bloßen Angewöhnung, des Bedürfnisses, und des nie ganz zu ertödtenden Instinkts. [...] [Was die menschlichen Angelegenheiten betrifft, P.B.] liegt ihm zu fern, ist zu fremd, stört ihn zu sehr.
Schon diese unablässige Zerstreuung, diese Beschäftigung mit sich selbst, dieser totale Mangel an Teilnahme und Interesse für das, was außer ihm vorgeht, diese seine Abneigung und Unfähigkeit, eine andere Individualität zu erfassen, anzuerkennen, verstehen, gelten lassen zu wollen, schon diese Gründe machen eine genaue Communication mit ihm unmöglich.

Eitelkeit, Stolz, Selbstgefühl (Z. 950ff.):

Nun ist nicht zu vergessen, daß noch eine starke Eitelkeit, und eine Art von Stolz und Selbstgefühl in ihm zurückgeblieben. In seiner zwanzigjährigen Einsamkeit fand es nur Nahrung: weil er von aller Welt abgeschieden lebte, so gewöhnte er sich daran, sie nicht mehr nötig zu haben, weil keine Möglichkeit einer frohen Berührung mit ihr vorhanden war, so tröstete und beruhigte er sich selbst mit stolzen Vorspiegelungen, und er hielt sich, wie früher in der offenen halb anerkennenden äußern Welt durch Tätigkeit und Wirken, so nun in seinem abgeschlossenen Leben, wo er sich selbst Ich und Nicht-Ich, Welt und Mensch, erste und zweite Person war, für etwas Hohes oder Höchstes.
Diese große Meinung von sich ist aber durch die liebenswürdige Grazie und die unverkennbare Güte seiner Natur verdeckt: Erziehung, angeborener, natürlicher Anstand, ein Sinn für Schicklichkeit, der jetzt nur hie und da durch Geistesabwesenheit und Zerstreuung unbemerkbar wird, Umgang mit trefflichen Männern aller Art, und selbst mit Leuten von hohem Stande, ließen sie nie hervortreten, und Hölderlin benahm sich sogar mit einer Bescheidenheit, mit der er sich viele Herzen gewann. Alle diese Formen der Höflichkeit und

Artigkeit sind ihm so angewöhnt, daß er sie jetzt noch gegen jedermann beobachtet.
Allein wie er bei so gestörtem geistigem Leben, bei so langer Abgeschiedenheit auf die absurdesten Dinge kommen muß, so übertreibt er auch jene Convenienzen und Ceremonien, und nennt die Leute bald Majestät, bald Heiligkeit, bald Baron und bald Pater. [...] Aber daß er wirklich mit Königen umzugehen glaubt, daran ist nicht zu denken.

Zerfahrenheit der Gedanken (Z. 838ff.):

Hölderlin ist ohne eine durchgehends ihn beherrschende fixe Idee. Er ist mehr in einem Zustand der Schwäche, als der Narrheit, und alles, was er Sinnloses vorbringt, ist eine Folge jener geistigen und körperlichen Erschöpfung. Erklären wir uns deutlicher.
Hölderlin ist unfähig geworden, einen Gedanken festzuhalten, ihn klar zu machen, ihn zu verfolgen, einen anderen ihm analogen anzuknüpfen, und so in regelmäßiger Reihenfolge durch Mittelglieder auch das Entfernte zu verbinden. [...] Es fällt ihm etwas ein, sei es eine Erinnerung, sei es vielleicht eine Bemerkung, die ihm ein Gegenstand der Außenwelt erweckt, er fängt an zu denken. Aber nun mangelt ihm alle Ruhe, alles Stete und Feste, um zu erfassen, was nur wie in Dunst in ihm werden wollte. Er sollte ausbilden, und es fehlt ihm die Kraft, auch nur einen Begriff in seine Merkmale zu zerlegen. Er will bejahen, aber wie es ihm nicht um die Wahrheit zu tun ist, denn diese kann nur das Produkt eines gesunden geordneten Denkens sein, so verneint er im Augenblick, denn die gesamte Welt des Geistes ist ihm Schein und Nebel, und sein ganzes Wesen ist ein entschiedener freilich schrecklicher Idealismus geworden.
Sagt er z. B. zu sich selbst: die Menschen sind glücklich, so mangelt es ihm an Halt und Klarheit, um sich zu fragen warum und wie, er fühlt eine dumpfe widerstrebende Empfindung in sich, er widerruft, und sagt: die Menschen sind unglücklich, ohne sich darum zu bekümmern, warum und wie sie es sind. Diesen unglückseligen Widerstreit, der seine Gedanken schon im Werden zernichtet, konnte ich unzähligemal bemerken, weil er gewöhnlich laut denkt. Geriet er auch wirklich so weit mit dem Festhalten eines Begriffs oder einer Idee, so schwindelte ihm sogleich der Kopf, er verwirrte sich nur desto stärker, es zuckte eine convulsivische Bewegung durch seine Stirne, er schüttelte mit dem Haupt und rief: Nein! nein! Und um sich aus diesem Schwindel, der ihn allzusehr beunruhigte, herauszu-

machen, verfiel er nun alsobald in ein Deliriren, er sagte Worte ohne Sinn und Bedeutung, gleichsam als ob sein Geist, allzusehr angestrengt durch jene zu lange Funktion des Denkens, sich erholen sollte, während der Mund Worte aussprach, bei denen jener nichts zu tun hatte.
Dies wird ferner auch klar aus seinen Papieren. Es ist ihm noch gegeben, einen Satz hinzuschreiben, der etwa das Thema sein soll, das er ausführen will. Dieser Satz ist klar und richtig, wiewohl er meist doch nur eine Erinnerung ist. Allein wenn er ihn durchführen, ausarbeiten, entwickeln soll, so daß es darauf ankommt, zu zeigen, wie weit er im Stande sei, jene noch gebliebene Erinnerung durchzudenken, und den neu ergriffenen Gedanken gleichsam wieder zu erzeugen, so fehlt es ihm sogleich, statt Einem Faden, der das Vielfache verknüpfen sollte, gehen ihrer so viele durcheinander und verlieren sich dergestalt in einem wüsten Gespinnst, wie in einer Spinnwebe. Er wird sogleich matt, er kommt von Einem aufs andere, und spricht nun endlich mit derselben Mühseligkeit seine Worte aus, mit der ein im Denken und Schreiben noch ungeübtes Kind schriftlich zu erklären sich anstrengt.
Nun aber sind ihm, wie wir oben sagten, noch eine Menge sublimer metafisischer Gedanken im Kopf, es ist ihm ferner noch ein gewisser Sinn für poetischen Anstand, für originellen Ausdruck geblieben, und er äußert sich sofort dunkel und höchst abenteuerlich, gleich unfähig, seine dunstigen aufgestiegenen Geistesblasen festzuhalten oder jenen Erinnerungen eine neue Wendung oder eine klare Consistenz zu geben, als auf der andern Seite bemüht, durch eine noch in seiner Macht gebliebene ungewöhnliche Form und Ausdrucksweise wie mit Absicht seine Verlegenheit zu verdecken.
Zu dieser Art Poesien gehören selbst schon einige Stücke, welche in der Sammlung seiner Gedichte stehen. [...] Hier hatte sich Hölderlins Geist, dessen Leiden eben zu jener Zeit begannen, wo er benannte Gedichte schrieb, schon verwickelt, und ist nicht mehr im Stande, den Stoff ganz zu bemeistern. Es wäre daher gut gewesen, wenn die Herausgeber, Uhland und Schwab, [...] diese Stücke entweder weggelassen, oder wenigstens für solche, die mit Hölderlins Zustande unbekannt sind, mit einer Bemerkung versehen hätten.

Warum redet er manchmal Unsinn? (Z. 785ff.):

Nie gibt er Acht auf das, was man zu ihm spricht, weil er immer in sich selbst mit seinen unvollkommnen unklaren Gedanken kämpft, und will man ihn nun plötzlich mit einer Frage aus diesem dumpfen Brüten herausreißen, so muß man mit dem Nächsten zufrieden sein, was ihm auf die Zunge kommt.

Er spricht mit sich selber (Z. 993 ff.):

Das viele Sinnlose, was er zu sich selbst und andern spricht, ist die Folge seiner Art, sich zu unterhalten.
Er ist allein, hat Langeweile, er muß sprechen. Er sagt etwas, das vernünftig ist, er kann es nicht weiter ausbilden, es kommt ihm etwas anderes in Sinn, und das wird Schlag auf Schlag von einem Dritten und Vierten verdrängt und zernichtet. Jetzt kommt eine schreckliche Confusion heraus, er fühlt sich übel darin, er redet Unsinn, plaudert Bedeutungsloses, während sein Geist wieder ausruht.
Ist er mit andern zusammen, so glaubt er artig und gesellig sein zu müssen, er fragt also, sagt etwas, aber ohne alles Interesse an dem Fremden, so wie ohne Interesse an dem, was er gegen ihn äußert. Er ist unterdessen so mit sich selbst verwickelt, daß er den Zweiten gleich annulirt und mit sich selbst spricht. Trifft er sich nun in der Verlegenheit, antworten zu müssen, so mag er nicht denken, er versteht nicht, was man ihm sagt, weil er es nicht beachtet, und er fertigt demnach den Gesellschafter mit Unsinn ab.

Warum die Höflichkeitsfloskeln? (Z. 596 ff.):

Höflichkeitsfloskeln bringt er allenthalben an, und es ist wirklich oft, als ob er damit geflissentlich jedermann recht ferne von sich halten wolle. Hat es einen Grund, so ists gewiß dieser.

Fürchterlich kunterbunter sinnloser Wortschwall (Z. 570 ff.):

Oft wollt' ich, wenn er eine Frage [mit Höflichkeitsfloskeln, P. B.] abschnitt, mit Gewalt auf eine vernünftige Antwort dringen, drehte [er] meine Worte, ließ nicht ab, brachte immer wieder dasselbe in anderer Wendung vor, und hörte erst auf, als er in heftige Bewegung geriet und einen fürchterlich kunterbunten sinnlosen Wortschwall hervorbrachte.

Bildung neuer Wörter: Kamalattasprache (Z. 492 ff.):

Am Anfang kam er manchmal zu dem kurzverstorbenen trefflichen Conz [dem schwäbischen Dichter, P. B.]. [...] Als er den Aischylos übersetzte, kam Hölderlin, der damals noch mehr Feuer und Kräfte hatte, oftmals zu ihm hinaus. Er unterhielt sich alsdann mit Blumen-

pflücken, und wenn er einen tüchtigen Strauß beisammen hatte, so zerriß er ihn und steckte ihn in die Tasche. Conz gab ihm auch zuweilen ein Buch hin. Einmal, erzählte er mir, bückte sich Hölderlin über ihn her und las einige Verse aus dem Aischylos herunter. Sodann aber schrie er mit einem krampfigten Lachen: »Das versteh' ich nicht! Das ist Kamalattasprache.« Denn zu Hölderlins Eigenheiten gehört auch die Bildung neuer Wörter.
Diese Besuche hörten mit der Zeit auf, je schwächer und dumpfer er wurde. Ich hatte Not, ihn zuweilen zu bewegen, daß er mit mir einen Spaziergang in den Conz'schen Garten machte. Er hatte allerlei Ausreden; er sagte: »Ich habe keine Zeit, Eure Heiligkeit« – denn auch ich bekam alle Titel durchweg – »ich muß auf einen Besuch warten«; oder er brauchte eine ihm gewöhnliche höchst sonderbare Form, indem er sagte: »Sie befehlen, daß ich hier bleibe«. Manchmal aber wenn das Wetter schön und helle war, brachte ich ihn doch zum Anziehn, und wir gingen hinaus. Einmal an einem Frühlingstage war er höchlich erfreut über die reichen Blumenbüsche und die Fülle der Blüten. Er lobte die Schönheit des Gartens auf die artigste Weise. Sonst war er aber immer unvernünftiger, als wenn ich ihn allein bei mir hatte … Wir gingen sodann nach Hause und Hölderlin küßte beim Abschied auf der Straße Herrn Conz die Hand aufs Eleganteste.

Killalusimeno (Z. 663 ff.):

Dann konnte er aber freilich sogleich hinzusetzen: »Ich, mein Herr, bin nicht mehr von demselben Namen, ich heiße nun Killalusimeno. Oui, Eure Majestät: Sie sagen so, Sie behaupten so! es geschieht mir nichts!«

Närrische Kuriositäten als Folge seines Einsiedlerlebens (Z. 1008 ff.):

Die unzähligen närrischen Kuriositäten sind größtenteils eine leicht erklärbare Ausgeburt seines Einsiedlerlebens. Kommen ja sogenannt vernünftige Menschen, die viele Jahre lang sich zurückziehen, besonders wenn sie nichts arbeiten, auf Dinge, die kaum einem ausgemachten Narren anstehen würden, um wie viel mehr ein Unglücklicher, der nach einer Jugend voll Hoffnungen und Freuden, voll Schönheit und Reichtum, durch eine unglückselige Kombination der Umstände, und ein allzureizbares geistiges Wesen, einen allzu straff gespannten Geist, ganze Jahrzehnte ferne von jeder Berührung mit der Welt lebt, und nichts mehr besitzt, um sich seine Zeit zu vertreiben, als das zerstörte Uhrwerk seines Denkvermögens.

»Nun versteh' ich den Menschen ...« (Z. 816ff.):

Ein schrecklich geheimnisvolles Wort fand ich einmal in seinen Papieren. Nach vielem Ruhmwürdigen, was er von griechischen Heroen und alter Götterschönheit sagt, beginnt er: »Nun versteh' ich den Menschen erst, da ich ferne von ihm und in der Einsamkeit lebe!«

Er fürchtet den Tod (Z. 703ff.):

Den Tod fürchtet er ausnehmend, wie er überhaupt sehr furchtsam ist. Bei seiner entsetzlichen Nervenschwäche ist er leicht zu erschrecken. Er fährt beim kleinsten Geräusch zusammen.

»Es geschieht mir nichts!« (Z. 666ff.):

Es geschieht mir nichts! – Dies letztere überhaupt hört' ich häufig bei ihm. Es ist, als ob er sich dadurch vor sichern und beruhigen wollte, indem er sich immer den Gedanken vorhält, es geschieht mir nichts.

»Himmlische Gottheit, wie war es unter uns ...« (Z. 811ff.):

In seinen Briefen ist durchgehends der Inhalt ein Kampf und ein Anringen gegen die Gottheit oder das Schicksal, wie er sie gerne nennt. Eine Stelle lautet folgendermaßen: »Himmlische Gottheit, wie war es unter uns, da ich dir noch verschiedene Schlachten und einige nicht unbedeutende Siege abgewann!«

Zu Dokument Nr. 25:

Wilhelm Waiblinger, selbst ein Dichter – das »enfant terrible« der schwäbischen Dichterfamilie –, begeisterte sich für die Person Hölderlins, den er im Turm am Neckar besuchte, bevor er von ihm eine einzige Zeile gelesen hatte. Der »wahnsinnige Hölderlin« faszinierte ihn in einer Zeit, in der er ihn als Dichter noch nicht zu schätzen wußte. Darin gründet einerseits die Objektivität seiner Schilderung – er ist noch nicht von Hölderlins Dichtung gewonnen und beeindruckt –, andererseits aber bezeichnet es auch die Grenze seiner Glaubwürdigkeit: Er will einen »Wahnsinnigen« vor sich

haben, sich Einzelheiten, die ihm symptomatisch erscheinen, notieren und sie später verwerten. »Nur einen Wahnsinnigen möcht' ich schildern, ich kann nicht leben, wenn ich keinen Wahnsinnigen schildre.« Ergo: Hölderlin m u ß wahnsinnig sein, sonst hört Waiblinger auf, sich für ihn zu interessieren. Waiblinger droht: »ich schreibe einen Roman.« Wohl solle es kein Werther sein, nein, das nicht, sondern ... die Geschichte eines wahnsinnig gewordenen Künstlers. »Hölderlins Geschichte benütz' ich am Ende.« Den Roman hat Waiblinger geschrieben. Ein Roman in Briefen. Der Held, ein Bildhauer, heißt Phaethon. Gedichte, die Waiblinger seinem Helden zuschreibt, hat er aus Papieren Hölderlins zusammengebastelt. Sie sind doch so sehr hölderlinisches Gut, daß sie in der Stuttgarter Ausgabe Aufnahme fanden und von einigen gar als »allerbestes Hölderlin« anerkannt werden.
Dies spricht jedoch nicht von vornherein für oder gegen die Objektivität von Waiblingers Beobachtungen. Es darf allerdings nie vergessen werden, daß Waiblinger einen »wahnsinnigen« Hölderlin haben wollte und unbedingt darauf bestand, einen solchen zu beschreiben.
Insoweit Hölderlin normal war, sich normal verhielt und ein normales Leben führte, hat sich Waiblinger für ihn nicht interessiert; nur das Abnorme – oder was er als solches betrachtete – hat er notiert und überliefert. Insofern ist das von Hölderlin durch Waiblinger überlieferte Bild ganz gewiß ein verzerrtes.
Ich habe mich damit begnügt, seine Aufzeichnungen nach Themen zu ordnen. Waiblinger war kein methodischer Geist. Er war wegen seines Mangels an Ordnung wohlbekannt: Seine Kommilitonen im Lettenhaus, einer Stube im Tübinger Stift, mochten ihn »wegen seiner Unordentlichkeit und seiner poetischen Lizenzen«[236] nicht leiden. Er selbst hat es eingestanden: »Das Bißchen Ordnungsliebe [...] geht nun vollends zum Teufel, seitdem ich im Stift bin.«[237]
Auch darf nicht vergessen werden, daß Waiblinger die romantische Konjunktur benutzen wollte, um sich selbst bekannt zu machen. So ist eine gewisse Sensationslust in seinem Lebensabriß Hölderlins spürbar – ein Werk übrigens, das er, 1827–1828 in Rom weilend, fern von allen Quellen und aus dem Gedächtnis redigierte, ein Text auf halbem Wege zwi-

schen den Aufzeichnungen seiner Tagebücher und seinem Hölderlin-Roman *Phaethon.*
Waiblinger hat gehofft, aus der Geschichte Hölderlins etwas Geld zu schlagen. Dem dauernd an Geldnot leidenden Waiblinger soll man dies nicht übelnehmen. 1826 bot er dem Verleger Müllner eine biographische Schilderung Hölderlins an: »Da der Unglückliche gleichsam jetzt schon tot ist, so würde auch das Zartgefühl und das Gebot der Schonung nichts gegen eine Darstellung seines Wahnsinns einwenden.« Der gewiegte Herausgeber des *Mitternachtblatts für gebildete Stände* sah auch gleich, wie sich die Geschichte noch besser verkaufen ließe; er meinte, eine solche Darstellung könne »für liebende Herzen interessant sein«, wenn Waiblinger die Liebesgeschichte Hölderlins mit der Frau des Bankiers in Frankfurt »durchblicken lasse«.
Hölderlin, schon tot: Das sagte Waiblinger 1826. Er selbst sollte vier Jahre später sterben, Hölderlin jedoch ihn um dreizehn Jahre überleben. Als später Schwab, der Waiblingers Freund gewesen war, Hölderlin besuchte und ihm ein Porträt Waiblingers zeigte, wobei er annahm, daß Hölderlin von dessen Tode in Rom wisse, da man ihm die Nachricht davon aus der Zeitung vorgelesen habe: »Lebt er nicht mehr?« fragte Hölderlin. Er erinnerte sich Waiblingers gut, und daß sie von Literatur, nicht aber von den Arbeiten Waiblingers selbst gesprochen hätten.
Übrigens, als Hölderlin 1807 die Klinik Autenrieths verließ – des um zwei Jahre jüngeren Autenrieths –, hat dieser gemeint, Hölderlin werde höchstens noch drei Jahre leben. Autenrieth selbst starb 1835, Hölderlin überlebte ihn um acht Jahre. So wollten es die Parzen.
Waiblinger spürt in Hölderlins Werk allen möglichen und unmöglichen Zeichen des Wahnsinns nach und findet sie überall, ja selbst im *Hyperion.* »O es läuft durch die heitern, schönen Bilder des Hyperion, wie eine Wetterwolke, der Geist seines Wahnsinns!«[238]
In den von Uhland und Schwab herausgegebenen, übrigens von ihnen »redigierten« Gedichten, in denen sie das, was sie für Spuren des Wahnsinns hielten, zu vertuschen versucht hatten, findet Waiblinger »hie und da Untiefen [...] Hier hatte sich Hölderlins Geist [...] schon verwickelt und ist nicht mehr

im Stande, den Stoff ganz zu bemeistern.« Waiblinger meint, die Editoren hätten besser getan, diese Stücke entweder weglassen oder wenigstens »mit einer Bemerkung zu versehen« – wohl mit der Bemerkung, diese Gedichte seien die eines Geisteskranken, also als solche zu entschuldigen. Nur »die Rücksicht für den noch lebenden Dichter« hätte sie davon abgehalten. Nun, um welche Gedichte handelt es sich? »Waiblinger denkt wohl vornehmlich an die hymnischen Gedichte *Die Wanderung, Der Rhein, Andenken.* [...] Auch Schwab selber sah [...] in den Gedichten *Andenken* und *Die Wanderung* ›Spuren sichtbarer Geistesverwirrung‹.«[239]

Drei Gedichte, von denen heute niemand mehr meint, sie wiesen Spuren einer Geistesverwirrung auf – wenn denn nicht das Dichten an sich als ein Zeichen von Krankheit betrachtet werden soll.

Alles, was in Waiblingers Text seine Erklärung für den »Wahnsinn« Hölderlins betrifft, habe ich aus den Dokumenten weggelassen. Er hat nämlich dafür eine probate Interpretation. Der damaligen moralischen Auffassung beipflichtend meint Waiblinger, ein sexuell »wüstes Leben«, »wilde unordentliche Genüsse«, »Sinnentaumel« und besonders Onanie hätten Hölderlins Geist aus den Fugen gebracht. Hier einige Sätze aus den Tagebüchern:

1. September 1822: Ein Geist wie Hölderlin, der von der Himmelsunschuld durch eine fürchterliche Verirrung in die gräßlichste Beflekkung geriet, ist mehr als die Schwächlinge, die ewig im Geleise blieben. Hölderlin ist ganz mein Mann. Sein Leben ist das große, furchtbare Rätsel der Menschheit. Dieser hohe Geist mußte untergehen oder er wäre nicht so hoch gewesen. Was sind all' die Poeten: Bürger, Matthisson, Tiedge, Uz, Kramer, Kleist, Gleim, Kosegarten, Weißer, Neuffer, Haug etc. gegen ihn?

9. Juni 1823: Auch Onanie trug zu seiner Versunkenheit bei. Sein Leben aber ist unendlich reich. Hölderlin hätte können der erste deutsche Lyriker werden.[240]

Zum Thema Onanie: Gerade in der Zeit, in der Waiblinger diese Aufzeichnungen machte, war es große Mode, Onanie als Ursache des Wahnsinns anzusehen. Hier einige Dokumente zu diesem Aspekt der Geschichte der Psychiatrie, die erklären dürften, warum Waiblinger zu dieser Hypothese griff, die er übrigens nicht als Hypothese, sondern als feststehende Tatsache darstellt.

In der ersten Hälfte des 19. Jahrhunderts wird die Masturbation immer mehr als psychiatrisches Problem aufgefaßt. [...] Die erste bestimmte Aussage über Masturbation als Wahnsinnursache in einem Text über Geisteskrankheiten findet sich in Benjamin Rush, *Medical Inquiries upon Diseases of the Mind.* »In den Jahren zwischen 1804 und 1807 sind mir in meiner eigenen Praxis vier Fälle von Wahnsinn mit dieser Ursache vorgekommen«, schreibt Rush. »Er entsteht aus dieser Ursache bei jungen Männern häufiger, als Eltern und Ärzte annehmen.« Die Onanie führt nach Rush zu »Zeugungsunfähigkeit, Impotenz, Verdauungsstörungen, Störung der Harnentleerung, Rükkenmarkschwindsucht, Tuberkulose, Sehschwäche, Schwindelgefühl, Epilepsie, Hypochondrie, Gedächtnisschwund, Manalgie, Einfältigkeit und Tod«.
1813 erklärte der berühmte französische Arzt Pinel, daß Masturbation Nymphomanie hervorrufe. Esquirol griff die Masturbationshypothese begeistert auf und versah sie mit dem Siegel seiner Autorität. 1816 schrieb er: »In allen Ländern wird anerkannt, daß Masturbation gewöhnlich zum Wahnsinn führet.« 1822 schreibt er: »Onanie ist ein schweres Maniesymptom; hat es mit ihr nicht gleich ein Ende, so stellt sie sich einer Heilung als unüberwindliches Hindernis entgegen. Indem sie die Widerstandskräfte schwächt, reduziert sie den Patienten zu einem Zustand des Stumpfsinns, zu Auszehrung und Marasmus, bis der Tod eintritt.« 1838 schreibt er in seinem klassischen Lehrbuch *Des maladies mentales*: »Masturbation kann ein Vorläufer von Wahnsinn, Demenz und sogar von Altersblödsinn sein; sie führt zu Melancholie und Selbstmord; ihre Folgen sind bei Männern schwerer als bei Frauen; sie ist stark heilungsbedingend bei Wahnsinnigen, die sie während ihrer Krankheit häufig praktizieren.«[241]

Der Psychiater Thomas S. Szasz sieht in der Hypothese, Masturbation führe zum Wahnsinn, »nichts weiter als die traditionelle christliche Ethik, übersetzt in die Sprache der modernen Medizin«.
Es mußte darauf etwas näher eingegangen werden, weil Hölderlin als Hauslehrer ein Problem der Onanie mit seinem Zögling Fritz von Kalb gehabt hatte und das Thema neuerdings von Peter Härtling wieder aufgenommen wurde.

Für Waiblinger sind »die Keime, die ersten Gründe und Ursachen« seines späteren Schicksals »gewissermaßen einzig und allein in der unselig feinen geistigen Organisation zu suchen, die bei allzuviel Täuschungen, harten Ereignissen und traurigen Combinazionen äußerer Umstände sich endlich in sich selbst zerstörte«, gegeben.[242] Diese »allzu fein und verletzbar gewebte« Seele hat »der Sturm des Verhängnisses zerrissen«. Hätte er nur geheiratet ...

Ein Weib zu seiner Seite hätte vollends jede unnatürliche Richtung seiner Gemütskräfte zerstört und ihn gelehrt, wie man leben, arbeiten und sich behelfen müsse, wenn man mit Menschen menschlich leben wolle.[243]

In der Ehe hätte »seine geistige Überspannung nachgelassen«, wäre er nützlich geworden. Wie schade! Aber so! ...

Ein reiner Sinn und ein unbeflecktes durchaus jungfräuliches Gemüt erwarben ihm Achtung und Liebe, so wie er's denn auch noch in seinen späteren Jahren beibehielt, als er anfing, aus dem lautern Quell seines Innern zu schöpfen, als er sich entschieden der Poesie widmete, ja noch da, als schon ein harter Schicksalsschlag um den andern an der Zerstörung seines Geistes arbeitete. Hölderlin mußte rein und ohne Flecken in seiner fast weiblich sanften Seele bleiben, wenn er nicht untergehen sollte: für ihn konnten die wilden Vergnügungen, der taumelnde Rausch der Sinne nur Verderben und Tod sein. Der Erfolg lehrte es. [...]
[Er kam in die Schweiz.] Es hatte sich seiner aber schon eine tiefe Melancholie bemeistert, sodaß er die Menschen floh, sich einschloß, seiner Trauer überließ, und so gleichsam mit Fleiß und Absicht jenem Zustande entgegenschaffte, der nicht länger mehr ausbleiben konnte, wenn nur noch Eines hinzugekommen war. Ich meine, das verzweifelte Unternehmen, sich im Sinnentaumel, in wilden unordentlichen Genüssen, in betäubenden Ausschweifungen zu vergessen.
Das blieb nicht aus. Hölderlin ward abermals Hofmeister, und zwar in Frankreich. Er konnte unmöglich ein wüstes Leben ertragen. Er war für ein reines, geordnetes, tätiges Leben geboren, seine geistige und körperliche Natur mußte zu Grunde gehen, wenn er besinnungslos genug war, nun genießen wollen ohne zu fühlen, wie er vorher fühlte, ohne zu genießen. Es währte kurze Zeit, so geriet sein Geist

durch die Schwächung eines so unordentlichen Verhaltens dermaßen aus den Fugen, daß er Anfälle von Wut und Raserei bekam.[244]

Zu Hölderlins Eigenheiten gehört die Bildung neuer Wörter: »das versteh' ich nicht, das ist Kamalattasprache«. Kamalatta, sinnlos? Nehmen wir an, Waiblinger habe sich verhört, oder nicht ganz richtig notiert, und Hölderlin hätte zwar nicht Kamalattasprache gesagt, sondern Kalamatta: dann hat es einen nicht einmal sehr weit hergeholten Sinn.

Kalamatta ist eine griechische Stadt im Peloponnes, in der Nähe von Koron und Modon. Ein Brief Hyperions an Diotima, den Ausbruch der griechischen Rebellion gegen die Türken meldend, fängt so an: »Der Vulkan bricht los. In Koron und Modon werden die Türken belagert und wir rücken mit unserem Bergvolk gegen den Pelopones hinauf.« Aus der Zeit, als Hölderlin sich über die Landschaft informierte, wo Hyperion tätig zu sein hatte, war ihm der Name der Stadt Kalamatta vertraut. 1828, zur Zeit des griechischen Aufstands, als Lord Byron das Leben ließ, war in den Zeitungen, die Hölderlin damals wieder eifrig las, von Koron, Modon, Morea – und Kalamatta – die Rede. »Kalamattasprache«, das wäre die griechische Sprache. Wenn Conz dem Hölderlin einen Aischylos zu lesen gibt, und dieser sagt, es sei »Kalamattasprache«, ist dies nur für den, der nicht versteht, was damit gemeint ist, Unsinn. Allerdings hat Hölderlin das Auszusagende nicht so ausgesagt, daß es jeder verstehen kann. Da liegt das psychologische (oder wenn man darauf besteht, das pathologische) Problem. Doch ist es gewagt, das durch untreue Wiedergabe unverständlich gewordene »Kamalatta« als Neologismus, als willkürliche Wortbildung, als »exotisches indisches Wort«, schließlich als »Symptom der Schizophrenie« zu interpretieren.[245]

»Ich heiße Killalusimeno«. Kommentar Adolf Becks: »Die Namen – ihre Herkunft, ihre ›Aneignung‹ und deren Grund, ihr Verhältnis zum Ichbewußtsein des Dichters – geben Rätsel auf, die nur in Weise der Vermutung anzugehen sind.«[246] So soll das exotisch klingende Killalusimeno auf Hawaii weisen.

Es darf aber auch vermutet werden, Waiblinger habe sich verhört oder in der Transkription nur um ein Kleines geirrt.

Wenn man annimmt, Hölderlin habe zwar nicht »ich heiße nun Killalusimeno«, sondern »ich, mein Herr, bin nicht mehr von demselben Namen, ich heiße Kallilusomenos«, dann gewinnt Hölderlins Ausspruch einen Sinn; einen sogar zugleich sehr tiefen und sehr einleuchtenden Sinn. »Kalli-lusomenos«, eine Wortbildung vielleicht – aber im Griechischen. Die Grammatik, in der ich als Schuljunge Griechisch lernte, war eine sehr alte, von einem Jesuitenpater in der Mitte des 19. Jahrhunderts wohl aufgrund früherer Grammatiken aus dem 18. Jahrhundert zusammengestellte Grammatik – also wohl von derjenigen, die Hölderlin benutzte, nicht sehr entfernt. Als Paradigma der Konjugation wird das Verbum luô, »ich binde los, ich löse«, angeführt. Ein Spezifikum der griechischen Grammatik, mit dem der Lernende konfrontiert wird, ist die Form des Mediums (Medium: eine der reflexiven Form entsprechende Aktionsform des Verbums, bei der sich das Geschehen auf das Subjekt bezieht). Als Paradigma des Partizips des Futurs in der Mediumform des Verbums luô steht lusomenos, »für sich selbst lösen sollend«.
Zu kalli-: Zahlreich sind die in jedem griechischem Wörterbuch angeführten Wortbildungen mit kalli- – in meinem eigenen griechischen Wörterbuch über hundert an der Zahl. Sie bedeuten »auf eine schöne Art«. Kalli-grapheô, ich schreibe schön; kalli-karpeô, ich gebe schöne Früchte; kalli-logeô, ich spreche, rede schön.
Kalli-luô, wohl eine Wortbildung Hölderlins, die aber nicht nur nicht unsinnig, sondern sehr korrekt ist: ich löse schön auf.
»Ich heiße kallilusomenos«: »Ich bin der, der sich selbst schön, in Schönheit erlösen, auflösen, befreien wird.« Ist das unsinnig oder falsch am Platz?
Dies könnte sogar als Lebensmaxime von Hölderlins fünfunddreißig Jahre dauernder Existenz im Tübinger Turm gelten: Er hat es schon längst, schon seit 1799, aufgegeben, für die anderen, für die Zeitgenossen zu wirken. Eine Zeitlang hat er noch geglaubt, er könne für spätere Generationen, für »das kommende Geschlecht« arbeiten und wirksam sein. Seit dem Abenteuer beim zweiten Homburger Aufenthalt, spätestens seit dem gewaltsamen Abtransport nach Tübingen und der Behandlung im Klinikum, hat er auch das aufgegeben. Er ver-

sucht nur, das Problem der eigenen Existenz »für sich selbst«, und zwar auf eine möglichst schöne Art (k a l o s), zu lösen. Er »befreit« sich von den Verpflichtungen den Zeitgenossen gegenüber und zieht sich u. a. in die Musik und in den Verkehr mit sich selber und den eigenen Gedanken zurück; er verzichtet auf den Umgang mit den Menschen – mit dem »bübischen Geschlecht«, wie Diotima die Menschen bezeichnete.
Das ist aber in der Wortbildung k a l l i l u s o m e n o s enthalten, das den unwissenden, verständnislosen Menschen um ihn das Geheimnis seiner innersten Seele und Lebensführung zugleich mitteilt und nicht verrät – genauso, wie es die Sprüche von Delphi taten. Ein delphisches Wort.
»s'ischt oft viel Sinn in seiner Rede«, sagte der gute Zimmer.

Dokument Nr. 26

Aus dem Tagebuch Christoph Theodor Schwabs, Januar bis Februar 1841.[247]

Heut gelang es mir endlich nach einigen vergeblichen Versuchen, mit Hölderlin zusammenzukommen. [...] Ich ging zu einem bekannten Studenten, der in seinem Haus wohnt, hin, dieser ließ seine Philisterin, die Tochter des Schreiners Zimmer, die H. pflegt, kommen, und sagte ihr mein Anliegen. Sie versprach, H. in ihr Zimmer an's Klavier zu führen und mich, wenn er sich gesetzt, zu rufen. Dies geschah. Ich trat ein, er saß am Klavier und spielte, nun stand er auf und machte ein anständiges Kompliment; ich tat dasselbe. Obgleich die Jungfer gesagt hatte, er werde gleich hinaus gehen wollen, wie ich komme, tat er dies zu meiner Freude nicht, sondern setzte sich gleich wieder und spielte fort. Sein Spiel war sehr fertig und voll Melodie, ohne Noten. Er sprach kein Wort und eine halbe Stunde stand ich neben dem Instrument, ohne ihn anzureden. [...] Einigemal, besonders, wenn er einen recht melodischen Passus ausgeführt hatte, sah er mich an; seine Augen, die von grauer Farbe sind, haben einen matten Glanz, aber ohne Energie, und das Weiße daran sieht sich so wächsern aus, daß mich schauerte. [...] Mit kindischer Einfalt ruhte ein paarmal sein Auge auf mir. [...] Endlich wagt' ich, ihn zu bitten, daß er mich auf sein Zimmer führe, wozu er sich gleich bereit zeigte, er machte die Tür auf: »Spazieren euer königliche Majestät nur zu«; ich trat hinein und lobte die Aussicht, womit er einverstanden schien. Nun musterte er mich und sagte leis ein paarmal vor sich hin: »Es ist ein General«; dann wieder: »Er ist so schön angezogen« (ich hatte zufällig eine seidene Weste an). Dann fragt' ich ihn Einiges, z.B. ob er dann und wann einige Strophen schreibe, worauf er in unsinnigen Worten antwortete; meine Bitte, mir einmal ein paar zu schenken schien er zu bejahen. Ich fragte ihn, ob er schon als Student am Hyperion geschrieben hätte, was er, nachdem er einigen Unsinn gestammelt, bejahte. Ich fragte ihn, ob er mit Hegel umgegangen sei, auch dies bejahte er und setzte einige unverständliche Worte hinzu, worunter »das Absolute« vorkam. Ich fragte ihn nach Bilfinger, jetzigem Legationsrat oder dergl., mit dem er auf der Universität viel umgegangen sein, später aber sich überworfen haben soll, der vielleicht das Original zu Alabanda war, da antwortete er in scharfem Tone: er ist ein Advokat. Ich fragte ihn noch nach einigen aus seiner Promotion, deren er sich aber kaum erinnerte; in meine Bemerkung, daß es schon so lange sei, daß er es sich kaum noch werde denken können, stimmte er ein. Die 2te Ausgabe seines Hyperion lag auf dem Simsen, ich wies ihm die Stellen, die mich am meisten anziehen, womit er sich einverstanden zeigte, um so mehr da ihm meine Bewunderung überhaupt auffallend wohl tat. Ich bat ihn, eine Stelle vorzulesen, er sprach aber nur unsinnige Worte, das Wort pallaksch scheint bei ihm ja zu bedeuten. Nach einer der schönsten Stellen suchte ich ziemlich lang; als ich blätterte, neigte er einmal sein Haupt ganz nah zu mir und auf seinem gebrochenen Auge glänzte ein sanfter Schimmer, der mich an die idealischen, verliebten Freundschaften im Stift und mit ihnen an den Dichter des Hyperion, der dieselben auf eine so himmlische Weise verklärt hat, erinnerte. Bald ging er wieder weg und auf und ab; während ich weiter suchte, sagte er: »sie sind eben auch Menschen, wie Andere«, was auf mein vergebliches Blättern ging. Ich stöberte seine Bücher durch und fand Kampe's Seelenlehre, Klopstock's, Zachariä's und Hagedorn's Gedichte. Ich fragte ihn nach seinem Befinden, er versicherte mich seines Wohlseins und auf meine Bemerkung, daß man in einer so reizenden Umgebung nie krank sein könne, antwortete er: »ich verstehe Sie, ich verstehe Sie.« Nun schied ich, von ihm mit den tiefsten Verbeugungen bis unter die Tür geleitet, indem er mir als General, Hoheit und dgl. guten Tag wünschte. [...]

D. 16. Jan. war ich bei Hölderlin. Er hatte in der Nacht und Vormittags stark getobt. Doch war er Nachmittags um 2, wo ich ihn bei etwas aufgeheitertem Wetter besuchte, verhältnismäßig beruhigt. Er sah mich einigemal freundlich an, war aber gleich wieder verstimmt, ich sagte ihm lächelnd, daß er so launig, so eigensinnig sei und daß er oft laut denke, was er ohne Widerrede annahm. Ich sprach von dem so schön männlich unter ihm hinrauschenden Fluß und den schönen Abenden, worauf er leise vor sich hinsagte: »Du verstehst mich doch auch.« Er redet einen aber nie mit Du an, sondern spricht bloß vor sich hin, was er denkt. Als ich in seinem Hyperion las, sagte er vor sich hin: »Guck' nicht so viel hinein, es ist kannibalisch.« Als ich ihn bat, mit mir auf den Sopha zu sitzen, sagte er: »Bei Leib nicht, es ist gefährlich« und tat's durchaus nicht. Als ich seine Gedichte aufschlug, litt er's nicht und bat mich, es bei Leibe nicht zu tun, als ich ihn fragte, ob ich ihm nicht Wieland's Oberon leihen dürfte, wollte er es durchaus nicht. Im Auf- und Abgehen sagte er mich ansehend ein paarmal: »Er hat ein ganz slavoyakisches Gesicht«, dann wieder: »Der Baron ist schön« (was beiläufig gesagt von einem guten Rest Phantasie zeugt) Endlich als er mich durchaus forthaben wollte, sagte er sich als gemeinen Narren verstellend: »Ich bin unser Herrgott«, worauf ich endlich, als er noch die Thür aufmachte, unter Verbeugungen schied. Einmal erschreckte er mich ganz mit seiner durchdringenden, konzentrirten Heftigkeit, als er mit einem einfachen Ja! antwortete. Zimmers Tochter versicherte, daß er mir gewogen seyn müsse, da er mich so glimpflich behandelt habe.

Heute war ich wieder bei ihm, um einige Gedichte, die er gemacht hatte, abzuholen. Es waren zwei, unter denen keine Unterschrift war. Zimmer's Tochter sagte mir, ich solle ihn bitten, den Namen H. drunter zu schreiben. Ich gieng zu ihm hinein und that es, da wurde er ganz rasend, rannte in der Stube herum, nahm den Sessel und setzte ihn ungestüm bald da, bald dorthin, schrie unverständliche Worte, worunter: »Ich heiße Skardanelli« deutlich ausgesprochen war, endlich setzte er sich doch und schrieb in seiner Wuth den Namen Scardanelli darunter. Ich gieng nun gleich wieder und obgleich er mich mit den Händen heftig fortwinkte und dazu fluchte, machte ich, ohne mich aus der Fassung bringen zu lassen, anständige Verbeugungen. Was mir hauptsächlich auffiel, war, daß man ihn mit Blicken gar nicht recht fassen konnte, weil sein Auge gar keinen fixen Stern hat, wie es auch seiner Seele ganz an Sammlung und Concentration fehlt.

D. 26. Jan.

Heute war ich wieder bei Hölderlin. Er gieng, als ich kam, ziemlich aufgeregt im Oehrn auf und ab. Ich wartete bei Zimmers, bis er auf seine Stube gegangen war und trat nun zu ihm ein. Ich bot ihm eine Cigarre an, die er annahm und so giengen wir beide rauchend auf und ab. Er war ziemlich still, sprach aber sonst fast immer in verständlichen Worten. Auf das, was ich sprach, antwortete er gewöhnlich: »Sie können Recht haben«, »Sie haben Recht« einmal »Das ist eine gewisse Wahrheit«. Ich erzählte ihm, daß ich heute einen Brief aus Athen gelesen, da war er sehr aufmerksam und hörte meiner Erzählung zu; in meine Behauptungen stimmte er ein. Ich fragte ihn nach Matthison, ob er ihn liebe, was er bejahte, ich hatte als Kind Matthison gesehen und fragte H. nach ihm, er gab aber verkehrte Antworten und bald merkte ich, daß er von mir sprach, den er heute Pater nannte, da sagte er denn einmal »Das ist ein ganz vorzüglicher Mensch«. Er war überhaupt gut aufgelegt, wozu die Cigarre nicht wenig beigetragen haben mag, die er aber, als sie ihm nach einiger Zeit ausgegangen war, nicht weiter rauchte. Als ihm einmal sein Sacktuch hinunter gefallen war und ich es ihm aufhob, war er ganz verblüfft über meine Gefälligkeit und rief: O gnädiger Herr! Das beste ist, wenn man seine Fragen recht ruhig und ganz in ordinärem Ton an ihn richtet, dann erhascht man hie und da eine Antwort, die Sinn hat. Er nannte mich außer »gnädigster Pater« natürlich auch Majestät, Heiligkeit usw. Unter beiderseitigen, höflichen Verbeugungen schied ich nach einer halben Stunde.

D. 25. Febr.

Ich war am 12. Febr. Nachmittags einige Minuten bei Hölderlin, um ihm ein Exemplar seiner Gedichte, da ihm das seinige, in welchem einige angebundene Blätter mit neueren Gedichten beschrieben waren, gestohlen worden ist, zum Geschenk zu bringen. Als ich es sehen ließ, gefiel ihm der Einband sehr gut, aber annehmen wollte er es durchaus nicht, doch gieng ich so schnell fort, daß er mir es nicht mehr zurückgeben konnte. Kaum war ich aber fort, so gieng er aus seinem Zimmer heraus und was er sonst Nachmittags nie thut, in das der Schreinersfrau. Doch kam ihm ihre Tochter unter der Thüre entgegen, da gab er ihr das Buch und bat sie, es dem Herrn Baron zurückzugeben, sie sagte, sie wolle es ihm geben, wenn er wieder komme, womit er sich zufrieden gab und antwortete: Ich meine. Er hatte, eh' ich kam, lang im Oehrn herumgetobt und sprach fast nichts vernünftiges, nur auf die Frage, ob er schon lange nicht mehr ausgegangen sey, antwortete er: ich war schon eine gute Weile nicht mehr draußen.

Heute gieng ich wieder hin und erfuhr, daß H. das Buch nicht wieder angenommen. Nun gieng ich zu ihm und bat ihn, mir auf eines der leeren Blätter, die darin sind, einige Zeilen zu schreiben, was er versprach. Er erinnerte sich, daß er mir schon einmal ein paar Gedichte gegeben hatte und fühlte sich sehr geschmeichelt, als ich ihm darauf sagte, diese hätten in mir den Wunsch erregt, mehreres von seiner Hand zu besitzen.

Er ist gegenwärtig, wie immer um diese Jahreszeit, sehr wild, läuft im Oehrn herum, spricht sehr heftig und schnell vor sich hin; ich warte, wenn ich in solchen Augenblicken (die stoßweise kommen und vergehen) zu ihm komme, bis er wieder in sein Zimmer hineingeht und gehe dann erst zu ihm. So that ich auch heute, er war freundlich und sprach ziemlich viel und deutlich. Ich zeigte ihm Waiblingers Bild im ersten Band von dessen Werken und fragte ihn, ob er es kenne, was er bejahte. Ich fragte ihn, ob Waiblinger »vor seinem Tode« viel zu ihm gekommen sey, da sagte er: So, lebt er nimmer? (man hatte ihm zur Zeit von Waiblingers Tod denselben erzählt). Ich fragte ihn, ob Waiblinger ihm von seinen litterarischen Compositionen mitgetheilt habe, darauf antwortete er »nein«, aber er habe mit ihm von Litteratur gesprochen. – Zimmers Tochter erzählte mir, daß er an den neu herausgekommenen Stahlstichen von Kaulbach zu Schillers Werken in Einem Band, die man ihm zeigte, eine große Freude gehabt habe, besonders habe ihm die Scene aus Wallenstein (nach meiner Ansicht auch die beste) gefallen, er habe gesagt: »Der Mann steht erstaunlich da«. Überhaupt hat er für Kunst noch viel Sinn und Urtheil. – Gleich nachdem ich aus seinem Zimmer war, brachte man ihm Feder und Tinte und er setzte sich, um Verse in das Buch zu schreiben.

Zu Dokument Nr. 26:

Gustav Schwab (1792–1850), der berühmte Autor der *Deutschen Volksbücher* (1835–1842), der den Deutschen die Sagen vom gehörnten Siegfried, von der schönen Magelone, die Geschichten der Schildbürger und des Doktor Faustus nacherzählte, und sein Sohn haben sich um Hölderlin sehr verdient gemacht.
Der Sohn und Mitarbeiter Christoph Theodor Schwab (1821–1883), 1839 ins Tübinger Stift aufgenommen, ist »neben Waiblinger der Stiftler, der sich am meisten, am liebevollsten des Kranken annahm, dafür sein Vertrauen gewann und nach seinem Tode zeitlebens ein pietätvoller Hüter seines Nachlasses und Gedächtnisses bleibt«[248].
In engster Zusammenarbeit verfaßten sie noch vor dem Tode Hölderlins, 1841–1842, einen biographischen Abriß, der unter dem Titel *Lebensumstände des Dichters. Aus den Mitteilungen seines Bruders und seiner Freunde. Stuttgart im Oktober 1842.* (16 Seiten) der 2. Auflage der Gedichte von 1843 vorangestellt wurde. Karl Gok hatte ihnen einen von ihm selbst verfaßten Lebensabriß Hölderlins zur Verfügung gestellt. Karl Gok bestand darauf, daß in der Darstellung der Geistesverwirrung des Dichters die Grenze der Diskretion und der »Delicatesse« nicht überschritten sei. »Die Schwabs, bes. Christoph, mußten auf den wachsamen Gok als Verfasser der Lebensskizze

darum Rücksicht nehmen, weil sie von seinem guten Willen als Schatzhüter der Briefe Hölderlins abhingen, die sie verwerten und veröffentlichen wollten.«[249]
Sowieso mußte auf den damals noch lebenden Hölderlin Rücksicht genommen werden. Am 30. September 1842 schrieb Gustav Schwab an Cotta:

Mein Sohn hat mir noch den Wunsch ans Herz gelegt, daß für Hölderlin selbst ein Exemplar gebunden werden möchte, in welchem der Lebenslauf wegbliebe, was Du vielleicht die Gewogenheit hast, zu berücksichtigen.[250]

Worauf Cotta sofort einging:

Ein Exemplar ohne Biographie steht natürlich für den Dichter jeder Zeit zu Befehl, das ihm dein Herr Sohn vielleicht dereinst übergibt.[251]

Zum Verfassen dieses Lebensabrisses hatten die Schwabs manches sowohl aus mündlicher wie aus schriftlicher Tradition zusammengebracht, das sie für uns gerettet haben. Doch kann ihre Arbeit kaum als Dokument erster Hand angesehen werden.
Dafür aber sind Tagebucheintragungen vom jungen Christoph Theodor Schwab als solche zu betrachten, da sie seinen Besuchen bei Hölderlin vom 14. Januar 1841 an entsprechen. Zumindest bei den ersten Besuchen war er von schriftlichen Quellen nicht abhängig, wie aus einem Brief seiner Mutter erhellt. Sie schreibt an Kerner am 24. Januar 1841:

Es ist mir lieb, daß Christoph wohl schon von Hölderlin, aber noch nichts über ihn gelesen hat, so konnte er ihn unbefangener beobachten. Morgen schicke ich ihm nun den Aufsatz von Waiblinger über Hölderlin.[252]

Diese Tagebucheintragungen dürfen also als Dokumente gelten, die auf unmittelbare Erlebnisse zurückgehen.
Wohl hatte Christoph im Familienkreise schon viel von Hölderlin gehört und auch zumindest den *Hyperion* gelesen. Ich will hier nur auf einige Punkte seiner Eintragungen aufmerksam machen und das übrige als Dokument auf sich selbst beruhen lassen.
Erstens: »Als er mich durchaus forthaben wollte sagte er sich

als gemeinen Narren verstellend: ›Ich bin unser Herrgott‹.« Zumindest einmal hat Christoph Schwab das Gefühl gehabt, Hölderlin spiele bewußt den Narren, und zwar um ihn loszuwerden. Wie oft und inwiefern Hölderlin die Narrheit simulierte – den meisten Besuchern gegenüber mit durchgehendem Erfolg – sei dahingestellt. Aber die Frage verdient es, aufgeworfen zu werden.
Zweitens: Dem jungen Christoph, dem er durchaus gewogen ist, übergibt Hölderlin einige Gedichte, zwei darunter ohne Überschrift. Von Lotte Zimmer ermutigt, bittet der junge Mann Hölderlin, seinen Namen darunter zu schreiben. Hölderlin wird ganz rasend, er schreit: »ich heiße Scardanelli«, setzt sich hin und schreibt »in seiner Wut« den Namen Scardanelli unter die Gedichte. Darin sehe ich aber keineswegs ein Zeichen, wie man sagt, eines Erlöschens des Bewußtseins der Identität mit sich selber (Adolf Beck spricht vom »Komplex der Depersonalisation als eine der Grundstörungen der Schizophrenie«[253]), sondern gerade das Gegenteil: Die Gedichte der späten Zeit werden von Hölderlin nicht als Dichtung, sondern als improvisierte Gelegenheitsprodukte, als Versifikation, als Fabrikate betrachtet. Zimmer erzählt, wie er ein Gedicht in zwölf Minuten verfertigte. Solche Produkte gehören nicht zu »Hölderlins Dichtung«, sie verdienen es nicht, seinen Namen zu tragen, dieser ist ihm zu gut dazu, und er ist sich dessen bewußt. Adolf Beck bemerkt mit Recht, daß der Name Scardanelli nur als Unterschrift unter Gedichten gebraucht wird.[254] Insofern sollte seine Weigerung, solche aus dem Ärmel geschüttelten Improvisationen mit dem Namen Hölderlin zu versehen, möglicherweise eher als ein Zeichen hoher Selbstbewußtheit denn als Symptom einer Depersonalisation bewertet werden.
Drittens: zum Wort p a l l a k s c h. Was bedeutet das rätselhafte Wort, mit dem Paul Celan sein Gedicht an Hölderlin[255] abschloß: »Pallaksch. Pallaksch.« In der Interpretation bin ich nicht viel weiter als die anderen und kann keine eindeutige, einleuchtende Erklärung dafür liefern.
Als Christoph Schwab sich 1849 an Schelling wendete, bat er ihn unter anderem um Aufklärung über die Bedeutung von p a l l a k s c h. Schelling antwortete, es sei »ein Unwort«[256]. Ich will hier nur die Irrwege aufzeichnen, auf die meine Ver-

suche, die Bedeutung dieses Wortes aufzuspüren, mich geführt haben, ohne daß ich zu irgendwelchen schlüssigen Behauptungen gekommen wäre.
Ich ging davon aus, daß, nach Christoph Schwab, das Wort pallaksch bei Hölderlin ja zu bedeuten scheint. Andere Quellen meinen, es habe bald ja, bald nein bedeutet, was an der Sache wenig ändert.
Dann war das Nächstliegende, daß das Wort – schwäbisch ausgesprochen – vielleicht einer griechischen Vokabel entsprach. Pallax, gibt es das? Ja, das gibt es, es steht im Wörterbuch und bedeutet: junger Mann. Bejahend hätte Hölderlin z.B. è pallax sagen können, mit der Bedeutung: »jawohl, junger Mann!«. Das, was dem Wort pallax vorausging, hätte die Bejahung oder die Verneinung enthalten, doch hätten die Zuhörer nur das befremdende Wort pallaksch vernommen – um so befremdender, als es von Hölderlin bald bejahend, bald verneinend gebraucht worden wäre.
Dies führte mich weiter zur Erforschung der Nebentöne des wenig gebräuchlichen Wortes pallax. Es ist eigentlich das Maskulinum eines viel gebräuchlicheren Femininums pallakè oder pallakis, das Beischläferin, Bettschatz bedeutet und in Texten vorkommt, mit denen Hölderlin und zu seiner Zeit mehr oder weniger alle im Stift vertraut waren.
In der *Ilias,* Neunter Gesang, Vers 449, ist von der pallakis von Amintor, dem Vater des Phoinix, die Rede. Damit ist eine sehr junge Dienerin gemeint, die sich der Vater für den eigenen Gebrauch reserviert. Das Wort pallakis kommt im Vierzehnten Gesang der *Odyssee* vor, Vers 203, hier eher als Kebsweib. Im *Griechisch-Deutschen Wörterbuch* von Autenrieth (Leipzig 1886) steht unter pallakè und pallakis: Beischläferin, Nebenfrau, Kebsweib, Dirne, lat. pellex. Das lateinische Wort pellex, das bei Sueton und Martial vorkommt, bedeutet bei ihnen ein männlicher Günstling oder Geliebter, ein Mignon.
Bei Vergil ist Pallas, der Sohn des Königs Euander, der jugendliche Gefährte des Äneas, der an seiner Seite kämpft und fällt. Vergil nennt Pallas vierzigmal. Der zwölfte und letzte Gesang der *Äneis* ist der Rache des Äneas für den Tod des geliebten Jünglings, Pallantis pueri, gewidmet.
So kam mir der Gedanke, das Wort pallax habe im Stu-

dentenjargon des Stifts, schwäbisch ausgesprochen, einen hübschen jungen Mann, einen Epheben bezeichnen können.
»i pallaksch« bedeutete dann: ja, Junge – mit einer erotischen Komponente.

So weit war ich, als ich den Text Schwabs wieder las, doch diesmal mit anderen Augen und den Kontext ausfragend. Vorher spricht Schwab seine Bewunderung für den *Hyperion* aus, von dem er ein Exemplar auf dem Simsen liegen sieht. Er nimmt das Buch in die Hand und sucht nach einer der Stellen, die ihm am meisten gefallen hatten. Er blättert und findet die Stelle nicht gleich.
Doch dabei passiert folgendes: »Nach einer der schönsten Stellen suchte ich ziemlich lang; als ich blätterte, neigte er einmal sein Haupt ganz nah zu mir und auf seinem gebrochenen Auge« – vorher hat Schwab vom matten Glanz der Augen Hölderlins gesprochen; so wächsern der Blick, daß ihm schauerte – »glänzte ein sanfter Schimmer, der mich an die idealischen, verliebten Freundschaften im Stift und mit ihnen an den Dichter des Hyperion, der dieselben auf eine so himmlische Weise verklärt hat, erinnerte. Bald ging er wieder weg und auf und ab ...«
Die »verliebten Freundschaften im Stift«, die Hölderlin im *Hyperion* »verklärt« hat? Meinte vielleicht Schwab mit der Stelle, die ihn am meisten anzog, etwa folgende, den Anfang des vierten Briefs Hyperions:

Weist du, wie Plato und sein Stella sich liebten?
So liebt' ich, so war ich geliebt. O ich war ein glücklicher Knabe!

Hier handelt es sich um die Beziehungen des jungen Hyperion zu dem älteren Adamas. Im siebenten Brief geht es um die Freundschaft Hyperions mit dem ihm gleichaltrigen Alabanda, als zwischen ihnen ein Zwist entsteht:

Und doch war ich unaussprechlich glüklich gewesen mit ihm, war so oft untergegangen in seinen Umarmungen, um aus ihnen zu erwachen mit Unüberwindlichkeit in der Brust, wurde so oft gehärtet und geläutert in seinem Feuer, wie Stahl!
Da ich einst in heitrer Mitternacht die Dioskuren ihm wies, und Ala-

banda die Hand auf's Herz mir legt' und sagte: Das sind nur Sterne, Hyperion, nur Buchstaben, womit der Nahme der Heldenbrüder am Himmel geschrieben ist; in uns sind sie! lebendig und wahr, mit ihrem Muth und ihrer göttlichen Liebe, und du, du bist der Göttersohn, und theilst mit deinem sterblichen Kastor deine Unsterblichkeit![257]

»So oft untergegangen in seinen Umarmungen«? ... Ein paar Seiten vorher steht:

Wir schwelgen, begann nun Alabanda wieder. [...]
Wir haben unsre Bräutigamstage zusammen, rief ich erheitert, da darf es wohl noch lauten, als wäre man in Arkadien.[258]

Hier kann ich nur Fragen aufwerfen, die ich nicht zu beantworten vermag, die auch nicht unbedingt beantwortet werden müssen.
In den Aufzeichnungen des jungen Christoph Theodor Schwab fällt – unter dieser homoerotischen Beleuchtung gesehen – einiges auf.
Hölderlins Augen schienen dem jugendlichen Besucher zunächst einen »matten Glanz« zu haben, das Weiße daran sah so wächsern aus, daß ihn schauerte. Dann aber neigt Hölderlin sein Haupt ganz nah zum jungen Mann, »und auf seinem gebrochenen Auge glänzte ein sanfter Schimmer, der mich an die idealischen, verliebten Freundschaften im Stift und mit ihnen an den Dichter des Hyperion, der dieselben auf eine so himmlische Weise verklärt hat, erinnerte«.
Gleich darauf sagt Hölderlin: »Sie sind eben Menschen, wie Andere.« Ging das wirklich, wie es Schwab behauptet, auf sein vergebliches Blättern?
Beim nächsten Besuch bittet der junge Christoph den Dichter mit ihm auf den Sopha zu sitzen. Hölderlin sagt: »Bei Leib nicht, es ist gefährlich«, tut es nicht und geht auf und ab. Beim Abschied sagt er dem jungen Besucher: »Der Baron ist schön.«
Die heldische Freundschaft unter jungen Männern ist von Hölderlin immer wieder beschworen worden: die Dioskuren, Harmodios und Aristogeiton, Achilles und Patroklos ... Es ist auch das Thema des Gedichts *An Eduard.* »Eduard« ist unmißverständlich Sinclair: Der gewählte Deckname Eduard ist

eine Anspielung auf die schottische Ballade, die Herder berühmt gemacht hatte:

Dein Schwert, wie ist's von Blut so rot?
Edward, Edward ...

und auf Sinclairs vermutete schottische Herkunft. Die ersten Verse des Gedichts:

Euch alten Freunde droben, unsterbliches
  Gestirn! euch frag' ich, Helden! woher es ist,
    Daß ich so unterthan ihm bin, und
      So der Gewaltige sein mich nennet?

Hier klingt, wie in der zitierten *Hyperion*-Stelle, das Thema des Dioskuren an. Übrigens, als Hölderlin 1798 nach Homburg zu Sinclair übersiedelte, schrieb er der Mutter: »Es wird auch wirklich wenig Freunde geben, die sich gegenseitig so beherrschen und so unterthan sind.«[259] Da nahm er einen Ausdruck aus dem *Hyperion* wieder auf, wo das Paar Harmodios–Aristogiton verherrlicht wurde:

Hast du denn wirklich eine Ahnung davon, hast du ein Gleichnis für die Freundschaft des Aristogiton und Harmodius? Verzeih mir! Aber beim Aether! man muß Aristogiton seyn, um nachzufühlen, wie Aristogiton liebte, und die Blize durfte wohl der Mann nicht fürchten, der geliebt seyn wollte mit Harmodius Liebe, denn es täuscht mich alles, wenn der furchtbare Jüngling nicht mit Minos Strenge liebte. Wenige sind in solcher Probe bestanden, und es ist nicht leichter, eines Halbgotts Freund zu seyn, als an der Götter Tische, wie Tantalus, zu sizen. Aber es ist nichts herrlicheres auf Erden, als wenn ein stolzes Paar, wie diese, so sich unterthan ist.[260]

Ganz nebenbei bemerkt: vielleicht läßt sich auch bei dieser Gelegenheit eine »Verfahrensweise des poetischen Geistes« bei Hölderlin, die Namennennung betreffend, aufdecken. Das Gedicht *An Eduard,* das in letzter und endgültiger Fassung *Die Dioskuren* heißt und sich unmißverständlich auf Sinclair bezieht, trug im ersten Entwurf vier nacheinander erwogene Überschriften: 1. An Bellarmin. 2. An Arminius. 3. An Philokles. 4. An Eduard.
Nun: In dem Gedicht aus der ersten Hälfte des Jahres 1799 mit dem Titel *Emilie vor ihrem Brauttag* heißt der Bruder Emi-

liens Eduard, ein Held, der sich an dem korsischen Befreiungskrieg beteiligt:

Der Edle fiel des Tags darauf im Treffen
Mit seiner Liebsten Einem, ruht mit ihm
In Einem Grab'.

Sie trauert um ihn, doch wird er durch einen anderen männlichen Helden ersetzt, mit dem sie sich verlobt, und der Armenion heißt. Armenion: eine griechische Form des Namens Arminius, und dies nicht zufällig, denn bevor sie ihm begegnete, wanderte sie mit dem Vater »ins Land des Varusthals« und sprach da gern »von Helden, die daselbst gewohnt, und Göttern«. Hier werden germanische und griechische Legende miteinander verquickt. Dies könnte aber auf den Namen des Adressaten der Hyperion-Briefe, Bellarmin, etwas Licht werfen. Was dieser zu bedeuten hat, ist nie eruiert worden: Der Hölderlinsche Bellarmin hat mit dem Jesuitenpater und Kardinal Robert Bellarmin (1542–1621) nur den Namen gemeinsam, sonst nichts. Warum hat Hölderlin diesen Namen als den des Freundes überhaupt, des Freundes instar omnium, wie sich Sinclair ausdrückte, gewählt? Vom Bellarmin des *Hyperion*-Romans weiß man nur eines: er ist ein Deutscher, dem Hyperion in Rom begegnet ist. Ein Deutscher, ein Germane ... ein Arminius oder Armenion: Man kann sich dabei einen schönen deutschen Jüngling vorstellen, »le bel Armin« ... Ein Wortspiel vielleicht? Trotzdem: Die Möglichkeit, den Namen Bellarmin so herzuleiten, sollte man nicht ausschließen.

Als Hölderlin sich im Januar 1795 in Jena ansiedelt, begegnet er dort dem Bekannten aus der Tübinger Zeit, Isaac von Sinclair – Hölderlin ist 25, Sinclair 20 –, der sich für ihn begeistert und Hölderlin am 25. März Franz Wilhelm Jung gegenüber als seinen neugewonnenen »Herzensfreund instar omnium« bezeichnet. Er sagt: »Mit diesem strahlenden, liebenswürdigen Vorbild werde ich künftigen Sommer auf einem einsamen Gartenhaus zubringen. Von meiner Einsamkeit und diesem Freund verspreche ich mir viel.«[261] Tatsächlich übersiedelt Hölderlin Anfang April dorthin und verbringt da zwei Monate mit ihm, bis Sinclair Jena Ende Mai verläßt. Im Januar hatte Hölderlin an Neuffer geschrieben: »Hier lassen

mich die Mädchen und Weiber eiskalt.« Allerdings war gerade die Idylle mit Wilhelmine Kirms traurig ausgegangen. Vielleicht findet er in der Freundschaft mit Sinclair einen Trost. Ende Juni trennen sich die Freunde, nicht ohne daß Sinclair die Begegnung Hölderlins mit seinem Freund Ebel in Heidelberg in die Wege geleitet hätte.
Man weiß, daß Hölderlin, als er das Haus Gontard verließ, in Homburg bei Sinclair Aufnahme fand. »Fast alle Briefe, die Hölderlin aus Homburg geschrieben hat, erwähnen [...] seinen Umgang mit Sinclair.«[262] Sie lassen jedoch nicht erkennen, »worin sich die Freunde gegenseitig ergänzten und bereicherten. Das Bemühen, das Eigene zu bewahren und sich der eigenen Unabhängigkeit zu versichern, hebt sich auffallend von der sonst betonten guten Verständigung und Selbstverständlichkeit des Umgangs ab. Das Wort vom Beherrschen und Untertansein [...] scheint die Grenze zu bezeichnen, die bei der Verschiedenheit ihrer Naturen nicht mehr überbrückt werden konnte.«[263]
Auffallend ist, daß in Sinclairs Leben keine einzige weibliche Figur zu verzeichnen ist, abgesehen von seiner allerdings sehr bedeutenden Mutter, Frau Wilhelmine von Proeck, geb. von Ende, verwitwete von Sinclair.[264] Wie ist des weiteren die Tatsache zu erklären, daß Sinclair – der damals achtundzwanzigjährige Homburger Regierungsrat von Sinclair – dem jungen Hochstapler Wetzlar verfiel, daß sich dieser bei ihm »im Nu ein unbegrenztes Vertrauen gewann«, so sehr, daß Wetzlar sich taufen ließ, daß ihm Sinclair Pate stand, ihm den Vornamen seines verstorbenen Vaters Alexander beigab und schließlich erwirkte, daß dem nunmehrigen »Alexander Blankenstein« der Titel eines Fürstlichen Homburgischen Hofkommissars zugesprochen wurde – eine fatale Angelegenheit, denn dieser Blankenstein war, wie man weiß, derjenige, der ein Jahr später seinen Gönner Sinclair als Hochverräter denunzierte –, wie kann man diese Verblendung Sinclairs anders erklären als durch die Feststellung Kirchners, daß Wetzlar »ein bestrickend liebenswürdiger junger Mensch von noch nicht einundzwanzig Jahren« war, und daß Sinclair dem Charme des jungen Mannes verfiel?[265]
Beim Sammeln dieser Einzelheiten kam mir ein Zeugnis aus späteren Zeiten wieder ins Gedächtnis, welches ebenfalls wie

das von Christoph Schwab ins Jahr 1841 fällt. Friedrich Georg Fischer, 1816 geboren, berichtet viel später folgendes:

Auch der Verfasser dieser Zeilen selbst hat Männer im Leben gekannt, welche mit Hölderlin das theologische Stift in Tübingen geteilt hatten und welche mit einer so schönen Rührung von dem Jugendfreunde sprachen, daß einem das Herz aufging wie ihnen selbst. Einer derselben, der längst heimgegangene Dekan M. Majer in Ulm, hat sich, als ich in einer Vakanz ihn besuchte und ihm von Hölderlin sprach, so über ihn geäußert: »Ach, haben Sie ihn gesehen, meinen teuren Stiftsfreund Hölderlin? Ach es ist unvergeßlich, wie der schöne Mensch sorgfältig an Kleidung, Benehmen und Sprache erschien, keine Ausgelassenheit, kein wildes Wort konnte in seiner Nähe aufkommen!« Und dabei glühte dem alten Herrn Stirn und Wange [...][266]

Dieses erotische atmosphärische Element hat vielleicht mehr oder minder bewußt, doch unmißverständlich deutlich auch der neunzehnjährige Stiftler Christoph Theodor Schwab heraufbeschworen, als er Hölderlin besuchte. Vielleicht hat das »Unwort« pallaksch damit nichts zu tun. Aber die Frage bleibt, und man muß sie sich vergegenwärtigen. Es gibt nichts Selbstverständlicheres, als daß in einem von der Außenwelt ziemlich abgeschlossenen Konvent von lebensvollen und enthusiastischen Zwanzigjährigen, die übrigens die griechische Überlieferung ernst nehmen, eine solche Atmosphäre herrscht. Exaltierte, verklärte, verliebte Männerfreundschaft? Das Tübinger Stift, vielleicht ein Oxford am Neckar?

Trotz aller Bedenken sollen hier weitere Zeugnisse als Zeugnisse erster Hand Aufnahme finden, da sie erwiesenermaßen auf einem persönlichen Kontakt mit dem Dichter beruhen. Es sind ihrer, auf 35 Jahre verteilt, gar nicht so viele: Varnhagen von Ense, Carl Philipp Conz, August Mayer, Dr. Adolf Louis Koch, Friedrich Theodor Vischer, Johann Georg Fischer.

Varnhagen von Ense, 29. Dezember 1808:

Zu einem anderen Dichter hat mich Kerner geführt, zu einem Dichter im wahren vollen Sinne, einem ächten Meister der Poesie, der aber nicht am Hofe zu suchen ist, noch in Cotta's Abendgesellschaft, sondern – im Irrenhaus. Wie ein Strafschauder traf es mich, als ich zuerst vernahm, Hölderlin lebe hier seit ein paar Jahren als Wahnsinniger! Der edle Dichter des Hyperion, und so manches herrlichen Liedes voll Sehnsucht und Heldenmuth, hatte allerdings eine Übersetzung des Sophokles in Druck gegeben, die mir ziemlich toll vorgekommen war, aber nur litterarisch toll, worin man bei uns sehr weit gehen kann, ohne gerade wahnsinnig zu sein, oder dafür gehalten zu werden. [...]
Der arme Hölderlin! Er ist bei einem Schreiner in Kost und Aufsicht, der ihn gut hält, mit ihm spaziren geht, ihn so viel als nöthig bewacht; denn sein Wahnsinn ist nicht grade gefährlich, nur darf man den Einfällen nicht trauen, die ihn plötzlich anwandeln können. Er raset nicht, aber spricht unaufhörlich aus seinen Einbildungen, glaubt sich von huldigenden Besuchern umgeben, streitet mit ihnen, horcht auf ihre Einwendungen, widerlegt sie mit größter Lebhaftigkeit, erwähnt großer Werke, die er geschrieben habe, anderer, die er jetzt schreibe, und all sein Wissen, seine Sprachkenntnis, seine Vertrautheit mit den Alten, stehen ihm hiebei zu Gebot; selten aber fließt ein eigentümlicher Gedanke, eine geistreiche Verknüpfung, in den Strom seiner Worte, die im Ganzen nur gewöhnliches Irrereden sind.[267]

Conz an Kerner, 9. April 1821:

Seit einem Jahre fast habe ich H. nicht mehr gesehen. Er kam sonst des Sommers je und je in meinen Garten, sprach einige halbvernünftige Worte, verirrte sich aber dann bald in s. gewöhnlichen Galimathias – von halbfranzösischen, halbdeutschen Ausdrücken und Complimenten v. Ihr Gnaden, Ihr Durchlaucht, unter Begleitung der verschwebten Blicke und der Mien- und Mundverzerrungen, die Sie an ihm kennen. Er soll seit einiger Zeit ganz ruhig seyn, geht aber, wozu er ehmals Lust hatte, nicht mehr aus, außer in den Hof hinter seinem Erkerlogis.[268]

Einen Monat später, am 10. Mai 1821, an Kerner:

Der Besuch ist gemacht. Ich sprach Zimmer zuerst in seiner eignen Stube und dann H. in seiner Zelle besonders. [...]
Hölderlin selbst ist gegenwärtig ruhig, er hat sich ziemlich alt gemacht, seit ich ihn nicht mehr sah. Er sprach nichts Unvernünftiges, so lang ich ihn sprach, aber leider auch nichts Vernünftiges. Die gewöhnlichen Begrüßungen; Ihr Gnaden, Exzellenz etc. dauern leider noch fort. Ich berührte leise etwas von seinen Gedichten und einer Gedichtsammlung: »Wie Ihr Gnaden befehlen« war die Antwort.[269]

August an Karl Mayer, Tübingen 7. Januar 1811:

Der arme Hölderlin will auch einen Almanach herausgeben und schreibt dafür täglich eine Menge Papiers voll. Er gab mir heute einen ganzen Fascikel voll zum Durchlesen, woraus ich Dir doch einiges aufschreiben will.

Folgt die Abschrift von vier Gedichten, *Auf den Tod eines Kindes, Der Ruhm, Auf die Geburt eines Kindes* und folgendes:

Das Angenehme dieser Welt hab' ich genossen,
Die Jugendstunden sind wie lang! wie lang! verflossen,
April und Mai und Julius sind ferne,
Ich bin nichts mehr, ich lebe nicht mehr gerne![270]

Dr. Koch, vielleicht 1826:
Dr. Adolf Louis Koch, Direktor der Irrenanstalt in Laichingen (Württemberg), trug auf ein eine Zeitlang im Besitz der Familie Zimmer gewesenes Exemplar des *Hyperion* auf einem zwischen Vorsatz und Titel eingefügten Blatt folgende Zeilen ein:

Es ist gegenwärtiges Exemplar dasjenige welches Hölderlin für sich benützte, u. er noch in den Tagen hatte, wo sein Geist umnachtet für hier, wie es die Menschen nennen, vielleicht aber deshalb nur oft abwesend erscheinen mußte, weil er vorauseilen durfte von Zeit zu Zeit in das Land des Schauens. [...] Ich sah Hölderlin oft bei Schreiner

Zimmer in Tübingen. Seine Freude war dem sanften Tönen der Eolsharfen lange, lange zuzuhören.[271]

Friedrich Theodor Vischer zwischen 1825 und 1830:

Hölderlin – ein Mann, von dem ohne Bewegung nicht sprechen kann, wer ihn noch gesehen und gekannt.[272]

[Man gab ihn] einem Bürger in Wohnung und Kost, dem braven Tischlermeister Zimmer, und dort lebte er nun still dahin, in beruhigtem, nur selten wild erregtem Wahnsinn, siebenunddreißig Jahre lang, bis zu seinem Tod [1843]. Er kam zu Tisch, holte Nachmittags um drei Uhr sein Vesper, einen Schoppen Wein und Brot dazu, und spielte dann stundenlang auf einem alten Klavier, meist langweilige, leierhafte Weisen, und spann so sein Leben fort. Man konnte mit ihm reden und auf Momente sich verständigen. Bisweilen war der Sinn seiner Worte ganz vernünftig, aber auf einmal wurde er dunkel. Er litt an Zusammenhangslosigkeit des Denkens, doch nicht an fixen Ideen. Weitmehr ließ sich noch mit ihm sprechen, als Waiblinger studierte. Der kannte ihn gut und besuchte ihn oft. Ich sah ihn etwa viermal. Sein Antlitz trug noch die Spuren großer Schönheit. Die Stirne hoch und klar, die Nase von prächtigem Adel, das Kinn in der richtigen Griechenlinie untergestellt. Um so tragischer war der Eindruck seiner Gebrochenheit.
Eines Tages kam ich zu ihm mit einem Künstler, der ihn zeichnen wollte. Zu diesem Zweck veranlaßten wir ihn, Klavier zu spielen. Das tat er gern. Er klimperte Anfänge von Liedern. Plötzlich merkt er, daß man ihn beobachtet, fährt in furchtbarem Zorn, mit verzerrten Zügen auf und überflutet uns mit südfranzösischen Flüchen und Schimpfwörtern.

Die Hauptursache der »Geistesnacht« Hölderlins sei »der volle Mangel an jener harten Haut, ohne die wir nun einmal nicht durch das Leben kommen können«[273].

Johann Georg Fischer, 1841–1843:

Ich eile zu meinem letzten Besuche bei Hölderlin. Er geschah mit zwei anderen theologischen Freunden, Brandauer und Ostertag hießen sie, im April 1843. Ich sagte Hölderlin, daß ich komme, um Abschied zu nehmen, weil ich Tübingen demnächst verlassen werde, was er mit Verneigung anhörte. Ob sich von einem meiner Besuche bei ihm bis zum anderen mein Bild oder das der Freunde in seiner

Erinnerung erhalten oder verwischt hatte, darüber waren wir alle ungewiß, denn er empfing die Besuche jedesmal mit derselben Gemessenheit, und kein Gesichtsausdruck schien auf Ahnung früherer Begegnungen hinzuweisen. Bei meinem letzten Besuche nun bat ich: »Herr Bibliothekar, ich würde mich glücklich schätzen, wenn Sie mir zu meinem Abschied ein paar Strophen als Andenken schenken wollten.« Die Antwort war: »Wie Euer Heiligkeit befehlen! Soll ich über Griechenland, Frühling, Zeitgeist?« Die Freunde flüsterten: Zeitgeist! und ich bat ebenso.

Nun stellte sich der sonst fast immer vorgebeugte Mann in aufrechter Haltung an sein Schreibpult, nahm einen Foliobogen und einen mit der ganzen Fahne versehenen Gänsekiel aus demselben und stellte sich bereit, zu schreiben. Lebenslang bleibt mir sein Gesichtsaufleuchten in diesem Augenblick unvergessen, Auge und Stirn glänzten, wie wenn niemals so schwere Verwirrung darüber gegangen wäre. Und nun er schrieb, scandierte er mit der linken Hand jede Zeile, und am Schluß einer jeden drückte sich ihm ein zufriedenes »Hm!« aus der Brust. Nach Beendigung überreichte er mir unter tiefer Verbeugung das Blatt mit den Worten: »Geruhen Euer Heiligkeit?« Ein letzter Händedruck an den teuren Mann war mein letzter Dank. [...]

Die Verse [...] lauteten also:

Der Zeitgeist

Die Menschen finden sich in dieser Welt zum Leben,
Wie Jahre sind, wie Zeiten höher streben;
So wie der Wechsel ist, ist übrig vieles Wahre,
Daß Dauer kommt in die verschied'nen Jahre;
Vollkommenheit vereint sich so in diesem Leben,
Daß diesem sich bequemt der Menschen edles Streben.

Mit Unterthänigkeit
24. Mai 1748, Scardanelli

Welche Zeit- und Namenverwechslung![274]

Zur Unterschrift »Scardanelli« sagte J. G. Fischer in einem früheren Aufsatz, daß er Hölderlin mit seinen Freunden zeitweilig besuchte:

Immer war er entgegenkommend, das einemal mit etwas mehr, das anderemal mit weniger Resignation. Die Hände über dem Schlafrock

auf dem Rücken gekreuzt, saß oder ging er mit den Besuchern in seinem Zimmer auf und ab. Zwei Besuche sind mir in besonders bedeutsamer Erinnerung. Seine Gedichte waren bei Cotta in Miniaturausgabe erschienen und Christ. Schwab überreichte ihm ein Exemplar. In demselben hin und her blätternd sagte er: »Ja, die Gedichte sind echt, die sind von mir; aber der Name ist gefälscht, ich habe nie Hölderlin geheißen, sondern Scardanelli oder Scarivari oder Salvator Rosa oder so was.« Auberlen brachte die Rede auf den Oedipus. »Ja«, sagte Hölderlin, »den hab' ich zu übersetzen versucht; aber der Buchhändler – [...]«[275]
... »aber der Buchhändler war ein ...!« und das Scheltwort wurde mehrmals rasch wiederholt.[276]
Sodann erinnerte ich ihn an seine Diotima. »Ach«, sprach er, »reden Sie mir nicht von Diotima, das war ein Wesen! und wissen Sie: dreizehn Söhne hat sie mir geboren, der eine ist Kaiser von Rußland, der andere König von Spanien, der dritte Sultan, der vierte Papst u. s. w. Und wissen Sie was dann?« Nun sprach er folgendes schwäbisch: »wisset se, wie d'Schwoba saget: Närret ist se worda, närret, närret, närret.« Das sprach er so erregt, daß wir gingen, indem er uns mit tiefer Verbeugung an die Tür begleitete.[277]

Zu Dokument Nr. 27:

Dem Bericht Varnhagens ist nicht viel Unmittelbares zum Pathologischen an Hölderlin zu entnehmen. Hölderlin ist »wahnsinnig«, das steht fest; seine Übersetzung des Sophokles zeugt davon. Varnhagen hatte sogar in dem Roman, den er in Gemeinschaft mit Wilhelm Neumann hatte schreiben wollen, »zu den übrigen literarischen Figuren auch einen Übersetzer Wacholder ausgedacht, der wie Hölderlins Sophokles reden sollte. Nur durch Zufall unterblieb es, und wahrlich mir zum Heil!«[278]
Hölderlin scheint mit Varnhagen ziemlich gesprächig gewesen zu sein, »aus seinen Einbildungen« sprechend, mit sich selbst diskutierend, große Werke erwähnend, die er geschrieben, aber auch andere, die er jetzt schreibe. Doch ergibt sich aus dem Gespräch kein »eigentümlicher Gedanke«, keine »geistreiche Verknüpfung«, so daß Varnhagen den »Strom seiner Worte« als »gewöhnliches Irrereden« auffaßt, dem er keinen aussagenden Wert beimißt.

Conz: Acht Jahre älter als Hölderlin war Carl Philipp Conz zur Zeit Hölderlins Repetent im Tübinger Stift, später Professor für klassische Literatur in Tübingen; »als Dichter vorwiegend im schwäbischen Klassizismus befangen, wenn auch schon von gewissen vorromantischen Tendenzen berührt; als Verehrer der Griechen von bedeutendem Einfluß auf den jungen Hölderlin. [...] Noch um den Kranken, seinen Nachlaß und Ruhm besorgt.«[279]

Am 8. September 1809 schreibt Conz an August Mahlmann, den Redakteur der *Zeitung für die elegante Welt*, um ihm eine Auswahl von Gedichten Hölderlins für den Druck in seiner Zeitung anzubieten.

»Nur müßte ich die Bedingung machen, daß der Name des Verfassers von der Hand nicht dabei gedruckt werde. Seiner Geistesverwirrung ungeachtet hat er immer noch die Grille, daß er von einer eigenen Ausgabe seiner Werke spricht, und wo er hört, daß etwas von ihm gedruckt worden sei, ohne sein Vorwissen, [...] ist er stets sehr ungehalten darüber und schreit über unbefugte Eingriffe in eigene Rechte.«

Conzens Angebot an Mahlmann geht also dahin, Gedichte von Hölderlin zu drucken, ohne sein Vorwissen und ohne den Namen des Verfassers zu erwähnen! Allerdings solle das dabei entfallende »Honorair« als eine »dem Unglücklichen dadurch zuwachsende Unterstützung mit Dank aufgenommen werden«. Einen Teil des Satzes habe ich ausgelassen; er lautet:

»[...] wo er hört, daß etwas von ihm gedruckt worden sei, ohne sein Vorwissen, wie z. B. Leo von Seckendorf und ich glaube auch die Verfasser der Einsiedlerzeitung manches, was sie aus den Händen seiner auswärtigen Freunde erhielten, unglücklicherweise gerade aus der Periode, wo er schon über dem gegenwärtigen unglücklichen Zustand brütete – recht als ob sie in den Resultaten des beginnenden Irrsinnes die höchste Begeisterung und Weihe des Dichters witterten – wo er dies hört, ist er stets ungehalten darüber und schreit über unbefugte Eingriffe in eigene Rechte.«[280]

Letzteres ist eine Anspielung auf die Veröffentlichung in Seckendorfs *Musenalmanach* für 1807 und 1808 von verschiedenen Gedichten Hölderlins: die erste Strophe von *Brod und Wein, Die Wanderung, Der Rhein, Patmos, Andenken.* Dies geschah wohl aus bester Absicht; doch geschah es ohne Vorwissen Hölderlins, ohne Honorarzahlung, unter Veränderung einiger Titel und unter Verstümmelung des Textes. Hier ein Satz aus Seckendorfs Brief an Justinus Kerner vom 7. Februar 1807:

»Hölderlins Schicksal geht mir sehr nahe. [...] Grüßen Sie ihn doch recht herzlich von mir, wenn er der Erinnerung empfänglich ist – kann er vernehmen und Anteil nehmen? Er weiß nichts, daß von seinen Gedichten etwas im Almanach gedruckt ist, denn als ich Sinclairn davon schrieb, war er unzugänglich. Ich habe sie, mit äußerster Schonung, aber doch hie und da verändern müssen, um nur Sinn hineinzubringen.«[281]

Anscheinend war Hölderlin doch nicht so ganz umnachtet, daß, als er davon erfuhr, sich nicht geärgert und mit gutem Recht über unbefugte Eingriffe in eigene Rechte geklagt hätte.

Etwas später, 1821, unternahm ein Verehrer Hölderlins, der preußische Leutnant von Diest, der dem *Hyperion* »mit die glücklichsten Stunden [seines] Lebens« verdankte, die erste Ausgabe von Hölderlins dichterischem Werke. Leider fiel er 1825 im Duell, vor dem Erscheinen der Gedichtausgabe, für die er sich so pietät- und verdienstvoll verwendet hatte.

Die Herausgabe besorgte dann Uhland in Gemeinschaft mit Gustav Schwab, dem Vater von Christoph Theodor. Das Honorar von 169 Gulden ging an Hölderlins Mutter. Die Gedichtsammlung erschien im Juni 1826 bei Cotta. Uhland hatte kurz vor dem Erscheinen an Karl Gok geschrieben:

»Wenn der Sinn für eine großartige Poesie in Deutschland nicht erstorben ist, so muß diese Sammlung Aufsehen machen.«[282]

Uhland war der Ansicht gewesen, »daß man bei der Herausgabe der Gedichte [...] aus Achtung für den unglücklichen Dichter jede Spur einer fremden Mitwirkung vermeiden und sie bloß unter seinem Name herausgeben [...] sollte«[283].

Doch berichtet der Biograph Uhlands, Friedrich Notter, folgendes:

»Die Herausgeber hatten weder ihren Namen genannt, noch dem ungemein mühsam hergestellten Text irgend eine kritische Bemerkung beigefügt, um dem geistig längst umnachteten Verfasser in lichtern Augenblicken keine bitteren Gefühle

zu erregen. Wirklich geriet derselbe, als ihm der damals in Tübingen studierende Waiblinger [...] die freudige Nachricht mitteilen wollte, daß jene Beiden [Uhland und Schwab, P. B.] seine Gedichte sehr gut redigirt hätten, in tiefen Unmut, versichernd, er brauche diese Hilfe nicht, er selbst könne redigiren, was er gedichtet.«[284]
Umnachtet, vielleicht – doch nicht umnachtet genug, nicht so umnachtet, daß er sich über die Manipulation seiner Texte durch »Unbefugte« (Uhland und Schwab) nicht geärgert und nicht gemeint hätte, er könne die von ihm verfaßten dichterischen Texte besser als irgendein anderer »redigiren«.

August Mayer: Er wohnte als Student der Rechte »mit dem Geisteskranken zu Tübingen in Einem Hause und besuchte ihn öfters«; seine Nachricht über den Almanach-Plan Hölderlins sei also ganz zuverlässig, meint Adolf Beck.[285]

Dr. Koch: Seine Besuche bei Hölderlin fanden wahrscheinlich 1825–1826 statt, in der Zeit, wo er in Tübingen zuerst Theologie, dann Medizin studierte. Wie er zu dem *Hyperion*-Exemplar gekommen sein mag, bleibt im Dunkeln. Auf der Vorderseite des ersten Blatts stand der Name Z i m m e r, der aber anscheinend von einem späteren Besitzer ausradiert wurde. Wie mag es der Familie Zimmer abhanden gekommen sein? Man möchte hoffen, daß Dr. Koch es nicht selbst entwendete; doch vor Verehrern muß man sich hüten.
Interessant ist, daß Dr. Koch, der sich der Psychiatrie widmete und Direktor der Irrenanstalt in Laichingen (Württemberg) wurde, sich für den psychiatrischen Fall Hölderlin anscheinend nicht interessiert hat. In einem gewissen Sinne weigerte er sich sogar, Hölderlin als einen Geisteskranken zu betrachten. Das Wort des Umnachtetseins scheint ihm relativiert werden zu müssen: »umnachtet – für hier, wie es die Menschen nennen«. Hölderlin habe den Menschen »oft abwesend erscheinen müssen, doch nur weil er von Zeit zu Zeit voraus-eilen durfte in das Land des Schauens«: Das Wort Beschaulichkeit liegt hier nicht ferne.
Dr. Koch, dem – wie sich später erwies – ein Hang zum Mystischen eignete, konnte wohl der (meiner Ansicht nach gewollten) Weltabgeschiedenheit Hölderlins am ehesten gerecht

werden. Daß er den Fall Hölderlin – als psychiatrischen Fall verstanden – keines Wortes würdigt, sollte doch nachdenklich machen.

Friedrich Theodor Vischer war ein Neffe von Hölderlins erstem Beschützer, Gotthold Stäudlin. Seine Mutter war eine Schwester Stäudlins, dieselbe Charlotte, von der Neuffer, der mit einer anderen Schwester Stäudlins, Rosine, verlobt war, an Hölderlin schrieb:
»Nun noch eine Nachricht [...], daß Du nämlich bei L[otte] St[äudlin] in gar gutem Register stehest, daß sie sich mannigmal bei mir nach Dir erkundigt [...] und [...] sogar zuweilen von der Nannette wegen Deiner sekiert wird.«[286]
Viel, viel später schreibt F. Th. Vischer:
»Meine Mutter und eine Tante [Charlotte und Nannette Stäudlin, P. B.] hörte ich öfters von der herrlichen Erscheinung des jugendlichen Hölderlins noch in späten Tagen mit Bewunderung sprechen.« Später mehr über Lotte Stäudlin.

Dies nur, um darauf hinzuweisen, daß für F. Th. Vischer Hölderlin so etwas wie eine Familienangelegenheit bedeutete.
Und das mußte Hölderlin nicht unbedingt behagen. Vielleicht ärgerte es ihn auch, wie ein Kuriosum beobachtet zu werden, oder es empörte ihn, mit einer indiskreten Zudringlichkeit über »Diotima« gefragt zu werden. Auf jeden Fall schimpfte und fluchte er über die Besucher. Daß er sie »mit voller Kraft förmlich zur Tür hinaus« warf, wie Schlesier zu berichten weiß,[287] ist nicht unbedingt die Geste eines Psychopathen.

Dokument Nr. 28

Es sollen hier auch einige wenige Dokumente zweiter Hand Aufnahme finden, obwohl sie keine wissenschaftlich verwertbaren Zeugnisse darstellen. Sie beruhen entweder auf mündlicher Überlieferung oder auf uns heute nicht mehr zur Verfügung stehenden Dokumenten. Neues ist ihnen kaum zu entnehmen. Im wesentlichen formulieren sie mehr oder weniger glücklich damals umgehende und tradierte Meinungen. Doch bieten manche offenbar ein Echo aus Hölderlins nächster Umgebung.
Dazu gehörte in erster Linie die biographische Skizze von Schwab, die allerdings zu den vorhin zitierten Dokumenten wenig Neues hinzufügt.
Hier einige Stellen daraus:

Im Sommer 1807 bezog [Hölderlin] die neue am Neckar gelegene Wohnung und gewöhnte sich bald an den redlichen Tischler, welchem übrigens der Arzt erklärte, der Kranke werde höchstens noch drei Jahre leben. Hölderlin war kein gefährlicher Irrer; man hob daher die strenge Observanz, der er sich im Klinikum hatte unterwerfen müssen, bald auf, gab ihm statt des zinnernen Löffels, dessen er sich dort als einzigen Werkzeugs zum Essen bedienen durfte, ein Besteck mit Messer und Gabel und ließ ihn frei im Haus und vor dem Hause umhergehen; dabei war nichts zu befürchten, als daß er hie und da mit den Tischlergesellen in kleine Konflikte gerieth, die mit einigen Faustschlägen endigten. Der Unglückliche fühlte die Erleichterung seiner Lage sehr deutlich und bewahrte eine unauslöschliche Dankbarkeit für seine treuen Pflegeeltern. Es traten zwar dann und wann lichtere Momente in seinem Geistesleben ein, allein nie zeigte sich eine entschiedene Veränderung seines Befindens; aus der Vergleichung der verschiedenzeitigen Nachrichten scheint nur so viel hervorzugehen, daß früher die Paroxysmen heftiger waren und eine große körperliche Abspannung zurückließen, während sie später weniger heftig auftraten und der Körper sich kräftigte, der Geist dagegen mehr und mehr abnahm.
Im Jahr 1808 bekam Hölderlin wieder ein Klavier und beschäftigte sich viel mit Musik, auch das Flötenspiel nahm er wieder auf und sang häufig. Zuweilen bekam er Besuch von Conz, Fr. Haug und an-

dern alten Freunden, blieb jedoch meistens kalt und einsilbig dabei. [...]
Er brachte in den ersten Jahren, wo er bei Zimmer war, die halbe Zeit des Tages im Bette zu, in der Folge jedoch gewöhnte er sich, früh aufzustehen und legte sich seltener auf's Bett. Hie und da, doch nicht sehr oft, begleitete er seine Pflegeleute auf's Feld hinaus; ein [...] Gedicht: *Das fröhliche Leben,* dessen Entstehungszeit ich nicht angeben kann, schildert eine solche Wanderung. [...]
Im Frühjahr 1812 bekam er, nachdem er einige Zeit zuvor etwas ruhiger geworden war, ein heftiges Fieber mit starken Schweißen, so daß man eine völlige Erschöpfung fürchtete, indessen er erholte sich schneller, als man gehofft hatte, wieder und auch die Reste seines Dichtergeistes schienen nicht ganz erstorben. Als er bei Zimmer die Zeichnung eines Tempels sah, forderte er den Tischler auf, einen solchen von Holz zu machen. Dieser versetzte, er müsse um's Brot arbeiten und habe nicht das Glück, so in philosophischer Ruhe zu leben, wie Hölderlin. ›Ach‹, erwiderte der Unglückliche, ›ich bin doch ein armer Mensch‹, und sogleich schrieb er mit dem Bleistift folgenden Vers auf ein Brett:

Die Linien des Lebens sind verschieden,
Wie Wege sind und wie der Berge Gränzen.
Was hier wir sind, kann dort ein Gott ergänzen
Mit Harmonien und ewigem Lohn und Frieden.

Die Musik blieb immer seine Hauptunterhaltung, aber er hatte Perioden, wo er sich weniger, andere, wo er sich ungemein viel damit beschäftigte. Gesang und Flötenspiel übte er vom Jahr 1817 an seltener, nahm es aber 1822 wieder mit Eifer für einige Zeit von Neuem auf. Vor dem Hause, das in den ehemaligen Zwinger der Stadt hineingebaut war, ging er bei jeder Witterung auf und ab. Die Nachricht vom griechischen Freiheitskampfe regte ihn für einige Zeit auf und er hörte mit Begeisterung zu, als man ihm erzählte, daß die Griechen Herrn der Morea seien. Bei einem solchen Aufleben, da sein Geist sich wieder zu öffnen schien für die Interessen, die ihn sonst bewegt hatten, glaubte man sich zu weiteren Hoffnungen berechtigt, allein man fand sich bald getäuscht, nach der augenblicklichen Anspannung kehrte die vorige Apathie und Verwirrung wieder zurück. Er hatte sich zu jener Zeit auch nach seinem Bruder erkundigt und war erfreut, von dessen Wohlergehen zu hören. [...] Im Jahr 1825 bekam Hölderlin ein Sopha in sein Zimmer, daran hatte er große Freude, hieß Jeden, der ihn besuchte, darauf niedersitzen und legte sich nun, wenn ihm seine Erschöpfung die Ruhe notwendig machte, nicht mehr in's Bett. Im Jahr 1826 erschienen endlich seine Gedichte. [...] Man hatte damit, daß man ihm zum voraus davon erzählte, nie sein Interesse erregen können; da er aber das fertige Werk sah, freute er sich sehr darüber und hatte es immer auf seinem Zimmer. Im Jahr 1828 starb seine Mutter. [...] Ihr Tod scheint wenig Eindruck auf Hölderlin gemacht zu haben. [...] Da ihn sein Freund Nast, der ihn seit den Studienjahren nicht mehr gesehen hatte, im Jahr 1828 besuchte und ihm weinend an den Hals stürzte, blieb er gleichgültig und teilnahmlos, als wäre es ein Fremder, obwohl er sich gewiß seiner erinnerte.[288]

Was Einem Anfangs, da man ihn die ersten Male sah, am sonderbarsten entgegentrat, das waren die seltsamen Anreden, womit er Jedermann empfing, wie »Euer Durchlaucht« u. dgl. Er liebte es auch, mit französischen Phrasen, namentlich, wenn er jemanden bewillkommnete, zu spielen. Wenn er in seinen Antworten unverständliche, sinnlose Wörter gebrauchte, so war auch das zum Teil Laune, zum Teil aber auch, und das häufiger, ein Ausruhen vom angestrengteren, vernünftigeren Denken.

Oft schien er während des Auf- und Abgehens in seinem Zimmer sehr heftig und stampfte auf den Boden; dann ward es ihm leicht im Zimmer zu eng und er ging hinaus auf die Hausflur und hier ward es ihm, wenn er eine Zeitlang umhergegangen war, gewöhnlich wohler. Auch während der Nacht tobte er häufig, und ging dann in seinem Zimmer auf und ab; doch sind diese Anfälle bei weitem nicht mehr so heftig, wie in früheren Jahren; denn damals kam es nicht selten vor, daß er die Tischlergesellen grün und blau schlug. Später blieb es beim heftigen Reden, Stampfen und Schreien. Solche Anfälle waren bei ihm am häufigsten im Frühling und Herbst, wo er stärker aufgeregt ist als sonst. [...] Wenn man zu ihm kam, so dauerten die Selbstgespräche, die er gewöhnlich führte, fort, seine Teilnahme verlor sich bald, und man bat ihn daher meist, Klavier zu spielen, wobei man ihn wohl betrachten konnte. Statt einer einfachen Bejahung antwortete er oft: »Sie befehlen das«, »Sie behaupten so«, »Sie behaupten das nicht«, »ich möchte das nicht beantworten«. [...]

Unanständigkeit und Cynismus waren nie an ihm zu bemerken, er zeigte vielmehr überall das feinste Gefühl für Schicklichkeit und An-

stand. Nur zum Nägelschneiden muß man ihn wie ein eigensinniges Kind zwingen. [...]
In einer guten Stunde sagte er mir auch einmal, daß er in Paris gewesen, und spricht hie und da französisch. [...]
Daß er von seinem Aufenthalt in Frankfurt und seiner Abreise von Bordeaux nichts sprechen und nichts hören wollte, das war ein um so gewisseres Zeichen, daß er diese Orte wohl im Gedächtnis hatte, aber er mochte nicht davon reden, weil er durch die Erinnerung daran unangenehm berührt wurde. Ein halbes Jahr vor seinem Tode, nannte er einmal den Namen seiner Geliebten und nachdem die Nacht des Wahnsinns schon 20 Jahre seinen Geist verdunkelt hatte, fand man zu unterst unter seinen Papieren Briefe von seiner Diotima, die er mit außerordentlicher Sorgfalt aufbewahrt hatte. Auch in anderartigen Dingen hatte ihn sein Gedächtnis nicht verlassen. Einer meiner Bekannten redete ihn einst italienisch an und fragte ihn, ob er diese Sprache nicht früher gesprochen hatte: »Si, Signore, e parlo ancora« war die Antwort. Spricht jemand italienisch mit ihm, so geht er gleich darauf ein und spricht dann mehr als gewöhnlich; überhaupt ist ihm ein vornehmer Besuch sehr schmeichelhaft; er ist dann viel leichter zu etwas zu bewegen, namentlich wenn er durch Frauenzimmer gebeten wird, gegen welche er besonders höflich ist. [...]
Als er zu Zimmer kam, erfaßte er mit Begierde jede Gelegenheit zu schreiben, und füllte alle Papiere an, die ihm in die Hände fielen. [...] Anfangs entzog man Hölderlin wo möglich die Gelegenheit, sich schriftlich zu äußern, da es ihn aufregte, später, da er überhaupt ruhiger wurde, war dieser Hang nicht mehr so stark, und man konnte ihn befriedigen, ohne etwas zu befürchten. [...]
Ich sah nie einen sinnlosen Vers von ihm, man fand oft dunkle oder matte Stellen, namentlich gegen den Schluß hin unbedeutende Ausfüllsel darin, allein die Idee war nirgends ganz zu verkennen, und solche Verse schrieb er, nachdem man tage- und wochenlang kein vernünftiges Wort von ihm gehört hatte, ohne sie nachher zu überlesen oder irgend etwas auszubessern. Schrieb er Prosa, so war das plötzliche Versagen der Denkkraft viel auffallender, er fiel leicht in gänzliche Verwirrung.[289]

Den Namen Hölderlin, gegen den er sich noch zu Waiblingers Zeit nicht gesträubt hatte, wollte er später durchaus nicht mehr haben, er geriet einmal in Wut, da ich ihn bat, denselben unter einem Gedicht von seiner Hand zu schreiben; vielleicht hatte er irgend eine Furcht, weil man ihm früher seinen Aufenthalt zu Tübingen als auf höheren Befehl verhängt dargestellt hatte, worauf auch die von Waiblinger häufig vernommene Phrase »Es geschieht mir nichts« zu deuten scheint.[290]

Gustav Schlesier:

In den Papieren aus späterer Zeit findet sich noch ein kurzes Briefchen Hölderlins an den Bruder, vom März 1823. Diesen sendete Ernst Zimmer, in dessen Hause H. lebte, an die Kammerrätin Gok nach Nürtingen, und schrieb dazu [23. März]: seit Kurzem scheine H. wie aus einem langen Traum erwacht. Er sei den ganzen Tag bei ihnen. Als man ihm sagte, daß sein Bruder in Stuttgart Hofrat wäre, rief er: Was Hofrat? Hofrat? ich habe ihn, so lange ich hier bin, nicht mehr gesehen, ich muß an ihn schreiben. Er schrieb auch nachher wirklich an ihn. Diesen Brief legt Z. der Mutter H.s bei, damit sie ihn nach Stuttgart befördere. Dann sagt er: »Er lies't jetzt auch die Zeitung« und fragte mich, ob denn Württemberg ein Königreich sei. Er staunte ebenso, als ich es bejahte. Letzthin sagte ich ihm, daß der ganze Peloponesus von den Türken befreit sei. Das ist erstaunlich, rief er, es freut mich! Mit meinem Christian spricht er französisch, und er spricht es noch ziemlich gut. [...] Den Hyperion kann ich Ihnen nicht mehr zurückschicken. Er liest täglich darin, auch Übersetzungen aus griechischen Dichtern von Conz liest er. Öfters holt er auch von meinem Christian alte Klassiker und liest darin.[291]

Gustav Kühne, *Hölderlin und sein Wahnsinn,* 1843:

Da trat mein Freund, der liebenswürdige M., in's Zimmer. Er führte einen Fremden an der Hand. »Hier ist der Wirt unsers Hölderlin«, sagte er. Ich hatte allerdings gestern den Wunsch geäußert, den guten Tischler kennen zu lernen, der schon nahe an dreißig Jahre [damals, 1838] der Pfleger und Wärter, Freund und Vormund des Armen war. [...] Es hat es niemand nit sage könne, wo es ihm fehlt. Auch fehlt es ihm eigentlich an nix; an dem Zuviel, das er hatte, ischt er ebe toll geworde. [...] s'ischt kei Mangel an Geischt in ihm gewese, was ihn amens gemacht hat [...] s'ischt die viele Gelehrsamkeit gewese, glaube Se's. Wann das Gefötz allzu voll und verschlosse ischt, da mug es berschte. Sucht mer nu de Scherbe z'samme, so find't mer, daß alles ausgelaufe ischt. [...] Seine unglückselige Bü-

cher liege alle Tag' bei ihm aufgeschlage und wenn er allein ischt, so liest er sich von früh bis spät daraus vor, ganz laut und mit 'nem Schauspielerpathos, daß me meint, er wolle damit die Welt erobern. [...]
Den ganzen Tag schwätzt er mit sich ganz laut, fragend und antwortend in Einem Ton. Aber die Antworten sind selten bejahend. 's ischt ein starker Geischt der Verneinung in ihm. [...] Wenn er dann müd ischt vom Wandeln, geht er 'nauf und declamirt zum Fenschter 'naus in die blaue Luft. Er kann sei vieles Wisse gar nit richtig los werde. Oder er sitzt am Spinett und musicirt vier Stunde lang, in Einem Ton als wollt' er den letzten Fetzen herunterspiele. Und immer dasselbe simple Lied, immer dieselbe Leier, daß ei'm im ganzen Hause Höre und Sehe vergeht. [...]
Früher, als noch sei' alte Mutter hat gelebt, da nahm i ihn vor und sagt', »s wär bös, daß er nit mehr an sie dächt«. Und da nahm er sich z'samme und schrieb 'nen Brief. Und das geschah immer ganz ordentlich und klar, wie'n Gewöhnlicher schreibt. Wie geht's Dir, liebwerth Mütterche, und so in der Weise ganz einfach. Nur einmal schloß er den Brief: »Leb' wohl, es überläuft mich, ich fühl', ich muß schließe.«
Schreibt er auch Verse? fragt' ich.
»Fascht den ganzen Tag«, war die Antwort.
»Er hat jetzt kaum eine andere Freud' als sein Klavier«, sagte der Alte.
Der Meister [...] sprach [...] noch von der Eigenheit Hölderlins, jeden Fremden mit hohen Titeln zu beehren.
»'s ischt ein probates Mittel, sich jeden vom Leibe zu halten«, philosophirte der Schwabe. »Mer bleibt danebe doch 'n freier Mann, der sich nix am Zeuge flicken läßt. [...] So gibt er den Leuten recht viel und bleibt für sich ein freier Mann. 's ischt wahrlich mit den Titulaturen so, daß mer sich loskäuft!«
Er sagt, der Born der Weisheit sei heut' vergiftet, die Früchte der Erkenntnis seien hohle Taschen, eitel Trug. »Merke S'e's? er saß auf dem Pflaumebaum und holte das vertrocknete Zeug herunter! 's ischt oftmals viel Sinn in seiner verworrenen Red'!«

Nachschrift Gustav Kühnes, nach dem Tode Hölderlins:

Man hat seine Poesien überschätzt. Es sind einige hinreißende Stellen darin; alles andere ist hohl und lehr.[292]

Hier eine Stelle, die Adolf Beck ausgelassen hat:

Mein Freund erinnerte [...] an die unglückliche Neigung, die Hölderlins Gedanken aus der Bahn der Ordnung gebracht haben sollten. Man sprach bekanntlich von der Mutter seines Zöglings, deren Haus in Frankfurt er plötzlich, ohne Abschied, auf die Weisung ihres Gatten, verlassen mußte. Sie ist jene Diotima, die er in seinen Gedichten und in seinem Hyperion feiert. Der gute Meister widerstritt diesen Glauben an den Grund von Hölderlins Wahnsinn. »Glaube S'es, 's ischt nit an dem!«, sagte er zutraulich. »In den dreißiger Jahren wird niemand aus verliebter Neigung konfus. 's ischt seine gelehrte Schwärmerei gewese, nit die Leidenschaft zu dem Frankfurter Frauenzimmer. Kei' Schwab wird in den Dreißigern aus Liebe verrückt.«[293]

Albert Diefenbach, Besuch im Dezember 1837:

Hölderlin war einst ein ausgezeichneter Musiker und Sänger. Seine studierenden Hausgenossen [...] behandeln ihn mit vieler Liebe und laden ihn oft zu Caffee oder Wein ein. Erheiterte sich neulich der Arme doch so, daß er einige alte Commerslieder mitsang und sie auf dem Klavier accompagnirte. [...]
(Cholerisches Temperament ist Eigentum der Familie.)
Hölderlin ist kein Narr; er hat keine fixe ihn beherrschende Idee.[294]

Heinrich und Charlotte Stieglitz, vor 1834:

Das Gefährliche an Hölderlin ist der Mangel an Vermittlung. Wie hat er gegessen? getrunken? wie gelebt? – In ihm ist nur Höhe der Begeisterung – dann ist er ein Gott – oder, wenn nicht mehr von dieser getragen, in totaler Abspannung, nichts mehr.[295]

Erinnerung Karl Wilhelm Hölderlins, Mitteilung seiner Enkelin:

Als mein Großvater, wahrscheinlich ziemlich eingeschüchtert, bat, sich verabschieden zu dürfen, habe ihn der Dichter zur Tür geleitet und ihn mit einer in Gebärde und Haltung so vollendet schönen Verneigung entlassen, daß dies eigentlich die nachhaltigste Erinnerung meines Großvaters an diesen Dichterbesuch geblieben sei. Man sah, er hatte das vornehme Gebaren des einstigen Hofmeisters auch in seine kranken Tage mit hinübergenommen.[296]

Benndorf, 1871 geboren. Eine Erzählung aus dem Jahre 1903:

Gleich nach Ankunft in Tübingen suchte ich den Turm am Ufer des Neckar auf, der Hölderlin während der Jahrzehnte seiner Krankheit beherbergte. [...] [Die] Mutter des Hausinhabers, [eine] altersgebückte Frau, die als Kind täglich die Milch ins Haus getragen und den greisen Kranken häufig beobachtet hatte, [...] wußte sich deutlich der schönen Züge seines Gesichts zu erinnern und erzählte, daß er nie gesprochen habe und, wenn er von Fremden angeredet wurde, ans Klavier zu gehen pflegte um zu spielen. [...] Die Matrone kam auf sein unglückliches Schicksal zu sprechen und fuhr in lebhafter Rede fort: »Der Mann von 'ner scheen' Frankfurter'n hat'n 'nausgeprügelt und darüber ischt er verrückt g'worde. Er ischt aber auch hochmütig g'wese und hat sich für den gröschte Dichter g'halte. Aber seine Gedicht' sind arg hochgetrage und nix für d'Landleut.«[297]

Karl Klüpfel an seine Braut Sophie Schwab, 1841:

Daß er ein so edler Charakter gewesen, meint mein Vater nicht; er habe sich zwar sehr liebenswürdig zeigen können, sei aber im Grunde ein lüderlich Gesell gewesen. [...] Von seinem inneren Leben werde man schwerlich Näheres erfahren, da er sich nicht leicht Jemand mitgeteilt u. in T[übingen] wenigstens keinen näheren Freund gehabt. Mit Hegel sei er viel umgegangen und dem jetzigen Leg. Rat Bilfinger mit dem er sich aber später abgeworfen habe.[298]

Sophie Kübel, 1843, nach Aussage ihrer Mutter, eine Tochter von Lotte Zimmers Schwester Christiane:

»Hölderlin pflegte zu Lotte Zimmer zu sagen: Heilige Jungfrau.«[299]

Ernst Friedrich Wyneken, 1859:

Wyneken, Student der Theologie in Tübingen, wohnt im Hause Zimmers, das er genau beschreibt.[300]

Um 7¼ Uhr erzählte mir Jungfer Loddle, »daß ich ja den Tisch vor meinem Sopha solle in Ehren halten; da habe der Dichter Hölderlin mit der Hand geschlagen, wenn er Streit gehabt – mit seinen Gedanken!« Sei gest. 1843 und habe in ihrem Hause gewohnt. Und wenn sie fortziehen müsse – sie nähme den Tisch mit![301]

Zu Dokument Nr. 28:

Diese Dokumente bedürfen kaum eines Kommentars.

Zu Gustav Kühne: Adolf Beck fragt, ob der Besuch Kühnes bei Hölderlin überhaupt stattgefunden habe. »Das Gespräch im Wirtshaus mit dem wackeren Meister Hobelspahn, der von seinem Pflegling berichtet, erweckt den Verdacht, es sei eine Fiktion, ein Arrangement, ein – wenn auch geschickter – Trick: es soll der Anschein erzeugt werden, als kämen die Nachrichten, die der Erzähler vermittelt, aus allererster Hand, während sie doch großenteils Anleihen von Waiblinger sind, deren Herkunft durch die Erzähltechnik kaschiert wird.«[302]
Daß das »Schwäbisch« von Gustav Kühne für einen Schwaben nicht ganz echt klingt, will noch nicht besagen, Kühne habe Hölderlin nicht besucht. Mir scheint doch einiges aus dem Berichteten authentisches Zimmersches Gut zu sein. Von Waiblinger kommt es nicht.

Interessant die Bemerkungen Diefenbachs, cholerisches Temperament sei Eigentum der Familie Hölderlin, und Hölderlin sei kein »Narr«, er habe keine fixe Idee, keine Wahnvorstellung.

Bei Schwab, dessen Aussagen sicherlich auf Berichten Zimmers fußen, ist interessant, daß, als er bei letzterem aufgenommen wurde, er »mit Begierde jede Gelegenheit zu schreiben« faßte und alle Papiere anfüllte, die ihm in die Hände fielen.
Auch Schwabs Bemerkung: »Ich sah nie einen sinnlosen Vers von ihm«, ist von Gewicht.

Wohl die wichtigste Bemerkung ist die boshaft gemeinte von Karl Klüpfel, dessen Vater sagte, Hölderlin habe sich zwar sehr liebenswürdig zeigen können, er sei aber im Grunde ein liederlicher Geselle gewesen, von dessen innerem Leben man schwerlich Näheres erfahren werde. Dies ist irgendwie sehr richtig festgestellt: Hölderlin war immer, von Jugend auf, ein mehr als diskreter, ein verschlossener, verborgener und geheimhaltender Mann gewesen. Im Grunde haben seine Freunde wenig von ihm gewußt und wenig über ihn ermitteln können. Er hat einen ausgeprägten Sinn für Verheimlichung, der sich auch in seiner Dichtung, aber nicht nur in ihr, manifestiert. In der Kunst, etwas zu sagen, ohne es zu sagen, ist er ein Meister. Verstehe, wer kann.

Dokument Nr. 29

Am 7. Juni 1843 starb Friedrich Hölderlin. Die Leiche wurde obduziert. Hier die Umstände und die Ergebnisse.
Am 19. April 1812 schrieb Zimmer an Hölderlins Mutter:

Ich habe den Herrn Professor Gmelin, als Arzt zu Ihrem lieben Sohn holen lassen, dieser sagte man könne über Ihres Sohnes würklichen Zustand doch nichts bestimmtes sagen.[303]

Dies war aber in einer Angelegenheit, die mit geistiger Erkrankung nichts zu tun hatte: Hölderlin hatte Fieber, Hitze, Schweiß, Durst, Ausschlag am Mund, Durchlauf.
Ferdinand Gottlob Gmelin (1782–1848) war ein angesehener Arzt, Professor der Medizin und Naturgeschichte. Er erbot sich 1842, als Hausarzt bei Hölderlin zu fungieren, und wurde als solcher vom Pfleger Hölderlins, Oberamtmann Zeller, bestätigt:

Herrn Professor v. Gmelin habe ich zum neuen Jahr, da er bis jetzt, außer der Ausstellung von Krankheitszeugnissen noch keine ärztliche Bemühung hatte, 1 Ducate Honorar geschickt. Er hat sich hierauf erboten, von Zeit zu Zeit nach dem Kranken zu sehen und, wenn es nötig sein sollte, den Hausleuten über Kost und Pflege Anweisungen zu geben. Im Falle wegen Krankheit, oder sonst, vermehrte ärztliche Besuche nötig werden, wird dieses Honorar erhöht werden sollen.[304]

Am 11. Juni 1843 schreibt Dr. Gmelin einen Brief an Hölderlins Bruder Karl Gok, der nach Hölderlins Tod und auch zu seinem Begräbnis nicht erschien (er hatte sich durch eine »seit mehreren Tagen anhaltende ernstliche Unpäßlichkeit, bei welcher er [sich] ohne Gefahr der üblen Witterung nicht aussetzen durfte«, entschuldigt). Hier Auszüge aus diesem Brief.

Ew. Hochwohlgeboren habe ich bei der Leiche Ihres Herrn Bruders hier erwartet, Sie sind aber wahrscheinlich durch eine dringende Abhaltung zu erscheinen verhindert worden. Ich halte es für Pflicht, Ihnen von den letzten Lebensumständen Ihres H. Bruders Nachricht zu geben. Er hatte seit einigen Tagen einen Husten, der aber nicht beachtet wurde, weil er öfters Ähnliches hatte. Abends um 8 Uhr be-

kam er Beengungen, und sah immer zum Fenster hinaus; ich verordnete ihm eine auflösende Arznei, u. befahl einen Wärter, ihn zu besorgen, allein die Beklemmung nahm zu, u. vor 11 Uhr starb er nach kurzem u. leichtem Todeskampf.
Ich hielt es um seiner Freunde willen für sehr wichtig, seine Leiche zu öffnen, hoffte aber hierüber Ihren Willen zu erfahren; da ich aber keine Nachricht erhielt, so wurde die Öffnung in Gegenwart des Prof. Rapp und meines Sohnes, D. med. Gmelin, vorgenommen, und sie gab sehr interessante Resultate. Das Gehirn war sehr vollkommen u. schön gebaut, auch ganz gesund, aber eine Höhle in demselben, der Ventriculus Septi pellucidi, war durch Wasser sehr erweitert, und die Wandungen desselben ganz verdickt und fest geworden, nehmlich sowohl das Corpus callosum als der fornix und die seitlichen Wandungen. Da man sonst gar keine Abweichung im Gehirn vorfand, so muß man diese, mit der jedenfalls ein Druck auf die edelsten Gehirnteile verbunden war, als die Ursache seiner 40jährigen Krankheit ansehen.[305]

Hier der Teil des Sektionsberichts von Dr. Rapp, der das Gehirn betrifft.

Hölderlin starb, ohne daß er etwas geklagt hätte, mit Ausnahme einer schweren Respiration.
Die Schädelknochen waren ziemlich dick, wenig Diploe; die Schädelhöhle geräumig, besonders breit: die impressiones digitatae auf der basis cranii waren sehr stark. Die Hirnhäute in unverändertem Zustande: kein Erguß auf der Oberfläche des Gehirns; die Consistenz des Gehirns ziemlich fest; die Venen mit Blut gefüllt; die beiden Substanzen des Gehirns waren deutlich zu unterscheiden.
Die seitlichen Hirnhöhlen enthielten etwa einen Kaffeelöffel voll helle Flüssigkeit. corpus striatum, thalam. nervi optic. Die Commissuren waren im natürlichen Zustande. Die glandula pinealis hatte ihre gewöhnliche Größe und Farbe, an derselben ein kleines Häufchen Hirnsand. Der ventriculus septi pellucidi war sehr groß, so daß er den Daumen aufnehmen konnte, hatte feste Wandungen und enthielt Wasser. Die Arterien auf der Basis des Gehirns waren nicht verknöchert.[306]

(Erläuterung der Fachausdrücke bei Adolf Beck.)[307]

Zu Dokument Nr. 29:

Es ist gewiß nicht meine Sache, den Befund einer Obduktion zu kommentieren. Ich kann nur staunen, daß es meines Wissens von Fachleuten bisher nie getan worden ist.
Aus den Dokumenten geht folgendes hervor:
1. Daß es Hölderlin bei Zimmer an »liebreicher Versorgung« nie gefehlt hat, auch an ärztlicher Betreuung nicht. Er hätte es in der eigenen Familie nicht besser, ja bei weitem nicht so gut gehabt: Weder der Bruder noch die Schwester waren bei dem feierlich stattfindenden Begräbnis anwesend. Karl Gok erklärte, durch eine »anhaltende ernstliche Unpäßlichkeit, bei welcher er [sich] ohne Gefahr der üblen Witterung nicht aussetzen durfte«, sei er abgehalten worden, »den Unvergeßlichen zu seinem Grabe zu geleiten«.[308]
2. Daß Hölderlin im ganzen, abgesehen von Erkältungen, wie sie ein jeder hat, gesund war, ja von einer robusten Gesundheit. Die Dienste von Prof. Gmelin nahm er praktisch nie in Anspruch. Dem geistigen Zustand Hölderlins gegenüber betrachtete sich der Arzt als hilflos. Seine Äußerung dazu wird von Ernst Zimmer in einem Brief vom 19. April 1812 an die Mutter vermittelt:
»Ich habe den Herrn Professor Gmelin als Arzt zu Ihrem lieben Sohn holen lassen, dieser sagte man könne über Ihres Sohnes würklichen Zustand noch nichts Bestimmtes sagen, es scheine ihm aber ein Nachlaß der Natur zu sein, und leider gute Frau bin ich in die traurige Notwendigkeit versetzt, es Ihnen zu schreiben, daß ich es selbst glaube.«[309]
Ein »Nachlaß der Natur« – eine von Schiller mehrfach gebrauchte Redensart, um das Aufhören einer natürlichen Funktion zu bezeichnen. Dem ist zu entnehmen, daß weder Gmelin noch Zimmer an die Möglichkeit einer völligen Wiederherstellung Hölderlins glaubten.
3. Doch hat sich, soweit man weiß, Prof. Gmelin zum geistigen Zustand Hölderlins nie geäußert, sich für den Fall nicht interessiert, ihn nie als Geisteskranken qualifiziert.
4. Wahrscheinlich hat er den psychischen Zustand Hölderlins auf eine nie wiedergutzumachende physiologische Störung der Gehirnfunktion zurückgeführt und deswegen eine Obduktion veranlaßt. Diese schien ihm seine Hypothese einigerma-

ßen zu bestätigen. Sonst war das Gehirn »sehr vollkommen und schön gebaut«.
5. Der Professor der Anatomie und Zoologie Dr. Wilhelm Rapp (1794–1868) ist zwar zurückhaltender in der Schlußfolgerung, aber dem Wortlaut seines Berichts entnimmt man, daß er bei der Sezierung zuerst von einer Hypothese geleitet worden war, und zwar der Hypothese einer Gehirnerweichung, die sich nicht bestätigte: »Consistenz des Gehirns ziemlich fest. [...] Hirnhäute in unverändertem Zustand; die beiden Substanzen des Gehirns deutlich zu unterscheiden«. Auch die Hypothese einer Störung des Blutkreislaufes im Gehirn wird beseitigt: »die Venen mit Blut gefüllt, [...] die Arterien auf der Basis des Gehirns nicht verknöchert«.
Trotz der Behauptung E. und M. Bleulers, es sei »wahrscheinlich [...], daß es sich [bei Hölderlin, P. B.] nicht um eine primäre Hirnkrankheit handelt«[310], kann man nicht ausschließen, daß die neurologische Läsion des Gehirns, besonders die Erweiterung des Ventriculus Septi pellucidi, die Verdickung und das Festwerden des Corpus callosum und der fornix für Hölderlins Zustand – zumindest in der zweiten Hälfte seines Lebens – eine Rolle gespielt haben kann. Heute muß man es den Neurologen überlassen, die Rolle des Corpus callosum als zwischen den beiden Gehirnhälften vermittelnd und die bei einer Verhärtung desselben eventuell eintretenden Störungen der geistigen Funktionen zu bestimmen. Vielleicht sind sie es, die einstmals das letzte Wort zum »Fall Hölderlin« sprechen werden.

Aus den hier erstmals gesammelten und gesichteten Dokumenten zur Krankheitsgeschichte geht eindeutig hervor, daß Hölderlin von seinen Zeitgenossen fast einstimmig[311] für geistesgestört gehalten worden ist – doch viel mehr nicht.
Es ist sehr verständlich, daß unter den damaligen Verhältnissen diese Geistesgestörtheit als die Folge einer Erkrankung, als ein pathologischer Fall betrachtet wurde. Stand damals eine Alternative zur Verfügung? Daß aber diese Interpretation des Falles Hölderlin von der Nachwelt einfach übernommen und nie in Frage gestellt wurde, ist weniger verständlich.
Wenn man die Dokumente in das rechte Licht stellt, wenn man die Zeugnisse relativiert, wenn man den äußeren Um-

ständen und den Erlebnissen Hölderlins Rechnung trägt, wenn man die Originalität eines Dichtertemperaments berücksichtigt – wo bleiben dann die Zeichen, die als unmißverständliche Symptome einer Geisteserkrankung gelten dürften?
Diese methodische und kritische Arbeit hat man sich seltsamerweise bis heute erspart, um unentwegt weiter von Hölderlins »Geistesumnachtung«, von der Krankheit, die ihn befallen, von einer angeblichen Schizophrenie zu reden.
Andererseits aber ist heute gerade der Begriff der Schizophrenie höchst umstritten. Schizophrenie – was ist das? Neuerdings behaupten gewisse Psychiater, Schizophrenie – wenn es das gibt – sei keine Krankheit, sondern ein in gewissem Sinne normaler Zustand.
Doch will ich mich hier nicht auf die neuen Ansichten der heutigen Psychiatrie, auch nicht auf die der Antipsychiatrie berufen. Allerdings möchte ich sagen, daß die Psychiatrie an dem Fall Hölderlin heute wahrscheinlich mehr lernen kann, als sie über ihn auszusagen hat.
Um im Rahmen der klassischen Psychiatrie zu bleiben: Es ist mir unverständlich, wie im Falle Hölderlins die Diagnose Schizophrenie gestellt werden konnte, sofern man Schizophrenie als »eine schicksalhaft ablaufende endogene Psychose« betrachtet, wie es unlängst Dr. Hans Schadewaldt noch getan hat.
Eine solche »schicksalhaft ablaufende endogene Psychose« sollte sich doch im Laufe der Zeit stufenweise entwickeln. Im Falle Hölderlin ist Derartiges nicht festzustellen. Bei ihm war die »Erkrankung« (wenn es sich um einen solchen Prozeß handeln sollte) kein progressiver, allmählich eintretender und fortschreitender Prozeß.

In Hölderlins Leben lassen sich drei Phasen unterscheiden. In der ersten Phase, von seiner Geburt bis zu den ersten Julitagen 1802, tritt weder in Hölderlins Verhalten noch in seinen Schriften das geringste Anzeichen einer Geistesstörung, einer Psychose zutage – wenn man nicht annimmt, das Dichten an sich sei schon eine pathologische Manifestation. Der Psychiater David Cooper schreibt, er entsinne sich, in einer Zeit, zu der er noch glaubte, daß es Schizophrenie gebe, gemeint zu haben, »daß die Schizophrenen die erdrosselten Dichter unserer Zeit seien«[312]. Man könnte auch umgekehrt sagen, Dichter seien »nicht erdrosselte« Schizophrene, und das, was übrig bleibt, wenn sie nicht mehr dichten, sei eben Schizophrenie. Doch diese Auffassung teile ich nicht, David Cooper heute gewiß auch nicht. In bezug auf Hölderlin kann man nur feststellen, daß er bis zum Juli 1802 ein psychisch völlig normaler und gesunder Mensch gewesen ist.

In der zweiten Phase (Juli 1802–11. September 1806) ist der Zustand Hölderlins derjenige einer tiefen Depression. Andere Zeichen als die einer tiefen Traurigkeit, einer »Gemütskrankheit«, wie man damals glaubte, gibt es bei ihm überhaupt nicht. Hölderlin lebt sehr zurückgezogen, sei es bei der Mutter in Nürtingen, sei es in der Nähe seines Freundes Sinclair (zweiter Homburger Aufenthalt). Er trauert, aber er arbeitet höchst konzentriert und ist auf dem Höhepunkt seines dichterischen Schaffens.

Die dritte Phase, die am 11. September 1806 einsetzt, ist die letzte und auch die längste. Sie dauerte bis zum Tode Hölderlins, ganze 36 Jahre, und gilt als die Zeit der »Umnachtung«. Die ersten Monate hat er im Autenriethschen Klinikum, den Rest bei Zimmer im Turm am Neckar verbracht.

Auffallend ist, daß diese Phasen sich scharf voneinander unterscheiden. In der ersten Phase ist Hölderlin ganz normal. In der zweiten erleidet er eine Depression. In der dritten gilt er als »umnachtet«.

Noch auffallender ist, daß innerhalb einer jeden dieser drei Phasen Hölderlins geistiger Zustand erstaunlich stabil geblieben ist. Während der zweiten, der depressiven Phase ist kein einziges der von Adolf Beck aufgezählten Symptome der Schizophrenie (wenn man von den Wutanfällen absieht, die aber anders zu erklären sind), weder »motorische Unruhe« noch »stereotype Verrichtungen«, »Zusammenhanglosigkeit der Gedanken«, »mit sich selbst Sprechen«, »Komplex der Depersonalisation« usw. festzustellen.

Während der dritten Phase hat sich Hölderlins geistiger Zustand 36 Jahre lang nicht geändert. Es haben die Zeugen keine nennenswerte Änderung in seinem Verhalten notiert, außer daß er im Laufe der Jahrzehnte allmählich immer weniger Wutanfälle gehabt hat.

Meine erste Frage an die Psychiater lautet also: Was ist das für eine Krankheit, die in zwei ganz unterschiedlichen – jeweils stabilen – Phasen abläuft? Eine »Krankheit«, bei der die Symptome der letzten Phase – die ich den Endzustand nennen möchte – von denjenigen der vorherigen Phase völlig verschieden sind, wobei keine Kontinuität festzustellen ist?

Dann: Zwischen den drei Phasen stehen jeweils zwei Lebenskrisen, die vom Juni 1802 (Rückkehr aus Frankreich, Tod von Susette Gontard) und die vom September 1806 (gewaltsame Abtransportierung nach Tübingen, Behandlung in der Klinik). Warum hat man sich immer geweigert, warum weigert man sich immer noch, irgendeinen Zusammenhang zu sehen zwischen Hölderlins stark traumatisierenden Erlebnissen und den darauffolgenden psychischen Zuständen? Von diesen Ereignissen hat man immer weggeschaut, sie willentlich ignoriert – als ob man fürchtete, die These der »schicksalhaft ablaufenden endogenen Psychose« könne dadurch erschüttert werden.

Heute noch ist man bemüht, den Zusammenhang zwischen dem Tode von Susette in Frankfurt und dem darauffolgenden psychischen Zustand Hölderlins hartnäckig zu leugnen.

Heute noch weigert man sich, der gewaltsamen Abtransportierung Hölderlins, von der wir erst durch Werner Kirchner und fast aus Zufall gehört haben, und der Behandlung in der Autenriethschen Klinik eine Bedeutung für Hölderlins späteren Zustand beizumessen.

Meine zweite Frage lautet also: Wenn man den traumatisierenden Ereignissen die ihnen meines Erachtens zukommende Bedeutung zuschreibt, sieht das »Krankheitsbild« Hölderlins dann nicht ganz anders aus?

Daraus ergibt sich meine dritte Frage: Ist Hölderlin überhaupt geisteskrank gewesen? Die Depression, die er erlitt, kann nicht als Geisteskrankheit gelten, sobald man sie nicht mehr unbedingt als »endogene Melancholie«, d. h. Melancholie ohne äußeren Anlaß, zu betrachten hat.[313]

Was den Endzustand betrifft: Von Paranoia, von Wahnvorstellungen kann nicht ein einziges Mal die Rede sein. Es geht zu weit, wenn man feststellt, Hölderlin habe mit sich selbst viel geredet, und dann erwägt, »ob es sich hier um schizophrene Halluzinationen in Form des Stimmenhörens handelt?« Jeder, der in der Einsamkeit gelebt hat, weiß es: Das mit sich selbst Reden hat mit Halluzinationen nichts zu tun. Und Hölderlin war »allein«. Ein einsamer Mensch. Ein Einsiedler.

Man hat gesagt, Hölderlin sei von dementia praecox, vorzeitigem Blödsinn, befallen worden: Doch kein einziges Mal hat sich Hölderlin als Schwachsinniger verhalten. Wann hätte er Blödsinn geredet? Wohl führt er lange, kaum unterbrochene Selbstgespräche, die für Zuhörende, für Unbeteiligte keinen Sinn haben, ganz einfach, weil er nicht mit ihnen, sondern mit sich selbst redet. Er verfolgt die eigenen Gedanken und scheint immer zu wissen, was er mit dem Gesagten meint; doch erachtet er es nicht für nötig, sich für andere deutlich auszudrücken. Er scheint sogar seinen Spaß daran zu haben, das Ausgesprochene zu verschlüsseln. Es ist »oft viel Sinn in seiner Rede«, meinte der gute Zimmer: Vielleicht nicht nur »oft«, sondern immer.

Man kann schon der Meinung sein, daß es ein psychiatrisch relevanter Fall ist, wenn einer sich nicht mehr bemüht, sich deutlich und allgemeinverständlich auszudrücken. Dann sollte man aber einen nicht unbeträchtlichen Teil der heutigen Literatur als psychiatrisch relevant betrachten.

Man kann auch sagen, daß einer, der sich von der Welt zurückzieht und 36 Jahre in geistiger und sozialer Isolierung lebt, ein Kranker ist. Dann muß man aber wohl alle Einsiedler, viele Mönche – christliche und nicht-christliche –, alle Mystiker als Geisteskranke betrachten.

Hölderlin hat an »motorischen Störungen« nicht gelitten. Seine Schrift ist bis zuletzt schön, ja sehr schön geblieben.

Er hat ein gutes Gedächtnis behalten, zumindest für das, wofür er sich noch interessiert. Doch so sind alle Menschen; jeder behält nur das, was von Interesse für ihn ist. Wenn Hölderlin sich anscheinend an etwas Bedeutendes nicht erinnert – seiner Reise nach Frankreich, Diotimas, usw. –, so scheint es, daß er es zumindest im Gespräch verdrängt; daß er sich weigert, davon zu sprechen. Wenn er vorgibt, gewisse Leute nicht zu erkennen, seien es Verwandte oder alte Freunde, so hat man den Eindruck, daß er eine Maske auf-

setzt. Daß er die Mitglieder der eigenen Familie nicht mit offenen Armen empfängt, hat seinen guten, vernünftigen Grund.
Die übertriebene Höflichkeit? Die feinfühligsten unter seinen Besuchern spüren, daß er an die Titel, mit denen er nicht sparsam umgeht, nicht glaubt; sie vermuten hinter seiner affektierten Höflichkeit eine gewisse Ironie, und daß er sie vielleicht zum besten hält; daß er in erster Linie auf Höflichkeit ihm selbst gegenüber besteht. Mit dieser übertriebenen, affektierten Höflichkeit hält man sich die Leute vom Leibe, sagte Zimmer.
Mit der Familie des Schreinermeisters pflegt er einen sehr vertrauensvollen, intim freundlichen, gemütlichen und vernünftigen Umgang. Er hat keinen Augenblick verkannt, inwiefern er ihr verpflichtet war. Glaubt man ernsthaft, Jungfer Lotte hätte ihn so verehrt, wenn er »verrückt« gewesen wäre?
»Aber im Turm hat er doch nicht mehr geschrieben!« – Falsch, ganz falsch. In der ersten Zeit hat er viel, sehr viel geschrieben; aber man versuchte, ihn daran zu hindern und ihn davon abzubringen, in der Überzeugung, daß es ihn aufregte und ihm nicht bekam. Das war auch die Ansicht seiner Mutter gewesen; eine damals geläufige Ansicht, daß die geistige Arbeit zur »Überspanntheit« (lies: Übergeschnapptheit) führt.
Dichten konnte er noch. Aus der Zeit im Tübinger Turm sind etwa fünfzig Gedichte erhalten geblieben; keine Kleinigkeit. Gelegentlich machte es ihm Spaß, eine Versifizierung zu improvisieren. Doch weigerte er sich ab und zu, solche Produkte mit seinem Namen zu unterzeichnen: sie gehören nicht zum »Werk« des Dichters, und er weiß es.

Hölderlin im Turm – ein Geisteskranker? Nein.
Ein Kauz? Das wohl.
Ein Kauz, wie es sie überall in der Welt zu Dutzenden gibt, ohne daß man sie deswegen für Geisteskranke hielte. Vielleicht ist es nicht abwegig, in diesem Zusammenhang an einen anderen Freund Charlottes von Kalb zu denken und zu sagen: Hölderlin? Ein Kauz à la Jean-Paul. Ein närrischer Patron.
In England hätte er als ein e c c e n t r i c gegolten, als ein

sehr netter, sehr höflicher alter Sonderling, wie man sie dort gern hat und zu schätzen weiß.

Daß er sich selber und sein Schicksal als »exzentrisch« betrachtete, ist klar. Es wird sich die Gelegenheit finden, auf die Bedeutung der »exzentrischen Bahn« für Hölderlin zurückzukommen. Die »Exzentrizität« hat er auch von jeher kultiviert, wenn er auch manchmal eine Sehnsucht nach »Normalisierung« und Frieden empfand.

Selbst Waiblinger, der »nur einen Wahnsinnigen« schildern wollte, denn – so sagt er – er könne nicht leben, wenn er nicht einen Wahnsinnigen schildre, mußte am Ende seiner Lebensskizze feststellen, »die unzähligen närrischen Kuriositäten« Hölderlins seien »eine leicht erklärbare Ausgeburt seines Einsiedlerlebens«. Es kommen ja, fährt Waiblinger fort, »sogenannte vernünftige Menschen, die viele Jahre lang sich zurückziehen, besonders wenn sie nicht arbeiten, auf Dinge, die kaum einem ausgemachten Narren anstehen würden«.[314] Selbstverständlich kommt es auch darauf an, wen man für geisteskrank hält.

Damals, zur Zeit Hölderlins und noch später, war es so, daß einer, der sich mit dem ihm in der Gesellschaft beschiedenen Platz nicht abfand, für irre galt.

Hölderlin weigerte sich, in eine Pfarre einzuheiraten und damit ein Leben lang seinen Unterhalt zu sichern. Seiner Mutter konnte das nur als »verrückt« erscheinen. Und sie ist es, die zuerst die Mär von der »Krankheit« ihres lieben Sohnes in Umlauf setzte.

Es trifft sich, daß gerade zu der Zeit, als Hölderlin mit Gewalt von Homburg nach Tübingen transportiert wurde, also im September 1806, sein Freund, der Dichter Siegfried Schmid, seit fünf Monaten in der Irrenanstalt zu Kloster Haina im Kellerwald, zwischen Marburg und Kassel, saß.

Wie war er da hingekommen? Hatte er Zeichen einer Geisteskrankheit von sich gegeben, wenn ja – welche? Werner Kirchner berichtet, daß »der überarbeitete, mit seiner Friedberger Umwelt zerfallene Siegfried Schmid auf Antrag seines Vaters in die Irrenanstalt für ein halbes Jahr eingeliefert worden war, ›um zu einem brauchbaren Bürger der menschlichen Gesellschaft wieder hergestellt zu werden‹«[315] – so der Vater im Internierungsantrag!

Siegfried Schmid war (für unsere Begriffe) so wenig geisteskrank, daß er bald darauf »für die menschliche Gesellschaft« wieder »brauchbar« wurde: Nach seiner Entlassung aus der Irrenanstalt bewährte er sich zehn Jahre lang (1808–1819) als Rittmeister des österreichischen Heeres im Husarenregiment des Erbprinzen von Homburg. Als pensionierter Offizier verlebte Siegfried Schmid noch 25 ruhige Jahre, zuerst in Ungarn, dann in Wien, wo er sich seinen literarischen Tätigkeiten widmete.

Der Fall Siegfried Schmid darf als ein Erfolg der damaligen Psychiatrie gelten. Man kann es bedauern, daß dem Autenriethschen Klinikum mit Hölderlin ein solcher Erfolg nicht beschieden war: Aus ihm hätte man vielleicht, wenn schon keinen Husarenrittmeister, doch noch einen leidlichen schwäbischen Pfarrer machen können. Aber gerade das wollte er nicht. Ihn zu einem »brauchbaren Bürger der menschlichen Gesellschaft wieder herzustellen« ist Autenrieth nicht gelungen. Hölderlin war und blieb »unbrauchbar«.

Er wußte es übrigens selbst am besten und hatte es vor dem Aufbruch nach Frankreich an Böhlendorff geschrieben, er verlasse sein Vaterland »vielleicht auf immer«:

»Was hab' ich lieberes auf der Welt? Aber sie können mich nicht brauchen.«[316]

Ich will hoffen, daß wir heute über die »Brauchbarkeit« des Bürgers und über seine an der Brauchbarkeit gemessene Geistesgesundheit anderer Ansicht sind.

Damals war es so. »Mein Jahrhundert ist mir Züchtigung«, meinte schon der sechsundzwanzigjährige Hölderlin und setzte seine ganze Hoffnung auf spätere Generationen, auf »das kommende Geschlecht«, auf »die Ungeborenen«, die ihm wohl ein besseres Verständnis entgegenbringen würden. Mitten in der Handschrift der ersten Fassung des *Empedokles* notierte Hölderlin einige Verse aus Pindars erster Olympischer Hymne, die Sinclair später als Motto zur Cevennen-Trilogie übernahm, die also gemeinsames Gut der beiden Freunde war. Da liest man: H a m e r a i d' e p i l o i p o i m a r t y r e s s o p h ô t a t o i, zu deutsch: »künftige Tage aber sind zuverlässigste Zeugen«.

»Mein Jahrhundert ist mir Züchtigung«, meinte Hölderlin. Aber die Nachwelt?

Die »zuverlässigsten Zeugen«, in die er seine Hoffnung setzte, die »künftigen Tage« – sind sie endlich angebrochen? Etwa 1800, in Homburg, klagte Hölderlin:

> Echo des Himmels! heiliges Herz! warum,
> Warum verstummst du unter den Sterblichen?
> Und schlummerst, von den Götterlosen
> Täglich hinab in die Nacht verwiesen?[317]

Sollte Hölderlin auch von den Späteren »ewig hinab in die Nacht« – in die Nacht der Umnachtung – verwiesen werden?

Zweiter Teil

Versuch einer psychologischen (nicht pathologischen) Deutung des Falles Hölderlin

Es reicht wohl nicht aus, die herausfordernde Frage zu stellen: »war Hölderlin geisteskrank?«, und darauf – wie ich es jetzt zu tun geneigt bin – eine negative Antwort zu geben.
Es muß auch der Versuch gemacht werden, eine plausible Erklärung für den sehr eigenartigen psychischen Zustand Hölderlins während der zweiten Hälfte seines Lebens zu bieten.
Ich bin überzeugt, daß es eine solche – nicht psychopathologische – Erklärung gibt. Wenn man nur einerseits die allerdings eigenartige psychische Struktur Hölderlins und andererseits die Wirkungen seiner Erlebnisse angemessen würdigt, wird man zu einer Interpretation des »Falles Hölderlin« gelangen, die sich von der landläufigen weit entfernt.
Und dies führt zu einem von Grund auf erneuerten Verständnis der Person und des Werks.
Wenn Hölderlin, wie ich meine, nicht »umnachtet«, nicht geisteskrank gewesen ist – was war er dann?
Ich sage nicht, Hölderlin sei völlig »normal« gewesen. »Normal« war er gewiß nicht, insofern dieser Begriff statistisch verstanden wird. Er war ein sehr eigenartiger, vielleicht einzigartiger Mensch – ein außerordentlicher, d. h. aus der Ordnung fallender Typ. Doch sollen alle Menschen über einen Kamm geschoren werden? Wenn einer der hier und heute als maßgeblich anerkannten Normalität nicht entspricht, soll er deswegen für »krank« erklärt werden, als Psychopath gebrandmarkt, abgetan und kaltgestellt werden, wie es bei Hölderlin – und nicht nur zu seinen Lebzeiten, sondern auch in der Nachwelt – der Fall gewesen ist?
Es ist nicht zu glauben: Wenn ich bestreite, Hölderlin sei geisteskrank gewesen, wird mir des öfteren das unwiderlegbare Argument entgegengestellt: »Sie werden doch nicht bestreiten, daß Hölderlin als Wahnsinniger ins Irrenhaus kam?«
Ja – was soll man da sagen?
Diese Auffassung des Abnormen als Kranken entspricht dem Sprachgebrauch. In einem populären Wörterbuch der deutschen Sprache lese ich z. B. unter dem Stichwort »Abnormität« zuerst und wohl ganz richtig »Regelwidrigkeit«, doch gleich darauf steht: »ungewöhnl. krankhafte Erscheinung«.[1]
Schon die erste Definition, »Regelwidrigkeit«, enthält ein normatives, regulierendes, ordnendes und verordnendes, eigentlich ethisches Element. Doch gleich darauf kommt die

Ergänzung: Wer aus der Norm fällt, wer anders ist als »die Regel«, kann nur als krank gelten.
Unter den »angeborenen, unveräußerlichen und unverletzlichen Menschenrechten« sollte das Recht des Individuums ausdrücklich erwähnt und unter den Schutz des Gesetzgebers gestellt werden, anders zu sein als die Norm – als die Norm derjenigen, die sich selbst für die Norm halten, sich einzig und allein für »gesund« halten und die anderen, die von der Norm Abweichenden, als »Kranke« behandeln und eventuell internieren.
Ich habe als Kind auf dem Lande erlebt, wie die Bauersfrau der Gluckhenne unter die Hühnereier manchmal auch ein Entenei zum Bebrüten hinlegte. Unter den Küken befand sich dann ein Entchen. Wir sahen zu, wie hilflos die Henne sich diesem abnormen Küken gegenüber benahm, wenn beim ersten Spaziergang der Henne mit ihrer Brut das Entchen gleich im Teich schwimmen ging. Die Henne betrachtete es wohl als ein Verhängnis, als Gottesstrafe, ein »krankes Küken« ausgebrütet zu haben. Wenn mir heute die Szene wieder in den Sinn kommt, muß ich dabei immer an Hölderlins Mutter denken.
Daß eine Ente kein krankes Huhn ist, versteht die Henne nicht. Aber die humane Psychopathologie ist heute auch nicht viel weiter; zumindest ist sie noch nicht so weit, daß sie die Andersartigkeit gewisser Individuen anerkennen würde, sie gelten ließe und nicht zu »behandeln« trachtete.
Auch pickten alle »normalen« Küken auf dem abnormen, »kranken« Brüderlein herum. Menschen machen es auch nicht anders. Wenn das Entchen gescheit und weise ist, hört es bald auf, sich an den Spielen der Anderen zu beteiligen; um nicht dauernd angegriffen, gescholten und »behandelt« zu werden, bleibt es abseits und spielt allein. Es geht schwimmen.
Daß Hölderlin ein andersgearteter Mensch gewesen ist, das hat Peter Härtling geahnt. »Du bist anmaßend«, sagt bei ihm Köstlin. »Du willst immer besser sein als die anderen.« »Noi, net besser, bloß anders«, läßt Härtling den kleinen Friedrich auf die Schelte antworten.[2] »Bloß anders« war Hölderlin – aber w i e war er? Das richtig darzustellen hat Peter Härtling m. E. leider versäumt.

Ich habe nicht die Verwegenheit, ein psychologisches Porträt Hölderlins zu zeichnen. Ich will hier nur auf einige, meistens außer acht gelassene, doch in unserem Zusammenhang relevante Züge seines Temperaments aufmerksam machen, die für das Verständnis des Falles Hölderlin von Belang sind, die aber auch zu einem besseren Verständnis seiner Schriften einiges beitragen dürften.

Prinzipiell werde ich möglichst oft Hölderlin selbst zu Worte kommen lassen. Er war ein außerordentlich selbstbewußter Mensch, ein geschulter Selbstanalytiker dazu. Vielleicht werden einige meinen, er sei zu sehr mit sich selbst beschäftigt gewesen: meinem Vorhaben kommt das zugute. Wohl alles, was es über ihn zu sagen gilt, hat er irgendwann in irgendeiner Form ausgesprochen, die es bloß zu entschlüsseln gilt.

Denn darin liegt die eigentliche Schwierigkeit; Hölderlin hat sich nicht immer deutlich und unmißverständlich ausgesprochen. Er ist ein großer Könner auf dem Gebiet des verhüllenden Umschreibens und der Geheimhaltung. Schon ein Kommilitone aus der Zeit des Tübinger Stifts, Karl Klüpfel, schrieb:

> Von seinem inneren Leben werde man schwerlich Näheres erfahren, da er sich nicht leicht Jemand mitteilt und in Tübingen wenigstens keinen näheren Freund gehabt.[3]

Man sehe auch, mit welcher Kunst des »indirekten Schreibens« er als junger Mensch der Mutter andeutet, ohne es auszusprechen, er wolle und könne nicht Pfarrer werden, weil ihm der dazu gehörige Glauben, die Kirchenfrömmigkeit, fehle. Doch lügt er nicht: er sagt – und sagt nicht. Verstehe, wer kann – wer sich die Mühe gibt, ihm mit Verständnis entgegenzukommen. Wenn nicht, dann eben nicht.

Auch da hat er in der griechischen Tradition eine Bestätigung des eigenen Temperaments gefunden: Die Orakel hatten gesagt, was bevorstünde, aber die Menschen hatten sie nicht verstanden.

Von Heraklit haben Hölderlin und Hegel drei Worte sich zu eigen gemacht. Das erste ist das h e n p a n t a e i n a i, daß Eins das Ganze sei; eine Formulierung, die als h e n k a i p a n unter ihnen Stichwort war. Das zweite ist das h e n d i a p h e r o m e n o n e a u t ô, das in sich selbst unterschiedene, differenzierte Eine, das im *Hyperion* in der Form des hen diapheron eautô vorkommt. Das dritte ist das Wort der palintonos (oder: palintropos) harmonie ôsper toxou kai lyres, die innere Spannung des in sich selbst gegenstrebigen besaiteten Holzes, wie beim Bogen und der Leier: ein Wort, in dem der Keim des ganzen dialektischen Denkens enthalten ist.

Doch ist ein viertes Wort des Heraklit, vielleicht als Geheimlehre, für Hölderlin – wohl auch für Hegel – womöglich noch wichtiger gewesen: oute legei, oute kryptei, alla sèmainei, der Herrscher (Apollon) in Delphi: weder spricht er aus, noch verheimlicht er, er deutet nur an. Sèmainei: er gibt Zeichen. »Winke sind/Von Alters her die Sprache der Götter«, so lautet Hölderlins Übertragung und Aneignung des Heraklitischen Wortes.[4]

Auch er, der Dichter und Briefschreiber Hölderlin, redet sibyllinisch. Auch er äußert sich in Zeichen, die es zu deuten gilt; Zeichen übrigens, die nur selten eindeutig sind, die auf Verschiedenes hinweisen und mehrere gleichzeitig gültige Interpretationen zulassen.

Diese zugleich verhüllende und enthüllende Mehrdeutigkeit hat Hölderlin sorgsam kultiviert, insbesondere insofern er sich als Träger eines inneren »Göttlichen« empfand:

> [...] es waltet ein Gott in uns.
>
> Den verrathen? [...]
> Diß, diß Eine vermag ich nicht.[5]

Den »Gott in uns« verraten – das heißt wohl, im ersten Anlauf, ihm untreu sein. Aber es bedeutet auch, ihn der Menge preisgeben. Das Göttliche darf nicht auf den Marktplatz getragen werden. Die Weihe ist im Geheimnis. In den griechischen Tempeln war nur Geweihten der Zugang zur Wohnung des Göttlichen, zum adyton nicht verwehrt.

Es läßt sich philologisch feststellen: wenn man die verschiedenen Fassungen eines Hölderlinschen Textes miteinander vergleicht, fällt auf, wie oft die früheren Fassungen deutlicher, unumwundener das zu Sagende aussprechen, während spätere Fassungen es vertuschen und gleichsam vergraben:

Die Tempelsäulen stehn
Verlassen in Tagen der Noth,
Wohl tönet des Nordsturms Echo
                    tief in den Hallen,
[...] nahmlos aber ist
In ihnen der Gott, und die Schaale des Danks
Und Opfergefäß und alle Heiligthümer
Begraben dem Feind in verschwiegener Erde.[6]

O d i   p r o f a n u m   v o l g u s   e t   a r c e o, sang Horaz, sich als v a t e s, als Dichter mit einem Priester vergleichend, der vor der kultischen Handlung die profane Menge entfernt. Das Entsprechende lautet bei Hölderlin:

wenn unheilige schon
          in Menge
                und frech [...][7]

Heute, wo das Zurschaustellen der Intimität an der Tagesordnung ist, kann vielleicht diese Zurückhaltung nicht mehr ganz leicht verstanden werden.
Einerseits kann man sagen, Hölderlin habe sich zeit seines Lebens nur mit sich selber beschäftigt – für andere hat er sich wenig interessiert, er hat sich kaum an ihre Stelle zu versetzen vermocht oder es versucht –, so daß in seinen Schriften, wenn auch durch die »Blumen des Worts« verdeckt, nur von ihm selbst die Rede ist. Andererseits aber lassen sich die meisten seiner Aussprüche, vielleicht sogar alle, erst dann als getarntes Selbstbekenntnis anhören und verstehen, wenn man mit seiner Technik der Verschlüsselung etwas vertraut ist:

Dreifach umschreibe du es,
Doch ungesprochen, wie es da ist,
Unschuldige, muß es bleiben.

Das Ungesprochene muß lange verhüllt und geheimgehalten bleiben,

Denn Sterblichen geziemet die Schaam,
Und so zu reden die meiste Zeit
Ist weise auch von Göttern.[8]

Die »Unschuldige«, die er anspricht, ist »Germanien«. »Wie es da ist«: unter den heute in Deutschland waltenden Um-

ständen. Erst später wird die Zeit kommen, wo in einer »offenen« Welt erlaubt sein wird, zu »nennen«, was vor Augen ist. Dann werden die Menschen so sein, daß man sich mit ihnen deutlicher wird ausdrücken können.
Bis dahin soll das im Wort eingehüllte Heilige heimlich wirken, wie es bis zu uns das griechische Wort »schlafend« getan hat:

> es wächst schlafend des Wortes Gewalt.[9]

Vielleicht würde es uns ebenfalls ziemen, das Geheimgehaltene zu respektieren. Doch meine ich, es sei nicht unberechtigt, einiges zu entschlüsseln – »doch auch bedarf es Eines, die heiligen auszulegen«[10] – sei es nur, um die falsche Aura des »geistig Umnachteten« beseitigen zu helfen.
Hölderlin war kein komplizierter Mensch. Er ist, ganz im Gegenteil, der einfachste Mensch, dem ich je begegnet bin. W i r sind es, die kompliziert sind und die unsere Komplikationen in ihn hineinprojizieren, was uns das Verständnis Hölderlins trübt. Solange man ihn in seiner Einfachheit zu erkennen verfehlt, geht man an ihm vorbei.
Hat er uns doch selber vor der Gefahr weithergeholter Interpretation gewarnt, und zwar in den Zeilen, die er dem in unserer Sicht schwierigsten aller seiner Gedichte, der *Friedensfeier,* vorausschickt:

> Ich bitte dieses Blatt nur gutmüthig zu lesen. So wird es sicher nicht unfaßlich, noch weniger anstößig seyn. Sollten aber dennoch einige eine solche Sprache zu wenig konventionell finden, so muß ich ihnen gestehen: ich kann nicht anders.[11]

»Nur gutmütig« – also einfältig. Ein-fältig: das Wort Einfalt ist bei Hölderlin groß geschrieben. Er ist nicht »zwie-fältig«. »Zu wenig konventionell«, das ja. Dann kommt das Bekenntnis: »ich kann nicht anders«. Man muß ihn nehmen, wie er ist – oder gar nicht. Er ist monolithisch.
Was Nietzsche von den Vorsokratikern, von Thales und Anaximander, von Heraklit und Empedokles sagte, jedes Wort davon gilt auch für Hölderlin:

> Alle jene Männer sind ganz und aus einem Stein gehauen. Zwischen ihrem Denken und ihrem Charakter herrscht strenge Notwendigkeit.

Es fehlt für sie jede Konvention [...]. Sie alle sind in großartiger Einsamkeit als die einzigen, die damals nur der Erkenntnis lebten. Sie alle besitzen die tugendhafte Energie der Alten, durch die sie alle Späteren übertreffen, ihre eigene Form zu finden und diese bis ins Feinste und Größte durch Metamorphose fortzubilden. Denn keine Moden kamen ihnen hilfreich und erleichternd entgegen. So bilden sie zusammen das, was Schopenhauer im Gegensatz zu der Gelehrten-Republik eine Genialen-Republik genannt hat: ein Riese ruft dem anderen durch die öden Zwischenräume der Zeiten zu, und ungestört durch mutwilliges lärmendes Gezwerge, welches unter ihnen wegkriecht, setzt sich das hohe Gespräch fort.[12]

Man steht hier vor einem Paradoxon: Hölderlins Geisteskrankheit soll angeblich die Schizophrenie gewesen sein. S c h i z o p h r e n i e bedeutet Spaltungsirresein. Aber wer wäre denn weniger »gespalten« als der monolithische Hölderlin? Nun sind es die anderen alle – diejenigen, die das Eine denken und das Andere sagen, das Eine sagen und das Andere tun –, die ihn der Schizophrenie bezichtigen! Wer wäre denn weniger schizophren als er? Wahrlich, eine schizophrene Welt.

»Aus einem Stein gehauen« – und so geboren. Daran sei nichts zu ändern, meinte er, denn »das meiste nemlich vermag die Geburt«, und »wie du anfiengst, wirst du bleiben, so viel auch wirket die Noth, und die Zucht«.[13]

Wie war Hölderlin »geboren«, wie »fieng« er an?

Hölderlin ist kein irgendwo durch Zufall vom Himmel gefallener Meteorit, kein Findling. Er ist ein Sohn des lutherisch-schwäbischen Pfarrhauses und sollte in erster Linie als solcher verstanden werden.

In einer katholischen Welt wäre ein Hölderlin gar nicht geboren worden. Es ist eine der weittragendsten Entscheidungen der katholischen Kirche gewesen, das Zölibat der Geistlichen einzuführen – und einer der wichtigsten Schritte der Reformation, das Zölibat abzuschaffen.

Das Zölibat ist sicherlich nicht aus theologischen Gründen eingeführt worden; denn in der Offenbarung, weder in der alt- noch in der neutestamentlichen Tradition, findet sich eine derartige Forderung. Der entsprechende Beschluß der Konzilien hatte wohl viel mehr mit der Sorge zu tun, die Gefahr abzuwehren, die eine jede Elite bedroht, nämlich, daß sie durch die Vererbung der Ämter im Laufe weniger Generationen dekadent wird. Wenn die Bischöfe keine Söhne hinterließen, konnte die Hierarchie der Geistlichen in jeder Generation völlig erneuert und jeweils nur aus den besten Söhnen des Volks ausgewählt werden. So hat sich denn auch die katholische Hierarchie Jahrhunderte hindurch bewährt. Insofern hat das katholische Zölibat die Kirche als Institution ein Jahrtausend lang aufrechterhalten. Dieser Brauch bedeutete jedoch auch einen ungeheuren qualitativen Verlust an genetischem Potential: die Besten wurden auserlesen, doch wurde es gerade ihnen verboten, sich fortzupflanzen: eine negative Selektion.

Die vom Protestantismus eingeführte Ehe der Geistlichen hat entgegengesetzte Folgen gezeitigt, wie Albrecht Schöne gezeigt hat.[14]

»Seit der Mitte des 16. Jahrhunderts empfängt das deutsche Schrifttum aus dem protestantischen Pfarrhaus einen mächtigen Zustrom literarischer Begabungen.« Albrecht Schöne erwähnt einige Namen: Fleming, Gryphius, Gottsched, Gellert, Lessing, Wieland, Matthias Claudius, Lichtenberg, Bürger, Hölty, Lenz, Jean Paul Richter, August Wilhelm und Friedrich Schlegel, Jeremias Gotthelf, Geibel, Nietzsche, Gottfried Benn. Hölderlin erwähnt er nicht, weil »nur seine Mutter«

Pfarrerstochter war, sein Vater dagegen kein Geistlicher, sondern »bloß« Klosterhofmeister und geistlicher Verwalter. Von anderen Früchten des deutschen, und sonderlich des schwäbischen Pfarrhauses (Hegel, Schelling) sieht Albrecht Schöne ab, anscheinend, weil sie nicht zu den anerkannten schöngeistigen, literarischen Begabungen gehören.

»Unter den nach 1525 Geborenen und vor 1900 Gestorbenen erfaßt die Allgemeine Deutsche Biographie insgesamt 765 Dichter, in deren Lebensbeschreibung der Beruf des Vaters angegeben wird. Unter ihnen befinden sich 8 Töchter und 195 Söhne von Geistlichen. [...] Seit der Mitte des 16. Jahrhunderts entstammen von hundert deutschen Dichtern mehr als sechsundzwanzig dem Pfarrhaus.«

In dreieinhalb Jahrhunderten stammt also mehr als ein Viertel der deutschen literarischen Begabungen direkt aus dem Pfarrhaus. Nebenbei bemerkt: Da kann man a contrario kalkulieren, was die Sterilisierung durch das katholische Zölibat an potentiellen literarischen Begabungen gekostet hat. Da das Verhältnis zwischen Katholiken und Protestanten in Deutschland etwa 50:50 ist, wären, wenn die katholischen Priester Familien gegründet hätten, weitere 200 Söhne und Töchter gezeugt worden, deren Namen es verdient hätten, in die *Allgemeine Deutsche Biographie* aufgenommen zu werden.

Das System, das in Deutschland, und sonderlich in Schwaben, von Luther und seinen Nachfolgern eingeführt wurde, hat zu einer wahren, wenn auch unbeabsichtigten Geniezüchtung geführt: ein hochinteressantes humangenetisches Experiment, das über drei Jahrhunderte andauerte. Da die angehenden Pastoren des öfteren Pastorentöchter heirateten – es war nämlich üblich, bei einem Pastor Vikar zu werden, der eine heiratsfähige Tochter (oder deren mehrere) hatte, und in die Stelle einzuheiraten –, bildeten im Laufe weniger Generationen die Gelehrten- und Pastorenfamilien das, was Kretschmer eine »Inzuchtherde« nannte. Sie treten auf als »fast geschlossene, einheitliche Erbmasse«.

Die »Geniezüchtung« erfolgt »durch einseitige Talentpflege (Examens- und Berufsauslese) im Hinblick auf die humanistisch-pastorale Begabung, die sprachlichen und logischen Fähigkeiten und außerdem durch vorwiegend ständische Hei-

rat innerhalb der gleichen bürgerlichen Intelligenzschicht« (Schöne).
Sprachliche und logische Fähigkeiten: »Dieselben Familien liefern beide Begabungsformen, ja in der Begabung des einzelnen Genialen mischen sich häufig beide Anlagen. Die Philosophen sind zugleich Dichter (Schelling, Nietzsche) und die Dichter zugleich Denker und Gelehrte (Lessing, Herder, Schiller, Hölderlin, Uhland).«
Das Funktionieren des Systems ist am Beispiel Württembergs besonders einleuchtend zu fassen.
Das von Herzog Ulrich von Württemberg (1487–1550) bei der Einführung der Reformation in der ersten Hälfte des 16. Jahrhunderts gegründete Auslese- und Schulsystem bestand aus drei Selektionsstufen: unten ein Netz von Lateinschulen (im Falle Hölderlins die Lateinschule in Nürtingen), dann die mittlere Stufe der Klosterschulen (zuerst niedere Klosterschulen – Hölderlin war in Denkendorf, andere in Blaubeuren), dann die höhere Klosterschule (mit 16 Jahren kam Hölderlin nach Kloster Maulbronn), endlich die oberste Stufe, das Tübinger Stift, wo nur die Besten unter den Besten im ganzen Lande Aufnahme fanden.
Vorbedingung für die Aufnahme in die höhere Stufe war jeweils ein Landexamen in Stuttgart. Mit dreizehn Jahren, noch bevor er nach Denkendorf kam, war Hölderlin schon viermal im Landexamen geprüft worden, was die Mutter jedesmal 4 fl. (Gulden) kostete.
Nach welchen Kriterien wurden die Alumnen geprüft? Um hier nur die relevanten zu nennen: nach »Püncktlichkeit, Praecision und unterscheidender Genauigkeit«, was der Exspektant »in der Music tractire, und wie weit er darinnen gekommen seye«. Schon vom »Mittelmäßigen« erwartet man, daß er in seinen Arbeiten »wider die Orthographie, Etymologie und Syntax entweder gar nicht, oder doch nicht mehr als ein oder andermal, und nur in schwereren Fällen fehlt«. Das »Beste Zeichen« könne endlich keinem gegeben werden, dessen Ausarbeitung nicht »bereits das zeigte, was man Genium Linguae heißet«. Er muß »gelegentlich eine feine Wendung anzubringen« wissen, »oder bei Ausdrücken, die mehrerlei Sinn zulassen und haben, und bei etwas verwickelteren Constructionen, eine sich schon entwickelnde Beurtei-

lungskraft« zeigen. Wenn er »die genauere Wahl der Wörter, oder Eleganz, noch nicht verstünde«, ist er des AA-Zeichens nicht würdig.[15]

Bei der Aufnahme in Maulbronn verpflichtet sich der Klosterschüler, »mit allem Ernst und Fleiß zu studiren«, besonders aber sich »auf keine andere Profession, dann die Theologiam zu legen«; sonst soll er die auf ihn gewendeten Unkosten, und zwar »für jedes Jahr, allein für die Kost, Sechzig Gulden ohngeweigert und vollkommentlich zu refundiren«.

Also eine scharfe Auslese der Alumnen nach ganz bestimmten Kriterien – mit der Verpflichtung verbunden, Pfarrer zu werden; was – wie gesehen – darauf hinausläuft, daß die jungen angehenden Pastoren in der Regel Pfarrerstöchter heiraten. Nach fünf, sechs Generationen waren praktisch alle schwäbischen Pfarrer miteinander irgendwie verwandt und bildeten im genetischen Sinn eine Sippe.

Ein vergleichbarer Fall ist seit der Mitte des 19. Jahrhunderts das Hochzüchten von Rennpferden, die bekanntlich alle von vier Stuten abstammen, deren Produkte mit Sorgfalt selektiert wurden.

Die Sippe der schwäbischen Pfarrerssöhne ist bis jetzt nur sehr unvollständig erforscht worden. Die bekannteste Stammtafel betrifft die Nachkommenschaft von Regina Burckhardt (1599–1669) und ihrem Ehemann Carl Bardili (1600–1647). Unter ihren Nachkommen findet man etwa in der fünften, sechsten Generation die Namen von Hölderlin, Mörike, Uhland, Schelling, Graf Reinhard und mancher weniger bekannten, doch hochbegabten Philosophen, Theologen oder Künstler, wie Köstlin, Gerok, Niethammer usw.[16]

Weitere Untersuchungen würden Familienbeziehungen, u. a. zu Hegel, nachweisen. Die »Geniezüchtung« ist in diesem Falle kein leeres Wort, und sie verdiente es, näher untersucht zu werden. Doch heute, in einer Zeit, wo die Vererbung geistiger Fähigkeiten aus politisch-ideologischen Gründen von vornherein negiert wird, wird sich kaum einer daran wagen. Später wohl ...

Durch seine Mutter war Hölderlin mit der schwäbischen Pastorensippe verwandt. Johanna Heyn war die Tochter eines Pfarrers: »durch ihre Eltern stammte sie aus der württembergischen Pfarr-Aristokratie«[17]. Ihre Großmutter Jo-

hanna Sutor war eine geborene Bardili, Nachkommin der Regina.
Aber auch der Vater des Dichters, Heinrich Friedrich Hölderlin (1736–1772), Klosterhofmeister und geistlicher Verwalter eines ehemaligen Klostergutes in Lauffen am Neckar, war akademisch gebildet und Lizentiat beider Rechte, wie es schon sein eigener Vater, Hans Konrad, gewesen war. Der Urahn Alexander Hölderlin (1638–1705) war Pfarrer gewesen.
Eine seit Generationen akademisch gebildete Familie: im Jahre 1757, dreizehn Jahre vor Friedrich Hölderlins Geburt, tragen sich sowohl sein Vater als dessen beiden Vetter Johann Friedrich Hölderlin (1736–1811) und dessen Bruder Johann Leonhard Hölderlin (1737–1813) in das Stammbuch von Johann Gottlieb Mörike (dem Großvater des Dichters) mit Versen ein. Hier eine kleine humoristisch-elegische Probe von der gar nicht schlechten Dichtung von Friedrichs Onkel, eine Satire auf das Tübinger Stift:

Noch bin ich, wie Prometheus am fernen Kaukasus Berge,
An Clösterliche Mauern geschmiedet,
Wo mir lateinische Sorgen, Monaden und zänkische Ketzer,
Wie jenem der Adler, das Herze zerfleischen.

Die poetische Veranlagung liegt in der Familie. Es gehörte auch das Versemachen »zur bürgerlichen Kultur der Familie«, meint Adolf Beck, der davon einige Proben gibt.[18]
Wenn man schon die genetischen Aspekte der »Geniezüchtung« heranzieht, darf man auch ihre negativen Seiten nicht außer acht lassen. Die Inzucht kann gegebenenfalls, muß aber nicht unbedingt mißliche Folgen zeitigen; pathologische Züge können zur Erbmasse gehören. Ist das bei Hölderlin der Fall?
In Pfarramtsakten der Universitätsbibliothek Tübingen wird der obengenannte Vetter von Friedrich Hölderlins Vater, dessen Verse wir zitierten, als m a n i c u s, geistesgestört, bezeichnet. Genaueres hat sich nicht ermitteln lassen. Wer weiß? Vielleicht war auch er ein Dichter.
Weiter: In einer z. T. auf unbekannten Akten beruhenden Arbeit von Ernst Müller[19] steht ein Vermerk, den Johann Friedrich Blum, der Schwiegersohn der Schwester von Hölderlins Vater, am 8. 11. 1787 über seine künftige Frau – Friedrich

Hölderlins Base, die Tochter seiner Tante – schrieb: »Ihr angeborenes düsteres Wesen – ihr unveränderlicher Eigensinn – und die von Natur ererbte Melancholie – die ihre Großeltern und Eltern von beiden Seiten das Leben kosteten, und all ihre nächste Anverwandten getötet hat«.[20] Doch vermutet Adolf Beck, daß diese Äußerung »in einer Stunde des Unmuts über seine künftige Frau« Friederike Volmar, die damals fünfzehn Jahre alt war und mit der er sich ein Jahr später trotzdem verheiratete, geschrieben worden ist.

Ernst Müller betont, es gebe keinen bestimmten Anhalt, Hölderlins Vater »mit schizophrenen Anlagen belastet anzusehen«. »Schwermütige Stimmungen sind bei ihm nicht überliefert, alles erinnert sich nur seines immer heitren Wesens.«[21]

Hölderlins Mutter, von der im letzten Kapitel dieses Buches noch viel die Rede sein wird, war eine gesunde, zähe, energische, unbeugsame, geschäftstüchtige, buchführende Person, die beide Ehemänner zu Grabe trug, sieben Kinder gebar, bis ins hohe Alter hell im Kopf blieb und ihren Kindern ein nicht unbedeutendes Vermögen hinterließ.

Die Schwester des Dichters, vom gleichen Vater wie der Dichter gezeugt, die »liebe Rike«, soll in ihrem Alter eine sehr redselige Frau gewesen sein. Wilhelm Lange, der die Information von Mörike übernommen hat, bemerkt dabei, daß »die sprachmotorische Erregung und Erregbarkeit [...] eine familiäre Eigenschaft ist: die Hölderlins sprachen gern«.

»Ferner ist es sicher«, sagt Lange weiter, »daß die meisten Männer (und blutsverwandten Frauen) der Familie als sehr intelligent anzusehen sind und daß viele darin weit über dem Durchschnitt stehen. [...] Vielen war ein vortreffliches Gedächtnis eigen, wie es Hölderlin ebenfalls besaß. [...] Hölderlins musikalische Begabung scheint ebenfalls ein Erbstück gewesen zu sein, denn wir treffen in einer Seitenlinie viele musikalische Talente.«[22]

Ein bisher nicht beachteter Umstand ist die vorgeburtliche Prägung, die jedoch mit genetischer Vererbung nichts zu tun hat.

Man hat festgestellt, daß ein Kind gleich nach der Geburt die Stimme seiner Mutter sofort erkennt. Offensichtlich hat das Kind diese Stimme schon im pränatalen, fötalen Zustand

durch Zwerchfell und Amnion (Schafhaut) hindurch vernommen und sich eingeprägt.
Es ist aber anzunehmen, daß normalerweise die Frauen der »Pastorensippe« während der Schwangerschaft beim Gottesdienst geistliche Lieder sangen, und daß möglicherweise die musikalischen Töne sich dem noch nicht geborenen Kind als Stimme der Mutter, aber auch als harmonische Töne einprägten – eine Prägung fürs ganze Leben, wo der Wohlklang des Gesangs sich mit dem Wohlsein des vorgeburtlichen Zustandes paarte.
Wenn dem so wäre, könnte man sich vorstellen, daß zu den genetisch determinierten typischen Zügen der »Pfarrersippe« noch eine vorgeburtliche Prägung hinzukam und Generationen züchtete, die für Wohlklang ein besonders raffiniertes Empfinden entwickelten.

Ein weiterer »Bildungsfaktor« ist natürlich die Erziehung, von der ich schon gesprochen habe. Doch noch wichtiger als die Erziehung in einer pädagogischen Institution ist die Tatsache der Selektion und des Zusammenlebens der Selektierten. Auserwählte Jünglinge – die meisten übrigens untereinander verwandt – lebten miteinander und erzogen sich gegenseitig. Dies beruht auf genauer pädagogischer Erfahrung: es genügte schon, daß man die Besten einer Generation selektierte und sie in einer geschlossenen Gemeinschaft ihre jugendlichen Jahre miteinander verleben ließe, um sie im besten Sinne des Worts zu »erziehen«. Das meiste vermag das, was wir als »laterale Erziehung« bezeichnen: diejenige, die man im Verkehr mit der eigenen Altersklasse erhält. Wenn man bedenkt, daß drei junge Leute namens Hegel, Hölderlin und Schelling monate- und jahrelang miteinander im Stift lebten, kann man sich denken, was es bedeutet, daß sie die Welt des Geistes, der Sprache, der Philosophie, der Geschichte gemeinsam kennenlernten und tagtäglich untereinander kommentierten.
Auch ist die pietistische Prägung mit ihrer Tradition der Selbstanalyse und Gewissensprüfung, die Hölderlin schon als Kind übte, nicht zu unterschätzen. Das früheste Schriftstück Hölderlins ist ein Brief, den er wohl in der Herbstvakanz 1785 an Diakonus Köstlin schrieb – ein erstaunliches Stück Selbstanalyse:

Etliche Betrachtungen, insonderheit seit ich wieder von Nürtingen hier bin [in Kloster Maulbronn, P.B.], brachten mich auf den Gedanken, wie man doch Klugheit in seinem Betragen, Gefälligkeit und Religion verbinden könne. Es wollte mir nie recht gelingen; immer wankte ich hin und her. Bald hatte ich viele gute Rührungen, die vermuthlich von meiner natürlichen Empfindsamkeit herrührten, und also nur desto unbeständiger waren. [...] Insonderheit die Natur machte in solchen Augenbliken (dann viel länger dauerte dieses Vergnügen selten) einen außerordentlich lebhafften Eindruk auf mein Herz; aber ich konnte niemand um mich leiden, wollte nur immer einsam seyn, und schien gleichsam die Menschheit zu verachten; und der kleinste Umstand jagte mein Herz aus sich selbst heraus, und dann wurde ich nur desto leichtsinniger. Wollte ich klug seyn, so wurde mein Herz tükkisch, und die kleinste Beleidigung schien es zu überzeugen, wie die Menschen so sehr böse, so teuflisch seyen, und wie man sich vor ihnen vorsehen, wie man die geringste Vertraulichkeit mit ihnen meiden müsse [...][23]

Hölderlin ist fünfzehn Jahre alt. Die verschiedenen Themen, die sein Leben bis in die letzten Jahre beherrschen werden, werden da schon deutlich angeschlagen: Isolierung, Vorsicht vor den bösen, teuflischen Menschen, Vermeidung der geringsten Vertraulichkeit mit ihnen ... Ist nicht in diesem letzten Zug schon das einzige, was als vielleicht pathologisch anmutender Zug in seinem späteren Verhalten zurückblieb, nämlich die übertriebene Höflichkeit als Mittel, sich die Leute vom Leibe zu halten, im Keim enthalten?

Diakonus Köstlin war der zweite Stadtpfarrer der Stadt Nürtingen, dessen Bürgermeister Hölderlins Stiefvater Johann Christoph Gok wurde. Drei Jahre lang, vom 12. bis zum 14. Jahr, erteilte Diakonus Köstlin dem jungen Friedrich jeden Tag eine Stunde Privatunterricht, um ihn auf das Landexamen vorzubereiten. Dieser Mann, der auf Hölderlin einen entscheidenden Einfluß ausgeübt hatte, war durch seine Frau der Onkel Schellings, der als Kind etwa zwei Jahre in seinem Hause erzogen worden war.

Das früh angewöhnte Üben der schärfsten und unnachsichtigsten Selbstanalyse, gepaart mit der Forderung nach Präzision des Ausdrucks, legt es dem Forscher nahe, in den von Hölderlin selbst verfaßten Texten die sicherste Aufklärung über seine Seelen- und Geisteszustände zu suchen.

Vieles spricht auch dafür, dieses Selbstreflektieren habe ihn bis zur letzten Phase seines Lebens nie ganz verlassen. Es gibt nämlich keine Anzeichen dafür, ganz im Gegenteil, daß er sich im Turm am Neckar seines Zustandes nicht völlig bewußt gewesen wäre; nur, daß er darüber nicht mehr hat reden oder schreiben wollen. Wozu denn auch? Das, was er zu sagen hatte, war gesagt worden, und es besteht.

Das Übrige ... das Übrige sollte, den Zeitgenossen gegenüber, »begraben« bleiben »in verschwiegener Erde«.

Heute darf es wohl ausgegraben und ans Licht gebracht werden: eine Spurensicherung, der Arbeit eines Archäologen nicht unähnlich.

Hölderlin als physische Person: Beim Nennen seines Namens stellt man sich meistens einen schmächtigen, blassen, kränkelnden, lebensunfähigen Poeten vor. Das war er beileibe nicht. Man stelle sich im Gegenteil einen schöngewachsenen, robusten, von Leben strotzenden, unternehmungslustigen jungen Mann vor, der heute als Sportler in einer Universitäts-Mannschaft seinen Platz behaupten würde. Er konnte reiten und hatte in Tübingen Fechten gelernt.[24]

Er war zwischen 1,75 und 1,80 Meter groß, was für die damalige Zeit eine hohe Statur war.

Nach dem Paßkontrollbuch in Lyon, Eintrag Nr. 18622 vom 15. Dezember 1801, mißt »Jean Chrétien Frédéric Hoelderlin, homme de lettres« genau 1766 Millimeter. Nebenbei gesagt: Ich habe es einmal als Beweis seiner Geisteserkrankung behaupten hören, daß er seine Statur in Millimetern angab: »Um das zu tun, muß er wohl schon damals halb irre gewesen sein!« Nun aber ist die Angabe in Millimetern nicht von Hölderlins Hand, sondern von der Hand eines französischen Beamten. Man vergesse auch nicht, daß das Dezimalsystem damals erst ein paar Jahre zuvor eingeführt worden war und sich der Gebrauch des Zentimeters in Straßburg anscheinend noch nicht eingebürgert hatte. Dies zu seiner Entlastung!

Sechs Monate später, am 10. Mai 1802, mißt er in dem von der Polizei in Bordeaux ausgestellten Paß für die Rückreise nur noch 1,75 Meter. Auch ist er vom »homme de lettres« zum »instituteur« herabgesetzt worden. »Instituteur«: Schulmeister, Hauslehrer.

Weitere sechs Monate später, am 28. September 1802, ist er für den Herzogl. Württembergischen Hofrat Oberamtmann zu Nürtingen Storr »von Statur 6 Fuß hoch« – etwa 1,80 Meter. Sein Bruder Karl Gok hat mit eigener Hand weitere Merkmale eingetragen, die das Bild ergänzen: braune Haare, hohe Stirn, braune Augenbrauen und braune Augen, gerade Nase, rötliche Wangen, mittelmäßiger Mund, schmale Lippen, rundes Kinn, längliches Angesicht, breite Schultern, und ohne Gebrechen. Einen braunen Bart hatte er sich während der Rückkehr aus Frankreich eine Zeitlang wachsen lassen: Dies wird noch zu erklären sein.

Befremdend, doch für die Haltung der Verfechter der pathologischen Interpretation des Falles Hölderlin typisch, klingt der Kommentar von Adolf Beck zu der Personalbeschreibung des Reisepasses: »Das ist doch wohl von Bedeutung in bezug auf die Theorie Ernst Kretschmers in seinem Buche *Körperbau und Charakter,* wonach der schizoide Typus, dem Schizophrenie droht, seiner Statur nach vorwiegend dem leptosomen Typ angehört.«[25]
Stattlich gewachsen, ja von überdurchschnittlicher Statur, breitschultrig, mit länglichem Angesicht, also leptosom: »Ein schizoider Typus, dem die Schizophrenie droht«! Mit solchen Argumenten wurde mitunter die Sage von Hölderlins angeblicher Schizophrenie bekräftigt.

Hölderlin war ein rüstiger Wanderer, mit dem heute nur wenige es auf Fußtouren aufnehmen könnten. Er konnte mühelos fünfzig Kilometer, und notfalls mehr als das, am Tag zurücklegen, am folgenden Tag weiter wandern, und sich dabei wohl, ja am wohlsten fühlen. Solche Gewaltmärsche waren sogar für sein psychophysiologisches Gleichgewicht förderlich – und er kannte sich sehr genau.
Auch war er beim Spazieren dichterisch produktiv. Seine Gedichte wurden nicht am Tische sitzend geschrieben, sondern im Schreiten komponiert. Genauso hat später auch Nietzsche den *Zarathustra* auf seinen Fußtouren in den Alpen über Nizza auf dem Knie im Stehen gekritzelt. Wahrscheinlich hat Hölderlin, der ein ausgezeichnetes Gedächtnis besaß, die dichterischen Einfälle behalten und zu Hause niedergeschrieben.
Mit achtzehn Jahren, als Schüler der Maulbronner Klosterschule, schreibt er an Louise Nast:

Ich mache wirklich über Hals und Kopf Verse – ich soll dem braven Schubart ein Paquet schiken.
Auf meinen Spaziergängen reim' ich allemal in meine Schreibtafel – und was meinst Du? – an Dich! an Dich! und dann lösch' ichs wieder aus. Diß hatt' ich eben gethan, als ich vom Berg herab Dich kommen sah.[26]

Schwab berichtet:
»Im Anfang seiner Universitätszeit [in Tübingen, P. B.] fes-

selte ihn noch die erste Liebe ... er machte sogar einmal vom Stift aus in ein paar Tagen den forcirten Ausflug nach dem 18 Stunden entfernten Kloster [Maulbronn, P. B.], um seine Geliebte [Louise Nast, P. B.] zu sehen, was ihm auch gelang.« Schwabs Quelle ist unbekannt, aber die Tatsache ist sehr wahrscheinlich.[27]

Achtzehn Stunden hin, achtzehn Stunden her, um mit der Geliebten ein paar Stunden zu verbringen – Hölderlin war kein Schwachmatikus.

Mit einundzwanzig Jahren, im April 1791, als Tübinger Stiftler, plant er zu Ostern eine Reise zu Fuß in die Schweiz mit seinen Freunden Hiller und Memminger. »Ich hab' im Sinn, 3 Hembder, 3 Schnupptücher, u. 3 paar Strümpfe (wegen dem Verreißen) mitzunemen, in einem kleinen Felleisen. Weil wir unsrer dreie [...] reisen, so kan uns von einem Hauptort zum andern ein Mann, der uns die Wäsche trägt, und den Weg zeigt, nicht viel kosten. Solte aber die Sache mir zu teuer sein, so nehm' ich das nötigste zu mir, und lasse das übrige, bis zu meiner Zurükkunft in Schafhausen bei meinen Landsmänninen.«[28] Wer diese »Landsmänninen« in Schaffhausen gewesen sein mögen, ist nicht bekannt. An die Mutter schreibt er wegen des Stocks: »Meinen Dornenstok hab' ich vermutlich in Nürtingen. Solte er sich finden, so bitt' gehorsamst mir ihn zu schiken weil er mir ein unentbehrliches Meuble ist.«

Von Tübingen aus ging die Fußreise über Schaffhausen, Konstanz, Winterthur, nach Zürich, wo die drei Reisegefährten Lavater aufsuchten und sich in dessen Fremdenbuch eintrugen, wobei Lavater selbst das Datum hinzufügte: »Dienstag. Karwoche. Den 19. April 1791«[29], und den Namen Hölderlins mit einem N. B. (Nota bene) versah. Es war ihm wohl die Physiognomie Hölderlins als eine besonders interessante und vielversprechende aufgefallen.

Die Fußtour führte dann die drei bis zum Vierwaldstättersee, über den Paß, von wo aus sie in »das heilige Tal« des Rütlischwurs, der »Quelle der Freiheit« begeistert hinabschauten.[30]

In Vogelfluglinie beträgt Hölderlins Reiseweg etwa 400 km; eine wohlausgefüllte Ostervakanz. Man versteht, daß er dann bei seinen Reisegefährten als »der fahrende Ritter«[31] galt, doch für diesmal ein auf Schusters Rappen berittener.

Reiten konnte er auch. Von der viertägigen Reise im Juni 1788 nach Bruchsal, Rheinhausen, Speier, Heidelberg und Mannheim sage ich hier nichts, weil er entweder ritt oder mit seinen Verwandten »im Cariol« fuhr.[32]
Zu Pfingsten 1794, als er bei Kalbs in Waltershausen als Hofmeister fungiert, unternimmt er »eine kleine Exkursion aufs Rhöngebirge und ins Fulderland«, wovon er sich »manche frohe Stunde« verspricht. »Ich muß doch einmal wieder mich selbst und die Welt in voller Unabhängigkeit genießen.«[33] »Die Reise ins Fulderland hab' ich allein und zu Fuße gemacht«, schreibt er später an die Mutter, am 30. Juli 1794, und meldet zugleich: »Ich werde wahrscheinlich nächste Woche wieder etliche Tage verreisen. Es ist diß ser nötig für mich, weil ich in meiner Einsamkeit beinahe gezwungen bin zu immerwährender sizender Beschäftigung, und so leicht etwas Hypochondrie sich einnistet, wenn man nicht auch zuweilen wieder den Geist und den Körper lüftet.«[34]
Einige Tage früher hatte er ihr gemeldet: »Gesund bin ich immer. [...] Die Motion auf dem Rhöngebirge und im Fulderlande ist mir ser gut bekommen. Übrigens, so gern ich durch die Welt streiche, ist mir mein sorgenfreies stilles Waltershausen doch auch lieb.«[35]
Er ist kein Stubenhocker. Das Sitzen macht ihn müde. »Hier in ermüdender Ruh'« – so beschreibt er das Leben im Tübinger Stift, im Kontrast zur Erinnerung an die freie Wanderung in den schweizerischen Alpen.[36]
An die Schwester schreibt er, von Jena aus, am 20. April 1795: »Diesen Winter über hab' ich mich ziemlich müde gesessen, ich glaubte, es wäre nötig, meine Kräfte wieder ein wenig anzufrischen und es ist mir gelungen durch eine kleine Fußreise, die ich nach Halle, Dessau und Leipzig machte. Man kann sich mit etlichen Thalern und ein paar gesunden Füßen unmöglich mehr verschaffen, als ich auf dieser Reise fand. [...] Ich machte die ganze Reise in 7 Tagen, und fühle nun, daß sie mir sehr gesund und zuträglich war.« Nach Adolf Beck ist diese Route in der Luftlinie 210 km lang. Bei einer siebentägigen Wanderung bedeutet das Tagesmärsche von über 30, vielleicht bis zu 40 km. Dabei besichtigt er das Schlachtfeld von Roßbach und das von Lützen, die Anlagen von Dessau und den neuen Kirchhof, das Waisen- und Erzie-

hungshaus von Halle. In Leipzig macht er die Bekanntschaft von Prof. Heydenreich und vom Buchhändler Göschen,[37] bei denen er »recht vergnügt« war[38]. Es geht ihm jetzt besser, wie er an Neuffer meldet: »Ich war zu Ende des Winters nicht ganz gesund, aus Mangel an Bewegung [...]; ich half mir durch einen Spaziergang, den ich über Halle nach Dessau und von da über Leipzig zurükmachte.«[39]
Aus Jena schreibt er einige Wochen später, am 22. Mai 1795, an die Mutter, es sei ihm »eine Hofmeisterstelle von einem Frankfurter angetragen worden« (es handelt sich noch nicht um die Gontards). Die Erzieherstelle sei bei einem holländischen Kaufmann in Offenbach, »eine Stunde von Frankfurt«. Wenn die Sache klappen sollte, würde er von Jena nach Frankfurt zu Fuß gehen, doch über Nürtingen, um die Mutter daselbst zu besuchen. »Sehr beträchtlich wäre ja der Umweg nicht. Ich gienge des Tags 8 Stunden; menagirte mich, wie ichs indeß gelernt habe; die Freude des Wiedersehens wäre ja ein paar Tagereisen werth.«[40] »Sich menagiren«, das heißt für ihn, nicht mehr als acht Stunden am Tag laufen, in seinem schnellen Schritt, also zwischen 40 und 50 km.
»Das Schustersleben, wo man Tag für Tag auf seinem Stuhle sizt, und treibt, was sich im Schlafe treiben läßt, das bringt den Geist vor der Zeit ins Grab.«[41]
In der von Schiller korrigierten und eigenhändig »verbesserten« Elegie *Der Wanderer* ist ihm das Wanderleben ein kosmisches Erlebnis: überall, sei es in den afrikanischen dürren Ebenen, am Nordpol, in Otahiti oder in Tinian,[42] aber auch im Taunus, am Rhein, im Schwäbischen, »auch hier sind Götter und walten«.[43] »Das heilige Grün, der Zeuge des seeligen, tiefen / Lebens der Welt, es erfrischt, wandelt zum Jüngling mich um.« Er beschreibt die Abenddämmerung, die Ankunft des Wanderers:

Und jezt kommt vom Walde der Hirsch, aus Wolken das Tagslicht,
  Hoch in heiterer Luft siehet der Falke sich um.
Aber unten im Thal, wo die Blume sich nähret von Quellen,
  Strekt das Dörfchen bequem über die Wiese sich aus.
Still ists hier ...[44]

Im Wandern erlebt er die Welt als immergegenwärtiges Göttliches, nicht nur durch die Betrachtung der Landschaft, son-

dern auch ebensosehr durch die aktive, physische Beteiligung des Laufens, des Atmens, des Herzschlags.
Nach dem Bruch mit dem Hause Gontard zu Sinclair nach Homburg geflüchtet, schreibt Hölderlin die *Elegie* (in der zweiten Fassung *Menons Klagen um Diotima* betitelt). Ausgangspunkt des Gedichts ist sein Leben im Taunus:

Täglich geh' ich heraus, und such' ein anderes immer,
Habe längst sie befragt, alle die Pfade des Lands;
Droben die kühlenden Höhn, die Schatten alle besuch' ich
Und die Quellen; hinauf irret der Geist und hinab,
Ruh erbittend; so flieht das getroffene Wild in die Wälder [...]

Dasselbe Thema wird in einer wahrscheinlich gleichzeitigen Ode angeschlagen, die Entwurf geblieben ist:

Wohl geh' ich täglich andere Pfade, bald
Ins grüne Laub im Walde, zur Quelle bald,
Zum Felsen, wo die Rosen blühen,
Blike vom Hügel ins Land, doch nirgend,

Du Holde, nirgend find ich im Lichte dich,
Und in die Lüfte schwinden die Worte mir ...[45]

Im Herbst 1800, in Landauers Haus in Stuttgart weilend, widmet er dem Freund die Elegie mit dem Titel *Der Gang aufs Land*: »Komm! ins Offene, Freund!«[46]
»Das Offene«: in den letzten Tagen des Jahres 1800, kurz vor dem Aufbruch nach Hauptwil, geht Hölderlin nach Nürtingen, um von der Mutter Abschied zu nehmen. Von Stuttgart nach Nürtingen sind es etwa vier Stunden wegs über »die Weinstaig und die Hochfläche der Filder mit ihrer schönen Aussicht auf die Alb«.[47] Seinem Bruder schreibt er von »mancherlei Gedanken«, die ihm »auf dem Wege von Stuttgart hieher [...] die offene Straße und die offene Welt eingab«. Da, beim Wandern, fühlt er »den ewigen Lebensmuth, der uns, voll liebenden Vertrauens, durch alle Perioden des Daseyns oft stillmahnend, oft in seiner vollen frohen Kraft hindurchführt«. Diesen »Geist der Jugend und der Weisheit« fühlt er »einmal wieder, recht, wie er erscheinen muß, wenn wir ihn erkennen sollen. [...] Wie vieles hab' ich Dir auf der Stelle, indem ich meines Weges gieng, im Geiste geantwortet!«[48]

Am 14. Januar 1801 begibt sich Hölderlin von Stuttgart nach Hauptwil. Bis Tübingen ist er von seinen Freunden begleitet worden. »Von da hat er den Weg meist zu Fuße gemacht – über Ebingen und das Hochsträß nach Siegmaringen – ein kürzerer Weg als über Schaffhausen. Von da fuhr er, in 12 Stunden, mit einem Gefährt an den See, von wo er sich überschiffen ließ und dann in 2 Stunden nach Constanz ging.«[49] Von Konstanz aus sind es, seiner Angabe nach, nur noch 5 Stunden Wegs nach Hauptwil.
Im Frühjahr 1801, in Hauptwil, geht er in die Berge spazieren. Es entsteht das Gedicht *Unter den Alpen gesungen*:

So mit den Himmlischen allein zu seyn, und
Geht vorüber das Licht, und Strom und Wind, und
Zeit eilt hin zum Ort, vor ihnen ein stetes
Auge zu haben,
Seeliger weiß und wünsch' ich nichts, so lange
Nicht auch mich, wie die Weide, fort die Fluth nimmt,
Daß wohlaufgehoben, schlafend dahin ich
Muß in den Woogen ...[50]

Im Freien, im »Offenen«, in der Landschaft, zwischen Himmel und Erde sich bewegend, da ist er »zu Hause«.
Auf der Wanderung ruht er manchmal aus und schläft unter einem Baum:

Und herrlich ists, aus heiligem Schlafe dann
Erstehen und aus Waldes Kühle
Erwachend, Abends nun
Dem milderen Lichte entgegenzugehn, [...]
Dann feiern das Brautfest Menschen und Götter,
Es feiern die Lebenden all,
Und ausgeglichen
Ist eine Weile das Schiksaal.
Und die Flüchtlinge suchen die Heerberg,
Und süßen Schlummer die Tapfern [...][51]

Nun zur Reise nach Frankreich. Um den 10. Dezember 1801 bricht er von Stuttgart oder von Nürtingen auf, vermutlich zu Fuß über Freudenstadt, durch den Hochschwarzwald[52]. Er kommt spätestens am 15. Dezember in Straßburg an. Da wird er von der Polizei am Weiterreisen gehindert, aus allgemein

politischen Sicherheitsgründen, die mit der Person Hölderlins nichts zu tun haben.
Jakobiner und Royalisten zettelten Verschwörung auf Verschwörung an, um den Premier Consul Bonaparte zu ermorden, und die Polizei wußte davon. Am 8. November 1800 hatte sie einen Ingenieur, Chevalier, der eine Bombe gebaut hatte, samt seinen republikanischen Freunden verhaftet. Am Abend des 24. Dezember 1800, als Napoleon sich von den Tuilerien in die Oper begab, explodierte in der Rue Saint-Nicaise die »Höllenmaschine«: 22 Tote, 56 Verwundete. Napoleon kam mit heiler Haut davon. Fouché ließ Hunderte von Royalisten, aber auch ebenso viele Jakobiner verhaften und verurteilen. Am 13., 20. und 31. Januar 1801 wurden weitere Verschwörer hingerichtet. Die Repression ging weiter, monatelang, bis die Ruhe wiederhergestellt war. Als Hölderlin in Straßburg ankam, war ein Ausländer schon als solcher verdächtig.
Am 15. Dezember bittet Hölderlin bei der Präfektur, die mit den Polizeiaufgaben beauftragt ist (in Straßburg als Grenzstadt sitzt ein Commissaire général), um Erlaubnis zur Weiterreise nach Bordeaux, wahrscheinlich über Paris, da es, wie an Böhlendorff im Brief vom 4. Dezember gemeldet, seine Absicht war, die französische Hauptstadt zu besuchen: »Ich werde den Kopf ziemlich beisammen halten müssen, in Frankreich, in Paris.«[53] Doch kann die Erlaubnis zur Weiterreise nicht auf der Stelle erteilt werden: Es muß wohl die Straßburger Stelle beim Polizeiministerium in Paris Anweisung einholen. Schließlich schreibt die Präfektur an den Oberbürgermeister von Straßburg, es sei ihm erlaubt, Hölderlin in Erwartung weiteren Bescheids aufzunehmen (autorisant le maire à admettre [...]), allerdings mit der Einschränkung: »en surveillance«, in Überwachung. Doch verfügte der Oberbürgermeister als solcher über keine Mittel der Überwachung; mit dem Ausdruck »en surveillance« kann höchstens eine Anmeldungspflicht gemeint sein, die zusammen mit der provisorischen Aufenthaltsgenehmigung in Straßburg für die Dauer der Wartezeit gültig ist. Hölderlin ist also nicht, wie es bei Adolf Beck steht, »festgehalten und in Überwachung genommen«[54] worden. Er hat sich gewiß frei bewegen dürfen. Wie hat er sich die vierzehn Tage in Straßburg vertrieben? Die

Vermutung Adolf Becks, Hölderlin habe Christoph Friedrich Cotta, einen Bruder des Verlegers, der eine Zeitlang in Straßburg lebte, aufsuchen können, ist nicht mehr haltbar, seitdem der Forscher Michael-Peter Werlein in einer (noch unveröffentlichten) Arbeit festgestellt hat, Cotta habe sich damals nicht in Straßburg aufgehalten.

Vierzehn Tage in Straßburg ... Wenn er gleich darauf aufmerksam gemacht worden ist, der Bescheid aus Paris könne vierzehn Tage auf sich warten lassen, hat er vielleicht von Straßburg aus einen Abstecher nach Frankfurt gemacht, um von Susette Abschied zu nehmen: drei, vier Tage hin – drei, vier Tage zurück ... Denn schließlich ist nicht leicht zu verstehen, wieso er das Vaterland »vielleicht auf immer« verlassen konnte,[55] ohne einmal versucht zu haben, sich von Susette zu verabschieden. Auch sieht es ihm nicht ähnlich, sich zwei Wochen lang in Straßburg als müßiger Tourist aufgehalten zu haben.

Doch will ich sehr vorsichtig verfahren und nicht ohne jeden Anhaltspunkt eine Vermutung aufstellen: Ich will bloß darauf hinweisen, daß von diesem Straßburger Aufenthalt an die Möglichkeit eines Abstechers nach Frankfurt bestand.

Am 30. Dezember 1801 trifft der Bescheid aus Paris bei der Präfektur ein und wird brieflich an den Bürgermeister weitergeleitet.

Hölderlin durfte nach Bordeaux weiterreisen, doch nicht über Paris; es wurde ihm eine längere und besonders zur Winterszeit viel beschwerlichere Route über Lyon und die Auvergne vorgeschrieben.

In Lyon kommt er am 9. Januar 1802 an. »Es war ein beschwerlicher, und erfahrungsreicher Weg, den ich bis hieher machte, aber auch manche reine Freude hab' ich gefunden.« Nämlich: »Die lange Reise von Strasburg bis hieher wurde durch Überschwemmungen und andere unabwendbare Umstände, die mich aufhielten, noch länger.«[56] Ob er die Strecke (460 km) zu Fuß oder mit der Postkutsche zurücklegte, steht dahin. Sicher ist, daß er von Lyon aus – zum größten Teil oder ganz zu Fuß – eine Strecke von über 600 km in 19 Tagen zurückgelegt hat und dies über den Nordhang der Auvergne, im Januar, durch den Schnee, über die schlechtesten Straßen, in ganz wilden Gegenden.

Endlich, meine theure Mutter, bin ich hier [in Bordeaux, P. B.], [...] bin gesund und will den Dank ja nicht vergessen, den ich dem Herrn des Lebens und des Todes schuldig bin. [...] Überdieß hab' ich so viel erfahren, daß ich kaum noch reden kann davon. Diese lezten Tage bin ich schon in einem schönen Frühlinge gewandert, aber kurz zuvor, auf den gefürchteten überschneiten Höhen der Auvergne, in Sturm und Wildniß, in eiskalter Nacht und die geladene Pistole neben mir im rauhen Bette – da hab' ich auch ein Gebet gebetet, das bis jetzt das beste war in meinem Leben und das ich nie vergessen werde. Ich bin erhalten – danken Sie mit mir! Ihr Lieben! ich grüßt' euch wie ein Neugeborner, da ich aus den Lebensgefahren heraus war ...[57]

Über die Rückreise im Sommer 1802 von Bordeaux nach Stuttgart wissen wir nichts. Es ist zu vermuten, daß er diesmal mit der Postkutsche fuhr und sich unterwegs in Paris aufhielt. Auch ist es wahrscheinlich, daß er von Kehl aus nach Stuttgart den Umweg über Frankfurt machte – doch das gehört in einen anderen Zusammenhang.

Später scheint Hölderlin nicht mehr so wanderlustig gewesen zu sein. Während der 35 Jahre, die er bei Zimmer verbrachte, hat er das Haus nur für Tagesspaziergänge verlassen. In einem späten Brief an die Mutter liest man:

Theuerste Mutter! Ich bin vieleicht so frei, Ihnen meine Aufwartung zu machen und Sie zu besuchen. Sollte besonders mein Aufenthalt von längerer Dauer seyn [...][58]

Es scheint bei der Absicht eines Besuchs in Nürtingen geblieben zu sein. »Daß der Kranke die Seinigen in Nürtingen besucht habe, ist nicht bekannt.«[59]
»Einmal kam es ihm plötzlich in Sinn, nach Frankfurt zu gehen. Man nahm ihm nun die Stiefel weg, und das erzürnte den Herrn Bibliothekar dergestalt, daß er fünf Tage im Bette blieb.« Wohl hatte er die Absicht gehabt, Susettens Grab zu besuchen, aber er wurde davon abgehalten – nicht mit Gewalt, sondern mit List. Es ist doch seltsam, daß der rüstige Wanderer, der er gewesen war, 35 Jahre lang zu Hause blieb. Anscheinend hat ihn irgend etwas davon abgehalten, das Zimmersche Haus auch nur auf einige Tage zu verlassen.

Warum blieb er zu Hause? Einmal berichtete ihm Waiblinger von seinen Reisen nach Italien, in die Schweiz und ins Tirol und lud ihn scherzhaft ein, sein Reisegefährte zu sein. »Er lächelte so liebenswürdig verständig, als nur ein Weiser lächeln kann, und sagte: ›Ich muß zu Hause bleiben und kann nicht mehr reisen, gnädiger Herr‹.«[60]
Über den Grund, weshalb er sich nicht mehr auf Wanderungen begab und »zu Hause bleiben« mußte, ist man auf Vermutungen angewiesen.
Man darf nicht vergessen, daß Zimmer ihn als »Kranken« aufgenommen hatte, daß Hölderlin als »Kranker« auf wiederholte Beantragung seiner Mutter von Seiner Königlichen Majestät in Stuttgart ein Gratial, nämlich eine jährliche Unterstützung von 150 fl. (Gulden) »als armer und unglücklicher Stipendiat« bezog – eine nicht unbeträchtliche Summe, die sein Einkommen praktisch verdoppelte. Diese Unterstützung aber war vorgesehen »bis Hölderlin wieder hergestellt sein werde«. Das Gratial war ausdrücklich vom König »bis zu dessen Wiederherstellung gnädigst verwilligt« worden.[61]
Hätte er Wanderungen unternommen, so hätte er wohl für »wieder hergestellt« gegolten und das Gratial wäre nicht mehr bezahlt worden. Das konnte sich Hölderlin finanziell nicht leisten.
Daß er sich nicht mehr auf Wanderungen begab, will noch nicht sagen, daß er es nicht gern getan hätte. Waiblinger, der ihn auf Spaziergängen mitnahm, notierte, daß »es besser mit ihm stand, wenn er im Freien war. [...] Die Natur, ein hübscher Spaziergang, der freie Himmel tat ihm immer gut.«[62]
Die überschüssige Kraft mußte er irgendwie zu Hause verausgaben. Besucher berichten, daß er im Turm am Neckar »unstät und in wirrer Unruhe« »durch die Gänge des Hauses und in dem kleinen Garten« umherirrte.[63]
Auch scheint Lotte Zimmer sich leise beschwert zu haben, daß er »in den letzten Jahren von einer starken Unruhe heimgesucht« worden sei, »die ihn des Nachts (im Hause) herumwandern ließ«.[64]
Er blieb nicht gern im Zimmer sitzen: Nur zum Essen, zum Kaffeetrinken oder zum Klavierspielen saß er. Sonst ging er auf und ab im Zimmer, im Öhrn (wie der Hausflur in Tübingen heißt) oder im »Zwinger«, wie man den langen durch den

Umbau zwischen Haus und Neckar entstandenen Gang nannte, den er auch – so Zimmer – »alle Tage mit gewaltigen Schritten« durchschritt.[65]
Waiblinger berichtet:

Des Morgens, besonders zur Sommerzeit, wo er überhaupt viel unruhiger und gequälter ist, erhebt er sich vor oder mit der Sonne, und verläßt sogleich das Haus, um im Zwinger spazieren zu gehen. Dieser Spaziergang währt hie und da vier oder fünf Stunden, so daß er müde wird.[66]

Zimmer berichtet 1829 an Hölderlins Schwester:

Gewöhnlich wird es ½5. Uhr wo er erst aufsteht [...] Außer der Essenszeit, und nachmittags wenn er Kaffee trinkt, sitzt er gar nicht, sondern geht den ganzen Tag auf und ab, während er Wein trinkt, läuft er herum, an heißen Tagen geht er im Haus Öhrn auf und ab, sonst gewöhnlich außer dem Hause.[67]

Die paar Worte Zimmers, »sonst gewöhnlich außer dem Hause«, sind meines Wissens nie beachtet worden. Doch sind sie ungemein wichtig. Man stellt sich immer vor, Hölderlin habe im Turm am Neckar ein völlig zurückgezogenes, seßhaftes und häusliches Leben geführt: Wahrscheinlich aber ist er sehr oft im Freien spazieren gegangen. Davon zeugen die meisten Gedichte der späten Zeit, wenn man sie recht liest. Die Landschaften, die er da im Wechsel der Jahreszeiten beschreibt, entsprechen keineswegs nur seinen Erinnerungen, sondern konkreten und kurz zuvor gewonnenen Anschauungen.
Das eine Gedicht heißt *Der Spaziergang*:

Ihr Wälder schön an der Seite,
Am grünen Abhang gemahlt,
Wo ich umher mich leite,
Durch süße Ruhe bezahlt
Für jeden Stachel im Herzen,
Wenn dunkel mir ist der Sinn,
[...]
Wie schön aus heiterer Ferne
Glänzt einem das herrliche Bild
Der Landschaft, die ich gerne
Besuch' in Witterung mild.

Ein anderes trägt den Titel *Das fröhliche Leben*:

Wenn ich auf die Wiese komme,
Wenn ich auf dem Felde jezt,
Bin ich noch der Zahme, Fromme,
Wie von Dornen unverletzt.
[...]

Droben auf des Hügels Gipfel
Siz' ich manchen Nachmittag,
Wenn der Wind umsaust die Wipfel,
Bei des Thurmes Glokenschlag,
Und Betrachtung giebt dem Herzen
Frieden, wie das Bild auch ist,
Und Beruhigung den Schmerzen,
Welche reimt Verstand und List.

Holde Landschaft! wo die Straße
Mitten durch sehr eben geht,
Wo der Mond aufsteigt, der blasse,
Wenn der Abendwind entsteht,
Wo die Natur sehr einfältig,
Wo die Berg' erhaben stehn,
Geh' ich heim zulezt, haushältig,
Dort nach goldnem Wein zu sehn.[68]

Es ist unvorstellbar, diese Gedichte entsprächen keinem konkreten und frischen Erlebnis, keinem tatsächlichen Spaziergang. Man könnte fast bestimmen, wo er spazieren gegangen ist: wahrscheinlich am liebsten da, wo er früher, in der Zeit des Stifts, mit Hegel und Schelling spazieren gegangen war, in Richtung der Wurmlinger Kapelle an den Weinhügeln des Spitzbergs vorbei – ein Spaziergang, der heute noch unverdorben und sehr schön ist. Nachmittags blieb er oben sitzen; bei eintretender Nacht und aufgehendem Mond ging er in Frieden nach Hause, wo ihn der »goldne Wein«, der Abendtrunk erwartete.

Wie in Rousseaus *Rêveries du Promeneur solitaire* sind die Menschen, die bösen Menschen, die alberne Menge, das schlaue, bübische Geschlecht, in die Ferne gerückt: »in die Ferne geht der Menschen wohnend Leben«. Hölderlin ist allein mit der Natur und ihren Bildern. Die Vokabel B i l d kommt immer wieder vor: dreimal in den 24 Versen des *Spaziergangs.* Immer, von Anbeginn, sagt er, hatten ihm »Kunst und Sinnen«, das Denken, Andenken und Gedenken, Schmerzen gekostet. Jetzt gibt »Betrachtung dem Herzen Frieden«, »wie das Bild auch ist«. Die grünen Bäume am Abhang scheinen naiv abgemalt, wie auf dem Schild einer Dorfschenke, und machen ihm Freude. Am reinen Schauen, an der im konkretesten Sinn verstandenen Beschaulichkeit labt sich nun das wunde Herz. Das reine Schauen, die An-schauung, beruhigt die Schmerzen, die der Menschen Verstand und der Menschen List dem zahmen, frommen Einfältigen bereitet hatten. Er hat, wie es in der ersten Strophe des Gedichts *Die Zufriedenheit* heißt, »aus Gefahr sich« gewunden und sich »aus dem Leben« gefunden. Er »ist wie ein Mensch, der kommt aus Sturm' und Winden«.[69] Wenn er jetzt im Freien ist und die »Bilder« der prächtigen, herrlichen Natur anschaut, ist er wieder wie ein von Dornen unverletztes Kind. Er lebt nun in einer anderen zeitlichen Dimension als der reißenden Zeit der geschäftigen Menschen:

Das Jahr erscheint mit seinen Zeiten
Wie eine Pracht, wo Feste sich verbreiten.[70]

Bis ihm »Auflösung tagt« – in dieser Erwartung – lebt er, wie jeder Einsiedler, in der zyklischen Zeit der Landschaft, der Mutter Erde. Die Jahreszeiten, »die Zeiten der lebenden Natur«, »die Zeit der Reben«: ja, »diese Zeit auch/Ist Zeit«, hieß es schon in einem hymnischen Bruchstück aus der Periode des zweiten Homburger Aufenthalts.[71]
Sind das Gedichte eines Geisteskranken? Zeugen sie von Irresein oder vielleicht eher von einer spät gewonnenen und teuer erkauften Lebensweisheit des »Eremiten im Schwabenland«? Pierre-Jean Jouve bezeichnete sie als poèmes de la folie, Gedichte des Wahnsinns; sollten sie nicht eher poèmes de la sagesse heißen und als Zeugnisse einer abgeklärten Lebensklugheit gelten, derjenigen eines buddhistischen Mönchs und Einsiedlers auch in der Einfältigkeit des angeschlagenen Tones, auch in einer gewissen Demut nicht unähnlich?
Eine Frage bleibt hier unbeantwortet, ja unerörtert: Warum hat Hölderlin in der späten Zeit von der schwierigeren Form

des gereimten Gedichts so oft Gebrauch gemacht? Nur eins soll hier gesagt werden: Dies kann schwerlich als Zeichen der Geisteserkrankung, der »Umnachtung«, des Schwachsinns gelten.
Eins steht hier fest: Auch als sogenannter »Umnachteter« blieb er nicht zu Hause sitzen; er ging spazieren und erlebte die Landschaft voll und rein. Wohl machte er diese Spaziergänge ganz allein, wie Rousseau; wohl waren sie auch unauffällig (er scheint, dem Gedicht *Das fröhliche Leben* zu glauben, nach Eintritt der Nacht heimgekommen zu sein), und man redete nicht davon. Wenn es sich herumgesprochen hätte, daß er spazierenging, wäre Hölderlin wohl als »geheilt« angesehen worden; seine endlich gefundene Ruhe, seine eremitische Lebensorganisation, sein »Wohnen« wäre in Frage gestellt worden.
Tatsache ist und bleibt, daß man sich Hölderlin nicht als einen Stubenhocker vorstellen darf: Auch in der späten und spätesten Zeit ist er das nie gewesen.
Im bereits erwähnten Brief Zimmers an die Schwester Hölderlins steht:

Er wird jetzt beinahe 60 Jahre alt sein, ist aber noch ein kräftiger Mann.[72]

Fünf Jahre später schreibt Zimmer an einen Unbekannten:

Er ist jetzt 65 Jahre alt, ist aber noch so munter und lebhaft, als wenn er erst 30 wäre.[73]

Auch ist man immer wieder erstaunt, wie schnell Hölderlin sich erholt, wenn er sich erkältet hat und deshalb das Bett hüten muß.
Aus allen Zeugnissen geht hervor, daß Hölderlin keineswegs eine kränkelnde Natur war. Er war physisch gesund, ja robust. Er besaß einen richtigen Sinn für Hygiene und wußte genau, was ihm wohlbekam. Er brauchte viel Bewegung. Das Spazierengehen, das im Hause Aufundabgehen (für das ein jeder Verständnis hat, der gelegentlich zur Seßhaftigkeit verurteilt wurde) gehörten zu einer vernünftigen und wohlbedachten Lebensführung.
Einmal mehr befremdet die von Adolf Beck übernommene Deutung der Pathologen: »starke motorische Unruhe, stän-

dige Bewegung, stundenlanges Hin- und Hergehen«, eine Bewegung, die »etwas Stereotypes an sich hat« – das wird Hölderlin als »Symptom der katatonen Schizophrenie« angerechnet!
Aufschlußreicher wäre es wohl, die Verbindung zwischen dem motorisch geprägten Temperament Hölderlins und seiner Dichtung näher zu untersuchen.
Man hat gesehen, daß er seit eh und je, und schon im Tübinger Stift, seine Gedichte nicht im Sitzen schrieb, sondern im Schreiten komponierte.
Schelling wird sich später daran erinnern, »daß es besonders auffallend gewesen sei, wie schwer, mit wieviel Mühe Hölderlin [im Stift, P. B.] gedichtet habe«.[74] Diese »Mühe« veranschaulicht Magenau in einer poetischen und humorvollen Epistel an Neuffer, vom 9. November 1790, »abends 9 Uhr«, datiert:

> Nur hie und da erschallt der Ochsenstall von Holzens
> Centaurähnlichem Poeten Schritt, wenn allenfalls aufs
> Wörtchen: Fluch Tal
> Der schwere Reim ihm noch gebricht.[75]

»Holzen«: Hölderlin. »Der Ochsenstall«: ein großer Raum im fünften Stock des Tübinger Stifts, gegen Süden gelegen, so genannt nach den jüngsten Semestern, die dort schliefen; im Winter 1790 schliefen dort Hölderlin und Magenau.[76]
In der Dichtung Hölderlins finden wir eine merkwürdige Bestätigung dafür, die uns sogar über das Tempo seines Schritts informiert.
In einem unbedeutenden Abstand von wenigen Jahren haben zwei Dichter die hexametrische Dichtungsform benutzt: 1796 Goethe in *Hermann und Dorothea,* 1800 Hölderlin im *Archipelagus.* Hexameter in beiden Fällen, doch sehr unterschiedliche Hexameter. Worin besteht der Unterschied? In erster Linie (und dabei soll es hier bleiben) im respektiven Tempo. Hier zwei Stichproben:
Zuerst aus dem Ersten Gesang von Goethes Gedicht:

> Heiter sagte darauf der treffliche Pfarrer und milde:
> Haltet am Glauben fest, und fest an dieser Gesinnung;
> Denn sie macht im Glücke verständig und sicher, im Unglück
> Reicht sie den schönsten Trost und belebt die herrlichste Hoffnung.

Hier der Anfang von Hölderlins *Archipelagus*:

Kehren die Kraniche wieder zu dir, und suchen zu deinen
Ufern wieder die Schiffe den Lauf? umathmen erwünschte
Lüfte dir die beruhigte Fluth, und sonnet der Delphin,
Aus der Tiefe gelokt, am neuen Lichte den Rüken?

Im Rahmen der Technik einer experimentellen Poetik ist folgendes leicht zu erproben: Beide Stellen werden hintereinander nach Metronom gelesen, zuerst im Tempo 60, dann im Tempo 80. Bei Tempo 60 klingen Goethes Hexameter gut, man genießt sie; Hölderlins Verse wirken langweilig, wie einschläfernd. Bei Tempo 80 dagegen wirken Goethes Hexameter unangenehm übereilt, ja holprig, während diejenigen Hölderlins in tanzendem Schritte aufleben.

Wie eine jede Musik, hat auch eine jede Dichtung ihr optimales Vortragstempo, das einem physiologischen Tempo des Dichtenden entspricht. Goethes Hexameter wirkt behäbig, wie Goethe selbst, wenn er, die Hände im Rücken, in seinem Arbeitszimmer in Weimar, das wir kennen, in langsamem Schritt um den Tisch ging – Tempo 60, ein Schritt pro Sekunde. Hölderlins Hexameter dagegen verlangt, im Tempo 80 (achtzig Schritte pro Minute, der Schritt des »rüstigen Wanderers«) vorgetragen zu werden, weil es in diesem Tempo konzipiert wurde.

Wenn man das elegische Versmaß der beiden, Goethe und Hölderlin, vergleicht, ist der Kontrast noch auffallender; aber da spielt ein weiteres Element mit hinein, das hier zu erörtern ist.

Man nehme als Stichproben den Anfang von Goethes *Römischer Elegie VII*:

O wie fühl' ich in Rom mich so froh! gedenk' ich der Zeiten,
    Da mich ein graulicher Tag hinten im Norden umfing,
Trübe der Himmel und schwer auf meine Scheitel sich senkte,
    Farb- und gestaltlos die Welt um den Ermatteten lag [...]

und vergleiche ihn mit dem Anfang von Hölderlins Elegie *Menons Klagen um Diotima*:

Täglich geh' ich heraus, und such' ein Anderes immer,
    Habe längst sie befragt alle die Pfade des Lands;

Droben die kühlenden Höhn, die Schatten alle besuch' ich,
Und die Quellen; hinauf irret der Geist und hinab,
[...]

Zur formalen, poetisch-technischen Definition gehört, daß bei Hölderlin wie bei Goethe das elegische Versmaß aus einer Verbindung von Hexameter und Pentameter besteht, das sogenannte elegische Distichon. Dies war schon in der Metrik der Antike der Fall, wo der zweite Vers des Distichon vielleicht wirklich als Pentameter skandiert wurde.
In der deutschen Metrik ist aber die Benennung Pentameter irreführend, weil auch im zweiten Vers des Distichons sechs Hebungen erhalten bleiben. Der sogenannte Pentameter ist genauso sechsfüßig wie der Hexameter – doch mit dem Unterschied, daß bei ihm der dritte Fuß (vor der Zäsur) und der sechste (am Ende des Verses) katalektisch sind, d. h. unvollständig, gekürzt, abgebrochen.
Normalerweise besteht ein Versfuß (nota bene: F u ß heißt die metrische Einheit, weil damals, zur Zeit der Griechen, Gesänge und Gedichte mit dem Fuß skandiert wurden) aus zwei oder drei Silben, darunter eine einzige betonte Silbe (die Hebung), verbunden mit einer oder zwei unbetonten Silben (den Senkungen).
Im sogenannten Pentameter des elegischen Versmaßes sind, wie gesagt, jeweils der dritte und der sechste Fuß katalektisch, d. h. einzig aus einer Hebung bestehend, auf die keine Senkung folgt. An die Stelle der fehlenden Senkung tritt eine stimmlose Pause. Im Vortragen von Hölderlins elegischem Versmaß muß das unbedingt eingehalten werden: Nach der betonten Silbe des katalektischen Fußes soll die Stimmgebung unterbrochen werden; das »Tönen« setzt für den Bruchteil einer Sekunde aus, bis zum darauffolgenden Vers oder Halbvers. Unter Benutzung des musikalischen Schriftzeichens der Pause sieht die Aufzeichnung des Aussetzens der Stimme folgendermaßen aus:

Hexameter: – ∪ ∪ / – ∪ ∪ / – ∪ ∪ ‖ – ∪ ∪ / – ∪ ∪ / – ∪
Pentameter: – ∪ ∪ / – ∪ ∪ / – 7 ‖ – ∪ ∪ / – ∪ ∪ / – 7

So erklärt sich aber die Spezifität des elegischen Versmaßes im Trauer- oder Klagegedicht: der erste Vers des Distichons markiert das Tempo des Schreitens als Takt; der zweite, der katalektische, umfaßt zwei Pausen, die einem emotionalen Aussetzen der Stimme und des Atems, einem Schluchzen entsprechen:

Habe längst sie befragt (Schluchzer)
alle die Pfade des Lands (Schluchzer)

Hölderlin wußte es: Die griechische Bezeichnung Elegie kommt von e - l e g e i n , »weh! sagen«, wehklagen. Das Stokken der Stimme in den katalektischen Füßen des sogenannten Pentameters machen das Schluchzen des Klagenden direkt hörbar, und zwar in Verbindung mit dem (im Hexameter angegebenen) Schreiten des Schluchzenden.
Wer das Motorische an Hölderlins Dichtung aus den Augen verliert, verkennt an ihr ein Wesentliches: den »geflügelten Fuß des Sängers«. Mit 19 Jahren schrieb Hölderlin:

Ertürmt euch Felsen ihr ermüdet
  Nie den geflügelten Fuß des Sängers.[77]

Doch nicht nur seine Dichtung steht unter dem Zeichen des Schreitens: Auch im Roman, auch in den Briefen, ist ein jeder Satz, der seiner Feder entströmt, ein gesprochener Satz, der, wenn man ihn liest, erst als tönendes Wort wieder auflebt. Um ihn – auch in seinen Briefen – richtig zu verstehen, muß man ihn laut lesen, und zwar im richtigen Tempo: im Schritt. Die einzige Ausnahme bilden die Abhandlungen: da hat Hölderlin versucht, wie Hegel und Schelling »Prosa« zu »schreiben«. Ein Versuch, den er selbst als mißlungen ansah und den er bald aufgab, um zu seiner spezifischen Ausdrucksweise zurückzukehren: zum gesprochenen Wort des Dichters.
Aber das gesprochene Wort des Dichters ist ein aktives, bald ein schreitendes, bald ein tanzendes Wort – ein (um mit Nietzsche zu reden) dem Geist der Schwere Schritt für Schritt entrissenes Wort.
Das alles wird in einem Satz zusammengefaßt, den Bettina Brentano viel später überlieferte, nachdem sie ihn von Sinclair gehört hatte:

Die Sprache, die schreitet so tönend ...[78]

Hölderlin war ein Choleriker.
Zu den »Symptomen, [...] die die Zuordnung der Krankheit Hölderlins zur vornehmlich katatonen Schizophrenie erlauben«, zählt man »Zustände hochgradiger Erregung, Paroxysmen, bes. in der Zeit des Nahens der Krankheit und in deren ersten Jahren«.[79]
Man zitiert Waiblinger:

In der ersten Zeit, da er bei dem Tischler war, hatte er noch sehr viele Anfälle von Raserei und Wut, so daß jener nötig hatte, seine derbe Faust anzuwenden, und dem Wütenden tüchtig mit Schlägen zu imponiren. Einmal jagte er ihm seine sämtlichen Gesellen aus dem Hause und schloß die Tür. In Zorn und Convulsionen geriet er gleich, wenn er jemand aus dem Klinikum sah.[80]

Viel später, 1835, wird Zimmer in einem Brief an einen Unbekannten das einzige klinisch verwertbare Zeugnis liefern:

Ich habe keine Beschwerlichkeiten mehr von ihm, aber früher war er oft rasend, das Blut stieg ihm so in Kopf, daß er oft ziegelrot aussah und dann Alles beleidigte, was ihm entgegenkam.[81]

Man hat es also hier mit einem ganz konkreten physiologischen Vorgang zu tun: einer Blutkreislaufstörung, die vorübergehend psychologische Folgen – einen Wutanfall – zeitigt. Wer mit Cholerikern gelebt hat, weiß genau, was damit gemeint ist. Schon die Alten sagten: ira furor brevis, die Wut ist ein kurzer Anfall von Wahnsinn.
Doch haben Hölderlins Wutanfälle mit einer Krankheit, mit einer Erkrankung zu tun – oder sind sie das Zeichen eines angeborenen Temperaments?
Zweifelsohne scheint letzteres der Fall zu sein. »Cholerisches Temperament« sei »Eigentum der Familie«, schrieb Albert Diefenbach, der als Student der katholischen Theologie in Tübingen Hölderlin im Dezember 1837 besuchte. Diese Behauptung stützt sich wohl auf eine Äußerung eines der Schnurrer-Söhne, die beide, ebenfalls als Studenten, Hausgenossen Hölderlins waren. Sie sind durch ihren Vater, Ephorus Christian Friedrich Schnurrer, über Hölderlins Familienverhältnisse wohl unterrichtet gewesen, da derselbe Stiftephorus

im Tübinger Stift gewesen war, als Hölderlin und Hegel dort studierten: »als Mensch und Ephorus human und liberal, begabten Stiftlern ein fast väterlicher Freund«, sagt Adolf Beck über ihn.[82] Ephorus Schnurrer, im Auftrag von Herzog Karl Eugen für das Stift verantwortlich, war aufklärerisch gesinnt. Ihm widmete Hölderlin das eine seiner beiden Magisterspecimina, die *Parallele zwischen Salomons Sprüchwörtern und Hesiods Werken und Tagen.* Im kleinen Kreis des Stifts, wo ohnehin die meisten untereinander verwandt waren, hat jeder jeden, auch seinen Familienverhältnissen nach, gekannt. Als »väterlicher Freund« war Ephorus Schnurrer über Hölderlins Familie, auch über deren Temperament, gut unterrichtet.[83] Hölderlin selbst schreibt aus Kloster Maulbronn mit siebzehn Jahren, er habe »nebenher einen traurigen Ansatz von Roheit – daß ich oft in Wuth gerathe – ohne zu wissen, warum, und gegen meinen Bruder auffahre – wenn kaum ein Schein von Belaidigung da ist«.[84]
Das Cholerische ist bei Hölderlin eine angeborene Veranlagung – keine Erkrankung, kein Symptom.
Typisch ist das völlige Mißverständnis seines Temperaments, wenn man z. B. folgendes liest:

Klaiber berichtet: Sehr verwunderlich muß man es finden, wenn man in den Admonitionsreskripten [des Tübinger Stifts, P. B.] plötzlich von dem zarten und feinen Hölderlin zu lesen bekommt: er sei alles Ernstes zu vermahnen, sich zuverlässig zu bessern, daß man nicht zu reellen Korrektionen genötiget werde.[85]

Der »zarte und feine« Hölderlin! Zart und fein, wohl – aber auch cholerisch, aufbrausend, jähzornig.
Der Grund für die Admonition war der folgende Vorfall:
Am 5. November 1789 besuchte Carl Friedrich, Herzog zu Württemberg und Teck, das Stift. Er ließ sich einige der Lobwürdigsten und einige der Tadelhaften namentlich angeben, jene erhielten Lob, und dazu eine nicht unbedeutende Belohnung an Geld, diese erhielten einen nachdrücklichen Verweis. Carl Friedrich legte einen großen Wert auf »strenge Ordnung und Gesetzlichkeit; Auctorität hielt er für das sicherste Mittel, sie zu bewirken, denn er war es gewohnt, von der Seinigen schleunige Wirkung zu sehen: Er erwartete also von jenem 5. November einen großen, unmittelbaren Erfolg. Da dieser

seine Erwartung nicht befriedigte, so wurde sein Eifer nur desto lebhafter. Er erließ ein doppeltes Schreiben an den Ephorus, das Eine enthielt den Befehl, das Andre den Sämtlichen Stipendiaten vorzulesen.« Darin drohte er, »wider die Ungehorsame und Ungesittete mit Ahndungen und Strafen« vorzugehen.[86]

In jenen Tagen gärte es im Stift. Hölderlin schrieb damals einen Brief an die Mutter, in dem er sich über das Leben im Stift beschwerte: »der immer währende Verdruß, die Einschränkung, die ungesunde Luft, die schlechte Kost. [...] Mishandlungen, Druk und Verachtung«. Der Brief ist im Manuskript unvollständig: »Es erscheint als denkbar, daß schon die Mutter selbst den ersten Teil wegen verfänglicher und empörter Auslassungen über Druck und Verachtung im Stift beseitigt hat.«[87]

Man vergesse auch nicht, daß die historischen Ereignisse, der gleichzeitige Ausbruch der Revolution in Frankreich, das historische »Gewitter« jenseits des Rheins, der Sturm auf die Bastille, den Freiheitsdrang der Stiftler ermutigte.

Fünf Tage nach dem Besuch des Herzogs, am Dienstag den 10. November 1789, brachte der Tübinger Mägdlein-Provisor Majer (ein Lehrer an der Mädchen-Volksschule) folgende Klage bei Ephorus Schnurrer an:

Er sei die Münzgasse herunter gegangen, neben ihm her sei ein Stipendiat gekommen, vom Neuenbau gegenüber sei dieser von einer Seite der Straße auf die andere auf ihn zugeloffen, und hab ihm den Hut von dem Kopf auf den Boden geschlagen, mit den Worten: Weiß er daß es seine Schuldigkeit ist vor einem Stipendiaten den Hut abzunehmen. Er Kläger habe sich sodann gegen den Stipendiaten erklärt, er wolle sogleich eine Anzeige bei dem Ephoro machen, der Stipendiat habe erwidert: es sei ganz recht, er wolle mit ihm gehen. So seien sie beide durch den Burschhof gegen das Ephorat-Haus gegangen; unter dem Hause aber habe sich der Stipendiat getrennt und sei zum Klostertor hereingegangen. Er, Provisor, habe gleich unter dem Tor gefragt, wer der Stipendiat sei, und zur Antwort bekommen: er heiße Hoelderlin. [...]

Ich der Ephorus ließ sogleich nach geendigtem Abendessen den C. [Candidatus, P. B.] Hoelderlin vortreten. Er leugnete auch die Sache nicht, und berief sich nur darauf, daß der Provisor sichs ganz eigentlich zur Gewohnheit mache, vor keinem Stipendiaten den Hut abzunehmen. Überhaupt aber bezeigte sich der Beklagte bei seiner Entschuldigung anständig und bescheiden. [...] Dem Provisor soll aber auch, durch den Herrn Special Dr. Märklin, beditten [bedeutet, P.B.] werden, daß er es künftig an der Höflichkeit gegen die Stipendiaten nicht ermangeln lassen soll.[88]

Hölderlin wurde mit 6 Stunden Carcer ob publicas injurias erga ludimagistrum bestraft.

Ein jähzorniger Wutausbruch hat auch Hölderlins Trennung vom Hause Gontard wenn nicht bewirkt, so doch veranlaßt. Susette hat es nachträglich bedauert: »Hätte nur unser aus einander gehen nicht diese feindselige Farbe angenommen, niemand hätte Dir den Zutritt in unser Haus wehren können, aber jetzt, O! sage mir Du Guter wie gehet es wohl an, daß wir uns wiedersehen?«[89]
In einigem glaubwürdig ist Carl Jügels Schilderung des Zwischenfalls. Carl Jügel war mit Mimi Schönemann in Frankfurt vermählt, einer Nichte Lili Schönemanns, mit der Goethe verlobt gewesen war, aber auch eine Nichte von Jacob Friedrich und Susette Gontard. Mit Familiengeschichten in Frankfurt war er vertraut. Hier Carl Jügels Bericht:

Herr Jacob Friedrich [Gontard, P.B.] wußte es und hatte kein Arg dabei, daß Hölderlin seiner Frau Bücher brachte und ihr öfters das Beste der neuen Erscheinungen vorlas. Er war gewohnt, jeden Abend seine Partie zu machen, und war zufrieden, seine Frau bis zu seiner Heimkehr angenehm unterhalten zu wissen. Nicht so die Haushälterin, die, ohne Aussichten für sich selbst, das stille Glück zu mißgönnen begann, dessen sich Hölderlin im Umgange mit seiner Herrin zu erfreuen hatte. Sie wußte es so einzurichten, daß sie dem Herrn Jacob Friedrich selbst die Tür öffnen mußte, wenn er am Abend heimkehrte, und wenn er dann die stereotype Frage: »ist meine Frau zu Hause«? an sie richtete, so wußte sie ihrer sich häufig wiederholenden Antwort: »Herr Hölderlin liest ihr vor«, nach und nach eine Betonung zu geben, die endlich in einem Momente übler Geschäftslaune wie ein zündender Funke wirkte.
Mit dem nicht sowohl Eifersucht als vielmehr beleidigten Stolz verratenden Ausruf: »sitzt denn der Mensch beständig bei meiner Frau!« stürzte er in's Zimmer und auf Hölderlin zu. Ein jäher Zorn

übermannte den jungen, sich schuldlos wissenden Dichter, und es würde zur ärgerlichsten Szene gekommen sein, hätte nicht ein Blick auf die erschrockene Herrin ihm seine ganze Fassung wieder gegeben. Rasch verließ er das Zimmer, packte seinen Koffer und kehrte noch in derselben Nacht [dem] Hause [...] den Rücken.[90]

Ein weiterer Anfall von Jähzorn überfiel ihn, als er aus Frankreich zurückkommend zur Mutter in Nürtingen nach Hause kam. Dazu berichtet Waiblinger einfach folgendes: »In Nürtingen bei seiner Mutter angelangt, jagte er sie und sämtliche Hausbewohner in der Raserei aus dem Hause.«[91] Rasend, also »im Zustand verzweifelten Irrsinns«! So Schwab.[92]
Doch hat der Wutanfall wohl eine nicht unvernünftige, nicht unverständliche Ursache, die in Betracht zu ziehen ist. Wenn er vierzehn Tage nach dem Tode Susettens, im Zustand der völligen Depression, nach Hause kommt, was bekommt er da als erstes von der Mutter zu hören?
Hölderlins Neffe und Patenkind Fritz Breunlin berichtete 1856:

Hölderlin's Familie wußte von der Hölderlinschen Liebschaft in Frankfurt nichts; erst als die Mutter den ihm von Frankreich nachgeschickten Koffer öffnete, fand sie in einem geheimen Behälter desselben diese Briefschaften [Briefe von Susette, P. B.].[93]

So läßt sich aber der Zwischenfall unschwer rekonstruieren: Von Straßburg aus hatte Hölderlin den größeren Koffer direkt nach Hause schicken lassen; er selbst wollte mit leichtem Gepäck weiter nach Hause wandern, höchstwahrscheinlich mit einem Abstecher nach Frankfurt. Doch in Frankfurt wurde er durch Susettens Ableben länger als vermutet aufgehalten. Als er in Nürtingen eintraf, war der Koffer schon da. Die Mutter, die von ihm keine Nachricht hatte, öffnete den Koffer, holte die Wäsche heraus, fand die Briefe Susettens, las sie – und erfuhr von der »Liebschaft in Frankfurt«. Als Hölderlin mit einigen Tagen Verspätung eintraf, machte sie ihm wohl gleich Vorstellungen über diese »Liebschaft«, nicht ahnend, daß dies wirklich nicht der rechte Augenblick war, um davon zu reden.
Daß Hölderlin, über die Indiskretion empört, in Wut geriet und »alle« (vor allem die Mutter) zur Tür hinaus jagte, ist nur

zu verständlich. Aber verständlich ist es auch, daß die Familie, die von den Umständen, insbesondere vom Tode Susettens, nicht unterrichtet war, diesen Zornausbruch als die Manifestation einer Geistesstörung interpretierte. Auch weigerte sich Hölderlin aus irgendeinem Grunde –damals wie später –, den Tod von Susette und die damit zusammenhängenden Umstände auch nur einmal zu erwähnen.

Daher die Legende der grundlosen, pathologischen, nur als Ausbruch einer Geisteskrankheit zu erklärenden Tobsuchtsanfälle.

Einen weiteren Wutanfall (eine »blinde Wut«) hat er gehabt, als man ihn anscheinend ohne vorherige Warnung am 11. September 1806 in Homburg abholte und er nicht ohne guten Grund meinte, er sei verhaftet und werde von Schergen abgeführt. Wie die Landgräfin berichtet, setzte er sich zur Wehr und kratzte dem mit dem Transport Beauftragten das Gesicht blutig.

Wutanfälle hat er auch noch im Tübinger Klinikum, eine Zeitlang auch bei Zimmer gehabt. Doch mit dem Alter wurde er ruhiger und tobte nicht mehr.

Das Cholerische an seinem Temperament hat Hölderlin selbst genau erkannt. Der Zorn nimmt in seinem Werk einen sehr bedeutenden Platz ein. Doch der »Zorn« hat bei ihm meistens einen sehr positiven Wert, wie Jochen Schmidt richtig erkannt hat.[94]

Der »göttliche Zorn der Natur«[95] entspricht dem schöpferischen Chaos, das manchmal durchbricht und alle erstarrten Formen umschmilzt. Er ist göttlich, er reinigt, er beseitigt, er tötet und verzehrt das Erstarrte, das Gesetzte, »daß es lebendig werde«. »Im Gewitter spricht / Der Gott«[96]. Dem »Zorn« der Natur entsprechen die kochende See, der reißende Strom, das sich entladende Gewitter, die Revolutionskriege. Der »Zorn am Himmel« ist auserkorenes Zeichen des hereinbrechenden göttlichen Allebens. »In einem späten Bruchstück gilt das Wort ›zürnend‹ geradezu als Synonym für die Worte ›schaffend‹ und ›wirkend‹«, schreibt Jochen Schmidt.[97]

In der Ode *Thränen* »gebraucht der Dichter zur Kennzeichnung der höchsten Liebes- und Lebensergriffenheit das Wort ›zornig‹: ›allzudankbar haben die Heiligen / Gedienet dort in Tagen der Schönheit und / Die zorn'gen Helden‹ ...«[98]

»Schließlich wird der ›Zorn‹ im dichterischen Dasein als eine dem Genius innewohnende Kraft begriffen«.[99] Allzu geduldig ist lange Zeit der moderne Dichter gewesen, »albern« und »zum Spiele feil, wie gefangenes Wild« – bis »aufgereizt vom Stachel im Zorne« er »des Ursprungs sich erinnert«.[100]
Bei den Griechen fand Hölderlin manche Bestätigung seiner Auffassung des Zorns; er hat die Stellen aus der griechischen Literatur herausgesucht, wo der Zorn erwähnt wird.
Den ersten Gesang der *Ilias,* in dem der Zorn Achills beschrieben wird, übersetzt er als Schuljunge.[101]
Später übersetzte er gerade die Passagen aus dem *Ajax* des Sophokles, in der der Held »nicht des angebornen Zornes mächtig, sondern außer sich ist«[102] – ein Zustand, den er aus eigener Erfahrung wohl kannte: o x y c h o l o s, mit schnell überlaufender Galle, war auch er.
In der *Antigonä* ist von Lykurg, dem König der Edoner, die Rede, den Dionysos bestrafte und in ein Steingehäuse einsperrte:

> Und gehascht ward zornig behend Dryas Sohn,
> Der Edonen König in begeistertem Schimpf.[103]

Das Thema des *Oedipus* ist für Hölderlin die »zornige Ahnung« des »gewaltigen Mannes« Oedipus. In seinen *Anmerkungen zum Oedipus* ist der Zorn das entscheidende Leitmotiv. Hier ist am deutlichsten zu erkennen, daß Hölderlin dem Zorn einen äußerst positiven Wert zumißt:[104]

> Die Darstellung des Tragischen beruht vorzüglich darauf, daß das Ungeheure, wie der Gott und Mensch sich paart, und gränzenlos die Naturmacht und des Menschen Innerstes im Zorn Eins wird.[105]

Der Zorn, der »wie Feuer in der Brust der Männer sich regt«,[106] ist eine Manifestation des Göttlichen im Menschen, richtiger gesagt: im Manne. Oft ist bei Hölderlin von den »zornigen Helden« die Rede, darunter »der Reiniger Herkules«.[107]
Doch geht Hölderlin weit über die einfache Übernahme dieser griechischen Tradition hinaus. Wolfgang Schadewaldt schreibt dazu:

> Hölderlin ergreift mit Vorliebe und großer Kraft Vorstellungen wie »Zorn«, »Wahn«, »Wahnsinn«, »wütend«, »Wildnis«, »Verwilde-

rung«, sowie alles bacchantische Wesen, wo der Text des Sophokles es darbietet, und er verstärkt es gegen Sophokles.[108]

Schadewaldt führt über ein Dutzend Beispiele dieser Steigerung des Urtextes an.
Das »zornige Selbsterkennen« – wie es der Chor der *Antigonä* ausdrückt – hatte Hölderlin an sich selbst erlebt und auch erfahren, wie es zugleich göttlich war, aber auch gefährlich, ja verderblich werden konnte:

Dich hat verderbt
Das zornige Selbsterkennen.[109]

Hölderlin war ein schöner, ein auffallend schöner Mann. Schwab berichtet:

Die Freundschaft mit Hölderlin gewann schon durch seine körperliche Schönheit etwas Idealisches; seine Studiengenossen haben erzählt, wenn er vor Tische auf und abgegangen, sei es gewesen, als schritte Apollo durch den Saal.[110]

Man sehe sich das Pastellbild in Lebensgröße von Franz Karl Hiemer an, das Hölderlin 1792, mit zweiundzwanzig Jahren, bei seinem Freund in Auftrag gab und seiner Schwester Heinrike zur Hochzeit schenkte: ein schöner Mann.[111]
Philip Joseph von Rehfues, neun Jahre jünger als Hölderlin, Sohn eines wohlhabenden Tübinger Bürgers, mit sechzehn Jahren Singknabe im Stift, erinnerte sich viel später an Musikaufführungen im Stift:

Merkwürdigerweise ist mir von diesen Musikaufführungen niemand im Gedächtnis geblieben, als der unglückliche Hölderlin. Er spielte die erste Violine, und ich hatte als erster Sopran neben ihm meine Stelle. Seine regelmäßige Gesichtsbildung, der sanfte Ausdruck seines Gesichts, sein schöner Wuchs, sein sorgfältig reinlicher Anzug und jener unverkennbare Ausdruck des Höheren in seinem ganzen Wesen sind mir immer gegenwärtig geblieben. Er war zehn und mehr Jahre älter als ich. Ich bin ihm nicht näher gekommen und ich habe ihn später nie wieder gesehen. In meinem Gedächtnis steht er mit der Violine in der Hand und dem Ausdruck der nickenden Hinwendung zu mir, wenn ich mit meiner Stimme einhalten sollte.[112]

Philip Joseph von Rehfues war nicht der einzige, der sich sein Leben lang an den schönen Jüngling Hölderlin erinnerte. Hier das Zeugnis einer späteren Generation. Johann Georg Fischer, 1816 geboren, berichtet nach dem Tode Hölderlins:

Auch der Verfasser dieser Zeilen selbst hat Männer im Leben gekannt, welche mit Hölderlin das theologische Stift in Tübingen geteilt hatten und welche mit einer so schönen Rührung von dem Jugendfreunde sprachen, daß einem das Herz aufging wie ihnen selbst. Einer derselben, der längst heimgegangene Dekan M. Majer in Ulm, hat sich, als ich in einer Vakanz ihn besuchte und ihm von Hölderlin sprach, so über ihn geäußert: »Ach, haben Sie ihn gesehen, meinen teuren Stiftsfreund Hölderlin? Ach es ist unvergeßlich, wie der schöne Mensch sorgfältig an Kleidung, Benehmen und Sprache erschien, keine Ausgelassenheit, kein wildes Wort konnte in seiner Nähe aufkommen!« Und dabei glühte dem alten Herrn Stirn und Wange.[113]

Dr. Wilhelm Lange hatte versucht, die Stammtafel Hölderlins bis zum Urgroßvater des Dichters zurückzuverfolgen. Seiner Meinung nach

soll in der Familie Hölderlin äußere Schönheit häufig vertreten sein, und wir dürfen annehmen, daß diese auch bei Hölderlin eine familiäre, nicht eine individuelle war. [...] Auch soll bei den Männern der Familie häufig ein ausgesprochener Sinn für Schönheit vorhanden gewesen sein, der sich darin bewies, daß sie sehr oft schöne Mädchen zur Frau nahmen.[114]

Obwohl nur Zeugnisse von Männern über Hölderlins Schönheit und Gestalt überliefert sind, kann man annehmen, daß die Frauen nicht anderer Ansicht waren. Er brauchte ihnen gegenüber keine Komplexe zu haben, und hatte auch keine: alle waren sie ihm hold. Sie waren nicht nur von seinem Aussehen, sondern auch von seiner Männlichkeit eingenommen. Es mutet geradezu grotesk an, wenn Dr. Lange meint, es könnten »unbewußt wohl auch sexuelle Gefühle« in Hölderlins »theoretischer und blutloser Liebe« zu Susette Gontard »mit hineingespielt haben«. Aber nicht viel besser, der Wirklichkeit nicht viel näher kommend, ist in unseren Tagen die Darstellung Peter Härtlings – wie s e i n Hölderlin sich bei einer Frau (einer französischen Bäuerin), die sich in sein Bett geschlichen hat, entschuldigt und ihr gesteht: »ich kann es nicht!«; oder wie s e i n Hölderlin, wenn sich Susette zu ihm ins Bett legt, sich ihr gegenüber einem Kastrierten vergleicht und sie wegschickt. Allerdings hat Hölderlin seine Liebesaffären niemals, wie es heute üblich geworden ist, der Öffentlichkeit preisgegeben. Als Tübinger Stiftler, als angehender Pfarrer, als Hofmeister, ganz einfach als Mann – wie man damals das Wesen des Mannes verstand – hat er diese Sachen mit äußerster Diskretion behandelt. Auch war es damals noch nicht Mode, über die eigenen sexuellen Leistungen oder Fehlleistungen zu berichten und daraus Literatur zu machen. Mit wem er was gehabt hat, steht in den wenigsten Fällen fest; aber es ist zu vermuten, daß er ein für damalige Verhältnisse ganz normales sexuelles Leben geführt hat. Auch waren damals, im 18. Jahrhundert, die jungen Mädchen, ja selbst die Pastorentöchter, viel freier, als man es sich heute vorstellt.

Ich will hier nicht eine »vie amoureuse« Hölderlins bieten. Doch um ihn zu verstehen, darf man von seinem Verhältnis zum weiblichen Geschlecht nicht absehen.

Mit sechzehn Jahren, als Schüler in Kloster Maulbronn, verliebte er sich ganz normal in die Schwester seines besten Freundes, Immanuel Nast. Louise war zwei Jahre älter als er. Sie waren die Kinder des Klosterverwalters Nast, eines Kollegen von Hölderlins Vater. Ein Jahr lang liebten sie sich heimlich. Nicht einmal der Bruder Immanuel Nast, Hölderlins nächster Freund, wußte davon. Ihm schreibt er endlich:

Bruder! [...] lieber Freund – verzeih – ein ganzes Jahr sagt' ichs Dir nicht – das liebe Geheimnis, das Du noch nicht weist – Du kanst mich für falsch halten – aber, Gott weiß – wie michs oft drükte – wie ich mit aller Gewalt das Geständniß noch an mir hielt – aber sieh! ich mußt' ihr so heilig so oft versprechen keiner Seele nichts zu entdeken [...], aber sie will Dirs selbst sagen, die gute Seele –[115]

Es ist nicht unbedeutend, gleich hier festzustellen, wie diskret er sich in solchen Sachen verhält, wie er versprechen kann, »keiner Seele nichts« zu entdecken, und wie er das Versprechen selbst seinem besten Freund gegenüber hält. Wir werden uns später daran erinnern müssen.

Dann aber beschreibt er seitenlang dem Freunde das Entstehen und die Umstände der gegenseitigen Liebe. Aus dem heimlichen Briefwechsel, den die Liebenden damals führten, ist ein einziger Brief erhalten, den ersten Kuß berichtend:

Was wir doch für Menschen sind – Liebe! Ich meine, dieser Augenblik, da ich bei Dir war, sei seeliger gewesen, als alle, alle Stunden, da ich bei Dir. Unaussprechlich wohl war mirs, als ich so oben am Berg gieng, und Deinen Kuß noch auf meinen Lippen fühlte – Ich blikte so heiß in die Gegend, ich hätte die ganze Welt umarmen mögen – und noch, noch ists mir so![116]

Vier Jahre lang dauert das »traute« Verhältnis. Aus Tübingen schreibt er ihr sehr verliebte Briefe:

Ich kann sie nicht nennen, all die Seeligkeit die meiner in Deinen Armen wartet [...]. Und Du erinnerst Dich auch noch der glüklichen Zeiten in Leonberg – denkst Du noch an all die seelige Stunden? die Stunden der feurigsten süßesten Liebe? O Louise![117]

Doch im Frühjahr 1790 teilt er ihr seinen Entschluß mit:

Ich schike Dir den Ring, und die Briefe hier wieder zurük. Behalt sie, Louise! wenigstens als Andenken jener seeligen Tage, wo wir so ganz für uns lebten, daß uns kein Gedanke an die Zukunft trübte, keine Besorgniß unsere Liebe störte. Und weiß Gott! Louise! ich muß offenherzig sein – es ist und bleibt mein unerschütterlicher Vorsaz, Dich nicht um Deine Hand zu bitten, bis ich einen Deiner würdigen Stand erlangt habe. Unterdessen bitt ich Dich, so hoch ich kan, gute teure Louise! Dich nicht durch Dein gegebnes Wort, blos durch die Wahl Deines Herzens binden zu lassen. [...] Ich wolte Dich nicht binden, weil es ungewiß ist, ob jener mein ewiger Wunsch jemals erfüllt, ob jemals dieser – eben menschliche – Ehrgeiz befriedigt wird, ob ich also jemals ganz heiter, ganz froh und gesund werden kan. Und ohne diß würdest Du nie ganz glüklich mit mir sein. [...] Du würdest immer noch, als beglükende Gattin eines andern, an den Freund Deiner Jugend denken. [...] Und so würdest Du gewiß nie treulos! Und ich würde denken, meine Liebe ist nicht für diese Welt! u. mich Deines Glükes freuen, wolte mir so gar getrauen, Dich an der Seite Deines Gatten zu sehen – u. euer beider Freund zu sein.

Eine gewiß schonende, den Tatbestand verhüllende Absage – er nimmt alles auf sich, auf seine »Schwachheit«, seinen »unüberwindlichen Trübsinn«, seinen »unbefriedigten Ehrgeiz« – aber von vornherein wehrt er jeden Versuch Louisens, die Sache noch zu retten, entschieden ab: »es ist und bleibt mein unerschütterlicher Vorsaz [...] Ich weiß schon, Liebe, was Du mir darauf antworten wirst.«[118] Aus ist es.

Es stimmt alles, was er von seinem Trübsinn usw. sagt; es stimmt auch, daß Louise, mit ihm vermählt, wohl nicht glücklich gewesen wäre. Er hat nicht gelogen. Doch die ganze Wahrheit hat er nicht ausgesprochen, nämlich, daß er eingese-

hen hat – und das zeugt von seiner Weisheit –, daß die erste Liebe nicht unbedingt auch die letzte sein muß. Für ihn kennzeichnend ist auch, daß er sie gar nicht gefragt hat: Er ist es, der, ohne sich mit ihr zu beraten, den »freilich zu raschen Vorsatz faßte«, das »Verhältnis äußerlich anders stimmen zu wollen«.
Auch hat er nun in Tübingen andere Freunde: statt Nast und Bilfinger (der auch in Louise verliebt gewesen war) jetzt Neuffer und Magenau, zwei Dichternaturen.
Im Frühjahr 1790 hat er sich von Louise Nast losgesagt. Im Herbst schreibt er an Neuffer:

Aus Gelegenheit einer Auction kam ich Ihr nahe – erst kalte Blike – dann versönliche – dann Complimente – dann Erinnerungen und Entschuldigungen –! so wars von beiden Seiten. Seelenvergnügt gieng ich weg, nahm mir aber doch bei kälterem Blute vor, wie zuvor, den zurükhaltenden zu spielen, und bin bisher meinem Vorsaz getreu gewesen – das heißt – im Durchschnitt! Ein andersmal geh'n wir mer ins Detail.[119]

»Ihr«? Sie heißt Elise Lebret und ist die Tochter des Kanzlers der Universität Tübingen; »aus vornehm-bürgerlichen Hause, ihr Vater, Enkel eines vornehmen Hugenotten in württembergischen Diensten [...] Durch ihre Mutter war Elise Enkelin des Kreisdirektorialgesandten Baron von Bühler und Nichte des Kirchenratdirektors von Hochstetter in Stuttgart.«[120]
Als er ihr begegnet, ist sie erst sechzehn. Sie ist die Lyda einiger seiner Jugendgedichte. Das Verhältnis dauerte, solange er im Stift studierte, »führte auch zu dem Gedanken an dauernde Bindung, blieb jedoch nicht ohne Spannungen, Enttäuschungen und Bitterkeiten«[121].
Inzwischen war Hölderlin bei einem Aufenthalt in Stuttgart im Kreise von Neuffers Freunden und Freundinnen einer »holden Gestalt« begegnet – so bezeichnet er sie, und es ist nie gelungen, sie zu identifizieren. Neuffer gegenüber erwähnt er sie zweimal:

Du und die holde Gestalt erscheinen mir wol in hellern Stunden. [...] Freilich ists bitter, solche Schönheit u. Herrlichkeit auf Erden zu wissen, u. seinem Herzen, das oft stolz genug ist, sagen zu müssen, sie ist nicht dir bestimmt! Aber ists nicht thörigt und undankbar, ewige Freude zu wollen, wenn man glüklich genug war, sich ein wenig freuen zu dürfen.[122]

Später:

Ich habe hier [im Stift, P. B.] schlechterdings keine Freude. [...] Du kanst Dir denken, daß es unter solchen Umständen mir schwer wird, so selten an das sanfte, schöne Wesen zu denken, als ich mir vornahm.[123]

Durch Neuffer hatte Hölderlin Beziehungen zu dem schwäbischen Dichter Gotthold Friedrich Stäudlin in Stuttgart angeknüpft. Stäudlin sollte 1792 und 1793 als erster Gedichte Hölderlins in seinem *Musenalmanach* und seiner *Poetischen Blumenlese* veröffentlichen. Er hatte drei Schwestern. Mit Rosine war Neuffer verlobt.

In der Zeit, in der Hölderlin seinem Freund Neuffer über die Bekanntschaft mit Elise Lebret berichtet, schreibt ihm Neuffer, Grüße aus dem Stäudlinschen Hause vermittelnd:

Nun noch eine Nachricht, [...] daß Du nämlich bei L[otte] St[äudlin] in gar gutem Register stehest, daß sie sich mannigmal bei mir nach Dir erkundigt, Dich mitunter einen artigen bescheidenen Menschen heißt, und Dich, neben ihren Schwestern grüßen läßt, welche sogar von der Nannette wegen Deiner sekirt wird. Es muß also schon einige geheime Debatten gegeben haben, die alle zu Deinem Vorteil sprechen.[124]

Lotte Stäudlin erinnerte sich noch lange an Hölderlin. Ihr Neffe F. Th. Vischer, der Sohn der eben erwähnten Nannette, schrieb viel, viel später: »Meine Mutter und eine Tante [also Charlotte und Nannette Stäudlin, P. B.] hörte ich öfters von der herrlichen Erscheinung des jugendlichen Hölderlin noch in späten Tagen mit Bewunderung sprechen.« Sie erzählten auch von Hegels Unbeholfenheit, die sie einst in der Tanzstunde zu fühlen bekommen hatten.[125]

Lotte Stäudlin besuchte Hölderlin in Tübingen im Jahr 1828. Zimmer schrieb an Hölderlins Schwester:

Ihr Herr Bruder [...] hat diesen Sommer viele Besuche von Fremden und auch von hiesigen Studenten erhalten, unter andern hat ihn auch ein Frauenzimmer, Rosine Stäudlin [Zimmer verwechselt Lotte mit Rosine, Neuffers Braut, die 1795 gestorben war, P. B.]. Sie war schon ältlich, hatte aber ein lebhaftes glänzendes Auge.

In den Augen Lottes glänzte wohl noch die Erinnerung an die schöne Stuttgarter Zeit, an die Tanzstunden von vor vierzig Jahren ...
Anscheinend hatte Hölderlins Mutter auf eine in ihren Augen vorteilhafte eheliche Bindung ihres Sohnes mit Elise Lebret gedrungen. Als Kanzler hatte der Vater Elisens einen Einfluß bei der Besetzung der dem Patronat der Universität unterstehenden Pfarreien. Aus Waltershausen schreibt Hölderlin einen ungehaltenen Brief an die Mutter, in dem er ihr meldet, er weigere sich »jezt schon eine feste häusliche Lage« zu wählen. Auch spricht er sich von Elise Lebret los:

Sie sagen mir, daß Sie die L[ebret] bedauren. Ich denke aber, wenn sie mir im Ernste gut ist, so kann sie nichts wünschen, was wider meinen Karakter ist. War es ihr aber nur so halb Ernst, nun so wird sie sich trösten, und ich muß mich auch zu trösten suchen.[126]

Er überläßt es der Mutter, Elise die Nachricht zu vermitteln – »sagen Sie, was Sie vieleicht schon gesagt haben, ich sei verreist, und schreibe nicht.« Er seufzt erleichtert: »Gottlob! so hätt' ich den schwierigen Punkt von der Brust weg.« Doch ist er »unruhig, nicht um meinetwillen, sondern um ihretwillen.«
Ein anderer, ein gewisser Ostertag, wurde Elisens Bräutigam und erhielt die Pfarrei in Wolfenhausen.

Im selben literarisch interessierten Kreis um Neuffer und Stäudlin begegnete Hölderlin 1793 der ungemein talentierten schwäbischen Dichterin Wilhelmine Maisch. Sie war sechsundzwanzig, er dreiundzwanzig. »Sehr ländlich erzogen, [...] wurde Wilhelmine Maisch [...] als Dichterin um 1792 ›entdeckt‹ von Conz und Stäudlin. Bald war sie in Almanachen und Taschenbüchern gern gelesen.«[127] Von sich selbst, ihrer Lebensauffassung und ihrem Schicksal schreibt sie an Neuffer:

Der unselige Schritt über die Grenzen die dem weiblichen Geiste gezogen werden (die aber auch so eng sind, daß man darinn ersticken möchte) ist einmal getan, ich kann nimmer zurück gehen [...] Meine meisten Gedichte wurden [...] unter den härtesten Feldarbeiten ausgedacht; zum Beispiel dies [...] verfertigte ich in der Ernte während dem Schneiden, das gewiß eine saure Arbeit ist, und als der Sonntag kam, schrieb ichs erst auf![128]

An Hölderlin richtet sie eine 1795 gedruckte Epistel, in der sie ihm von einem Traum erzählt:

Ich saß im Kreis
An meinem Rädchen
Und spann mit Fleiß [...]
Denn ach! mir schwebte
Die schöne Zeit
Voll Seligkeit,
Die ich bei Dir
So froh verlebte [...]
Jetzt wirst Du nicht
Mein Traumgesicht
Mir bald erfüllen
Und die Begier
Nach Briefen stillen
So schwör ich Dir!
Du wirst [...]
So lang gequält,
Bis Du mir willig
Ein Briefchen schickst [...]
Und noch zum Schluß
Mit einem Gruß,
Der H ... s Munde
Für mich entquoll,
Recht bald beglückst.[129]

Indessen hatte Hölderlin es aufgegeben, sich als Lyriker zu betätigen – um diese Zeit hört die Reihe der Tübinger Jugendhymnen auf –, und beschlossen, nunmehr einen Roman zu schreiben. Warum einen Roman schreiben? Hier die Erklärung, die er seinem Freunde Neuffer dafür abgibt:

Ich fand bald, daß meine Hymnen mir doch selten in dem Geschlechte, wo doch die Herzen schöner sind, ein Herz gewinnen werden, u. diß bestärkte mich in meinem Entwurfe eines griechischen Romans. Laß Deine edlen Freundinnen urteilen, aus dem Fragmente, das ich unsrem Stäudlin heute schike, ob mein Hyperion nicht vieleicht einmal ein Pläzchen ausfüllen dürfte [...] Besonders ist mir an dem Urteil der Person gelegen, die Du nicht nennst. Ich hoffe, das Folgende soll sie und andere mit einer harten Stelle über ihr Geschlecht, die aus der Seele Hyperions heraus gesagt werden mußte, versönen.[130]

Die »Person« ist vermutlich Lotte Stäudlin. Der Brief, im Sommer 1793 geschrieben, enthält die erste Erwähnung des *Hyperion*-Projekts. Es war keine schlechte Kalkulation: Sein Roman hat ihm, manchmal unter den seltsamsten Umständen (man sehe weiter z. B., unter welchen Umständen Susette Gontard das *Thalia-Fragment* des *Hyperion* schon gelesen hatte, als Hölderlin zum ersten Mal ihr Haus betrat), auch durch die Jahrhunderte hindurch (dafür könnte ich Beispiele anführen) das weibliche Herz gewonnen.
Von der Wilhelmine-Kirms-Episode habe ich schon berichtet.
Susette Gontard – das soll ein Kapitel für sich sein.
Völlige Dunkelheit herrscht in bezug auf die – von Adolf Beck als »Sage« abgetane – nicht zu dokumentierende Behauptung, Hölderlin habe sich etwa zwei Jahre nach dem Tode von Susette Gontard in eine jüngere Base seiner Mutter verliebt.
Eberhardine Blöst, 1777 geboren, also sieben Jahre jünger als er, war die Tochter des Pfarrers Blöst, Pastor in Klingenberg am Neckar, zwischen Lauffen und Heilbronn. Er hatte Marie Eberhardine Sutor, eine Schwester von Hölderlins Großmutter Heyn (der Mutter von Hölderlins Mutter) geheiratet. Eberhardine war also eine sehr nahe Verwandte Hölderlins. Es ist anzunehmen, daß – wenn sie überhaupt miteinander verkehrt haben sollten – es in der Zeit geschah, als sich Hölderlin bei seiner Mutter in Nürtingen aufhielt, also 1803 oder in der ersten Hälfte des Jahres 1804.[131]
Zimmer berichtet an einen Unbekannten:

Ich habe so weitläufig gehört, daß sein Bruder [Hölderlins Bruder Karl Gok, P. B.] Hölderlins Geliebte geheuerathet hat. Glaube aber daß es erst geschehen ist, als man sah, daß Hölderlin verloren war.[132]

Seinerseits berichtet Waiblinger, aber vielleicht nur, weil er es von Zimmer gehört hat:

Abermals, aber nun zum letztenmale, sollte sein für die Liebe so offenes unglückliches Herz entzündet werden. Allein man war genötigt, ihm den Gegenstand seiner Neigung und Verehrung zu entreißen, und ein ihm sehr naher Blutsverwandter heurathete das Frauenzimmer. Dies fehlte noch, um Hölderlins Raserei zu vollenden. Nie mehr in seinem Leben wollte er diese Person kennen, wiewohl sie oftmals um ihn war. Hölderlin behauptete schlechterdings, daß er nicht die Ehre habe, Seine Majestät jemals gesehen zu haben.[133]

Tatsache ist, daß Karl Gok Ende Mai 1804 Eberhardine Blöst heiratete. Anscheinend nahm sie sich doch des »Kranken« an, denn gerade an sie schreibt Lotte Zimmer, Nachricht über den Empfang der Schachtel von Weihnachtsgebäck zu Weihnachten 1840 für den »Herrn Schwager« gebend: er habe sich das Überschickte recht wohl schmecken lassen. Überraschend ist es festzustellen, daß, wenn im Dezember 1842 beide Goks der Familie Zimmer ein Exemplar der neuen Auflage von Hölderlins Gedichten schickten, dies wohl mit einem begleitenden Brief von Eberhardine getan wird – doch daß das Konzept dieses Briefes, der mit den Worten »M[ein] l[ieber] Gatte« anfängt, von der Hand des Ehemanns – Karl Gok – ist. Goks empfehlen der Familie Zimmer, ihr Exemplar der Gedichte mit dem Lebensabriß ihrem Bruder »nicht in die Hände zu geben«, da der Lebensabriß »auf Hölderlin selbst [...] leicht einen unangenehmen Eindruck machen könnte«.[134]

Schließlich muß festgestellt werden, daß die jüngste, 1813 geborene Tochter von Ernst Zimmer, Charlotte – auch Lotte, und von den Studenten, die im Haus wohnten, Jungfer Loddel genannt –, nach dem Tode ihres Vaters 1838 die Verpflegung und Betreuung Hölderlins mit Liebe übernahm, daß dessen Pflege »einen wesentlichen Anteil ihres Alltags« ausmachte, daß sie »mit dem Herzen dabei« war.[135] Das Klavier, auf dem Hölderlin ständig spielte, stand im Zimmer Lottens. Sehr schön sind die Briefe, die sie an die Familie richtete, um den Tod Hölderlins zu melden: »Die Bestürzung ist nun so groß, daß mirs übers Weinen hinaus ist.« Sie heiratete nie und blieb bis zuletzt seinem Angedenken treu.[136]

Dies noch: Während seines ersten Homburger Aufenthalts, am 28. November 1799, hatte Hölderlin einer der Töchter des guten Landgrafen von Hessen-Homburg, der Prinzessin Auguste, zum Geburtstag eine Ode gewidmet und überreicht:

Geringe dünkt der träumende Sänger sich
[…]
Doch herrlicht mir dein Nahme das Lied; dein Fest
Augusta! durft' ich feiern; Beruf ist mirs,
Zu rühmen Höhers, darum gab die
Sprache der Gott und den Dank ins Herz mir.[137]

Damals war der Dichter neunundzwanzig, die Prinzessin dreiundzwanzig. Etwas später schenkte sie ihm ein Klavier. Sie kannte ihn kaum, hatte nur ein paarmal mit ihm gesprochen, und doch … Und doch schrieb sie zwanzig Jahre später, sie sei allein durch eine Gnade Gottes nicht übergeschnappt. Hier die Umstände des Bekenntnisses.[138]
Ihre zehn Jahre jüngere Schwester, Prinzessin Marianne von Preußen, richtet in einem Schreiben vom 19. Dezember 1816 die Frage an sie: »Wie hattest Du Hölderlin geliebt?« Am 2. März empfängt Marianne die Antwort von Prinzessin Auguste: eine lange Lebensbeichte, von der nur einige Stellen Hölderlin und ihre Beziehungen zu ihm betreffen. Werner Kirchner warnt als Herausgeber des Bekenntnisses vor etwaiger Indiskretion.

Wenn wir es, nachdem 135 Jahre darüber verflossen sind, als ein Hölderlin-Dokument veröffentlichen, so wissen wir, daß dieses Denkmal einer religiösen Seele sich zudringlicher Neugier entzieht. Wer aus der Lebensbeichte Augustes die wenigen Stellen herauslöst, an denen von Hölderlin die Rede ist, […] dringt nicht in ihren Sinn ein.

Uns ergänzen sie doch, und zwar unersetzlich, die Ausstrahlung und Wirkung der Persönlichkeit Hölderlin als Mann und als Dichter.
1796 hatte Prinzessin Auguste Johann Friedrich Klinkhardt, Hofprediger in Rudolstadt, kennengelernt. Diese Bekanntschaft brachte in ihr »eine ganze Umwälzung« hervor. Er erschien ihr für ihre damalige zum Mystischen neigende Stimmung und Lage »wie ein Retter, wie der Heiland selbst«.

Alles Weltliche wurde mir nun öde – nur das, was vor Gott gilt, etwas und Alles. [...] Es war keine Leidenschaft [...], [sondern] Erwekkung zu einem höheren Sein. [...] Ich war zum erstenmal los von der Welt. Nur mit Andacht konnte ich an ihn denken, sein Eingedenken begleitete mich aber bei allem Tun und Denken.
Was ich da erkannt hatte, auf eine himmlisch ernste Weise – das fand ich ins Leben getragen, versinnlicht, und so die Gefühlsfolge des vorerwähnten Eindrucks, im Hyperion, der mir in die Hände fiel. [...] Den ganzen Tag las ich, und dachte mich in diese Gedanken hinein – es war mir wie aus dem Herzen gesprochen. So las ich es wohl zwanzig Mal durch – was fernen Bezug darauf hatte, wurde mir heilig.

Sie lernte den Hyperion auswendig:

Immer hatte ich im Gedächtnis und im Munde für mich irgend eine Stelle, ich ging damit zu Bette und stand damit auf; und bekam so die Gewohnheit, mitten unter allen Menschen ganz allein zu sein.
[...]
Er [Hölderlin, P. B.] wohnte bald darauf einige Jahre hier. Ich hörte von seinem Freunde [Sinclair, P. B.], wenn ich wollte von ihm reden. (Dieser selbst hatte keine Ahnung meines Interesses.) Gesprochen habe ich ihn in diesen Jahren drei oder vier Mal, eigentlich gar nicht – gesehen vielleicht sechs Mal. Aber die Einbildungskraft hatte freies Spiel – und was sie leisten kann, das hat sie treulich geleistet! – Daß ich nicht übergeschnappt bin, bei dieser Überspannung, ist allein eine Gnade von Gott. [...]
Nun ruhet [Klinkhardt] 13 Jahre schon in der Erde. Hölderlin ist ein Narr geworden. Er hatte wohl die Tiefe seines Gefühls zu sehr durch Träume isoliert. Diese Wirkung wenigstens hatten seine Gedichte auf mich – und ich war nicht weit von demselben Erfolg. Dieser Zustand bewahret ihn, glaube ich, vor größere Irrtümer – es ist eine Art von Fegefeuer schon in diesem Leben. Für mich war er eine idealische Person – die ich in seiner Gestalt festhielt – ein Wesen meiner Phantasie, denn aus der Wirklichkeit war nichts erwachsen – ich s a h und h ö r t e ihn ja nicht.[139]

Zur Zeit dieses Bekenntnisses war Prinzessin Auguste vierzig Jahre alt.
Vier Jahre später, Anfang 1821, schreibt ihr Marianne von einem jungen preußischen Offizier, Hr. v. Diest, »welcher

weiß, daß Du Hölderlin kanntest, [und] hat mich bitten lassen, dich zu fragen: ob Du nicht vielleicht Gedichte von ihm hättest«. Tatsächlich hatte Auguste 31 Gedichte Hölderlins abgeschrieben und sie stellte dem um Hölderlins dichterisches Werk bemühten Herausgeber Leutnant v. Diest den größten Teil dieser Kopien zur Verfügung. Doch äußerte sie den Wunsch, daß man das Gedicht *An Eduard* nicht veröffentliche – dies ein Zeichen, daß sie das Verfängliche und politisch Gefährliche an diesem Gedicht nicht verkannte, also mit Hölderlins politischer Einstellung vertraut war und ihn nicht verraten wollte.
1864, als Prinzessin Auguste, nunmehr verwitwete Erbgroßherzogin von Mecklenburg-Schwerin (sie hatte sich 1818, mit über vierzig Jahren, mit dem Erbgroßherzog vermählt, der aber schon ein Jahr später starb), erinnert sie sich noch sehr genau an Hölderlin und beantwortet die Anfragen, die der Stadtbibliothekar von Homburg, Hölderlin betreffend, an sie richtet.
Vielleicht hat sie über Hölderlins Wesen im Tübinger Turm das tiefsinnigste und richtigste Wort gesprochen, das es nur noch (wie ich es später zu tun versuchen werde) zu explizieren gilt, diese seine Existenz sei »eine Art Fegefeuer schon in diesem Leben«.

Die Aura Hölderlins überwindet Raum und Zeit. Die physische Präsenz ist nicht einmal nötig. Als Hölderlin 1843 starb, gab es in Berlin drei sehr bedeutende Frauen, die miteinander verkehrten und die Hölderlin zum Gegenstand ihres Kults gemacht hatten: Charlotte von Kalb, Bettina Brentano, Karoline von Woltmann. Charlotte von Kalb hatte Hölderlin, wie man weiß, gut gekannt und sehr gemocht; sie meinte, sie könne von ihm »viel sagen«. Karoline von Woltmann, »eine der charaktervollsten deutschen Frauen«, eine der »edelsten, geistreichsten unserer Nation« – meint ihr und Hölderlins Biograph Alexander Jung –, prophezeite bei der Todesnachricht Hölderlins:

Hölderlin wird aufsteigen am literarischen Himmel Deutschlands wie ein Stern, wenn Deutschland Dichter von seiner Großartigkeit der Begriffe und Einfachheit des Ausdrucks vertragen kann.[140]

Und Bettina ... Es wird bei passender Gelegenheit noch viel von ihr die Rede sein. In Erinnerung an ihre Jugend in Frankfurt, wo ihr Sinclair begegnet war und über Hölderlins Geisteszustand berichtet hatte, schreibt sie:

Der St. Clair [d. i. Sinclair, P. B.] ist so gut, voll Herz, er wollt ja zum kranken Hölderlin reisen [...] – ich möcht wohl auch hin. – Er sagt es würde dem Hölderlin gesund gewesen sein, ich möcht wohl, ich darf nicht. – Der Franz [d. i. K. Fr. von Savigny, der Schwager Bettinens, P. B.] sagte: »Du bist nicht recht gescheut, was willst du bei einem Wahnsinnigen? willst du auch ein Narr werden?« – – Aber wenn ich wüßt, wie ichs anfieng, so ging ich hin, wenn du mitgingst, Günderode, und wir sagtens niemand, wir sagten wir gingen nach Hanau. Der Großmama dürftens wir sagen [...] Der St. Clair sagte mir [...], ich darf ihn hier in Frankfurt gar nicht nennen, da schreit man die fürchterlichsten Dinge über ihn aus, bloß weil er eine Frau geliebt hat um den Hyperion zu schreiben, die Leute nennen hier Lieben, heiraten wollen [...] Er sagte mir noch so viel über ihn, was mir tief durch die Seele ging, über den Hölderlin, was ich nicht wieder sag, und ich hab mehrere Nächte nicht schlafen können vor Sehnsucht hinüber nach Homburg [Bettina glaubt, Hölderlin sei noch in Homburg, P. B.], ja wollt ich ein Gelübde tun, ins Kloster zu gehen, das könnt doch niemand wehren, gleich wollt ich das Gelübde tun, diesen Wahnsinnigen zu umgeben, zu lenken, das wäre noch keine Aufopferung [...] Laß mich hinabsteigen zu ihm und die Hand ihm reichen im Traum [...] Denn ich begehr sehnsüchtig, mit zu tragen gemeinsamen Weh des Tags, und gemeinsam Tröstung zu empfangen in den Träumen der Nacht.[141]

Ein schöneres Liebesbekenntnis kenne ich nicht.
Frauengunst in verschiedenen Formen: in dem Geschlecht, »wo doch die Herzen schöner sind«, hat sich Hölderlin manches Herz gewonnen. Nicht, daß er um sie geworben hätte: eher war er der Umworbene.
Gerade das gönnt ihm wohl »das neidische Geschlecht« immer noch nicht.

Völlig abwegig ist die Vorstellung, Hölderlin sei ein bis zum Schwachsinn willensschwacher Mensch gewesen. Sie entspricht freilich der volkstümlichen, von den Forschern nur zu oft geteilten Meinung vom charakterlosen, »kranken Poëten«, der er nicht war. Wohl schwankte er manchmal in seinen Entschlüssen – wer tut das nicht? –, aber selten. Nichts lag ihm ferner als der von den Preußen kultivierte Dezisionismus. Er wartete mit der Entscheidung ab, bis er möglichst viele Elemente dafür in der Hand hatte, was nur weise ist. Dann aber handelte er schnell, manchmal gar den Anschein von Impulsivität erweckend; dann war er rasch entschlossen und ließ die Ausführung auf dem Fuße folgen. Seine Entschlüsse nahm er nicht zurück.

Im Grunde war er ein in seiner Entschlossenheit unbeugbarer Mensch; so hartnäckig, wie auch seine Mutter war. Einander eines Besseren zu überzeugen ist keinem von beiden, weder der Mutter noch dem Sohn, je gelungen. Sie wollte aus ihm einen Pfarrer machen; Pfarrer wollte er nicht werden. Trotz mancher Phrasen und Floskeln hat sich das nie geändert.

Daß er öfters bei seinen Unternehmungen scheiterte, ist manchmal auf diesen Zug seines Charakters zurückzuführen. Er war nicht im geringsten geschmeidig. Ich kenne keinen Fall, wo er auf eine Beeinflussung von außen hin nachgegeben hätte. Er verfolgte die einmal gefaßte Entscheidung bis zum bitteren Ende. So erging es mit dem Plan, eine Zeitschrift zu gründen: Die Schwierigkeiten des Unternehmens kannte er ziemlich genau, er war keineswegs so weltfremd, wie man ihn haben möchte, und er besaß ein großes Selbstvertrauen. Von seinem Vorhaben ließ er sich nicht abbringen, bevor er lauter negative Antworten – oder gar keine – erhalten hatte.

Sehr früh – spätestens mit achtzehn Jahren – hatte er die eigene einzigartige dichterische Begabung richtig erkannt: Er wußte, es würde ihm das gelingen, wonach die anderen trachteten. Daß er zum Dichter geboren war, daß ihm in dieser Hinsicht keiner auch nur annähernd gleich kam, dessen war er sich sehr früh bewußt geworden.

Und von dieser Einsicht her ist sein ganzer Lebensgang der

denkbar einfachste und gradlinigste gewesen. Aus dieser seiner einmaligen Begabung wurde eine Berufung – eine selbstgestellte Aufgabe, eine Mission. Aus der Berufung hieß es für ihn einen Beruf machen. Er wollte als Dichter in der Gesellschaft gelten, genauso wie ein anderer als Schuster oder als Steinmetz anerkannt wird und sich als solcher in der bürgerlichen Welt behauptet. Er wollte einer sein, von dem man weiß, daß er sein Handwerk besser versteht als irgendein anderer, und der deshalb geschätzt wird. Unentwegt hat er bis 1806, bis er unter den Schlägen (dies nicht nur bildlich gesagt) zusammenbrach, dieses Ziel verfolgt. Erst dann hat er es aufgegeben. Ich bin versucht zu sagen: männlich verfolgt, und männlich aufgegeben.

Sein Ehrgeiz war ein ungeheurer, einige werden meinen: er ging bis zur Hybris. Damit wäre er einverstanden gewesen. Mit sechzehn, siebzehn Jahren, als Schüler im Kloster Maulbronn, erscheint schon das Motiv des Ehrgeizes:

O Freunde! Freunde! die ihr so treu mich liebt!
Was trübet meine einsamen Blike so?

[...]

Ach Freunde! welcher Winkel der Erde kan
Mich deken, daß ich ewig in Nacht gehüllt
Dort weine? Ich erreich' ihn nie den
Weltenumeilenden Flug der Großen.

Doch bleibt der junge Dichter nicht in Mißmut versunken; er schließt mit einer Ermutigung und Aufforderung an sich selbst:

Doch nein! hinan den herrlichen Ehrenpfad!
Hinan! hinan! im glühenden kühnen Traum
Sie zu erreichen; muß ich einst auch
Sterbend noch stammeln: vergeßt mich, Kinder![142]

Das Motiv des Ehrgeizes bildet auch das Thema der Dichtung des Neunzehnjährigen im Spätherbst 1789 im Gedicht *Zornige Sehnsucht*:

Ich duld' es nimmer! ewig und ewig so
Die Knabenschritte, wie ein Gekerkerter
Die kurzen vorgemeßnen Schritte
Täglich zu wandeln, ich duld' es nimmer!

[...]
Mich reizt der Lorbeer, – Ruhe beglükt mich nicht

[...]

Beim grauen Mana! nimmer genieß ich dein.
Du Kelch der Freuden, blinktest du noch so schön,
Bis mir ein Männerwerk gelinget
Bis ich ihn hasche, den ersten Lorbeer.

Der Schwur ist groß. [...][143]

Im Gedicht *An die Ehre* heißt es:

Umdonnert Meereswoogen die einsame
Gewagte Bahn! euch höhnet mein künes Herz,
Ertürmt euch Felsen ihr ermüdet
Nie den geflügelten Fuß des Sängers.[144]

Im Gedicht *Einst und Jezt* beklagt Hölderlin sich über die Verachtung, die dem nach Lorbeer dürstenden Jüngling seine ersten Versuche einbringen:

Zurük denn in die Zelle, Verachteter!
Zurük zur Kummerstätte, wo schlaflos du
So manche Mitternächte weintest
Weintest im Durst nach Lieb' und Lorbeer.

[...]
Weint um den Jüngling er ist verachtet![145]

Im gleichzeitig entstandenen Gedicht *Die Weisheit des Traurers* versucht der kaum neunzehnjährige Dichter seinem Mißlingen mit Weisheit entgegenzutreten:

Der blaiche Jüngling, der in des Herzens Durst
Nach Ehre rastlos klomm auf der Felsenbahn
Und ach! umsonst! wie wandelt er so
Ruhig umher in der stillen Halle.

Doch gehört es auch zur Weisheit, sich nicht entmutigen zu lassen.

Denn viel der Stürme harren des Jünglings noch
Der falschen Gruben viele des Wanderers,
Sie alle wird dein Sohn besiegen,
[...][146]

Doch hier, gleich am Anfang des Gedichts *Die Weisheit des Traurers,* erscheint, allerdings in verkappter Form, ein bei Hölderlin stets mit dem Motiv des Ehrgeizes verbundenes Thema: das Motiv der verständnislosen Umwelt. Der erste Vers lautet, nicht ganz leicht verständlich:

Hinweg, ihr Wünsche! Quäler des Unverstands!

Den Schlüssel bietet Friedrich Beißner: »Quäler des Unverstands: Klopstockisch für ›unverständige Quäler‹«.[147] Dem Dichter wird von nun an das Unverständnis der Umwelt eine Qual sein.

»Unbefriedigter Ehrgeiz« bestimmte nicht nur seine damalige Stimmung, sondern seinen ganzen Lebenslauf. Wenn er, wie wir gesehen haben, als Zwanzigjähriger mit seiner Braut Louise Nast bricht, ist der Grund dafür deutlich genug ausgesprochen:

Der unüberwindliche Trübsinn in mir – aber lache mich nicht aus – ist wol nicht ganz, doch meist – unbefriedigter Ehrgeiz. Hat dieser einmal, was er will, dann, und bälder nicht, werd' ich ganz heiter, ganz froh, und gesund seyn.[148]

Ein Jahr später, wohl zu Pfingsten 1791, schreibt er der Mutter:

Mein sonderbarer Karakter, meine Launen, mein Hang zu Projekten, u. (um nur recht die Wahrheit zu sagen) mein Ehrgeiz – alles Züge, die sich one Gefar nie ganz ausrotten lassen – lassen mich nicht hoffen, daß ich im ruhigen Ehestande, auf einer friedlichen Pfarre glüklich sein werde.[149]

Dieser Ehrgeiz hat ihn nie verlassen, auch nicht in der späten Zeit. Über die letzten Jahre vor seinem Tode weiß Schwab zu berichten:

Von dem edlen Selbstgefühl, das einst den Verfasser des Hyperion beseelt, ist noch eine Spur zu finden, in einer unschuldigen Eitelkeit, die sich hie und da bemerken läßt; zeigt man ihm mit dem Ausdruck der Anerkennung und Bewunderung eine schöne Stelle im Hyperion, so lächelt er aufs Verbindlichste und fühlt sich sehr geschmeichelt; weniger als für den Hyperion interessirt er sich für die Sammlung seiner Gedichte, da diese nicht von ihm selbst, sondern von Uhland und Schwab besorgt wurde.[150]

In Dokument Nr. 28 habe ich das Wort der alten Frau zitiert, die als Kind täglich die Milch in Zimmers Haus getragen hatte: Sie konnte sich noch an die schönen Züge des Gesichts des greisen Hölderlin erinnern, fügte aber hinzu: »Er ist aber auch hochmütig g'wese und hat sich für den gröschte Dichter g'halte«. Damals wird Hölderlin siebzig gewesen sein.
Ist das eine Fehleinschätzung seinerseits gewesen? Man ist manchmal versucht, an Astrologie zu glauben: Die unter einem Stern Geborenen, Jahrgang 1769–1770, sind nicht die Bescheidensten gewesen: sie heißen Napoleon, Hölderlin, Hegel, Beethoven ... »Lumpe sind bescheiden«, sagte Schopenhauer.

Wenn ich nun hier, und gerade an dieser Stelle, vom Stolz Hölderlins spreche, begebe ich mich in Gefahr, mißverstanden zu werden. Manche verkennen den Unterschied zwischen Eitelkeit, Selbstzufriedenheit, Selbstgefälligkeit, Eingebildetsein, Ehrgeiz – und dem Stolz.
Nur das Milchmädchen konnte Hölderlin der Eitelkeit bezichtigen: Eitel war er nicht. Aber stolz. Sein Stolz war ein männlicher, ich bin versucht zu sagen: ein spanischer Stolz. Ein Stolz, der keiner Berechtigung oder Rechtfertigung bedarf; ein primärer, urwüchsiger, existentieller Stolz, der stärker verpflichtend ist als alles andere.
Bei Regierungsantritt des Königs von Aragon haben ihm im 15. Jahrhundert die in der Cortes versammelten aragonesischen Adligen folgenden Huldigungseid geleistet:

Nos que valemos tanto como vos y que juntos somos màs que vos, os hacemos nuestro rey y señor, con tal que nos guardéis nuestros fueros y libertades, y si no, no.

Zu deutsch:

Wir, die soviel wie Sie wert sind und die zusammen mehr als Sie sind, stehen zu Ihnen als unserem König und Herren, vorausgesetzt, daß Sie uns unsere Rechte und Freiheiten wahren. Wenn nicht, dann nicht.[151]

Ich habe dieses historische Dokument hier angeführt, weil die in ihm zum Ausdruck kommende Auffassung des Stolzes dem deutschen Begriffe nicht ohne weiteres zugänglich ist; aus vielen historischen Gründen nicht. Umgekehrt ist der deutsche Begriff des »Landesvaters« einem Spanier ziemlich befremdend. (Da ist auch übrigens der Kern zu Hölderlins politischer Einstellung enthalten: an Stelle des »Landesvaters« wollte er in Deutschland, in Schwaben ein »Vaterland« instituiert sehen.)
Hölderlin war stolz, wie es ein Mann aus Aragon ist.
Das ist ein Grund dafür gewesen, daß er in deutschen Landen mißverstanden wurde.
Am Anfang des zweiten Jahres im Tübinger Stift, mit neunzehn Jahren, schreibt er an die Mutter:

Sie kennen mein Temperament, das sich eben weil es Temperament ist, schlechterdings nicht verleugnen läßt, wie es wenig für Mishandlungen, für Druk und Verachtung taugt.[152]

Gerade um die Zeit, im November 1789, schlägt er dem Mägdleinprovisor Majer auf offener Straße den Hut vom Kopf, weil dieser ihn nicht zuerst gegrüßt hat, weswegen er sechs Stunden im Karzer absitzen muß.[153]
Ebenfalls an die Mutter schreibt er aus Homburg, nachdem er das Haus Gontard verlassen hat:

Der unhöfliche Stolz, die geflissentliche tägliche Herabwürdigung aller Wissenschaft und aller Bildung, die Äußerungen, daß die Hofmeister auch Bedienten wären [...], und manches andere, was man mir weils eben Ton in Frankfurt ist, so hinwarf – das kränkte mich, so sehr ich suchte, mich darüber weg zu sezen, doch immer mehr, und gab mir manchmal einen stillen Ärger, der für Leib und Seele niemals gut ist.[154]

Auf die Situation in Frankfurt näher eingehend schreibt er etwas später in einem Briefentwurf an Susette:

Immer hab' ich die Memme gespielt, um Dich zu schonen, – habe immer getan, als könnt' ich mich in alles schiken, als wär ich so recht zum Spielball der Menschen und der Umstände gemacht und hätte kein vestes Herz in mir, das treu und frei in seinem Rechte für sein Bestes schlüge.[155]

Nur aus diesem Männerstolz Hölderlins heraus ist seine so oft und so leidenschaftlich diskutierte Beziehung zu Schiller zu verstehen. Manche lassen sich durch den auffallend befangenen, ja fast unterwürfigen Ton seiner Briefe an Schiller mißleiten. Paul Raabe z. B. interpretiert diesen Ton als Zeichen eines »Minderwertigkeitbewußtseins«, einer »Bedürftigkeit« Schiller als dem Überlegenen gegenüber.[156]
Doch gerade das Gegenteil ist hinter der stilistischen Befangenheit dieser Briefe zu spüren, nämlich eben der Stolz Hölderlins, und auch die nicht ungerechtfertigte Überzeugung, es im Lyrischen besser zu machen als Schiller. Wohl versucht er, dem um zehn Jahre älteren und in der Gesellschaft anerkannten Dichter gegenüber rücksichtsvoll und verbindlich zu sein, tut es aber ungeschickt übertrieben: »nie treff ich, wie ich wünsche, das Maas«[157], hat er selbst gesagt.

Auf diese Beziehung zu Schiller muß hier eingegangen werden, nicht nur, weil sie für Hölderlin von entscheidender – und fataler – Bedeutung gewesen ist, sondern weil sich auch daran das deutsche Mißverständnis um Hölderlin dokumentiert.

Nachdem er in der ersten Hälfte 1795 in Jena monatelang regelmäßig bei Schiller verkehrte und wahrscheinlich ohne von ihm Abschied zu nehmen Jena verlassen hatte, schrieb er ihm am 23. Juli 1795 aus Nürtingen:

Ich war immer in Versuchung, Sie zu sehn, und sah Sie immer nur, um zu fühlen, daß ich Ihnen nichts seyn konnte. Ich sehe wohl, daß ich mit dem Schmerze, den ich so oft mit mir herumtrug, nothwendigerweise meine stolzen Forderungen büßte; weil ich Ihnen so viel seyn wollte, mußt' ich mir sagen, daß ich Ihnen nichts wäre. Aber ich bin mir dann doch zu gut bewußt, was ich damit wollte, um mich nur leise darüber zu tadeln. Wär' es Eitelkeit gewesen, die so ihre Befriedigung suchte, die von einem großen Manne, wenn er einmal dafür anerkannt ist, einen freundlichen Blik erbettelt, um sich mit der unverdienten Gaabe über die eigne Armseeligkeit zu trösten, der der Mann ziemlich indifferent ist, wenn er nicht für ihre kleinen Wünsche taugt, hätte mein Herz zu so einem belaidigenden Hofdienste sich erniedriget, dann freylich würd' ich mich recht tief verachten. Aber ich freue mich, daß ich so gewiß mir sagen kann, daß ich den Werth des Geistes, den ich achte, so weit ich ihn ermessen kann, in mancher guten Stunde rein empfand, und daß mein Streben, ihm recht viel zu seyn, im Grunde nichts anders war, als der gerechte Wunsch, dem Guten und Schönen und Wahren, sey es unerreichbar oder erreichbar, [sich] mit seinem Individuum zu nähern, und daß man nicht gerne dabei einzig sein Richter ist, ist gewiß auch menschlich, gewiß natürlich.

Er selbst spürt »das Sonderbare« an einem solchen Bekenntnis, das unbegreiflich ist, wenn man von dem, wie gesagt, »spanischen« Stolz Hölderlins absieht oder – schlimmer noch – ihn mit Eitelkeit verwechselt. Hölderlin selbst warnt davor:

Es ist sonderbar, daß ich Ihnen diese Apologie gab. Aber eben darum, weil diese Anhänglichkeit in der That mir heilig ist, such' ich sie in meinem Bewußtseyn von allem, was durch eine scheinbare

Verwandtschaft sie entwürdigen könnte, zu sondern, und warum sollt' ich mich über sie nicht vor Ihnen äußern, wie sie vor mir erscheint, da sie doch Ihnen angehört?

Dann die Schmeichelei:

Nur alle Monathe möcht' ich zu Ihnen und mich bereichern auf Jahre. Ich suche übrigens mit dem, was ich von Ihnen mitnahm, gut hauszuhalten und zu wuchern. Ich lebe sehr einsam und glaube, daß es mir gut ist.[158]

Sechs Wochen später schickt er ihm einige Gedichte:

Ich gehöre ja – wenigstens als res nullius – Ihnen an; also auch die herben Früchte, die ich bringe.
[...]
Ich glaube, daß diß das Eigentum der seltnen Menschen ist, daß sie geben können, ohne zu empfangen, daß sie sich auch »am Eise wärmen« können. Ich fühle nur zu oft, daß ich eben kein seltner Mensch bin. [...] Ich würde mich über mein Geschwäz vieleicht damit vor Ihnen entschuldigen, daß ich es einigermaßen für Pflicht hielte, Ihnen von mir Rechenschaft zu geben; aber so würd' ich mein Herz verläugnen. Es ist beinahe mein einziger Stolz, mein einziger Trost, daß ich Ihnen irgend etwas und daß ich Ihnen von mir etwas sagen darf.[159]

Hier die ersten Zeilen eines Briefes aus Frankfurt vom August 1797:

Ihr Brief wird mir unvergeßlich seyn, edler Mann! Er hat mir ein neues Leben gegeben. Ich fühle tief, wie treffend Sie meine wahrsten Bedürfnisse beurtheilt haben, und ich folge um so freiwilliger Ihrem Rath, weil ich wirklich schon eine Richtung nach dem Wege genommen hatte, den Sie mir weisen.[160]

Ein Jahr später, ebenfalls aus Frankfurt:

Halten Sie es nicht für Unbescheidenheit, daß ich Ihnen wieder einige Gedichte zuschike; wenn ich schon mich zu der Hoffnung Ihres Beifalls nicht berechtigt finde.
So sehr ich von mancher Seite niedergedrükt bin, so sehr auch mein eignes unpartheiisches Urtheil mir die Zuversicht nimmt, so kann ich es doch nicht über mich gewinnen, mich aus Furcht des Tadels von dem Manne zu entfernen, dessen einzigen Geist ich so tief

fühle, und dessen Macht mir längst vielleicht den Muth genommen hätte, wenn es nicht eben so große Lust wäre, als es Schmerz ist, Sie zu kennen.
Sie durchschauen den Menschen so ganz. Es wäre deßwegen grundlos und unnüz, vor Ihnen nicht wahr zu seyn. Sie wissen es selbst, daß jeder große Mann den andern, die es nicht sind, die Ruhe nimmt, und daß nur unter Menschen, die sich gleichen, Gleichgewicht und Unbefangenheit besteht. Deßwegen darf ich Ihnen wohl gestehen, daß ich zuweilen in geheimem Kampfe mit Ihrem Genius bin, um meine Freiheit gegen ihn zu retten, und daß die Furcht, von Ihnen durch und durch beherrscht zu werden, mich schon oft verhindert hat, mit Heiterkeit mich Ihnen zu nähern.[161]

Ein weiteres Jahr später, diesmal aus Homburg, bittet er Schiller um »einige wenige Beiträge« für die literarische und poetische Zeitschrift, die er zu veröffentlichen beabsichtigt.

Wäre ich Ihrer Protektion so werth, daß ich ihrer nicht bedürfte, so würde ich Sie nicht darum bitten, oder bedürfte ich ihrer so sehr, daß ich ihrer gar nicht werth wäre, so würde ich Sie auch nicht darum bitten. Aber ich glaube derselben gerade so weit bedürftig und werth zu seyn, daß die Bitte um dieselbe zu entschuldigen ist.[162]

Man beachte in diesem letzten Zitat die Kasuistik. Sie ist typisch für eine gewisse Struktur von Hölderlins Äußerungen, sobald er sich nicht lyrisch ausdrückt: eine gewisse Balancierung des Positiven und Negativen, des als negativ verstandenen Positiven und des als positiv verstandenen Negativen. Seine Technik der dialektischen Concetti ist auffallend. Als Angelpunkt zwischen dem dichterischen und dem philosophischen Denken, zwischen Hölderlin und Hegel – und vielleicht an theologischer Disputationstechnik erlernt – wäre sie einer näheren Untersuchung wert.
Diese Form des Denkens hat später Waiblinger befremdet; er hat sie für ein Zeichen der Geistesgestörtheit gehalten und als solche beschrieben:

Er will bejahen, aber wie es ihm nicht um die Wahrheit zu tun ist, denn diese kann nur das Produkt eines gesunden geordneten Denkens sein, so verneint er im Augenblick [...] Sagt er z. B. zu sich selbst: die Menschen sind glücklich, so mangelt es ihm an Halt und Klarheit, um sich zu fragen warum und wie, er fühlt eine dumpfe widerstrebende Empfindung in sich, er widerruft, und sagt: die Menschen sind unglücklich, ohne sich darum zu bekümmern, warum und wie sie es sind. Diesen unglückseligen Widerstreit, der seine Gedanken schon im Werden zernichtet, konnte ich unzähligemal bemerken, weil er gewöhnlich laut denkt.[163]

Ich habe in einem anderen Zusammenhang darauf aufmerksam gemacht, wie oft das Wort a b e r in Hölderlins Lyrik vorkommt, gleichsam als Stützpunkt für die Umkehr des weiterschreitenden Gedankens.
Zurück zu Schiller: Mit einer an Einfalt grenzenden Naivität schickt ihm Hölderlin am 24. Juli 1796, mit sechsundzwanzig Jahren – Schiller ist um zehn Jahre älter, aber ein gemachter Mann –, die erste Fassung eines Gedichts, von dem er erwartet, Schiller veröffentliche es in seinem *Musenalmanach.* Doch wie heißt die erste Fassung? Ausgerechnet *An die klugen Rathgeber.* Man stelle sich vor, wie der gerne ratgebende Schiller reagierte, als er von seinem Schutzbefohlenen folgendes zu lesen bekam:

Ich soll mein Schwanenlied am Grabe singen,
Wo ihr so gern lebendig uns begräbt?
O! schonet mein und laßt das rege Streben,
Bis seine Fluth in's fernste Meer sich stürzt,
Laßt immerhin, ihr Ärzte, laßt mich leben,
So lang die Parze nicht die Bahn verkürzt.

[...]
Was warnt ihr dann, wenn stolz und ungeschändet
Des Menschen Herz von kühnem Zorn entbrennt,
Was nimmt ihr ihm, der nur im Kampf vollendet,
Ihr Weichlinge, sein glühend Element?

[...]
Dem Geiste, der mit Götterrecht gebeut,
Bedeutet ihr, sich knechtisch zu bequemen,
Nach eures Pöbels Unerbittlichkeit?
Das Irrhaus wählt ihr euch zum Tribunale,
Dem soll der Herrliche sich unterzieh'n,
Den Gott in uns, den macht ihr zum Scandale,
Und sezt den Wurm zum König über ihn. –[164]

Es ist nur zu verständlich, daß sich Schiller von der Diatribe betroffen fühlte und das Gedicht nicht in seinen Almanach aufnahm. Weniger verständlich – dies ist wohl nur im Rahmen einer tiefenpsychologischen Untersuchung zu verstehen – ist es, daß Hölderlin selbst der mögliche Bezug auf Schiller entging. Enttäuscht, daß Schiller das Gedicht nicht veröffentlichte, erbat er sich die Handschrift zurück.
Unbelehrbar schreibt er etwa ein Jahr später, wohl im August 1797, wieder einmal an Schiller und fügt seinem Brief eine umgearbeitete Fassung des Gedichts zur Veröffentlichung bei. Im Begleitbrief an Schiller schreibt er: »Ich hab' es gemildert und gefeilt, so gut ich konnte.«
Doch wie hat er »gemildert«, in welcher Richtung »gefeilt«? Als ob der erste Titel nicht deutlich genug gewesen wäre, heißt das Gedicht jetzt: *Der Jüngling an die klugen Rathgeber.* Und der neue Text lautet:

Versucht es nicht, das Sonnenroß zu lähmen!
Laßt immerhin den Sternen ihre Bahn!
Und mir, mir rathet nicht, mich zu bequemen,
Und macht mich nicht den Knechten unterthan.
Und könnt' ihr ja das Schöne nicht ertragen,
So führt den Krieg mit offner Kraft und That!
Sonst ward der Schwärmer doch ans Kreuz geschlagen,
Jezt mordet ihn der sanfte kluge Rath.[165]

Die »gemilderte« Umarbeitung hört sich womöglich noch schlimmer an als die erste Fassung. Wenn man im Jenaer Archiv feststellt – wozu ich Gelegenheit gehabt habe –, wie Schiller die an ihn gesandten Gedichtmanuskripte Hölderlins schulmeisterlich mit roter Tinte korrigierte und »verbesserte«, kann man sich auch seinen Unmut vorstellen, der sich darin äußert, daß er um jene Zeit Goethe gegenüber hochmütig von den »Leutchen« sprach – »diese Hölderlin und Schmidt [...], diese Richter [Jean Paul, P. B.]«[166].

Hier noch ein Zeugnis für die untergründige Aggression Hölderlins gegen Schiller.
Schillers Gedicht *Der Spaziergang* (1795) bedeutet eine entschiedene Abkehr von den Idealen der Französischen Revolution und ist auch als Manifest gedacht. Schiller nimmt »den

fröhlichen Mut hoffender Jugend zurück« und wendet sich der »frommen Natur« zu, die »züchtig das alte Gesetz« ehrt. Der Wink an die Machthaber in Deutschland, die dem Umsturz entgingen und mit denen ein Dichter jetzt zu rechnen hat, ist unmißverständlich: »ich bin kein Jakobiner mehr, wenn ich je einer gewesen«, bedeutet ihnen Schiller, gern bereit, zum Hofpoeten umzusatteln und 1802 geadelt zu werden.

Diesen Schritt macht Hölderlin nicht mit. Er setzt sich getarnt mit Schillers neuer Haltung in mehreren Gedichten – bis hin zum *Archipelagus* – auseinander, ohne ein einziges Mal Schiller zu nennen, so daß dies von der Kritik meist unbeachtet blieb. Es wäre hier zu umständlich, auf die verdeckt gegen Schiller gerichteten Pointen einzugehen. Doch ist z. B. das unvollendet gebliebene Gedicht *Die Muße* nichts anderes als eine Distanzierung Hölderlins von Schiller – eine unmißverständliche Antwort auf Schillers *Spaziergang.* Der Gegenstand von Hölderlins Gedicht ist gleichfalls ein Spaziergang in den Bergen, der ihn aber zu ganz anderen Gedanken inspiriert.

Als Schiller die Höhen des Gebirges betritt, erfaßt ihn ein Schaudern.

> Wild ist es hier und schauerlich öd. Im einsamen Luftraum
> Hängt nur der Adler.

Einer ähnlichen Landschaft gegenüber reagiert Hölderlin entgegengesetzt:

> Wenn die leichtere Luft mir alle Sinne bezaubert
> Und das unendliche Thal, wie eine farbige Wolke
> Unter mir liegt, da werd' ich zum Adler [...][167]

»Nur der Adler«, sagt Schiller. Ich aber, antwortet Hölderlin, gehöre zu den Adlern; ich bin ein Adler, ich bin da oben zu Hause, da wo Schiller es schauerlich öd und einsam findet. Adler sind einsam ... Selten sieht man mehr als ihrer zwei beisammen.

Das ungefähr zur selben Zeit verfaßte Gedicht *An Herkules,* das zu den von Schiller zurückgewiesenen gehört – vielleicht ist jetzt nicht mehr ganz unverständlich, warum –, legt ebenfalls von Hölderlins Stolz deutlich Zeugnis ab:

In der Kindheit Schlaf begraben
Lag ich, wie das Erz im Schacht;
Dank, mein Herkules! den Knaben
Hast zum Manne du gemacht,
Reif bin ich zum Königssize
Und mir brechen stark und groß
Thaten, wie Kronions Blize,
Aus der Jugendwolke los.

Wie der Adler seine Jungen,
[...]
Nimmst du aus der Kinderwiege,
Von der Mutter Tisch und Haus
In die Flamme deiner Kriege,
Hoher Halbgott mich hinaus.

[...]
[...]

Was berief den Vaterlosen,
Der in dunkler Halle saß,
Zu dem Göttlichen und Großen
Daß er kühn an dir sich maaß?

[...]

Sohn Kronions! an die Seite
Tret' ich nun erröthend dir,
Der Olymp ist deine Beute;
Komm und theile sie mit mir!
Sterblich bin ich zwar geboren,
Dennoch hat Unsterblichkeit
Meine Seele sich geschworen,
Und sie hält, was sie gebeut.[168]

Schiller hat es gewiß als eine Frechheit empfunden, daß Hölderlin, der für ihn zu den »Leutchen« zählte, ihn aufforderte, den »Olymp« mit ihm zu teilen. Ihm konnte dieser Stolz nur als Anmaßung gelten.
Ein Wort Nietzsches auf Hölderlin anwendend habe ich vorhin gesagt, Hölderlin sei monolithisch. Sein Stolz zieht gewisse Folgen nach sich.
Die eine ist seine Verehrung des Heroischen.

Die zweite ist das mit dem Stolz verbundene Verantwortungsgefühl, das unter Umständen zum Schuldgefühl werden und zur Buße führen kann.
Die dritte – die dritte hat mit dem Stolz, gemeinhin als Dünkel aufgefaßt, nichts zu tun. Hölderlin hatte sehr früh erkannt, daß er anders sei als die Anderen. In der vorletzten Fassung des *Hyperion* (in der endgültigen Fassung hat er es gestrichen) beschwert sich Hyperion, er sei sich selbst und seiner Eigenart einmal untreu gewesen:

> Dahin hatten mich die Menschen gebracht, das hatt' ich ihnen zu danken, daß ich mich endlich beredete, ich sey wie sie [...]. Sage mir nicht, ich spreche stolz! Ich sage wenig genug, wenn ich sage: ich war besser, wie sie![169]

Die dritte Konsequenz heißt Treue: sich selbst treu bleiben. »Nicht umsonst ward uns die Treue gegeben«, heißt es in der Hymne *Am Quell der Donau.* Und der einzige Nachruf, den er sich wünscht, in der Ode *An Eduard* ausgesprochen, ist, daß selbst seine Feinde über ihn als letztes Wort aussprächen:

> er lebte doch
> Treu bis zulezt!

Der Kult des Heroischen, die Verehrung der Helden, ist ein Leitmotiv von Hölderlins Dichtung. Das heroische Lebensideal kommt sehr früh zum Ausdruck, schon in der mit zwanzig Jahren in Tübingen verfaßten Abhandlung *Geschichte der schönen Künste unter den Griechen.* Da gibt Hölderlin eine heroisch-politische Erklärung für die griechische Kulturblüte:

Zwei junge Helden Harmodius und Aristogiton warens, die zuerst das große Werk der Freiheit begannen. Alles war durch die kühne That begeistert. Die Tyrannen wurden ermordet oder verjagt, und die Freiheit war in ihre vorige Würde hergestellt. Nun erst fühlte der Athener seine Kraft ganz. Die beständige Gefährtin der griechischen Größe, die Kunst, that gewaltige Fortschritte. Trefliche Meister standen auf. [...]
Aeschylus war auch Held. Man rühmt seine und seiner Brüder Tapferkeit in der Marathonischen Schlacht.[170]

Der heroische Ton durchzieht die ganze Jugenddichtung Hölderlins.
Die Schweiz ist ihm »das Land der göttlichen Freiheit«, da wo die Gewaltigen, die Väter der Freien, die Eidgenossen vom Rütli, die Sieger auf dem Schlachtfeld von Morgarten »wider den Trotz die gerechte, die unerbittliche Rache« erhoben.

Lebe wol, du herrlich Gebirg. Dich schmükte der Freien
Opferblut – es wehrte der Thräne der einsame Vater.
Schlummre sanft, du Heldengebein! o schliefen auch wir dort
Deinen eisernen Schlaf, dem Vaterlande geopfert,
Walthers Gesellen und Tells, im schönen Kampfe der Freiheit![171]

Für Hölderlin ist die Schweiz das Land,

Umschwebt von Wetterwolken und von Adlern,
[...]
Wo *Tells* und *Walthers* heiliges Gebein
Der unentweihten freundlichen Natur
Im Schoose schläft, und manches Helden Staub,
Vom leisen Abendwind emporgeweht,
Des Sennen sorgenfreies Dach umwallt:
Dort fühltest du, was groß und göttlich ist,
[...][172]

An Neuffer schreibt er gegen Ende 1792, vom Stift aus:

Du wirst lachen, daß mir in diesem meinem Pflanzenleben neulich der Gedanke kam, einen Hymnus an die Kühnheit zu machen. In der That, ein psychologisch Rätsel![173]

Der Plan wurde ausgeführt, die erste Fassung sogar umgearbeitet und an die *Thalia* zur Veröffentlichung geschickt:

[...] die Lust,
Den Wundern deines Heldenvolkes zu lauschen,
Sie starkt mir oft die lebensmüde Brust;
[...]
Verlaß mit deinem Götterschilde,
Verlaß, o du der Kühnen Genius!
Die Unschuld nie.[174]

Während er im Stift ein »Pflanzenleben« führt, pocht die heroische Zeit, die Französische Revolution, an die Tür:

[...] Heere tobten, wie die kochende See.
Und wie ein Meergott herrscht' und waltete
Manch großer Geist im kochenden Getümmel.
Manch feurig Blut zerrann im Todesfeld
[...]
Es spielt' ein kühnes Spiel in dieser Zeit
Mit allen Sterblichen das mächtge Schiksaal.[175]

Hölderlin besingt seinen Altersgenossen, den siegreichen jugendlichen General der Französischen Revolution, Bonaparte:

Heilige Gefäße sind die Dichter,
Worinn des Lebens Wein, der Geist
Der Helden sich aufbewahrt.[176]

Im Stift übersetzt er einen dem griechischen Dichter Alkaios zugeschriebenen Gesang:

Schmüken will ich das Schwerdt! mit der Myrte Ranken!
Wie Harmodios einst, und Aristogiton
Da sie den Tyrannen
Schlugen, da der Athener
Gleicher Rechte Genosse ward.

Liebster Harmodios, du starbest nicht
Denn sie sagen, du seist auf der Seel'gen Inseln
[...][177]

Etwa zur selben Zeit bedauert sein Kommilitone Hegel, daß es der deutschen Tradition, den deutschen Volksgesängen an einem Harmodios, einem Aristogeiton fehle, die den Tyrannen schlugen und ihren Bürgern gleiche Gesetze und Rechte gaben – nichts derart, das »in dem Munde unsers Volkes, in seinen Gesängen lebte«[178].
Einige Jahre später, im ersten Band des *Hyperion,* kehrt das Thema der heroischen Freundschaft wieder. Hyperion, Diotima und einige um sie gesammelte Freunde kommen auf die Freundschaft zu sprechen:

Da Harmodios und Aristogiton lebten, rief endlich einer, da war noch Freundschaft in der Welt. [...]
Man sollte dir eine Krone flechten um dieses Wortes willen! rief ich ihm zu; hast du denn wirklich eine Ahnung davon, hast du ein Gleichniß für die Freundschaft des Aristogiton und Harmodius? Verzeih mir! Aber bei'm Äther! man muß Aristogiton seyn, um nachzufühlen, wie Aristogiton liebte, und die Blize durfte wohl der Mann nicht fürchten, der geliebt seyn wollte mit Harmodius Liebe, denn es täuscht mich alles, wenn der furchtbare Jüngling nicht mit Minos Strenge liebte. Wenige sind in solcher Probe bestanden, und es ist nicht leichter, eines Halbgotts Freund zu seyn, als an der Götter Tische, wie Tantalus, zu sizen. Aber es ist auch nichts herrlicheres auf Erden, als wenn ein stolzes Paar, wie diese, so sich unterthan ist.[179]

»Sich unterthan« – so bezeichnet auch Hölderlin seine Beziehung zu Sinclair in einem Brief an seine Mutter.[180]
Die heroische Tat des Freundespaars soll und wird zum »Anfang einer neuen Weltgeschichte«, zu einem »zweiten Lebensalter der Welt«[181] den Auftakt geben. Man könnte es so formulieren: Am Anfang einer jeden Periode der Weltgeschichte steht eine Heldentat. Auch in Hölderlins poetischer Theorie des Wechsels der Töne ist der erste der drei Grundtöne der heroische. Erst dann kommt der naive, dann als dritter der idealische Ton. Die Parallelität zwischen Hölderlins Auffassung der Weltgeschichte und seiner poetischen

Theorie ist auffallend: Am Anfang steht jeweils das Heroische.

»Unterthan« – so bezeichnet Hölderlin noch einmal seine Beziehung zu Sinclair im Gedicht *An Eduard*. Die Polemik, die meine Interpretation dieses Gedichts entfachte, will ich auf sich beruhen lassen. Hier genüge es festzustellen, daß in diesem Gedicht die gewohnten Themen der heroischen Freundschaft wieder einmal zusammentreffen: die Dioskuren, Achill, Harmodios und Aristogeiton ... Der Dichter bleibt nicht unbeteiligt:

Und diß, wo ers geböte, diß Eine noch,
Mein Saitenspiel, ich wagt' es, wohin er wollt'
Und mit Gesange folgt' ich, selbst ins
Ende der Tapfern hinab dem Theuern.

[...]

Wenn ich so singend fiele, dann rächtest du
Mich, mein Achill, und sprächest, er lebte doch
Treu bis zulezt![182]

Wie man es auch dreht oder verdreht, eins bleibt sicher: der Dichter, der Sänger »fällt«, und es ist Aufgabe seines Freundes, des Helden, ihn zu rächen.

»Mein Achill«: Achill ist Hölderlins Lieblingsheld. Schon als Maulbronner Schüler hatte er den ersten Gesang der *Ilias* übersetzt:

Muse, besinge den verderblichen Zorn des Peliden, Achilles, welcher tausend Mühen machte den Griechen, welcher viele tapfere Heldenseelen hin in den Hades sandte, und sie den Hunden zum Raube gab, und allen Vögeln.[183]

Zehn Jahre später, nach der Trennung von Susette Gontard, wendet sich der von einem vergleichbaren Schicksal betroffene Dichter an Achill:

Herrlicher Göttersohn! da du die Geliebte verloren,
Giengst du ans Meergestaad, weintest hinaus in die Fluth,
[...]
Göttersohn! o wär' ich, wie du, so könnt' ich vertraulich
Einem der Himmlischen klagen mein heimliches Laid.[184]

In einem viel späteren Hymnen-Bruchstück heißt es:

Am Feigenbaum ist mein
Achilles mir gestorben.[185]

Mit seiner geplanten Zeitschrift wollte Hölderlin zur ästhetisch-moralischen Erziehung des Menschengeschlechts beitragen und von Betrachtungen über das Altertum ausgehen. Sein erster Beitrag sollte aus Briefen über Homer bestehen. Zwei kurze Entwürfe dazu fanden sich in seinem Nachlaß. Sie beziehen sich auf Achill:

Er ist mein Liebling unter den Helden, so stark und zart, die gelungenste und vergänglichste Blüthe der Heroenwelt. Ich möchte auch fast denken, der alte Poët lass' ihn nur darum so wenig in Handlung erscheinen, und lasse die anderen lärmen, indeß sein Held im Zelte sizt, um ihn so wenig, wie möglich unter dem Getümmel vor Troja zu profaniren. Von Ulyß konnte er Sachen genug beschreiben. Dieser ist ein Sack voll Scheidemünze, wo man lange zu zählen hat, mit dem Gold ist man viel bälder fertig.[186]

Achill, »dieses e n f a n t g â t é der Natur«, ist »der Jüngling voll Löwenkraft und Geist und Anmuth«. Er tritt »wechselweise klagend und rächend, unaussprechlich rührend [...] auf«, bis sich »der Göttersohn kurz vor seinem Tode, den er vorausweiß, sich mit allem, so gar mit dem alten Vater Priamus aussöhnt«.[187]

Man könnte denken, es handle sich bei Hölderlins Heroenkult um eine konventionell-literarische Phrase. Davor warnt ausdrücklich und mit vollem Recht Beißner, indem er eine Stelle aus einem Aufsatz, der den Titel *An Kallias* trägt, mit einer entsprechenden Stelle aus dem *Hyperion* vergleicht. Zuerst die Stelle aus dem Aufsatz:

Ich schlummerte, mein Kallias! Und mein Schlummer war süß. [...] Erschöpft von glühenden Phantasien, griff ich endlich zu meinem Homer.[188]

Mit Recht sieht Friedrich Beißner in dieser Stelle eine Aufforderung zur Tat:

Der »Genius von Mäonia« [Homer, P.B.] weckt den Schlummernden [den Dichter, P. B.], der sich in »holder Dämmerung einschläfern läßt, aus den kindlichen Träumen«; Homer zerstreut den »rosafarbenen Nebel«, der die Ferne verbirgt, wo »unsre Helden« in kämpferischen Wirklichkeiten leben. Fordernd und herrisch ist der »Aufruf« des Dichters. Die »zufällig« aufgeschlagene Stelle, die solche Wirkung übt, ist der Schluß des zehnten Gesangs der Ilias (Vers 540ff.).[189]

Nebenbei bemerkt: der »rosafarbene Nebel«, der – unserer optischen Empfindung und Tradition entgegen, welche die ferne Landschaft als bläulich empfindet – bei Hölderlin »wohlmeinend die Ferne verbirgt«, entspricht – ist es Zufall? – einer in den klassischen Ausgaben der *Äneis* beschriebenen, den Neunten Gesang illustrierenden Miniatur des Vatikanischen Vergil-Manuskripts, wo eben ein rosafarbener Nebel die perspektivische Entfernung in der dargestellten Landschaft anzeigt. Vielleicht ist dies wieder einer der zahlreichen Fälle, wo man hinter dem echtesten, authentischsten Hölderlinschen Gut eine Reminiszenz, eine Übertragung aus klassischer Tradition findet.
Die »zufällig« aufgeschlagene Stelle, die auf den Lesenden, und zuerst auf den Dichter, solche Wirkung übt, der Schluß des Zehnten Gesangs der *Ilias,* V. 540f., erzählt, wie die Helden, Odysseus der Kluge und Diomedes der Wilde, das Lager des Feindes bei Nacht angreifen. Nach gelungenem Überfall ziehen sie sich als Sieger zurück.
Hölderlin beschreibt in einem »weckenden, aufrufenden, aufrüttelnden Ton« (Beißner) die Rückkehr der Helden:

Und nun die Siegesfreude nach dem ungeheuren Wagestück! Wie sie von den Rossen springen beim freundlichen Empfang der Waffenbrüder mit Handschlag und süßer Rede! [...] O mein Kallias! diß Triumpfgefühl der Kraft und der Künheit!
Diß war auch dir bereitet, rief's mir zu, und ich hätte mein glühend Gesicht in der Erde bergen mögen, so gewaltig ergriff mich die Schaam vor den unsern und Homeros Helden! Ich bin nun entschlossen, es koste was es wolle.

Beißner vergleicht die begeisterte kämpferische Stimmung der Stelle mit entsprechenden Stellen aus dem *Hyperion.* Hier einiges daraus.

O mir, mir beugte die Größe der Alten, wie ein Sturm, das Haupt [...]. Wie gerne hätt' ich einen Augenblick aus eines großen Mannes Leben mit Blut erkauft! [...]

Ich liebte meine Heroën wie eine Fliege das Licht; ich suchte ihre gefährliche Nähe und floh und suchte sie wieder. [...] Lebt wohl, ihr Himmlischen! [...] ihr herrlichen Todten lebt wohl! ich möcht' euch folgen, möchte von mir schütteln, was mein Jahrhundert mir gab, und aufbrechen in's freiere Schattenreich![190]

Doch bald bietet der Partisanenkrieg im Peloponnes dem nach Taten schmachtenden Hyperion Gelegenheit, das »Element« zu finden, das ihm fehlt, »worinn er sich ein stärkend Selbstgefühl erbeuten« kann. Er lebt mit den Partisanen:

Mit der Sonne beginn' ich. Da geh ich hinaus, wo im Schatten des Walds mein Kriegsvolk liegt und grüße die tausend hellen Augen, die jezt vor mir mit wilder Freundlichkeit sich aufthun. Ein erwachendes Heer! ich kenne nichts gleiches und alles Leben in Städten und Dörfern ist, wie ein Bienenschwarm dagegen. [...] Diotima! mir geschieht oft wunderbar, wenn ich mein unbekümmert Volk durchgehe, [wenn] der Wald ertönt von allerschütternder Kriegsmusik, und rings von Waffen schimmert und rauscht – aber das sind Worte und die eigne Lust von solchem Leben erzählt sich nicht. [...] Dann üb' ich sie in Waffen und Märschen bis um Mittag. Der frohe Muth macht sie gelehrig, wie er zum Meister mich macht.[191]

Manche Stellen hören sich wie kriegerische Fanfaren an. Ein für die deutsche Tradition befremdendes Hölderlinbild – sein Ideal, um es auf heutige Verhältnisse zu transponieren: Ausbilder der Guerillas zu sein, bei einem das Joch der Kolonisation abschüttelnden Volk.

Wohl verherrlicht er nicht den Krieg um seiner selbst willen, sondern nur als Befreiungskrieg – und dennoch ... Was er den Deutschen (von damals) vorwirft, ist, daß sie viel denken, auch wohl viel reden, doch wenig tun:

Spottet nimmer des Kinds, wenn noch das alberne
Auf dem Rosse von Holz herrlich und viel sich dünkt,
O ihr Guten! auch wir sind
Thatenarm und gedankenvoll!

Aber kommt, wie der Stral aus dem Gewölke kommt,
Aus Gedanken vieleicht, geistig und reif, die That?[192]

Hölderlins heroisches Ideal bezieht sich nicht nur auf kriegerische, kämpfende Helden und ihre Taten: als Helden ehrt er nicht weniger auch die Seefahrer und Weltentdecker. In dem Hymnenentwurf *Kolomb* heißt es sogar:

> Wünscht' ich der Helden einer zu seyn
> Und dürfte frei es bekennen
> so wär's ein Seeheld.

Kolomb, Anson und Gama sind die moderne Entsprechung Iasons unter den Argonauten, zu denen Herakles und Orpheus zählten. Antike Gestalten im modernen Kostüm. Zur Zeit des ersten Homburger Aufenthalts schreibt Hölderlin seiner Schwester, er wohne in ein paar hübschen Zimmern, »wovon ich mir das eine, wo ich wohne, mit den Karten der 4 Welttheile dekorirt habe«.[193] Er träumt von »Otahitis Gestad« und von Tinian im Ozean, von Westindien und den Flibustiers. Wenn der Wanderer heimkehrt, reiche man ihm »bis oben an von des Rheines / Warmen Bergen mit Wein [...] den Becher gefüllt«, daß er

> [...] den Göttern zuerst und das Angedenken der Helden
> Trinke, der Schiffer, [...][194]

Dies ist keine träumerische, infantile Begeisterung Hölderlins: er denkt an sich selbst, an das eigene Schicksal; denn auf den Wunsch, ein Seeheld zu sein, folgen die Verse:

> So du
> Mich aber fragest
>
> So weit das Herz
> Mir reichet, wird es gehen.[195]

Man glaubt, hier das Echo zum Mozartschen Don Giovanni zu hören, wenn der Commendatore seine Einladung unvermutet annimmt: »faró quel che potró«.
Was Hölderlin sich wünscht:

> Mut,
> Und zu sehr zu fürchten die Furcht nicht![196]

Was er befürchtet: das »Pflanzenleben«, wo man »die Stunden zählt«. Uns »kalten Nordländern«, schreibt er an Friedrich Emerich, steht die Gefahr vor, daß wir »aus lauter lieber Ordnung und Sicherheit uns zum Schnekenleben organisiren«.[197]

Wenn man behauptet, Hölderlin habe davon geträumt, sich an revolutionären Aktionen aktiv zu beteiligen, wenn ihm die Chance dazu gegeben worden wäre, so wirbelt es, heute noch, Staubstürme der Entrüstung in Deutschland auf, und sonderlich bei Hölderlinforschern und -verehrern: »Ein Dichter – und handeln? Ein Dichter – und kämpfen? Reimt sich das zusammen? Wo denken sie hin?«
Es ist doch unverkennbar, daß Hölderlin eine Schwäbische Republik im Stil der beiden damals existierenden Batavischen und Helvetischen Republiken herbeigewünscht hat, daß er bereit war, sich an der politischen Aktion persönlich und unter Einsatz seiner Person zu beteiligen. Die erste Fassung der *Empedokles*-Tragödie kann nicht anders verstanden werden denn als Festspiel für die erwartete Schwäbische Republik, ein Plan, der aufgegeben werden mußte, als am 16. März 1799 die Bekanntmachung General Jourdans klar machte, daß es eine solche nie geben würde.
Hölderlin hatte sich wohl eine ähnliche Rolle zugedacht wie in Paris Marie-Joseph Chénier eine spielte; die eines offiziellen Dramaturgen der Republik. Dieser hatte 1792 einen *Caïus Gracchus* aufführen lassen. Solche Stücke, wie auch Voltaires *Brutus*, Lemierres *Wilhelm Tell*, Chéniers *Tiberius*, wurden als Gratisvorstellungen p a r e t p o u r l e p e u p l e dem Pariser Volk dargeboten. Im selben Jahr, 1804, in dem Hölderlin seine Sophokles-Übersetzungen veröffentlichte, ließ Marie-Joseph Chénier seine eigene Fassung des *Ödipus* als Zeichen der Versöhnung mit Kaiser Napoleon in Paris aufführen. Beide, Marie-Joseph Chénier und Hölderlin, stellten den Sophokles über alle anderen Tragiker; beide hegten zur selben Zeit den Plan, den ganzen Sophokles zu übertragen.
Vielleicht schwebte Hölderlin das Beispiel des Marie-Joseph Chénier vor; vielleicht aber hätte ihn das Schicksal des Bruders, André Chénier, ereilt – auch er ein Dichter –, der auf der Guillotine starb. Hölderlin war eher ein Camille-Desmoulins-Typ. Wenn man Büchners *Dantons Tod* in dieser Perspektive liest, glaubt man in seinem Camille Desmoulins das Echo von Hölderlins Stimme zu vernehmen:

Ich sage euch, wenn sie nicht alles in hölzernen Kopien bekommen, verzettelt in Theatern, Konzerten und Kunstausstellungen, so haben sie weder Augen noch Ohren dafür. [...] Von der Schöpfung, die glühend, brausend und leuchtend, um und in ihnen, sich jeden Augenblick neu gebiert, hören und sehen sie nichts. Sie gehen ins Theater, lesen Gedichte und Romane, schneiden den Fratzen darin die Gesichter nach und sagen zu Gottes Geschöpfen: wie gewöhnlich![198]

Dies wirft eine Frage auf, die nicht entschieden werden kann. Wäre Hölderlin unter Umständen ein Mann der Tat gewesen? Wie hätte er sich verhalten, wenn ihm die Umstände dazu Gelegenheit gegeben hätten? Hätte er es gar darauf ankommen lassen? Welches von den beiden Hyperion-Worten entspricht der Psyche Hölderlins – »ich will nicht zusehen, wo es gilt«, oder »o hätt' ich nie gehandelt«? Ohne diese Frage entscheiden zu wollen, muß eine annähernde Antwort wenigstens versucht werden, denn sie ist von ungemeiner Bedeutung.
Hier einige Elemente dazu; die Entscheidung soll dem Leser überlassen bleiben.
Für einen, der zum Helden geboren ist, stellt sich die Sache relativ einfach dar: Wenn er handelt, und erst dann, verwirklicht er sein Ideal und erfüllt seinen Lebenszweck. Diesem Typ von Männern entspricht Hyperions Freund Alabanda; ihm entsprach wohl auch, zumindest in Hölderlins Sicht, Isaac von Sinclair. Dieser scheint später gehofft zu haben, in Napoleons Armee Offizier zu werden und somit aktiv der republikanischen Sache zu dienen. Ein anderer Freund Hölderlins, der Dichter Siegfried Schmid, dessen Schauspiel *Die Heroine* Hölderlin rezensierte, trat im Juni 1799 als Kadett bei den Coburg-Dragonern ins österreichische Heer ein. Im September schreibt er an Hölderlin, um ihn zu ermutigen, wie er selbst, »heraus ins Leben« zu kommen:

O komm heraus, Liebster, heraus ins Leben, stürze Dich hinein, von welcher Seite Du willst, und lebe mit den Alltäglichen, wie einer der Alltäglichsten; das wirst Du freilich nie können; aber eben darum zwinge Dich, soviel es geht [...][199]

Ob man einen Satz aus einem Brief Hölderlins an Neuffer gerade aus dieser Zeit (3. Juli 1799) dahin interpretieren kann, daß Hölderlin gleichzeitig mit Siegfried Schmid erwogen hätte, ebenfalls »auf dem Schlachtfeld zu kämpfen«, wie es Cyrus Hamlin vermutet,[200] lasse ich dahingestellt. Hier ist dieser Satz:

Wenn uns Pflichten, die uns beeden wahrhaft heilig sind, aufrufen, so bringen wir dann auch der Nothwendigkeit ein schönes Opfer, wenn wir die Liebe zu den Musen verläugnen, wenigstens auf eine Zeit lang.[201]

Manche Stellen des *Hyperion* klingen nach Kriegslust und Kampfbegeisterung. Einige Stellen habe ich schon zitiert; hier noch einige.
Am Anfang des zweiten Bandes des Romans schreibt Alabanda an Hyperion:

Es regt sich [...], Rußland hat der Pforte den Krieg erklärt; [...] die Griechen sollen frei seyn, wenn sie mit aufstehn [...]. Die Griechen werden das Ihre thun, die Griechen werden frei seyn und mir ist herzlich wohl, daß es einmal wieder etwas zu thun giebt. Ich mochte den Tag nicht sehn, so lang es noch so weit nicht war.

Wie reagiert Hyperion auf die Aufforderung Alabandas, sich an dem Befreiungskampf zu beteiligen?

So schrieb er. Ich war betroffen im ersten Moment. Mir brannte das Gesicht vor Schaam, mir kochte das Herz, wie heiße Quellen, und ich konnt' auf keiner Stelle bleiben, so schmerzt' es mich, überflogen zu seyn von Alabanda, überwunden auf immer. [...] Ich bin zu müßig geworden, rief ich, zu friedenslustig, zu himmlisch, zu träg! – Alabanda sieht in die Welt, wie ein edler Pilot, Alabanda ist fleißig und sucht in der Wooge nach Beute; und dir schlafen die Hände im Schoos'? und mit Worten möchtest du ausreichen, und mit Zauberformeln beschwörst du die Welt? Aber deine Worte sind wie Schneefloken, unnüz, und machen die Luft nur trüber [...] Ja! sanft zu seyn, zu rechter Zeit, das ist wohl schön, doch sanft zu seyn zur Unzeit, das ist häßlich, denn es ist feig! [...] Ich will umsonst nicht müßig gegangen seyn [...] Ich will nicht zusehn, wo es gilt [...][202]

Hyperion beschließt, dem Ruf Alabandas zu folgen und Diotima für einige Zeit zu verlassen. Sie versucht zuerst, ihm von dem Schritt abzuraten und spricht das auf Hölderlin selbst gemünzte Wort, das ihm vielleicht Susette gesagt hatte: »Du bist nicht dazu geboren.« Er, darauf: »So scheint es [...]; ich hab' auch lange genug gesäumt.« Diotima: »Das ist eitel Übermuth!«[203]
Diese wenigen Worte Hyperions und Diotimas sind der Niederschlag einer lang andauernden Auseinandersetzung Höl-

derlins mit sich selber: sein Ideal war wohl ein heroisches; aber war er zum Helden geboren? Entsprach das tätige Handeln seinem Temperament, war nicht, um es mit Diotimas Wort zu sagen, »Übermut« und Selbstüberschätzung oder Fehleinschätzung seiner selbst am Werk? Darauf hat er sich selbst niemals eine eindeutige Antwort geben können. Auf jeden Fall ist das Handeln für ihn zumindest eine Versuchung gewesen.

Auch hing die Entscheidung letztlich von den Umständen ab, von den Ereignissen und Zufällen der Geschichte, aber auch von der – gegebenen oder auch nicht gegebenen – Gelegenheit eines gemeinsamen Handelns mit anderen Gleichgesinnten, Gleichbegeisterten. Allein konnte und wollte er nichts unternehmen. Er sagt es ausdrücklich in einem sehr wichtigen Brief an Neuffer vom November 1794 aus Jena:

Ich habe jezt den Kopf und das Herz voll von dem, was ich durch Denken und Dichten, auch von dem, was ich pflichtmäßig, durch Handeln, hinausfüren möchte, lezteres natürlich nicht allein.

Ein paar Zeilen weiter heißt es:

Wenn's sein mus, so zerbrechen wir unsre unglüklichen Saitenspiele und thun, was die Künstler träumten! Das ist mein Trost.[204]

Vier Jahre später endet der lange Neujahrsbrief an den Bruder – ein Brief politischen Inhalts – mit den Worten:

[...] und wenn das Reich der Finsterniß mit Gewalt einbrechen will, so werfen wir die Feder unter den Tisch und gehen in Gottes Nahmen dahin, wo die Noth am grösten ist, und wir am nöthigsten sind. Lebe wohl! Dein Friz.[205]

Wohl ist, wie einmal gesagt wurde, »die Unterscheidung zwischen heroischer und dichterischer Tat«, »zwischen vita activa und vita contemplativa«, zwischen (letzthin politischer) Tat und Gesang, »für Hölderlins Werk bestimmend«.[206]

Die Unterscheidung wohl – doch die Trennung? Und daß Hölderlin nie erwogen hätte zu »handeln«? Er hat es doch deutlich genug ausgedrückt: Wenn es sein muß, werden wir tun, was die Künstler träumten, die Feder unter den Tisch werfen und in Gottes Namen dahin gehen, wo die Not am größten und wo ein Mann – ein Held – am nötigsten ist. Er will nicht einfach »zusehen, wo es gilt«. Worte reichen nicht aus, Worte sind unnütz wie Schneeflocken, die die Luft nur trüber machen. Sanft zu sein, zur Unzeit, ist häßlich, denn es ist feig.

Doch verherrlicht er nicht die Tat um ihrer selbst willen. Sie darf nicht unbesonnen sein, sie soll zur rechten Zeit geschehen: dies ist die wenig beachtete, doch gleich in den ersten Zeilen ausgesprochene Weisheit des Hyperion:

[...] wenn manchmal mir so ein Wort entfuhr, wohl auch im Zorne mir eine Thräne in's Auge trat, so kamen dann die weisen Herren, die unter euch Deutschen so gerne spuken, die Elenden, denen ein leidend Gemüth so gerade recht ist, ihre Sprüche anzubringen, die thaten sich dann sich gütlich, ließen sich beigehn, mir zu sagen: klage nicht, handle!

O hätt' ich doch nie gehandelt! um wie manche Hofnung wär' ich reicher![207]

Für Hölderlin ist zweifelsohne das Handeln das Höchste. Die heroische Tat macht den Helden im wörtlichen Sinne unsterblich, in der Geschichte wie im Mythos. Und wenn einem die Gelegenheit dazu nicht gegeben wird, kann man sich doch, z. B. als Dichter, an der heroischen Tat oder an der Berühmtheit des Helden beteiligen. Der Napoleon besingende Dichter ist »das Gefäß«, worin »des Lebens Wein, der Geist der Helden« sich aufbewahrt. Bei den Dioskuren teilt der Sohn eines Gottes seine eigene Unsterblichkeit mit seinem als Sterblichen geborenen Bruder. Wenn in der Ode *An Eduard* »der Herr der Helden«, »der mächtige Vater«, den sterbenden Helden »ruft« und »hinauf nimmt«, so bittet der Dichter:

[...] o nimm
Mich du! mit dir! und bringe sie dem
Lächelnden Gotte, die leichte Beute![208]

Wohl kann ein Dichter »auch Held« sein – so Aischylos zur Zeit der Perserkriege. Das »Singen« kann aber unter Umständen selbst als Tat, ja als heroische Tat, gelten. Von Tyrtaios hatte der Tübinger Stiftler geschrieben:

Ich komme […] auf einen großen Dichter, den kriegerischen Tyrtäus. Die Lacedämonier befragten in ihrem Kriege mit den Messeniern das Orakel zu Delphi um einen Feldherrn. Es wies sie an die Atheaner. Diese gaben ihnen zum Schimpf ihren hinkenden Poëten. Tyrtäus wurde dreimal geschlagen. Die Lacedämonier wollten schon ihr Heer zurückziehen: nun trat der Dichter auf. Vaterlandsliebe und Tapferkeit athmeten seine Gesänge. Die begeisterten Lacedämonier siegten entscheidend, und dankten dem großen Manne mit dem Bürgerrecht.[209]

Doch selbst wenn die Umstände nicht danach sind, daß man sich von unmittelbarem Handeln einen Erfolg verspräche, so bleibt dem Dichter, als Mann, eine Möglichkeit offen – auch dies eine heroische Tat: das Selbstopfer.
Empedokles war auch ein Held. Im *Hyperion* wird auf das heroische selbstgewählte Schicksal des Philosophen hingewiesen:

Gestern war ich auf dem Aetna droben. Da fiel mir der große Sicilianer ein, der einst des Stundenzählens satt, […] in seiner kühnen Lebenslust sich da hinabwarf in die herrlichen Flammen.[210]

Daß ihm Empedokles als Beispiel galt, kann man aus der Ode schließen, in der er den Tod des Empedokles verherrlicht:

Und folgen möcht' ich in die Tiefe,
Hielte die Liebe mich nicht, dem Helden.[211]

Durch das Selbstopfer wirkt der Held beispielhaft auf kommende Generationen. Beispiel: Christus, der für Hölderlin nach der Definition der Antike ein »Halbgott« ist, also ein Heros, ein Held.
Daß in der deutschen Kritik das heroische Ideal Hölderlins so hartnäckig verleugnet wird, daß man nach wie vor behauptet, auch er sei der Meinung gewesen, daß das Handeln keineswegs die Sache eines Dichters sein könne, hängt mit einer in Deutschland tief verwurzelten Tradition zusammen, der zufolge das Handeln »unrein« ist. Den Idealismus läßt man nur insofern gelten, als der Idealist sein Ideal nicht zu verwirklichen trachtet. Am vollendetsten hat wohl Thomas Mann in den *Betrachtungen eines Unpolitischen* diese »deutsche« Einstellung vertreten:

Nie kann und nie wird es die Sendung und Aufgabe, das »Los« Deutschlands sein, Ideen politisch zu verwirklichen. Die Politisierung des Geistes, wie der Zivilisationsliterat sie meint, stößt hier auf den tiefsten triebhaftesten, unverbrüchlichsten Widerstand, denn die Überzeugung, daß sowohl die Politik wie der Geist dabei vor die Hunde kommen, daß es gleich gefährlich für beide ist, eine Philosophie zur Denkweise und Basis der Gesellschaft und des Staates zu machen, ist hier elementar, wesenhaft, ein Grundbestandteil des nationalen Ethos. [...] Die deutsche Demokratie ist nicht echte Demokratie, denn sie ist nicht Politik, sie ist nicht Revolution. [...] Nie wird die deutsche »Demokratie« etwas anderes sein, – solange sie eben deutsche Demokratie, das heißt mehr »deutsch« als »Demokratie« sein wird; und nicht wird ihr Wesen »politisierter Geist« sein, das heißt darin bestehen, »Ideen« politisch zu verwirklichen.[212]

Im Gegensatz zu diesem »deutschen« Ideal gehörte Hölderlin einem nicht ganz gewöhnlichen, wohl aber auch nicht ganz ungefährlichen Typ von Menschen an: Menschen, die überzeugt sind, daß, wenn sie eine »gute« Idee haben, diese auch in die Wirklichkeit umgesetzt werden solle, selbst unter Einsatz der ganzen Person, bis hin zum Selbstopfer. Idealisten, die es bei der Idee nicht belassen wollen. Weltverbesserer.
Einer – Rudolf Borchardt – wäre in der Lage gewesen, das Heroische an Hölderlin zu begreifen, wenn ihm die Vorstellung des »kranken Dichters« nicht im Wege gewesen wäre. Er hat anscheinend selbst nicht gewußt, wie genau das, was er über Dichter und das Dichterische anhand des Beispiels griechischer Dichter sagt, auch auf Hölderlin zutrifft:

Der Dichter, wo er uns [...] entgegentritt, wird die in die musische Form gebrachte Verkörperung des heroischen Menschen und weiter nichts. Als solcher steht er, formal angesehen neben dem heroischen Priester und Propheten, und niemand sonst neben ihm; bei solchen die mit ihm die heiligen Attribute tragen, mit ihm unter demselben göttlichen Schutze stehen, er allein, durch die Gabe, die ihm gegeben ist, die er nicht erwerben kann, die er nicht erlernen und lehren kann, und für die er nicht einmal danken kann – [...] herausgehoben, von den Musen gewählt, erkoren, [...] hingestellt in die prophetische Mission, die eine politische Mission ist, und nun, vom Gott zu seinem Gefäß gemacht, im Namen des Gottes der Welt ihre Ziele verkündend.[213]

Aber – so Borchardt – der heroische Versuch, das Lebensproblem zu lösen, führt den Dichter dazu, sich der Welt zu entziehen:

Sie wissen, was Euripides tat. Er empfand sich als prophetischen Dichter oder als philosophischen Gesetzgeber seiner Zeit, unaufhaltbar eingetreten in ein Presbyterium der Rüge. Er ist also nicht mehr der von Gott besuchte und berauschte Dichter, sondern er steht außerhalb der Gemeinschaft peripherisch, ja aus der Peripherie heraustretend, und richtet sich zum Teil gegen sie. [...] Was ist jetzt die Folge? Euripides – wie Äschylus – verläßt Athen. Sie wissen, daß er fern von Athen gestorben ist, daß lange noch die Höhle in Thessalien gezeigt wurde, in der er angeblich gedichtet und gelebt hat: die Höhle, die er suchte, die zu suchen ihm angeboren war, das, was ihn schützte, wenn der Gott ihn nicht mehr schützte. Sizilien ist für Äschylus die gleiche Höhle, und jeder Dichter ist in dem Wunsche diese Höhle zu suchen, die ihn vor der Gemeinschaft schützt, da der Gott ihn nicht mehr schützt, entweder geflohen oder er hat sich in anderer Weise entzogen und steht zum Schluß doch vor ihr, der letzten Zuflucht, wenn er den Kampf nicht hat durchkämpfen können – und er hat ihn fast nie durchkämpfen können –, mit einem verschatteten und problematischen Gesicht.[214]

Warum hat Rudolf Borchardt nicht verstanden, daß der Tübinger Turm für Hölderlin das war, was für Aischylos Sizilien, was für Euripides »die Höhle in Thessalien« gewesen war? Wohl einzig und allein, weil ihm die damals im George-Kreis übliche, von Norbert von Hellingrath vertretene Auffassung von »Hölderlins Wahnsinn« den Weg zur richtigen Erkenntnis versperrte.
An dieser Stelle muß der Möglichkeit eines Mißverständnisses vorgebeugt werden. Wenn ich sage, Hölderlins Lebensideal sei ein heroisches gewesen, sehe ich manchen lächeln: »Hölderlin, der zarte, kränkelnde Poet, und das Heroische, die Heldentat? Wo denken Sie denn hin?« Manche stellen sich nämlich den Helden, den Mann der heroischen Tat in der Gestalt eines physisch und psychisch kräftigen Burschen vor. Ihnen ist der Held einer, der das Gruseln erst zu lernen hat: ein gehörnter Siegfried, wie ihn Gustav Schwab in seinen deutschen Volksbüchern darstellt. Ein Held, meinen sie, ist

ein starker, fester, ausgewogener, mit dickem Fell und charakterlicher Festigkeit ausgestatteter Typ.

Ich will nicht sagen, daß solche Menschen nicht brauchbar sind. Aber wenn einer den Krieg – irgendeine Form von Krieg – erlebte, weiß er, daß der wirkliche Held einer ist, der sich unter Umständen, wenn es an den Mann kommt – manchmal ganz unerwartet, aber weil er gerade dieses Eine in sich hatte –, heroisch benimmt, so zart und feinfühlig, verletzbar und vielleicht gar zaghaft er sich auch bis dahin im gewöhnlichen Leben gezeigt haben mag. Solche, und nicht die Bramarbasse, sind die wirklichen heroischen Gestalten, und so sind manche Helden der Weltgeschichte. So einer wird der hinkende Poet Tyrtaios gewesen sein, der in der Schlacht dreimal geschlagen, die Lacedämonier, die sich schon zurückziehen wollten, zum Sieg anfeuerte. So einer wird Alkäus gewesen sein, der sich Heldenruhm erringen wollte und geschlagen wurde, der Aufruhr entfachte und verbannt wurde. So einer wird Aischylos gewesen sein. Alle drei hatte Hölderlin, wie gesagt, in seiner Jugendschrift der *Geschichte der schönen Künste in Griechenland* wegen ihrer Taten gepriesen.[215]

Es ist keineswegs widersprüchlich, wenn ich gleich, nachdem ich von Hölderlins heroischem Lebensideal gesprochen habe, auch feststellen muß, er sei psychisch anfällig und depressiv veranlagt gewesen. Hölderlin war ausgesprochen zyklothym. Die Grundstimmung seines Gemüts schwankte dauernd zwischen gehobener und gedrückter Stimmung. Dies ist aber, wie uns die Fachleute sagen, »ein Seelenzustand im Bereich des Gesunden«.

Es ist hier nicht der Ort, die depressiven Krisen seines Lebens vor der entscheidenden Krise im Sommer 1802 aufzuzählen.

Als m. W. einziger hat Dr. Lange dies versucht. Er zählt zuerst vier Krisen:

– eine gedrückte Stimmung mit siebzehn Jahren in der Klosterschule;
– eine tiefere Depression im Tübinger Stift mit neunzehn bis zwanzig Jahren;
– die heftigste und so recht eigentlich »psychopathische« Depression vor dem raschen Abschied in Jena 1795 mit fünfundzwanzig Jahren;

– eine gedrückte, unzufriedene Stimmung am Ende des Aufenthalts in Frankfurt.

Dann gibt es Dr. Lange auf, die Krisen zu bestimmen, und schreibt einfach: »ebenso zeitweise in den folgenden Jahren, noch vor dem Ausbruch der Psychose [Sommer 1802, P. B.]«[216]. Der Versuch von Dr. Lange steht aber auf schwachen Füßen.

Es wäre wohl ein leichtes, die zahlreichen und variierten Ausdrücke in Hölderlins Briefen und Schriften herauszusuchen, mit denen er den Zustand vorübergehender Depression noch vor der großen Depression vom Sommer 1802 als persönliches Erlebnis beschreibt. Schwerer ist es schon, solche Krisen zu datieren: Wenn er in seinen Briefen davon spricht, so ist das wohl meist ein Zeichen, daß die Krise überwunden ist und er davon im Rückblick, in der Erinnerung, spricht. Am schwersten ist es jedoch, den jeweiligen Anteil der inneren, psychischen und der äußeren Umstände am depressiven Zustand zu bestimmen; ich will das nicht einmal versuchen. Ich weise nur darauf hin, daß der Druck der Umstände nicht mehr, wie es bis jetzt durchgehend getan wurde, ignoriert werden darf.

Vorerst treffen wir nur die allgemeine Feststellung: Hölderlin war zyklothym und depressiv veranlagt.

Doch sowohl gegen diese depressive Veranlagung wie gegen die widrigen, deprimierenden äußeren Umstände hat Hölderlin heroisch gekämpft. Man soll es ihm doch glauben, Wort für Wort, wenn er aus Hauptwil etwa Ende Mai 1801 dem Bruder schreibt:

Glaub' es, Theuerster! ich hatte gerungen bis zur tödtlichen Ermattung, um das höhere Leben im Glauben und im Schauen vest zu halten, ja! ich hatte unter Leiden gerungen, die, nach allem zu schließen, überwältigender sind, als alles andre, was der Mensch mit eherner Kraft auszuhalten im Stande ist.[217]

Ein »Rechtshälfter«?

Hölderlins Anderssein – ich würde lieber sagen, sein Sosein, denn der Ausdruck »Anderssein« impliziert, daß »die Einen« die Norm vertreten, daß also derjenige, der anders ist als »die Einen«, abnorm ist, während ich meine, er sei völlig »normal«, nur eben einer anderen Norm entsprechend als die meisten – nun, Hölderlins Sosein ist wohl ganz in seinem besonderen, vielleicht gar sonderlichen, Verhältnis zur Sprache zu erfassen.

In einer späteren, vielleicht nicht mehr sehr fernen Zeit wird man neurophysiologische Erkenntnisse haben, die es erlauben werden, den »Fall Hölderlin« als eine Norm für sich zu betrachten. Rara avis wohl, aber normal.

Ein erster Schritt in diese Richtung scheint durch Untersuchungen amerikanischer und sowjetrussischer Forscher in den letzten Jahren getan worden zu sein.

Diese Untersuchungen zeigen, daß die beiden Großhirnhälften nicht völlig symmetrisch strukturiert sind und nicht auf dieselbe Art funktionieren. Es sind Experimente erdacht worden, bei denen bald die eine, bald die andere Hirnhälfte eines Individuums eine Zeitlang lahmgelegt und ausgeschaltet wurde, so daß während dieser Zeit das isolierte Funktionieren der anderen Hälfte beobachtet werden konnte. Das Ergebnis dieser Untersuchungen scheint, sehr grob gesagt, etwa folgendes zu sein: Die linke Hirnhälfte ist eher für Abstraktionen, die rechte dagegen eher für konkrete Bilder und Töne empfänglich. Das zeigt sich z. B. in dem folgenden Experiment:

Man legt der Versuchsperson vier Karten vor. Auf jeder steht eine Ziffer: eine arabische 2, eine arabische 4, eine römische II, eine römische IV. Die Versuchsperson wird gebeten, die vier Karten »nach Zusammengehörigkeit« zusammenzulegen. Der »Linkshälfter«, dessen rechte Hirnhälfte vorübergehend ausgeschaltet wurde, legt die 2 und die II, die 4 und die IV zusammen, weil 2 und II, 4 und IV als abstrakte Zahlen zusammengehören. Der »Rechtshälfter« dagegen legt die arabischen und die römischen Ziffern zusammen, weil er sie als Bilder betrachtet, die zwei verschiedenen Kategorien von Bildern angehören.

Das Ausschalten der einen oder der anderen Hirnhälfte hat erhebliche, ja gewaltige Folgen für die Sprachfähigkeit – sowohl für das Vernehmen der Sprache wie für das Sprechen selbst –, auf die ich hier nicht eingehen kann und die außerdem schwierig zu interpretieren sind.
Der »Rechtshälfter« scheint abstrakte Vokabeln und lange Sätze nicht mehr recht zu begreifen. Er spricht weniger, antwortet nur sehr kurz und wird dann schweigsam. Nicht etwa, daß seine Hörfähigkeit beeinträchtigt wäre: Im Gegenteil, er unterscheidet und erkennt besser als früher (in seinem normalen Zustand) verschiedene Stimmen, verschiedene Töne und Betonungen; er ist für die Prosodie der Rede äußerst empfindlich und empfänglich. Er identifiziert schnell eine Melodie und summt sie sofort vor sich hin, wozu der »Linkshälfter« unfähig ist.
Die Beschreibung des Funktionierens des Gehirns beim experimentellen »Rechtshälfter« entspricht nun in manchem der Beschreibung von Hölderlins Zustand in der späten Zeit. Daher die Frage, ob er nicht schon lange, schon immer und von jeher so veranlagt gewesen war; ob nicht seine mit keiner anderen vergleichbare lyrische Begabung mit einer (statistisch gesprochen) Anomalie im Funktionieren der beiden Hirnhälften zusammenhängt. In einer von »Linkshälftern« bestimmten und normalisierten Welt ist ein »Rechtshälfter« ein Sonderling; so etwa wie ein Linkshänder in einer von Rechtshändern für Rechtshänder eingerichteten Welt, nur viel schlimmer. Denn man hat seit einiger Zeit aufgehört, die Linkshändigkeit als eine zu behandelnde und zu korrigierende Anomalie zu betrachten. Auf dem Gebiet des »Geistes« ist man noch nicht so weit: Bis jetzt hat man nicht einmal wahrgenommen, daß es wahrscheinlich »Linkshälfter« und »Rechtshälfter« gibt, die die Welt anders vernehmen und unterschiedlich auf sie reagieren.
Der sowjetische Forscher Vadim L. Deglin meint, daß das Sprechen der »Rechtshälfter« die archaische Form des Sprechens darstellt, wie wir sie mit den Tieren gemein haben: Der Hund braucht den abstrakten Sinn der Worte, die wir mit ihm sprechen, nicht zu verstehen; er empfindet jedoch auf Grund des Tones genau und richtig, daß wir mit ihm nicht zufrieden sind, daß wir ihm etwas verwehren. Das Sprechen der »Links-

hälfter« dagegen sei die »moderne«, erst im Laufe der letzten Jahrtausende entwickelte bild- und tonärmere, dafür aber an Abstraktionen viel reichere Form von sprachlicher Kommunikation. Deglin spricht wörtlich von »zwei verschiedenen Sprachsystemen der Kommunikation« – was ich in einem anderen Zusammenhang als das poetische und das prosaische Sprachsystem definiert habe. Sie treten allerdings immer in kombinierter Form und faktisch niemals rein auf.
Will man Deglin glauben, so ist der Unterschied zwischen dem Funktionieren der beiden Hirnhälften nicht genetisch bestimmt: Bei der Geburt sind sie noch undifferenziert. Erst nach dem zweiten Jahr tritt die Differenzierung ein, und zwar keineswegs bei allen Individuen, sondern nur in etwa zwei Dritteln der Fälle. Der Rest bleibt kaum oder gar nicht differenziert.
Selbstverständlich ist dies hier sehr vergröbernd dargestellt: Tatsächlich arbeiten die beiden Hirnhälften dauernd im Verbund. Ihre Beziehungen zueinander sind »äußerst kompliziert und paradox«, sagt Deglin. Bald arbeiten sie gut zusammen, bald geraten sie in eine Konflikt- oder Konkurrenzsituation und tendieren dann dazu, einander zu hemmen.
Das von der statistischen Norm abweichende Überwiegen oder Überhandnehmen der einen oder der anderen Hirnhälfte läßt sich aber kaum in irgendeine Kategorie des Pathologischen einreihen – es sei denn, daß jede abweichende, abnorme Form, z. B. jede außerordentliche Begabung auf dem Gebiet des Poetisch-Sprachlichen als pathologisch, als »Krankheit« bezeichnet werde – wie es neben vielen anderen Dr. Lange getan hat.
Wenn wir – in einigen Jahrzehnten – über das Funktionieren der beiden Hirnhälften besser unterrichtet sein werden, wird man über ein neues Instrument verfügen, um Hölderlins sehr eigenartige Sprachbegabung besser zu verstehen. Aber es ist auch nicht ausgeschlossen, daß gerade der »Fall Hölderlin« zur Klärung des neurophysiologischen Prozesses mit Nutzen herangezogen werden könnte.
Heute können wir sagen, daß Hölderlins eigentümliches Verhältnis zur Sprache, vermutlich bedingt durch ein von der Norm abweichendes Funktionieren der beiden Hirnhälften, einen Grundzug seiner Psyche darstellt, dessen Untersuchung

trotz der spärlichen uns heute zugänglichen Methoden die Mühe lohnt.

Betrachten wir also nacheinander die folgenden miteinander verwandten und ineinander übergehenden Themen: der Ton, die Stimme, das Wort; die Sprache, das parataktische Dichten, das skizzenhafte Komponieren – und schließlich das Schweigen.
Der Gesang wird kein spezielles Thema sein: Gesang ist jede Äußerung des Dichters, der von seinen »Gesängen« eher als von seinen Gedichten sprach und sich als »Sänger« – was bei ihm keine klassizistische Phrase war – bezeichnete.

Hölderlin war in der Welt der Töne zu Hause.
Um zu erläutern, was ich mit dem Ausdruck »die Welt der Töne« meine und was diese für Hölderlin bedeutet haben mag, will ich hier die Schriften von Johann Wilhelm Ritter heranziehen, eines Zeitgenossen Hölderlins, der ihm geistesverwandt war.
Sechs Jahre jünger als Hölderlin, war Ritter 1776 als Sohn eines evangelischen Pfarrers in Schlesien geboren. Es wäre zu untersuchen, ob sich nicht in Schlesien ein ähnliches Phänomen herausgebildet hatte wie in Schwaben: ob nicht auch dort durch Selektion und Inzucht »das Pfarrhaus eine Schule der Poesie« wurde, wie es Albrecht Schöne formuliert.[218]
Ein paar Monate nachdem Hölderlin Jena verlassen hatte, traf Ritter daselbst ein. Ganz auf sich gestellt, lebte und wirkte Ritter bis 1804 als Lehrer und Forscher in Jena. Der Einundzwanzigjährige beschäftigte sich mit galvanischen Experimenten und chemischen Untersuchungen, so daß er als der Begründer der Elektrochemie gelten kann. Herder wurde für ihn ein väterlicher und gütiger Freund. Goethe war von ihm sehr beeindruckt. Novalis, dem Hölderlin in Jena begegnet war, kam in besonders fruchtbaren freundschaftlichen Gedankenaustausch mit Ritter und sagte von ihm: »Ritter ist Ritter, und wir sind nur Knappen.« Clemens und Bettina Brentano waren von Ritter hingerissen. Friedrich Schlegel versuchte, ihn für seine romantische Schule in Beschlag zu nehmen. Schelling war von ihm gleichzeitig angezogen und abgestoßen. Doch zog es Ritter vor, in der Einsamkeit und für sich selbst zu leben. Wochenlang sah er keinen Menschen. Er übersiedelte später nach München, wo er immer mehr vereinsamte und in Armut und Vergessenheit geriet. Verbittert starb er an Schwindsucht mit dreiunddreißig Jahren am 23. Januar 1810.
Ritter nannte sich mit Stolz einen Physiker. Doch sein eigentliches Thema war, daß alle äußeren Prozesse nur als Symbole und letzte Wirkungen innerer Prozesse begreiflich werden. Hier einige Stellen aus seinem Hauptwerk *Fragmente aus dem Nachlasse eines jungen Physikers.* In mehr als einem entsprechen Ritters Gedanken der Einstellung Hölderlins der »Welt der Töne« gegenüber.

Töne entstehen bei Schwingungen, die in gleichen Zeiten wiederkehren. Die halbe Zahl der Schwingungen in der nämlichen Zeit gibt den Ton eine Oktave tiefer, der vierte Teil zwei Oktaven usw. Zuletzt kommen Schwingungen heraus, die einen Tag, ein Jahr, ein ganzes Menschenleben dauern. Vielleicht sind diese von großer Wichtigkeit. Die Umdrehung der Erde um ihre Achse zum Beispiel mag einen bedeutenden Ton machen, das ist die Schwingung ihrer inneren Verhältnisse, die dadurch veranlaßt wird; der Umgang um die Sonne einen zweiten, der Umlauf des Mondes um die Erde einen dritten usw. Hier bekommt man die Idee von einer kolossalen Musik, von der unsere kleine gewiß nur eine sehr bedeutende Allegorie ist. Wir selbst, Tier, Pflanze, alles Leben mag in diesen Tönen begriffen sein. Ton und Leben werden hier eins. [...]
Wie das Licht, so ist auch der Ton Bewußtsein, jeder Ton ist ein Leben des tönenden Körpers und in ihm, was so lange anhält als der Ton, mit ihm aber erlischt. Ein ganzer Organismus von Oszillation und Figur, Gestalt ist jeder Ton, wie jedes Organische-Lebendige auch. Er spricht sein Dasein aus. [...] Dies Bewußtsein steht zum allgemeinen in dem nämlichen Verhältnis wie das unsere; so wird jeder Ton, nachdem er Geisterspruch ist, zugleich auch Gottesspruch, dasselbe, was menschliches Bewußtsein auch ist.
Töne sind Wesen, die einander verstehen, so wie wir den Ton. Jeder Akkord schon mag ein Tonverständnis untereinander sein und als bereits gebildete Einheit zu uns kommen. Akkord wird Bild von Geistergemeinschaft, Liebe, Freundschaft usw. Harmonie, Bild und Ideal der Gesellschaft. Es muß schlechterdings kein menschliches Verhältnis, keine menschliche Geschichte geben, die sich nicht durch Musik ausdrücken ließen. Ganze Völkergeschichten, ja die gesamte Menschengeschichte, muß sich musikalisch aufführen lassen; und vollkommen identisch. Denn der hier sprechende Geist ist derselbe, wie der unsere [...] Im Tone gehen wir mit unsers Gleichen um. *Dieser* Umgang kann zum höchsten für uns werden, da hier darstellbar ist, was im Leben so schwer: ein *idealisierter* Umgang mit unserer Umgebung. Er kann uns für alles entschädigen, was wir im Leben vermissen [...]
Auch der Geist des Tons kann gut und böse sein. Der Ton ruft uns hervor, wie irgend ein Wort, ein Befehl. Aber wir müssen unterscheiden, ob wir ihm dienen dürfen, und wo wir ihn meiden müssen. [...]
Alles, was in eines Menschen Gedanken kommen kann, vermag er auch auszusprechen, und was der Mensch aussprechen kann, spricht

auch der Ton aus. So bleibt das Höchste, Heiligste, selbst Gott und das Gebet nicht, hinter seiner Mächtigkeit zurück. Ein Mensch, der sich ganz ausspräche, würde auch den Schöpfer ausgesprochen haben; eine Musik, die den Ton ganz ausspricht, hat das nämliche getan. Mensch und Ton sind durchaus gleich unerschöpfbar, und gleich unendlich in ihrem Werk und ihrem Wesen.
Des Menschen Wesen und Wirken ist Ton, ist Sprache. Musik ist gleichfalls Sprache, allgemeine; die erste des Menschen. Die vorhandenen Sprachen sind Individualisierungen der Musik; nicht individualisierte Musik, sondern die zur Musik sich verhalten, wie die einzelnen Organe zum organisch Ganzen. [...] Die Musik zerfiel in Sprachen. Deshalb kann noch jede Sprache sich der Musik zu ihrer Begleiterin bedienen; es ist die Darstellung des Besonderen am Allgemeinen; Gesang ist doppelte Sprache, allgemeine und besondere zugleich. Hier wird das besondere Wort zur allgemeinen Verständlichkeit erhoben, – zunächst dem Sänger selbst. [...]
So ist jedes von uns gesprochene Wort ein geheimer Gesang, denn die Musik im Innern begleitet ihn beständig.[219]

Hölderlin war musikalisch begabt und geschult.
In der Ausgabenliste der Mutter stehen folgende Eintragungen:

Vom 10. bis zu 12. Jahr bei H. Magist. täglich 1 Stund im Clavier schlagen jährlich 6 fl. . . . . 12 fl.

Später, als Friedrich Hölderlin fünfzehn Jahre alt ist:

Dem HE. Speißmeister vors Clavier schlagen . . 2 fl. 24 Kreutzer.[220]

Es wurde nämlich erwartet, daß die jungen Leute, die nach Kloster Maulbronn kamen, »einige Kenntnis der Musik« mitbrächten. Sie wurden über Musik geprüft, »wie weit sie darin gekommen seien«. Es wurde von ihnen verlangt, »sonderheitlich bei denen, welche zu den klösterlichen Beneficiis adspiriren«, daß sie Musik pflegten.[221]
Mit siebzehn Jahren schreibt Hölderlin aus Kloster Maulbronn dem Freunde Immanuel Nast, er sei sehr isoliert:

Hier mag mich keine Seele. [...] Ich kann Dir sagen – ich bin der einzige – der außer dem Namen nach kein Frauenzimmer – keinen Schreiber – oder was sonst zu den Gesellschaften der Maulbronner Welt gehört, hier kennt.

Meine Flöte wäre noch mein einziger Trost, aber auch diese ist mir entlaidet worden. Wann sich Efferenn und Bilfinger etc. – bei einer Privatmusik zusammen freuen wollen, so läßt man lieber eine Lüke als daß man den Hölderlin ruffen sollte. [...] Ich muß Dir hier eben ein Duett schiken – für einzelne Flöten hab ich außer Conzerten nichts. Die Kleinigkeiten blaß ich dem Gehör nach.[222]

In Tübingen spielte er Flöte, wie Schwab zu berichten weiß:

Eine ihn überall empfehlende Lieblingsbeschäftigung Hölderlins blieb die Musik. Als der damals berühmte blinde Flötenspieler Dülon sich einige Zeit in Tübingen aufhielt, nahm er Unterricht bei demselben und bald erklärte der Meister, daß der Schüler bei ihm nichts mehr zu lernen habe. Die Ausübung dieses musikalischen Talentes, welche jetzt der Neigung des Jünglings zur Zurückgezogenheit und Melancholie reichliche Nahrung gewährte, sollte später die trostlosen Tage seines schattenhaften Greisenlebens erheitern.[223]

Ich habe vorhin Philipp Joseph von Rehfues zitiert, der sich im hohen Alter erinnerte, daß Hölderlin bei den Musikaufführungen im Stift die erste Violine spielte. Wohl ist Geigenspiel von ihm sonst nirgends bezeugt; doch wie kann man sagen, wie es einmal gesagt wurde, daß »die vielen Zeugnisse über sein Klavier- und Flötenspiel triftig dagegen sprechen«, daß er auch Geige hätte spielen können?[224] Eine seltsame Logik, welche daraus, daß einer das Eine kann, die Folgerung zieht, daß er das Andere nicht auch kann! Bei einem so begabten Menschen, wie Hölderlin einer war, ist manches möglich, das bei anderen unwahrscheinlich ist. Hat nicht z. B. Schwab berichtet, daß Hölderlin italienisch sprach, ohne daß man wüßte, wo und wann er die Sprache erlernt hätte?[225]
Er ist erst seit einem Monat bei Gontards in Frankfurt, als er am 11. Februar 1796 an seinen Bruder schreibt:

Sei doch so gut, mir meine Flöte, sicher gepakt, zu schiken. Sie muß noch in Nürtingen liegen.[226]

Im Hause Gontard wird viel musiziert. Die Gesellschafterin Susettens, Marie Rätzer, lädt 1796 ihren Bruder zu einem Besuch ein:

Du sollst [...] mit unsrem Hölderlin Duette flöten, er ist sehr stark [darin].[227]

Marie Rätzer sang selber zur Laute und spielte gern Gitarre. Von Susette berichtete ihr junger Verehrer Zeerleder, daß sie Klavier spielte: in ihrem häuslichen Zirkel, mitten unter ihren Kindern, an ihrem Klavier sei sie vergnügter als in großen Gesellschaften. Sie sang früher gern; in ihrer Trauer um den verlorenen Freund schreibt sie ihm:

Ich will versuchen ob ich die Musik mir wieder an's Herz legen kann.[228]

Etwas später schreibt sie, nachdem sie ihn von ferne erblickte, daß es, seit sie sein »liebes Bild gesehen«, »im Wachen und im Träumen gleich einer leisen lieblichen Melodie« in ihr nachtönt:

[...] wie wurd mir da so wohl, und leicht um's Herz. Meine lange dem Gesang verschlossenen Lippen lispelten unwillkürlich ihre alten lieblings Lieder wieder und es hatte lange schon gedauert, bis ich es lächelnd bemerkte.[229]

In Homburg bekommt, wohl 1804, der melancholische Dichter von der Tochter des Landgrafen, der Prinzessin Auguste, ein Klavier geschenkt. Sie »hoffte, damit ihm eine Erheiterung zu verschaffen«[230].
Tatsächlich »phantasierte er Tag und Nacht auf seinem Klavier«, wohl zum Verdruß der anderen Bewohner des Hauses des Uhrmachers Calame; dies vielleicht ein Grund, warum ihm Calame kündigte.
In der späten Zeit, im Turm, war seine Hauptbeschäftigung das Klavierspielen. Auch sang er noch und spielte Flöte. Wenn Fremde ihn besuchen kamen, wollte er meistens nicht mit ihnen reden, sondern ging ans Klavier und improvisierte.
In seinem Tagebuch notierte Waiblinger unter dem Datum des 1. Juli 1824, er habe Hölderlin besucht:

Hölderlins Klavierspiel und Gesang.[231]

Aus der Erinnerung schreibt er:

Die Musik hat ihn noch nicht ganz verlassen. Er spielt noch richtig Klavier, aber höchst sonderbar. Wenn er dran kommt, so bleibt er Tage lang sitzen. Alsdann verfolgt er einen Gedanken, der kindisch simpel ist, und kann ihn viele hundertmal hindurchdrehen und dermaßen abspielen, daß mans nicht mehr aushalten kann. [...] Hat er eine Zeitlang gespielt, und ist seine Seele ganz weich geworden, so sinkt zumal sein Auge zu, sein Haupt richtet sich empor, er scheint vergehn und verschmachten zu wollen, und er beginnt zu singen. In welcher Sprache, das konnte ich nie erfahren, so oft ich es auch hörte, aber er tats mit überschwänglichem Pathos, und es schauderte einen in allen Nerven, ihn so zu sehen und zu hören. Schwermut und Trauer war der Geist seines Gesanges: man erkannte einen ehmals guten Tenor.[232]

Es ist von Bedeutung, daß das Klavier in Tübingen nicht mehr das in Homburg von Prinzessin Auguste geschenkte war, welches zwischen dem ersten und dem zweiten Homburger Aufenthalt wer weiß wie und wo aufbewahrt, wer weiß von wem in der Zwischenzeit benutzt, nicht mehr in Ordnung war, so daß »mehrere Klaves klappten« – was den Romantikern als Bild seiner zerstörten Seele galt –, sondern ein anderes, von der Familie Zimmer wenige Monate nach der Ankunft Hölderlins angeschafftes, das später in Lottes Zimmer stand, wo er sich dauernd aufhielt und spielte. Dieses zweite Klavier funktionierte ganz richtig, und er hat es nicht in Unordnung gebracht.
Als der junge Tübinger Stiftler Theodor Schwab den einundsiebzigjährigen Hölderlin besuchte, versprach ihm Lotte, Hölderlin in ihr Zimmer ans Klavier zu führen und Schwab dann zu rufen, wenn Hölderlin sich gesetzt hätte.

Dies geschah. Ich trat ein, er saß am Klavier und spielte. Nun stand er auf und machte ein anständiges Compliment; ich tat dasselbe. Obgleich die Jungfer gesagt hatte, er werde gleich hinaus gehen wollen, wie ich komme, tat er dies zu meiner Freude nicht, sondern setzte sich gleich wieder und spielte fort. Sein Spiel war fertig und voll Melodie, ohne Noten. Er sprach kein Wort und eine halbe Stunde stand ich neben dem Instrument, ohne ihn anzureden. [...] Einigemal, besonders, wenn er einen recht melodischen Passus ausgeführt hatte, sah er mich an [...] Ich vermochte kaum das Weinen zurückzuhalten, es schien ihm zu gefallen, daß ich so gerührt war, was er von der Musik ableiten mochte, und mit kindischer Einfalt ruhte ein paarmal sein Auge auf mir.[233]

Mit den Studenten, die bei Zimmer wohnten, sang er gern. Am 25. Juli 1841 besuchten ihn Philipp und Marie Nathusius. Sie berichten:

[Schwab] führte uns in die Stube eines seiner Freunde, der mit Hölderlin in einem Haus wohnt und zu dem er öfter kommt, um auf dessen Klavier zu spielen. [...] Man kann nur über Klavierspielen, über die Aussicht seines Zimmers Worte an ihn richten (für Musik und schöne Natur ist ihm ein Sinn geblieben).

Sie besuchen ihn und bitten ihn, er möge die Güte haben, ihnen etwas vorzuspielen. Er geht ans Klavier und spielt.

Was er spielt, sind auch nur einzelne harmonische Sätze und Anklänge von Melodien, Formen, die er mechanisch in den Fingern hat.[234]

Am Abend seines Todes, ein paar Stunden bevor er sanft hinschied, hat er noch Klavier gespielt, wie Lotte an den Bruder Karl Gok berichtet.[235]
Alle Berichte stimmen also überein: In der späten Zeit, den fünfunddreißig Jahren des Tübinger Turms, hat Hölderlin sehr viel musiziert. Mit den Leuten, besonders mit denen, die ihm fremd waren, wollte er nicht reden; lieber spielte er ihnen vor. Auch wenn sie da saßen und ihm zuhörten, schien er in der Welt der Töne versunken zu sein.
Was er spielte, hat niemand richtig zu beschreiben gewußt. Er spielte nicht nach Noten, er improvisierte die eigene Musik und lebte in ihr. Die Musik: eine Sprache ohne Informationsgehalt, die keine Geheimnisse verrät, die nicht trügt und lügt. Wenn er sang, verstand Waiblinger nicht einmal, in welcher Sprache er sang – vielleicht griechisch? Hat er vielleicht Pindar nach eigener Melodie gesungen? Oder war es vielleicht nur gesprochener Ton, tönendes Selbstgespräch? Das Geheimnis ist nicht mehr zu lösen.
Die Musik, ein Gespräch mit dem Unsichtbaren? Mit der »anderen Welt«? Mit den Toten, mit der Toten? Gerade, als ich diese Zeilen schrieb, wurde mir von einer musikliebenden Freundin ein sehr schönes Zitat des Leonardo da Vinci in die Hände gespielt, über welches sich Hölderlin gefreut hätte: Musik sei figurazione delle cose invisibile, die Figur des Unsichtbaren.

Ritter meinte, jeder Ton werde von einem tönenden Körper hervorgebracht, jedes Tönen sei das Tönen von etwas, in dem dieses Etwas sein Dasein ausspreche; sozusagen seine eigene Stimme. So kann ein jeder Ton als Stimme, als die Stimme des jeweils Tönenden, vernommen und interpretiert werden. Dies steht übrigens schon im Neuen Testament. Apostel Paulus sagt:

Es ist mancherlei Art der Stimmen in der Welt, und derselbigen ist keine undeutlich. […] Hält sich's doch auch also in den Dingen, die da lauten und doch nicht leben, es sei eine Pfeife oder eine Harfe […], wie kann man erkennen, was gepfiffen oder geharfet ist?[236]

Der Geigenton ist die Stimme der Geige, ihre eigene, spezifische Sprache; so sind auch der Ton einer Glocke, aber auch der eines Kristallglases, der gespannten Saite eines Bogens, die eigene Stimme und Sprache des tönenden Gegenstands.

Für den Pantheisten sind alle Stimmen die Stimmen des Göttlichen. Dies betrifft aber ganz besonders einen der mächtigsten und andauerndsten Eindrücke Hölderlins als Kind: die sonntags beim Gottesdienst vernommene Stimme des Gemeindechors und der Klang der Orgel wurden als Stimme des dunklen Kirchengewölbes, als Stimme des Göttlichen, empfunden. Hölderlin hat diese Kindheitserinnerung ausdrücklich am Anfang der Hymne *Am Quell der Donau* hervorgerufen:

Denn, wie wenn hoch von der herrlichgestimmten, der Orgel
Im heiligen Saal,
Reinquillend aus den unerschöpflichen Röhren,
Das Vorspiel, wekend, des Morgens beginnt
Und weitumher, von Halle zu Halle,
Der erfrischende nun, der melodische Strom rinnt,
Bis in den kalten Schatten das Haus
Von Begeisterungen erfüllt,
Nun aber erwacht ist, nun, aufsteigend ihr,
Der Sonne des Fests, antwortet
Der Chor der Gemeinde; so kam
Das Wort aus Osten zu uns,

Und an Parnassos Felsen und am Kithäron hör' ich
O Asia, das Echo von dir und es bricht sich
Am Kapitol und jählings herab von den Alpen.
Kommt eine Fremdlingin sie
Zu uns, die Erwekerin,
Die menschenbildende Stimme.
Da faßt' ein Staunen die Seele
Der Getroffenen all [...][237]

Doch zu gewissen geschichtlichen Zeiten – so in der unsrigen, meint Hölderlin – ist es so, daß es keine wirkliche, lebendige Gemeinde gibt, deren Stimme sich als Gottes Stimme erhöbe: dann muß der Einzelne dafür einstehen. Doch ist dies nur eine Notlösung in Erwartung anderer, besserer Zeiten, in denen sich eine neue Gemeinschaft im Chorgesang wieder finden wird. Dies ist der Sinn des äußerst wichtigen, wenn auch (oder vielleicht gerade deswegen) unvollendet gebliebenen Gedichtentwurfs *Der Mutter Erde*:

OTTMAR:
Statt offner Gemeine sing' ich Gesang.
So spielt von erfreulichen Händen
Wie zum Versuche berühret, eine Saite
Von Anfang. Aber freudig ernster neigt
Bald über die Harfe
Der Meister das Haupt und die Töne
Bereiten sich ihm, und werden geflügelt
So viele sie sind und zusammen tönt es unter dem Schlage
Des Wekenden und voll wie aus Meeren schwingt
Unendlich sich in die Lüfte die Wolke des Wohllauts.

Doch wird ein anderes noch
Wie der Harfe Klang
Der Gesang seyn
Der Chor des Volks.
Denn wenn er schon der Zeichen genug
Und Fluthen in seiner Macht und Wetterflammen
Wie Gedanken hat der heilige Vater,
unaussprechlich wär es wohl
Und nirgend fänd er wahr sich unter den Lebenden wieder
Wenn zum Gesange nicht hätt ein Herz die Gemeinde.

[...]
Doch [...]
Noch ehe Bäche rauschten von den Bergen
Und Hain' und Städte blüheten an den Strömen,
So hat er donnernd schon
Geschaffen ein reines Gesez,
Und reine Laute gegründet.

HOM:
Indessen schon', o Mächtiger deß
Der einsam singt, und gieb uns Lieder genug,
Bis ausgesprochen ist, wie wir
Es meinen unserer Seele Geheimniß.
Denn öfters hört' ich
Des alten Priesters Gesänge
und so
Zu danken bereite die Seele mir auch.[238]

Hier ist alles ausgesprochen, was es zu sagen gibt, und deutlicher kann es wohl nicht gesagt werden: In jeder Stimme gibt sich ein Wesen, aber auch das Wesen des Göttlichen, das es enthält, kund. Doch da Alles aus dem Urchaos entstand (wie in Hesiods *Theogonie* steht), aus der »ewigen Wildniß«, ist eine jede »Stimme« an sich unrein, Geräusch: so das Rauschen des Wassers. Doch »noch ehe Bäche rauschten von den Bergen«, hatte das göttliche Prinzip reine Laute gegründet und ein reines Gesetz geschaffen, d.h. die musikalisch reinen Töne und das Gesetz der Harmonie etabliert. Hier, wie an manch anderer Stelle bei Hölderlin, klingen Anschauungen eines Stiftlers aus einem früheren Jahrhundert nach, nämlich Johannes Keplers, der, genau hundert Jahre vor Hölderlin geboren, eine Berühmtheit des Tübinger Stifts war, und dem Hölderlin als Neunzehnjähriger eine Ode widmete. Kepler war nicht nur Astronom; er sah eine Verwandtschaft zwischen der »Harmonie« der Bahnen der Himmelskörper und den Tönen der Musik – dies übrigens ein alter pythagoreischer Gedanke.
Die erste der Jugendhymnen Hölderlins, noch im Stift gedichtet, ist der Göttin der Harmonie gewidmet: der Muse Urania. Der erste Entwurf trug den Titel *Hymne an die Wahrheit.* Doch dem ausgeführten Gedicht schickt Hölderlin ein Motto vor-

aus, das er dem *Ardinghello* von Wilhelm Heinse entnimmt: »Urania, die glänzende Jungfrau, hält mit ihrem Zaubergürtel das Weltall in tobendem Entzüken zusammen.« Der Übergang vom Prinzip der Wahrheit zum Prinzip der Harmonie ist für Hölderlin bezeichnend: Wahr ist nur die Harmonie, weil sie es ist, welche die Kohärenz des Weltalls als Ganzes gründet und sichert. Ihr Ausdruck ist der harmonische Ton; die Musik ist das Wahre überhaupt.
Im *Hyperion* liest man:

O ihr, die ihr das Höchste und Beste sucht, in der Tiefe des Wissens, im Getümmel des Handelns, im Dunkel der Vergangenheit, im Labyrinthe der Zukunft, in den Gräbern oder über den Sternen! wißt ihr seinen Nahmen? Den Nahmen deß, das Eins ist und Alles?
Sein Nahme ist Schönheit.[239]

Schönheit, allgemein verstanden – aber die reinste Schönheit, Schönheit an sich, ist in der Harmonie der Töne am ehesten zu finden und durch sie am reinsten ausgedrückt.
Es ist wahrscheinlich nicht zuviel gesagt, wenn man meint, daß für Hölderlin der Ausdruck des Wesens, ein jeder Ausdruck eines jeden Wesens, am reinsten ist, wenn es sich im Ton ausdrückt.
Der Mensch ist ein Gebilde der »menschenbildenden Stimme« des Göttlichen, ein Echo dieser Stimme. Mit dieser Überzeugung hängt – für mehr als einen befremdend – die jakobinische Überzeugung Hölderlins zusammen. Die Ode *Stimme des Volks* beginnt mit den Versen:

Du seiest Gottes Stimme, so glaubt ich sonst,
In heilger Jugend; ja und ich sag es noch![240]

Man kann nicht deutlicher sagen, daß die politische Überzeugung des jungen Mannes eine selbstverständliche Folge seiner frommen (»heilgen«) Jugend ist.
Doch ist die »Stimme des Volks« nicht die einzige Äußerung der göttlichen Stimme: andere – das Rauschen des Windes und der Ströme, der Donner in den Wolken – sind ebenfalls göttliche Stimmen:

Um unsre Weisheit unbekümmert
Rauschen die Ströme doch auch, und dennoch

Wer liebt sie nicht? Und immer bewegen sie
Das Herz mir, hör ich ferne die Schwindenden,
Die Ahnungsvollen, meine Bahn nicht
Aber gewisser ins Meer hin eilen.[241]

Der blinde Sänger, in einer anderen Fassung *Chiron* genannt, vernimmt als solche den Donner:

Dann hör' ich oft die Stimme des Donnerers
Am Mittag, wenn der eherne nahe kommt,
Wenn ihm das Haus bebt und der Boden
Unter ihm dröhnt und der Berg es nachhallt.[242]

Als der Dichter aus Hauptwil in der Schweiz heimkehrt, wird er von der Heimat am Neckar freundlich aufgenommen:

Dort empfangen sie mich. O Stimme der Stadt, der Mutter
O du triffest, du regst Langgelerntes mir auf.[243]

Hier bleibt ungewiß, vielleicht absichtlich zweideutig, ob es sich um die Stimme der mütterlichen Stadt Stuttgart oder um zwei Stimmen, die der Stadt und die von Hölderlins Mutter, handelt. Die Entwürfe im Manuskript geben keinen entscheidenden Aufschluß: da steht als Vorfassung »o süße Stimme der Meinen!«.

Auch das Rasen der stürzenden Gewässer in der Schlucht des oberen Rheins wird als »das Rasen des Halbgotts«, der Stimme »des edelsten der Ströme, des freigeborenen Rheins« vernommen.[244]

Die »reine Stimme der Jugend« – sei es die des Rheins als Halbgotts, sei es die des Menschen, des Jünglings, im dem »der Gott in uns« lauter spricht –, das darf der Gereifte bis ins Alter hinein nicht vergessen: darin besteht die »Treue« als höchste Tugend.[245]

Die »Stimmen des heißen Hains«[246], das Säuseln und Rascheln des Windes in den Bäumen waren schon von den alten Griechen als göttliche Stimme erkannt worden: In Dodona deuteten die Priester die »Stimmen« der Eichen im Wind und erklärten sie als Orakelsprüche.

In der Vorstufe einer späteren Fassung der Hymne *Patmos* heißt es:

[...]   ihre Kinder
Die Stimmen des heißen Hains,
Und wo der Sand fällt und sich spaltet
Des Feldes Fläche, die Laute
Sie hören ihn, und lieblich widertönt
Es von den Klagen des Manns.
[...]

Im Sausen des Rohrs[247]

Die »Stimme der Vögel« wurde schon von den Griechen als Stimme von oben, Stimme des Himmels vernommen. Sie wurde von der O i ô n i s t i k è, der Wahrsagung nach dem Flug der Vögel und nach ihrem Gesang, als wahrsagende Stimme gedeutet. Man vergleiche damit einen Satz aus dem allerdings zweifelhaften Text *In lieblicher Bläue*:

sonst reicht an das Mächtige auf Fittigen der Adler
mit lobendem Gesange und der Stimme so vieler Vögel.[248]

Deutlicher noch heißt es in einem hymnischen Fragment:

O ihr Stimmen des Geschiks, ihr Wege des Wanderers
Denn an dem Himmel
Tönt wie der Amsel Gesang
Der Wolken sichere Stimmung gut
Gestimmt vom Daseyn Gottes, dem Gewitter.
Und Rufe [...][249]

In den dem Gedicht *Friedensfeier* vorausgeschickten Empfehlungszeilen an den Leser vergleicht Hölderlin die Stimme des Dichters, die eigene Stimme, mit der Stimme der Vögel im Frühling:

An einem schönen Tage läßt sich ja fast jede Sangart hören, und die Natur, wovon es her ist, nimmts auch wieder.[250]

Hinter den vielen Variationen, von denen nur wenige hier Aufnahme finden konnten, ist immer die gleiche einfache Aussage zu vernehmen: daß das Tönen einer jeden Stimme, wie sie sich auch äußert, Ausdruck und Zeichen des Göttlichen ist – des Göttlichen im Himmel und auf der Erde, aber auch des Göttlichen, das ein jedes Wesen in sich hat. Das sagt der Dichter am deutlichsten in der unvollendeten Hymne *Der Einzige*:

Mit Stimmen erscheinet Gott als
Natur von außen.[251]

So bleibt auch der Ton der Menschenstimme des Menschen reinste und höchste Äußerung.
Diotima, das himmlische Wesen, singt:

Nur ihren Gesang sollt' ich vergessen, nur diese Seelentöne sollten nimmer wiederkehren in meinen unaufhörlichen Träumen. [...] Nur, wenn sie sang, erkannte man die liebende Schweigende, die so ungern sich zur Sprache verstand.[252]

Der Ton steht höher als die Sprache, ist reiner. Auf dem Höhepunkt ihrer Liebe werden die Liebenden schweigsam:

Wir sprachen sehr wenig zusammen. Man schämt sich seiner Sprache. Zum Tone möchte man werden und sich vereinen in Einen Himmelsgesang.
Wovon auch sollten wir sprechen?[253]

Zum Tone werden – sich mit der Geliebten vereinen in Einen Himmelsgesang ... Hölderlin im Turm?

Das Wort

Der Unterschied zwischen den Stimmen der Natur – dem Gesang der Vögel, dem Dröhnen des Donners, dem Rauschen der Ströme und des Walds – und der Stimme des Menschen liegt darin, daß der Mensch sich mit Worten ausdrückt: bald mit gesungenen, bald mit gesprochenen Worten. Im gesungenen Wort bleibt die Stimme des Menschen den Stimmen der Natur noch ganz nah. Das Singen überhaupt, auch das Singen des Sängers, ist, wie wir gesehen haben, eine der vielen »Sangarten« der Natur.

Das Wort aber, ob gesungen oder gesprochen, ist eine Eigenschaft des Menschen: das Wort als Träger eines Sinnes, einer Bedeutung. Eine Eigenschaft des Menschen – eine dem Menschen von Gott geschenkte Eigenschaft?

Man vergesse nicht, daß Hölderlin von Hause aus Theologe ist. »Theo-logie«: das Sagen von Gott. Auch wenn er sich aus Frömmigkeit von dem Dogma der Kirche lossagt – darin folgt er nur der Antigonä, die sagt, sie habe »Gottlosigkeit aus Frömmigkeit empfangen«,[254] – eine übrigens tendenziöse Übersetzung des Sophokles –, bleibt Hölderlin Theo-loge. Er redet nur vom Göttlichen und hat sein Leben lang von nichts Anderem geredet als vom Göttlichen: »Und was ich sah, das Heilige sei mein Wort«,[255] sagt er in einer späten Hymne. Beruf des Dichters ist es, das Göttliche zu lobpreisen. Alles andere wird als frivol ferngehalten.

In den Kreisen, denen Hölderlin entstammte, hatte sich eine wahre Theologie des Wortes entfaltet. Faust meinte wohl, er könne das Wort so hoch unmöglich schätzen; doch geschrieben steht, ob es ihm paßt oder nicht, als erste Zeile des Evangeliums des Johannes:

> Im Anfang war das Wort, und das Wort war bei Gott, und Gott war das Wort.

Und weiter steht:

> Dasselbige war im Anfang bei Gott. Alle Dinge sind durch dasselbige gemacht, und ohne dasselbige ist nichts gemacht, was gemacht ist. In ihm war das Leben, und das Leben war das Licht der Menschen.

Schließlich:

Und das Wort ward Fleisch, und wohnte unter uns [...] Johannes zeuget von ihm.

In den Gedichten nach 1800 gebraucht Hölderlin die Vokabel Wort siebenunddreißigmal und jedesmal in irgendeiner Verbindung mit dem Prinzip des Göttlichen. Einige Beispiele:
Im Gedicht *Ermunterung* offenbart sich »der Gott [...], der sprachlos waltet, und unbekannt/Zukünftiges bereitet« den Menschen als »der Geist / Im Menschenwort«.[256]
Im selben Gedicht wird des Menschen Stimme, die sich mit Worten ausdrückt, anderen Stimmen der Natur ausdrücklich an die Seite gestellt:

O Hoffnung! bald, bald singen die Haine nicht
Der Götter Lob allein, denn es kommt die Zeit,
Daß aus der Menschen Munde sich die
Seele, die göttliche, neuverkündet.[257]

In *Der gefesselte Strom* heißt es:

Die Liebesboten, welche der Vater schikt,
Kennst du die lebenathmenden Lüfte nicht?
Und trift das Wort dich nicht, das hell von
Oben der wachende Gott dir sendet?[258]

In der Elegie *Stutgard*:

Und was uns der himmlische Tag zu sagen geboten,
Das zu nennen, mein Schmidt! reichen wir beide nicht aus.
Trefliche bring' ich dir und das Freudenfeuer wird hoch auf
Schlagen und heiliger soll sprechen das kühnere Wort.[259]

In *Brod und Wein* meldet und schildert der Dichter die Einkehr der Himmlischen:

Wo, wo leuchten sie denn, die fernhintreffenden Sprüche?

[...] es wächst schlafend des Wortes Gewalt.[260]

Im hymnischen Entwurf *An die Madonna* tönt es wie ein Abschied von der Welt, ein Aufgeben des Redens:

Wofür ein Wort? so meint' ich denn es hasset die Rede ...

Im Prosaentwurf steht noch ausdrücklicher:

Warum/Wofür ein Wort? und es hätte die Schwermuth/Mir von den Lippen/Den Gesang genommen.[261]

Im Hymnenbruchstück *Zu Sokrates' Zeiten* heißt es:

Vormals richtete Gott./[...]/wer richtet den itzt?/[...]/ein Natterngeschlecht! feig und falsch/das edlere Wort nicht mehr/Über die Lippe[...][262]

Der Sinn ist, daß eine neue Generation von Menschen, zur Zeit des Sokrates, aber gleichfalls zur Zeit Hölderlins, zu einem feigen und falschen Natterngeschlecht entartet, das Wort nicht mehr ehrt, das Wort nicht mehr heilighält, sondern zur lügenhaften Sophisterei benutzt. Der falsche Gebrauch des Wortes ist eine Fälschung, mehr als das: ein Sakrileg.
In der ersten Szene des *Empedokles* (Zweite Fassung) kommt die Vokabel W o r t siebenmal vor, jedesmal mit dem Unterton des Göttlichen, der Botschaft, der Verkündigung. Die Gegner des Empedokles bezichtigen ihn der Selbstüberhebung, der Hybris:

Das hat zu mächtig ihn
Gemacht, daß er vertraut
Mit Göttern worden ist.
Es tönt sein Wort dem Volk',
Als käm es vom Olymp;
Sie dankens ihm,
Daß er vom Himmel raubt
Die Lebensflamm' und sie
Verräth den Sterblichen.[263]

Wie das Feuer, so ist auch das Wort göttlichen Ursprungs. Dem Prometheus, der das Feuer vom Himmel entwendete und es den Menschen zur Verfügung stellte – wofür er bestraft wurde, wie Aischylos es darstellt –, wird Empedokles gleichgestellt, der den Menschen die heilige Macht des Wortes verfügbar gemacht hat. Nicht nur die Hybris des Empedokles wird bestraft, sondern auch sein Frevel, indem er den Menschen das Heilige – das Wort – in die Hand gab. Dies ist ein Grundthema Hölderlins: die gefährliche Situation des

Dichters als Mittler zwischen dem Göttlichen und dem Allzumenschlichen, von den Menschen mißverstanden, mißachtet und verfolgt, von den Göttern geschlagen und heimgesucht, sobald er die Grenzen des den Sterblichen Erlaubten übertritt.

Im *Empedokles II* geht der Bericht des Mekades weiter:

»Das Unbekannte nennet mein Wort«
[...]
So sprach der Übermüthige.[264]

Das Wort ist nicht nur Ton, Laut, Wind, es ist Gewalt; eine Gewalt, die wie der Blitz von oben kommt und trifft; eine Gewalt also, von der nicht unversehens oder gar frevelhaft Gebrauch gemacht werden darf.

Das Wort als Gewalt: Im hymnischen Entwurf *An die Madonna* erscheint »der Freundin Sohn Johannes genannt«, wohlgemerkt: nicht, wie in der *Patmos*-Hymne, Johannes der Apostel, sondern Johannes der Täufer:

Dem war gegeben
Der Zunge Gewalt,
Zu deuten.[265]

Die Dichter sind »die Zungen des Volks«[266], sagt Hölderlin im Gedicht *Dichtermuth.* Bemerkenswert ist die Wandlung des Ausdrucks von der ersten zur dritten Fassung.

Erste Fassung: »Wir, die Dichter des Volks«.
Zweite Fassung: »Wir, die Sänger des Volks«.
Dritte Fassung: »Wir, die Zungen des Volks«.

Parallel dazu wandelt sich der letzte Vers der Strophe:

Erste Fassung: »wie sängen/Sonst wir jedem den eignen Gott?«
Zweite Fassung: »so ist ja/Unser Ahne, der Sonnengott«
Dritte Fassung: »so ist ja/Unser Vater, des Himmels Gott«.

Hinter der Wandlung »Dichter – Sänger – Zungen« steht eine Anspielung auf den biblischen Ausdruck »mit Zungen reden«. In der Apostelgeschichte des Lukas steht:

Und als der Tag der Pfingsten erfüllet war, waren sie [die Apostel, P.B.] alle einmütig bei einander. Und es geschah schnell ein Brausen

vom Himmel, als eines gewaltigen Windes, und erfüllte das ganze Haus, da sie saßen. Und es erschienen ihnen Zungen zerteilet wie von Feuer: und er setzte sich auf einen jeglichen unter ihnen; und wurden alle voll des heiligen Geistes, und fingen an zu predigen mit andern Zungen, nach dem der Geist ihnen gab auszusprechen. [...]
Da nun diese Stimme geschah, kam die Menge zusammen, und wurden bestürzt; denn es hörte ein jeglicher, daß sie mit seiner Sprache redeten. [...] Sie entsetzten sich aber alle, und wurden irre. [...] Die andern aber hatten's ihren Spott und sprachen: Sie sind voll süßen Weins. Da trat Petrus auf [...] und redete zu ihnen: diese sind nicht trunken, wie ihr wähnet; sintemal es ist die dritte Stunde am Tage; sondern das ist's, das durch den Propheten Joel zuvor gesagt ist: und es soll geschehen in den letzten Tagen, spricht Gott, ich will ausgießen von meinem Geist auf alles Fleisch; und eure Söhne und eure Töchter sollen weissagen, und eure Jünglinge sollen Gesichte sehen, und eure Ältesten sollen Träume haben.[267]

Im Neuen Testament wird allerdings auch vor dem »mit Zungen reden«, nämlich vor der unkontrollierten Ausgießung des Heiligen Geistes, ausdrücklich gewarnt. An die Korinther schreibt Paulus:

Der mit Zungen redet, der redet nicht den Menschen, sondern Gott; denn ihm höret niemand zu, im Geist aber redet er die Geheimnisse. Wer aber weissaget, der redet den Menschen zur Besserung. [...] Wer mit Zungen redet, der bessert sich selbst; wer aber weissaget, der bessert die Gemeinde.
Ich wollte, daß ihr alle mit Zungen reden könntet; aber viel mehr, daß ihr weissaget. Denn der da weissaget ist größer, denn der mit Zungen redet; es sei denn, daß er's auch auslege, daß die Gemeine davon gebessert werde. [...] So ich nun nicht weiß der Stimme Deutung, werde ich ein Welscher sein dem, der da redet, und der da redet, wird mir ein Welscher sein. [...] Ich danke meinem Gott, daß ich mehr mit Zungen rede denn ihr alle. Aber ich will in der Gemeinde lieber fünf Worte reden mit meinem Sinn, auf daß ich auch andere unterweise, denn zehn tausend Worte mit Zungen. [...] So jemand mit Zungen redet, so seien es ihrer zween oder aufs meiste drei, und einer um den andern, und einer lege es aus. Ist aber kein Ausleger da, so schweige er unter der Gemeine, rede aber ihm selber und Gott. [...] Darum, lieben Brüder, fleißiget euch des Weissagens, und wehret nicht mit Zungen zu reden.[268]

Das »mit Zungen reden«, die In-spiration des Geistes als luftiges Element verstanden, wird von Paulus dem »Weissagen«, d. h. ganz einfach dem allgemeinverständlichen Reden entgegengestellt. »Mit Zungen reden« genügt nicht, es muß auch in gemeinverständliche Sprache »ausgelegt«, übertragen werden, damit es ein jeder in der Gemeinde auch fassen könne. Ist kein Ausleger da, so kann die Gemeinde den In-spirierten, den Be-geisterten nicht fassen, nicht verstehen. Dann soll er lieber in der Gemeinde schweigen und nur für sich selbst und für Gott reden.[269]

Man vergesse nicht, daß in einem Brief an Ebel Hölderlin sich ausdrücklich zu Paulus bekennt und ihn den »Mann meiner Seele«[270] nennt.

Ist hier nicht die Situation Hölderlins in der zweiten Hälfte seines Lebens genau vorgezeichnet, nämlich die Situation dessen, der mit Be-geisterung redend von der Gemeinde nicht verstanden wird und, der Empfehlung des Paulus Folge leistend, sich von der Gemeinde absondert und von nun an nur mit sich selber und mit Gott redet?

Wie die Heiden, die den Aposteln zuhörten und meinten, sie seien »voll süßen Weins«, meinten auch manche, die Hölderlins Worten zuhörten, er sei »umnachtet«, er rede irres und wirres Zeug. Dem ist aber wohl nicht so. Irre hat Hölderlin nie, kein einziges Mal, geredet. Bis 1804 ist er auch bestrebt gewesen, sich der »Gemeinde« verständlich zu machen, und hatte auch geglaubt, es sei ihm einigermaßen gelungen. Daher die Enttäuschung. Daß man ihn nicht faßte, machte ihn traurig, sagte Böhlendorff. Der Weisheit des Paulus folgend, zog er sich in die Einsamkeit zurück, wo er sich nur noch mit sich selbst, mit Susette und mit Gott, mit dem Jenseits der c o s e i n v i s i b i l e unterhielt.

Ein jedes Wesen tönt auf eine ihm eigene Art. Die spezifische Tonart des Menschengeschlechts ist die Sprache.
In der naiven evangelischen Tradition vor Herder ist die Sprache den Menschen von Gott geschenkt worden. Am deutlichsten wird diese Auffassung in Süßmilchs *Beweis, daß der Ursprung der Sprache göttlich sei*, vertreten.[271]
Doch gerade 1770, in Hölderlins Geburtsjahr, trat der damals sechsundzwanzigjährige Herder gegen diese Auffassung in seiner von der Akademie der Wissenschaften zu Berlin gekrönten Preisschrift *Über den Ursprung der Sprache* auf; ein Text, der großes Aufsehen erregte und den Tübinger Stiftlern der Generation Hölderlins und Hegels ebenso vorlag wie dem drei Jahre älteren Wilhelm von Humboldt. Von Herder ausgehend, hat Humboldt später die moderne Reflexion über die Sprache angebahnt.
Hölderlin und Hegel waren sich der Probleme der Sprache nicht minder bewußt als Humboldt, wenn sie bei ihrer Lösung auch andere Wege einschlugen.
Da Hölderlins Auffassung der Sprache und des Sprachlichen einen äußerst wichtigen Zug seiner Persönlichkeit darstellt und da diese Auffassung derjenigen Herders stark verpflichtet ist, lohnt es sich, zunächst auf letztere einzugehen.
Herder bekämpft die Auffassung Süßmilchs, die Sprache sei ein Geschenk Gottes an das Menschengeschlecht. In der Natur äußert sich ein jedes Wesen durch eine ihm spezifische Tonart: »Die geschlagene Saite tut ihre Naturpflicht: sie klingt.« Tiere schreien, wimmern, geben unartikulierte Laute von sich. Doch wie »die geschlagene Saite [...] einer gleichfühlenden Echo« ruft, »selbst wenn sie nicht hofft und wartet, daß ihr eine antworte«, so entwickeln sich die Naturtöne zu einem Kommunikationsmittel zwischen gleichgearteten Wesen. Die Akustiker bezeichnen dies als Resonanz; die geschlagene Saite erregt in einer benachbarten eine gleichartige Schwingung.
Einem jeden ihrer Geschöpfe hat die mütterliche Natur das Gesetz in die Welt mitgegeben: »Dein Gefühl töne!«, aber auch: »Deine Empfindung töne deinem Geschlecht einartig«, damit es von allen Gleichgearteten vernommen werde; mit

anderen Worten: daß sich aus der Äußerung des Empfindens des einzelnen ein Kommunikationsmittel unter verwandten Wesen entwickle.

Schon als Tier hat der Mensch Sprache, meint Herder. Doch ist der Mensch kein bloß instinktgeleitetes Tier mehr. Durch Reflexion in den Zustand der Besonnenheit gesetzt, der ihm eigen ist, hat der Mensch Sprache erfunden.

Da andererseits der Mensch »ein Geschöpf der Heerde, der Gesellschaft« ist, entspricht es seinem Wesen, mit anderen »dialogieren zu können«.

Die Sprache entwickelt sich also weiter als »Kind der Vernunft und der Gesellschaft«.

Poesie ist älter als Prosa und enthält noch Reste der »sprachsingenden Zeit«, d.h. der Zeit, in der die Sprache noch immer »eine Gattung Gesang« war.

Doch im Verlauf »langer Jahrtausende« entwickelte sich »eine Abart vielleicht im vierten Gliede [...] der ursprünglichen Muttersprache des menschlichen Geschlechts«, der poetischen Sprache. Diese »Abart« der Sprache ist die abstrakte Sprache der Prosa, welche mit toten Buchstaben, die »nur Leichnam« sind, nicht mehr nur gesprochen, sondern auch geschrieben wird. »Es wird sonach die Sprache eine Äußerung, ein Ausdruck und Organ des Verstandes, ein künstlicher Sinn der menschlichen Seele.« Indem sich die Sprache zum Instrument gedanklicher Mitteilung entwickelt, erlaubt sie aber auch, mit Gleichgearteten ins Gespräch zu kommen. Doch »je ursprünglicher die Sprache, desto weniger Abstraktionen«.

Hier haben wir *in nuce* die Grundlage von Hölderlins Auffassung der Sprache. Ursprünglich ist die Sprache Gesang, wie der Gesang der Lerche, der Nachtigall schon Sprache ist. Poesie als Gesang ist die Muttersprache des Menschengeschlechts. Prosa, als Instrument der abstrakten Kommunikation, ist ein spätes Gebilde, ein künstliches, technisches, von der Herde für den Gebrauch der Herde erfundenes Mittel – eine Abart und in einem gewissen Sinne eine Entartung der göttlich-natürlichen Sprache (*deus sive natura*, sagte Spinoza). »Eine solche Sprache, das Kind der Vernunft und der Gesellschaft«, hatte Herder gesagt, »kann wenig oder nichts mehr von der Kindheit ihrer Mutter wissen; allein die

alten, die wilden Sprachen, je näher zum Ursprunge, enthalten davon desto mehr.«
Indem sich im Laufe der geschichtlichen Zeiten die Sprache »verfeinert« und abstrakt wird, trocknet auch ihr Leben aus. Da ihr Wesen ein organisches ist, trifft sie das Schicksal eines jeden Gewächses: allmählich verdorrt sie. Öfters setzt Hölderlin »das Wort« in Verbindung mit dem Blühen, den Blumen. Wenn der Mensch – der Dichter als Mensch – »sein Liebstes« nennt, »müssen dafür Worte, wie Blumen, entstehen«. Diesem Vers aus *Brod und Wein* entspricht eine Stelle aus *Ermunterung,* wo ein neues Blühen, ein neuer Frühling der Menschheit versprochen wird:

O Hoffnung! bald, bald singen die Haine nicht
Der Götter Lob allein, denn es kommt die Zeit,
Daß aus der Menschen Munde sich die
Seele, die göttliche, neuverkündet.

Daß unsre Tage wieder, wie Blumen, sind.
[...]

Und er, der sprachlos waltet, [...]
[...] der Gott, der Geist
Im Menschenwort, am schönen Tage
Wieder mit Nahmen, wie einst, sich nennet.

Wer diese Stelle aufmerksam liest, kann hier den Platz der Sprache in Hölderlins Weltanschauung am deutlichsten erkennen: »der Gott« (das höchste göttliche Prinzip) waltet sprachlos. Jedem Menschen ist »ein Göttliches« gegeben, nennen wir es »die Seele«. »Der Gott in uns« ist »Geist«, d.h. Luft, Hauch, der Stimme, Sprache, Wort wird und das Göttliche »mit Namen« zu »nennen«, zu lobpreisen hat – wie im Frühling die Blumen es tun. Womöglich noch deutlicher steht im Entwurf:

Der Sprachen manche steigen wie Quellen auf
Daß gleich den Blumen unsere Tage sind.[272]

In einem Brief an den Bruder von 1798 vergleicht er ausdrücklich das »lebendige Wort« mit einer »lebendigen Blume« und weist darauf hin, daß das abstrakte Wort wie eine »Blume von Taft«, wie eine künstliche Blume ist. Das lebendige Wort des Dichters aber muß sich »lang in unserer Brust bewegen, ehe es zum Vorschein kommt, und kann so haufenweise nicht sich geben, wie die Sachen, die man aus dem Ärmel schüttelt«[273].

Ein anderes Gleichnis, ebenfalls dem Gebiet des Organischen entlehnt, kommt hier zum Vorschein: der Vergleich des im Entstehen begriffenen Wortes des Dichters mit einer Schwangerschaft.

Hölderlin, der als Kind sechs Schwangerschaften und sechs Niederkünfte seiner Mutter erlebt hatte, vergleicht ausdrücklich die »Arbeit« des Dichtenden mit einer Gravidität: Das lebendige Wort, das sich lange in der Brust des Dichters bewegt, führt in seinem Eingeweide, sozusagen als Fleisch und Blut, ein fötales Leben. Die »Trächtigkeit« des Dichters vergleicht Hölderlin ausdrücklich mit dem Schicksal der von Zeus geliebten und schwanger gewordenen Semele, der Mutter des Dionysos:

> So fiel [...], da sie sichtbar
> Den Gott zu sehen begehrte, sein Bliz auf Semeles Haus
> Und die göttlichgetroffene gebahr,
> Die Frucht des Gewitters, den heiligen Bacchus.[274]

Wic man am Beispiel der Semele sieht, ist das »Befruchtetwerden« von oben und das Austragen des vom Göttlichen empfangenen Keims im eigenen Leib kein ungefährliches Schicksal – doch ist dies auch das Schicksal des »be-geisterten« Dichters.

Hölderlins Erneuerung der Sprache aus ihren etymologischen Ursprüngen, wie sie Rolf Zuberbühler beschreibt, entspricht einer bewußt erarbeiteten Sprachtheorie. Der erfahrene Wanderer Hölderlin wußte, daß man, um auf freiem Feld reines Wasser zu trinken, es möglichst nah am Quell schöpfen muß. So ist er auch bemüht, das Wort am Quell, am Ort des »reinen Ursprungs«, da, wo es frisch und lebendig dem dunklen Boden der mütterlichen Erde entquillt, zu erfassen.

Hier einige der bedeutenden Schrift Zuberbühlers entlehnte Beispiele. Zuerst zum Terminus heilig:

Das Wort h e i l i g , wohl Hölderlins häufigst gebrauchtes Epitheton, ist nicht ein allgemeiner und relativ unbestimmter Ausdruck für Verehrungswürdiges oder Göttliches, sondern eine sehr genaue Formel für einen in seiner Weltanschauung verwurzelten Gedanken: was heil, d. h. ganz ist, oder was Einseitiges, Abstraktes durch harmonische Entgegensetzung des fehlenden Andern zum Ganze ergänzt und so heilt, das verdient den Namen »heilig« und nichts sonst. So ist das Wasser »heilignüchtern«, weil es die Trunkenheit kühlt. [...] Hölderlin hört also im Wort »heilig« die Wurzel »heil« und versteht es als »heilend« und »ganz«. [...] Schlagend zeigt sich dieses Wortverständnis in der zweiten Fassung von *Ihre Genesung.* Hier wird die »allesheilende« und »heilige« Natur, werden »heilen« und »heilige Lebenslust« Diotimas Krankheit gegenübergestellt. Dasselbe Wortverständnis von »heilig« findet sich auch in Hegels theologischen Jugendschriften, wenn er von der »Heiligkeit der Liebe« als der »Empfindung des Ganzen« spricht.[275]

Bei Hölderlin stehen D a n k, G e d a n k e n, A n d e n k e n, auch d e n k e n, g e d e n k e n, a n g e d e n k e n, d a n k e n, in offensichtlichem etymologischem Zusammenhang miteinander. Dankbar ist, wer noch des Ursprungs gedenkt. Dankendes Gedenken sind Hölderlins Feste.[276]
G e i s t, von Hölderlin und Hegel schwäbisch als »Geischt« ausgesprochen, hat »im Aufgähren eines Getränks, wodurch sich seine geistige Kraft entwickelt, also in dem noch an einigen Orten gebräuchlichen Wort G e s t, aufgährender Schaum, seinen Grundbegriff«, schreibt J. F. A. Kinderling in einer Schrift, die 1790 in Stuttgart erschien und von den Stiftlern schwerlich unbemerkt blieb.[277]
Dazu Zuberbühler:

[Nicht nur Schiller und Hegel, P. B.] auch Hölderlin spürt in »Geist« die vermeintliche Grundbedeutung »Gest«/»Gischt«. Diese Etymologie erklärt zwanglos ein Bild wie das folgende: »Des Herzens Wooge schäumte nicht so schön empor, und würde Geist, wenn nicht der alte stumme Fels, das Schiksaal, ihr entgegenstände.« Im *Tod des Empedokles* erscheint der »gährende Kelch« des Ätna als »Feierkelch / Mit Geist gefüllt bis an den Rand«. Feuer, Geist, Gischt sind hier in e i n Wort zusammengezogen. [...] Seine ursprüngliche Kraft birgt das Wort auch in Hölderlins Odenentwurf *Buonaparte*:

Heilige Gefäße sind die Dichter,
Worinn des Lebens Wein, der Geist
Der Helden sich aufbewahrt,

Aber der Geist dieses Jünglings,
Der schnelle, müßt' er es nicht zersprengen,
Wo es ihn fassen wollte, das Gefäß?

So ist auch m. E. in der so oft, u. a. von Heidegger – doch ohne richtiges Verständnis – kommentierten Variante von *Brod und Wein* »Kolonie liebt der Geist« der Geist als »Weingeist«, der Geist des Weines zu erkennen. Übrigens steht in einer gleichzeitigen Variante der Ausdruck »des Weines / Göttlichgesandter Geist«. Hölderlin, der mit Weinherstellung und -aufbewahrung aus vielen Gründen vertraut war, hatte bei seiner Ankunft in Bordeaux darüber staunen müssen, daß die Bordeaux-Weine in »die Kolonie«, d.h. nach Westindien, verfrachtet wurden, die Reise hin und zurück machten und sich auf der Reise nur verbessert hatten. Er hieß dann vin retour des Isles und war als solcher hochgeschätzt. Für einen schwäbischen Weinbauern, dessen Weine sich kaum transportieren ließen, ein erstaunliches, kaum glaubwürdiges Verfahren zur Besserung des Weines. So fängt auch die nach Hölderlins Rückreise aus Bordeaux verfaßte Variante mit den Worten an: »Glaube, wer es geprüft!« Übrigens war dieses Verfahren nur zur Zeit der Segelschiffe gültig; bei den Dampfern, wie mir der Dichter Saint-John Perse erklärte, kam die Verfrachtung den Weinen nicht mehr zugute, weil Schiff und Fässer nicht mehr mit der Woge langsam rollen und schlingern, sondern hart stampfen.

Selbst ein an sich unscheinbares Wort wie »gerne« wird von Hölderlin sprachintensiv gebraucht. Es steht bei ihm »an ausgezeichneter Stelle: am Versende oder Versanfang, vor oder nach einer Zäsur. Bisweilen klingt damit ein Gedicht aus. Oft wird es wiederholt. ›Gerne‹, das nach Adelung von ›gehren, begehren‹ abstammt, mit ›gierig‹ und ›Begierde‹ verwandt ist, bezeichnet den freien Einklang von Gesetz und Neigung […], das freie Ja zum vorherbestimmten Geschick.«[278]

Diese etymologische Erneuerung der Sprache hat Hölderlin methodisch verfolgt, und nicht nur aus eigenem, spontanem Antrieb: sie ist ein Zug der Zeit, einer Zeit, die der Etymologie manchmal sogar leichtsinnig nachging; eine Mode, über die sich Goethe im Gedicht *Etymologie* lustig machte. Fichte erklärt das Wort »Religion« aus der lateinischen Wurzel r e l i g a r e als etwas, »das uns verbindet«. In Heinses *Ardinghello* finden sich mannigfach etymologische Anmerkungen.

1795, in einer Zeit, in der er mit Hölderlin viel verkehrt, eröffnet Schelling seine Jugendschrift *Vom Ich als Princip der Philosophie* mit einer brillanten etymologischen Erklärung des »Unbedingten«:

Unbedingt ist das, was gar nicht zum Ding gemacht ist, gar nicht zum Ding werden kann.

Man weiß, wie Hegel den »gedoppelten«, ja dreifachen Sinn des Wortes »aufheben«: zugleich »höher heben«, »erhalten« und »ein Ende machen«, zu einer Grundlage des spekulativen Denkens machte.

So ist auch die Lektüre von Zuberbühlers glänzendem Essay die allerbeste Einführung, die man sich denken kann, in die eigenartige Sprache Hölderlins. Um seine Lyrik voll genießen zu können, muß man allerdings diese Sprache fast wie eine Fremdsprache erlernen. Doch wirkt sie einzig und allein dadurch befremdend, daß wir nicht mehr gewöhnt sind, den Ursprung der Worte zu erkennen. Hölderlin hat wohl als erster den dichterischen Auftrag erfüllt, den Mallarmé später folgendermaßen formulierte: »donner un sens plus pur aux mots de la tribu«, den Worten der Herde einen reineren (ursprünglicheren) Sinn zu geben.

Hölderlins Unternehmen, die Sprache von ihrem Ursprung her aufzufrischen und in ihrer Reinheit herzustellen, steht auch in Zusammenhang mit seinen politischen Anschauungen. Dies ist im Sinne Herders, der in seinem in den Horen 1796 erschienenen Aufsatz *Iduna oder der Apfel der Verjüngung* (man erinnert sich, daß Hölderlin erwogen hatte, eine Zeitschrift unter dem Namen *Iduna* zu veröffentlichen) folgendes geschrieben hatte:

Willst Du Dich davon überzeugen, wie niedrig sie (die Sprache) diesen einst besessenen Reichtum veruntreuet habe, so gehe mit mir ein deutsches Wörterbuch durch, welches Du willst, Scherz, Wachter, Frisch, Haltaus, Adelung, und verfolge den Gebrauch unsrer lieblichsten Stammworte. Du wirst staunen, wie knechtisch die Sprache geworden.[279]

Es gehört zur politisch-pädagogischen Aktion, die in Hölderlins Zeitschrift *Iduna* unternommen werden soll, künftige Generationen dazu heranzubilden, daß sie des ursprünglichen Wertes der freigeborenen Vokabeln, und damit der antiken Freiheit, wieder mächtig werden. Hölderlin begegnet sich da, ohne es zu wissen, mit dem chinesischen Weisen, den man fragte, was man tun solle, um das verkommene Reich der Mitte wiederherzustellen: der allererste Schritt dazu, meinte er, sei die Wiederherstellung und Wiedereinsetzung der Wörter in ihre ursprüngliche Bedeutung.
Gerade dies aber betrachtet Hölderlin als den eigentlichsten Auftrag des Dichters, den auszuführen er immer bemüht gewesen ist.
Im Grunde war Hölderlin seiner theologischen Berufung keineswegs abtrünnig geworden; nur daß er das beamtete Dasein eines Theologen der Heiligen Schrift gegen den Selbstauftrag einer Theologie des Wortes eingetauscht hatte. Er machte sich zum Diener des göttlichen Wortes – göttlich ist es, insofern es das Göttliche, wo es auch erscheine, zu nennen weiß. Diesem Amt hat er sein Leben gewidmet, sein Wohlergehen – und mehr, viel mehr als nur das – geopfert. Redet er doch von »den Heiligthümern, den Waffen des Worts«; hat er es doch selbst ausgesprochen: »das Heilige sei mein Wort«. Und schließlich steht, als isolierter Satz auf ein Blatt hingeworfen, dieses Bekenntnis: »Von Gott aus gehet mein Werk.«[280]

In dieser Perspektive gesehen, ist es wohl nicht unangebracht, hier die Hauptzüge dieser Theologie des Wortes zu umreißen.
Bei Herder ist die Sprachtheorie reine kulturgeschichtliche Theorie, Spekulation geblieben. Bei Hölderlin handelt es sich um eine praktische, ausübende Theologie, die sich in eine poetische Praxis, aber auch – wie es bei einem Diener des Göttlichen sich ziemt – in eine gewisse Lebensführung umsetzt.
Wenn auch weder Herder noch Hölderlin der alten Tradition anhingen, Gott habe den Menschen die Sprache als fertiges System einfach geschenkt, so blieben sie doch beide – und ganz besonders Hölderlin – der Überzeugung verhaftet, die

Sprache solle als eine Manifestation des Göttlichen im Menschen geehrt und heiliggehalten werden. Hölderlin hat die Sprache »kultiviert«, d. h., er hat sich dem Kult der Sprache geweiht. Die Theorie der Sprache (wenn es überhaupt angeht, bei Hölderlin von einer »Theorie« zu sprechen) ist ein Bestandteil nicht nur seines kulturgeschichtlichen Weltbildes, sondern seiner gesamten Weltanschauung, seiner »Religion« und seiner Frömmigkeit. Er war ja ein zutiefst religiöser Mensch, nur daß er mit Dogmen und Kirchen nichts anzufangen wußte – er hat ja, wie s e i n e Antigonä, »Gottlosigkeit aus Frömmigkeit empfangen« – und schließlich sich selbst als Religionsstifter auffaßte.[281]

So hat er sich auch im Laufe der Jahre eine ihm eigene Sprache erarbeitet. Wer es unternimmt, seine Lyrik voll zu würdigen, muß sich mit dieser seiner Sprache etwas vertraut machen, was nicht sonderlich schwierig ist.

Zur von ihm in die Zukunft projizierten »Neuen Religion« gehörte auch eine »Neue Sprache«, die er als Ziel methodischer und langwieriger Reinigungsarbeit verfolgte. Auf Sprachtheorie fußend, ist Hölderlins Poetik eine sprachschaffende.

Hier einige Züge seiner »Theologie des Wortes«.

Punkt 1: Die Sprache ist ein Göttliches und soll als solches heiliggehalten werden. Das Zweite biblische Gebot lautet ja, in Luthers Übersetzung:

Du sollst den Namen des HErrn, deines Gottes, nicht mißbrauchen; denn der HErr wird den nicht ungestraft lassen, der seinen Namen mißbrauchet.[282]

Doch gibt es auch eine andere Fassung, und zwar: »Verwende Gottes Namen nicht zur Täuschung des Menschen«, und das bedeutet einfach: »Lüge nicht«. Denn jeder Mißbrauch des Wortes, aber besonders die Lüge, ist sakrileg, denn alles, was genannt wird und genannt werden kann, ist an sich göttlich. So ist Lügen Versündigung. Hölderlin hat sich immer bemüht, nicht zu lügen, wenn er auch als diskreter Mann sich nicht verpflichtet fühlte, alles frei herauszusagen, sondern manches so zweideutig aussagte wie die Orakelsprüche der Antike. Diese seine Kunst der sprachlichen Verhüllung ist in den Briefen an die Mutter besonders auffallend; doch auch an den lyrischen Entwürfen ist bemerkenswert, wie er von einer Fassung zur anderen das zu deutlich Ausgedrückte absichtlich verwischt. So ist auch das Exposé der Neuen Religion, das in einer früheren Fassung des *Hyperion* deutlich, viel zu deutlich, formuliert war, aus der endgültigen Fassung verschwunden.[283]

Sprache ist heilig, ja – aber Hölderlin macht einen Unterschied zwischen der gesprochenen und der geschriebenen Sprache: Allein die gesprochene Sprache, das gesprochene Wort – und dazu soll die Dichtung gezählt werden – ist »heilig« (»heil«, ganz und rein). Wenn er das Wort Sprache gebraucht, soll man immer an das gesprochene Wort denken, nicht an das geschriebene.

Damit wendet er sich stillschweigend, aber um so entschiedener, von der traditionellen Theologie, der Theologie der »Heiligen« Schrift, des geschriebenen Wortes, ab. Nur das lebendige, tönende, gesprochene Wort ist ihm heilig, »göttlich« – genauso göttlich wie die anderen Stimmen der Natur. Am deutlichsten drückt er sich in einem sehr späten Kommentar zu einem Pindar-Fragment aus. Da schreibt er, daß im Frühling, »in der Witterung der Musen, wenn über Blüthen die Wolken, wie Floken hängen, und über dem Schmelz von goldenen Blumen«, man den »Gesang der Natur« hört.

Um diese Zeit giebt jedes Wesen seinen Ton an, seine Treue, die Art, wie eines in sich selbst zusammenhängt. Nur der Unterschied der Arten macht dann die Trennung in der Natur, daß also alles mehr Gesang und reine Stimme ist, als Accent des Bedürfnisses oder auf der anderen Seite Sprache.[284]

»Die Götter« haben als solche keine Sprache und bedürfen auch keiner: sie reden in Zeichen, die zu deuten den Menschen überlassen ist, insofern sie dessen fähig sind. Ein Fragment lautet:

Aber die Sprache – / Im Gewitter spricht der / Gott.[285]

Als »Halbgott« hat Rousseau die Zeichen der Zeit besser vernommen und richtiger gedeutet als seine Zeitgenossen:

Vernommen hast du sie, verstanden die Sprache der Fremdlinge,
Gedeutet ihre Seele! Dem Sehnenden war

Der Wink genug, und Winke sind
Von alters her die Sprache der Götter.[286]

So kennt Rousseau »im ersten Zeichen Vollendetes schon«. Es gibt aber auch Menschen – so Hölderlin selbst als Kind –, welche die Zeichensprache der Götter besser vernehmen als die Worte der Menschen:

Da ich ein Knabe war,
[…]
Und die Lüftchen des Himmels
Spielten mit mir.

[…]

O all ihr treuen
Freundlichen Götter!

[…]

[…] kannt' ich euch besser,
Als ich je die Menschen gekannt,
Ich verstand die Stille des Äthers
Der Menschen Worte verstand ich nie.[287]

Die gesprochene Sprache ist eine spezifische Eigenschaft des Menschengeschlechts: Der Mensch, weiß Hölderlin zu schreiben, ist »mit Händen gewaltig« und »der Sprache kundig« – dies angeblich eine Übersetzung aus Pindars *Erster Pythischer Ode*, doch habe ich im Urtext keine der Hölderlinschen Fassung entsprechende Stelle finden können. Auch hat sich Beißner[288] dazu nicht geäußert, so daß ich vermuten darf, der Satz sei eher als Hölderlinsches denn als Pindarsches Gut zu betrachten.[289]
Doch ist die Sprache als menschliche Eigenschaft ein gefährliches Gut, ja »der Güter gefährlichstes« – wie überhaupt der Mensch ein gefährliches, gewaltiges, ungeheures Wesen ist:

Ungeheuer ist viel. Doch nichts
Ungeheuerer, als der Mensch

lautet Hölderlins zweite Übersetzung des Chors der Thebanischen Alten in der *Antigonä*. Früher hatte Hölderlin dieselbe Stelle etwas anders übersetzt:

Vieles gewaltge gibts. Doch nichts
Ist gewaltiger, als der Mensch.

Im Urtext steht noch deutlicher, der Mensch sei d e i n o s, gefährlich.
Im Plan zu einem Gedicht liest man:

... Und darum ist [...] ihm [...], dem Götterähnlichen, der Güter Gefährlichstes, die Sprache dem Menschen gegeben, damit er schaffend, zerstörend, und untergehend, und wiederkehrend [...] zur Meisterin und Mutter, damit er zeuge, was er sei geerbet zu haben, gelernt von ihr, ihr Göttlichstes, die allerhaltende Liebe.[290]

Wie jedes Gut ist die Sprache ambivalent: nicht nur positiv, auch negativ zu bewerten. Erstens ist damit dem Menschen die Möglichkeit eröffnet, ein falsches Wort zu sprechen, d.h. zu lügen und sein Wort zu brechen – in beiden Fällen ein Frevel gegen die Heiligkeit des Wortes.
Andererseits aber ist die Sprache nicht nur schaffend und belebend: sie kann auch zerstörend wirken und den Untergang eines Individuums oder einer Menschengruppe zeitigen. Der Untergang des einzelnen bedeutet nicht an sich ein absolut Schlimmes, denn »alles ist gut«, sondern die Rückkehr zum Elementaren, aus dem später neue Formen entstehen werden: »wenn ich auch zur Pflanze würde, wäre denn der Schade so groß?« schreibt die sterbende Diotima.
Daher fällt aber dem Dichter als Meister – »Meister« im Sinne des Handwerklichen – des Wortes eine besondere Verantwortung zu: sein Wort kann tödlich sein. Man lese unter diesem Gesichtspunkte die nicht sehr lange nach dem Tode von Susette Gontard geschriebenen *Anmerkungen zur Antigonä* – ein Tod, für den er sich nicht nur als Mensch, sondern auch als Dichter verantwortlich fühlte: hatte er ihren durch seinen Weggang verursachten Tod nicht nur im Roman im voraus beschrieben, sondern damals als notwendig erachtet?

Punkt 2: Zur Prosa als geschriebener Sprache. Zu diesem Punkt hat Hölderlin weniger ausdrücklich als Herder Stellung genommen, doch nur, weil es ihm so offenkundig war, daß er es nicht für nötig erachtete, darauf zurückzukommen. Diese Einstellung deckt sich übrigens mit derjenigen von Giovanni

Battista Vico, dessen Schriften Herder wohl nicht unbekannt waren. Danach ist der prosaische, der schriftliche Ausdruck eine im Laufe der kulturellen Entwicklung der Völker entstandene und durch die Erfindung der Schrift bedingte »Abartung« der gesprochenen Sprache: eine als Sprache der Abstraktion »spät erfundene metaphysische Sprache«. Diese Definition der Prosa entspricht genau dem arhythmischen Ausdruck, dem logos, den Platon der Poesie (der poièsis), sein Nachfolger Aristoteles der metrischen, dichterischen Sprache (metron, poièma) entgegensetzten.[291]
Es ist aber auffallend, daß – wenn man die Unterscheidung des Aristoteles zwischen »emmetrischer« (poetischer) und »ametrischer« (prosaischer) Sprache benutzt – Hölderlin, abgesehen von einigen ganz wenigen Ausnahmen, sich durchgehend und ausnahmslos, auch im Roman, auch in seinen Briefen, »emmetrisch« ausdrückt. Jeder Satz von ihm ist prosodisch richtig geprägt, gleichsam gemünzt. Jeder Satz von ihm kann – und soll auch – laut und rhythmisch gesprochen werden: erst so wird er als Geste des Sprechenden bedeutend und verständlich. Er »klingt«, er »tönt«. Susette Gontard schrieb ihm:

Bei'm Durchlesen fällt mir ein, daß Du Deinen lieben Hyperion auch einen Roman nennst, ich denke mir aber immer dabei ein schönes Gedicht.[292]

Der prosodische Rhythmus eines jeden seiner Sätze ist kein zufälliges Beiwerk, sondern immer ein wesentlicher Bestandteil des Gesagten. In der späteren und spätesten Zeit sagte Schwab:

Ich sah nie einen sinnlosen Vers von ihm. Schrieb er Prosa, so war das plötzliche Versagen der Denkkraft viel auffallender.[293]

Dieses »Versagen« des Ausdrucks, wenn der Dichter zur Prosa übergeht, darf aber keineswegs als Zeichen einer Erkrankung gedeutet werden: bei Hölderlin war es schon immer so gewesen, daß der prosodische Rhythmus zum Sichausdrücken und Gehalt des Ausgedrückten gehörte. Wenn er überhaupt irgendwo gilt, so gilt der schulmäßige Unterschied zwischen Inhalt und Form bei Hölderlin gewiß nicht.

Hölderlin ist kein »Denker« im üblichen Sinn des Wortes, sondern – eben ein Dichter. Kein Denker, insofern man mit dem Wort Denken eine geistige Tätigkeit meint, welche Begriffe aneinanderreiht und sie nach konventionellen abstrakten Grundsätzen »folgerichtig« zusammenzufügen bestrebt ist, jeder Satz also einer Perlenkette vergleichbar ist, bei der die Schnur die Perlen zusammenhält. Ein solches Denken kann man wohl ebenso als logos, als lineares, als diskursives, als prosaisches, als konsequentes Denken bezeichnen – wobei zu bedenken ist, daß das Wort »konsequent« den Begriff der zeitlichen Sequenz, der Linearität in sich trägt.

Dem linearen oder linearisierten Denken steht das von Hölderlin exemplarisch vertretene »poetische« Denken gegenüber, das ich als eidetisches Denken bezeichnen möchte: das Denken in Bildern. Übrigens ist das eidetische Denken wahrscheinlich die Urform und die Grundform des Denkens überhaupt. Descartes meinte, er denke höchstens ein paar Stunden im Jahr abstrakt, die übrige Zeit denke er in Bildern.

Das eidetische, bildhafte, anschauliche Denken als Urform des Denkens: Die Vokabel Idee, die für uns eine Abstraktion benennt, stammt von der indogermanischen Wurzel vid-, die das Sehen, das Schauen bezeichnet. Erst später, eigentlich nach Platon und mit seinem Jünger Aristoteles, hat das Wort Idee einer Abstraktion entsprochen. Dieselbe Wandlung, denselben Weg in Richtung auf das Abstrakte hat übrigens in der deutschen Sprache das Wort Anschauung gemacht: Zuerst bedeutete es etwas Angeschautes, Gesehenes, erst später eine abstrakte »Idee«. Am Ende seines Lebens hat Goethe das Wort Anschauung, das ihm zu abstrakt geworden war, durch das Wort aperçu ersetzt, in dem das Optische immer noch mitspielt.

Wie verbinden sich aber Bilder untereinander? Nicht nach logischen Regeln, sondern nach einer eigenen assoziativen Gesetzmäßigkeit, die mit dem logos nichts zu tun hat – z. B. nach Ähnlichkeit und Gleichgestaltigkeit (Isomorphie) oder nach Opposition und Entgegensetzung. Beide Prinzipien sind bei Hölderlin dauernd am Werk.

Zur Isomorphie: Einfach an der Tabelle der Gedichtanfänge

sieht man, wie oft Hölderlins Gedichte oder Gedichtentwürfe mit einem einen bildlichen Vergleich einleitenden w i e anfangen: »Wie wenn am Feiertage ...«; »Wie den Aar im grauen Felsenhange ...«; »Wie Vögel langsam ziehen ...«; »Wie wenn die alten Wasser ...« usw.

Zur Opposition: Man lese weiter unten (Seite 379), wie oft Hölderlin die Konjunktion a b e r gebraucht. Später, im Tübinger Turm, glaubt Waiblinger ein Zeichen der Umnachtung darin zu erkennen, daß Hölderlin unfähig sei, seine Gedanken »in regelmäßiger Reihenfolge zu verbinden«; er »widerrufe« gleich, was er eben gesagt, und dieser unglückselige Widerstreit zernichte seine Gedanken schon im Werden. Doch ist darin kein pathologisches Symptom, nicht einmal ein bei Hölderlin erst in später Zeit eintretendes geistiges Verfahren zu erblicken, sondern ein Grundzug seiner eidetischen Denkart. Er ist nicht so geworden: so ist er immer gewesen (siehe Dokument Nr. 25, »Zerfahrenheit der Gedanken«).

Er hat das auch immer gewußt und diese seine Denkart als Dichter immer kultiviert. Er schreibt keine Prosa; er will auch keine schreiben, eben weil er Dichter ist. Deutlicher kann man es nicht ausdrücken, als er es wohl in der frühen Homburger Zeit, also etwa 1799, selbst sagte:

Man hat Inversionen der Worte in der Periode. Größer und wirksamer muß aber dann auch die Inversion der Perioden selbst seyn. Die logische Stellung der Perioden, wo dem Grunde (der Grundperiode) das Werden, dem Werden das Ziel, dem Ziele der Zwek folgt, und die Nebensäze immer nur hinten an gehängt sind an die Hauptsäze worauf sie sich zunächst beziehen, – ist dem Dichter gewiß nur höchst selten brauchbar.[294]

Für Hölderlin gibt es eine »poetische Logik«, die anderen Sukzessionsprinzipien folgt als denen des l o g o s. In den *Anmerkungen zur Antigonä* erwähnt Hölderlin ausdrücklich diese poetische Logik:

Die Regel, das kalkulable Gesez der Antigonä [...] ist eine der verschiedenen Successionen, in denen sich Vorstellung und Empfindung und Räsonnement, nach poetischer Logik, entwikelt.[295]

Daß von manchen das »poetische Denken« als Zeichen einer Geistesgestörtheit gedeutet wird, ist darauf zurückzuführen, daß wir das »Denken« in der Schule so gelernt haben, wie es Mephistopheles dem Scholar beschreibt:

> Da wird der Geist Euch wohl dressiert,
> In spanische Stiefel eingeschnürt, [...]
> Das Erst' wär so, das Zweite so,
> Und drum das Dritt' und Vierte so,
> Und wenn das Erst' und Zweit' nicht wär',
> Das Dritt' und Viert' wär' nimmermehr.[296]

Durch diesen Drill werden wir unfähig gemacht, die poetische Logik als eine Form von »Logik« wahrzunehmen, geschweige denn nachzuvollziehen und als »normal« anzuerkennen.

Es ist hier nicht der Ort, auf das Thema des eidetischen Denkens näher einzugehen; wohl auch nicht, die Frage zu erörtern, ob wir es im eidetischen Denken nicht mit der Ur- und Grundform des Denkens zu tun haben. Es wäre auch zu erforschen, ob der Umgang mit Hölderlins eidetischem Denken Hegels Denkprozeß nicht vielleicht entscheidend beeinflußt hat und inwiefern das Hegelsche Denkverfahren unter gewissen Umständen als ein eidetisches betrachtet werden kann und erfaßt werden sollte; so z. B. das sogenannte »dialektische« Denken.

Tatsache ist und bleibt, daß Hölderlin eidetisch – aber auch nur eidetisch – denkt und daß es nur zu einem unbefriedigenden Ergebnis führen kann und tatsächlich geführt hat, wenn man versuchte, seinen Gedankengang zu »linearisieren«, d.h. verstandesmäßig darzustellen; so z.B. wenn man lobenswerte, doch zum Scheitern verurteilte Versuche macht, Hölderlins poetische Theorie »verständlich« zu machen; schlimmer noch, wenn man die Resultate auf die Struktur seiner Gedichte anzuwenden sich bemüht, als ob dieselben seine Theorie konkret und in »verständlicher«, verstandesmäßiger Weise darzustellen hätten.

Viel lehrreicher und ergiebiger ist es wohl, die Aufsatzentwürfe Hölderlins unter dem Gesichtspunkt zu verstehen, daß Hölderlin unfähig ist, abstrakt und linear zu denken, und daß die Konsequenz und Kohärenz seines für uns sehr eigenartigen eidetischen Denkens auf einer anderen Ebene zu suchen und, meine ich, zu finden ist.

Hier ein erstes Beispiel des isomorphisch assoziativen Denkverfahrens von Hölderlin.
Im Aufsatzentwurf *Über die verschiednen Arten zu dichten*, der die von den Kommentatoren unentschieden umstrittene Lehre vom »Wechsel der Töne« einleitet, wird im Manuskript der Text der Abhandlung durch die Niederschrift des Anfangs der *Ersten Olympischen Hymne* von Pindar unterbrochen, und zwar in einer Übersetzung Hölderlins, die keine ist, wie Beißner feststellen muß. Hier der Anfang dieses Textes.

Das Erste ist wohl das Wasser; wie Gold
Leuchtet das lodernde
Feuer bei Nacht [...][297]

Dem Dichter geht es hier nicht darum, die Verse Pindars im strengen Sinn des Wortes ins Deutsche zu übertragen: Er notiert sich etwas, das ihm in dem gegebenen Zusammenhang von Bedeutung ist. Um den »Inhalt« ist es ihm hier zu tun, und zwar insofern Pindar in dieser ersten Strophe der *Ersten Olympischen Hymne*, gleichsam als rituellen Auftakt, die drei Elemente der vorsokratischen Physik, das Wasser, das Feuer und den Äther, in einem Atemzug (einer Strophe) nennt – woraus Hölderlin einen Grundsatz seiner »poetischen Religion« machen wird.[298]
Beißner vermutet richtig, daß die drei physikalischen Elemente den drei später dargelegten, von Hölderlins Poetik als Grundtöne erkannten Prinzipien »naiv, heroisch, idealisch« entsprechen, und zwar folgendermaßen:

1. Wasser (das Erste) = naiv
2. Feuer = heroisch
3. Aether = idealisch.

Die hier erkannte Isomorphie der Welt der Physik (in griechischer Sicht) und der Welt der Töne (Töne als poetische Grundelemente verstanden) wird von Hölderlin unversehens anhand von Pindars Strophe erblickt und festgehalten, ohne daß er darauf deutlicher einzugehen brauchte. Aber dem »Sehenden«, dem eidetisch Denkenden reichte das Aperçu; die perzipierte Isomorphie besteht ein für allemal; sie ist da.

Ein zweites Beispiel. In einem Entwurf des *Hyperion*-Romans steht der Satz:

Wir durchlaufen alle eine exzentrische Bahn, und es ist kein anderer Weg möglich von der Kindheit zur Vollendung.[299]

Über Hölderlins »exzentrische Bahn« sind Bände geschrieben worden, die aber kaum dazu beitragen, das von Hölderlin Gemeinte zu klären. Insofern Kommentare an Abstraktionen appellieren, verdunkeln sie eigentlich heillos ihren Gegenstand. Dabei ist der Sachverhalt ein ganz einfacher.
Als Tübinger Stiftler hatte Hölderlin ein Gedicht zu Ehren des glorreichsten aller Stiftler, Keplers, verfaßt. Es ist anzunehmen, daß er in den Werken Keplers, die ihm in der Bibliothek des Stifts zur Verfügung standen, nachschlug. Hundertachtzig Jahre später tat ich dasselbe und nahm in der Tübinger Bibliothek Keplers Buch *De admirabili proportione orbium coelestium, a. M. Ioanne Keplero, Tubingae 1596* in die Hand. Gleich, Seite 78, sprang mir der Satz in die Augen: »Via Planetae eccentrica.« Auf den Seiten 18 und 19 steht eine graphische Darstellung, »Tabella II exhibens ordinem sphaerarum coelestium [...] IOVI et SATURNI orbes«.
Die beiden Bahnen, die des Jupiter und die des Saturn, sind konzentrisch dargestellt. Zwischen den beiden aber läßt sich mit dem Zirkel ein Kreis zeichnen, der die beiden ersten tangiert und gleichsam den Übergang von der einen zur anderen Bahn zeichnet. Nur fällt der Mittelpunkt dieses Übergangskreises mit dem Mittelpunkt der beiden anderen Bahnen, der inneren des Jupiter und der äußeren des Saturn, nicht zusammen: Es handelt sich um eine im astronomischen und geometrischen Sinn »exzentrische Bahn«, was gleich beim ersten Blick auf Tabelle II einleuchtet.
Das hat Hölderlin gesehen, und das hat er vor Augen, wenn er von der »exzentrischen Bahn« redet.
Dies führt aber noch einen Schritt weiter: Wenn Hölderlin im Gedicht *Natur und Kunst oder Saturn und Jupiter* die friedliche goldene Zeit des Saturnus und die eiserne Zeit des Jupiter vergleicht, so meint er wohl damit die altgriechischen Gottheiten, aber auch zugleich die beiden Planeten Saturn und Jupiter, und daß die »Bahn« (im astronomischen Sinn des Wortes), als »Revolution« (ebenfalls astronomisch, aber zu-

gleich auch historisch gemeint) verstanden, als »exzentrische Bahn« im konkretesten Sinn des Wortes zu verstehen, richtiger: zu »sehen« ist.
Daß die »Idee« der Exzentrizität für Hölderlin kein Abstraktum ist, beweist folgendes Indiz: Am unteren Rande des Aufsatzes *Über die Verfahrungsweise des poëtischen Geistes* stehen geometrische Figuren, Kreise – zwei konzentrische und mehrere tangentiale Kreise –, deren Mittelpunkte sehr deutlich bezeichnet, also im Zusammenhang des Denkens der »Exzentrizität« von entscheidender Bedeutung sind.[300]
Diese konkrete Darstellung des eidetischen Denkverfahrens war nötig, um verständlich zu machen, daß hier die verstandesmäßige, logische Reihenfolge nicht am Platze ist und dem wirklichen Denkprozeß des Dichters keineswegs Rechnung trägt.
Ulrich Gaier sagte sehr richtig, es komme »gerade bei Hölderlin darauf an, anders als gewöhnlich zu denken und denken zu lernen«.[301]
Im prosaischen, logosmäßigen Denken ist die normale Konstruktion des Satzes eine subordinierende, hypotaktische. Diese ist aber bei Hölderlin am wenigsten gebräuchlich. Seine Satzkonstruktion ist parataktisch; er stellt die Satzelemente nebeneinander. Dies entspricht der von der Hölderlin-Forschung hervorgehobenen »harten Fügung«, die sich in der stilistischen Entwicklung Hölderlins immer mehr durchsetzte, nicht etwa, weil er »geisteskrank« geworden wäre, sondern weil sie seinem poetischen Temperament entsprach und er sie kultivierte, insofern sie ihm zum poetischen Ausdruck verhalf.

In seinem Aufsatz *Parataxis*, der zum Besten gehört, was zu Hölderlins Dichtung geschrieben wurde, bezeichnet Theodor W. Adorno Hölderlins poetischen Stil im Gegensatz zur logisch subordinierenden, hypotaktischen Prosa als parataktisch. »Musikhaft«, sagt sehr richtig der Musikologe Adorno, »ist die Verwandlung der Sprache in eine Reihung, deren Elemente sich anders verknüpfen als im Urteil.«

Das Gereihte ist als Unverbundenes schroff nicht weniger denn gleitend. Vermittlung wird ins Vermittelte selbst gelegt anstatt zu überbrücken. [...] Die parataktische Tendenz Hölderlins hat ihre Vorgeschichte. Vermutlich spielt die Beschäftigung mit Pindar ihre Rolle. [...] Aber Hölderlins reihende Technik ist schwerlich aus Pindar abzuleiten, sondern hat ihre Bedingung in einer eingewurzelten Verhaltensweise seines Geistes. [...] Hölderlin verwirft [...] die syntaktische Periodizität ciceronischen Wesens als unbrauchbar für die Dichtung. [...] Als begriffliche und prädikative steht Sprache dem subjektiven Ausdruck entgegen, nivelliert das Auszudrückende auf ein je schon Vorgegebenes und Bekanntes vermöge ihrer Allgemeinheit. Dagegen begehren die Dichter auf. Ohne Unterlaß möchten sie der Sprache, bis zu deren Untergang hin, das Subjekt und seinen Ausdruck einverleiben. Etwas davon hat fraglos auch Hölderlin inspiriert, insofern er dem sprachlichen Convenu widerstand. [...] Vorm Konformismus, dem »Gebrauch«, hat Hölderlin die Sprache zu erretten getrachtet, indem er aus subjektiver Freiheit sie selbst über das Subjekt erhob.[302]

Die Änderung des sprachlichen Gestus ist aber unabsehbar folgenreich:

Indem die Sprache die Fäden zum Subjekt durchschneidet redet sie für das Subjekt, das von sich aus – Hölderlin war wohl der erste, dessen Kunst das ahnte – nicht mehr reden kann.

Man könnte versucht sein, diese Einstellung Hölderlins als Abnormität, ja als Symptom einer Geisteserkrankung aufzufassen. Es trifft sich aber, daß ein Grieche von heute, der Musikhistoriker Thrasybulos Georgiades, in dieser Eigenart Hölderlins ein dem altgriechischen Sprachgebrauch genau Entsprechendes zu erkennen weiß:

Wie konnte der Grieche die eigene Sprache verstehen? – Das Sprechen kam dem Hörenden nicht entgegen, bot ihm nicht, wie im Deutschen, den Satz als hörbare Sinneinheit. Er vernahm einzelne starre Wörter hintereinander, wie nebeneinandergesetzte Steine, Wörter aber, deren grammatische Struktur so differenziert war, daß der Bedeutungszusammenhang eindeutig festlag. Eindeutig, aber in der Sprache selbst, nicht im Sprechen. Im Griechischen wurden die in gewissem Sinn frei hingeworfenen Wörter durch das Band des bedeutungsfreien, statischen Rhythmus zusammengehalten. Daher müssen wir die einzelnen Wörter statisch auf uns wirken und so die Einheit des Sinnzusammenhangs erst in uns entstehen lassen, durch unsere geistige Aktivität, als Hörende. Die abendländischen Sprachen ersparen uns diese Arbeit. Eine Sprache wie das Griechische aber verlangt ein anders geartetes Auffassungsvermögen; und gerade diese Auffassungsfähigkeit muß in einem Maße vorhanden gewesen sein, das man heute nicht kennt, nicht kennen kann. Man legte die Wörter nebeneinander und ließ den Sinn entstehen, ohne dabei durch die Wortstellung oder durch das Sprechen unterstützt werden zu können.[303]

Dies erklärt auch, warum Hölderlin auf ein so tiefgreifendes Mißverständnis stoßen mußte:

[Bei den alten Griechen, P. B.] mußte das Subjekt nicht nur als Sprechender, sondern auch als Hörender aktiv mitwirken. Beide Teile mußten dieselbe geistige Aktivität mitbringen. Das ist aber von weittragender Bedeutung: Die griechische Sprache, der griechische Vers setzen eine Gemeinschaft voraus und besitzen eine gemeinschaftbildende Macht, wie sie heute nicht mehr vorstellbar ist. Die heute sehr wohl mögliche Trennung zwischen aktiven Sprechern und passiven Hörern war in einer griechischen Gemeinschaft nicht denkbar. Einen führenden Zauberer und eine geistlose Masse konnte es in jener Gesellschaft, die den griechischen Vers trug, nicht geben. Alles war aktiv dabei. Alles war mit der wachsten geistigen Spontaneität an jenem körperhaft festgefügten, starren Sinnträger, den wir griechischen Vers nennen, beteiligt. Und was konnte ein solcher Sinnträger, die Musikè, aussagen, hervorrufen, hinstellen, verwirklichen! Dinge, die dem heutigen Vorstellungsvermögen und den heutigen Sinnträgern verschlossen bleiben müssen.[304]

Daß ihm eine solche aktiv beteiligte, ein aktives Verständnis entgegenbringende Gemeinde zeit seines Lebens fehlte, hat

Hölderlin bald zu spüren bekommen. Daher hat er auf spätere Generationen gehofft. Doch daß er es aufgab, sich seinen Zeitgenossen verständlich zu machen, und aufhörte, sich mit ihnen zu unterhalten, ist nicht unbedingt ein Zeichen der Geisteserkrankung – ebensowenig wie es als Zeichen einer Geistesgestörtheit gelten sollte, daß er sich wie die alten Griechen ausdrückte.

Es ist hier nicht der Ort, das Parataktische an Hölderlins dichterischer Konstruktion im einzelnen zu analysieren. Auch die oberflächlichste Texterläuterung z. B. der ersten Strophe der Hymne *Patmos* oder der ersten Strophe von *Brod und Wein*, um nur die allerbekanntesten Dichtungen Hölderlins in Betracht zu ziehen, kann das Aneinanderreihen von Bildern und Rhythmen, den »Rhythmus der Vorstellungen« nicht übersehen.

Die berühmte, so oft zitierte erste Strophe von Hölderlins später Hymne *Patmos* besteht aus sieben nebeneinandergereihten Bildern:

> Nah ist
> Und schwer zu fassen der Gott. /
> Wo aber Gefahr ist, wächst
> Das Rettende auch. /
> Im Finstern wohnen
> Die Adler / und furchtlos gehn
> Die Söhne der Alpen über den Abgrund weg
> Auf leichtgebaueten Brücken. /
> Drum, da gehäuft sind rings
> Die Gipfel der Zeit, / und die Liebsten
> Nah wohnen, ermattend auf
> Getrenntesten Bergen, /
> So gieb unschuldig Wasser,
> O Fittige gieb uns, treusten Sinns
> Hinüberzugehn und wiederzukehren.[305]

Sieben bildtragende, nebeneinandergestellte Wortgruppen, wie die ohne Mörtel nebeneinandergestellten Steinblöcke einer Zyklopenmauer. Hölderlin weiß vom Mörtel der hypotaktisch organisierenden Satzkonstruktionen der Prosa keinen Gebrauch zu machen. Georgiades definiert:

Das Altgriechische war nun ein eigenartiger Träger von Sinn: Es war wie eine Musik, die gleichzeitig die Fähigkeit hatte, die Dinge zu benennen.[306]

Und er fügt hinzu:

Wie mag der Grieche seine eigene Sprache empfunden haben? Er muß das Gefühl gehabt haben, daß sie mächtiger sei als er.[307]

Hier werden wir auf Hölderlins Theologie des Wortes, auf das »Göttliche« des Wortes zurückgeführt.
Auffallend ist, daß Hölderlin in den späten Hymnen, und besonders in den nicht ausgeführten Entwürfen, einen überproportionalen Gebrauch von der Konjunktion a b e r macht, in:

Patmos:	14mal in 195 Versen
Patmos (Ansätze zu einer späteren Fassung):	12mal in 195 Versen
Vom Abgrund nemlich:	7mal in 37 Versen
Wenn aber die Himmlischen ...:	9mal in 96 Versen
Einst hab ich die Muse gefragt ...:	4mal in 35 Versen
Die Titanen:	9mal in 83 Versen
An die Madonna:	10mal in 164 Versen
Was ist der Menschen Leben? ...:	3mal in 11 Versen
Auf falbem Laube:	3mal in 18 Versen
Mnemosyne (2. Fassung):	12mal in 51 Versen

Die Konjunktion a b e r ist keine hypotaktische Konjunktion; sie hat nichts anderes zu bedeuten, als daß mit ihr eine andere Wortgruppe anfängt, die Träger eines anderen Bildes ist.

Theodor W. Adorno leitet Hölderlins parataktische Tendenz, seine reihende Technik einerseits von der Beschäftigung mit Pindar, aber auch von einer eingewurzelten Verhaltensweise seines Geistes ab. Vielleicht hat aber Hölderlin auch in einem anderen Bereich der antiken Welt zugleich Anregung dazu und Bürgschaft dafür gefunden – einem von der Hölderlin-Forschung meist vernachlässigten Bereich: dem Hebräischen. Auch ich bin erst sehr spät und eher durch Zufall daraufgekommen.
Unlängst hörte ich eine Kollegin, eine Sprachwissenschaftlerin, sich wünschen, daß alle unsere Studenten der Linguistik

damit anfingen, sich im ersten Jahr ihres Studiums mit einer semitischen Sprache etwas vertraut zu machen, sei es mit dem Arabischen, sei es mit dem Hebräischen. »Davon wäre«, meinte sie, »ihr ganzes Verhältnis zum Sprachlichen, ihr ganzes Verständnis für das Sprachliche grundlegend und endgültig geprägt.«

Da horchte ich auf und fragte, wieso denn?

»Schon deshalb«, fuhr sie fort, »weil in den semitischen Sprachen, vergröbernd gesprochen, nur die Konsonanten geschrieben werden, die Vokale nicht. So steht der Leser vor einem Konsonantengerüst, das er aus eigener Initiative zu ergänzen hat, um daraus eine sprachliche Wirklichkeit zu machen. Dies erfordert von ihm, daß er nicht passiv, sondern aktiv liest, und zwar laut liest, um aus den defektiven Schriftzügen ein lebendiges Ganzes wiederherzustellen. Zur richtigen Lesung verhilft die Struktur der Sprache, die Kenntnis der grammatischen Formen, aber auch die Wahrscheinlichkeit, die für eine bestimmte Lesung im Satzzusammenhang spricht. Der Lesende muß also schon im Geiste eine Vorstellung des wahrscheinlich Ausgesagten haben. Er muß etwas erwarten. Das, was die Schrift dem Schreibenden an Mühe spart – daß er die Vokale nicht zu schreiben braucht –, bürdet die semitische Schrift dem Lesenden auf. Der Lesende muß nicht nur lesen, sondern kombinieren.«

»Weiter, bitte weiter«, sagte ich.

»Dies erlaubt aber dem Schreibenden, seinen Text kürzer, gedrängter zu fassen. Der ›westliche‹ Schriftsteller dagegen muß alle Artikulationen seines Denkens syntaktisch festlegen, wenn er von seinem Leser verstanden werden will.«

»Und? ...«

»Die meisten arabischen Wörter z.B. – aber im Hebräischen ist es kaum anders – enthalten drei Konsonanten, die zusammen die sogenannte Wurzel bilden. Die konkrete Bedeutung und Funktion der ›Wurzel‹ muß also jeweils vom Lesenden mit Vokalen, die er als Lesender hinzufügt, präzisiert werden.«

»So daß, wenn ich Sie recht verstehe, im Geschriebenen die ›Wurzel‹, der etymologische Ursprung, immer gegenwärtig ist und durchscheint?«

»Genau. Sie wissen übrigens, daß im Hebräischen der Gottes-

name als so heilig galt, daß er nicht ausgesprochen werden durfte, so daß man nicht einmal weiß, wie der Name des von Mose verkündeten Gottes, dessen Konsonanten im biblischen Text JHVH heißen, ausgesprochen wurde. Jahveh ist eine Interpretation der griechischen Kirchenväter, Jehovah die der christlichen Lieder des 13. oder 14. Jahrhunderts – alles unbewiesene Interpretationen. Um eine eigentliche Namensnennung zu umgehen, werden andere Formen gebraucht: El-schaddaj, der Allmächtige, El-eljon, der Höchste, in einem Teil der Mosesbücher wird er als Elohim bezeichnet, was ein Plural ist, also eigentlich ›die Götter‹ heißt.«
»Und die Syntax? Was haben Sie zur Syntax zu sagen?«
»Im allgemeinen werden in den semitischen Sprachen die Satzglieder und Wörter asyndetisch, d. h. unverbunden ...«
»Parataktisch?«
»... wenn Sie wollen, parataktisch, ohne äußeres Beziehungsmittel, nebeneinandergestellt.
Zusammenfassend: Das Arabische z. B. ist mit Bezug auf das einzelne Wort eine stark wurzelreflektierende Sprache; mit Bezug auf Wortgruppen zeigt es deutlich isolierende Tendenzen.«
»Ich danke Ihnen, liebe Frau Kollegin; ohne es zu wissen, haben Sie da eine ziemlich genaue Definition von Hölderlins dichterischer Sprache gegeben.«

Während sie sprach, war mir eingefallen, daß die erste Abhandlung Hölderlins, im Stift mit zwanzig Jahren geschrieben, den Titel trägt: *Parallele zwischen Salomons Sprichwörtern und Hesiods Werken und Tage* und daß Hölderlin die Sprichwörter im hebräischen Urtext zitiert. Tatsächlich hat er im ersten Jahr des Tübinger Stifts, wie alle Stiftler (wie auch Hegel!), Hebräisch gelernt. Er hatte eigentlich die Forderung meiner Kollegin an ihre Studenten der Linguistik erfüllt, und tatsächlich war sein Verhältnis zur Sprache davon zutiefst und endgültig geprägt worden. Es gab kein Wort meiner Kollegin über die semitischen Sprachen, das nicht auf Hölderlins dichterische Sprache anzuwenden wäre.
So steht z. B. die Lyrik Hölderlins bis zu den späten (nicht den spätesten!) Gedichten immer mehr unter dem Zeichen der Kürze, des Gedrängten. Schon in seiner Jugendschrift be-

tont er als charakteristisch für den Stil Salomons und Hesiods den »kurzen gedrungenen Stil«:

Kürze ist ein anerkanntes Kennzeichen der Erhabenheit. Die Worte: Gott sprach: es werde Licht, und es ward Licht – gelten für das summum der hohen Dichtkunst. Alles dasjenige nennen wir erhaben, was für uns in dem Moment, in welchem wir es wahrnehmen, unermeßlich ist [...] Dieses unermeßliche kan im Raum oder in der Zeit ein ausgedehnter oder successiver Gegenstand seyn. Von der letztern Gattung ist die Erhabenheit des kurzen Ausdruks. [...] Woher überhaupt die Kürze der Orakelsprüche und Sprüchwörter aller Völker? Geschah es um die Tradizion zu erleichtern, oder hat die Sache ihren psychologischen Grund? Armuth der Sprache und Begriffe abgerechnet, möchte ich fast glauben, daß beedes statt finde.[308]

Doch kommt die Kürze des Ausdrucks mit dem Rhythmus in Streit:

Der dreisilbige Saz steht wolklingend und nachdrüklich da. Hier wäre also Harmonie der Sylben. Aber das Ohr will auch Harmonie der Säze, es will Rhythmus [...]

Daher die Benutzung der Parallelität, des Antithetischen sowohl bei Hesiod wie bei Salomon, weil sonst bei ihrer Kürze »der Übergang von einem Begriff zum andern Sprung würde«.[309]
Die parataktische »harte Fügung«, in der manche ein pathologisches Zeichen sehen wollen, entspricht also bei Hölderlin einer sehr frühen, methodischen und eingehenden Reflexion über die Sprache, die nicht nur vom Griechischen, sondern auch vom Hebräischen, vom »orientalischen«, wie er später sagen wird, ausgeht, mit dieser Bezeichnung das Altgriechische und das Hebräische zusammenfassend.
Dieser Wink sei der nächsten Generation von Hölderlin-Forschern mit auf den Weg gegeben. Und sei es auch denen, die Hölderlin lesen wollen, empfohlen, ihn zu lesen, wie man einen hebräischen Text zu lesen hat, d. h. aktiv beteiligt.

Zurück zur Parataxe: Nicht nur die logisch-grammatische, auch die chronologische Ordnung weist Hölderlin als Dichter zurück. Die zeitliche Struktur des *Hyperion*, in der die zuerst

dargestellte Situation, die des Eremiten, die zeitlich späteste ist, nämlich die des Briefschreibers, der auf die Ereignisse seines früheren Lebens zurückblickt, ist eine zyklische, wie »das Jahr« ganz allgemein bei Hölderlin eine zyklische Reihenfolge von »Jahreszeiten« ist.
So ist auch die zeitliche Abfolge im Gedicht *An Eduard* unchronologisch: die Schlußstrophen stellen den Ausgangszustand dar, die eigentliche Handlung wird in den mittleren Strophen des Gedichts dargestellt. Fast in jedem Gedicht stößt die Analyse auf dieselbe Feststellung: sowohl die chronologische als auch die logische Reihenfolge wird umgestülpt.

Für Hölderlin ist der musikalische Begriff der Zäsur, des für einen Augenblick aufgehobenen Ablaufs des zeitlichen Geschehens, ungemein wichtig. Dies ist am deutlichsten in den *Anmerkungen zur Antigonä*: die Zäsur wird als »kühnstes Moment« der Tragödie verstanden, als »die Art, wie in der Mitte sich die Zeit wendet«. Dies hat aber mit dem diskursiven Satzbau oder mit der progressiv vorwärtsschreitenden Struktur der klassischen Tragödie nichts mehr zu tun und entspricht eher einem musikalischen Prinzip der Komposition, für welches die »Katastrophe« (k a t a - s t r o p h è: Umkehr, Wendepunkt des zeitlichen Ablaufs) in Mozarts *Don Giovanni*, q u i n a s c e u n a r u i n a, beispielhaft ist.
Vor allem kommt es auf den Stellenwert der einzelnen bildtragenden Wortgruppen an. Sagt er doch selbst in einem Aphorismus:

Nur das ist die wahrste Wahrheit, in der auch der Irrtum, weil sie ihn im Ganzen ihres Systems, in seine Zeit und seine Stelle sezt, zur Wahrheit wird. Sie ist das Licht, das sich selber und auch die Nacht erleuchtet. Diß ist auch die höchste Poësie, in der auch das unpoëtische, weil es zu rechter Zeit und am rechten Orte im Ganzen des Kunstwerkes gesagt ist, poëtisch wirkt.
Aber hierzu ist schneller Begriff am nöthigsten. Wie kanst du die Sache am rechten Ort brauchen, wenn du noch scheu darüber verweilst, und nicht weist, wie viel an ihr ist, wie viel oder wenig daraus zu machen. Das ist ewige Heiterkeit, ist Gottesfreude, daß man alles Einzelne in die Stelle des Ganzen sezt, wohin es gehört [...][310]

Man kann sich eine Vorstellung vom Inhalt der Gespräche machen, die er mit seinem geistesverwandten Freund Muhrbeck führte, wenn man in des letzteren Nekrolog liest:

Seine [Muhrbecks, P. B.] Vorträge waren außerordentlich geistvoll und ideenreich. Seine Methode möchte man die rein innere oder m u s i k a l i s c h e nennen, darin der Hauptgedanken, die lebendige Idee, alle Teile der Rede beherrscht, charakterisiert und durchdringt. [...] Am meisten haßte er das tote Stück- und Flickwerk der Begriffe, welche nur äußerlich durch einen logischen Faden verbunden scheinen.[311]

Wolfgang Binder hat darauf aufmerksam gemacht, daß unter anderen die Hymne *Patmos* streng symmetrisch gebaut ist:

Kann es Zufall sein, daß der Mittelvers von *Patmos* lautet »denn wiederkommen soll es zu rechter Zeit«, der Mittelvers von *Brod und Wein*: »dann aber in Wahrheit kommen sie selbst« und der Mittelvers der *Friedensfeier*: der Vater hat »sich zu Menschen geneigt«, wiederum in der Parusie des Himmlischen? Ebenso steht es mit den Symmetrien in diesen Gedichten, und die verszahlengenaue Komposition läßt sich bis in die Jugendlyrik zurückverfolgen und durch reiche Beispiele belegen. Hier findet man auch den Anschluß an die Traditionen, aus denen Hölderlin geschöpft hat, die Zahlenspekulationen des schwäbischen Pietismus und die dichterischen Techniken der Barockzeit.[312]

Ich habe darauf aufmerksam gemacht,[313] daß die Mittelverse der mittleren Strophe von *Andenken*:

Nicht ist es gut,
Seellos von sterblichen
Gedanken zu seyn.[314]

wohl ein schwerwiegendes Geheimnis enthielten – eine Anspielung auf den bevorstehenden tragischen Ausgang des Liebesverhältnisses mit Susette – ein »Heiligtum« Hölderlins, eine »Schale des Danks«, »begraben dem Feind in verschwiegener Erde«, wie es in *Der Mutter Erde* heißt.[315]
Aus solchen und ähnlichen Betrachtungen läßt sich schließen, daß Hölderlins dichterische Verfahrensweise eher mit der Kunst des Komponisten als mit der des Schriftstellers verwandt ist; daß seine Gedichte als musikalische Gefüge ent-

worfen und durchgeführt wurden, also als solche verstanden werden müssen – und nicht als literarische Produkte des Schreibens.

Hier muß ich doch mit wenigen Worten einem nicht unmöglichen Mißverständnis vorbeugen: Einige meiner Leser könnten solchen Erwägungen fälschlich entnehmen, es sei mit dem Vergleich von Hölderlins Dichtkunst mit der Tonkunst des Komponisten gemeint, Hölderlin habe sich nach dem musikalischen Wert der Worte gerichtet: Dies ist nicht der Fall. Obwohl er den Tonwert des Wortes in seinem Tongefüge berücksichtigt, läßt er sich nie von demselben leiten – oder verleiten.

Die Grundeinheit, die Urzelle seines poetischen Verfahrens ist die Wortgruppe als jeweilige Kombination von Klang und Bild, von Ton und (wie er selbst sagt) »Vorstellung«, im optischen Sinn des Wortes gemeint.

Wenn ich hier von musikalischem Gefüge, von musikalischer Komposition spreche, so will ich etwas ganz anderes bezeichnen als den Gebrauch der Worte nach ihrem Klangwert: nämlich, daß das Kompositionsprinzip ein ganz anderes ist als dasjenige eines »normalen« Schriftstücks.

Der Schrift-steller schreibt auf seinem Blatt Papier von oben nach unten und von links nach rechts, in der Erwartung, daß der Leser seinen Text gleichfalls so, von oben nach unten und von links nach rechts, lese und somit seinen Gedankengang nachvollziehe. Dies erfordert aber vom Schreibenden eine Linearisierung seines Denkens, die gewissen Prinzipien der Logik und der Grammatik (die Grammatik ist etymologisch die Lehre vom geschriebenen Wort) unterstellt ist.

Dies ist aber weder beim Hören noch (und viel weniger) beim Komponieren von Musik der Fall: Das Musikstück ist von vornherein schon als Ganzes da; es war einmal und bleibt jeden Augenblick als Ganzes präsent. Jederzeit wird es als Ganzes perzipiert, auch wenn die technische Aufführung sich in einer linearen, eindimensionalen Zeitdimension abspielt.

Es war dies der Fall zur Zeit der mündlichen Tradition der Alten, in einer Zeit, wo das gesprochene Wort noch mythos und noch nicht logos war. Der Athener, der einer Aufführung des *Oedipus* beiwohnte, wußte genau, was sich da abspielen würde. Wenn der blinde Seher Tiresias am Anfang der Tragödie den Oedipus vor Überheblichkeit warnt:

> Ich sage aber, da mich Blinden du auch schaltst,
> Gesehen hast auch du, siehst nicht woran du bist,

so gehört es zum tragischen Moment, daß dem Zuschauer der Ausgang der Tragödie schon präsent ist; genauso wie das Finale des *Don Giovanni* einem kultivierten Zuhörer schon in der Ouvertüre zu vernehmen ist.

So steht es mit dem Mythos: Wenn man einem Kind eine Geschichte erzählt (richtiger: erzählte, den Kindern erzählt man leider heutzutage keine Geschichten mehr, und das ist ein ungeheurer Verlust unserer Kulturen), weiß es genau, wie die Geschichte vom Rotkäppchen oder von Schneewittchen anläuft und ausgeht; es ist Bestandteil seiner Zufriedenheit, daß sich die Geschichte so abspielt, wie es es erwartet hat.

Musik und Mythos spielen sich in einer nichtlinearen Zeitdimension ab; genauso die Dichtung Hölderlins. Wenn einer sagt, er habe ein Gedicht Hölderlins »gelesen«, so spricht die größte Wahrscheinlichkeit dafür, daß er es nicht v e r n o m m e n hat, insofern er es beim »Lesen« als lineares Geschehen und nicht als »ein Ganzes« perzipierte – worauf man nur nach eingehenderer Beschäftigung und näherem Vertrautsein mit dem Gedichteten gelangt. Wer kann auch beim ersten Hören eines Konzerts von Bach sagen, er habe es wirklich als Ganzes, als Architektur vernommen und genossen? Ich nicht.

Prosa ist linear zu vernehmen. Musik und Dichtung, besonders die Hölderlins, sind es nicht. Daher die – meine ich – auffallende Verwandtschaft der dichterischen Verfahrensweise Hölderlins mit derjenigen des Komponisten. Vielleicht kann ich mich am besten verständlich machen, wenn ich das Zeugnis von Komponisten anführe: Mozart und Hindemith. Mozart schreibt an Baron von ...:

[...] und das Ding wird im Kopfe wahrlich fast fertig, wenn es auch lang ist, so daß ichs hernach mit einem Blick, gleichsam wie ein schönes Bild oder einen hübschen Menschen, im Geiste übersehe, und es auch gar nicht nacheinander, wie es hernach kommen muß, in der Einbildung höre, sondern wie gleich alles zusammen. Das ist nun ein Schmauß. Alles das Finden und Machen gehet in mir nur, wie in einem schönstarken Traum vor: aber das überhören, so alles zusammen, ist doch das Beste. Was nun so geworden ist, das vergesse ich nicht leicht wieder.[316]

Dieser Brief Mozarts hatte Goethe beeindruckt. Er erwähnt ihn im Gespräch mit Eckermann vom 13. Dezember 1826 – allerdings eine andere Stelle. Aber in seinem Werk *Goethe. Zu dessen näherem Verständnis* bezieht sich Goethes Freund Carus ausdrücklich auf das obige Zitat.

Nun Paul Hindemith:

Das Wort »Einfall« ist der vollkommenste Ausdruck für die seltsame Unmittelbarkeit und Unerklärbarkeit, die wir gewöhnlich mit künstlerischen Ideen im allgemeinen und mit musikalischen im besonderen verbinden. Irgend etwas – man weiß nicht, was es ist – fällt in uns hinein – man weiß nicht woher –, dort wächst es – man weiß nicht wie –, zu einer klingenden Form – man weiß nicht warum. [...] Wenn wir von Einfällen sprechen, meinen wir gewöhnlich kurze, aus wenigen Tönen bestehende Motive. Oft werden sogar nicht einmal eigentliche Töne, sondern nur vage Klangkurven gefühlt. [...] Beim Laien sterben sie allerdings bald und ungebraucht wieder ab, während der geübte Musiker die Fähigkeit besitzt, sie am Leben zu halten. [...] Was den wirklich Begabten [...] unterscheidet, ist: die Vision. Was ist musikalische Vision?

Wir kennen alle den Eindruck, den während eines nächtlichen Ge-

witters ein heftiger Blitzstrahl auf uns macht. Im Zeitraum einer Sekunde sehen wir eine weite Landschaft, nicht nur in ihren allgemeinen Umrissen, sondern mit jeder Einzelheit. Wir können zwar niemals beschreiben, aus welchen Teilstücken sich das Gesamtbild zusammensetzt, trotzdem fühlen wir, wie kaum der kleinste Grashalm in all der Mannigfaltigkeit unserer Aufmerksamkeit entgeht. Wir erleben einen unglaublich zusammengerafften, zugleich aber unwahrscheinlich das Einzelne betonenden Anblick, den wir im Tageslicht niemals haben könnten, und vielleicht auch nicht nachts, wenn unsere Sinne und Nerven nicht durch die außerordentliche Gewalt und Plötzlichkeit des Ereignisses angespannt wären.
Musikalische Kompositionen müssen auf dieselbe Weise erschaut werden. Denn man kann kaum einen echten Komponisten nennen, dem nicht im plötzlichen Aufleuchten eines schöpferischen Moments ein Musikstück in seiner völligen Ganzheit erschiene, mit jedem seiner Bauglieder an der rechten Stelle. [...] [Der mit musikalischer Schöpferkraft Begabte] [...] wird nicht nur das Talent haben, sein künftiges Werk blitzartig in seiner Totalität aufleuchten zu sehen, selbst wenn zu dessen künftiger Realisation in einer Aufführung vielleicht drei oder mehr Stunden benötigt werden; er wird außerdem die Ausdauer, die Energie und die Fertigkeit haben, sein Werk in der unverhältnismäßig mühseligen Niederschrift zu verwirklichen, so daß selbst nach monatelanger Arbeit keine der zur Ganzheit nötigen Einzelheiten, wie sie überschaut wurden, in der ausgearbeiteten Partitur fehlt oder am falschen Platz steht, keinesfalls zwingt ein solcher Prozeß der Materialisierung den Komponisten, irgendein Vortragszeichen, das irgendwo im Verlauf der fertigen Komposition auftreten wird, in der ersten Vision wahrzunehmen. Würde er das nämlich tun, so verlöre er durch solches Konzentrieren auf eine Einzelheit sicherlich den umfassenden Blick auf das Ganze. Trifft ihn die Konzeption der Totalität aber wirklich mit Blitzeskraft, so wird dieses Vortragszeichen zusammen mit Tausenden von Noten und anderen Symbolen an seinen ihm vorbestimmten Platz fallen, ohne durch die bewußte Arbeit des Komponierenden dorthin gelenkt zu werden. Die einmal gesehene Vision wird während der Ausarbeitung der Partitur immer vor seinem Geiste gegenwärtig sein. Melodien und Harmonien braucht er nicht wirklich aufzusuchen und aneinanderzureihen, er muß lediglich wartende Hohlräume melodisch und harmonisch ausfüllen, um die gefühlte Totalität zu erreichen. Hier sehen wir den wahren Grund für Beethovens mehr als philisterhaftes Herumbosseln

an seinem Themenmaterial: er will nicht einen Einfall verbessern oder verändern; er muß ihn dem in der Vision erschienenen Original anpassen, selbst wenn diese unabweisbare Notwendigkeit ihn zwingt, unermüdlich zu suchen und mit all seiner Handfertigkeit und Erfahrung das Material durch fünf oder mehr niedergeschriebene Realisationen zu treiben, die er schließlich fast bis zur Unkenntlichkeit von der ersten aufgezeichneten Form wegverrenken wird. [...]
Man kann die Quelle des inneren Singens und Klingens bei anderen nicht beobachten und untersuchen [...] Es ist sogar außerordentlich schwer und nur nach sehr sorgsamer Beobachtung und Übung möglich, seinen eigenen Geist bis in diese weit zurückliegenden Regionen des Ursprungs zu durchleuchten. [...] Ein großer schöpferischer Musiker hat uns tatsächlich solche nahe zur Quelle führende Skizzen hinterlassen. Ich spreche von den Skizzenbüchern Beethovens.[317]

Die Art, wie Paul Hindemith die Gabe musikalischen Schöpfertums und ihre Verfahrensweise beschreibt, gibt gleichzeitig genaue Rechenschaft über die Verfahrensweise des poetischen Geistes bei Hölderlin ab.
In einem Aufsatz über *Hölderlin und die Musik* hat ein Musiker, Karl Michael Komma, bewiesen, daß gerade ein Musiker dem als Komponisten aufgefaßten Dichter Hölderlin das zutreffendste Verständnis entgegenbringt:

Im Herbst 1796 weilte Heinse mit Hölderlin und Diotima in Kassel und Driburg. Frau Gontard besaß das zweite Exemplar seines eben erschienenen Musikromans *Hildegard von Hohental* mit den schwärmerischen Bekenntnissen von der inneren Musik unseres Gefühls. Heinses Tagebuchaphorismen vom Ton als dem wahrsten Bild des reinen Seelenwesens mögen oft genug in den Gesprächen aufgeklungen sein. Im *Hyperion* ist von der Vorrede bis zum Schluß beinahe auf jeder Seite von den Melodien und ewigen Grundtönen des Wesens, den entzückenden Akkorden der ineinander tönenden Seelen, von Hyperions Lauschen auf den unendlichen Wohllaut im eigenen Herzen, den adligen Seelentönen des Diotima-Gesanges, der Harmonie der Geister in der Symphonie des Weltlaufs, der heilig tönenden Trauer, den großen Akkorden der Freude, der Vereinigung aller Wesen in einem Chor der unzertrennlichen Töne, von den Dissonanzen der Welt und dem Wohllaut der Liebenden die Rede.

Das Gedicht *Hälfte des Lebens* ist für Karl Michael Komma ein

Gedicht aus dem Urstrom des Melos von einem Dichter, der wahrhaft Sänger geworden ist, [so sehr so, daß] man etwa die Hälfte des Lebens kaum mehr sprechen kann, sondern daß dieser klanggesättigte Wechsel fast Intervalle verlangt, um ganz gegenwärtig zu sein.

Auch folgendes ist von Bedeutung:

Die Gedanken der musica mundana, der Weltharmonik, von Kepler aus dem Erbe des Mittelalters herübergereicht, leben in dichterischer Gestaltung etwa seit Klopstock in vielen Gesängen.[318]

Kepler, der berühmteste Tübinger Stiftler, dem Hölderlin manches verdankt! ...
Der besondere Wert der Frankfurter Hölderlin-Ausgabe besteht darin, daß sie durch photographische Wiedergabe der Manuskriptseiten und typographische Umschrift dem Leser zum Entwurf und zu Hölderlins dichterischem Verfahren Einblick und Zugang gewährt.
An einem Beispiel soll hier gezeigt werden, was das bedeutet. Zwei Gedichtentwürfe beziehen sich auf Susette und auf die Trennung von der Geliebten – der erste nach dem Abschied vom Hause Gontard, der zweite nach dem Tode der Geliebten. In beiden Fällen läßt sich in den Manuskripten der Weg der Inspiration verfolgen; doch ist der erste Entwurf ausgeführt worden, der zweite ist Skizze geblieben.
Der allererste Schritt ist das, was Paul Hindemith den Einfall nennt – wie ein Blitzstrahl in der Nacht, der die ganze Landschaft zeigt. Man kann das ebenfalls Eingebung oder Inspiration nennen, doch nicht ohne sich daran zu erinnern, daß im Wort Inspiration der spiritus spirans, der Geist als Wehen von oben, deutlich mitzuhören ist.
Nach Friedrich Beißners Darstellung des Manuskripts streut der erste Entwurf des Gedichts, das später den Titel *Thränen* führen wird, nur wenige Keimworte über eine halbe Seite.
Erster Entwurf:

Himmlische Liebe! wenn ich dein vergäße
Eines wüßt ich
Ihr
Hier
Hier
Hier

Mit dem Thema »Himmlische Liebe! wenn ich dein vergäße« erscheint ein prosodisches Schema, dasjenige der sapphischen Strophe der griechischen Lyrik. Thema und prosodisches Thema sind gleichzeitig im ersten Wurf gegeben. Das prosodische Schema lautet:

– ∪ – ∪, – ∪ ∪ – ∪ – ∪

usw. Doch da im zweiten und dritten Vers die Stelle für die Zäsur nicht gleich gefunden wird, folgt eine Wiederholung des Schemas in Reinschrift.
In Verbindung mit diesem prosodischen Schema trägt ein zweiter Entwurf einen darauf bezüglichen Titel. Er lautet:

Sapphos Schwanengesang

Himmlische Lieȝe! wenn ich dein vergäße –
Wenn von der süßen Jugend immermahnend
die Erinnerung nur mir blieb!
Ach! Eines wüßt' ich.

In einem dritten Ansatz wird das sapphische Silbenmaß zugunsten des alkäischen aufgegeben.
Wortgruppen, von denen die meisten ein Bild enthalten oder suggerieren, werden entweder zwischen den Zeilen des Entwurfs, am linken Rand oder im unteren Drittel der Seite eingefügt, wie z. B.

o ihr Inseln der Freuden, die ihr voll Asche seid

oder:

Ihr lieben Inseln, Augen der Wunderwelt

oder:

Die zorngen Helden und die Städte

oder:

Todt aber sind die Helden

oder:

Ihr waichen Thränen löschet das Augenlicht
Nur mir nicht gänzlich aus!
Trügenden Diebischen

(Dies ist eine von mir stark vereinfachte Darstellung der Varianten.)
Schließlich wird, der Änderung des prosodischen Schemas entsprechend, der Titel in *Thränen* umgeändert. So wird auch

das Gedicht in Wilmans' *Taschenbuch für das Jahr 1805* gedruckt.

An diesem Beispiel sind die aufeinanderfolgenden Phasen der Verarbeitung ziemlich genau zu verfolgen. In einem Brief an Neuffer beschreibt Hölderlin ganz kurz den Augenblick der »Empfängnis«:

Die Augenblike, wo wir Unvergängliches in uns finden, sind so bald zerstört, der Unvergängliche wird selbst zum Schatten, und kehrt nur, zu seiner Zeit, wie Frühling und Herbst, lebendig in uns zurük.[319]

Seltsam ist, daß er, nachdem er »Unvergängliches« (im Neutrum) gesagt hat, im zweiten Satzglied nunmehr »d e r Unvergängliche« schreibt.

Dann kommt eine Phase der mühseligen Bearbeitung des Themas, in der »die höchste Poësie« konkret wird, »in der auch das Unpoëtische, weil es zu rechter Zeit und am rechten Orte im Ganzen des Kunstwerks gesagt ist, poëtisch wird«. »Aber hiezu ist schneller Begriff am nöthigsten«, sagt Hölderlin, und in dieser Schnelligkeit des poetischen »Begriffes« ist er, wie er genau weiß, unübertrefflich. Dieser »Begriff« ist zugleich »Verstand« und »ein durch und durch organisirtes Gefühl«, die beide nicht »scheu darüber verweilen«. Da streift man an einen für Hölderlin typischen, doch selten erkannten Zug: die ungeheure, unglaubliche Schnelligkeit, mit der er arbeitet, deren er sich übrigens bewußt ist. Die geradezu phantastisch anmutende Treffsicherheit des Wurfs, die Virtuosität der poetischen Geste erinnern an Mozart: um dessen in etwa zwanzig Jahren komponiertes Gesamtwerk einfach abzuschreiben, brauchte ein Kopist mehr als ein ganzes Leben lang – und dabei hat Mozart noch gelebt, geliebt, geschrieben!

Hölderlin, »ein Rad, das schnell läuft«, hatte Charlotte von Kalb festgestellt.

Hier das ausgeführte Gedicht.

Thränen

Himmlische Liebe! zärtliche! wenn ich dein
Vergäße, wenn ich, o ihr geschiklichen,
Ihr feur'gen, die voll Asche sind und
Wüst und vereinsamet ohnediß schon,

Ihr lieben Inseln, Augen der Wunderwelt!
Ihr nemlich geht nun einzig allein mich an,
Ihr Ufer, wo die abgöttische
Büßet, doch Himmlischen nur, die Liebe.

Denn allzudankbar haben die Heiligen
Gedienet dort in Tagen der Schönheit und
Die zorn'gen Helden; und viel Bäume
Sind, und die Städte daselbst gestanden,

Sichtbar, gleich einem sinnigen Mann; izt sind
Die Helden todt, die Inseln der Liebe sind
Entstellt fast. So muß übervortheilt,
Albern doch überall seyn die Liebe.

Ihr waichen Thränen, löschet das Augenlicht
Mir aber nicht ganz aus; ein Gedächtnis doch,
Damit ich edel sterbe, laßt, ihr
Trügrischen, Diebischen, mir nachleben.[320]

Diesem nach der Trennung von Susette entstandenen und schließlich ausgeführten Gedicht soll ein aus derselben Inspirationsschicht stammender, doch nach dem Tode von Susette konzipierter und nicht mehr ausgeführter Entwurf gegenübergestellt werden. Das Gedicht bezieht sich nicht mehr, wie das vorige, auf das gesellschaftliche Getrenntsein der Liebenden, sondern auf ihre Trennung durch den Tod. Hier der Entwurf, dessen erste vier Zeilen auf Seite 3, die letzten fünf auf Seite 4 eines Doppelblattes stehen, auf dem außerdem die dritte Fassung des Gedichtes *Dichtermuth/Blödigkeit* steht.

An

Elysium
Dort find ich ja
Zu euch ihr Todesgötter
Dort Diotima   Heroen
Singen möcht ich von dir
Aber nur Thränen.
Und in der Nacht in der ich wandle erlöscht mir dein
Klares Auge!
himmlischer Geist.[321]

Dieser Entwurf bedarf kaum eines Kommentars. Daß der Titel einfach *An* lautet, ohne Nennung des Namens, werden wir bei einer anderen Gelegenheit erörtern, denn die Tatsache ist an sich, und nicht nur poetisch, von Bedeutung.
Es hat sich keine Spur einer Bearbeitung des Entwurfs in den Manuskripten auffinden lassen. Er steht da als Skizze. Er *ist* eine Skizze.

In den graphischen Künsten ist der Begriff der Skizze heute geläufig. Dem war aber nicht immer so. Bis vor etwa einem Jahrhundert wurde die Skizze nur als Vorstufe zum ausgeführten Bilde verstanden. Erst zur Zeit der Spätromantik (Delacroix) und des Frühimpressionismus (Manet) gewinnt die Skizze einen eigenen Kunstwert, hört man auf, die Skizze für ein unfertiges Bild zu halten, das auszuführen der Künstler sich nicht die Zeit genommen hat.
Auf dem Gebiet der Musik hat es viel länger gedauert, bis sich der Begriff des Eigenwerts der Skizze durchsetzte. Im zitierten Text von Paul Hindemith bezieht sich dieser auf die Skizzenbücher Beethovens. Doch betrachtet er sie nur als Stationen auf dem langwierigen Weg des künstlerischen Schaffens.

... die vollkommensten, die überzeugendsten, die ausgewogensten musikalischen Schöpfungen [Beethovens] [...] sehen wir durch einen Prozeß der Änderungen und Abwandlungen gehen, der sich manchmal in fünf oder mehr Stationen zwischen der ersten strukturellen Behandlung bis zur endgültigen Fassung dokumentiert. Einige der ersten Formulierungen sind ihrem musikalischen Werte nach so gering, daß wir sie leicht der mäßigen Einbildungskraft irgendeines Herrn X. zusprechen möchten. Niederdrückend ist es, dieses Stolpern durch so viele Phasen des schöpferischen Vorgangs zu beobachten: wenn das der Weg des Genies ist, dieses Bosseln und Stückeln und Herumkneten, um schließlich eine brauchbare Form herauszupressen, was ist dann das Los der kleineren Geister?[322]

Erst im Jahre, in dem ich dies schreibe (1977), sind die ersten Skizzen zu Debussys *Pelléas et Mélisande* aus den Jahren 1893–1895 veröffentlicht worden. Damit wird manchen Musikfreunden die Möglichkeit geboten, die musikalische Inspiration an der Quelle zu genießen. Die leicht hingeworfenen Schriftzüge und Zeichen des Komponisten nehmen sich aus wie das Stenogramm des Einfalls, durch das die Keime des dann im Laufe von acht Jahren ausgearbeiteten Meisterwerks eilig und flüchtig festgehalten wurden. Manchmal sind – wie in Hölderlins erstem Entwurf zu *Thränen* – nur Rhythmen, aber keine Töne notiert – als ob das erste, was der schaffende

Künstler perzipierte, eher Bewegung, Geste, Wurf wäre als Ton oder Wort.

Vielleicht sind wir heute so weit, daß wir endlich verstehen können, daß das, was wir bisher als Gedichtentwurf (damit meinend, daß es den Entwurf auszuführen dem Dichter an Zeit, Geduld oder Kraft gemangelt hätte) betrachtet haben, genauso wie die Skizze des Malers oder Graphikers einen Wert an sich hat. Paul Valéry ließ seine Lust (in *Mon Faust*) sagen: »L'inachevé dit tout, bien plus que tout«: das Unausgeführte sagt alles, und viel mehr als das. So ist Hölderlins Entwurf *An* wohl ein Projekt, doch ein solches, das nicht auszuführen war, das auszuführen der Dichter vielleicht nie die Absicht gehabt hat – eine Skizze, die als poetisches Objekt an sich fertig und vollkommen ist und mehr aussagt, als ein ausgeführtes Gedicht zu sagen vermöchte.

Ständig hat Hölderlin hier und da Wortgruppen aufs Papier notiert, die als Bausteine für eine eventuelle poetische Konstruktion hingeschrieben wurden, doch ohne daß man annehmen sollte, sie seien im Rahmen eines Gedichtsentwurfes entstanden: einfach poetisches Material, Bausteine ohne Plan, auf einen Entwurf wartend. Genauso hat Saint-John Perse auch gearbeitet, wie er mir einmal selbst mitteilte.

Mit einundzwanzig Jahren ging Saint-John Perse von Pindar aus: er übersetzte und kommentierte ihn.[323] Mehr als einmal haben sich die Wiedergeburten eines lyrischen Stils auf Pindar berufen: so z. B. im 16. Jahrhundert in Frankreich Ronsard und die Dichtergruppe der Pléiade, im 17. Jahrhundert Racine und Boileau, im 18. Jahrhundert Hölderlin, in unserem Jahrhundert Saint-John Perse. Dies ist um so erstaunlicher, als heute niemand mehr, nicht einmal ein Gräzist, richtig weiß, wie die Gedichte Pindars zu skandieren sind. Doch die Tatsache ist da: Durch die Jahrtausende hindurch hören die echten Dichtertemperamente das Echo einer Stimme, die ihnen als die eines Gleichgearteten, eines Verwandten zuspricht.

Vielleicht liefert der schon zitierte Thrasybulos Georgiades den Anfang einer Erklärung dafür:

Der griechische Sprachrhythmus ist sprachlicher und musikalischer Natur in einem. Er ist ein sprachlicher Rhythmus, insofern er durch die Sprache selbst gegeben wird. Wir müssen ihn aber zugleich als einen musikalischen Rhythmus bezeichnen, da er doch keinen anderen musikalischen Rhythmus zuläßt. [...] Der deutsche Sprachrhythmus bestimmt nicht restlos die Zeit; er bestimmt nur ein leeres Schema; (nur die Betonungsfolge) wird uns gegeben; die [deutsche] Sprache schreibt die Ausfüllung mit bestimmter Dauer nicht vor. [...] [Dagegen] bestimmt der [griechische] sprachliche Satz, der griechische Sprachklangleib, nicht ein leeres Schema, sondern er erfüllt den Vers, den Satz von vornherein mit voller Realität. Die Zeit wird hier durch ein und denselben Akt gegliedert und erfüllt. Die Silben sind Bestandteile von Wörtern, aber darüber hinaus erfüllen sie eigenmächtig und restlos die Zeit. [...] So wollen wir den griechischen Rhythmus als d i e e r f ü l l t e Z e i t bezeichnen. Die Beschaffenheit der griechischen Sprache hat merkwürdige Folgen. Die Wörter eines griechischen Satzes werden lediglich nebeneinander gestellt. Sie stehn da, starr, sphinxhaft. [...] Eine Sprache wie das Griechische verlangt ein anders geartetes Auffassungsvermögen; und gerade diese Auffassungsfähigkeit muß damals in einem Maße vorhanden gewesen sein, das man heute nicht kennt, nicht kennen kann. Man legte Wörter nebeneinander und ließ den Sinn entstehen. [...] Man möchte vielleicht die Frage stellen, wie sich denn die griechische Prosa verhielt. Aber diese Frage wäre für die frühe Zeit, bis etwa in das 5. vorchristliche Jahrhundert hinein, gegenstandslos. Der musikalische Charakter, das Festgefügte, Festkörperliche sind keine spezifischen Merkmale des griechischen Verses, sondern bereits der griechischen Silben, Wörter, Sätze; es sind Merkmale der griechischen Sprache. [...] Es gab keine grundsätzliche Trennung zwischen Prosa, Vers und Musik [...] Im [modernen] Abendland sind Prosa, Vers und Musik drei verschiedene Dinge. [...] Prosa ist die Voraussetzung für die Entstehung des abendländischen Verses. Ist sie aber nicht auch die Voraussetzung für die Entstehung der abendländischen Musik? [...] Es ist als ob [die] Versprachlichung der Sprache die Musik erst freigegeben und die notwendige Voraussetzung für die Entstehung einer eigenständigen Musik gebildet hätte.[324]

Georgiades' Beschreibung des Funktionierens der griechischen Sprache entspricht genau der Sprachpraxis Hölderlins, und dies nicht nur in seinen Gedichten. Man ist versucht zu sagen, Hölderlin gehöre einem archaischen Typ von Menschen an, für die es die Prosa noch nicht gibt. Solche Men-

schen waren zur Zeit Pindars maßgeblich; heute sind sie eine verschwindende Minorität, die als abnorm, eventuell als geisteskrank abgetan wird, weil man sie nicht ohne weiteres, in ihrer Eigenart sowieso nicht, zu verstehen vermag.
Hier noch eine Formulierung Georgiades', die auf Hölderlin, auf seine Theologie des Wortes zutrifft:

Im [modernen] Abendland erscheint der Mensch im Sprechen als Gebieter der Sprache; das Nennen als Akt des Ich. Im Griechentum erscheint der Mensch als Diener der Sprache, das Nennen als Offenbarung der Dinge selbst.[325]

Man versteht auch besser, warum Hölderlin im Turm dem Gespräch mit Gleichgültigen, dem Gerede auswich und in die Musik flüchtete; eine Musik, die wohl, wie es Georgiades formulierte, »gleichzeitig die Fähigkeit hatte, die Dinge zu benennen«[326].

Die dichterische Auffassung des Sprachlichen hat aber als Konsequenz eine besondere Bewertung der Rolle des Schweigens.
In der Prosa ist das Schweigen ein rein Negatives, das Unterbrechen der Kommunikation – eine leere Zeit. Wenn nichts gesagt wird, hört die Kommunikation auf; sie wird einfach »nichtssagend«.
In der Musik – und in Hölderlins Poetik – spielt das Schweigen, die Abwesenheit des Tones, eine konstituierende Rolle. Zur Notierung der Musik gehört eine Notierung der Pausen. Zur Notierung der Poesie sollte es auch Pausenzeichen geben, denn Pausen spielen, wie wir gesehen haben, im poetischen Vortrag eine positive Rolle. Ein Gedicht soll nicht pausenlos heruntergehaspelt werden. In den Pausen, im Schweigen, ist ein konkreter poetischer Wert enthalten. In der Dichtung wie in der Musik ist – anders als in der Prosa – die Pause, das Schweigen, kein leerer Zeitraum, sondern im Gegenteil eine dicht ausgefüllte Zeit. Vielleicht ist das Schweigen, mehr noch als der Ton, eine hohe heilige Erfüllung.
So erzählt z. B. die Skizze *An* ihre ganze Wucht durch die Pausen, die von Unaussprechbarem, das schwerer wiegt als alles Sagbare, dicht gefüllt sind.

Dem Schweigen wird in Hölderlins Dichtung eine besondere Bedeutung zugemessen. Wohlgemerkt: dem Schweigen, nicht dem bloßen Verstummen, nicht der bloßen Stille.
Um die Untertöne des Schweigens bei Hölderlin wahrzunehmen, braucht man nur die etwa dreißig Stellen zu vergleichen, in denen das Wort »Schweigen« in Hölderlins Dichtung nach 1800 vorkommt.[327] Doch viel früher nimmt das Schweigen, die Pause, in Hölderlins Dichtung den ihm später zukommenden Platz ein.
In einem sehr frühen Gedicht aus der späten Maulbronner oder der frühen Tübinger Zeit (also mit etwa siebzehn Jahren gedichtet), das den Titel trägt *Die Bücher der Zeiten* – ein Gedicht in kurzen reimlosen Zeilen religiöser Inspiration mit der sich neunmal wiederholenden Zeile »Da steht geschrieben« –, steht nach der Zeile 90 der Vermerk »Eine Pause im Gefühl«, nach dem Vers 107 »Wieder eine Pause«. Schon damals kann man von ihm sagen, was Georgiades von den griechischen Dichtern sagt, daß sie ihre Verse »komponieren«[328].
In der Dichtung nach 1800 schweigen die Elemente. Die Erde schweigt: »gleich der schweigenden Mutter Erd'«[329]. Es werden die »Opfergefäß und alle Heiligthümer / Begraben dem Feind in verschwiegener Erde«.[330] Die Männer, die ihr dienen, sind wie sie selbst verschwiegen: »Im Verborgnen haben, sich selbst geheim, in tiefverschloßner Halle dir auch verschwiegne Männer gedienet«[331].
Die Wolken schweigen in Vorahnung des kommenden Gewitters: kommt »wie aus dem schweigenden Gewölke dein Bliz«.[332]
Das tiefe Wasser schweigt: »wie [...] auf schweigenden Wassertiefen der leichte Schimmer wandelt«[333]. Das von den Menschen nicht mehr gefeierte Meer der Kykladen ist einsam »in schweigender Nacht«, wo nur der Fels des Meeres Weheklage vernimmt.[334]
Das hohe Gebirge hält die Brüder »mütterlich [...] in schweigende Schatten [...] in sicherem Arm gefangen«[335].
Es schweigen heute die Götter, die Orte, wo ihre Stimme früher vernommen wurde, sind still: des Dichters Beruf ist, »die schweigenden Götter zu singen«[336], da sie selber nicht mehr sprechen: »Delphi schweiget.«[337]

Die Menschen schweigen: »O schweigend Herz der Völker«[338].
»Und das Schweigen im Volk, ist es die Feier schon / Vor dem Feste?«[339]
Die Besten unter den Menschen, die Jünglinge, die Männer, schweigen: »ist denn Einer auch / Von unsern Jünglingen, der nicht ein / Ahnden, ein Räthsel der Brust, verschwiege?«[340]
Die Muse des Dichters schweigt: »Urania [...] Noch säumst und schweigst du, sinnest ein freudig Werk.«[341]
Der Held, der gewaltige, der auf eine glorreiche Tat sinnt, schweigt: »So schweigt, so ruht er, der sein Gleiches / Droben und drunten umsonst erfragte.«[342]
Der Sänger schweigt: »Und die Stimme des Sängers / Nun in blauender Halle schweigt«[343]; doch des Sängers »Bruder«, der Verstorbenen gedenk, »schweigt und gehet gerüsteter«.[344]
Der Dichter selbst schweigt:

> Vieles hab' ich gehört vom großen Vater und habe
> Lange geschwiegen von ihm [...]
> Schweigen müssen wir oft; es fehlen heilige Nahmen,
> Herzen schlagen und doch bleibet die Rede zurük?
> Aber ein Saitenspiel leiht jeder Stunde die Töne,
> Und erfreuet vieleicht Himmlische, welche sich nahn.[345]

Die Liebe schweigt: »Laß mich schweigen!«[346] Diotima schweigt: »Du schweigst und duldest, denn sie verstehn dich nicht, / Du edles Leben! siehest zur Erd' und schweigst / Am schönen Tag«.[347] Von ihr hat der Dichter das Schweigen gelernt: »Du, die [...] / Selber schweigend mich einst stillebegeisternd gelehrt«[348].
Nach ihrem Tode sitzt der Dichter im tiefen Schatten, und wenn der Tag anbricht und die Menschen geschäftig werden,

> [...] dann schweigt er allein,
> Dann hält er still im Busen das Herz,
> Und sinnt in einsamer Halle.[349]

Am ergreifendsten ist folgendes, im Vorentwurf des Gedichts *Deutscher Gesang* enthalten, vielleicht gar nicht zu diesem gehörend, das in Böschensteins Konkordanz nicht aufgenommen wurde und viel sagt:

> der deutsche Dichter schweigt.[350]

Ab 1806 »schweigt« der deutsche Dichter Hölderlin. Der Menschheit, die weiter unter sich redet, ist er »abhanden gekommen«, wie es Rückert zu sagen wußte.
Lange bevor er im Turm zu Tübingen landete, hatte er sich auf die Situation vorbereitet.

Noch einiges zum Schweigen aus dem *Hyperion*. Am Ende des Ersten Buchs des Zweiten Bands des Romans will der in seiner Freiheitsliebe und -begeisterung enttäuschte Held den Tod suchen. Am Vorabend der Schlacht nimmt er brieflich Abschied von Diotima:

Ich habe lange gewartet, ich will es dir gestehn, ich habe sehnlich auf ein Abschiedswort aus deinem Herzen gehoft, aber du schweigst. Auch das ist eine Sprache deiner schönen Seele, Diotima.
Nicht wahr, die heiligern Akkorde hören darum denn doch nicht auf? nicht wahr, Diotima, wenn auch der Liebe sanftes Mondlicht untergeht, die höhern Sterne ihres Himmels leuchten noch immer? O das ist ja meine letzte Freude, daß wir unzertrennlich sind, wenn auch kein Laut von dir zu mir, kein Schatte unsrer holden Jugendtage mehr zurükkehrt![351]

Im vorhergehenden Brief hatte er es schon ausgesprochen:

Glaube mir und denk, ich sags aus tiefer Seele dir: die Sprache ist ein großer Überfluß. Das Beste bleibt doch immer für sich und ruht in seiner Tiefe, wie die Perle im Grunde des Meers.[352]

Im *Madonnen*-Entwurf steht:

Wofür ein Wort? so meint' ich, denn es hasset die Rede, wer
Das Lebenslicht das herzernährende sparet.[353]

»Die Sprache ist ein großer Überfluß«; »wofür ein Wort?« »Es hasset die Rede [...]«
Kann nicht Hölderlins Schweigen im Tübinger Turm als eine »Sprache seiner schönen Seele«, ein Dialog mit Susette »im Todtenreiche« aufgefaßt und verstanden werden?
Als einer der ganz wenigen hat George Steiner das Schweigen Hölderlins zu würdigen gewußt:

Hölderlins Verstummen ist nicht als Annullierung seiner Dichtung gedeutet worden, sondern in gewissem Sinne als ihre letzte Erfüllung und höchste Folgerichtigkeit. Die zunehmende Kraft der Stille in-

nerhalb und zwischen den einzelnen Verszeilen ist als ein primäres Element ihrer Besonderheit empfunden worden. Ebenso wie leerer Raum ein ausdrücklicher Bestandteil der modernen Malerei und Plastik geworden ist, und tonlosen Intervallen eine wesentliche Bedeutung in einer Komposition v. Weberns zukommt, scheinen die freien Stellen in Hölderlins Dichtungen, insbesondere in den späten Fragmenten, unentbehrlich für die Vervollständigung der dichterischen Leistung zu sein. Sein posthumes Leben im Schneckengehäuse der Stille bedeutet, ähnlich dem von Nietzsche, daß das Wort über sich selbst hinausgeht, daß es sich nicht in ein neues Medium verwandelt, sondern in etwas verwirklicht, was seine widerhallende Antithese und bestimmende Negation ausmacht: Schweigen. [...]
Die Aufwertung des Schweigens – in der Epistemologie von Wittgenstein, in der Ästhetik von v. Webern und Cage, in der Poetik von Beckett – ist eine der originellsten und bezeichnendsten Äußerungen moderner Geisteshaltung. Die Vorstellung des Wortes, das unausgesprochen bleibt, der Musik, die nicht gehört wird und d e s w e g e n voller und klangreicher sein soll, ist bei Keats noch ein engstirniges Paradox, ein neuplatonisches Ornament. Bei einem großen Teil moderner Dichtung repräsentiert Schweigen die Ansprüche des Ideals; auszusprechen bedeutet, daß man weniger sagt. Für Rilke sind die Verlockungen des Schweigens untrennbar verbunden mit dem Wagnis und Risiko des dichterischen Vorgangs.

Steiner erwähnt Hofmannsthal, Wittgenstein und Karl Wolfskehl: »Und ob ihr tausend Worte habt: / Das Wort, das Wort ist tot.« Und schließlich Kafka, der in seinen Parabeln schreibt:

Nun haben die Sirenen eine noch schrecklichere Waffe als den Gesang, nämlich ihr Schweigen. Es ist zwar nicht geschehen, aber vielleicht denkbar, daß sich jemand vor ihrem Gesang gerettet hätte, vor ihrem Schweigen gewiß nicht.

Das Schweigen sei letzte Logik des poetischen Ausdrucks, meint George Steiner.

> Gib ihr ein Schweigen, daß die Seele leise heimkehre in
> das Flutende und Viele

schrieb Rainer Maria Rilke.
Und wieder George Steiner:

Daß ein Dichter sich freiwillig ins Schweigen zurückziehet, daß ein Schriftsteller in voller Fahrt seine deutlich ausgesprochene Persönlichkeitsdarstellung preisgibt, ist etwas Neues, an das wir noch nicht gewöhnt sind. Ereignet hat es sich, als Erlebnis vereinzelt dastehend, doch furchterregend in allgemeinen Zusammenhang gebracht, bei den zwei hervorragendsten Meistern, Formern und, wenn man will, heraldischen Persönlichkeiten neuzeitlicher Geisteshaltung: bei Hölderlin und Rimbaud.[354]

Vielleicht hat Hölderlin alles selbst gesagt, was es da zu sagen gibt, als er aus Frankfurt im November 1797 einen Brief schrieb, der – nach Karl Gok – die Mutter sehr erschreckt habe. Da sagt er:

Es giebt so manche Stimmungen, wo es nothwendig wird zu schweigen.[355]

Diese vielleicht langwierig erscheinenden Ausführungen waren notwendig, um einen Begriff vom eigengesetzlichen Funktionieren der Psyche des Dichters zu bekommen. Es entspricht überhaupt nicht der konventionellen Vorstellung von der Arbeit eines Schriftstellers. Man muß es einsehen: ein Dichter ist kein verrückt gewordener Schriftsteller. Sein Gedicht ist keine »Schreibe«, sondern eine Partitur.
Das Griechische musikè sei, sagt Georgiades, weder mit »Musik« noch mit »Dichtung« zu übersetzen. Die altgriechische Sprache war an sich schon Musik: eine Musik, die gleichzeitig die Fähigkeit hatte, die Dinge zu benennen. Das Schaffen des Verses selbst enthielt schon, für den griechischen Dichter, mindestens in rhythmischer Hinsicht (das andere kennen wir nicht), die musikalische Seite in sich, so daß es gleichzeitig ein »Komponieren« des Verses war.
Und eben dies gilt für Hölderlins Dichtungsart.

Doch kann ich mich vom Thema Sprache nicht verabschieden, ohne darauf hinzuweisen, daß e i n e in Hölderlins Jahrhundert sein besonderes Verhältnis zur Sprache geahnt hatte: Bettina.
Ihr Bericht wird leichtfertig als »seltsames Gemisch von Dichtung und Wahrheit«[356] abgetan. Man sieht ihn geprägt von »nach ihrer Art überschwenglichem« romantischem Pathos. Doch in manchen Sätzen hört der, der dafür ein Ohr hat, den Klang von Hölderlins eigenster Stimme: seine eigenen Töne, wenn auch etwas ins Romantische transponiert, doch authentisch klingend.
Wie schon gesagt: Bettina ist Hölderlin nie begegnet. Eine Woche lang hat sie 1806 Gelegenheit gehabt, mit Sinclair zu verkehren. Sie hat sich wahrscheinlich damals einige schriftliche Notizen nach den Gesprächen mit Sinclair gemacht und wohl auch über Notizen von Sinclairs Hand verfügt, die sie dann vierunddreißig Jahre später benutzte. Wie ließe sich sonst Bettinas an die Günderode gerichteter Satz verstehen:

So könnt' ich dir noch Bogen voll schreiben aus dem was sich St. Clair in den acht Tagen aus den Reden des Hölderlin aufgeschrieben hat in abgebrochenen Sätzen, denn ich lese dies alles darin, mit dem zusammen was St. Clair noch mündlich hinzufügte.

Wohl schöpft Bettina auch aus einer anderen Quelle, nämlich aus Hölderlins *Anmerkungen zur Antigonä,* was der Authentizität des Berichts keinen Abbruch tut: schließlich beruhen Sinclairs zu vermutende schriftliche Notizen auf Gesprächen aus der Zeit des zweiten Homburger Aufenthalts von Hölderlin, sie gehören also zur selben Denkschicht wie die *Anmerkungen.*
Hier einige relevante Stellen aus Bettinas Bericht:

Gewiß ist mir doch bei diesem Hölderlin, als müsse eine göttliche Gewalt wie mit Fluthen ihn überströmt haben, und zwar die Sprache, in übergewaltigem raschen Sturze seine Sinne überfluthend und diese darinn ertränkend. [...]
Und St. Clair [...] sagt noch: aber ihm zuhören, sei grade, als wenn man es dem Tosen des Windes vergleiche, denn er brause immer in

Hymnen dahin, die abbrechen, wie wenn der Wind sich dreht, – und dann ergreife ihn wie ein tieferes Wissen, wobei einem die Idee, daß er wahnsinnig sei, ganz verschwinde, –
– und daß sich anhöre, was er über die Verse und über die Sprache sage, wie wenn er nahe dran sei, das göttliche Geheimnis der Sprache zu erleuchten, und dann verschwinde ihm wieder alles im Dunkel, und dann ermatte er in der Verwirrung und meine, es werde ihm nicht gelingen begreiflich sich zu machen; –
– und die Sprache bilde alles Denken, denn sie sei größer als der Menschengeist, der sei ein Sklave nur der Sprache, und solange sei der Geist im Menschen noch nicht der vollkommene, als die Sprache ihn nicht alleinig hervorrufe.
Die Gesetze des Geistes aber seien metrisch, das fühle sich in der Sprache; sie werfe das Netz über den Geist, in dem gefangen, er das Göttliche aussprechen müsse;
– und solange der Dichter noch den Versaccent suche und nicht vom Rhythmus fortgerissen werde, solange habe seine Poesie noch keine Wahrheit, denn Poesie sei nicht das alberne, sinnlose Reimen, an dem kein tieferer Geist Gefallen haben könne, sondern d a s sei Poesie: daß eben der Geist nur sich rhythmisch ausdrücken könne, daß nur im Rhythmus seine Sprache liege. [...]
Nur d e r Geist sei Poesie, der das Geheimnis eines ihm eingeborenen Rhythmus in sich trage, und nur mit diesem Rhythmus könne er lebendig und sichtbar werden, denn dieser sei seine Seele. [...]
Einmal sagte Hölderlin, Alles sei Rhythmus, das ganze Schicksal des Menschen sei Ein himmlischer Rhythmus, wie auch jedes Kunstwerk ein einziger Rhythmus sei. [...]
Und jedes Kunstwerk sei Ein Rhythmus nur, wo die Cäsur einen Moment des Besinnens gäbe, des Widerstemmens im Geist, und dann schnell vom Göttlichen dahingerissen sich zum End schwinge. So offenbare sich der dichtende Gott. Die Cäsur sei eben jener lebendige Schwebepunkt des Menschengeistes, auf dem der göttliche Strahl ruhe. [...]
Dir muß dies alles heilig und wichtig sein. – Ach einem solchen wie Hölderlin, der im labyrinthischen Suchen leidenschaftlich hingerissen ist, dem müssen wir irgendwie begegnen, wenn auch wir das Göttliche verfolgen mit so reinem Heroismus wie er. – Mir sind seine Sprüche wie Orakelsprüche, die er als Priester des Gottes im Wahnsinn ausruft, und gewiß ist alles Weltleben ihm gegenüber wahnsinnig, denn es begreift ihn nicht. Und wie ist doch das Geistes-

wesen jener beschaffen die nicht wahnsinnig sich deuchten? – ist es nicht Wahnsinn auch, aber an dem kein Gott Antheil hat? – Wahnsinn, merk ich, nennt man das was keinen Widerhall hat im Geist der Andern …
[…] Wenn ich bedenk – welcher Anklang in seiner Sprache! Die Gedichte, die mir St. Clair von ihm vorlas – zerstreut in einzelnen Kalendern – ach was ist doch die Sprache für ein heilig Wesen. Er war mit ihr verbündet, sie hat ihm ihren heimlichsten innigsten Reiz geschenkt, nicht wie dem Goethe durch die unangetastete Innigkeit des Gefühls, sondern durch ihren persönlichen Umgang. So wahr! er muß die Sprache geküßt haben. […]
Die Sprache, sie schreitet so tönend, so alles Leiden, jeden Gewaltausdruck in ihr Organ aufnehmend, sie und sie allein bewegt die Seele, daß wir mit dem Ödipus klagen müssen, tief tief. Ja es geht mir durch die Seele, sie muß mittönen wie die Sprache tönt.[357]

So wahr: »er muß die Sprache geküßt haben!«

Sprache ist nicht nur zum Dichten da.
Daß die Sprache nicht bloß Ausdrucksmittel des einzelnen, sondern ebenfalls Kommunikationsmittel der Menschen untereinander, daß sie nicht nur Gesang, sondern auch Gespräch sei, hatte Herder gewußt und ausdrücklich gesagt.
Hat vielleicht Hölderlin diese Perspektive aus den Augen verloren?
Wie steht er zur Sprache als Gespräch?
Dem Gespräch gebührt hier eine besondere Berücksichtigung, denn schließlich hat eine als psychische Störung gedeutete Anomalie von Hölderlins sprachlichem Verhalten der Umwelt gegenüber als Hauptmerkmal, als entscheidendes pathologisches Symptom an seinem Fall gegolten.
Das Wort Gespräch kommt mehr als einmal bei ihm vor, und das mit dem Wort bezeichnete semantische Feld ist unmißverständlich zu definieren.
Mit dem Wort Gespräch bezeichnet er in keinem Fall den gewöhnlichen, alltäglichen sprachlichen Umgang der Menschen, das Miteinanderreden der Leute unter sich, das meistens leeres, nichtsbedeutendes, schales, müßiges Geschwätz ist. Das Gespräch ist keine Plauderei, kein Gerede, sondern das, was geschieht, wenn zwischen zwei oder drei Menschen, die einander begegnen, der Geist weht. Gespräch geschieht erst dann, wenn – wie Hölderlin im Aufsatz *Über Religion* sagt – »mehrere Menschen eine gemeinschaftliche Sphäre«, »eine gemeinschaftliche Gottheit« haben. In diesem Sinne ist das Gespräch ein seltenes, aber dann ein göttliches Erlebnis.
Der scheidende Empedokles erinnert seinen Jünger Pausanias an solche Stunden, an »den Geist, / Der zwischen dir und mir gewesen«[358].
Da, im Gespräch, wird der Geist, der wehende, zur Stimme, zum Wort. Die Erinnerung daran, das »Andenken«, ist ein zu bewahrendes Heiligtum.
Auch unter Liebenden ist das Bleibende die Erinnerung an Abendgespräche am Kamin, als draußen der kalte Wind wehte, wie im Gedicht *Vulkan*[359] oder in der *Elegie*:

[...] Und drohte der Nord auch,
[...] und fiel
Von den Ästen das Laub und flog im Winde der Reegen,
Lächelten ruhig wir; fühlten den Gott und das Herz
Unter trautem Gespräch, im hellen Seelengesange,
So im Frieden mit uns kindlich und seelig allein.[360]

Das Gespräch ist Seelengemeinschaft im Diesseits oder im Jenseits. Wenn sich Hölderlin von Susette Gontard trennt und die Ode *Der Abschied* dichtet, denkt er sich ein Wiedersehen drüben, »in langer Zeit«:

[...] Aber verblutet ist
Dann das Wünschen und friedlich
Gleich den Seeligen, fremd sind wir,

Und ein ruhig Gespräch führet uns auf und ab,
Sinnend, zögernd [...]

Und befreiet, in Lüfte
Fliegt in Flammen der Geist uns auf.[361]

Als Modell des hohen Gesprächs gilt Platons *Gastmahl*, aber auch, doch im Hintergrunde, das christliche Abendmahl. Hölderlin besingt die Abende unter Freunden bei Landauer in Stuttgart: zu »des Gastmahls Fülle« schenken »die Guten«, »die Götter« den Wein. Sokrates, Christus und der Geist des Weins, »Die Frucht des Gewitters, [der] heilige Bacchus«[362] sind immer dabei. Sie

Schenken das purpurne Licht zu Festgesängen und kühl und
Ruhig zu tieferem Freundesgespräche die Nacht.[363]

Doch ist das Gespräch nicht nur unter Liebenden oder unter längstvertrauten Freunden möglich, sondern auch mit Unbekannten, denen man im Wirtshaus begegnet. So beschreibt das Gedicht *Andenken* eine Begegnung mit Matrosen in einem Wirtshaus in der Nähe von Bordeaux, wo man beim Weine saß und Geschichten erzählte. Wohl war damals, im Frühling 1802, der Dichter in »sterblichen Gedanken« versunken;

[...] Doch gut
Ist ein Gespräch und zu sagen
Des Herzens Meinung, zu hören viel

Von Tagen der Lieb',
Und Thaten, welche geschehen.

Wo aber sind die Freunde?[364]

Nach der Rückkehr aus Bordeaux und den Ereignissen des Sommers 1802 hat Hölderlin nur noch selten Gelegenheit zum Gespräch gehabt, sie auch kaum gesucht. Wo sind die, mit denen er »Gespräch haben« konnte? Die Geliebte ist gestorben. Neuffer, Hegel, Schelling sind entfremdet. Böhlendorff ist nicht mehr da; doch gerade ihm, dem Freund gegenüber, und gerade in dieser Zeit, wohl im November 1802, äußert sich Hölderlin über das Gespräch und seine Bedeutung:

Schreibe doch nur mir bald. Ich brauche Deine reinen Töne. Die Psyche unter Freunden, das Entstehen des Gedankens im Gespräch und Brief ist Künstlern nöthig. Sonst haben wir keinen für uns selbst [...][365]

Hier spricht es Hölderlin am deutlichsten aus: Wir haben keinen Gedanken »für uns selbst«, wenn wir allein sind. Wir brauchen einen geistesverwandten Partner. Nur im Gespräch – und im Brief, der dafür Ersatz bietet – entsteht im Wehen des Geistes der Gedanke.

Mit Sinclair hat Hölderlin zur Zeit des zweiten Homburger Aufenthalts wahrscheinlich noch Gespräch gehabt, doch wohl immer weniger. Den Niederschlag dieser letzten Gespräche haben wir in dem zitierten erstaunlichen Text der Bettina Brentano, aus dem das aushallende Sprechen Hölderlins im Echo zu vernehmen ist. Bettina berichtet, Sinclair habe zu diesen Gesprächen gesagt, »ihm [Hölderlin] zuhören, sei grade, als wenn man es dem Tosen des Windes vergleiche, denn er brause immer in Hymnen dahin, die abbrechen, wie wenn der Wind sich dreht«[366].

Er »brause immer in Hymnen dahin«: das Gespräch Hölderlins verwandelt sich in Gesang, das ein Gespräch mit Himmlischen ist:

Viel hat von Morgen an,
Seit ein Gespräch wir sind und hören voneinander,
Erfahren der Mensch; bald sind wir aber Gesang.[367]

Dem Vereinsamten geschieht wie dem weisen Sokrates am Ende des Gastmahls: die Gesprächspartner sind weggegangen oder eingeschlafen, Sokrates bleibt allein, das Gespräch hört auf. Das eigene Schicksal beschreibt Hölderlin, wenn auch in der dritten Person, in einer – wenn man sie recht versteht – erschütternden Strophe. Es handelt sich um *Ganymed*:

[...] Der ist aber ferne; nicht mehr dabei.
Irr gieng er nun; denn allzugut sind
Genien; himmlisch Gespräch ist sein nun.[368]

Die Bedeutung dieser drei Verse besteht darin, daß sie uns ermöglichen, den Zeitpunkt einigermaßen chronologisch festzustellen, an dem Hölderlin das »Gespräch« mit den Menschen, den gleichgültigen, die ihn umgaben, aufgegeben hat, und dies in vollem Bewußtsein.

Die eben zitierte Strophe ist nämlich die letzte des Gedichts *Ganymed*, eine Umarbeitung des Gedichts *Der gefesselte Strom*. Die ersten fünf Strophen der zweiten Fassung sind kaum mehr als eine stilistische Bearbeitung der ersten fünf Strophen der ersten Fassung. Die letzte Strophe dagegen, der ich die letzten drei Verse entlehnte, führt ein ganz neues Thema ein, und zwar das Thema der (nicht zuletzt sprachlichen) Abgeschiedenheit: »himmlisch Gespräch ist sein nun«.

Die erste Fassung war wohl im Frühjahr 1801 entstanden und schon damals voll ausgeführt worden.

Die Umarbeitung datiert Friedrich Beißner auf das Jahr 1802, die Möglichkeit nicht ausschließend, dieselbe sei für den Druck nochmals im Dezember 1803 durchgesehen worden: sie gehört zu den sogenannten »Nachtgesängen«, wie auch *Lebensalter* und *Hälfte des Lebens*, deren Bedeutung später erörtert wird.

Zwischen der ersten und der zweiten Fassung steht chronologisch das entscheidende Erlebnis der Rückkehr aus Frankreich und des Todes von Susette Gontard. Hier fängt die »zweite Hälfte« von Hölderlins Leben an, wo er es nicht mehr für notwendig erachten wird, sich an dem geselligen Gerede der Menschen weiter zu beteiligen.

»Der Allzugute« war »ferne; nicht mehr dabei«. »Irr gieng er nun.« Hier gibt es kein einziges Wort, das nicht auf Hölderlins späteres Schicksal unmittelbaren Bezug hätte.

»Himmlisch Gespräch ist sein nun.«
Es wäre aber völlig unrichtig, darin eine Neuerung, geschweige denn eine Wendung zum Pathologischen, zu sehen. Hölderlin kehrt einfach dahin zurück, wo er anfing. Gerade diese Rückkehr hatte er längst in der Ode *Lebenslauf* bildlich dargestellt:

> [...] es kehret umsonst nicht
> Unser Bogen, woher er kommt.[369]

Als Kind, da er »ein Knabe war«, führte er schon das Gespräch mit »den Himmlischen«, den Naturkräften, im »Wohllaut des säuselnden Hains«; er »verstand die Stille des Äthers«, doch

> Der Menschen Worte verstand ich nie.[370]

Als Dichter versuchte er dann, sich den Menschen verständlich zu machen. Er wollte sie des Heiligen an der Sprache teilhaftig werden lassen. Als Vermittler zwischen dem Göttlichen und den Sterblichen soll der Dichter gleichsam die Stellung des Priesters der poetischen Religion einnehmen. Ist diese Funktion des Vermittelns zwischen Göttlichem und Menschlichem nicht die der Priester in allen Religionen? Dies ist ihm aber nicht oder nicht ganz gelungen, und er weiß auch, warum: weil er nicht »gemein«, nicht »alltäglich« genug war. Dies ist der Sinn eines zugleich bekennenden und rückblikkenden Hymnenentwurfs, der in diesem Lichte gesehen nicht schwer zu entziffern ist. Hier Auszüge daraus.

> Aber die Sprache
> Im Gewitter spricht der
> Gott.
> Öfters hab' ich die Sprache
> [...]
> Öfters hab' ich Gesang versucht, aber sie hörten dich nicht.
> [...]
> Du sprachest zur Gottheit,
> aber diß habt ihr all vergessen, daß immer die Erstlinge Sterblichen
> nicht, daß sie den Göttern gehören.
> Gemeiner muß, alltäglicher muß
> die Frucht erst werden, dann wird
> sie den Sterblichen eigen.[371]

Jetzt aber, in der Mitte des Lebens zum reifen Mann geworden, kehrt der Lebensbogen zurück, »woher er kommt«. Wie in seiner Kindheit spricht Hölderlin nur noch mit »Himmlischen«, sei es ein paar Jahre lang, solang es geht, im Gesang – und dem entspricht seine späte hymnische Dichtung –, sei es in der Musik, welche wohl als »himmlisches Gespräch« gelten kann.
Daß aber bei diesem Verzichten auf sprachliche Mitteilung allmählich das Denken selbst verkümmert, das hat Hölderlin nicht ignoriert. Es steht ja ausdrücklich im Brief an Böhlendorff, das Entstehen des Gedankens im Gespräch sei Künstlern nötig, weil wir keinen Gedanken »für uns selbst haben«. Doch auch auf das »Denken« hat Hölderlin verzichtet.
Vielleicht hat er, als er den Sophokles übersetzte, das Wort des Ödipus auf sich selbst bezogen: Als dieser seine Schuld – seine schuldlose Schuld – erkannt und sich selbst bestrafend das Augenlicht genommen hat, wendet er sich an seinen Schwager Kreon und bittet ihn um ein Letztes:

> Wirf aus dem Lande mich, so schnell du kannst,
> Wo ich mit Menschen ins Gespräch nicht komme.[372]

Die Rolle Kreons haben im Falle Hölderlins Sinclair, die Mutter, Autenrieth gespielt: sie haben ihn dahin geworfen, wo er »mit Menschen ins Gespräch nicht mehr kam«: in den Turm am Neckar.
Da hat sich Hölderlin dem vom Schicksal zugeteilten Los gefügt. Hatte er es nicht schon gesagt: »Das Schiksaal, das ich auch im Unglük liebe«?[373]
Daß Hölderlin dann darauf verzichtete, sich weiter an dem Gerede der Menschen zu beteiligen, weil er sich in die von ihm nicht gewollte – nicht so gewollte – Abgeschiedenheit zurückzog und das Beste daraus machte; daß er, wie es selbst Waiblinger feststellen mußte, durch das zurückgezogene Leben zum Kauz werden mußte – diese Art des Schweigens sollte ihm als Symptom der dementia praecox, des frühzeitigen Blödsinns, und später als schizophrene Sprachstörung angekreidet werden.

Die Reife des Mannes und das Versiegen der lyrischen Inspiration

Des öfteren bin ich gefragt worden: »Wie ist denn, wenn nicht durch eine Erkrankung des Geistes, die Tatsache zu erklären, daß von einem gewissen Zeitpunkt an Hölderlin nicht mehr gedichtet hat – oder doch so anders gedichtet hat, daß seine spätesten Produkte kaum dem dichterischen Werk Hölderlins zugerechnet werden können?«

Der Frage will ich nicht ausweichen. Sie hängt mit Hölderlins besonderem Verhältnis zur Sprache zusammen. Die Erklärung dafür liegt auf der Hand; sie hat jedoch nur mit der Psychologie, und nichts mit Pathologie, zu tun.

Bei poetisch veranlagten Menschen hört die lyrische Inspiration mit dem »Feuer der Jugend«, mit der eintretenden Reife des Mannes einfach auf. Auch der Sportler hört mit fünfundzwanzig, dreißig Jahren auf, ein Meister zu sein: Er verfügt nicht mehr über die Reflexe. Doch sagt man deswegen nicht, er sei krank. Genauso ergeht es dem Lyriker: Spontan, originell gelingt ihm der schöne Wurf nicht mehr, sobald er das Mannesalter erreicht.

Man wird mir mit Beispielen entgegnen von Dichtern, die als reife Männer und bis ins hohe Alter gedichtet haben: Goethe, Victor Hugo, Saint-John Perse … Ich will hier nicht darauf eingehen, wie ich es anderswo tue. Es sei hier einfach gesagt, daß manche Dichter (so z.B. die eben genannten) wohl im reifen Mannesalter weiter dichten, doch nur noch nach Rezept, ohne erneuernde Inspiration. Übrigens gibt es ganz verschiedene Fälle: Goethe selbst hat festgestellt, er habe mehrere »Pubertäten des Geistes« erlebt, so z. B. mit dem *West-östlichen Divan.* Die lyrische Begabung ist eine pubertäre Erscheinung. Schulbeispiel dafür ist Arthur Rimbaud. Mit sechzehn Jahren fängt er zu dichten an. Mit neunzehn hört er auf und schreibt keine Zeile mehr, bis er mit siebenunddreißig Jahren in Marseille stirbt. Hofmannsthal war mit achtzehn Jahren ein berühmter Lyriker; mit neunzehn hörte er auf zu schreiben, vier Jahre lang. Als er dann wieder anfing zu schreiben, war die lyrische Ader versiegt. Doch vom beispielhaften Fall Hofmannsthal später.

Andere Dichter – nicht wenige – sterben eines frühen Todes –

man denke an Novalis, an Keats, an Shelley ... – keineswegs aus Zufall, sondern weil sie die Krise, die nicht zuletzt psychophysiologische Krise des Reifens, nicht überstanden. Auch ist die Zahl derer, die wie z. B. Kleist in den Freitod gingen, gar nicht gering. Später einmal wird wohl diese biologische Tatsache erkannt und methodisch untersucht werden. Dann wird Hölderlins Fall verwertbares klinisches Material dazu liefern; denn er war höchst selbstbewußt, er hat die Symptome an sich selbst erkannt und die Krise des Reifens genau beobachtet. Hölderlin ist keineswegs, wie andere, vor der »Reife des Mannes« zurückgescheut: er war kein »ewiger Jüngling«-Typ. Es war sein sehnlichster Wunsch, zum reifen Manne zu werden, wie aus folgenden Texten hervorgeht.

Mit einundzwanzig Jahren, Anfang März 1792, schreibt er aus dem Tübinger Stift an die Schwester, er wolle nicht Pfarrer werden,

[...] und sollt' ich auch mein Brod im Schweise meines Angesichts verdienen müssen. Gott weis, wie lieb mir die Meinigen sind, und wie ser ich wünsche, nach ihrem Gefallen zu leben, aber unmöglich ist's mir, mir widersinnische, zweklose Geseze aufdringen zu lassen, u. an einem Orte zu bleiben, wo meine besten Kräfte zu Grunde gehen würden. Ich hoff' es zur Vorsehung, daß es mir anderwerts auch in Zukunft gut gehen werde, wenn ich nur thue, was ich kann, ein Mann zu werden [...][374]

An seinem 24. Geburtstag, am 20. März 1794, schreibt er aus Waltershausen an Schiller:

Ich werde nie glüklich sein. Indessen ich muß wollen, und ich will. Ich will zu einem Manne werden.[375]

Fünf Monate später, ebenfalls aus Waltershausen, schreibt er am 21. August 1794 an den sechs Jahre jüngeren Halbbruder Karl Gok:

[...] in dem Vertrage, den unsere Herzen gestiftet [...] [haben, stehe], daß wir Männer werden, und nur unter dieser Bedingung uns gegenseitig als Brüder anerkennen wollen.

Wie reift man aber zum Manne?

Unter rastloser Thätigkeit reift man zum Manne, unter dem Bestreben, aus Pflicht zu handeln, auch wenn sie nicht viel Freude bringt, auch wenn sie eine ser kleine Pflicht scheint, wenn sie nur Pflicht ist, reift man zum Manne; unter Verläugnung der Wünsche, unter Entsagung und Überwindung des selbstsüchtigen Teils unseres Wesens, dem es nur immer recht bequem und wol sein soll, unter stillem Harren, bis ein größerer Wirkungskreis sich aufthut, und unter der Überzeugung, daß es auch Größe sei, seine Kräfte auf einen engen Wirkungskreis ein zu schränken, wenn Gutes dabei herauskömmt, und kein größerer Wirkungskreis sich aufthut; unter einer Ruhe, die keine Schwachheit der Menschen empörte, und kein eitler Prunk derselben, keine falsche Größe, keine vermeintliche Demüthigung in Verwirrung sezt, die nur durch Schmerz und Freude über das Wol oder Weh der Menschheit, nur durch das Gefül eigner Unvollkommenheit unterbrochen wird, reift man zum Manne; unter dem unablässigen Bestreben seiner Begriffe zu berichtigen und zu erweitern, unter der unerschütterlichen Maxime, in Beurteilung aller möglichen Behauptungen und Handlungen, in Beurteilung ihrer Rechtmäßigkeit und Vernunftmäßigkeit schlechterdings keine Autorität anzuerkennen, sondern selbst zu prüfen, unter der heiligen unerschütterlichen Maxime, sein Gewissen nie von eigner oder fremder Afterphilosophie, von der stokfinstern Aufklärung, von dem hochwolweisen Unsinne beschwazen zu lassen, der so manche heilige Pflicht mit dem Namen Vorurteil schändet, aber eben so wenig sich von den Thoren oder Bösewichtern irre machen zu lassen, die unter dem Namen der Freigeisterei und des Freiheitsschwindels einen denkenden Geist, ein Wesen, das seine Würde und seine Rechte in der Person der Menschheit fült, verdammen möchten oder lächerlich machen, unter all' diesem, und vielem andern reift man zum Manne.[376]

Diese »heiligen unerschütterlichen Maximen« haben wohl mit Hölderlins damaliger Beschäftigung mit Kant, dem »Moses unserer Nation«, und seinem »energischen Gesez«[377] zu tun, wie auch mit dem jakobinischen Ideal des Männlichen nach antikem, römischem und stoischem Muster. Aber sie entsprechen auch einem Grundzug von Hölderlins Temperament, dem er bis zuletzt treu blieb.

Immer noch aus Waltershausen schreibt er am 10. Oktober 1794 an Neuffer, er habe im Sommer an seinem Roman gearbeitet, »wovon Du die fünf ersten Briefe diesen Winter in der Thalia finden wirst«. Fast keine Zeile sei von seinen alten Papieren geblieben:

Der große Übergang aus der Jugend in das Wesen des Mannes vom Affecte zur Vernunft, aus dem Reiche der Fantasie ins Reich der Warheit und Freiheit scheint mir immer einer solchen langsamen Behandlung werth zu sein.[378]

Einige Wochen früher hatte er dem Freund Neuffer, dessen Braut todkrank lag, in einem Trostbrief geschrieben:

Durch große Freude, und großen Schmerz reift der Mensch zum Manne. Eine Zukunft, wie der Held im Kampfe sie erwarten kann, wartet Deiner.[379]

Mit achtundzwanzig Jahren schreibt er dem Bruder am 4. Juli 1798 aus Frankfurt:

Aber die Menschen gähren, wie alles andere, was reifen soll, und die Philosophie hat nur dafür zu sorgen, daß die Gährung so unschädlich und so leidlich und so kurz, wie möglich ist, vorbeigeht.[380]

Daß er einen hohen Begriff des »reifen Mannes« kultiviert, hindert ihn nicht daran, an den Folgen des Heranreifens schwer zu tragen. Mit der herannahenden Reife »erkältet« auch die jugendliche Begeisterung. Immer wieder vergleicht er das Gären der Jugend mit einem Feuer und das Herannahen der Reife mit einer Kälte, die ihn zeitweilig erfaßt. »Ich fühle mich oft, wie Eis«, schreibt er der Schwester im Dezember 1800. Er spürt, er sei »in einer kritischen Lebenszeit« geraten, wo er »um auszukommen, so kalt und allzu nüchtern und verschlossen werden soll«.[381]
Das Bild des »Feuers« der begeisterten Jugend und der Kälte, die einen mit dem Alter erfaßt, ist ein Leitmotiv seiner Schriften – sei es in den Briefen, sei es in den Gedichten, sei es im *Hyperion* oder im *Empedokles.*
Das »Genie«, das jugendliche, ist »das Göttliche«, das Begeisternde, das wie eine Flamme um sich zehrt. Dieses aber entflieht ihm allmählich, wie er es im Entwurf eines Briefes an Susette Gontard im Sommer 1799 (er ist neunundzwanzig) beschreibt:

Täglich muß ich die verschwundene Gottheit wieder rufen. Wenn ich an große Männer denke, in großen Zeiten, wie sie, ein heilig Feuer, um sich griffen, und alles Todte, Hölzerne, das Stroh der Welt in Flamme verwandelten, die mit ihnen aufflog zum Himmel, und dann an mich, wie ich oft, ein glimmend Lämpchen, umhergehe, und betteln möchte um einen Tropfen Öl, um eine Weile noch die Nacht hindurch zu scheinen – siehe! da geht ein wunderbarer Schauer mir durch alle Glieder, und leise ruf' ich mir das Schrekenswort zu: lebendig Todter![382]

Die Metapher des Feuers spinnt er weiter: Was die Menschen einander sagen könnten, sei nichts als »Brennholz, das erst, wenn es vom geistigen Feuer ergriffen wird, wieder zu Feuer wird, so wie es aus Leben und Feuer hervorgieng«.

Die Krise der Mitte des Lebens hat er herannahen sehen. Doch hat er gehofft, daß ihn »der ewige Lebensmuth« auch in der zweiten Lebenshälfte nicht verlassen werde. Der am 2. Januar 1801 zu Lunéville geschlossene Friede, von dem er sich eine bessere Welt verspricht, läßt ihn hoffen, daß unter seinem Segen »der Egoismus in allen seinen Gestalten sich beugen wird unter die heilige Herrschaft der Liebe und Güte«, daß dann mehr »Gemeingeist« herrschen wird:

diß mein' ich, diß seh' und glaub' ich, und diß ists, was vorzüglich mit Heiterkeit mich in die zweite Hälfte meines Lebens hinaussehen läßt.[383]

Er wird jetzt dreißig: die »Hälfte des Lebens«, die »kritische Lebenszeit« steht ihm bevor, und er weiß es.

Das Bild der »Hälfte« ist bei Hölderlin immer von großer Bedeutung gewesen.

Wir haben gesehen, wie streng er die Zäsur des Verses kalkulierte.

Wie im Vers, gibt es im Ablauf einer Tragödie eine Zäsur, eine »gegenrhythmische Unterbrechung«, welche die eine Hälfte gegen die andere gleichsam »schützt«, wie es Hölderlin in den *Anmerkungen zum Oedipus* und zur *Antigonä* darlegt. In beiden Stücken stehen die Reden des Tiresias an der Zäsur.

Auch in der Geschichte gibt es, was er in den *Anmerkungen zur Antigonä* als »den kühnsten Moment eines Taglaufs oder Kunstwerks« bezeichnet, »da, wo die zweite Hälfte angeht«: den Zeitpunkt der Umkehr,

wo die ganze Gestalt der Dinge sich ändert, und die Natur und Nothwendigkeit, die immer bleibt, zu einer andern Gestalt sich neiget, sie gehe in Wildniß über oder in neue Gestalt.[384]

Die Zäsur in der Geschichte heißt Revolution. Dies ist das geheime Thema des unter dem Titel *Das Werden im Vergehen* bekannten Aufsatzes: der Augenblick des »Untergangs oder Übergangs des Vaterlandes«, die Auflösung vor einem neuen Anfang, dieser »Zustand zwischen Seyn und Nichtseyn« ist »ein furchtbarer aber göttlicher Traum«.[385]

Nicht mehr zeitlich, sondern räumlich, ja geographisch gesehen entspricht diesem Begriff der »Mitte« die Wasserscheide Europas am Gotthard, den Hölderlin mehr als einmal besungen hat. Von da aus verteilen sich die Gewässer nach Norden und nach Süden und fließen dem Rhein, der Rhône, dem Ticino zu. Am Gotthard, der »bedeutend glänzet [...] hälftig«, wohnt der Adler.

Auch im Leben ist die »Hälfte« von epochaler Bedeutung. Bekanntlich fängt Dantes *Divina Commedia* mit dem Vers an:

> Nel mezzo del cammin' della nostra vita,

auf halbem Wege unseres Lebens. Damit meint Dante das fünfunddreißigste Jahr des Mannes. Im Alten Testament steht ja:

> Unser Leben währet siebenzig Jahre, und wenn's hoch kommt, so sind's achtzig Jahre.[386]

Es mag befremdend und abwegig erscheinen, hier Dante zu zitieren, obwohl Hölderlin seinen Namen nie erwähnt hat. Doch könnte es sein, daß beide – Dante und Hölderlin – sich auf denselben Text des Psalmisten beziehen. Wahrscheinlicher aber ist, daß Hölderlin den Text Dantes gekannt hat.

Unlängst hat Marcella Roddewig festgestellt, daß die meisten näheren und fernen Freunde Hölderlins sich mit der *Göttlichen Komödie* befaßt hatten. Sinclair besang Dante. Schelling übersetzte 1802 den zweiten Gesang des *Paradiso* und verfaßte ein Gedicht *An Dante*, wo er dessen Mut verherrlichte. Stäudlin schwärmte vom »heiligen Dante«. Karl Friedrich Reinhard hatte 1784 eine Blankversübersetzung der Ugolino-Episode veröffentlicht. Böhlendorff hatte 1800 ein Trauerspiel *Ugolino Gherardesca* verfaßt, das 1805 von Goethe vernichtend rezensiert wurde: Im ganzen Stück, schrieb er, sei »keine poetische Idee«.

Böhlendorff, den Sinclair und Hölderlin wahrscheinlich in

Jena gekannt hatten, in einer Zeit, wo er Mitglied der Gesellschaft der Freien Männer gewesen war, kann als einer der ganz wenigen gelten, die in Hölderlins Intimität drangen. Hölderlins beide erhaltenen Briefe an Böhlendorff – der Brief vom 4. Dezember 1801, kurz vor der Abreise nach Bordeaux, und der Briefentwurf nach der Rückkehr in die Heimat (Dokument Nr. 11) – zeugen davon. Daß die beiden Freunde das Thema des *Ugolino Gherardesca* nicht gemeinsam erörtert hätten, ist nicht denkbar. Übrigens wird in einem Hymnenentwurf des Homburger Foliohefts, neben Barbarossa und Conradin, der Name Ugolino von Hölderlin aufs Papier geworfen.

Dieses Thema aber ist in unserem Zusammenhang von besonderer Bedeutung. Böhlendorffs Darstellung des Ugolino entspricht nämlich derjenigen Dantes nur in einigen Punkten; im Hauptpunkte ist sie eine völlig originelle, und sie wurde gerade aus diesem Grund als »unglaubhaft klingend« von den Kritikern abgelehnt. Böhlendorff schildert nämlich die Situation des physisch wie psychisch gequälten Ghibellinen im Hungerturm von Pisa als die eines »planvoll stillen Menschen«: »Der Zentralgedanke Boehlendorffs, die letztliche Versöhnung des Menschen mit der zermalmenden Natur in der Stille der Götterruhe«, die »im Widerspruch zur Grausamkeit des Geschehens selbst steht«, wie ihn Marcella Roddewig beschreibt,[387] entspricht aber erstaunlicherweise, m u t a t i s m u t a n d i s, der späteren »planvollen Stille« Hölderlins im Tübinger Turm, wie ich sie mir vorstelle. Es ist höchst glaubwürdig, daß, als Hölderlin dem Inferno der Autenriethschen Klinik entkam und in Zimmers Turm am Neckar landete, er an Dante, an Böhlendorffs »physisch wie psychisch gequälten Ghibellinen«, an die *Torre de' Gualandi alle sette vie* in Pisa – und an die »letztliche Versöhnung des Menschen mit der zermalmenden Natur in der Stille der Götterruhe«, ja an die »planvolle Stille« des Conde Ugolino erinnert und gemahnt wurde.

Vielleicht hatte er gar den ganzen Dreiunddreißigsten Gesang des *Inferno* in Erinnerung, wo zuerst die Episode Ugolinos erzählt, dann aber das Schicksal des Frater Alberigo dargestellt wird, welchem da zu begegnen Dante sich wundert: »Bist du denn schon tot?« fragt er. Nein, antwortet der Frater, aber es geschieht oft, daß eine Seele hierher fällt, bevor sie die Parze hinabstürzt. Es kann sein, daß der Leib eine Zeitlang in der Oberen Welt weiter zu leben scheint. Die drei letzten Verse des Gesangs lauten:

> Trovai un tal di voi, che per sua opra
> In anima in Cocito già si bagna,
> Ed in corpo par vivo ancor di sopra.[388]

Dies eine poetische, doch nicht unzutreffende Darstellung von Hölderlins Situation in der zweiten Hälfte seines Lebens, wie er sie selbst angesehen haben dürfte.

Hauptsache ist, daß wahrscheinlich in bewußter Anlehnung an den ersten Vers der *Divina Commedia* Hölderlin in seinem dreiunddreißigsten oder vierunddreißigsten Lebensjahr zwei von den »Nachtgesängen«[389] (so bezeichnet er sie selbst in einem Brief an den Verleger) mit dem Titel *Lebensalter* und *Hälfte des Lebens* versah. Ich kann Friedrich Beißners Ansicht nicht teilen, das erste dieser beiden Gedichte verdanke »seine Entstehung dem zufälligen Nebeneinander verschiedener Entwürfe« und sei »vielleicht auf ähnliche Weise entstanden wie *Hälfte des Lebens*, das heißt: hymnische Paralipomena, zu selbständigen lyrischen Kleingebilden abgerundet«:[390] So etwas wie Späne aus der Werkstatt.

Das Thema, nämlich die Einsicht des Dichters in die eigene psychische Situation, ist für ihn von allerwichtigster und zentraler Bedeutung, gehört aber überhaupt nicht zum weltanschaulichen, überpersönlichen Themenkreis der großen Hymnen als mythische Lyrik.

Das Thema der Reife wird jeweils durch ein anderes Bild dargestellt: in *Lebensalter* durch das Bild der dürren Wüste, in *Hälfte des Lebens* durch das Bild des kahlen, kalten, nächtigen Winters (vielleicht daher auch der Gesamttitel der *Nachtgesänge*).

Zuerst zum Bild der Wüste, des verdorrten Landes. In Palmyra stehen die Kolonnaden wie Säulenwälder, ohne Kapitelle, ohne Dächer, weil diese »das Feuer« genommen hat als Strafe für die Überheblichkeit der Menschen:

> Dieweil ihr über die Gränze
> Der Othmenden seid gegangen [...]

Jetzt aber »sitzt« der Dichter (er s t e h t nicht mehr!)

[...] unter Wolken (deren
Ein jedes eine Ruh' hat eigen) [...]
[...]
[...] und fremd
Erscheinen und gestorben mir
Der Seeligen Geister.[391]

Zum eingehenden Verständnis gehört, daß man einen etwa gleichzeitigen Text, die *Anmerkungen zur Antigonä*, herbeihole. Da bezieht sich Hölderlin auf eine Stelle des Sophokles, wo sich Antigone, welcher der Tod bevorsteht, mit Niobe aus Phrygien (auch sie, wie Antigone, eine Fürstin in Theben), der Tochter des Tantalus und der Enkelin des Zeus, vergleicht. Niobe hatte zwölf wunderschöne Kinder, sechs Söhne und sechs Töchter. In ihrem wetteifernden Übermut hatte sie sich mit Leto, der Mutter von Apollo und Artemis, verglichen, die nur diese beiden Kinder gehabt hatte. Um die gekränkte Mutter zu rächen, trafen die neidischen Götter, Apollo und Artemis, mit ihren tödlichen Pfeilen die zwölf Kinder der Niobe. In ihrer untröstbaren Trauer wurde diese vom mitleidigen Zeus in einen von Efeu umrankten Steinfelsen verwandelt.
Urplötzlich aber gibt Hölderlin eine dem griechischen Mythos völlig fremde, doch auf ihn persönlich bezogene Interpretation dieser Legende: Dieses »Schiksaal der phrygischen Niobe« ist ihm »ein Bild des frühen Genies«:

So einer ist ein wüst gewordenes Land, das in ursprünglicher üppiger Fruchtbarkeit die Wirkungen des Sonnenlichtes zu sehr verstärket, und darum dürre wird.[392]

Hierbei ist nicht zu vergessen, daß auf Anregung Schillers Hölderlin die Übersetzung der Phaethon-Episode des Ovid zu übersetzen unternommen hatte. Von dieser Übersetzung sind nur einige Blätter erhalten, doch leider nicht die Verse, wo Ovid beschreibt, wie es dem Sohn Apollons, Phaethon, nicht mehr gelingt, die Pferde des Sonnenwagens zu lenken, wie sie von der gewohnten Bahn abweichen und die Erde in Brand setzen: Wälder und Berge stehen in hellen Flammen, Städte liegen in Asche, Felder und Wiesen werden zur Wüste, die Ströme, ja selbst der mächtige Rhein, trocknen aus. Die Erde beschwert sich beim Allmächtigen Vater, dem nichts übrigbleibt, als den Sohn Apollons, den unglücklichen Wagenlenker Phaethon, mit seinem Blitz zu erschlagen, um die Welt vor dem Brand zu retten.

Als Zeichen und Symbol der Ereignisse stehen die Säulenwälder der Palmyra heute noch »in der Eb'ne der Wüste«. Aber sie sind auch als ein Bekenntnis des Dichters selbst zu verstehen, und zwar als »ein Bild des frühen Genies«, dessen »ursprüngliche üppige Fruchtbarkeit« »dürre« wird und sich in ein »wüst gewordenes Land« verwandelt hat.

In *Hälfte des Lebens* ist dasselbe Phänomen des Unfruchtbarwerdens durch ein anderes Bild dargestellt, und zwar durch das Bild der aufeinanderfolgenden Jahreszeiten und des nach Sommer und Herbst eintretenden Winters. In der Zeit, zu der Hölderlin das Gedicht verfaßte, also etwa 1803, herrscht noch herbstliche Stimmung:

> Mit gelben Birnen [...]
> Und voll mit wilden Rosen
> [...]

Aber bald wird der Winter kommen:

> Weh mir, wo nehm' ich, wenn
> Es Winter ist, die Blumen [...]

Mit dem Wort »Blumen« weist Hölderlin hier, wie an manchen anderen Stellen, auf die »Blumen des Mundes«, auf die Worte: wo wird der Dichter noch Worte, lyrische, finden, um das Göttliche zu loben?

Das Keimwort des Gedichts, wie es im Manuskript steht, heißt einfach: »Weh mir!« Zum aus diesem Kennwort zuerst sich entwickelnden Entwurf gehört der Satz:

> Wo nehm ich, wenn es Winter ist
> die Blumen, daß ich Kränze den Himmlischen
> winde?
> Dann wird es seyn, als wüßt ich nimmer von Göttlichen,
> wenn von mir sei gewichen des Lebens Geist; [...]

»Der Winter«, der da kommt, ist die Jahreszeit ohne Blumen, ohne Sonne und ohne Schatten; keine Naturlandschaft mehr, sondern »Mauern«, die »sprachlos und kalt« da stehen.

»Sprachlos« wird er selbst, er findet »die Rose«, den poetischen Ausdruck nicht mehr. Der Entwurf fährt nämlich fort:

Wenn ich den Himmlischen die Liebeszeichen
die Blumen im nakten kahlen Felde suche
u. dich nicht finde.

Mit »dich« ist die Rose gemeint.[393]
Dies bezieht sich unmißverständlich auf das Versiegen der lyrischen Ausdrucksfähigkeit beim Dichter, der die »Hälfte des Lebens« herannahen fühlt.
Nur »ein Leben, das ein Herz hat, [...] dauert über die Hälfte«, lautet ein Bruchstück einer späteren Fassung der *Patmos*-Hymne.[394]
Wenn ihn die guten Götter fliehen, wird der Dichter »arm«:

Und Nacht ist ihm die Welt und keine
Freude gedeihet und kein Gesang ihm[395]

heißt es schon im Gedicht *Die Götter*, das im Juni 1800 entstand.
»Warum denn«, so lautete die an mich gerichtete Frage, »warum denn, wenn Hölderlin nicht geisteskrank gewesen sein soll, hat er ab 1806 aufgehört zu schreiben?«
Darauf gibt es mehrere, einander nicht ausschließende, sondern ergänzende Antworten.
Die erste ist, daß Hölderlin im Tübinger Turm, zumindest in der ersten Zeit, noch viel geschrieben hat. Waiblinger, den »kranken« Hölderlin in seinem Phaethon-Roman darstellend, sagt:

Alles, was er bekommen konnte von Papieren, überschrieb er in dieser Zeit. [...] Solche Papiere verwahrte er sorgfältig.[396]

Bekanntlich sind solche von Hölderlin überschriebene Papiere korbweise weggetragen worden und abhanden gekommen.
Ferner versuchte in der ersten Zeit die Familie Zimmer, ihn daran zu hindern, daß er sich mit Schreiben beschäftige: meinte man doch, seine geistige Erkrankung habe mit geistiger Überanstrengung und Überspanntheit zu tun, die mit dem Dichten verbunden sei, und das wollte man vermeiden.
Zweitens: aus dem nach 1806 Gedichteten sind doch etwa

fünfzig Gedichte bis zu uns gekommen – keine Kleinigkeit. Einige darunter wurden erst Wochen, ja Tage vor dem Tod verfaßt. Als erster (oder zweiter, nach Ulrich Häussermann) hat Bernhard Böschenstein[397] diese »spätesten Gedichte« wissenschaftlich untersucht und sich bemüht, »in einigen dieser spätesten Zeugnisse Denkformen der großen Hymnen wiederzufinden und, wo immer möglich, eine sinnvolle Folge gesetzmäßig verbundener Vorstellungen zu erkennen«. Und weiter:

Ich bin mir bewußt, daß eine solche Betrachtungsweise dem Verdikt der meisten bisher mit dem kranken Hölderlin befaßten Psychiater verfiele. Nun sind aber deren Untersuchungen in der Regel von dem Vorurteil abhängig, die Dichtungen eines Geisteskranken könnten nicht anders denn als Zeugnisse geistigen und sprachlichen Zerfalls gedeutet werden. Unser Versuch geht aber von der an Beispielen moderner Dichter gewonnenen Einsicht aus, daß Geisteskrankheit und gültige Poesie einander keineswegs auszuschließen brauchen. Überhaupt hat uns die Gewöhnung an Bilderfolgen, denen auf den ersten Blick keine sinngebende Steuerung mehr anzumerken ist, gelehrt, einem zunächst befremdenden Zusammenhang seine eigene Gesetzlichkeit zu entringen.

Böschensteins Erläuterung des wahrscheinlich zwischen 1825 und 1830 entstandenen Gedichts *Die Zufriedenheit* ist überzeugend. Eines der Hauptthemen der spätesten Gedichte ist der Zusammenhang des Menschen mit der Natur. »Aber«, so Böschenstein, »die immer wiederkehrende Bestätigung ihres Einklangs ist selber ein Zeichen, daß er sich nicht mehr vollzieht. Angesichts des Lebens in der Natur vergesse der Mensch, was ihn in seine Einsamkeit sperrt [...], er füge sich in den Vollendungsgang der Zeit ein, ja er werde selber zum Ursprung neuen, der Wiedergeburt der Natur analogen Lebens [...]«

Bernhard Böschenstein muß staunen, daß in diesen spätesten Gedichten so wenig auf Geisteskrankheit hinweise, wo doch die Psychiater in letzter Instanz über den Dichter das Verdikt Schizophrenie gefällt haben.

Wie aber, wenn für die eben erwähnten Psychiater gerade dieselben Gedichte als pathologische Symptome gelten – Gedichte, die jedoch nicht »kränker« sind als drei Viertel der

modernen Poesie? Der einzige Schluß, der sich daraus ziehen läßt: Für die erwähnten Psychiater ist das Poetische an sich schon ein pathologisches Phänomen.
Drittens: Dies mit der »Mitte des Lebens«, mit der »Reife des Mannes« eintretende Versiegen des lyrischen Schwungs hat Hölderlin an sich selbst genau, ja klinisch verwertbar beobachtet und festgestellt. Es hat nur daran gefehlt, daß er gewußt hätte, es handle sich dabei um ein ganz normales biologisches Phänomen, ein Los, das ohne Ausnahme alle Dichter in irgendeiner Form trifft. Er aber hat diese eintretende Dürre als persönliches Schicksal, als Strafe der Götter empfunden und interpretiert.
Das gleiche grausame Erlebnis der Dürre hat Hugo von Hofmannsthal gekannt und damals als »Krankheit des Geistes« empfunden. Es sei ihm, sagt er, zumindest eine Zeitlang, »die Fähigkeit abhanden gekommen, über irgend etwas zusammenhängend zu denken oder zu sprechen«.
Selbstverständlich soll bei der Heranziehung von Hofmannsthals Selbstbekenntnis der Unterschied der Zeiten und der Persönlichkeiten nicht unberücksichtigt bleiben. Hofmannsthal war ein Wiener und ein Zeitgenosse Sigmund Freuds, er war für psychologische Probleme sehr offen; und schließlich ist es ihm gelungen, die Krise zu überwinden, zu anderen Ausdrucksformen als der lyrischen zu gelangen.
Wohl hatte Hölderlin ebenfalls versucht, auf Prosa umzuschalten. Er hatte gesagt, es gebe »einen Hospital«, wohin sich jeder auf seine Art »verunglückte Poët mit Ehren flüchten kann – die Philosophie«, und das hat er auch versucht.[398] Seine Abhandlungen zeugen davon; sie zeugen aber auch von seinem Mißerfolg auf diesem Gebiet: Hölderlin mußte bald einsehen, daß er es da seinen Freunden Hegel und Schelling nicht gleichtun könne, und er gab den Versuch auf. Prosa hatte er sowieso nie schreiben können – wie hätte es ihm nach der Krise besser gelingen sollen?
Hier Auszüge aus dem berühmten Lord-Chandos-Brief über die Midlife crisis des lyrischen Temperaments.

Es ist mehr als gütig, Ihrer Besorgnis um mich, Ihrer Befremdung über die geistige Starrnis, in der ich Ihnen zu versinken scheine, den Ausdruck der Leichtigkeit und des Scherzes zu geben. [...] Ich möchte Ihnen so antworten, wie Sie es um mich verdienen, möchte mich Ihnen ganz aufschließen und weiß nicht, wie ich mich dazu nehmen soll. Kaum weiß ich, ob ich noch derselbe bin, an den Ihr kostbarer Brief sich wendet [...] Allein ich bin es ja doch und es ist Rhetorik in diesen Fragen. [...] Mein Inneres aber muß ich Ihnen darlegen, eine Sonderbarkeit, eine Unart, wenn Sie wollen eine Krankheit meines Geistes, wenn Sie begreifen sollen, daß mich ein ebensolcher brückenloser Abgrund von den scheinbar vor mir liegenden literarischen Arbeiten trennt als von denen, die hinter mir sind und die ich, so fremd sprechen sie mich an, mein Eigentum zu nennen zögere. [...]

Was ist der Mensch, daß er Pläne macht! [...] Ich wollte die Fabeln und mythischen Erzählungen, welche die Alten uns hinterlassen haben, und an denen die Maler und Bildhauer ein endloses und gedankenloses Gefallen finden, aufschließen als die Hieroglyphen einer geheimen, unerschöpflichen Weisheit. [...]

Um mich kurz zu fassen: Mir erschien damals in einer Art von andauernder Trunkenheit das ganze Dasein als eine große Einheit: geistige und körperliche Welt schien mir keinen Gegensatz zu bilden, ebensowenig [...] Einsamkeit und Gesellschaft; in allem fühlte ich Natur [...] und in aller Natur fühlte ich mich selber. [...] Es ahnte mir, alles wäre Gleichnis und jede Kreatur ein Schlüssel der andern. [...]

Es möchte dem, der solchen Gesinnungen zugänglich ist, als der wohlangelegte Plan einer göttlichen Vorsehung erscheinen, daß mein Geist aus einer so aufgeschwollenen Anmaßung in dieses Äußerste von Kleinmut und Kraftlosigkeit zusammensinken mußte, welches nun die bleibende Verfassung meines Innern ist. [...]

Mein Fall ist, in Kürze, dieser: es ist mir völlig die Fähigkeit abhanden gekommen, über irgend etwas zusammenhängend zu denken oder zu sprechen.

Zuerst wurde es mir allmählich unmöglich, ein höheres oder allgemeineres Thema zu besprechen und dabei jene Worte in den Mund zu nehmen, deren sich doch alle Menschen ohne Bedenken geläufig zu bedienen pflegen. Ich empfand ein unerklärliches Unbehagen, die Worte »Geist«, »Seele« oder »Körper« nur auszusprechen. Ich fand es innerlich unmöglich, über die Angelegenheiten des Hofes, die Vorkommnisse im Parlament, oder was Sie wollen, ein Urteil herauszubringen. [...] Die abstrakten Worte [...] zerfielen mir im Munde wie modrige Pilze. [...]

Allmählich aber breitete sich diese Anfechtung aus wie ein um sich fressender Rost. Es wurden mir auch im familiären und hausbackenen Gespräch alle die Urteile, die leichthin und mit schlafwandelnder Sicherheit abgegeben zu werden pflegen, so bedenklich, daß ich aufhören mußte, an solchen Gesprächen irgend teilzunehmen. Mit einem unerklärlichen Zorn, den ich nur mit Mühe notdurftig verbarg, erfüllte es mich, dergleichen zu hören, wie: diese Sache ist für den oder jenen gut oder schlecht ausgegangen; Sheriff N. ist ein böser, Prediger T. ein guter Mensch. Pächter M. ist zu bedauern, seine Söhne sind Verschwender; ein anderer ist zu beneiden, weil seine Töchter haushälterisch sind. [...] Dies alles erschien mir so unbeweisbar, so lügenhaft, so löcherig wie nur möglich. [...] Es gelang mir nicht mehr, [alle Dinge] mit dem vereinfachenden Blick der Gewohnheit zu erfassen. Es zerfiel mir alles in Teile, die Teile wieder in Teile, und nichts mehr ließ sich mit einem Begriff umspannen. Die einzelnen Worte schwammen um mich; sie gerannen zu Augen, die mich anstarrten und in die ich wieder hineinstarren muß: Wirbel sind sie, in die hinabzusehen mich schwindelt, die sich unaufhaltsam drehen und durch die hindurch man ins Leere kommt.
Ich machte einen Versuch, mich aus diesem Zustand in die geistige Welt der Alten hinüberzuretten. Platon vermied ich; denn mir graute vor der Gefährlichkeit seines bildlichen Fluges. [...] Es überkam mich unter ihnen [den Begriffen] das Gefühl furchtbarer Einsamkeit; mir war zumut wie einem, der in einem Garten mit lauter augenlosen Statuen eingesperrt wäre; ich flüchtete wieder ins Freie.
Seither führe ich ein Dasein, das Sie, fürchte ich, kaum begreifen können, so geistlos, so gedankenlos fließt es dahin [...] nicht ganz ohne freudige und belebende Augenblicke. [...] Es wird mir nicht leicht, Ihnen anzudeuten, worin diese guten Augenblicke bestehen; die Worte lassen mich wiederum im Stich. Denn es ist ja etwas völlig Unbenanntes und auch wohl kaum Benennbares, das in solchen Augenblicken, irgendeine Erscheinung meiner alltäglichen Umgebung mit einer überschwellenden Flut höheren Lebens wie ein Gefäß erfüllend, mir sich ankündet. Ich kann nicht erwarten, daß Sie mich ohne Beispiele verstehen, und ich muß Sie um Nachsicht für die Albernheit meiner Beispiele bitten. Eine Gießkanne, eine auf dem Felde verlassene Egge, ein Hund in der Sonne, ein ärmlicher Kirchhof, ein Krüppel, ein kleines Bauernhaus, alles dies kann das Gefäß meiner Offenbarung werden. [...]
Auch die eigene Schwere, die sonstige Dumpfheit meines Hirnes er-

scheint mir als etwas; ich fühle ein entzückendes, schlechthin unendliches Widerspiel in mir und um mich. [...] Es ist mir dann, als bestünde mein Körper aus lauter Chiffern, die mir alles aufschließen. Oder als könnten wir in ein neues, ahnungsvolles Verhältnis zum ganzen Dasein treten, wenn wir anfingen, mit dem Herzen zu denken. Fällt aber diese sonderbare Bezauberung von mir ab, so weiß ich nichts darüber auszusagen, ich könnte dann ebensowenig in vernünftigen Worten darstellen, worin diese mich und die ganze Welt durchwebende Harmonie bestanden und wie sie sich mir fühlbar gemacht habe, als ich ein Genaueres über die inneren Bewegungen meiner Eingeweide oder die Stauungen meines Blutes anzugeben vermöchte.
Von diesen sonderbaren Zufällen abgesehen [...] lebe ich ein Leben von kaum glaublicher Leere und habe Mühe, die Starre meines Innern vor meiner Frau und vor meinen Leuten die Gleichgültigkeit zu verbergen, welche mir die Angelegenheiten des Besitzes einflößen.
[...]
Ich fühlte [...], daß ich auch im kommenden und im folgenden und in allen Jahren dieses meines Lebens kein englisches und kein lateinisches Buch schreiben werde: und dies aus dem einen Grund [...], weil die Sprache, in welcher nicht nur zu schreiben, sondern auch zu denken mir vielleicht gegeben wäre, weder die lateinische noch die englische noch die italienische und spanische ist, sondern eine Sprache, von deren Worten mir auch nicht eines bekannt ist, eine Sprache, in welcher die stummen Dinge zu mir sprechen, und in welcher ich vielleicht einst im Grabe vor einem unbekannten Richter mich verantworten werde.[399]

In diesem Text Hofmannsthals, den ich etwas ausführlicher zitiert habe, gibt es kaum eine Zeile, kaum ein Wort, das nicht auf Hölderlins Fall zuträfe und ihn nicht gleichsam »durchleuchtete«.

Ist das Autismus?

Es wird oft behauptet, Hölderlin habe an »autistischer Psychose« gelitten – einer Erkrankung, bei der die Beziehungen zur mitmenschlichen Umwelt aufgegeben oder krankhaft verzerrt sind. Rückzug von der Umwelt, affektive Verarmung und Verödung sollen die autistische, schizophrene Wahnwelt kennzeichnen. Ein »Autist« pflegt ein selbstbezogenes Denken. Er isoliert sich.

Dies sei bei Hölderlin als »Umnachteten« der Fall gewesen: er habe von der Umwelt nichts mehr wissen wollen. Hölderlin ein Autist, ein eindeutig schizophrener Fall?

Es ist tatsächlich unleugbar, daß sich Hölderlin »isoliert« hat und den üblichen, als normal erachteten Verkehr mit der Umwelt aufgegeben hat. Es ist auch ebenso unleugbar, daß er schon immer die Veranlagung dazu in sich hatte und daß er schon immer ein »selbstbezogenes Denken« pflegte.

Dabei muß ich aber an ein Wort des Dramatikers Marcel Achard denken. Man fragte ihn einmal: »Was ist denn für Sie ein Egoist?« Darauf antwortete er: »Ein Egoist ist einer, der nicht an mich denkt.«

Ich würde sagen, die Frage lautet nicht: wer ist ein Autist? Die wirkliche Frage lautet: wer ist denn keiner?

Es ist mir vergönnt gewesen, manchen besonders bedeutenden, begabten Menschen zu begegnen: Dichtern, Künstlern, Staatsmännern – ich könnte sagen, daß ich (wahrscheinlich ausnahmslos) keinen kenne, den man nicht als Autisten bezeichnen dürfte. Um etwas in der Welt zu schaffen, muß man wohl schon stark autistisch geprägt sein. N o t a b e n e : den mehr oder weniger starken Geltungstrieb will ich dabei völlig ausschalten: das ist ein anderes Problem. Ich rede nur von der Ichbezogenheit des inneren Lebens bei gewissen außerordentlich begabten Menschen.

Hier will ich nicht auf die Möglichkeit näher eingehen, man habe es da mit einem ausgesprochen schwäbischen Zug in Hölderlins Charakter zu tun. Doch horcht man auf, wenn man bei einem Schwaben, der von den Schwaben spricht, liest:

Wenn man nicht aufpaßt, kann man leicht ins Allzuschwäbische geraten, und das heißt doch: kleinlich sein, geizig, neidisch; und schwerblütig, unsinnlich, kontaktschwach bis zur schieren Ungeselligkeit, eng, verkapselt in seine Tälchen, »innerlich«, und eben ganz und gar weltlos.[400]

Zur »Isoliertheit« des Autisten: Das Wort »isoliert« kommt ja vom lateinischen i n s u l a, Insel. Welches Kind – welchen Alters auch – hat nicht davon geträumt, auf einer Insel zu leben? Friedrich Hölderlin, wie die anderen.
Er kannte das 1679 in deutscher Sprache erschienene Werk Oexmelins: *Americanische Seeräuber. Beschreibung der grössesten durch die Französische und Englische Meer-Beuter, wider die Spanier in America verübten Rauberey Grausamkeit, in Nürnberg gedruckt, mit Zeichnungen, Porträts und Karten: die Karte der Insel Espaniola (Santo Domingo) und der Isla de la Tortuga, wo die Freibeuter (die Flibustiers) sich niedergelassen hatten.* Diese Lektüre hat bei ihm Spuren hinterlassen.
Als Kind erinnert er sich der Zeit, wo im Garten der Familie die Pfirsiche gediehen und »die süßen Früchte des Kirschbaums« sich röteten, »im kühlen Gebüsch, in der Stille des Mittags von Otahitis Gestad oder von Tinian« gelesen zu haben.[401]
Ein später Hymnenentwurf trägt den Titel *Tinian.* Tinian: eine Insel des westlichen Stillen Ozeans in der Marianen-Gruppe, nicht sehr weit von der heute berühmt gewordenen Insel Guam. Der Name bezeichnete zur Zeit Hölderlins eine paradiesische Südseeinsel und wurde, sagt Friedrich Beißner, »nicht selten appellativ gebraucht – vgl. Wieland: ›ein Sitz der Frühlingsgötter, ein Zaubergrund, ein wahres Tinian‹«.[402]
Höchstwahrscheinlich hat Hölderlin *Robinson Crusoe* gelesen, das Buch, das Jean-Jacques Rousseau mehr als alle anderen Bücher schätzte. Auch Rousseau hing dem Ideal der »Insularität« (so Henri-Frédéric Amiel) an. Als Tübinger Stiftler hat Hölderlin sehr wahrscheinlich Rousseaus *Rêveries du Promeneur solitaire* gelesen, aber ganz gewiß die entsprechende Stelle seiner *Confessions*, die Hegel am Nebentisch las, wie von Leutwein berichtet wird.[403]
Der fünfte Spaziergang Rousseaus beschreibt seinen Aufenthalt in der »Isle de Saint Pierre« in der Mitte des Bieler Sees. Von allen Orten, wo er gewohnt hat – und Rousseau hat auch

manchmal sehr schön gewohnt –, hat ihm keiner so zarte, so sanftrührende Erinnerungen hinterlassen, und zwar unter Umständen, die hier von Belang sind.
Rousseau, der in Motiers (Schweiz) weilte, war vom »aufgebrachten Volk« in seinem Hause gesteinigt worden – genauso wie achtzehn Jahre später, Ende April 1793, Fichte in Jena von »aufgebrachten Studenten« ebenfalls in seinem Hause gesteinigt wurde. Rousseau beschloß, auf die »Isle de Saint Pierre« zu flüchten. Er nahm Abschied von der Welt und beschloß, auf dieser Insel bis zum Ende seines Lebens zu bleiben. »Nichts zu tun, das war mein Sinn; die Muße ist mir Erfüllung.«[404]
Das Leben auf der Insel mit seiner Frau Therèse, das idyllische, »kostbare, köstliche f a r n i e n t e« beschreibt er als »die glücklichste Zeit seines Lebens«. Er sammelt Pflanzen, die ihn die Verfolgung der Menschen, ihren Haß, ihre Bosheit, ihr Verachten, ihre Beleidigungen vergessen lassen. Sieben Jahre später macht ihn die bloße Erinnerung daran, »mitten in dem schlimmsten Schicksal, das ein Sterblicher je erlitten hat«, immer noch selig. Die paar Seiten der Beschreibung sind eines der schönsten Stücke der Weltliteratur, und sie haben sich dem jugendlichen Hölderlin eingeprägt: die Insularität als Ideal, als Modell einer von der Bosheit der Menschen abgeschirmten Existenz.
Rousseaus Idyll dauerte nur zwei Monate. Die Insel war Besitz der Berner Regierung. Im Namen des Berner Senats übermittelte ihm Immanuel von Graffenried, Vogt von Niddau, den Befehl, die Insel sofort zu verlassen. Die Wirkung des Befehls auf Rousseau wurde kaum dadurch gemildert, daß Vogt von Graffenried den Philosophen Rousseau, den tugendhaften Freund der Wahrheit und der Menschheit, zu loben wußte und ihn darauf aufmerksam machte, daß die ganze Welt die Heimat des Menschen ist und daß alle bedeutenden Männer verfolgt gewesen sind.
Daß diese Episode und Rousseaus Text Hölderlin vertraut waren, davon zeugen die Strophen der Hymne *Der Rhein*, wo darauf angespielt wird:

Dann scheint ihm oft das Beste,
Fast ganz vergessen da,

Wo der Stral nicht brennt,
Im Schatten des Walds
Am Bielersee in frischer Grüne zu seyn,
Und sorglosarm an Tönen,
Anfängern gleich, bei Nachtigallen zu lernen.[405]

Noch eine Insel ist mit dem Namen Rousseau verbunden: Nach seinem Tode war Rousseau auf einer Insel im Park zu Ermenonville nordöstlich von Paris begraben worden. 1794, zur Zeit der Französischen Revolution, wurden seine Gebeine in das Pantheon zu Paris überführt. Stäudlin hatte 1791 eine *Elegie am Grabe des J. J. Rousseau* veröffentlicht. Doch schon vorher, 1789, hatte Hölderlin mit neunzehn Jahren die Ode *An die Ruhe* verfaßt:

Denn sieh', es wallt der Enkel zu seinem Grab,
Voll hohen Schauers, wie zu des Weisen Grab,
Des Herrlichen, der von der Pappel
Säuseln umweht, auf der Insel schlummert.[406]

Friedrich Beißner bemerkt mit Recht, daß die in dieser Ode besungene Ruhe »nicht die Untätigkeit, die Entspannung, sondern im Gegenteil die Anspannung und Sammlung aller Kräfte zu der desto wirksameren Leistung«[407] ist; »nicht die leere, sondern die lebendige Ruhe, wo alle Kräfte regsam sind, und nur wegen ihrer innigen Harmonie nicht als thätig erkannt werden«, schreibt Hölderlin an den Bruder.[408]
Auf Hölderlins Identifizierung mit Rousseau macht Friedrich Beißner aufmerksam:

In den Strophen vorher spricht der Dichter von sich, zunächst in der ersten, dann in der dritten Person; unversehens fließt ihm aber sein eigenes Idealbild, das sich nach Rousseau richtet, mit diesem zusammen, bevor der Vergleich seines eigenen künftigen Grabes mit dem des »Weisen« vollzogen ist.[409]

Mit neunzehn Jahren also sieht Hölderlin schon im voraus das eigene künftige Grab nach dem Vorbild von Rousseau, »von der Pappel Säuseln umweht, auf der Insel«.
Hinzu kommt ein anderes entscheidendes literarisches Erlebnis: dasjenige der Welt der Griechen. Dabei sollte man nicht nur an die Überlieferung der Antike, an das »Meer- und Insel-

hafte« der Odyssee denken, wie sich Goethe in Sizilien ausdrückte, sondern in erster Linie an die Begegnung mit dem modernen Griechenland durch Vermittlung von Chandlers und Choiseul-Gouffiers Reisebeschreibungen.
Richard Chandlers *Reisen in Klein Asien* und *Reisen in Griechenland* waren 1776 und 1777 in deutscher Fassung in Leipzig veröffentlicht worden. Die *Reisen des Grafen von Choiseul-Gouffier durch Griechenland, aus dem Französischen übersetzt, mit Kupfern und Karten*, waren 1780–1782 in Gotha erschienen. Hölderlin hat sie weitgehend als Quellen benutzt.
Diese modernen Beschreibungen machten die Landschaft der Ilias und der Odyssee lebendig und gegenwärtig. Von da ab gehören die Mittelmeerinseln, die Inselwelt überhaupt, mit einer erstaunlichen Beständigkeit zur Kulisse der Hölderlinschen Landschaft. Hier einige Zeugnisse davon.
Im Gedicht *Thränen* heißt es:

Ihr lieben Inseln, Augen der Wunderwelt!
Ihr nemlich geht nun einzig allein mich an,
[...].

[...] itzt sind
Die Helden todt, die Inseln der Liebe sind
Entstellt fast. [...][410]

Die Inseln, »Augen der Wunderwelt«: die Wunderwelt ist die Welt der Griechen. Die »Augen« sind das Kostbarste, das Liebste und Unantastbarste, das man am sorgfältigsten hütet, wie es in den Sprüchen des Salomon, die Hölderlin mit zwanzig Jahren kommentierte, steht:

Behalte meine Gebote, so wirst du leben, und mein Gesetz wie deinen Augapfel.[411]

In Pindars *Zweiter Olympischer Hymne* steht, zum Lob der Vorfahren Therons, daß sie Siziliens Augäpfel waren: »Sikelias waren sie Auge.«[412] Ähnliches in der Fünfter *Pythischen Ode.*
So sind, für Hölderlin, die Inseln das Kostbarste an der Wunderwelt der Griechen.
Selbst wenn er den Main, den Neckar, die Heimat besingt, gedenkt er der griechischen Inseln.

Am Main:

Ach! einmal dort an Suniums Küste möcht'
Ich landen, deine Säulen, Olympion!
Erfragen [...]

und o ihr schönen
Inseln Ioniens, wo die Lüfte

Vom Meere kühl an warme Gestade wehn,
[...]

Zu euch vieleicht, ihr Inseln! geräth noch einst
Ein heimathloser Sänger; denn wandern muß
Von Fremden er zu Fremden, und die
Erde, die freie, sie muß ja laider!

Statt Vaterlands ihm dienen, so lang er lebt,
Und wenn er stirbt – [...][413]

Am Neckar:

Zu euch, ihr Inseln! bringt mich vieleicht, zu euch
Mein Schuzgott einst [...][414]

Die Ode *Die Heimath* fängt mit folgender Strophe an:

Froh kehrt der Schiffer heim an den stillen Strom
Von Inseln fernher, wenn er geerndtet hat;
So käm' auch ich zur Heimath, hätt' ich
Güter so viele, wie Laid, geerndtet.[415]

Als ihn im Sommer 1799 der Verleger Steinkopf bittet, als »Erklärung« des schon im Jahr zuvor erschienenen Titelkupfers von Neuffers Taschenbuch, zum Bildnis »Emiliens« eine Geschichte zu erfinden, die seiner »Willkühr« völlig anheimgestellt wird, verlegt Hölderlin die erzählte Geschichte nach Korsika. Der Bruder Emiliens, Eduard, beschreibt das idyllische Leben auf der Insel:

»Ein edel Volk ist hier auf Korsika«;
[...]
»Klagt nicht mehr! kommt in neues Land!« [...]
»Der Ocean, der die Gefild' umschweift,
Erwartet uns. Wir suchen seelige

Gefilde, reiche Inseln, wo der Boden
Noch ungepflügt die Früchte jährlich gibt,
Und unbeschnitten noch der Weinstok blüht,
Wo der Olivenzweig nach Wunsche wächst,
Und ihren Baum die Feige keimend schmükt,
Wo Honig rinnt aus hohler Eich' und leicht
Gewässer rauscht von Bergeshöhn. [...]
[...]
Es sparte für ein frommes Volk Saturnus Sohn
Diß Ufer auf, da er die goldne Zeit
Mit Erze mischte.« [...][416]

In Hölderlins Sicht ist eine Insel die Geburtsstätte der Menschheit gewesen:

Kaum sproßten aus den Wassern, o Erde, dir
  Der jungen Berge Gipfel und dufteten
    Lustathmend, immergrüner Haine
      Voll, in des Oceans grauer Wildniß

      Die ersten holden Inseln; [...]

Da auf der Inseln schönster [...]

Geboren, Mutter Erde! dein schönstes Kind.[417]

Inseln sind auch des Menschen letzte Ruhestätte, wo die Toten hingegangen sind:

[...] und in den Ocean schiffend
Die duftenden Inseln fragen
Wohin sie sind.[418]

»Sie«: die Verstorbenen.
In dem nach ihm betitelten Gedicht ist der Archipelagos der alte, gewaltige Meergott, der Vater der Inseln:

Deiner Inseln ist noch, der blühenden, keine verloren.
Kreta steht und Salamis grünt, umdämmert von Lorbeern,
Rings von Stralen umblüht, erhebt zur Stunde des Aufgangs
Delos ihr begeistertes Haupt, und Tenos und Chios
Haben der purpurnen Früchte genug, von trunkenen Hügeln
Quillt der Cypriertrank, und von Kalauria fallen
Silberne Bäche, wie einst, in die alten Wasser des Vaters.

Alle leben sie noch, die Heroënmütter, die Inseln,
Blühend von Jahr zu Jahr, und wenn zu Zeiten, vom Abgrund
Losgelassen, die Flamme der Nacht, das untre Gewitter,
Eine der holden ergriff, und die Sterbende dir in den Schoos sank,
Göttlicher! du, du dauerstest aus, denn über den dunkeln
Tiefen ist manches schon dir auf und untergegangen.

[...]

Aber an Salamis Ufern, o Tag an Salamis Ufern!
[...]
Wankt seit Tagesbeginn, wie langsamwandelnd Gewitter,
Dort auf schäumenden Wassern die Schlacht [...]

[...]
Aber du, unsterblich, wenn auch der Griechengesang schon
Dich nicht feiert, wie sonst, aus deinen Woogen, o Meergott!
Töne mir in die Seele noch oft [...]
[...] und wenn die reißende Zeit mir
Zu gewaltig das Haupt ergreifft und die Noth und das Irrsaal
Unter Sterblichen mir mein sterblich Leben erschüttert,
Laß der Stille mich dann in deiner Tiefe gedenken.[419]

Patmos, eine der heiligen Stätten des christlichen Mythos, ist eine griechische Insel des nördlichen Dodekanes. Sie gilt als Aufzeichnungsort der Offenbarung durch den Evangelisten Johannes.

Es rauschen aber um Asias Thore
Hinziehend da und dort
In ungewisser Meeresebene
Der schattenlosen Straßen genug,
Doch kennt die Inseln der Schiffer.
Und da ich hörte
Der nahegelegenen eine
Sei Patmos,
Verlangte mich sehr,
Dort einzukehren und dort
Der dunkeln Grotte zu nahn.
Denn nicht, wie Cypros,
Die quellenreiche, oder
Der anderen eine
Wohnt herrlich Patmos,

Gastfreundlich aber ist
Im ärmeren Hauße
Sie dennoch,
[...][420]

Fast könnte man vergessen, da die Landschaft in der Tragödie nur als Kulisse erscheint, daß der *Empedokles* in Sizilien spielt.
Im *Hyperion* sind die Inseln gleich anfangs da. Die erste Fassung des Romans, als *Thalia-Fragment* bekannt, die Hölderlin wahrscheinlich mit vierundzwanzig Jahren in Waltershausen verfaßte, fängt gleich damit an. Der erste Brief ist aus der Insel Zante datiert. Zante, eine kleine Insel an der Nordwestküste des Peloponnes, auch Zakynthos geheißen, ist Chandlers letzte Station auf griechischem Boden vor seiner Einschiffung nach England gewesen. Damit knüpft Hölderlins Roman gleichsam unmittelbar an Chandlers Beschreibung an.
Die vorletzte Fassung des Romans beginnt mit folgenden Worten des Herausgebers von Hyperions Briefen:

Von früher Jugend an lebt' ich lieber, als sonstwo, auf den Küsten von Jonien und Attika und den schönen Inseln des Archipelagus, und es gehörte unter meine liebsten Träume, einmal wirklich dahin zu wandern, zum heiligen Grabe der jugendlichen Menschheit.[421]

In einer Vorstufe der endgültigen Fassung des Romans heißt es:

Ich scheide heute von Salamis. [...] Es kömmt mich schwer an, diese Insel zu verlassen. Ich habe sie sehr lieb gewonnen. Ich möcht' ihr einen Nahmen geben. Insel der Ruhe möcht' ich sie nennen. [...] Ich weiß nicht, Salamis hat doch eigene Reize, und die Gefährten des Ajax hatten Recht, im Vaterlandsweh auf der fernen Küste zu rufen:

Draußen schwimmst du von Meereswoogen umrauscht,
Voll Ruhms, voll guten Geistes, o Salamis![422]

Auf der Insel Salamis wohnt der Eremit Hyperion, der rückblickend sein bisheriges Leben erzählt. Wohlgemerkt: hier ist ihm die Insel Salamis nicht wie im *Archipelagus* die glorreiche Stätte des Siegs der Athener über die Perser, der die westliche Welt rettete, sondern »die Insel des Ajax«, des – nach Sophokles – rasend gewordenen Helden, der sich das Leben nahm.

Warum redet Hyperion von der »theuern« Salamis? Warum wählte er aus allen Stätten diese, um da die Hütte des Eremiten zu bauen?
Hyperion ist auf der Insel Tina geboren und aufgewachsen. Auf der Insel Kalaurea (die Chandler schildert) ist Diotima geboren; auf ihrer Heimatinsel begegnen sich die Liebenden. Auf Kalaurea wird Diotima sterben.
In der ersten Zeit ihrer Liebe ruft Hyperion:

Was kümmert mich der Schiffbruch der Welt, ich weiß von nichts, als meiner seeligen Insel.[423]

Nach dem Abschied von Diotima schreibt er:

Ich schreibe dir von einer Spize der Epidaurischen Berge. Da dämmert fern in der Tiefe deine Insel, Diotima![424]

Nach dem Zusammenbruch seiner Hoffnungen schreibt Hyperion an Diotima:

Ich bin so gar nichts, bin so ruhmlos, wie der ärmste Knecht. Ich bin verbannt, verflucht, wie ein gemeiner Rebell [...] O Erde! o ihr Sterne! werde ich nirgends wohnen am Ende? [...] Ihr lieben Jonischen Inseln! und du, mein Kalaurea, und du, mein Tina, ihr seid mir all' im Auge, so fern ihr seid und mein Geist fliegt mit den Lüftchen über die regen Gewässer; [...] ich möcht' hinüberschiffen ans Land und den Boden küssen und den Boden erwärmen an meinem Busen, und alle süßen Abschiedsworte stammeln vor der schweigenden Erde, eh' ich auffliege ins Freie.[425]

Er bittet Diotima, mit ihm aus Griechenland zu flüchten »in ein heilig Thal der Alpen oder Pyrenäen« und da ein einfaches idyllisches, rousseauisches Leben zu führen:

O wenn ich auch dort oben landen könnte an den glänzenden Inseln des Himmels, fänd' ich mehr, als ich bei Diotima finde?[426]

Was die Inseln im Meer sind, sind auch die Wolken im Himmel. »Inseln des Lichts«, »Inseln des Himmels« sind sie:

Ich dürste nach Luft, nach Kühlung, Hyperion! Meine Seele wallt mir über von selbst und hält im alten Kreise nicht mehr. Bald kommen ja die schönen Wintertage, wo die dunkle Erde nichts mehr ist, als die Folie des leuchtenden Himmels, da wär' es gute Zeit, da blinken ohnediß gastfreundlicher die Inseln des Lichts![427]

Nach dem Tode Diotimas schreibt Hyperion an seinen Freund Notara von Sizilien aus, wohin ihn ein Schiff aus Paros zuerst gebracht hatte:

Ein Fremdling bin ich, wie die Unbegrabnen, wenn sie herauf vom Acheron kommen, und wär' ich auch auf meiner heimatlichen Insel, in den Gärten meiner Jugend, [...] ach! dennoch, dennoch, wär' ich auf der Erd' ein Fremdling und kein Gott knüpft ans Vergangne mich mehr.[428]

Bei jeder Gelegenheit werden die griechischen Inseln verherrlicht. Bald ist es die Geburtsstätte des Phoibos Apollons, Delos die Glänzende:

Hier wohnte der Sonnengott einst, unter den himmlischen Festen, wo ihn, wie goldnes Gewölk, das versammelte Griechenland umglänzte.[429]

Bald ist es Nio, die Grabstätte des Homer:

Am Grabe Homers brachten wir noch einige Tage zu, und Nio wurde mir die heiligste unter den Inseln.[430]

Man glaube doch nicht, daß nur die Inseln des Mittelmeers Hyperion anziehen: auch in Deutschland gibt es Inseln.

Ich wollte nun aus Deutschland wieder fort. Ich suchte unter diesem Volke nichts mehr, ich war genug gekränkt [...] Aber der himmlische Frühling hielt mich auf; [...] wie mit Genien, lebt' ich izt mit den blühenden Bäumen [...] Und so geschah mir überall, du Lieber! [...] wenn ich hinauf, wo wild die Rose um den Steinpfad wuchs, den warmen Hügel gieng, auch wenn ich des Stroms Gestade, die luftigen umschifft' und alle die Inseln, die er zärtlich hegt.[431]

Hier wird deutlich auf die Inseln im Neckar angespielt, vielleicht gar auf die, die dann fünfunddreißig Jahre lang von Hölderlins Fenster bei Zimmers zu sehen waren.
Dem Dichter sind die Inseln das auserkorene Symbol der heilen Welt, ein Refugium, wo ein zeitloses, schicksalloses, unhistorisches Leben noch geführt werden kann – oder werden könnte.
Hölderlin ist nicht der einzige, der von mythischen Inseln geträumt hat. Es ist dies ein alteingesessener, archetypischer Mythos: man denke nur an die Atlantis Platons, an die Insel

Utopia des Thomas More, an Rabelais, an Swift ... Zur Zeit Hölderlins und in seinem nächsten Freundeskreis braucht man nur Wilhelm Heinse zu nennen, »Vater Heinse«, den Autor des 1787 erschienenen *Ardinghello, und die glückseligen Inseln*, das gewiß mit ihm in Gegenwart Susettens kommentiert wurde während der Reise nach Kassel und Bad Driburg. Allerdings ist da nur auf den letzten Seiten von den griechischen Inseln die Rede. Ardinghello gründet auf der Insel Paros eine Künstlerrepublik, wo »eine neue Religion« gepredigt und »ein neues Pantheon aufgeführt« wird, wo »die Weiber« nach dem Modell Platons »jedoch auch nur gewissermaßen, gemeinschaftlich, und so die Männer« waren; »das ist: jedes hatte völlige Freiheit seiner Person. [...] So schwang die Liebe in allerhöchster Freiheit ihre Flügel.«
Hölderlins Auffassung deckt sich nicht völlig mit Heinses: Er träumt keineswegs von einer größeren Gemeinschaft, von einer »Kommune«, sondern von einem abgesonderten, geschützten, zeitlosen Leben zu zweit. Am deutlichsten kommt dieses Ideal der »Insel« in einem Elegiefragment aus der Zeit nach dem Bruch mit dem Hause Gontard, etwa März oder April 1799, vor:

[...] es wandelt das Bild
Meiner Heldin mit mir, wo ich duld' und bilde, mit Liebe
Bis in den Tod, denn diß lernt' ich und hab' ich von ihr.

Laß uns leben, o du mit der ich leide, [...]
Sind doch wirs! und wüßten sie noch in kommenden Jahren
Von uns beiden, wenn einst wieder der Genius gilt,
Sprächen sie: es schuffen sich einst die Einsamen liebend
Nur von Göttern gekannt ihre geheimere Welt.[432]

Ein mit dem der »autistischen« Insel verwandtes Thema ist das des Eremiten, des Einsiedlers, der fast so isoliert lebt, wie der auf sich allein angewiesene Robinson auf seiner Insel. Es ist anscheinend nicht allzuoft darauf eingegangen worden, daß es gleich im Titel des Romans steht, also für Hölderlin von entscheidender Bedeutung ist, daß Hyperion als »Eremit in Griechenland« auftritt. Er lebt – keineswegs ein Greis, sondern im besten Mannesalter – auf der Insel Salamis, wo er seine Hütte gebaut hat, ein beschauliches Leben führt, Abende lang sitzend aufs Meer hinaus schaut, liest und sein Leben überdenkt, ab und zu hinab an die Bucht geht und Fische fängt. Da lebt er in der Einsamkeit, im Abstand von der Welt der Menschen und vom eigenen Erleben. Übrigens ist dies nicht die Anfangssituation. Am Anfang lebt Hyperion am Korinthischen Isthmus. Erst im Zweiten Buch hat er die letzte Station gefunden: die Einsiedlerhütte auf der Insel Salamis. Wie läßt sich da seine psychologische Situation beschreiben? Er ist einsam, isoliert: zur »Insel« geworden. Mit Menschen verkehrt er nicht mehr, nur noch mit der Natur:

Ich habe nicht, wovon ich sagen möchte, es sey mein eigen.
Fern und todt sind meine Geliebten, und ich vernehme durch keine Stimme von ihnen nichts mehr.
Mein Geschäft auf Erden ist aus. Ich bin voll Willens an die Arbeit gegangen, habe geblutet darüber, und die Welt um keinen Pfenning reicher gemacht.
Ruhmlos und einsam kehr' ich zurük und wandre durch mein Vaterland, das, wie ein Todtengarten, weit umher liegt, und mich erwartet vieleicht das Messer des Jägers, der uns Griechen, wie das Wild des Waldes, sich zur Lust hält.
Aber du scheinst noch, Sonne des Himmels! Du grünst noch, heilige Erde! Noch rauschen die Ströme in's Meer, und schattige Bäume säuseln im Mittag. Der Wonnegesang des Frühlings singt meine sterblichen Gedanken in Schlaf. Die Fülle der alllebendigen Welt ernährt und sättiget mit Trunkenheit mein darbend Wesen. [...]
O seelige Natur! [...]
O ein Gott ist der Mensch, wenn er träumt, ein Bettler, wenn er nachdenkt![433]

Der »Eremit« Hyperion verzichtet auf das scharfe Denken. Wie bei allen Mystikern findet er die Harmonie, das göttliche »Eins sein mit Allem«, erst in der Weltabgeschiedenheit. Unter »Welt« soll hier das Weltliche, die Welt der Menschen verstanden werden.
Andere finden den Zugang zum Göttlichen im zönobitischen Leben, in einer Gemeinschaft von Gleichgesinnten; dies ist bei Hyperion-Hölderlin nicht der Fall. Das eremitische Leben ist der Gegensatz zum zönobitischen: Hyperion-Hölderlin ist allein – er hat keine Freunde mehr, keine Geliebte mehr –, aber er will auch allein leben und seinem Hang zum einsamen Leben ungestört nachgehen. Er übt das, was der bedeutendste Theologe der christlichen Frühzeit, Origenes (erste Hälfte des 3. Jahrhunderts), und der Kirchenlehrer Basilius der Große (4. Jahrhundert) a p o t a x i a nannten, Selbstsegregation aus der Menschenherde, Zurückgezogenheit. Sei es durch die *Historia Lausiaca* des Bischofs Palladios (Ende des 4. Jahrhunderts), der selbst in den Bergen Ägyptens als Anachoret gelebt hatte, ein Werk, das zwischen 1616 und 1746 mehrmals neugedruckt worden war, sei es durch das zehnbändige Werk des Jesuiten Heribert Rosweide (1569–1629), die *Vitae Patrum*, die Lebensgeschichte der ersten Kirchenväter – auf jeden Fall waren die Tübinger Stiftler mit den Berichten über die Eremiten und Anachoreten vertraut: da hatten sie sogar ein Modell des ersten, naiven, noch nicht institutionalisierten Christentums, eines unmittelbaren Gesprächs mit Gott vor Augen.

Hölderlins eremitisches Lebensideal könnte auch als ein mönchisches bezeichnet werden, insofern man die Etymologie sowie die älteste, uranfängliche christliche Tradition berücksichtigt. Die Gnostiker der ersten nachchristlichen Jahrhunderte meinten, daß man erst als m o n a c h o s, d. h. als ein in der Einsamkeit Lebender, als ein seine Einzigartigkeit in der Abgeschiedenheit Verwirklichender, seine kosmische Existenz vollziehe. Wohl hat Hölderlin die erst 1945 in Ober-Ägypten entdeckten Manuskripte, die »Geheimsprüche des Jesus« und das sogenannte Fünfte Evangelium des Thomas nicht gekannt. Doch hat der angehende Theologe im Tübinger Stift wohl von der Gnosis gehört und sich – wie auch He-

gel – für die ersten Schritte des Christentums interessiert. Ihm war der erste Satz des Kredos der Gnostiker wie aus der Seele gesprochen: »Ich bin zwar in der Welt, ich gehöre aber nicht zur Welt.« Auf jeden Fall hat Hölderlin gewußt und darüber reflektiert, daß m o n a c h o s von m o n o s kommt; daß, wie es die Gnostiker sagten, nur der in der Einsamkeit lebende Mensch sein Heil machen – oder, was auf dasselbe hinausläuft, heil bleiben – kann.
Einer, der heute als Gnostiker unter uns lebte, würde wohl von der Öffentlichkeit für geisteskrank gehalten werden.
Das Modell des Eremiten, des m o n a c h o s , ist übrigens kein Monopol des Christentums. Jede Mystik hat mit Weltentfernung, mit Abgeschiedenheit, mit Zurückgezogenheit zu tun. Man denke nur an die buddhistischen Mönche, an den Tibetaner Milarepa, an andere mehr. Es ist übrigens höchst wahrscheinlich, daß die griechisch-ägyptischen Anachoreten und Einsiedler sich auf ältere, vorchristliche, vielleicht orientalische Modelle bezogen.
Das Wort e r e m o s bedeutet im Griechischen Wüste, Einöde: da, wo kein Mensch wohnt. Eine unbewohnte Insel nennt Homer n e s o n e r è m è n.[434] Es handelt sich da um die kleine Insel Karphe, südwestlich von Ägina, wo, während die Atriden Menelaos und Agamemnon unter den Mauern Trojas kämpften, der böse Ägisth, der die Königin Klytaimnèstra gewinnen wollte, ihren Beschützer, den Sänger Demodokos, aussetzen und verhungern ließ.
(Nebenbei bemerkt: an derselben Stelle der Odyssee wird der Tod vom Steuermann des Königs Menelaos vor dem Sunium-Kap geschildert: »Ihn traf Phoibos Apollon mit dem sanftesten seiner Pfeile.«[435] Die Griechen meinten, der sanfteste Tod sei der von Apollon und Artemis gegebene, nämlich der plötzliche, schmerzlose Tod des Schlaganfalls. Wenn Hölderlin an Böhlendorff schreibt, daß ihn »Apollo geschlagen«, will das noch nicht besagen, Hölderlin habe den ihn treffenden »Schlag« Apollons als ein unbedingt Feindliches erachtet.)
Bei Sophokles ist Philoktet, der von den gen Troja fahrenden Griechen als Kranker auf der wüsten Insel Lemnos ausgesetzt worden war, als ein a n d r a m o n o n , e r è m o n k à p h i l o n bezeichnet – ein einsamer, von den Menschen verlassener und freundeloser Mann. An dem von Sophokles beschrie-

benen Schicksal des Philoktet hat Hölderlin regen Anteil genommen. In einem hymnischen Bruchstück heißt es: »Im Gedächtnis aber lebet Philoktetes.«[436]

In einem anderen Bruchstück heißt es: »Nach Höhlen in Lemnos.«[437] Damit ist die Höhle in Lemnos gemeint, wo Philoktetes, »ein edler Mann, keinem anderen nachstehend«,[438] als griechischer Robinson Crusoe Jahr für Jahr vom Wild lebt, das er erlegt. Auch im Zwölften Buch von Fénelons *Aventures de Télémaque*, einer ungenügend beachteten Quelle Hölderlins, ist das Schicksal des Philoktetes ausführlich beschrieben.

Im *Oedipus in Kolonos* des Sophokles beschreibt der blinde Greis sein Leben als e r è m o s, vereinsamt, jämmerlich und heimlos.[439]

Antigone, die von den Schergen abgeführt werden soll, beklagt sich, sie sei e r è m o s p r o s p h i l ô n, freundelos, von den Freunden verlassen – in Hölderlins Übertragung »doch einsam so von Lieben«.

Ein ähnlicher Ausdruck, p h i l ô n e r è m o i, beschreibt in der *Elektra* des Sophokles die Situation der Klytaimnestra, wenn sie ihr Sohn Orestes im verödeten Palast totschlägt: der Palast ist »leer von Freunden, doch von Mördern voll«.[440]

Im griechischen Sprachgebrauch kann ein Ort e r è m o s, menschenleer, öde sein – so in der *Ilias* der Ort, wo alle, Menschen und Pferde, niedergemetzelt wurden,[441] wo die Krieger wie Vieh im Schlachthof fielen.[442]

Aber meistens ist es ein Mensch, der e r è m o s ist, sei es wegen der Umstände, sei es aus freier Wahl wie die am Anfang des *Hyperion* beschriebene Situation des »Eremiten«. Dem entspricht auch, sich diesmal auf Hölderlin selbst beziehend, die Feststellung des *Titanen*-Fragments

> Ich aber bin allein.[443]

Bei Philoktetes, bei Robinson Crusoe ist das Leben in der Einöde und Einsamkeit ein Werk der Umstände: sie sind in diese Situation verschlagen worden. Bei den frühchristlichen Anachoreten war es die Folge einer freien Wahl. Bei Rousseau erscheint eine kombinierte Form der Zurückgezogenheit aus äußerem Zwang und aus innerer Neigung.

Im 18. Jahrhundert sind die Eremitagen, die Thebaiden (nach

der ägyptischen Wüste genannt, in die die frühchristlichen Anachoreten sich zurückzogen), die Einsiedeleien und Klausen, große Mode. Jean-Jacques Rousseau hat die Hermitage von Madame d'Epinay berühmt gemacht. Bei Schiller steht:

Einsiedelnd auf des Aetna Höhen haust
ein frommer Klausner.

Hölderlins Freund Matthisson im Gedicht *Der Einsiedler*:

Der Erinnrung soll im Gärtchen
Vor der Klause Weidenpförtchen
Ein Altar sich fromm erhöhn.[444]

Bei Hölderlin konvergieren griechische und frühchristliche Tradition, rousseauistische Mode und eigene Veranlagung. Mit siebzehn Jahren, wohl im Oktober 1787, schreibt er an seinen Busenfreund Immanuel Nast:

[...] heute gieng ich so vor mich hin – plözlich kommt mir meine Lieblingsnarrheit, das Schiksaal meiner Zukunft vors Auge – und höre nur, aber lach mich toll aus, da fiel mir ein, ich wolle nach vollendeten Universitätsjahren Einsiedler werden – u. der Gedanke gefiel mir so wohl, eine ganze Stunde, glaub' ich, war ich in meiner Fantasie Einsiedler. Du siehst, Bruder! ich schäme mich nicht, Dir m. Schwachheiten zu sagen, u. das entschuldigt mich noch ein wenig – vor Dir – aber sonst – – daß ja der Brief nicht in fremde Hände – in menschenfeindliche Hände kommt – sonst heißts – der ist ein Narr!!![445]

In der Tat, wenn es später dazu kommen wird, daß sich die Phantasie, die Träumerei seiner Jugend verwirklicht und er ein Einsiedlerleben führt, wird es bei den Leuten heißen, er sei »ein Narr« geworden.
Etwas früher, mutmaßlich mit sechzehn Jahren, hatte er an denselben Immanuel Nast geschrieben:

Ich bin jezt so allein, immer, so in der Stille – und das behagt mir [...] Ich rede da fast mit niemand, aber desto öfter denk' ich an meine Lieben in der Welt umher – und da ist mirs so ganz wohl dabei.[446]

Um dieselbe Zeit schreibt er an denselben Nast aus Kloster Maulbronn:

Ich mache hier wenig Bekanntschaft – ich bin immer noch lieber allein – und da fantasire ich mir eins, im Hirn herum [...][447]

Von da ab wird das Thema Einsamkeit, sei es in der Dichtung, sei es in den Briefen, immer wieder angeschlagen. Ich brauche hier nur einige Stichproben zu geben.
Die erste Strophe einer 1787 in Maulbronn gedichteten Ode mit dem Titel *Mein Vorsaz* lautet:

[...]
Was trübet meine einsamen Blike so?
Was zwingt mein armes Herz in diese
Wolkenumnachtete Todtenstille?

[...]
Schaut mir in's Innerste! Prüft und richtet![448]

Es ist erstaunlich, festzustellen, wie er mit siebzehn Jahren ein Lebensprogramm entwirft, von dem er nicht abweichen wird: »Mein Vorsaz ... Durst nach Männervollkommenheit ... schwacher Schwung nach Pindars Flug«, wie aber auch die Hauptthemen schon da sind: der nagende Zweifel, ob er ihn erreichen wird, »den weltumeilenden Flug der Großen«, der Appell an die Freunde der Umwelt und der Nachwelt, daß sie ihm »in's Innerste schauen«, bevor sie prüfen und richten – und schließlich, wie er da schon den Zustand seiner zweiten Lebenshälfte umreißt: »einsam ... wolkenumnachtete Todtenstille ... sterbend noch stammelnd: vergeßt mich!«
Erstaunlich und ergreifend, wie einheitlich und eigentlich überraschungslos, gleichsam zwangsläufig und von jeher bewußt sich Hölderlins Lebenslinie abwickelte – und dies von vornherein unter dem Zeichen der Einsamkeit. Diese angeborene Einsamkeit weist, wenn sie bewußt erlebt wird, auf eine Form von Weisheit in der Lebensführung: die des Eremiten.

Zwei Jahre später, mit neunzehn Jahren, gedenkt er als Tübinger Stiftler seiner schwäbischen Vorgänger, des Astronomen Johannes Kepler und des Dichters Johann Jakob Thill.
Gleich in der ersten Strophe der Ode *Kepler* klingt das Thema der Einsamkeit an, indem Hölderlin die eigene ihm bevorstehende Lebensbahn mit derjenigen des glorreichen Astronomen vergleicht:

[…] einsam ist
Und gewagt, ehernen Tritt heischet die Bahn.

Wandle mit Kraft, wie der Held, einher![449]

»Männer des Lichts« erzog Schwaben, »Suevia, Mutter der Redlichen«, denen die späteren Generationen, »des Geschlechts Mund, das da kommt«, huldigt und weiter huldigen wird.
Daß Hölderlin an sich selbst, an den zu erringenden eigenen Ruhm denkt, steht außer Zweifel: Friedrich Beißner weist mit Recht darauf hin, daß der Anfang der *Kepler*-Ode Anklänge an den gleichzeitigen Gedichtentwurf *Die heilige Bahn* hat, wo unmißverständlich von der eigenen Laufbahn die Rede ist:

Ist also diß die heilige Bahn?
[…] o trüge mich nicht!
Diese geh' ich?? […][450]

Doch Keplers Grabmal, zumindest das für ihn in seiner Schrift *Schreiben über einen Versuch in Grabmälern nebst Proben* (1782) vom Schwaben Johann Jakob Azel entworfene, steht »in einer einsamen melancholischen Gegend«[451].
Zur selben Zeit dichtet der neunzehnjährige Hölderlin eine Ode an seinen unmittelbaren Vorgänger, den schwäbischen, mit vierundzwanzig Jahren verstorbenen Tübinger Stiftler und Dichter Johann Jakob Thill. Sie trägt den Titel *An Thills Grab.* Friedrich Beißner macht darauf aufmerksam, daß Thills Name Hölderlin immer gegenwärtig blieb.[452]
Hölderlin identifiziert sich mit dem frühverstorbenen Poeten Thill. Die ersten zehn Zeilen der Ode beschreiben Hölderlins genaue Erinnerung (damals war er zweieinhalb Jahre gewesen) an die Bestattung des eigenen Vaters und an die Trauer der »entseelten« Mutter. Auch steht auf Thills Grab ein (zweimal erwähnter) Holunderbaum: »Holder« (die gekürzte Form von Holunder) nannten den Dichter manche seiner Freunde und sein Schüler Henry Gontard. Der am Grab Thills stehende Hölderlin ruft aus:

O daß auch mich dein Hügel umschattete,
Und Hand in Hand wir schliefen, bis Erndte wird![453]

Aber bei diesem Gefühl der Schwäche, bei diesem entmutigten Zagen und der Sehnsucht nach dem »sanften Schlaf / Im stillen Schatten deines Holunderbaums« bleibt es nicht: das Gedicht endet mit einer Aufforderung zum Kampf, dem Schmettern einer Kavalleriefanfare gleich:

Doch nein! ich wag's! Es streitet zur Seite ja […]

Es ist wohl nicht nötig, das Thema »Einsamkeit« durch Hölderlins ganzes Werk hindurch zu verfolgen bis zum letzten, dem kurzen Ausspruch der *Titanen*-Hymne:

Ich aber bin allein.[454]

In Hölderlins Briefen tritt das Gefühl der Vereinsamung öfters zutage; so in einem Brief an Niethammer vom 22. Dezember 1795:

[…] ich habe oft das Heimweh nach Jena.
Gerne möcht' ich mich durch Briefe entschädigen, wozu mich Deine Güte berechtigt, aber es wird mir schwer, mich da mitzutheilen, wo ich mit mir selbst noch nicht einigermaasen im Reinen bin, und so muß ich einsam bleiben, wider meinen Willen.[455]

Einsam ist und bleibt Hölderlin, doch – so meint er hier – nicht aus eigener Veranlagung, sondern wider seinen Willen: weil es ihm schwerfällt, sich da mitzuteilen, wo er mit sich selbst noch nicht »im Reinen« ist.
Der Mutter schreibt er acht Tage später, doch diesmal aus Frankfurt, wo ihn ein anderes Schicksal erwartet:

Mein Karl [Karl Gok, Hölderlins Halbbruder] soll eben seine Einsamkeit ertragen, wie ich sie auch ertragen will. Es ist doch besser, in der Schreibstube einsam zu seyn, als unter dem unbedeutenden Lärme der Menschen, die einen nichts angehn.[456]

»Der unbedeutende Lärm der Menschen, die einen nichts angehn«: Ist nicht schon da Hölderlins Gleichgültigkeit dem Gerede der Menschen gegenüber in der zweiten Hälfte seines Lebens definiert und ausdrücklich gesagt, daß diesem die Vereinsamung vorzuziehen sei?
Dem Freund Sinclair schreibt er am 24. Dezember 1798, es sei ihm manchmal,

als gäb' es außer mir und ein paar Einsamen, die ich im Herzen trage, nichts, als meine vier Wände [...][457]

In einem Brief an den »Freund [seiner] Jugend«, Schelling – eigentlich den letzten an ihn gerichteten –, vom Juli 1799 schreibt er:

Ich habe die Einsamkeit, in der ich hier seit vorigem Jahre lebe, dahin verwandt, um unzerstreut und mit gesammelten, unabhängigen Kräften vieleicht etwas Reiferes, als bisher geschehen ist, zu Stande zu bringen [...][458]

An Christian Gottfried Schütz schreibt er Ende 1799:

Das innigere Studium der Griechen hat mir dabei geholfen und mir statt Freundesumgang gedient, in der Einsamkeit meiner Betrachtungen nicht zu unsicher, noch zu ungewiß zu werden.[459]

An die Schwester schreibt er aus Stuttgart, wohl im Oktober 1800, ihr Brief habe ihn sehr bewegt:

Diß erhält mein Herz, das am Ende nur zu oft in allzugroßer Einsamkeit seine Stimme verliert und vor uns selber verschwindet.[460]

An Christian Landauer aus Hauptwil im März 1801:

Sage mir, ists Seegen oder Fluch, diß Einsamseyn, zu dem ich durch meine Natur bestimmt und je zwekmäßiger ich in jener Rüksicht, um mich selbst herauszufinden, die Lage zu wählen glaube, nur immer unwiderstehlicher zurükgedrängt bin![461]

Der Hang zur Einsamkeit entspricht bei Hölderlin wohl einer angeborenen Neigung, aber auch der Notwendigkeit, sich selbst als das leicht zerstörbare Wesen, das er ist, vor Aggressionen zu schützen. Dem Bruder schreibt er aus Homburg am 4. Juni 1799:

Die Barbaren um uns her zerreißen unsere besten Kräfte, ehe sie zur Bildung kommen können, und nur die veste tiefe Einsicht dieses Schiksaals kann uns retten, daß wir wenigstens nicht in Unwürdigkeit vergehen. [...] Übrigens, wenn uns die Menschen nur nicht unmittelbar antasten und stören, so ist es wohl nicht schwer, im Frieden mit ihnen zu leben.[462]

Vierzehn Tage später versucht er, der Mutter klarzumachen, seine »trostlosen Stunden« hätten mit Ungeduld und Weichlichkeit, mit Selbstbemitleidung nichts zu tun:

Es war weniger mein eigenes Laid, was mich den Trost oft nicht in jeder [dieser trostlosen Stunden, P. B.] finden lies, als die Trauer, die mich manchmal überfallen mußte in meiner gänzlichen Einsamkeit, wenn ich unsere jezige Welt mir dachte, und an die Seltnen, Guten in ihr, wie sie leiden, eben darum, weil sie besser und treflicher sind.[463]

Hölderlins Hang zur Einsamkeit und sein Los der Vereinsamung findet seinen literarischen Niederschlag an mancher Stelle des *Hyperion.*

In einer Zwischenfassung zwischen dem *Thalia-Fragment* und der endgültigen Fassung, die wohl noch 1795 in Jena entstand und den Titel *Hyperions Jugend* trägt, steht eine – in die endgültige Fassung nicht aufgenommene – psychologisch sehr bedeutende Darstellung eines merkwürdigen Zustands Hyperions: Er ist Diotima begegnet, er liebt sie, sie ist ihm gut – und doch beschreibt Hyperion seine »Not«, seinen »Jammer«, den er »tief in [sein] Innerstes« begräbt, ein Zustand, der mit keiner äußerlichen Veranlassung verbunden ist:

Sie war das einzige, woran mein Leben sich erhielt, mein Herz hatte sich nach und nach so gewöhnt, daß auch nicht der Schatte in mir war von einer Hoffnung, die ohne sie bestanden wäre, und sie schien sich doch mit jedem Tage mehr von mir zu entfernen. Ich fühlte den sterbenden Frühling meines Herzens. [...]

Solang ich bei ihr war, und ihr begeisterndes Wesen mich emporhub über alle Armuth der Menschen, vergaß ich oft auch die Sorgen und Wünsche meines dürftigen Herzens. Aber das dauerte nicht lange. So wie ich zu mir selbst kam, begann auch wieder meine Noth, und je höher und heller ihr Geist über mich leuchtete, um so brennender fühlt' ich meinen Jammer. Aber tief in mein Innerstes begrub ich ihn. [...]

Ich kam nun immer seltner hin; blieb endlich ganz weg. Eine Todtenstille, die ich kaum an mir begreife, war allmälig über mich gekommen. Ich lebte so hin, mit halbem Bewußtseyn, ich suchte nichts mehr, ich half mir fort von einem Tage zum andern so gut ich konnte; ich achtete nichts, war mir selbst nichts mehr, trachtete auch nicht, andern etwas zu seyn.[464]

Dies schon in Jena mit fünfundzwanzig Jahren geschrieben – eine erstaunliche Vorahnung des späteren Zustands in der zweiten Hälfte des Lebens, dieser Ataraxie, des Hinlebens »mit halbem Bewußtsein«, wo er, nichts mehr suchend, sich von einem Tage zum andern, so gut er kann, forthilft – ein Zustand, wo er nichts achtet, sich selbst nichts mehr ist und auch nicht trachtet, andern etwas zu sein.
Als Hyperion in diesem Zustand ist, wo er »in [seiner] Finsternis [...] herumirrt«, kommt sein Freund Notara zu ihm und beschwert sich über seine »Eingezogenheit«. Hyperion erklärt sie als Folge einer »bösen Laune«, die ihn seit einiger Zeit heimgesucht hätte. Doch die bloße Nachricht, Diotima sei zu Hause, rüttelt ihn aus seiner Dumpfheit. Der »neue Stoß« bringt ihn wieder ins Leben, »aus der trägen Resignation heraus, wo man nichts mehr will und nichts mehr achtet, aus der Todtenruhe«.

Entschuldige sich keiner, ihn habe die Welt gemordet! Er selbst ists, der sich mordete! in jedem Falle![465]

Mitten in diesem Bekenntnis, man möchte sagen: in dieser Beichte, bricht das Manuskript ab, wahrscheinlich, weil da zu Intimes ausgesprochen worden war. Äußerst wichtig ist, daß Hölderlin-Hyperion die Welt nicht beschuldigt – er sei es, der sich selbst mordete – und doch – er spricht es an derselben Stelle aus – und doch: »du hast keine Schuld auf dir«.[466]
Die »Eingezogenheit« als schuldlose Schuld, als tragisches Schicksal empfunden – an Hölderlins Selbstbewußtheit durch und durch und seit eh und je ist nicht zu zweifeln.
Doch hier – an dieser einzigen Stelle – wird die träge Resignation des Eremiten, »wo man nichts mehr will«, die »Todtenruhe«, wie sie »von den Faigen gepredigt wird«, »bei allem Scheine der Weisheit« als »gewis das nichtswürdigste [...], worein der Mensch gerathe kann«, strafend gerügt.
Dieses allzudeutliche Bekenntnis wurde nicht in die endgültige Fassung des Romans aufgenommen. Es bleibt davon nur das Wissen Hyperions, daß an diesem seinem Einsamsein er allein schuld ist. Wenn er sich unbenötigt von Diotima trennt, sich zum Abschied reif fühlt und sagt: »Jezt will ich fort, ihr Lieben!«, fühlt er, wie Diotimas Hand in der seinen stirbt:

Alles hatt' ich um mich her getödtet, ich war einsam und mir schwindelte vor der gränzenlosen Stille, wo mein überwallend Leben kein Halt mehr fand.[467]

An seiner Vereinsamung schuld? Also doch ein Autist?

Ist es billig, einen als Autisten zu bezeichnen und abzutun, der einen solchen Kult der Freundschaft pflegte, wie Hölderlin es tat?
In einem Brief an Sinclair vom 24. Dezember 1798 schreibt er, damit er es den in Rastatt neugewonnenen Freunden Muhrbeck, Zwilling, Schenk, Fritz Horn, von Pommer-Esche mitteile,

daß es […] noch mehr als Einen gibt, wo sich in ihrem edeln Überfluß die Natur noch geäußert […] Sag' es ihnen nur, den Deinen und Meinen, daß ich manchmal an sie denke, wenn mir's sei, als gäb' es außer mir und ein paar Einsamen, die ich im Herzen trage, nichts als meine vier Wände, und daß sie mir seyen, wie eine Melodie, zu der man seine Zuflucht nimmt, wenn einen der böse Dämon überwältigen will.[468]

Hölderlin war mitteilungsbedürftig; während der ersten Hälfte seines Lebens hat er immer nach Gesinnungsverwandten gesucht, und sie auch zeitweilig gefunden, nicht nur unter den Vergangenen und Verstorbenen oder unter den »kommenden Geschlechtern«, sondern auch unter seinen Zeitgenossen. Im *Thalia-Fragment* hieß es:

Ach! der Gott in uns ist immer einsam und arm. Wo findet er alle seine Verwandten? Die einst da waren, und da seyn werden? Wenn kömmt das große Wiedersehen der Geister? Dann einmal waren wir doch, wie ich glaube, alle beisammen.[469]

Wohl werden einige die Meinung vertreten, gerade der Traum eines »großen Wiedersehens der Geister«, wo sich die Geistesverwandten alle, die der Vergangenheit und die der Zukunft, wiederfinden, sei der eines kontaktschwachen Menschen. Doch hat Hölderlin auch in der Gegenwart, unter den eigenen Zeitgenossen Menschen gefunden, mit denen er anscheinend keine besonderen Kommunikationsschwierigkeiten hatte, und deren gar nicht wenige.
Doch diese seine echten Freunde, die er »im Herzen trägt«, sind selbst »Einsame«, genauso wie er einer ist.
Wohl hat Hölderlin für Geselligkeit nichts übrig. Muß aber einer, der nicht »gesellig« ist, gleich als Autist, als »schi-

zophren« gebrandmarkt werden? Geselligkeit hält Hölderlin für eine schale Maskerade. Dazu hat er sich auch geäußert: auch mit den »Geselligen«, den Herdenmenschen, hat Hyperion verkehrt, doch nur spaßeshalber und dann nicht lange:

Die geselligen Städter zogen mich an. Der Widersinn in ihren Sitten vergnügte mich, wie eine Kinderposse, und weil ich von Natur hinaus war über all' die eingeführten Formen und Bräuche, spielt' ich mit allen, und legte sie an und zog sie aus, wie Fastnachtskleider.
Was aber eigentlich mir die schaale Kost des gewöhnlichen Umgangs würzte [...][470]

Dieser Satz gibt wohl für Hölderlins übertriebene Höflichkeit in der späten Zeit eine Erklärung ab, die mit Pathologie nichts zu tun hat. Sie könnte wohl eine nicht humorlose Karikatur der gesellschaftlichen Posse gewesen sein.

Kann einer ein »Autist« gewesen sein, der solch einen Kult der Freundschaft pflegte? Aus Hölderlins Briefen und aus dem *Hyperion* könnte man ein sehr schönes Florilegium von Aussprüchen zur Freundschaft zusammenstellen. Wichtiger noch: Der Vergleich dieser Aussprüche mit seinem tatsächlichen Verhalten den Freunden gegenüber würde zeigen, daß dieser Kult bei ihm keineswegs leere Phrase war.
Allerdings ist die Freundschaft, die echte, alles andere als bequem. Sie stellt an den anderen und an sich selbst hohe Ansprüche. In einem gewissen Sinne ist der *Hyperion* der Roman der Freundschaft und ihrer Wechselfälle.
Die erste Freundschaft des jugendlichen Hyperion bindet ihn an einen älteren Mann, den weisen Adamas, und steht ausdrücklich unter dem Zeichen Platons:

Weist du, wie Plato und sein Stella sich liebten?
So liebt' ich, so war ich geliebt. O ich war ein glücklicher Knabe!
Es ist erfreulich, wenn gleiches sich zu gleichem gesellt, aber es ist göttlich, wenn ein großer Mensch die kleineren zu sich aufzieht.
Ein freundlich Wort aus eines tapfern Mannes Herzen, ein Lächeln, worinn die verzehrende Herrlichkeit des Geistes sich verbirgt, ist we-

nig und viel, wie ein zauberisch Loosungswort, das Tod und Leben in seiner einfältigen Sylbe verbirgt […][471]

Dann kommt die Liebe zum gleichaltrigen, ebenbürtigen Jüngling Alabanda, eine »heroische« Freundschaft unter dem Zeichen der mythologisch-historischen, legendären Heldenbrüder, Kastor und Pollux, Achilles und Patroklos, Harmodios und Aristogiton.
Doch ist solch eine anspruchsvolle Liebe unter Freunden keine einfache, glatt ablaufende Sache. Hyperions Idealismus reizt den Spott Alabandas, der ihn einen Grillenfänger, einen Schwärmer nennt – was wohl Hölderlin mehr als einmal von seinen Freunden zu hören bekam:

Nun brach auch mir der Unmuth vollends los. Wir ruhten nicht, bis eine Rükkehr fast unmöglich war. Wir zerstörten mit Gewalt den Garten unsrer Liebe. Wir standen oft und schwiegen, und wären uns so gerne, so mit tausend Freuden um den Hals gefallen, aber der unseelige Stolz erstikte jeden Laut der Liebe, der vom Herzen aufstieg.[472]

Die Freunde trennen sich, finden aber später wieder den Weg zueinander:

Ich hab' ihn, theure Diotima! […] O wie hatten die alten Tyrannen so recht, Freundschaften, wie die unsere, zu verbieten! Da ist man stark, wie ein Halbgott, und duldet nichts Unverschämtes in seinem Bezirke![473]

Doch kommt dieser leidenschaftlichen Freundschaft manches in die Quere. Zuerst gehört Alabanda einem geheimen Bund an, dem Bund der Nemesis – Nemesis, die Göttin der Rache. Im Laufe der Ereignisse wird Alabanda gezwungen, zwischen seinen Verpflichtungen dem Bund gegenüber und seiner Freundschaft mit Hyperion eine Wahl zu treffen:

Die Leidenschaft zu dir verleitete mich endlich. […] Ich mußte dich aufgeben, oder meinen Bund. Was ich erwählte, siehst du.
Aber alles Thun des Menschen hat am Ende seine Strafe, und nur die Götter und die Kinder trift die Nemesis nicht.
Ich zog das Götterrecht des Herzens vor. Um meines Lieblings willen brach ich meinen Eid. War das nicht billig? muß das edelste Sehnen nicht das freieste sein? […]

Huldige dem Genius Einmal und er achtet dir kein sterblich Hinderniß mehr und reißt dir alle Bande des Lebens entzwei. [...]
Meine Zeit ist aus, und was mir übrig bleibt, ist nur ein edles Ende.[474]

Ein zweites Hindernis ist die Schwierigkeit, solch eine leidenschaftliche Freundschaft mit einer nicht weniger leidenschaftlichen Liebe zu einem Mädchen zu vereinigen.
Alabanda trennt sich von Hyperion letzten Endes wegen Diotima:

Verpflichtungen brach ich um des Freundes willen, Freundschaft würd' ich brechen um der Liebe willen. Um Diotimas Willen würd' ich dich betrügen und am Ende mich und Diotima morden, weil wir doch nicht Eines wären.[475]

Alabanda nimmt auf ewig Abschied von Hyperion und schifft sich ein:

Weh! Alabanda! Alabanda! rief ich, und ein dumpfes Lebewohl hört ich vom Schiffe herüber.[476]

Da singt Hyperion das berühmte Schicksalslied. Doch kaum hat er geendet, als ein Boot in den Hafen einläuft, das ihm den letzten Brief von Diotima überbringt und die Nachricht ihres Todes. Jetzt ist er völlig vereinsamt, »auf der Erd' ein Fremdling«.

Wie verliefen Hölderlins Freundschaften? Zuerst, wer ist sein Freund gewesen? Die Zahl der wirklichen Freunde ist nicht gering, aber der Kreis war ein geschlossener. Wer nicht dazu gehörte, blieb außerhalb des Kreises. Zum engsten Kreis gehören nur Immanuel Nast, dann Neuffer und Magenau, dann Hegel und Schelling, dann Ebel und Böhlendorff; schließlich Isaac von Sinclair. Man zögert, Wilhelm Heinse einzubeziehen: so tiefbegründet ihre geistige Intimität auch gewesen sein mag, sie hat nur ein paar Wochen gedauert und gab nur zu ganz wenigen Gesprächen Gelegenheit, obwohl »das Gespräch«, oder zumindest seine Möglichkeit, für Hölderlin das absolute Merkmal der Freundschaft ist.

Immanuel Nast: das ist die Zeit in Kloster Maulbronn, als beide Schulkameraden siebzehn waren. Aus Nast wurde ein kleiner Beamter, 1810 Stadt- und Amtsschreiber in Leonberg bei Stuttgart. Er galt für »einen feinen, geistig-gebildeten Mann und behielt selbst in späteren Jahren [...] einen gewissen idealischen Schwung in seinem Wesen«[477].

Er ist der einzige Freund Hölderlins aus früheren Zeiten, der ihn im Turm am Neckar besuchte. Zimmer erzählte den Besuch in einem Brief vom 1. November 1828 folgendermaßen:

Ein alter Universitätsfreund, Nast, hat ihn [Hölderlin, P. B.] besucht. Hölderlin wollte ihn aber nicht kennen. Er spielte gerade auf dem Forte-Piano. Nast weinte wie ein Kind, von Liebe und Wehmut ergriffen fiel er Hölderlin um den Hals mit dem Ausruf Lieber Hölderlin kennst du mich denn nicht mehr? Hölderlin war aber selig in seinen Harmonien und nickte Herrn Nast auf seine Fragen nur mit dem Kopf.[478]

Daraus hat man etwas rasch geschlossen, Hölderlin habe Nast nicht erkannt. Doch sagt Zimmer ausdrücklich, Hölderlin habe Nast nicht kennen w o l l e n. Es muß auch nicht unbedingt eine Freude sein, einem Kommilitonen aus der Schulzeit als altgewordenem Mann zu begegnen. Als der achtzigjährige André Gide einmal an seiner Tür klingeln hörte und öffnete, stand er vor einem Greis, der ihm um den Hals fiel: »André, mon petit André ... Kennst du deinen Schulkameraden aus der Ecole Alsacienne nicht mehr? Dupont, du erinnerst dich doch, der kleine Dupont ...« André Gide blickte ihn sinnend an: »Dupont ... der kleine Dupont ... aus der Ecole Alsacienne ... Dupont? E h b i e n, D u p o n t, a u r e v o i r!« und schlug ihm die Tür ins Gesicht.

Auch Schwab hat keinen Zweifel daran, daß Hölderlin Nast erkannt hat. Er berichtet:

Da ihn sein Freund Nast, der ihn seit den Studienjahren nicht mehr gesehen hatte, im Jahr 1828 besuchte und ihm weinend an den Hals stürzte, blieb er gleichgültig und teilnahmlos, als wäre er ein Fremder, obwohl er sich gewiß seiner erinnerte.[479]

Man sollte auch nicht vergessen, daß Hölderlin mit Nasts Schwester Louise verlobt gewesen war und das Verhältnis einseitig abgebrochen hatte, was vielleicht einen Bruch der Freundschaft mit dem Bruder nach sich gezogen hatte.

Und schließlich: was war der Anlaß Nasts, Hölderlin in seinem Turm zu besuchen? Der Wunsch, seinen alten Schulkameraden zu besuchen? Das eben nicht.

Er wäre vielleicht nicht zu ihm gegangen, wenn Hofrat Gok ihn nicht gebeten hätte, mit H. zu sprechen, wegen Mißhelligkeiten, die über die mütterliche Verlassenschaft zum großen Leidwesen des Halbbruders zu entstehen drohte.[480]

Man stelle sich also die Situation vor: Der alte Schulkamerad Nast kommt Hölderlin besuchen, nicht etwa aus Freundschaft, sondern im Auftrag des Halbbruders Gok, der nach dem Tode der Mutter ihr Testament bestreitet und auf den dem ältesten Sohn zukommenden Erbanteil Anspruch erhebt, die Auffassung vertretend, Hölderlin habe gar nichts mehr vorab zu fordern, sondern vielmehr »über seine Forderung von 4363 fl. 19 Kreutzer noch weitere 382 Fl. 55 Kreutzer erhalten«[481].
Daß Hölderlin sich in eine geschäftliche Diskussion mit Nast nicht einließ, ist nur zu verständlich. Und daß sein Verhalten Nast gegenüber das richtige, das zweckdienliche gewesen ist, zeigt die Folge: in einer Diskussion hätte Hölderlin wohl Zugeständnisse machen müssen, während der Prozeß, den der Amtspfleger vor dem Waisengericht in seinem Namen führte, völlig zufriedenstellend ausging.
Daß Hölderlin dem mit einem solchen Auftrag betrauten Immanuel Nast die kalte Schulter zeigte, ist – wenn man genauer hinschaut – sehr verständlich, ja vernünftig, und kann schwerlich als Symptom einer fortgeschrittenen autistischen Psychose gedeutet werden.

Die Freundschaft zu Nast in Kloster Maulbronn wird im Tübinger Stift durch die mit Neuffer und Magenau ersetzt.
Christian Ludwig Neuffer, ein Jahr älter als Hölderlin, ist schon seit 1786 im Stift zu Hause; er ist es, der Hölderlin in diese neue Welt einführt.
Ab 1791 Vikar am Waisenhaus in Stuttgart, dann Diakon in Weilheim unter Tek, Pfarrer in Zell am Aichelberg, 1819 zweiter Stadtpfarrer in Ulm, verkehrte Neuffer, selbst ein Dichter, mit Dichtern und Gelehrten. Er hatte eine griechische Mutter.
Gleich nach Hölderlins Eintritt in das Stift, im Winter

1788–1789, schlossen sie zu dritt – Magenau, Hölderlin und Neuffer – einen Freundes- und Dichterbund, der dann 1790 die Form von »Aldermannstagen« nach Vorbild von Klopstocks Gelehrtenrepublik annahm. Neuffer »blieb als Dichter in den Bahnen des schwäbischen Klassizismus befangen« und erreichte nicht den Ruhm, den er zu verdienen meinte. »Seine Freundschaft mit Hölderlin verkümmerte von 1800 ab. An dem Lose des Kranken hat er kaum Anteil genommen, an der Verbreitung seines Ruhmes erst dann, als sich Uhland und Kerner der Sammlung der Gedichte des Halbvergessenen [Hölderlin, P. B.] annahmen.«[482]
Dem Bericht Adolf Becks kann man einiges hinzufügen. Neuffer, der Schubart verehrte und mit einer Schwester Stäudlins verlobt gewesen war, galt am Württembergischen Hofe als ein jakobinisch Gesinnter. Er, der »den Weg zu den höchsten geistlichen Würden in seinem Vaterland« angebahnt gesehen hatte, dem 1798 die Hofpredigerstelle zugedacht gewesen war, wurde durch »Schikane« um seine süßesten Hoffnungen gebracht. Er hatte in seinem Leben »Kränkungen erfahren müssen, die kaum begreiflich sind«. Auch brachte er es als Dichter und Herausgeber von poetischen Taschenbüchern nicht zum erhofften Erfolg. Daß er in dem von ihm selbst verfaßten Lebensabriß den Namen Hölderlins nicht einmal genannt hat, läßt sich vielleicht auf einen gewissen Neid zurückführen, den der feinfühlige Hölderlin wohl doch irgendwann zu spüren bekommen hatte.[483]
Magenau war nie viel mehr als der Dritte im Bund: ein guter Schulkamerad, mit Humor und nicht ohne Begabung, der aber ziemlich bald aus Hölderlins Horizont verschwand, spätestens 1795, als er nach Jena ging.

Die Freundschaft mit Hegel hat eine ganz andere Bedeutung. Sie ist wohl in Hölderlins Leben die bedeutendste gewesen – bedeutend für beide, ohne daß je zu unterscheiden wäre, wer der Gebende, wer der Empfangende war. Auf ihre gegenseitige Beziehung ist das Wort des Empedokles geprägt:

> […] wann […] der Geist
> Der zwischen mir und dir gewesen dich
> Umwaltet, dank ihm dann […][484]

Die Anrede des ersten erhaltenen Briefs Hölderlins an Hegel lautet: »Lieber Bruder!« Und tatsächlich bestand immer zwischen den beiden ein brüderlicher Bund.
Im Stift haben sie jahrelang Seite bei Seite gesessen, gelesen, gespeist und geschlafen. Ein ganz neues Licht auf ihre Gesprächsthemen wirft die Abhandlung von Jacques d'Hondt,[485] die von Hegels Lektüren in seiner Jugend, also im Stift und kurz danach, ausgeht, doch auch über die Gesprächsthemen der beiden Kommilitonen als Zeitgenossen der Ereignisse der Großen Revolution manche Aufklärung gibt, die von der deutschen Hegel- und Hölderlinforschung nur zu oft übersehen wurde. Aus Jena schreibt Hölderlin am 26. Januar 1795 an Hegel:

Ich gehe schon lange mit dem Ideal einer Volkserziehung um, u. weil Du Dich gerade mit einem Teil derselben, der Religion beschäftigest, so wähl' ich mir vieleicht Dein Bild und Deine Freundschaft zum c o n d u c t o r der Gedanken in die äußere Sinnenwelt und schreibe, was ich vieleicht später geschrieben hätte, b e i g u t e r Z e i t in Briefen an Dich, die Du beurtheilen und berichtigen sollst.[486]

An keinen anderen hat Hölderlin je so vertrauensvolle Briefe geschrieben. Von Jena aus hat er ihm, nach einer Mitteilung Hegels an Schelling, viel und oft geschrieben. Leider sind diese Briefe nicht mehr vorhanden. Wenn der heute als verschollen geltende Nachlaß Varnhagens von Ense wieder auftauchen sollte, fände sich vielleicht eine Spur davon.
Am 25. November 1795 schreibt Hölderlin aus Stuttgart an Hegel:

Ich möchte, das Briefschreiben gienge zwischen uns einmal, wenigstens auf einige Zeit, zu Ende [...][487] –

so bedeutet das nicht, wie ein flüchtiger Leser meinen könnte, Hölderlin wolle die Kommunikation mit Hegel unterbrechen, sondern ganz im Gegenteil: er will den brieflichen Verkehr als unzulänglichen »Notbehelf«[488] durch lebendiges Gespräch ersetzen. Nur im Gespräch sei man einander »brauchbar«. Nur so könne ihm Hegel der Mentor sein (Mentor, eine Anspielung auf Fénelons *Télémaque*), der er ihm »so manchmal gewesen«[489] sei, »wenn mein Gemüth zum dummen Jungen mich machte, und wirst's noch manchmal seyn müssen«. Mit ihm auf einer gleichen Stufe stehend, war ihm Hegel der einzige anerkannte Weggenosse.

Wir müssen uns zuweilen mahnen, daß wir große Rechte auf einander haben.[490]

Er träumt von Hegel:

Ich habe vorgestern von Dir geträumt, Du machtest noch allerlei weitläufige Reisen in der Schweiz herum, und ich wollte mich todtärgern. Nachher hatt' ich herzliche Freude an dem Traum.[491]

Kein Wunder, daß, sobald Hölderlin in Frankfurt bei Bankier Gontard eine feste Anstellung gefunden hat, er sich verwendet, um seinem Freund eine ähnliche Stelle in seiner Nähe zu verschaffen. Am 24. Oktober 1796, eben aus dem glückseligen Aufenthalt in Kassel und Bad Driburg zurückkommend, freut er sich, an Hegel schreiben zu können, eine Hofmeisterstelle stehe ihm offen bei Gogels. Johann Noë Gogel, Alleinbesitzer einer großen Weinhandlung in Frankfurt, »der bedeutendsten der Stadt, ja vielleicht von ganz Deutschland«, wohnte in einem der schönsten Häuser in Frankfurt. Er besaß eine Gemäldegalerie und eine umfangreiche Bibliothek.
Die Familie Gogel war eine freimaurerische Dynastie. In allen Geschichten der Freimaurerei steht der Name von Johann Peter Gogel, dem Vater von Hegels Hausherrn, der im Orden einen sehr bedeutenden, ja entscheidenden Einfluß ausübte. Dessen Bibliothek, die dem jungen Hofmeister Hegel zur Verfügung stand, war die reichste freimaurerische Bibliothek in Deutschland. Es besteht kein Zweifel, daß Hegel, der viel und gut las, daraus Nutzen gezogen hat.
Bei dieser Gelegenheit: Es ist von der deutschen Forschung allgemein übersehen oder verschwiegen worden, daß der »fromme« Landgraf Friedrich von Hessen-Homburg, der Beschützer Sinclairs, welcher gleichsam zur Familie gehörte, auch derjenige war, der Hölderlin vor der ihm bevorstehenden Verhaftung zu schützen wußte – daß der Landgraf, für den Hölderlin den *Patmos* schrieb, ebenfalls ein Freimaurer war.
Hier eine verschiedentlich interpretierte Episode über das angebliche »Gedicht« Hegels *Eleusis*, das öfters nach seinem

philosophischen Sinn abgeklopft wurde, doch nie mit großem Erfolg. Warum hätte Hegel ein philosophisches Gedicht abfassen sollen?
Meines Erachtens ist die Geschichte ganz einfach folgende: Es handelt sich keineswegs um ein Gedicht, sondern um einen Brief an Hölderlin in verschlüsselter Form. Dies leuchtet ein, sobald man die Umstände berücksichtigt.
Das »Gedicht« ist von Hegel in Tschugg bei Erlach verfaßt worden, wo Hegel seit 1793 Hofmeister war und wo er auf die von Hölderlin in Frankfurt vermittelte Stelle wartete. Es handelt sich um ein Konzept, von dem man nicht weiß, ob es je ins reine geschrieben und an Hölderlin abgeschickt wurde. Oben auf dem Blatt steht:

Eleusis. An Hölderlin. August. 1796

Datiert ist es, wie ein Brief datiert ist. Auffallenderweise sind die Anfangsbuchstaben eines jeden »Verses« nicht, wie sonst bei Gedichten üblich, groß geschrieben – als ob damit dem Empfänger Hölderlin bedeutet werden sollte, es handle sich nicht um Verse, sondern um etwas anderes: um eine Mitteilung. Diese Mitteilung ist unmißverständlich folgende: »rede nicht so viel und sei im Schreiben vorsichtig.« Das Haus des Bankiers Gontard sei nicht gerade der Ort, seine jakobinischen Gesinnungen zum besten zu geben.
Als Hegel den Brief vom Bieler See (von seinem Fenster konnte er gerade die Insel Saint-Pierre erblicken, und er macht eine Anspielung darauf) an Hölderlin schickt, weiß er weder, wo dieser sich gerade aufhält, noch durch welche Hände der Brief vielleicht geht, bevor er den Adressaten erreicht. Tatsächlich ist Hölderlin damals mit Susette Gontard in Kassel und Bad Driburg.
Wie kann aber Hegel die Botschaft so tarnen, daß sie einem Uneingeweihten unverfänglich erscheint? Erstens schreibt er in Versen – richtiger, in ungleichen Zeilen; zweitens bezieht sich das Gesagte auf ein griechisch-klassisches Thema, die Mysterien in Eleusis. Doch was wird da tatsächlich gesagt?

Dem Sohn der Weihe war der hohen Lehre Fülle,
des unaussprechlichen Gefühles Tiefe viel zu heilig,
als daß er trokne Zeichen ihrer würdigte.
[...] Wer gar davon zu Andern sprechen wollte,

Spräch er mit Engelzungen, fühlt' der Worte Armut [...]
[...] daß die Red' ihm Sünde deucht,
und daß er bebend sich den Mund verschließt.
Was der Geweihte sich so selbst verbot, verbot ein weises
Gesez den ärmern Geistern, das nicht kund zu thun,
was er in heil'ger Nacht gesehn, gehört, gefühlt. [...]
Es trugen geizig deine Söhne, Göttin,
nicht deine Ehr' auf Gaß' und Markt, verwahrten sie
im innern Heiligthum der Brust –
drum lebtest du auf ihrem Munde nicht,
ihr Leben ehrte dich, in ihren Thaten lebst du noch.[492]

Wem auch der Brief in die Hände fällt – dem Bankier Gontard, der Polizei oder der Hölderlin-Forschung –, jeder wird das »Gedicht« für eine philosophische Abhandlung halten; nicht so Hölderlin.
Noch am 6. August 1796, aus Kassel, schreibt Hölderlin dem Bruder ganz begeistert:

Dir, mein Karl, kann die Nähe eines so ungeheuern Schauspiels, wie die Riesenschritte der Republikaner gewähren, die Seele innigst stärken.[493]

Nach der Reise, am 13. Oktober 1796, schreibt er ihm aus Frankfurt:

Mir geht es gut. Du wirst mich weniger in revolutionären Zustand finden, wenn Du mich wieder siehst. [...] Ich mag nicht viel über den politischen Jammer sprechen. Ich bin seit einiger Zeit sehr stille über alles, was unter uns vorgeht.[494]

Ob Hegels Mahnung, die briefliche oder eine spätere, mündliche, gewirkt hat, – auf jeden Fall ist m. E. die Botschaft Hegels so zu verstehen und von Hölderlin auch so verstanden worden, wenn sie ihn in dieser Form erreicht hat.
In Frankfurt haben die beiden Freunde wohl sehr viel miteinander verkehrt. Ein Zeichen dafür ist die Tatsache, daß, als Hölderlin, ohne Abschied zu nehmen, das Haus Gontard verlassen hatte, der gute Henry Gontard, damals elf Jahre alt, sich in seiner Hilflosigkeit an Hegel wandte, um Nachricht von Hölderlin zu bekommen. Er schrieb einen rührenden Brief an Hölderlin:

Lieber Holder! Ich halte es fast nicht aus, daß Du fort bist. Ich war heute bei Herrn Hegel, dieser sagte, Du hättest es schon lange im Sinn gehabt. [...] Komm bald wieder bei uns, mein Holder; bei wem sollen wir denn sonst lernen. Hier schick ich Dir noch Tabak und der Herr Hegel schickt Dir hier das 6te Stück von Posselt's Annalen.[495]

Als Hölderlin nach der Rückreise aus Frankreich sich seelisch erschüttert bei seiner Mutter aufhielt, hatte Schelling gleich verstanden, er könne »hier zu Lande«, d. h. in Nürtingen, nicht genesen. Er schrieb an Hegel:

Ich dachte Dich zu fragen, ob Du Dich seiner annehmen wolltest, wenn er etwa nach Jena käme, wozu er Lust hatte.[496]

Hegel antwortete:

Du hast freilich recht, daß er dort nicht wird genesen können; aber sonst ist er überhaupt über die Periode hinaus, in welcher Jena eine positive Wirkung auf einen Menschen haben kann; und es ist jetzt die Frage, ob für seinen Zustand die Ruhe hinreichend ist, um aus sich selbst genesen zu können. Ich hoffe, daß er noch immer ein gewisses Zutrauen in mich setzt, das er sonst zu mir hatte, und vielleicht ist dieses fähig, etwas bei ihm zu vermögen, wenn er hieher kommt.[497]

Hegel schlug die Tür nicht zu, aber der Plan wurde nicht weiterverfolgt.
Einige könnten darüber befremdet sein, daß Hegel sich nicht hilfreicher zeigte und sich Hölderlins in seiner Depression nicht annahm. Man muß bedenken, daß die beiden, Hegel und Hölderlin, eine hohe Auffassung ihres eigenen Lebensauftrags hatten – Aufträge, die übrigens ganz parallel liefen – und der Erfüllung dieses Auftrags alles subordinieren mußten – so etwa wie im Krieg, wenn eine Kommandooperation durchgeführt wird: fällt einer, geht der andere weiter, ohne sich um den Gefallenen weiter zu kümmern, selbst wenn es sich um seinen besten Freund handelt. So, und nur so, kommt man vorwärts – ohne Sentimentalität. Sentimental waren weder Hegel noch Hölderlin. Hölderlin hat Hegel gewiß verstanden und seine Haltung respektiert. Auffallend ist, daß, als Hölderlin dem Plan einer Zeitschrift nachging, er allen seinen Freunden oder Bekannten schrieb – nur an Hegel

schrieb er nicht; wohl deswegen, weil er ihn von der eigenen Aufgabe nicht ablenken wollte, die Hölderlin sehr gut begriffen hatte.

Eins ist sicher: Hegel hat Hölderlin nie vergessen, er hat ihn in seinem Innersten nie abgeschrieben.

Als Prinzessin Marianne von Preußen, die Tochter des Landgrafen von Hessen-Homburg, im Jahre 1830 Professor Hegel in Berlin empfing, notierte sie in ihrem Tagebuch:

Gestern aß der diesjährige Rector Magnificus bey uns, der weltberühmte Professor Hegel – mir war das eigentlich fatal, und ich schämte mich fast, viel mit ihm zu reden, es machte mich auch verlegen, und ich wußte nicht was – da fiel mir Herr von Sinclair ein, daß er ihn als genannt in alter Zeit, ich fing von ihm an [...], da fing er von Hölderlin an, der für die Welt verschollen ist, von seinem Buch Hyperion – alles das hatte époque in meiner Kindheit mir gemacht wegen Schwester Auguste in Beziehung auf sie – und da empfand ich auf einmal beim Klang dieser Nahmen eine wahre Freude – eine ganze Vergangenheit ging auf durch sie, und der Mann als Schall war mir in dem Moment wahrhaft lieb. Es war eine Art Erinnerung erweckt wie sonst als durch einen Geruch oder Melodie oder Ton. Ich sah auf einmal das Buch Hyperion, wie es grün eingebunden lag auf dem Fenster der Schwester Auguste, und die schönen Weinranken am Fenster, den Sonnenschein hindurch, den kühlen Schatten in den dunklen Kastanienalleen vor dem Fenster, hörte die Vögel – kurz die ganze Vergangenheit ging mir auf in dem befreundeten Nahmen.[498]

Hegel soll bis ans Ende seines Lebens jedes Jahr Hölderlins Geburtstag allein und im stillen gefeiert haben. Rosenkranz sagte: »Hegel hat Hölderlin unendlich geliebt.«

Ein gewichtiges, inhaltsschweres Wort.

Mit Schelling hat es eine ganz andere Bewandtnis. Schelling war auch ein ganz anderer Menschentyp – »eine der unheimlichsten Erscheinungen im deutschen Raum des 19. Jahrhunderts«[499], sagt Friedrich Heer von ihm.

Schelling, den Hölderlin schon von der Nürtinger Lateinschule her kannte, war fünf Jahre jünger als Hölderlin und Hegel, doch frühreif. Als Wunderkind wurde er mit fünfzehn Jahren in das Tübinger Stift aufgenommen. Da wohnten die drei gemeinsam in einer Stube, wohl der Augustinerstube, und sie gingen zusammen bis zur Wurmlinger Kapelle spazieren, am Spitzberg vorbei, »wo die berühmte schöne Aussicht ist«[500].

Das gemeinschaftliche Denken dauerte nach der Periode im Stift weiter an. Ein Niederschlag davon ist der merkwürdige Text, der erst kurz vor dem Ersten Weltkrieg auftauchte und von der Forschung den Titel *Das älteste Systemprogramm des deutschen Idealismus* bekommen hat. Dieser Text, dessen Anfang verloren ist, ist in Hegels Handschrift überliefert. Man ist sich ziemlich einig darin, daß der Text selbst von Schelling formuliert, doch in hohem Maße von Hölderlin angeregt worden war, und zwar unter folgenden Umständen.

Ende Mai 1795 hatte Hölderlin Jena »fluchtartig« verlassen. Ende Juli oder Anfang August hatte er wieder einmal Tübingen besucht und bei dieser Gelegenheit ein bedeutsames Gespräch mit Schelling gehabt. Der Biograph Schellings berichtet:

Auf dem Heimweg nach Nürtingen begleitete ihn Schelling; sie sprachen von Philosophie und Schelling klagte, wie weit er noch darin zurück sei. Da tröstete ihn Hölderlin mit den Worten: »Sei du nur ruhig, du bist grad' so weit als Fichte, ich habe ihn ja gehört.«[501]

Darauf folgten zwei weitere Begegnungen zwischen Hölderlin und Schelling, eine auf dem Hinweg nach Frankfurt, vielleicht in Stuttgart, in der vorletzten Woche des Dezember 1795, und noch eine im April 1796 in Frankfurt, wo sich Schelling einige Tage aufhielt.

Des »gemeinsamen Geistes Gedanken«, wie sie im Systemprogramm dargelegt sind, klingen sehr revolutionär, ja richtig sansculottisch:

Umsturz alles Afterglaubens, Verfolgung des Priestertums, das neuerdings Vernunft heuchelt, durch die Vernunft selbst. – Absolute Freiheit aller Geister, die die intellektuelle Welt in sich tragen, und weder Gott noch Unsterblichkeit außer sich suchen dürfen. [...] Nimmer der verachtende Blik, nimmer das blinde Zittern des Volks vor seinen Weisen und Priestern. [...] dann herrscht allgemeine Freiheit und Gleichheit der Geister! – Ein höherer Geist vom Himmel gesandt, muß diese neue Religion unter uns stiften, sie wird das letzte, größte Werk der Menschheit sein.[502]

Ja, diese »roten« Theologen aus Tübingen – man vergesse nicht, daß Schelling als Tübinger Stiftler die Marseillaise ins Deutsche übertragen hatte.
Hier aber trennten sich unmerklich die Wege. In seiner Abhandlung, die unter dem Titel *Das Werden im Vergehen*[503] bekannt ist und gleichzeitig eine Theorie der Revolution und eine Theorie des Tragischen enthält, behandelt Hölderlin den »Untergang oder Übergang des Vaterlandes«, d. h. die Zerstörung des Bestehenden zugunsten einer neuen Ordnung. Die Auflösung ist der Übergang vom Sein ins Nichtsein; erst dann kann das Mögliche real werden. Dieser »kühne Akt« wird »in einem Moment« von »Empfindungen des Vergehens und Entstehens« begleitet.

Im Zustande zwischen Seyn und Nichtseyn wird aber überall das Mögliche real, und das Wirkliche ideal, und diß ist in der freien Kunstnachahmung ein furchtbarer aber göttlicher Traum.[504]

»In der freien Kunstnachahmung«: d. h. in der Tragödie, z. B. in der *Antigone* des Sophokles, wo »die Vernunftsform, die hier tragisch sich bildet, [...] politisch und zwar republikanisch ist«:

Die Art des Hergangs in der Antigonä ist die bei einem Aufruhr [...] Vaterländische Umkehr ist die Umkehr aller Vorstellungsarten und Formen. [...] prophanèthi theos.[505]

Prophanèthi theos: In diesem Augenblick der Zäsur, »wo die ganze Gestalt der Dinge sich ändert«, sie »gehe in Wildnis über oder in neue Gestalt«, in diesem »furchtbaren aber göttlichen Traum« »erscheint der Gott«, erscheint das Göttliche – gleichfalls im revolutionären Geschehen und in der tragischen Aufführung.
Vor diesem höchsten »göttlichen« Erlebnis des Untergangs oder Übergangs hätte Hölderlin, der nicht im geringsten konservativ eingestellt war, nicht zurückgescheut. Dies war vielleicht »heroisch-naiv«, entsprach aber seinem Temperament: Er sah nicht ein, warum das Ideale nicht auch einmal real werden sollte, so tragisch auch der Übergang sich gestalten könne.
Diese Bereitschaft auf Verwirklichung des Ideals war aber eine naive Einstellung. Andere »Idealisten« verstanden bald,

die Gesellschaft, und sonderlich die deutsche, könne den Idealismus nur so lange billigen, als sich das Ideal nicht zu verwirklichen trachtete. So Schelling, der rechtzeitig konservativ wurde. Das verstand aber der monolithische Hölderlin nicht.
Hatte er nicht 1794 an Neuffer geschrieben, er finde seinen Trost in der Perspektive, zu »thun, was die Dichter träumten«[506]?
Wenn sich auch die geistigen Wege getrennt hatten, wandte sich Hölderlin an Schelling, als er den Plan einer Zeitschrift entwarf, und bat ihn um einen Beitrag:

In jedem Falle, Freund meiner Jugend! wirst Du mir verzeihen, daß ich mich mit dem alten Zutrauen an Dich gewandt und den Wunsch geäußert habe, Du möchtest durch Deine Theilnahme und Gesellschaft in dieser Sache meinen Muth mir erhalten, der durch meine Lage und andere Umstände indessen vielfältige Stöße erlitten hat, wie ich Dir wohl gestehen darf.[507]

Schelling antwortete am 12. August 1799, er würde mit Vergnügen teilnehmen, soviel er könne, er habe aber für den Winter nichts zu bieten als einige Vorlesungen. Er riet Hölderlin, sich des durch Herder so in Mißkredit gekommenen Wortes Humanität zu enthalten.

Ich bin jetzt eben in einer Lage und einer Stimmung, die mir wenig zu schreiben erlaubt, was Deinen Brief auch nur in etwas vergelten könnte.[508]

Schelling hatte eigene Sorgen, private – die anfänglichen Wirren der Liebe zu Caroline Schlegel – und andere. Er war ja inzwischen durch die Veröffentlichung seiner *Ideen zu einer Philosophie der Natur* (1797) ein berühmter Mann geworden, so sehr, daß noch Heine Hegel als »einen Schüler des Herrn Schelling« betrachtete, wenn auch Hegel der größere Denker sei, »der große Hegel, der größte Philosoph, den Deutschland seit Leibniz erzeugt hat«:

Diesen Mann mit Herrn Joseph Schelling zu vergleichen, ist gar nicht möglich, denn Hegel war ein Mann von Charakter,

während Schelling,

welcher einst am kühnsten in Deutschland die Religion des Pantheismus ausgesprochen […], abtrünnig geworden ist von seiner eigenen Lehre […] Er ist jetzt gut katholisch und predigt einen außerweltlichen, persönlichen Gott, »der die Torheit begangen habe, die Welt zu erschaffen«. […] Diese Bekehrungsgeschichten gehören höchstens zur Pathologie.[509]

Ein letztes Mal hat Hölderlin Schellings Freundschaft beansprucht. Er hatte ihn in Kloster Murrhardt besucht (siehe Dokument Nr. 12). Für Schelling war Hölderlins Anblick »erschütternd«. Hölderlin, der seine Übersetzungen von Sophokles bei einem Verleger unterzubringen trachtete, hatte geglaubt, der berühmt gewordene Schelling könne ihm dabei behilflich sein, und hatte seine Hoffnung in ihn gesetzt. Schelling tat nichts.

Hölderlins Beziehungen zu Sinclair sind zu komplexer Art, um hier eingehend behandelt werden zu können. Hier bloß einige Anhaltspunkte.
Isaac von Sinclair (1775–1805) war der einzige Sohn einer bedeutenden, zweimal verwitweten, am Hofe von Hessen-Homburg angesehenen Mutter. 1792–1793, also mit siebzehn Jahren, hatte er an der Universität Tübingen Rechtswissenschaften studiert, zu einer Zeit, als Hölderlin, Hegel und Schelling im Stift waren. Er war fünf Jahre jünger als Hölderlin und Hegel, gleichaltrig mit Schelling.
Als sein väterlicher Freund Hofrat Jung in Homburg einen französischen Hauslehrer suchte und an einen »Mömpelgarder« dachte, wie sie damals als Untertanen Württembergs in Tübingen und an der Karlsschule anzutreffen waren – der berühmte Naturforscher Cuvier war als Mömpelgarder Schüler der Karlsschule gewesen, und es hat nicht viel daran gefehlt, daß er Studiengenosse Hölderlins gewesen wäre –, schlug Sinclair ihm vor, da sich kein Franzose fand, einen Deutschen, der gut französisch spreche, zu nehmen. Er dachte an

den Magister Hölderlin, der, wie man mir versichert, gut französisch kann. Er ist ein junger Mann von bestem Charakter und der besten Aufführung, überdies hat er sich schon durch mehrere Gedichte gezeigt. Der Sr. Stäudlin kennt ihn sehr wohl und wird Ihnen die nähere Auskunft geben können.[510]

Da inzwischen Hölderlin »schon durch den Hofrat Schiller eine Hofmeisterstelle in Thüringen« bei Frau von Kalb erhalten hatte, wurde daraus nichts.
Im Mai 1794 ließ sich Sinclair an der Universität Jena immatrikulieren. Im Januar 1795, nach Kündigung seiner Hofmeisterstelle bei Kalbs, zog Hölderlin nach Jena, wo er bis Ende Mai blieb. Von Mitte April bis Ende Mai 1795, also sechs Wochen lang, wohnten die beiden Freunde zusammen in einem von Sinclair gemieteten Gartenhaus bei Bäckermeister Schilling, »wohnhaft am Brückentore«.
In manchen Zügen hat wohl die damals zwischen Hölderlin und Sinclair geschlossene Freundschaft dem Freundschaftsbund zwischen Hyperion und Alabanda im Roman Modell gestanden: die heroisch stilisierte Freundschaft eines »stolzen Paares« das sich »unterthan« ist, wie es Harmodios und Aristogiton waren.[511]
Nach der Trennung vom Hause Gontard übersiedelt Hölderlin nach Homburg, in die Nähe Sinclairs. In einem Brief an seine Mutter vom 12. November 1798 schreibt Hölderlin:

Sinklair läßt sich Ihnen empfehlen. Er hat sich gefreut, daß Sie das gute Zutrauen zu ihm haben, daß er gute Aufsicht über mich führen werde, er woll' es auch pünktlich thun. Ordentlich lustig ist es, daß Sinklairs Mutter gerade mich so zum sorgsamen Geleiter ihres HE. Sohns bestellt, wie Sie den HE. Regierungsrath zu meinem Mentor machen. Es wird auch wirklich wenige Freunde geben, die sich gegenseitig so beherrschen und so unterthan sind.[512]

Als Susette Gontard starb, meldete Sinclair die schreckliche Nachricht seinem Freund, den er noch in Bordeaux glaubte. Er lud ihn ein, zu ihm zu kommen und bei ihm zu bleiben: »und wenn das Schicksal gebieten sollte, so werden wir als ein treues Paar seine Bahn gehen«. Er bot ihm 200 fl. jährlich an, freie Wohnung »und was dazu gehört«.

Nimm dies nicht als meine bloße Bitte, sondern auch als meinen Rat an [...] Melde mir Deine Entschließung. Auch will ich zu Dir nach Bordeaux reisen, wenn Du willst, und Dich abholen.[513]

Hölderlin nahm das Angebot grundsätzlich an, blieb jedoch vorerst bei seiner Mutter in Nürtingen, bis Sinclair ihn im

Sommer 1804 abholte und nach Homburg in seine Nähe brachte.
Das Schicksal ihrer freundschaftlichen Beziehungen während Hölderlins zweitem Homburger Aufenthalt bleibt in Dunkelheit gehüllt. Tatsache ist, daß sich Sinclair erfolgreich für Hölderlin verwendete, um die Übersetzungen von Sophokles bei einem Verleger unterzubringen. Eine Spur ihrer damaligen Gespräche läßt sich bei Bettina Brentano auffinden wie auch in Sinclairs Schriften, so z.B. in seiner Abhandlung *Über dichterische Composition überhaupt, und über lyrische insbesondere*,[514] die stark unter dem Einfluß Hölderlins steht.
Nach dem Abenteuer von Sinclairs Verhaftung und des gegen ihn geführten Hochverratsprozesses scheint das Verhältnis der beiden Freunde gestört gewesen zu sein. Doch blieb Sinclair immer ein großer Verehrer des Dichters Hölderlin und warb bei den Romantikern, denen er begegnete, für ihn. Doch besuchte er ihn in Tübingen nicht mehr: Den Menschen Hölderlin hatte er anscheinend abgeschrieben.
Daß die Freundschaft zwischen dem cholerisch veranlagten Hölderlin und seinem tatkräftigen, »gewaltigen« Freund nicht wolkenlos ablief, davon legt der späte Bericht von Caroline von Woltman Zeugnis ab: Hölderlin hätte einst »um ein Haar« Baron Sinclair »bei einem Streit über Tisch ermordet«.[515]
Doch ist auch wahr, daß sich Hölderlin im Gedicht *An Eduard* bereit erklärt hatte, »auf Tod und Leben dem Freunde zu revolutionärer Tat zu folgen«.[516]

Ein einsamer Mensch ist Hölderlin gewesen – aber ein Autist?
Worauf es hier ankam, war, zu zeigen, daß er mit seinen Freunden, aber auch mit anderen – mit den Frauen nicht, wenn man von seiner Mutter absieht, mit der Familie Zimmer auch nicht – keine besonderen Kommunikationsschwierigkeiten hatte.
Vielmehr hatte er ein wahres Bedürfnis nach Verkehr mit Geistesverwandten. So schrieb er z.B. an Neuffer am 3. Juli 1799:

Ich lebe so sehr mit mir allein, daß ich oft jezt gerne in einer müßigen Stunde mit einem unbefangenen Freunde schriftlich mich über

Gegenstände unterhalten möchte, die mir nahe liegen, und das macht mich dann, wie Du siehst, geschwäziger, als vieleicht dem andern angenehm ist. Ich habe Dir freilich so gut als nichts gesagt und mehr mit mir selber gesprochen, als zu Dīr.[517]

Wo sind aber, in der späten Zeit, die Geistesverwandten geblieben, mit denen er sich noch hätte unterhalten können? Ist es seine Schuld, daß sie »nicht mehr dabei« waren?

Ich aber bin allein.

Dritter Teil

Die äußeren Umstände, die Schicksalsschläge. Susette Gontard. Hölderlins Mutter

Erstaunlicherweise ist die Rolle der äußeren Umstände als Moment von Hölderlins psychologischer Entwicklung kaum je berücksichtigt worden – und wenn, dann nicht eingehend. Hölderlin – so meint man – war »ein Kranker«, von jeher dazu veranlagt und bestimmt.

Hat er doch selbst gesagt, er sei »zerstörbarer [...] als mancher andre«[1].

Seinem Bruder Karl Gok schreibt er mit siebenundzwanzig Jahren, am 2. November 1797:

Aber wer erhält in schöner Stellung sich, wenn er sich durch ein Gedränge durcharbeitet, wo ihn alles hin und her stößt? Und wer vermag sein Herz in einer schönen Gränze zu halten, wenn die Welt auf ihn mit Fäusten einschlägt?

Je angefochtener wir sind vom Nichts, das, wie ein Abgrund, um uns her uns angähnt, oder auch vom tausendfachen Etwas der Gesellschaft und der Thätigkeit der Menschen, das gestaltlos, seel- und lieblos uns verfolgt, zerstreut, um so leidenschaftlicher und heftiger und gewaltsamer m u ß der W i d e r s t a n d von unsrer Seite werden. Oder m u ß er es nicht?[2]

Hölderlin hat manche Schicksalsschläge erlitten, kleine und große. Um hier nur die hauptsächlichsten aufzuzählen:

1794: das sogenannte »pädagogische Fiasko« in Waltershausen, die Trennung vom Haus von Kalb, mit der »Affäre Wilhelmine Kirms« im Hintergrund;
1795: das fluchtartige Ausbrechen aus Jena, das Aufgeben des Studiums bei Fichte und des Verkehrs mit Schiller;
September 1798: die Trennung vom Hause Gontard;
März 1799: das Aufgeben der Hoffnung auf eine Schwäbische Republik, das damit verbundene Aufgeben des schon zum größten Teil verfaßten Dramas *Empedokles* (erste Fassung);
September 1799: das Scheitern des Journal-Plans;
Dezember 1801: der Aufbruch aus der Heimat, »vielleicht auf immer«, weil ihn die Deutschen »nicht brauchen können«;
22. Juni 1802: das Hinscheiden von Susette Gontard;
einige Tage später, Anfang Juli 1802: der affektive Bruch mit der Mutter;
26. Februar 1805: die Verhaftung Sinclairs;
11. September 1806: der gewaltsame Abtransport aus Homburg und die Einlieferung in das Tübinger Klinikum.

Von den vielen Enttäuschungen, die er erlitten hat – wie z.B. seinem vergeblichen Hoffen auf einen Lehrauftrag in Jena –, von den vielen Kränkungen, die er hier und da, besonders in Frankfurt, hat einstecken müssen, sei hier abgesehen.
Hölderlin hat sich einmal als einen Schiffbrüchigen bezeichnet. Als einen Gescheiterten? Das nicht.
Eines ist ihm gelungen, und zwar das Höchste: das dichterische Werk. Dem hat er aber auch alles andere geopfert. Er hat dieses Werk hart erkämpft und teuer bezahlt. Er schrieb:

Glaub es, Theuerster! ich hatte gerungen bis zur tödlichen Ermattung, um das höhere Leben im Glauben und im Schauen vest zu halten, ja! ich hatte unter Leiden gerungen, die nach allem zu schließen, überwältigender sind als alles andre, was der Mensch mit eherner Kraft auszuhalten im Stande ist.[3]

Es sei anderen überlassen, die Schicksalsschläge, die ihn hart mitnahmen, eingehend zu schildern. Ich will hier nur auf die beiden bedeutendsten eingehen, die in seiner psychischen Entwicklung die entscheidendste Rolle spielten: das Verhältnis zu Susette Gontard und die Beziehung zur Mutter.

Dank einem in Jena getroffenen Arrangement Sinclairs hatte Hölderlin bei der Heimreise um den 13. Juni 1795 in Heidelberg die Bekanntschaft Ebels gemacht. Johann Gottfried Ebel, Arzt und Naturforscher, ein begeisterter Anhänger der Ideen der Französischen Revolution, hatte seit Jahren ein festes und von der Frankfurter Gesellschaft unbeanstandet akzeptiertes Verhältnis mit Margarete Gontard, der jüngeren Schwester des Frankfurter Bankiers Jakob Friedrich Gontard. Hölderlin sah sich nach einer Erzieherstelle um; eine solche war bei Gontard frei. Ebel empfahl dem Bankier seinen neu gewonnenen Freund Friedrich Hölderlin.
In einem ostensiblen Brief an Ebel vom 2. September 1795 entwickelt Hölderlin sein pädagogisches Programm für den in Aussicht stehenden Zögling in Frankfurt.
Am 28. Dezember kommt er in Frankfurt an, wird vorerst in einem Gasthof untergebracht, macht mit der Familie Gontard erst am Silvesterabend Bekanntschaft. Frau Gontard, Susette geb. Borkenstein, ein Jahr älter als Hölderlin, »begabt mit Liebreiz und Schönheit, [...] von der Mutter sorgfältig erzo-

gen«, hatte einen achtjährigen Sohn, Henry, den eigentlichen Zögling Hölderlins, und drei kleine Töchter: Henriette (sieben), Helene (fünfeinhalb), Amalie (vier Jahre alt).

»Eh' es eines von uns beeden wußte, gehörten wir uns an«[4] – so beginnt Hyperions Schilderung der Liebe zu Diotima. Dieser schwärmerisch klingende Ausdruck entspricht aber – wie immer bei Hölderlin – einem ganz konkreten Umstand und ist eine Anspielung auf die erste Begegnung Hölderlins mit Susette Gontard.

Der Sohn eines angesehenen Bankiers aus Bern, der Schweizer Ludwig Zeerleder, drei Jahre jünger als Susette, unternahm mit einundzwanzig Jahren, »Weltkenntnis halber« im Sommer 1793 eine Reise ins Ausland, die ihn zunächst für nur acht Tage nach Frankfurt führte, wo er »die alte Freundschaft seines Hauses mit Moritz Bethmann erneute«. »Das erste und größte Haus [in Frankfurt, P.B.] sind ohne Zweifel die Bethmann; aber ihre Gesellschaft ist bei weitem nicht die beste, meist emigrierte Franzosen oder deutsche Glücksritter«, schreibt Zeerleder in dem seinem Freund Hirzel zugedachten Reisetagebuch unter dem Datum des 25. Juli 1793. Ganz verschieden davon sei, schreibt er weiter, die Lebensart der beiden jungen Gontards. Die erste Zierde der Familie sei »Madame Gontard Borkenstein«:

So wie sie hat mich noch keine Frau interessiert; ihr Bild wird mir auf immer das Ideal ihres Geschlechts bleiben, – Sanftmut, Güte, richtiger Verstand, und die über ihre ganze Person verbreitete Grazie bezaubern, aber lassen sich nicht beschreiben. In Gesellschaft besitzt sie in hohem Grade jenen einfachen aber feinen Ton, der die Vereinigung eines gebildeten Geistes und eines ruhigen Herzens anzeigt; – in ihrem häuslichen Zirkel, mitten unter ihren Kindern, an ihrem Klavier ist sie vergnügter als in großen Gesellschaften, denen sie immer auszuweichen sucht; sie hat alsdenn etwas zutrauliches, freundschaftliches, in ihrem Wesen dem auch der größte Mißmuth nicht zu widerstehen vermögen würde. Là j'aime sa grâce et là sa majesté. Ich würde vergebens diese Beschreibung fortsetzen, Du würdest Dir noch kein Bild von ihr machen können [...] Ich kann über Frankfurt nichts mehr hinzusetzen; ich werde verwöhnt hier, und es ist vielleicht gut, daß ich wegkomme; Willst Du noch den Abschied von Mme Gontard wissen? – Vergessen Sie uns nicht, sagte sie zu mir, und kommen sie einst unverändert wieder.

(Là j'aime sa grâce et là sa majesté: was ich an ihr liebe: Lieblichkeit und Hoheit in einem.)
Von Frankfurt reiste der verliebte Zeerleder nach Hamburg. Im April 1794 kam er wieder nach Frankfurt. Er berichtet:

Als ich die Türme dieser Stadt sah, öffnete sich mein Herz; ich stieg aus, um jeden Gipfel, jedes Haus, jeden Baum zu grüßen, den ich an ihrer Seite gesehen hatte. – Kaum eine halbe Stunde nach meiner Ankunft war ich schon bei ihr; – wie mir an der Haustür ihre Kinder entgegensprangen und mich aus lauter Freude zu ihrer Mutter führten, wie diese aufstand mir entgegenzugehen, wie sie mir lächelnd die Hand reichte; – ach mein Freund, wie Dir dieses beschreiben! Wohl dir wenn Du es fühlen kannst, wenn ein Schatten der Freude Dir erscheint, welche mich in diesem Augenblick durchströmte! – Jetzt bin ich hier und sehe sie alle Tage eine Stunde, und jede Stunde hat, wie Donamar sagt, drei und zwanzig Schwestern, welche im lichten Tanze des Andenkens freundlich vorüber gleiten. – Wann ich weiter reise, wie ich die Vollkommne wieder werde verlassen können, das weiß ich nicht, denke auch nicht daran; und wo könnte ich auch wieder finden was ich hier habe; in ihrer Nähe wohnen die reinsten Gefühle; Pflicht und Menschenliebe und Verleugnung und Aufopferung, alles lernt man bei ihr; ich läutre mich in Ihrem Umgange; und wenn ich auch nicht weltklüger werde, so siehst Du doch einst Deinen Freund gewiß als einen besseren Menschen wieder.

Darauf ging Zeerleder nach England, wo er von Anfang Juni bis Ende 1794 blieb. Dann kehrte er nochmals nach Frankfurt zurück, um dort ganze vier Monate zu bleiben. Erst nach fünf Jahren war es ihm möglich geworden, dem Freund über seinen dritten Frankfurter Aufenthalt andeutungsweise Rechenschaft abzulegen.

Die Folge überspannter Briefe, die Du damals von mir erhieltest, wird Dich erinnern, daß ich vier ganze Monate, wo man mich zu Hause mit Verlangen erwartete, und meine Verwandten mit Recht auf meine Rückkehr drangen, ohne Angedenken von Pflicht, meiner excentrischen Neigung folgend, mich in Frankfurt verweilte. [...] Mein Verhältnis zu der Person [Susette Gontard, P. B.], die meine Einbildungskraft während zwei Jahren stets verschönert hatte, und die ich vollkommener als ich es selbst dachte, wiederfand, war unnatürlich, konnte nie mich glücklich machen, vielleicht das Glück meiner Freundin zerstören. Dir danke ich es, daß dieser Taumel sich endigte; ohne Dich wäre ich vielleicht noch lange in dieser verschrobenen überspannten Lage geblieben. [...] Deine Briefe waren mir willkommen, selbst als ich schon lange alle andern uneröffnet beiseite legte, und so geschah es denn, daß Du mich zur ernsthaften Überlegung brachtest, wo das hinaus sollte, und was es für ein Ende nehmen könne; ich entschloß mich und wollte gleich wegreisen; Man verlangte noch drei Tage, und am Morgen des vierten war ich schon, freilich schwarz und halbverzweifelt, auf der Bergstraße. Eine Stunde ging ich von Heidelberg ab, um das schöne Tal des Wolfsbrunnens zu sehen, und reiste dann in einem fort bis nach Bern.[5]

Auch der Sohn eines Berner Bankiers kann sich verlieben. Aber schließlich ist er keine Werthernatur: Nach Jahren des Verliebtseins rafft er sich zusammen, fährt nach Hause und geht ins Geschäft. Seinem Freund Fritz von Stein gegenüber nennt Zeerleder »seinen Aufenthalt in Frankfurt eine Episode« – eine Episode, von der er jedoch meinte, sie habe damals die Gefahr geborgen, das Glück Susettens zu zerstören. Wie hatte die damals vierundzwanzigjährige Susette Gontard auf Zeerleders Umwerbung reagiert? Das wissen wir von ihr selbst, in ihrer eigenen Darstellung. Es traf sich nämlich, daß Ende 1799, fünfzehn Monate, nachdem sich Hölderlin vom Hause Gontard getrennt hatte, Zeerleder wieder einmal in Frankfurt auftauchte. Sofort schrieb sie an Hölderlin:

Denke nur! Gestern abend bekomme ich durch die S. [Frau Sömmering, P. B.] die höchst unerwartete Nachricht, daß Z... [Zeerleder, P. B.] von Bern (der vor 5 Jahren mir das Fragment von Dir abschrieb) so eben bei ihr gewesen sei. Das griff stark in meine ruhige Stimmung ein, und es fiel mir gleich auf's Herz, ob auch wohl diese Erscheinung, Dir nicht irgend eine Art von Bekümmernis bringen möchte, und es beunruhigte mich sehr. Aber um's Himmels willen, mein Einziger! laß es Dir nur keine Sorge machen, es wäre sicher unnötig, Ich beteure Dir noch einmal. Er war mir nie mehr als Bruder, und Freund! und kann mir nie mehr werden. Aber Du kennst mich ja, und Du weist daß wenn man gegen die Liebe fehlt man sich selbst am meisten verwundet. Vertraue fest auf mich, und laß auch diese Worte Dich nicht irren als wären sie nötig, zu Deinem Herzen hab ich nicht gesprochen. --- Ich habe ihn den Sonntag abend wiedergesehen, er ließ sich durch einen Anverwandten von uns, B... [Brevillier, ein Vetter Gontards, P.B.] bei mir als einen alten Freund vorstellen. Ich habe ihn sehr verändert gefunden, er saget auch er hätte von seinen Kräften, dem Vaterland sein Contingent bezahlt, und wolle jetzt einmal die andern sorgen lassen, er würde wohl einige Zeit hier bleiben, vermutlich aber erst nach Hamburg reisen. Wenn es Dich nur nicht stört, so ist es mir in einer Rücksicht lieb, wieder einmal einen Menschen um mich zu haben, mit dem ich ohne Zurückhaltung und mit Zutrauen sprechen kann. Wie gerne werd ich von Dir mit ihm sprechen, und wie sehr wird das mein Herz erleichtern. Ich werde ihn nie entfernend begegnen, denn dies wäre aus mehr als einem Grund nicht gut, aber mit dem ganzen Gefühl und Stolz meiner Liebe werde ich mich ihm entgegenstellen, und er wird gewiß sie ehren.[6]

An Zeerleder hatte Susette nicht nur einen verliebten Verehrer, sondern auch einen »Bruder und Freund« gehabt, mit dem sie jetzt von Hölderlin sprechen will. Ob sie es wirklich getan hat, weiß man nicht. Etwa einen Monat später schreibt sie an Hölderlin:

An denselben Morgen da Du wieder hinübergingst, kam ein paar Stunden nachher Z[eerleder] in Reisekleidern, und fragte ob ich nichts nach Hamburg zu bestellen hätte? Er ist seitdem dort angekommen und wird wohl noch einige Monate dort zubringen, um wegen Geschäften, seinem Bruder, der in Amerika ist, näher zu sein.[7]

Susette hatte gewiß Hölderlin früher von Zeerleder erzählt, um so mehr, als letzterer in ihrer ersten Begegnung unwillentlich eine Rolle gespielt hatte. Im vorhin erwähnten Brief schrieb Susette: »Z... von Bern (der vor 5 Jahren mir das Fragment von Dir abschrieb)«. Hier wird auf folgendes angespielt:

Als Zeerleder Ende 1794 zum dritten Mal als Verliebter nach Frankfurt kam, war er auf den Einfall gekommen, ein gerade in der *Neuen Thalia* erschienenes Romanfragment eigenhändig abzuschreiben und es Susette als Zeichen seiner Empfindung zu verehren: so gut hatte es ihm, der wohl an den eigenen stilistischen Fähigkeiten gezweifelt hatte, als Ausdruck der Leidenschaft gefallen. Es handelt sich um das berühmte

Thalia-Fragment des *Hyperion.* Es ist übrigens zu vermuten, daß die 1799 in der *Oberdeutschen Allgemeinen Literaturzeitung* mit Zl. B. signierte enthusiastische Rezension des eben erschienenen Ersten Teils des Romans von Zeerleder stammt. Zeerleder war ein Mann von gutem Geschmack.
Als nun ein Jahr später, am 31. Dezember 1795, der neue Hofmeister Magister Hölderlin den Antrittsbesuch im Hause Gontard machte, war er für die Dame des Hauses, die schöne Susette, kein Unbekannter – sondern schon gleich der Autor des *Hyperion-Fragments,* dieses der Leidenschaft errichteten Monuments, das die Herzen höher schlagen läßt. In Susette erkennt aber auch Hölderlin bald die Heldin seines Romans, die im Fragment Melite heißt, doch nach dem Frankfurter Erlebnis zu Diotima umgetauft wird.

Eh' es eines von uns beeden wußte, gehörten wir uns an.

Die zündende Wirkung des *Thalia-Fragments* auf jugendliche empfindsame Seelen habe ich selbst mehr als einmal beobachten können und kann mir gut vorstellen, wie sie – durch ungewollte Vermittlung Zeerleders – Hölderlin zugute kam, der vom ersten Augenblick an nicht nur als der Hauslehrer Henrys, sondern vielmehr als der Dichter des *Hyperion* empfangen und behandelt wurde.
Als Hölderlin am 1. Januar 1796 seine neue Stellung antritt, ist Susette eine schöne, umworbene Dame der besten Frankfurter Gesellschaft. Sie ist sechsundzwanzig. Doch auch der fünfundzwanzigjährige Hofmeister ist einnehmend genug. Man erinnere sich, wie Philip Joseph von Rehfues seine Erscheinung im Stift, nur ein paar Jahre früher, schildert: seine regelmäßige Gesichtsbildung, der sanfte Ausdruck seines Gesichts, sein schöner Wuchs, sein sorgfältig reinlicher Anzug und jener unverkennbare Ausdruck des Höheren in seinem ganzen Wesen … Auf seinen Eintritt in die hohe Frankfurter Gesellschaft hatte er sich sorgfältig vorbereitet. Vierzehn Tage vorher war er nach Stuttgart gegangen, um sich mit Kleidern, Schuhen und einem »Curé«, einem Pelzrock, auszustatten. Auf der Ausgabenliste der Mutter wird »ein Coffer Schneider und Schuhmacher bei der Abreise nach Franckfort« vermerkt: 30 fl. Doch muß sie noch vor Ende des Jahres eine zusätzliche Rechnung von 95 fl. begleichen: Tuch für Kleidungsstücke.

Im ganzen 125 Gulden, gar nicht wenig. Hölderlin kann sich sehen lassen.
Bei Bankier Gontard wird er ganze 400 fl. (Gulden) im Jahr bekommen, und alles frei. Später, in Tübingen, wird er sich an die gute Zeit in Frankfurt erinnern, wo er (verhältnismäßig) viel Geld ausgab.
Man ist höflich zu ihm. Da das Zimmer im »Weißen Hirsch«, der Wohnung Gontards, noch nicht ganz zurechtgemacht ist, bleibt er einige Tage, wohl bis Mitte Januar, im Gasthof »Stadt Mainz«, wo ihn am 30. Dezember sein künftiger Zögling Henry besucht. Von der Familie Gontard meint er, wie er dem Bruder am 11. Januar schreibt, er habe an ihnen »die besten Menschen zu Freunden, und an den Kindern dieser Menschen Zöglinge, [...] wie man sie wohl nicht leicht wieder finden dürfte«.[8]
Wer sind denn diese »besten Menschen«, Bankier Gontard und seine Frau Susette, deren Bekanntschaft er erst eine Woche zuvor gemacht hat?
Jakob Friedrich Gontard, 1764 geboren, also damals einunddreißig Jahre alt, war reiner Geschäftsmann. Sein Wahlspruch lautete »Les affaires sont les affaires, les affaires avant tout« – Geschäft ist Geschäft, das Geschäft über alles. Sein Urgroßvater war als französischer Protestant nach der Aufhebung des Toleranzediktes von Nantes (1685) aus Grenoble nach Frankfurt eingewandert und hatte da sein Geschäft erfolgreich betrieben. Sein Sohn, Jakob Friedrich Gontard-Sarasin, wurde »Begründer dauerhaften Wohlstandes der Familie«. Seit 1740 Frankfurter Bürger, gehörte er bald zu den führenden Persönlichkeiten der Stadt und war längere Zeit Vorstand der Frankfurter Börse, »ein königlicher Kaufmann, mit schönen aristokratischen Gesichtszügen«.[9]
Zu dieser Zeit hatte ein ebenfalls nach der Aufhebung des Ediktes von Nantes aus Lyon vertriebener Damenschneider thüringischer Abstammung, Friedrich Georg Göthé (Goethes Großvater), in Frankfurt insbesondere mit dem Weinhandel gute Geschäfte gemacht. Trotz der Behauptung Goethes Eckermann gegenüber: »Wir Frankfurter Patrizier hielten uns immer dem Adel gleich«, war Goethes Großvater kein Patrizier; immerhin hinterließ er 90000 Gulden in Grundstücken, Hypotheken und 17 Ledersäcken mit Bargeld, ein Vermögen,

von dem sein Enkel später zehrte. Goethes Vater Johann Caspar hatte keine nennenswerten Geschäfte gemacht, dafür aber für 313 Gulden vom Kaiser einen Ratstitel erkauft, wodurch er allerdings von den Geschäften der Stadt ausgeschlossen wurde. Mit seinen Büchern und Bildern und einer Naturaliensammlung hat er als Privatier recht gut gelebt. Als Vierziger hatte er ein ungemein kultiviertes, witziges junges Mädchen geheiratet, Elisabeth Textor, die spätere »Frau Rat«, von der Bettina Brentano so viel und so schön zu erzählen weiß.

Hölderlins Brotherr Jakob Friedrich Gontard hatte als Kind das rechte Auge durch Unfall verloren. Er wohnte im stattlichen Haus Zum Weißen Hirsch am Großen Hirschgraben in Frankfurt. Das Haus gehörte nicht ihm, sondern einem Onkel.

Seine Frau, Susette, war die Tochter des Hamburger Kommerzienrats Heinrich Borkenstein (1705–1777). Ihre Mutter Susanna, geborene Bruguier (1741–1793), ebenfalls französischer Herkunft, war durch ihre Großmutter Sarasin Kusine zweiten Grades von Jakob Friedrich. Von ihrem sechsunddreißig Jahre älteren Mann hatte sie zwei Kinder, Susette (geboren 1769) und den etwas jüngeren Henry. Der Vater Susettens starb, als sie erst acht Jahre alt war. Die Witwe erzog mit größter Sorgfalt die beiden Kinder.

Bei Gelegenheit einer Geschäftsreise nach Hamburg lernte Jakob Friedrich Gontard seine junge Kusine Susette, ein »mit Liebreiz und Schönheit« begabtes Mädchen, kennen. Am 9. Juli wurden sie in Hamburg getraut. Susette war siebzehn Jahre alt. Sie übersiedelte nach Frankfurt und brachte dort 4 Kinder zur Welt: elf Monate nach der Hochzeit einen Sohn, der nach ihrem Bruder Henry genannt wurde, und dann in Abständen von jeweils anderthalb Jahren drei Töchter: Henriette, Helene und Amalie, die bei Hölderlins Eintritt ins Haus Gontard sieben, fünfeinhalb und vier Jahre alt waren.

Der Lebensstil des Hauses Gontard war »großbürgerlich und sehr gastfreudig, die Ehe bald konventionell«[10].

Zwei Wochen nach dem Antrittsbesuch, am 15. Januar 1796, schreibt Hölderlin an seinen »lieben Bruder« Neuffer einen merkwürdigen, nicht ganz offenen Brief, den zu interpretieren gewagt ist.

Ich weiß wohl, daß es einmal Zeit wäre, mich weniger durch Neuheit beunruhigen zu lassen; aber ich mußte wieder finden, daß, bei aller Vorsicht, das Unbekannte für mich sehr leicht mehr wird, als es wirklich für mich seyn kann, daß ich bei jeder neuen Bekantschaft von irgend einer Täuschung ausgehe, daß ich die Menschen nie verstehen lerne, ohne einige goldne kindische Ahndungen aufzuopfern.
Ich weiß, daß ich in Deinen Augen nichts verliere durch dieses demüthigende Geständniß.
Glaube übrigens deßwegen nicht, als wäre meine neue Lage nicht so, daß man nicht gewissermaßen damit zufrieden seyn könnte.
Ich lebe, wie es scheint, unter sehr guten und wirklich, nach Verhältniß, seltnen Menschen; sie könnten wohl noch mehr seyn, ohne daß ich das obige zurüknehmen müßte.
Du verstehst mich gewiß, wenn ich Dir sage, daß unser Herz auf einen gewissen Grad immer arm bleiben muß. Ich werde mich auch wohl noch mehr daran gewöhnen, mit Wenigem fürlieb zu nehmen, und mein Herz mehr darauf zu richten, daß ich der ewigen Schönheit mehr durch eigenes Streben und Wirken mich zu nähern suche, als daß ich etwas, was ihr gliche, vom Schiksaal erwartete.[11]

Was mag er wohl mit einer »Neuheit«, einer »neuen Bekantschaft«, die für ihn »sehr leicht mehr wird«, als sie wirklich für ihn sein kann, meinen – wenn nicht auf die Begegnung mit Susette Gontard angespielt wird? Warum bereitet er sich auf eine Enttäuschung, auf das Opfern »einiger goldner kindischer Ahndungen« vor? Warum will er sich einprägen, »unser Herz« müsse »auf einen gewissen Grad immer arm bleiben«, er müsse sich noch mehr daran gewöhnen, »mit Wenigem fürlieb zu nehmen«, sich »der ewigen Schönheit« durch das Dichten zu nähern, eher, als es in der Form eines Wesens, eines Geschenks des Schicksals zu erwarten?
Ist ihm Susette Gontard nicht schon gleich das Abbild der erwähnten »ewigen Schönheit«, wehrt er sich nicht vor einer Begeisterung, von der er fürchten muß, sie werde zu Enttäuschungen führen, wenn er nicht »mit Wenigem fürlieb nimmt« und sich nicht von vornherein darauf gefaßt macht, sein Herz müsse »auf einen gewissen Grad arm bleiben«?
Mir scheint dieser Brief ein wohl umwundenes, doch unmißverständliches Liebesbekenntnis zu enthalten; und man hört hindurch, daß Susette ihm schon in den ersten Wochen entge-

genkam, wenn nicht gar ihn ermutigte. Und dies wäre die »beunruhigende Neuheit«, die »goldne kindische Ahnung«, gegen die er sich zu wehren versucht.
Er ist erst sechs Wochen im Haus, als er am 11. Februar den Bruder bittet, ihm die in Nürtingen gebliebene Flöte »sicher gepackt« nachzuschicken. Im Hause Gontard wird viel musiziert. Susette spielt Klavier und singt. Hölderlin hat beim berühmten Dülon Flöte gelernt.
Im Frühsommer lädt die Gesellschafterin Susettens, Marie Rätzer, ihren Bruder nach Frankfurt ein:

Du sollst uns schon wieder gesund werden: auf unsrer schönen Pfingstweid unter den Pappeln herum springen, Blumen pflücken, mit unsrem Hölderlin Duette flöten, er ist sehr stark darin.[12]

Marie Rätzer selbst sang und spielte die Laute.
Hölderlin fühlt sich »verjüngt«. Es war auch Zeit: »ich wäre in der Hälfte meiner Tage zum alten Manne geworden«. Sein Wesen »hat nun wenigstens ein paar überflüssige Pfunde an Schwere verloren und regt sich freier und schneller«. Deus nobis haec otia fecit, ein Gott gönnt uns diese glückliche Ruhe. Er schreibt dem Bruder von seinem »neuen Glück«.[13]
Im März schreibt er an Neuffer in einem ganz anderen Ton als im Januar:

Mir geht es so gut, wie möglich. Ich lebe sorgenlos, und so leben ja die seeligen Götter.[14]

Und im Juni, wiederum an Neuffer:

Ich bin in einer neuen Welt. Ich konnte wohl sonst glauben, ich wisse, was schön und gut sey, aber seit ich's sehe, möcht' ich lachen über all' mein Wissen. Lieber Freund! es giebt ein Wesen auf der Welt, woran mein Geist Jahrtausende verweilen kann und wird, und dann noch sehn, wie schülerhaft all unser Denken und Verstehn vor der Natur sich gegenüber findet. Lieblichkeit und Hoheit, und Ruh und Leben, u. Geist und Gemüth und Gestalt ist Ein seeliges Eins in diesem Wesen. Du kannst mir glauben, auf mein Wort, daß selten so etwas geahndet, und schwerlich wieder gefunden wird in dieser Welt. Du weist ja, wie ich war, wie mir gewöhnliches entlaidet war, weist ja, wie ich ohne Glauben lebte, wie ich so karg geworden war mit meinem Herzen, und darum so elend; konnt' ich werden, wie ich jezt bin, froh, wie ein Adler, wenn mir nicht diß, diß Eine erschienen wäre, und mir das Leben, das mir nichts mehr werth war, verjüngt, gestärkt, erheitert, verherrlicht hätte, mit seinem Frühlingslichte? [...]

Es ist auch wirklich oft unmöglich, vor ihr an etwas sterbliches zu denken und eben deßwegen läßt so wenig von ihr sagen.

Vieleicht gelingt mirs hie und da, einen Theil ihres Wesens in einem glüklichen Zuge zu bezeichnen, und da soll Dir keiner unbekannt bleiben. Aber es muß eine festliche durchaus ungestörte Stunde seyn, wenn ich von ihr schreiben soll. – Daß ich jezt lieber dichte, als je, kannst Du Dir denken. [...]

O sei glüklich, lieber Bruder! Ohne Freude kann die ewige Schönheit nicht recht in uns gedeihen. Großer Schmerz und große Lust bildet den Menschen am besten. [...]

Ich kann jezt nicht schreiben. Ich muß warten, bis ich weniger mich glüklich und jugendlich fühle. [...][15]

Hölderlin liebt, seine Liebe wird erwidert. Er schwelgt. Die Zeit fliegt ihm unbemerkt vorbei. Am Ende des Briefs schreibt er als postscriptum:

d. 10. Jun. Ich reise heute noch nach Hamburg ab, wegen dem Kriege.

Das gleiche irrige Datum des 10. Juni – tatsächlich schrieb man den 10. Juli – trägt der zweite Teil eines Briefes an den Bruder, der Näheres über die Umstände sagt:

Die Kaiserl. Armee ist jezt auf ihrer Retirade von Wezlar begriffen, und die Gegend von Frankfurt dürfte demnach zunächst einen Haupttheil des Kriegsschauplazes abgeben. Ich reise deßwegen mit der ganzen Familie noch heute nach Hamburg ab, wo sich Verwandte meines Haußes befinden. HE. Gontard bleibt allein hier. Es wird wichtige Auftritte geben. Man sagt, die Franzosen seyen in Würtemberg. Ich hoffe, die Sache wird wenigstens denen, die mich da zunächst angehn, nicht sehr viel reelles Übel bringen. Sei ein Mann, mein Bruder! Ich fürchte mich nicht vor dem, was zu fürchten ist, ich fürchte mich nur vor der Furcht.[16]

Beide Briefe hat er aller Wahrscheinlichkeit noch am 10. Juli 1796 geschrieben, an dem Tag, an dem der Frankfurter Bürger Samuel Gottlieb Finger notierte:

Schon waren heut bis Nachmittag die Franzosen bis Königstein vorgerückt, von woher wir heute eine fürchterliche Kanonade hörten.[17]

Die herannahende Armee von General Jourdan erfüllte die Frankfurter Bürger mit Angst.

Es geriet alles vollends in die größte Bestürzung, man flüchtete, man packte alles, was man konnte. Das Gedränge der Wagen, Kutschen u.s.w. hatte kein Ende und alles sah mit Furcht den Augenblick kommen, der uns der Gewalt unserer Feinde überlieferte.[18]

Am 10. Juli also schickte Bankier Gontard, »Cobus«, wie man ihn im Familienkreis nannte, die ganze Familie Richtung Hanau auf die Flucht. Endziel war Hamburg, Susettens Geburtsstadt. Die Mutter lebte nicht mehr, aber Susettens lieber, »guter« Bruder war da.

Damals verfügte der junge Bankier Cobus noch nicht über eine eigene Equipage, aber seine Mutter hatte ihm wohl eine sechssitzige Familienkutsche und einen Phaeton zur Verfügung gestellt.

Die ganze Familie fuhr mit, nur Cobus blieb zurück in Frankfurt. Die »ganze Familie«, das heißt: Susette und ihre vier Kinder, ihre Schwiegermutter Susanna Maria Gontard als Besitzerin der beiden Wagen, die Schwester von Cobus, »Gredel«, die Freundin von Dr. Ebel; dazu die Gouvernante und Vertraute Susettens, die Bernerin Marie Rätzer – und der Hofmeister Hölderlin. Im ganzen fünf Erwachsene und vier Kinder.

Aus Kassel schreibt Hölderlin am 6. August 1796 an seinen Bruder, sie lebten »seit drei Wochen und drei Tagen« sehr glücklich in Kassel.

Ich schrieb Dir an dem Tage meiner Abreise, daß wir nach Hamburg giengen, aber der hiesige Ort ist in so mancher Rüksicht interessant für Mad. Gontard, daß sie beschloß, sich einige Zeit hier aufzuhalten, da wir hier angekommen waren. [...] Auch HE. Heinze, der berühmte Verfasser des Ardinghello, lebt mit uns hier. Es ist wirklich ein durch und durch treflicher Mensch. Es ist nichts schöners, als so ein heitres Alter, wie dieser Mann hat. [...]

Nächste Woche reisen wir ins Westphälische, nach Driburg (ein Bad in der Nähe von Paderborn) ab. [...] Wird es Friede, so sind wir mit Anfang des Winters in Frankfurt.[19]

»Unser liebes Cassel« – so wird Susette später an Hölderlin schreiben.[20] Wahrscheinlich haben sie in Kassel zueinandergefunden.
Erich Hock, der die Reise nach Kassel und Bad Driburg mit größter Sorgfalt untersucht hat, schreibt: »In Susettens Gedächtnis lebte Kassel weiter als ein Ort inniger Gemeinschaft des Erlebens.«[21]
Wilhelm Heinse leistete Ciceronendienste und führte »die Familie« in die Gemäldegalerie, er zeigte ihnen die Statuen des Museums. Am 27. Juli tragen sie sich im Besucherbuch der Galerie ein:

Mad. Gontard. Dem. Retzer / M. Hölderlin aus Frankfurt, Heinse, Professor aus Mainz.

In der Galerie waren »damals auch die in der napoleonischen Zeit verschleppten wertvollen Stücke« noch zu sehen, der »kostbare Schatz niederländischer Meister und bedeutende Werke der italienischen Malerei«; auch die vier großen »Tageszeiten«[22] von Claude Lorrain, die sich jetzt in der Ermitage in Leningrad befinden. Wilhelm Heinse, der gern mit Malern und Künstlern verkehrte und ihnen im *Ardinghello* ein Denkmal gesetzt hat, gehörte zu den besten Kennern der Malerei seines Jahrhunderts in Deutschland.
Die antiken Skulpturen im Museum Fridericianum waren die ersten bedeutenden antiken Originale, die Hölderlin zu sehen bekam: der ausruhende Apollo, nach einem Original aus der Schule des Praxiteles, Athene als Kopie der Athena Lemnia, die auf Phidias zurückgeführt wird. Zehn Jahre später wird die junge Bettina Brentano Galerie und Museum in Kassel besuchen. Von dem Apollo schreibt sie:

Wenn die Göttlichkeit, die in einem solchen Kunstwerk liegt, ins Leben der Menschen gerät, daß sie sich ausdrückt, darstellt wie ein Blitz, der die Welt erleuchtet und verblendet, so muß man lieben.

»So muß man lieben«, schreibt das Mädchen Bettina angesichts der Skulpturen.
Wilhelm Heinse, »Vater Heinse«, wie ihn später Hölderlin nennen wird und dessen »heitres Alter« er bewundert, ist erst 50. Auch er hat sich gefreut und wohl gefühlt:

Mich umglänzten ein paar holde reizende weibliche Wesen – die blühende Schweizerin (Marie Rätzer, von der die Malerzunft zu Kassel ganz bezaubert war), und Dame Gontard in dem reinen schönen Tizianischen Teint ...[23]

Einige Monate später, im Oktober, wird Hölderlin einen kurzen, doch vielsagenden Satz an den Bruder schreiben:

Heinze reiste und blieb mit uns.[24]

Wilhelm Heinse fuhr am 9. August mit der Familie Gontard (ohne die Schwiegermutter, die nach Frankfurt zurückreiste) von Kassel nach Bad Driburg. Erst am 13. September reiste Heinse nach Kassel zurück. Man weiß nicht, ob Gontards und Hölderlin mit Heinse nach Kassel zurückreisten und sich da bis Ende September aufhielten oder ob sie noch den ganzen September in Bad Driburg verbrachten. Letzteres ist viel wahrscheinlicher.
Diese zwei Sommermonate 1796 in Kassel und Bad Driburg waren für Hölderlin und für Susette entscheidend.

Nur einen Sommer gönnt, ihr Gewaltigen!
[...]
[...] Einmal
Lebt ich, wie Götter, und mehr bedarfs nicht.[25]

So lauten der erste und der letzte Vers der im Jahre darauf, 1797, gedichteten Ode *An die Parzen.*
An den Bruder schreibt er nachträglich:

In unserem Bade lebten wir sehr still, machten weiters keine Bekanntschaften, brauchten auch keine, denn wir wohnten unter herrlichen Bergen und Wäldern und machten unter uns selbst den besten Cirkel aus.[26]

Caspar Heinrich von Sierstorpff, Hofjägermeister in braunschweigischen Diensten, »eine urwüchsige Natur, [...] ein feiner und liebenswürdiger Cavalier«, ein Kunstliebhaber, der ganz Europa bereist hatte, hatte 1782 das Bad zu Driburg in Erbpacht übernommen und in kurzer Zeit sein Ansehen beträchtlich zu heben verstanden. Vor allem ließ er es sich angelegen sein, die Geselligkeit im Bad zu fördern. Er schmeichelte sich, daß in Bad Driburg »fast täglich getanzet« wurde, und es sehe »einem großen Bade gleich« mit Theatervorstellungen und Illuminationen.

Doch Ende des Sommers 1796 herrschte keineswegs Hochbetrieb in Bad Driburg. Am 18. August schreibt Sierstorpff seiner Frau:

Hier sind jetzt noch ungefähr 14 Personen, worunter auch eine Familie Gontard aus Frankfurt.

Am 25. August schreibt er:

Hier ist alles vorbei, und die paar Leute, die hier sind, werden in den nächsten Tagen abgehen. Nur die Gontardsche Familie wird hier auf unbestimmte Zeit bleiben.

Seit Ende August, also während der ganzen zweiten Hälfte ihres Aufenthalts, waren Susette mit den Ihren und (bis zum 13. September) Heinse die einzigen Gäste im Bad, was ihnen wohl recht war. »Auch der Besitzer [Sierstorpff] selbst gedachte, in Kürze abzureisen.«[27]

Doch von »Gontards« weiß er seiner Frau noch ein Letztes zu berichten:

Man sieht sie fast gar nicht, sie bleiben immer auf ihren Zimmern, eine Anecdote davon mündlich.

Man braucht die Anekdote nicht zu kennen, die dem Papier nicht anvertraut werden konnte, doch ist eindeutig genug, worauf sie sich bezieht.

Wie die Abende der »Familie Gontard« im stillen, ruhigen Bad Driburg verliefen, was das Gesprächsthema gewesen sein mag, kann man sich vorstellen, wenn man Hölderlins Elegie *Brod und Wein* richtig liest.

Diese Elegie ist *An Heinze* gerichtet, Heinse wird – nur einmal, aber dem Hellhörigen sollte das genügen – angeredet:

Aber sie sind, sagst du, wie des Weingotts heilige Priester …

Im Grunde genommen ist die Elegie ein Dialog, oder ein Bericht über die in Bad Driburg geführten Dialoge. Auch Platons *Gastmahl* ist kein Dialog, sondern die Nacherzählung eines Dialogs. Hölderlins Elegie ist eine Anspielung auf Platons *Gastmahl*, von dem man weiß, wie sehr der Tübinger

Stiftler Hölderlin es beherzigte. In einem Brief an Neuffer erzählt er von

den Götterstunden [...], wo ich unter Schülern Platons hingelagert, dem Fluge des Herrlichen nachsah [...], wenn ich trunken vom Sokratischen Becher, und sokratischer geselliger Freundschaft am Gastmahle den begeisterten Jünglingen lauschte, wie sie der heiligen Liebe huldigen mit süßer feuriger Rede, und der Schäker Aristophanes drunter hineinwizelt, und endlich der Meister, der göttliche Sokrates selbst mit seiner himmlichen Weisheit sie alle lehrt, was Liebe sei – da, Freund meines Herzens, bin ich dann freilich nicht so verzagt, und meine manchmal, ich müßte doch einen Funken der süßen Flamme, die in solchen Augenbliken mich wärmt, und erleuchtet, meinem Werkchen, in dem ich wirklich lebe u. webe, meinem Hyperion mitteilen können, und sonst auch noch zur Freude der Menschen zuweilen etwas an's Licht bringen.[28]

Eine Stelle der *Rhein*-Hymne bezieht sich ausdrücklich auf den Platonschen Dialog:

Denn schwer ist zu tragen
Das Unglük, aber schwerer das Glük.
Ein Weiser aber vermocht es
Vom Mittag bis in die Mitternacht,
Und bis der Morgen erglänzte,
Beim Gastmahl helle zu bleiben.[29]

Dies ist eine Anspielung auf das Ende des *Gastmahls*:[30] Die Gesprächspartner haben viel getrunken, sie sind müde und schlafen ein, der eine nach dem anderen. Nur Sokrates bleibt »helle«, die ganze Nacht durch und bis der neue Tag angeht. Dann geht er sich waschen und begibt sich zum Lykeion, wo er den Tag wie üblich verbringt.
In Heinses *Ardinghello* wird ebenfalls Platons *Gastmahl* erwähnt:

Macht der Verstand in den Elementen allein Mann und Weib: so muß einmal, nach dem komischen Einfall des Aristophanes beym Platon, Mann und Weib bei allen Gattungen zusammen gewachsen gewesen sein, und ein Ganzes gebildet haben: sonst bleibts unerklärlich, wie die Geschöpfe sich aus sich selbst so verschieden, und doch paarweise geformt haben.[31]

Bei Hölderlin gibt es noch eine, allerdings viel verdecktere, doch unmißverständliche und viel bedeutendere Spur seiner Beschäftigung mit dem *Gastmahl*. Es ist einleuchtend, daß die beiden Tübinger Stiftler Hölderlin und Hegel den von Platon daselbst zitierten Satz des Heraklits gemeinsam vernommen und kommentiert hatten: »hen diapheron eautô [...] ôsper armonian toxou kai lyras« – das Eine in sich selbst Unterschiedliche, die gegenstrebige Harmonie so wie beim gespannten Holz des Bogens und der Leier. Da sehe ich den Urkeim von Hegels dialektischem Denken.
Die geistige Perspektive der Elegie *Brod und Wein* kann man sich als die dreifach abgestufte Perspektive von drei Kulissen vorstellen.
Im Hintergrund das Griechische, der Mythos des Dionysos, die Weisheit des Sokrates, der mit seinen Freunden über die Liebe diskutiert.
In der Mitte eine Andeutung auf das christliche Abendmahl und auf Christus als »Bruder« des Dionysos, Brot und Wein verteilend und die Lehre der Liebe verbreitend.
Im Vordergrund, aber unbeleuchtet, die Gesellschaft von Bad Driburg, der nächtliche Gedankenaustausch beim Wein.
In beiden Fällen, im Platonschen Dialog wie in der Elegie, spielt die zentrale Rolle eine Frau, die nicht da ist: Diotima. Inter pocula berichtet Sokrates:

Hört die Rede, die ich von einer Frau aus Mantinea namens Diotima einst vernahm, die mich von den Sachen der Liebe unterrichtete.[32]

In *Brod und Wein* wird zwar Susette nicht genannt, man spürt jedoch ihre Gegenwart als schweigende Figur. Auch wird von dem Tage an Susette bei Hölderlin und für die Nachwelt Diotima heißen.
Die Atmosphäre in Bad Driburg wird eine stark erotische (im höchsten, platonischen Sinn des Wortes) gewesen sein. Man vergesse nicht, daß Heinse ein Erotiker war und der Liebe des jungen Paares mit wohlwollenden Augen zusah. Hier eine kleine Probe aus seinem *Ardinghello*, der gewiß auch an den Abenden in Driburg Gesprächsthema war:

Ein Frauenzimmer ist unklug, das mit einer Gestalt, die gefällt, erwuchs, und Vermögen besitzt, wenn es sich das unauflösliche Joch der Ehe aufbinden läßt. Eine Göttin bleibt es, unverheurathet, Herr von sich selbst, und hat die Wahl von jedem wackern Manne, auf so lang es will. Es lebt in Gesellschaft mit den verständigsten, schönsten, witzigsten, und sinnreichsten; erzieht seine Kinder mit Lust, als freiwillige Kinder der Liebe; erhöht sich zum Manne: da es hingegen im Ehestande wie eine Sklavin weggefangen worden wäre, nichts mehr vermöchte nach Gesetz und Gewohnheit, u. s. w. [...] Was die Eifersucht betrifft: so ist sie gewiß, wenigstens auf Eurer [der Männer, P. B.] Seite, eine unnatürliche Leidenschaft, und entsteht ganz allein aus armseeliger Schwäche, Mangel, oder Vorurteil; Brüder und Helden, jeder wert ein Mann zu sein, sollten sich eine Freude daraus machen, ein schönes Weib gemeinschaftlich zu lieben. Der geringste Genuß wird durch Anteilnehmung mehrerer verstärkt, und gewinnt dadurch erst seinen vollen Gehalt: warum sollte es nicht so sein bei dem größten? Und ist eine junge Schönheit nicht im Stande ihrer viele zu vergnügen? Verliert der eine etwas, wenn der andre auch von der Quelle trinkt, woran er schon seinen Durst gelöscht hat? In einer guten bürgerlichen Gesellschaft sollte platterdings auch gesellschaftliche Liebe und Freundlichkeit sein; allein wir können uns von dem Krebsschaden der Vorurteile vieler Jahrtausende noch nicht heilen. [...] Jedes [in der Natur] vereinigt sich mit dem andern nach Gelegenheit. O Ihr Armseligen, die Ihr keinen Begriff von Leben und Freiheit habt und Großheit des Charakters![33]

Auch ist im *Ardinghello* mehr als nur eine direkte Anspielung auf Platons Gastmahl und auf Dionysos zu finden. Der folgende Ausspruch Ardinghellos faßt die von Heinse ausströmende Stimmung vielleicht am kürzesten, am einprägsamsten zusammen:

Komm, göttlicher Plato, und stürz alle die barbarische Gesetzgebung über den Haufen, und führe Deine Republik ein, wo wenigstens Mann und Weib mit ihrer Liebe heilig und frei sind.[34]

So hatte »Vater Heinze« geschrieben, der nun als Wohlwollender dem Liebespaar in Bad Driburg sein Glück gönnte.
Aus Bad Driburg schrieb Hölderlin keinen einzigen Brief. Als er später das Versäumte nachholte, schrieb er im Februar 1797 – nach vier Monaten – an Neuffer:

Mein Theuerer! Ich habe eine Welt von Freude umschifft, seit wir uns nicht mehr schrieben. Ich hätte Dir gerne indeß von mir erzählt,

wenn ich jemals stille gestanden wäre und zurükgesehen hätte. Die Wooge trug mich fort; mein ganzes Wesen war immer zu sehr im Leben, um über sich nachzudenken.
Und noch ist es so! noch bin ich immer glüklich, wie im ersten Moment. Es ist eine ewige fröhliche heilige Freundschaft mit einem Wesen, das sich recht in dieß arme geist- u. ordnungslose Jahrhundert verirrt hat! Mein Schönheitssinn ist nun vor Störung sicher. Er orientirt sich ewig an diesem Madonnenkopfe. Mein Verstand geht in die Schule bei ihr, und mein uneinig Gemüth besänftiget, erheitert sich täglich in ihrem genügsamen Frieden. [...]
Ich denke mir wohl, lieber Bruder! daß Du begierig seyn wirst, umständlicher von meinem Glüke mich sprechen zu hören. Aber ich darf nicht! Ich habe schon oft genug geweint und gezürnt über unsere Welt, wo das Beste nicht einmal in einem Papiere, das man einem Freunde schikt, sich nennen darf. [...]
Den Sommer über hab' ich in Kassel und in einem Westphälischen Bade, in der Gegend der alten Hermannsschlacht, gelebt, grösstentheils in Gesellschaft von Heinze, den Du als Verfasser des Ardinghello kennst. Er ist ein herrlicher alter Mann. Ich habe noch nie so eine gränzenlose Geistesbildung bei so viel Kindereinfalt gefunden. [...]
Ich wollte Dir so viel schreiben, bester Neuffer! aber die armen Momente, die ich habe dazu, sind so sehr wenig, um das Dir mitzutheilen, was in mir waltet und lebt! Es ist auch immer ein Tod für unsre stille Seeligkeit, wenn sie zur Sprache werden muß. Ich gehe lieber so hin in fröhlichem schönem Frieden, wie ein Kind, ohne zu überrechnen, was ich habe und bin, denn was ich habe, faßt ja doch kein Gedanke nicht ganz. Nur ihr Bild möcht' ich Dir zeigen und so brauchte es keiner Worte mehr! Sie ist schön, wie Engel. Ein zartes geistiges himmlischreizendes Gesicht! Ach! Ich könnte ein Jahrtausend lang in seeliger Betrachtung mich und alles vergessen, bei ihr, so unerschöpflich reich ist diese anspruchslose stille Seele in diesem Bilde! Majestät und Zärtlichkeit, und Fröhlichkeit und Ernst, und süßes Spiel und hohe Trauer und Leben und Geist alles ist in und an ihr zu Einem göttlichen Ganzen vereint. Gute Nacht, mein Theurer! »Wen die Götter lieben, dem wird große Freude, großes Laid zu Theil.«
Auf dem Bache zu schiffen, ist kein Kunst. Aber wenn unser Herz und unser Schiksaal in den Meersgrund hinab und an den Himmel hinauf uns wirft, das bildet den Steuermann. Dein Hölderlin.[35]

Man erinnere sich an die von einem Bekannten berichtete Aussage des mit Hölderlin vertraut gewesenen Böhlendorff:

Eine lehrte ihn ganz was Liebe sei.[36]

Wer da noch an eine »platonische« Liebe, wie man es versteht, an einen amour de tête glauben will ... dem sei es nicht verwehrt.
Mit den letzten Sommertagen ging der göttliche Traum zu Ende. Die Rückkehr nach Frankfurt war unvermeidlich. Aus Kassel hatte Hölderlin am 6. August geschrieben: »Wird es Friede, so sind wir mit Anfang des Winters in Frankfurt.« Nun, von der französischen Besatzung war Frankfurt seit dem 8. September frei, und »die Gefahr eines Rückschlags [...] vorläufig gebannt«.[37]
Doch zur Zeit der Rückkehr – Anfang Oktober – war Cobus der Geschäfte wegen in Nürnberg. Mindestens noch einen Monat ließ er auf seine Rückkehr nach Frankfurt warten.
Nach der ausgeklammerten Zeit in Westfalen mußte man sich in Frankfurt wieder einleben. Da mußte Susette nicht nur ihren Verpflichtungen als Mutter, sondern auch denen ihrer mondänen Existenz nachkommen. Die Spannungen zwischen ihren Pflichten und den Ansprüchen der Liebe waren für den ungeduldigen Dichter nicht leicht zu ertragen.
Nicht etwa, daß sie keine freien Augenblicke gehabt hätten, um miteinander allein zu sein. Der Nachmittag war für Hölderlin frei von beruflichen Verpflichtungen. Das Haus war geräumig genug, man konnte sich darin ziemlich frei bewegen. Die Gesellschafterin Marie Rätzer, die hübsche Bernerin, beschützte die Liebenden. Übrigens hatte sie gerade zur Zeit von Hölderlins Eintritt in das Haus Gontard einen kaiserlichen Premierleutnant namens Ludwig Freiherr Rüdt von Collenberg kennengelernt, den sie 1797, ein Jahr nach der Flucht ins Westfälische, heiratete. Doch nach der Ehe blieb das junge Paar noch mehrere Wochen zu Gast im Hause Gontard.[38] Es blieb der Familie Gontard herzlich zugetan.
Nach dem Tode Susettens, am 18. August 1802, schreibt Marie Rätzer ihrem Bruder als Nachruf auf die tote Freundin:

Wohl mir, daß ich nicht am Glauben an sie wankte, daß ich sie immer mit treuer Freundschaft verteidigte.[39]

Ein Bruchstück des *Hyperion*, an dem Hölderlin in Frankfurt arbeitete, ist uns nur in der Handschrift von Marie Rätzer erhalten geblieben. Es bildet eine Art Zwischenstufe zwischen dem *Thalia-Fragment* und der endgültigen Fassung.

Das Bild des Ionischen Mädchens verfolgt mich jezt öfters wie je. [...] Ach! das Leben ist kurz, sehr kurz. Wir leben nur Augenblicke und sehen den Tod umher.[40]

Im Frühjahr 1797 schreibt Marie Rätzer an eine Freundin, Sophie Dollfus:

Den ganzen Morgen ist Frau Gontard mit Hölderlin oben in der Laube und im Cabinet.[41]

Den Sommer verbrachte die Familie vermutlich auf dem Adlerflychtschen Hof nördlich von Frankfurt, unweit vom Eschenheimer Tor. Es war Tradition der besseren Frankfurter Familien, für den Sommer ein Landhaus zu mieten. Doch zur Zeit der Frankfurter Messe mußte Susette ihr Amt als Hausfrau in der Stadt betreuen, während der Hofmeister mit seinem Zögling Henry auf dem Lande blieb.[42]
Aber selbst in der Stadt war Cobus kein Hindernis. Tagsüber ging er seinen Geschäften nach – les affaires avant tout –, und den späten Nachmittag verbrachte er im Club. Nach Hause kam er erst spätabends. An Susettes Umgang mit Hölderlin nahm er lange Zeit keinen Anstoß.

Für den Dichter Hölderlin war es eine glückliche und fruchtbare Periode. Im April 1797 war der erste Band des *Hyperion* erschienen. Das erste Exemplar überreichte Hölderlin Susette mit der Widmung:

Wem sonst als Dir?

Dem Bruder schrieb er: »Mein Hyperion hat mir schon manches schöne Wort eingetragen.«[43] Im selben Brief erwähnt er auch, er habe den ganzen detaillierten Plan zu einem Trauerspiel (es handelt sich um den *Empedokles*) gemacht, »dessen Stoff mich hinreißt«, sowie, daß sein Gedicht *Der Wanderer* im neuesten Stück der Horen zu lesen sei: »Einiges wirst Du auch von mir im nächsten Schillerschen Almanach lesen.« Dennoch sind mißmutige Töne unüberhörbar. Kaum ver-

hehlte Andeutungen lassen erkennen, daß er seine Situation als ausweglos ansieht und die Notwendigkeit einer Änderung ins Auge faßt.
Der Mutter schreibt er im November 1797, daß »die ruhigen, ächtglüklichen Augenblike auch nur Augenblike sind«.

Vieleicht wirds auch nun stiller in unserem Hauße; dieses ganze Jahr haben wir fast beständig Besuche, Feste und Gott weiß! was alles gehabt, wo dann freilich meine Wenigkeit immer am schlimmsten wegkommt, weil der Hofmeister besonders in Frankfurt überall das fünfte Rad am Wagen ist, und doch der Schiklichkeit wegen muß dabei seyn. [...] Das Glük ist hinter dem Pfluge.[44]

Im selben Brief teilt er der Mutter mit, er sei mit sich selbst im Streit. Am Beispiel Neuffers in Stuttgart deutet er an, wie ein Hofmeister seine Lage dadurch verändern kann, daß er in verschiedenen Häusern Unterricht gibt.

Ich würde auch mehr eigne Zeit gewinnen, und das Einkommen würde zu meinem Lebensunterhalt hinreichen. – Aber von der andern Seite [...] sind auch die Menschen, unter denen ich lebe, doch nicht so, daß ich es über mich bringen könnte, im Unfrieden zu scheiden, und auf eine sanfte Art fortzukommen, hält sehr schwer, wenigstens wüßt' ich es für jezt nicht wohl anzufangen.[45]

Im selben Brief sagt er auch: »Es giebt so manche Stimmungen, wo es nothwendig wird zu schweigen«, und »so günstig meine Lage scheint, so ungünstig ist sie von mancher Seite für mein wahres Interesse«. Und ferner:

Dann giebt auch eine Veränderung der Lage eine Störung in meinen Beschäfftigungen, die ich jezt sehr ungern unterbreche. Vorzüglich aber hält mich diß fest, weil ich Sie zu beunruhigen fürchte.

Einem Brief Karl Goks entnimmt man, Hölderlins Brief habe die Mutter tatsächlich »sehr erschreckt«[46].
Hölderlin versucht wohl dann, die Mutter zu beruhigen, und bittet seinen Bruder, dasselbe zu tun. Doch schreibt er am 12. Februar an den Bruder:

Lieber Karl! ich spreche wie einer, der Schiffbruch gelitten hat. [...] Nicht wahr, ich bin ein schwacher Held, daß ich die Freiheit, die mir nöthig ist, mir nicht ertroze. [...] Laß es gut seyn! Ist doch schon mancher untergegangen, der zum Dichter gemacht war. Wir leben in dem Dichterklima nicht. Darum gedeiht auch unter zehn solcher Pflanzen kaum e i n e.[47]

Weist Du die Wurzel alles meines Übels? Ich möchte der Kunst leben, an der mein Herz hängt, und muß mich herumarbeiten unter den Menschen, daß ich oft so herzlich lebensmüde bin. Und warum das? Weil die Kunst wohl ihre Meister, aber den Schüler nicht nährt.[48]

Noch bevor er am 14. März den am 12. Februar geschriebenen Brief an den Bruder abschickt, schreibt er der Mutter am 10. März 1798: »Sollte freilich mein Aufenthalt in Frankfurt nicht mehr lange dauern ...«[49]
An Neuffer, im Juni 1798:

Ach! Lieber! es sind so wenige, die noch Glauben an mich haben, und die harten Urtheile der Menschen werden wohl so lange mich herumtreiben, bis ich am Ende, wenigstens aus Deutschland, fort bin.[50]

Er erwägt also schon, aus Deutschland fortzugehen. Die Deutschen »können mich nicht brauchen«[51], wird er später, vor der Abreise nach Bordeaux, an Böhlendorff schreiben.
Was »die harten Urtheile« gewesen sein mögen, weiß man nicht. Tatsache ist, daß er leidet: »Manche Leiden haben mich auch indolent gemacht«, schreibt er im selben Brief an Neuffer.
Was für Leiden? Seine dichterische Laufbahn betreffende – oder privatere?
Wer kann ihn in Deutschland »nicht brauchen«?
Seine Beziehungen zu Schiller und zu Goethe waren die glücklichsten nicht: der Briefwechsel der beiden zeugt davon.
Den von Schiller übersandten zwei Gedichten Hölderlins *An den Aether* und *Der Wanderer* ist Goethe »nicht ganz ungünstig und sie werden im Publico gewiß Freunde finden«.
Doch

ehe man mehreres von dem Verfasser [Hölderlin, P. B.] gesehen hätte, daß man wüßte, ob er noch andere M o y e n s und Talent in andern Versarten hat, wüßte ich nicht was ihm zu rathen wäre. Ich möchte sagen in beyden Gedichten sind gute Ingredienzen zu einem

Dichter, die aber allein keinen Dichter machen. Vielleicht thäte er am besten, wenn er einmal ein ganz einfaches Idyllisches Factum wählte und es darstellte.

Soweit Goethe. Darauf Schiller:

Es freut mich, daß Sie meinem Freunde und Schutzbefohlenen nicht ganz ungünstig sind. Das Tadelnswürdige an seiner Arbeit ist mir sehr lebhaft aufgefallen. [...] Aufrichtig, ich fand in diesen Gedichten viel von meiner eigenen sonstigen Gestalt, und es ist nicht das erstemal, daß mich der Verfasser an mich mahnte. Er hat eine heftige Subjectivität, und verbindet damit einen gewissen philosophischen Geist und Tiefsinn. Sein Zustand ist gefährlich, da solchen Naturen so gar schwer beizukommen ist.

Darauf antwortet Goethe, eine ähnliche Richtung wie in Schillers Gedichten sei bei Hölderlin nicht zu verkennen, »allein sie haben weder die Fülle, noch die Stärke, noch die Tiefe Ihrer Arbeiten«.
Bei Gelegenheit eines Aufenthalts Goethes in Frankfurt besucht ihn Hölderlin am 22. August 1797. Goethe berichtet an Schiller:

Gestern ist auch Hölterlein bei mir gewesen, er sieht etwas gedrückt und kränklich aus, aber er ist wirklich liebenswürdig und mit Bescheidenheit, ja mit Ängstlichkeit offen. [...] Ich habe ihm besonders gerathen kleine Gedichte zu machen und sich zu jedem einen menschlich interessanten Gegenstand zu wählen.

Schiller an Goethe:

Es war mir sehr angenehm, daß Hölderlin sich Ihnen noch praesentiert hat.[52]

Schiller hatte Goethe Hölderlins bevorstehenden Besuch in Frankfurt mit den Worten angekündigt:

Es kommt nur darauf an, ob die Leutchen sich Mut fassen werden, vor Sie zu kommen.[53]

Den unausstehlich überheblichen Ton des Briefwechsels zwischen Goethe und Schiller – »die Leutchen«, damit meint Schiller Hölderlin und Jean Paul! – hat Hölderlin zum Glück nicht im Wortlaut gekannt. Doch als sensibler Mensch hat er genug davon mündlich zu spüren bekommen, um daraus den

Schluß zu ziehen, daß man ihn in Deutschland »nicht brauche«.

Von den Weimarer Bonzen von oben herab behandelt, von der Frankfurter Bourgeoisie als »fünftes Rad am Wagen« betrachtet, kam Hölderlin trotz aller Liebe das soziale Gefälle zwischen der Frau des Bankiers und dem Hofmeister schmerzlich zu Bewußtsein. Nach der Trennung schreibt er voll Bitterkeit an die Mutter:

Ich gestehe Ihnen, ich hätte sehr gewünscht [...] in meiner vorigen Lage noch länger zu bleiben [...] Aber der unhöfliche Stolz, die geflissentliche tägliche Herabwürdigung aller Wissenschaft und Bildung, die Äußerungen, daß die Hofmeister auch Bedienten wären, daß sie nichts besonders für sich fordern könnten, weil man sie für das bezahlte, was sie thäten, u. s. w. und manches andre, was man mir, weils eben Ton in Frankfurt ist, so hinwarf – das kränkte mich, so sehr ich suchte, mich darüber weg zu sezen, doch immer mehr, und gab mir manchmal einen stillen Aerger, der für Leib und Seele niemals gut ist. Glauben Sie, ich war gedultig! Wenn Sie jemals mir ein Wort geglaubt, so glauben Sie mir diß! Sie werden es für übertrieben halten, wenn ich Ihnen sage, daß es heutzutage schlechterdings unmöglich ist, in solchen Verhältnissen lange auszudauern; aber, wenn Sie sehen könnten, auf welchen Grad besonders die reichen Kaufleute in Frankfurt durch die jezigen Zeitumstände erbittert sind, und wie sie jeden, der von sie abhängt, diese Erbitterung entgelten lassen, so würden Sie erklärlich finden, was ich sage. – Ich mag nicht mehr und nicht bestimmter von der Sache sprechen, weil ich wirklich ungern mich entschließe, von den Leuten schlimm zu sprechen. – Diese beinahe täglichen Kränkungen waren es eigentlich, was meine Berufsarbeiten und andere Beschäftigungen unsäglich mir erschwerte, und mich für beedes wirklich unnüz gemacht hätte, wenn ich nicht in eben dem Grade Anstrengung aufgewandt hätte, in welchem ich litt. Das konnte jedoch nur eine Weile dauern.[54]

Wohl gab es auch Stadtklatsch in Frankfurt.

Am 5. August 1797 schrieb ein gewisser Ernst Schwendler an Hofrätin Heim in Meiningen (ganz in der Nähe von Waltershausen), nachdem er ihr gegenüber schon früher eine Anspielung auf Hölderlins Liebesaffäre bei Frau von Kalb gemacht hatte:

Herrn Hölderlein habe ich nicht wieder gesehen. Er hat mit fast niemand Umgang, sondern lebt bloß sich, seinen Studien – und einige setzen hinzu – der Mutter seiner Zöglinge, die ein angenehmes Weib sein soll.[55]

Am 30. September 1797 schreibt der Schriftsteller August von Steigentesch an Freiherrn Rüdt von Collenberg:

Frau Susette ist noch immer vormittags unsichtbar, und hat gern wenn man Nachmittags spricht, um ihr das Sprechen zu ersparen.[56]

Sogar in Berlin tratscht man darüber. Die mit einem preußischen Major verheiratete Schwester von Marie Rätzer, Elise, schreibt ihr am 8. Juni 1797:

Herr Borkenstein [der Bruder Susettes, der sie in Frankfurt öfters besuchte, P. B.] war hier mit seiner lieben Frau, ich kann Dir gar nicht sagen, welche Freude es mir machte; wir haben uns beinahe heiser von Frankfurt gesprochen, und da habe ich denn so viele Neuigkeiten vernommen, welche schon lange vorgefallen sind, in der Familie [damit meint sie die Familie Gontard, wo Elise bei Franz Gontard, einem Bruder von Cobus, Erzieherin gewesen war, P. B.], von denen ich aber kein Wort gewußt, Borkenstein konnte sich nicht genug wundern, daß ich nicht au courant wäre, von allem was mich doch interessieren müßte, denn er wollte von mir noch was Neues hören. Zuletzt war unser Schluß: »Verliebte leben nur für sich, und durch sich, vor ihnen ist die ganze Welt tot.«[57]

Eine unmißverständliche Anspielung auf die Liebe zwischen Susette und Hölderlin.
Bettina Brentano schreibt (allerdings im Rückblick) an Karoline von Günderode:

Ich darf ihn [Hölderlin, P. B.] in Frankfurt gar nicht nennen, da schreit man die fürchterlichsten Dinge über ihn aus, bloß weil er eine Frau geliebt hat um den Hyperion zu schreiben.[58]

Die Schwester von Bankier Gontard, Gredel, wußte vom Liebesverhältnis ihrer Schwägerin. Im Nachlaß ihres langjährigen Freundes Ebel hat sich ein Brief gefunden, der schwer datierbar ist, doch irgendwann nach dem Tode von Susette geschrieben wurde. Von Hölderlins Verfassung, seiner Trauer und seiner Depression hat sie durch Ebel gehört. Sie schreibt ihm:

Recht innig betrübt hat mich die Nachricht die Sie mir über unsern armen unglücklichen Hörderling geben, warum mußte er doch so in allem die Ähnlichkeit die ich in den Schicksalen Torquato Tassos und ihm fand, so völlig übereintreffen. – Nach meinem Gefühl fürchtete ich lange schon dieses Ende mit ihm; ach warum mußte es so erfüllt werden. – Warum konnten diese Menschen, die so viel Sinn für wahres Glück in sich vereinigten, nicht besser geleidet werden, wie vollkommen hätte denn der Ausgang sein müssen, der jetzt so zerstörend, so schmerzlich für alle sein mußte, die um dies Verhältnis wußten. Bei dieser stets regen Phantasie, bei diesem ewigen Streben nach Vollkommenheit, dem doch überall die plattste Alltäglichkeit entgegen gesetzt wurde, mußte dies höhere Wesen (noch immer kann ich mich von diesem Gedanken nicht trennen) so enden! – Die Tote ist glücklich, in allen ihren Schicksalen war doch überall Unglück und Disharmonie; sie ruhe sanft![59]

Wohl kann man meinen, daß sich der Ausdruck »diese Menschen« auf Hölderlin und Torquato Tasso bezieht. Ich meine, er könne sich eher auf Hölderlin und Susette beziehen, deren Schicksal sie dann zugleich verbindet und kontrastiert: hier der unglückliche, leidende Hölderlin, da die im Tode glücklich gewordene Susette, die »in allen ihren Schicksalen« (auch in ihren Beziehungen zum Ehemann, dem Bruder Gredels) überall »Unglück und Disharmonie« gefunden hat.
Ein schönes, verständnisvolles Zeugnis für beide, sowohl für Hölderlin wie für Susette, von der eigenen Schwester des Bankiers. Ludwig Strauß, der den Brief 1931 veröffentlichte, sagte: »So scheinen die Schwägerinnen über Hölderlins Wesen vertraut miteinander gesprochen zu haben.« Er sagt noch mehr: es gab »einen Kreis von Vertrauten, [...] in dem die Beziehung zwischen Hölderlin und Diotima bekannt war und nach ihrer inneren Rechtmäßigkeit Geltung hatte«. Zu diesem Kreis zählt er selbstverständlich Ebel, Sinclair, Böhlendorff – und Gredel Gontard. Man kann annehmen, daß die ganze Stadt davon wußte.
Und Bankier Gontard? Er wohl als letzter, wie üblich, aber warum nicht? Der Enkel des »königlichen Kaufmanns«, wie man seinen Großvater bezeichnete, war ein Aristokrat oder verhielt sich doch als solcher. In dieser Kaste gilt die

kleinbürgerliche Eifersucht nicht. Und auf einen Hofmeister, einen Bedienten eifersüchtig sein, das ist nicht denkbar.

Wie mag Hölderlins Geistesverfassung während der zwei Jahre zwischen dem Idyll in Bad Driburg und der Trennung vom Hause Gontard, September 1796 – September 1798, gewesen sein? Man kann sich nicht leicht ein Bild davon machen. Man lasse sich nicht von dem manchmal überschwenglichen Ton seiner Briefe irremachen: Er ist in der Äußerung seiner intimen Gefühle und Empfindungen immer zurückhaltend, ja verschwiegen. Trotz aller scheinbaren Offenheit läßt er sich nicht so einfach durchschauen.

Aus den nachträglichen Dokumenten – den Briefen von Susette und den Gedichten Hölderlins – erhellt, daß die begeisterte Liebe der ersten Zeit nicht nur anhält, sondern sich beiderseits in den zwei Jahren nur vertieft und befestigt hat, so sehr, daß sie für beide zu einem Lebenselement geworden ist.

Doch das »eherne« gesellschaftliche Band der Ehe erweist sich als das Stärkere. Das erfolglose Ringen dagegen greift den inneren Gott, »den beseelenden Schutzgott unserer Liebe«, »welcher uns alles erst, Sinn und Leben erschuf« täglich an:

Aber anderen Fehl denket der Weltsinn sich,
  Andern ehernen Dienst übt er und anders Recht,
    Und es listet die Seele
      Tag für Tag der Gebrauch uns ab.[60]

Susette entspricht nicht dem Typ der Frauen der Romantik. Ganz anders als die sechs Jahre ältere Caroline Böhmer-Schlegel-Schelling, ganz anders als die fünf Jahre ältere Dorothea Mendelssohn-Schlegel, ganz anders als die zwei Jahre jüngere Rahel Levin, die alle relativ frei mit Männern umgehen und vom einen zum andern hinüberwechseln, ist es für Susette unvorstellbar, ihre vier Kinder zu verlassen, um mit Hölderlin einen neuen Anfang zu machen, genauso wie es für Hölderlin undenkbar ist, sich die Verantwortung für eine Gefährtin aufzuerlegen, wo es ihm schon schwer genug fällt, das eigene Junggesellenleben als Hauslehrer zu bestreiten. Beide

waren vernünftig genug, die Sache zu überlegen und verstandesmäßig abzuwägen.
Beiderseits ist das Verhältnis aussichtslos. Sie fassen den Entschluß, sich zu trennen. Bleibt zu entscheiden, wann und wie. Zeugnis davon legt die v o r der Trennung verfaßte und im Juni oder August an Neuffer in Reinschrift abgeschickte Ode ab, die den später umgeänderten Titel *Die Liebenden* trägt:

Trennen wollten wir uns, wähnten es gut und klug;
Da wir's thaten, warum schrökt' uns, wie Mord, die That?
Ach! wir kennen uns wenig,
Denn es waltet ein Gott in uns.[61]

Was hier »die That« heißt, ist vorerst nur der Entschluß, sich zu trennen – mehr nicht. Wenn später, nach der Trennung, die kurze Ode zur ersten Strophe des Gedichts *Der Abschied* wird, dann wird dasselbe Wort »die That« die tatsächliche, die inzwischen erfolgte Trennung bezeichnen.
Es fiel dem Mann zu, die Entscheidung in die Tat umzusetzen.
Susette hat wohl das Wort Diotimas an Hyperion gesprochen: »Handle du; ich will es tragen.«[62]
Ausschlaggebend wird wohl Hölderlins Bewußtsein gewesen sein, er habe vor allem den eigenen dichterischen Auftrag auszuführen, alles andere sei der Erfüllung seiner Berufung als Nebensache aufzuopfern. Alles andere ...
So hat er zwei Jahre lang mit sich gekämpft und hart gerungen, um einen »männlichen« Entschluß zu fassen, um »ein Mann« zu sein und sich vom Hause Gontard zu trennen.
Doch trotz reiflicher Überlegung und Auseinandersetzung mit sich selbst hat der Zufall – das Schicksal? – die Trennung herbeigeführt.
Über die tatsächlichen Umstände der Trennung selbst ist man einseitig unterrichtet, nämlich von der Seite der Familie Gontard. Der Buchhändler Carl Jügel (1783–1869), 1816 mit einer Nichte Gontards, Mimi Schönemann (diese auch eine Nichte von Goethes Lili Schönemann – die Welt ist klein!), verheiratet, schildert die Trennung als eine Episode der Familiengeschichte; sein Bericht ist also mit einiger Vorsicht aufzunehmen:

[Hölderlins] Äußeres war höchst einnehmend und hatte sonderbarer Weise eine große Ähnlichkeit mit Susettens Bruder, was ihm um so leichter deren Vertrauen gewann. [...]
Aber auch der neuen Haushälterin, einem hübschen, einer guten Familie angehörenden Mädchen, waren Hölderlins Vorzüge nicht unbemerkt geblieben. Sie mochte im Stillen den Plan entworfen haben, sich durch ihn möglicher Weise zur künftigen Frau Professorin erheben zu lassen, und richtete ihr Benehmen danach ein, diesem Ziele näher zu rücken. Davon ahnte jedoch der gleich einem zweiten Fridolin nur seiner Herrin ergebene junge Mann nichts, dessen ganzes Streben allein dahin ging, durch treue Pflichterfüllung das Vertrauen zu verdienen, mit dem Frau Susette dem Erzieher ihrer Kinder um so bereitwilliger entgegen kam, da ihr selbst ein gebildeter, lehrreicher Umgang dringendes Bedürfnis war.
Beide hatten keine Ahnung davon, daß dieser harmlose geistige Verkehr zur Quelle eines verhängnisvollen Geschicks für sie werden sollte; und dennoch war es dem so. Herr Jacob Friedrich wußte es und hatte kein Arg dabei, daß Hölderlin seiner Frau Bücher brachte und ihr öfters das Beste der neuesten Erscheinungen vorlas. Er war gewohnt, jeden Abend seine Partie zu machen, und war zufrieden, seine Frau bis zu seiner Heimkehr angenehm unterhalten zu wissen. Nicht so die Haushälterin, die, ohne Aussichten für sich selbst, das stille Glück zu mißgönnen begann, dessen sich Hölderlin im Umgange mit seiner Herrin zu erfreuen hatte. Sie wußte es so einzurichten, daß sie dem Herrn Jacob Friedrich selbst die Tür öffnen mußte, wenn er am Abend heimkehrte, und wenn er dann die stereotype Frage: »ist meine Frau zu Hause?« an sie richtete, so wußte sie ihrer sich häufig wiederholenden Antwort: »Herr Hölderlin liest ihr vor«, nach und nach eine Betonung zu geben, die endlich in einem Moment übler Geschäftslaune wie ein zündender Funke wirkte.
Mit dem nicht sowohl Eifersucht, als vielmehr beleidigten Stolz verratenden Ausrufe: »sitzt denn der Mensch beständig bei meiner Frau!« stürzte er in's Zimmer und auf Hölderlin zu. Ein jäher Zorn übermannte den jungen, sich schuldlos wissenden Dichter, und es würde zur ärgerlichsten Scene gekommen sein, hätte nicht ein Blick auf die erschrockene Herrin ihm seine ganze Fassung wieder gegeben. Rasch verließ er das Zimmer, packte seinen Koffer und kehrte noch in derselben Nacht einem Hause und damit Verhältnissen den Rücken, die ihn um so höher beglückt hatten, je reiner er sich derselben bewußt sein konnte.

Inzwischen wurde nun auch eben dieses Bewußtsein bei Frau Susette in einer Weise wach, die sich in dem ganzen Übergewichte gekränkter Weiblichkeit geltend machte. Indignirt von dem Vorfalle, bestand sie darauf, Hölderlin zurückzurufen oder sofort nach Hamburg zu ihrem Bruder zurückkehren zu wollen, an welchem Vorsatze sie nur durch einen, in Folge der Aufregung sich zugezogenen Fieberanfall gehindert wurde. Jetzt erkannte Herr Jacob Friedrich seine Übereilung, und er würde jedes von ihm geforderte Opfer gebracht haben, sie wieder gut zu machen, wenn nicht sein Onkel Heinrich einen das Gontard'sche Hochgefühl weniger beugenden Weg erdacht hätte, um die Ausgleichung des gestörten Verhältnisses der Zeit zu überlassen. Er schickte den sich schuldbewußten Neveu in Geschäften nach Wien, wohl wissend, daß ein Mutterherz, mit der ihm allein überlassenen Sorge für die Kinder, am schnellsten vergessen lernt.[63]

Soweit die offizielle Gontardsche Fassung des Zwischenfalls, vielleicht – ja höchst wahrscheinlich – von Jacob Friedrich selbst seinem anverwandten Neffen Carl Jügel so erzählt. Wer sonst hätte nach zwanzig Jahren so ausführlich über den Zwischenfall berichten können? Die Intrige der Haushälterin scheint aus der Luft gegriffen und gerade im Gontardschen Sinne erfunden zu sein, um Hölderlin als einen einer Bedienten Gleichgestellten zu präsentieren.
Fest steht wohl folgendes: erstens, daß ein zufällig eintretender Zwischenfall den Anlaß zu einer jähen Trennung gab, der doch Hölderlin und Susette schon längst entgegensahen; zweitens, daß »ein jäher Zorn« Hölderlin übermannte, so daß es fast zu Tätlichkeiten gekommen wäre, entspricht völlig dem Temperament Hölderlins.
Drittens aber entspricht meiner Ansicht der Sache die Feststellung Jügels, daß nicht sosehr Eifersucht als vielmehr beleidigter Stolz bei Cobus wach geworden war. »Beleidigter Stolz«, worüber denn? Wieso denn beleidigt?
Ich habe vorhin auf Bankier Gontards aristokratisches Selbstbewußtsein hingewiesen. Das Gegenstück dazu ist eine gewisse Geringschätzung und Mißachtung derjenigen, die nicht zur Gesellschaft gehören. Dies hat der stolze Hölderlin besonders zu spüren bekommen. Schon aus Frankfurt schrieb er der Mutter, der Hofmeister sei, besonders in Frankfurt, »überall das fünfte Rad am Wagen«. Als er das Haus Gontard verlas-

sen hatte, drückte er sich der Mutter gegenüber deutlicher aus:

Aber der unhöfliche Stolz, die geflissentliche tägliche Herabwürdigung aller Wissenschaft und aller Bildung, die Äußerungen, daß die Hofmeister auch Bedienten waren, daß sie nichts besonders für sich fordern könnten, weil man sie für das bezahlte, was sie thäten, u. s. w.[64]

Im Hause Gontard tat Hölderlin sein Möglichstes, um nicht als »Bedienter« behandelt zu werden. Er ließ sich die Fingernägel lang wachsen, was damals ein soziales Zeichen dafür war, daß man nichts mit den Händen zu verrichten hatte.
Dem eben erwähnten Brief an die Mutter vom 10. Oktober 1798 ist zu entnehmen, daß Hölderlin es sich seit langem im Hause Gontard angewöhnt hatte, abends nur Tee zu trinken und etwas Obst zu sich zu nehmen. Der Grund dafür ist offensichtlich. Zu Mittag hat Hölderlin wohl mit der Gesellschafterin Marie Rätzer und den Kindern, vielleicht auch ab und zu mit der Mutter der Kinder, gegessen. Doch abends haben wahrscheinlich die Kinder gegen sechs Uhr das Abendbrot bekommen und wurden dann ins Bett geschickt. Wo sollte dann der Hauslehrer essen, wenn nicht mit den Bedienten? Das wollte er aber auf keinen Fall. So ließ er sich Tee und Obst auf sein Zimmer tragen; den Abend hat er der Arbeit gewidmet, während die Hausherren mit ihren Gästen tafelten.
Hölderlin hatte versucht, den Demütigungen möglichst auszuweichen oder sich darüber hinwegzusetzen. An Susette schrieb er später:

Immer hab' ich die Memme gespielt, um Dich zu schonen, – habe immer gethan, als könnt' ich mich in alles schiken, als wär ich so recht zum Spielball der Menschen und der Umstände gemacht und hätte kein vestes Herz in mir [...][65]

»Immer« hat er die Memme gespielt, um Susette zu schonen – ein einziges Mal hat er sich nicht mehr beherrscht. Daraus ergab sich der Zwischenfall mit Cobus Gontard.
Höchst wahrscheinlich ist, daß das, was seinen Zornesausbruch auslöste, nicht ihn, sondern Susette betraf – und das konnte er nicht kaltblütig einfach hinnehmen. Cobus hat wohl seiner Frau gegenüber, aber in Gegenwart von Hölder-

lin, einen Satz fallenlassen wie: »ne trouvez-vous pas, ma chère, que depuis quelque temps vous êtes un peu familière avec les domestiques?« – finden Sie nicht, meine Liebe, daß Sie seit einiger Zeit ein wenig zu vertraut mit den Bedienten sind? (Bei Gontard gehörte es zur Familientradition, daß französisch gesprochen wurde.)

Es ist nur zu verständlich, daß bei solch einer anzüglichen Äußerung, die wohl ihn, aber besonders Susette, hart traf, dem cholerischen Hölderlin das Blut in den Kopf schoß und daß es zu Tätlichkeiten hätte kommen können.

Der »erschrockene Blick« Susettens auf ihn ist ebenfalls wahrscheinlich. Von ihr selbst wurde später bestätigt, daß sie ihm »den Rat gab, sich auf der Stelle zu entfernen« – wohl einfach aus dem Zimmer zu entfernen, was er auch tat.

Er ging auf sein Zimmer – packte, und in derselben Nacht verließ er das Haus, ohne sich vom Hausherrn zu verabschieden.

Wenige Tage nach dem Zwischenfall und der Trennung schrieb ihm Susette:

Schon offt habe ich es bereut daß ich Dir beym Abschied den Rath gab auf der Stelle Dich zu entfernen, noch habe ich nicht begriffen aus welchem Gefühl ich so dringend Dich bitten mußte, ich glaube aber es war die Furcht, vor der ganzen Empfindung unserer Liebe, die zu laut in mir wurde bey diesem gewaltigen Riß, und die Gewalt welche ich fühlte machte mich gleich zu nachgiebig, wie manches dachte ich nachher hätten wir noch für die Zukunft ausmachen können? hätte nur unser aus einander gehen nicht diese Feindselige Farbe angenommen, niemand hätte Dir den Zutritt in unser Hauß wehren können, aber jetzt …[66]

Das war gerade das Unüberlegte, Fatale an Hölderlins entscheidendem Schritt, daß er vom Hause wegging, ohne sich von Cobus Gontard zu verabschieden. Das hatte Cobus gar nicht erwartet. Der kleine Henry Gontard beschreibt die Szene schlicht und rührend:

Der Vater fragte bei Tische, wo Du wärst, ich sagte, Du wärest fort gegangen, und Du ließt Dich ihm noch empfehlen.[67]

Anscheinend hat sich Hölderlin nicht einmal das drei Tage später fällige Quartal auszahlen lassen. Auch das Bankier

Gontard gegenüber ein gravierender Umstand, der weitere normale, gesellschaftlich akzeptable Beziehungen untersagte.
Hölderlin übersiedelte nach Homburg, unweit von Frankfurt, wo ihn sein Freund Sinclair empfing, ihm »ein Logis und Kost außer seinem Hause« besorgte, wo er »äußerst angenehm und ungestört und gesund« wohnte und für Zimmer, Bedienung und Wäsche jährlich 70 fl. (Gulden) zahlte.

Für das Mittagessen, welches wirklich im Verhältniß mit seinem Preise außerordentlich gut zubereitet ist, zahl ich täglich 16 cr. [Kreutzer, P. B.] Abends bin ich lange gewohnt, nur Thee zu trinken und etwas Obst zu mir zu nehmen; da ich überflüssig viele Kleider, die freilich in Frankfurt alle nothwendig waren mit mir hieher brachte, so sehn Sie wohl, wie weit ich mit meinem Geldvorrath hinreichen kann.

Er hat nämlich vorher seiner Mutter gesagt, er habe mit seiner Besoldung in Frankfurt sparsam gewirtschaftet und sich in den letzten anderthalb Jahren 500 fl. zusammengebracht.

Mit fünfhundert Gulden, glaub' ich, ist man an jedem Orte der Welt, der nicht so theuer ist, wie Frankfurt, wenigstens auf ein Jahr von ökonomischer Seite völlig gesichert.[68]

Von Homburg nach Frankfurt sind es nur drei Stunden Wegs, und wenn Susette vom Hause ausgeht, sehnt sie sich beständig hinaus, dahin, wo sie »den lieben Feldberg« erblickt, »der Dich Böser wie eine Wand sanft aufhält, daß Du mir nicht weiter entfliehest!«.[69]
Das erste, rührende Dokument nach der Trennung ist der am 27. September 1798 an Hölderlin gerichtete Brief von seinem elfjährigen Zögling Henry Gontard:

Lieber Hölder!
Ich halte es fast nicht aus, daß Du fort bist. Ich war heute bei Herrn Hegel, dieser sagte, Du hättest es schon lange im Sinn gehabt, als ich wieder zurück ging, begegnete mir Herr Hänisch, welcher den Tag Deiner Abreise zu uns kam, und ein Buch suchte; er fand es, ich war gerade bei der Mutter, er fragte die Jette, wo Du wärest, die Jette sagte, Du wärst fort gegangen, er wollte eben auch zu Herrn Hegel gehn, und nach Dir fragen, er begleitete mich, und fragte, warum Du

fort gegangen wärst, und sagte, es schmerzte ihn recht sehr. Der Vater fragte bei Tische, wo Du wärst, ich sagte, Du wärst fort gegangen, und Du ließt Dich ihm noch empfehlen. Die Mutter ist gesund, und läßt Dich noch vielmals grüßen, und Du möchtest doch recht oft an uns denken, sie hat mein Bett in die Balkonstube stellen lassen und will alles, was Du uns gelernt hast, wieder mit uns durchgehn. Komm' bald wieder bei uns, mein Holder; bei wem sollen wir denn sonst lernen. Hier schick ich Dir noch Tabak und der Herr Hegel schickt Dir hier das 6te Stück von Posselt's Annalen. Lebe wohl, lieber Hölder. ich bin Dein Henri.[70]

Susette schreibt um dieselbe Zeit den ersten einer Reihe von 17 erhaltenen Briefen – Jürgen Isberg vermutet, daß »mindestens vier oder fünf Briefe« fehlen, die von den Erben ausgeschieden wurden.[71]
Die zwischen Ende September 1798 und Mai 1800 von Susette an Hölderlin gerichteten Briefe gehören zu den schönsten Liebesbriefen, die es gibt. Man scheut sich, Teile herauszulösen, denn sie sind ein Ganzes. Dennoch sei hier einiges wiedergegeben, in der Absicht, dem Leser eine Vorstellung der konkreten, aber auch der psychologischen Situation der Liebenden zu vermitteln. Am besten lasse ich Susette das Wort.

Aus dem ersten, in der Woche nach der Trennung geschriebenen Brief:

Ich muß Dir schreiben, Lieber! Mein Herz hält das Schweigen gegen Dich nicht länger aus, nur noch einmal laß meine Empfindung sprechen vor Dir, dann will ich, wenn Du es besser findest, gerne, gerne, still seyn.
Wie ist nun, seit Du fort bist, um und in mir alles so öde und leer, es ist als hätte mein Leben alle Bedeutung verloren, nur im Schmerz fühl ich es noch.
Wie lieb ich nun diesen Schmerz, wenn er mich verlassen, und es wieder dumpf in mir wird, wie such ich ihn mit Sehnsucht wieder, nur meine Tränen über unser Schicksal können mich noch freuen. --- Sie fließen auch reichlich, wenn ich abends, schon um neun Uhr, den Tag zu verkürzen, mit den Kindern zur Ruhe mich lege, wenn alles still ist und niemand mich sehen kann. Wie! dachte ich dann oft, soll künftig diese geliebte reine Liebe, wie Rauch ver-

fliegen und sich auflösen, nirgends eine bleibende Spur zurück lassen? – Da kam der Wunsch in mich, noch durch geschriebene Worte, für Dich, ihr ein Monument zu errichten, das unauslöschlich die Zeit doch unverändert schonet. Wie mögte ich, mit glühenden Farben, bis auf ihre kleinsten Schattierungen, sie malen, und sie ergründen, die edle Liebe des Herzens, könnte ich nur Einsamkeit und Ruhe finden! so, beständig gestört zerrissen, kann ich nur stückweise sie fühlen, suche sie beständig, und doch ist sie ganz in mir!
Im offnen, freiem Feld, ist es mir noch am besten [...] Komm ich aber wieder nach Hause, ist es nicht mehr wie sonst, sonst wurde es mir so wohl, wieder in Deine Nähe zu kommen, jetzt ist's als ginge ich in einen großen Kasten mich da einsperren zu lassen.

Das Betragen ihres Mannes wird etwas anders als bei Carl Jügel geschildert:

Man [i.e. Cobus Gontard, P.B.] begegnet mir, wie ich vorher sah, sehr höflich, bietet mir alle Tage neue Geschenke, Gefälligkeiten und Lustpartien an, allein, von dem, der das Herz meines Herzens nicht schonte, muß die kleinste Gefälligkeit anzunehmen, mir wie Gift sein, so lange die Empfindlichkeit dieses Herzens dauert, denn wer könnte wohl auf den Sturz seines Freundes sich so genannte gute Tage machen wollen, noch Selbstgefühl und Zartheit behaupten, aus diesem Gefühl lebe ich also gerne einfacher wie sonst, schränke aus Neigung meine Bedürfnisse ein, dieser Stolz und dies Gefühl sind mir lieber als alle Güter der Erde. [...]
Du siehest wohl ich kann die Worte nicht finden! -- Ich bin so verändert, dieser gewaltige Schlag des Schicksals hat mich ganz in mich selbst gekehrt, ein tiefer heiliger Ernst herrschet durch mein ganzes Wesen, nur oft ist's mir so dumpf, und ich habe keine Besinnung, will ich dann lesen, stehen meine Gedanken still, und wollen nicht weiter, ich kann nur das Nötigste tun und bin zum Verwundern geduldig. Meine Gesundheit ist übrigens gut, nur fehlet es mir an Mut und Tätigkeit, ich bin ein wenig gelähmt, und mögte nur immer so hin sitzen, träumen mögte ich auch! aber auch meine Phantasie will mir oft nicht dienen. O! es wird gewiß besser, wenn ich nur erst weiß, daß die Nachrichten von Dir mir nicht fehlen können und ich immer einen Gesichtspunkt einen Tag der Hoffnung vor mir habe, denn die Hoffnung hält uns allein im Leben. -- Das bleibt gewiß daß ich nie ändere.

Dies hatte sie am Mittwoch geschrieben. Am Donnerstag hat sich eine Gelegenheit ergeben, Hölderlin von ferne zu erblikken, wahrscheinlich im Theater: der Donnerstag ist Komödientag. Am Freitagmorgen schreibt sie:

Seit ich Dich gestern sah, ist nichts als der Wunsch in mir lebendig, Dich zu sprechen, willst Du es wagen, bindet Dich kein Versprechen, so komm heute Nachmittag ein viertel nach 3 Uhr, gehe unverstohlen der hintern Türe welche immer offen ist herein, laufe leicht und schnell die Treppe herauf wie sonst, die Türe zu meinem Zimmer an der Treppe wird Dir schon geöffnet sein, die Kinder lernen zu der Zeit im hintern blauen Zimmer und können Dich nicht sehen wenn Du an der Mauer hergehest, Wilhelmine [die Haushälterin Wilhelmine Schott, P. B.] bleibt bei der M. [Male, Susettens jüngste Tochter, P. B.] im Wohnzimmer, und wir können hoffen uns eine Stunde ruhig zu sprechen, findest Du es aber unbesonnen oder hast sonst Gründe verspreche ich sie zu ehren, und mich gewiß in nichts zu ändern, es bleibt dann bei der alten Einrichtung, Du kannst es immer noch so machen, mich wirst Du immer finden.
Sollte Dich sonst auch jemand sehen tut das gar nichts. Es kann nicht auffallend sein, wenn Personen, welche 3 Jahre unter einem Dache lebten eine halbe Stunde zusammen zubringen, das Gegenteil viel mehr.

Aus dem 2. Brief:

Mein Brief hat Dich betrübt, Du Lieber! und Dein Brief hat mich so unaussprechlich gefreut, mich so glücklich gemacht, er zeigte so viel Liebe! [...] Dir ist wohl bange, daß mein Herz mir stirbt, und ich Dich dann auch nicht mehr lieben könnte. [...] Ach könnte ich hin zu Dir und Dir Trost geben. Ich habe kein Geheimnis vor Dir meine Seele! auch ist meine Liebe zu voll, um daß mein Herz mir sterbe, wenn ich still und trocken bin so zweifle nur nicht an mir, dann brennt es in der Tiefe und ich muß wie Du mich vor Leidenschaft bewahren, der Gram zehrt wohl ein wenig [...], und verzweiflen werde ich nie an der Natur, auch wenn ich den Tod schon im inneren fühlte, würde ich sagen, sie weckt mich wieder, sie gibt mir alle meine Gefühle wieder, die ich treu bewahrte und die mein sind, die nur der Druck des Schicksals mir nahm, aber sie siegt, sie bereitet aus Tod mir neues schöneres Leben, denn der Keim der Liebe liegt tief und unaustilgbar in meinem Wesen, ich sage das aus Erfahrung,

denn ich weiß, wie immer lebendiger sich mein Herz aus allen Druck hervor gehoben hat. [...]
Die Leidenschaft der höchsten Liebe findet wohl auf Erden ihre Befriedigung nie! --- fühle es mit mir! diese suchen wäre Torheit. --- Mit einander sterben! --- Doch still, es klingt wie Schwärmerey, und ist doch so wahr. --- ist die Befriedigung. --- Doch haben wir heilige Pflichten für diese Welt. [...]
Darum gräme Dich auch jetzt nicht, daß Du mich traurig machtest, sieh es ist ja alles vorbey wenn Du wieder ruhig bist und ich habe mich stark gefühlt. Noch muß ich Dir sagen, daß mein Vertrauen zu Dir ohne Gränzen ist wie Du bist, wie Du es machst, ist es mir stillschweigend recht, ich frage selbst nicht warum [...]

Aus dem 4. Brief:

Denke nur nicht Lieber! daß das Schicksal unserer Liebe mich empören oder gänzlich niederdrücken mögte. Ich weine wohl oft, bittre bittre Tränen, aber eben diese Tränen sind es, die mich erhalten, so lange Du lebst, mag ich nicht untergehen. Fühlte ich nicht mehr, wäre die Liebe aus mir verschwunden, und was wäre mir das Leben ohne Liebe, ich würde in Nacht, und Tod hinabsinken. So lange Du mich liebst, kann ich mich nicht verschlimmern, Du hältst mich empor und führest mich den Weg zur Schönheit! habe Glauben an mich, und baue fest auf mein Herz.

Aus dem 5. Brief:

Sollte ich mich selbst noch täuschen und in Schlummer wiegen, -- Sollte ich träumen! soll ich mein Herz verstocken! soll ich anders denken! -- Wozu ich dies alles frage, Lieber! – »Ich habe Dich ja noch«. Ach! weil seit dem Tage unserer Trennung eine Angst in mir ist, daß einmal alle Beziehungen zwischen uns aufhören möchten, weil ich über die Zukunft keine Gewißheit habe, über Deine künftige Bestimmung, ich zittre für die Zeit der Revolutionen die uns nahe sein kann, weil vielleicht sie uns für immer von einander reißt. Wie oft tadle ich Dich und mich, daß wir so stolz alle Beziehungen uns unmöglich gemacht, uns nur auf uns selbst verlassen haben, wir müssen jetzt vom Schicksal betteln, und durch tausend Umwege einen Faden zu leiten suchen, der uns zusammen führt. Was wird aus uns werden, wenn wir für einander verschwinden sollten? [...]
Wenn es sein muß, daß wir dem Schicksal zum Opfer werden, dann

versprich mir Dich frei von mir zu machen und ganz zu leben wie es Dich noch glücklich machen, Du nach Deiner Erkenntnis Deine Pflichten für diese Welt am besten erfüllen kannst, und laß mein Bild kein Hindernis sein, nur dieses Versprechen kann mir Ruhe, und Zufriedenheit mit mir selbst geben. -- So lieben wie ich Dich, wird Dich nichts mehr, so lieben wie Du mich, wirst Du nicht mehr, (verzeihe mir diesen eigennützigen Wunsch) aber verstocke Dein Herz nicht, tue ihm keine Gewalt, was ich nicht haben kann, darf ich nicht neidisch vernichten wollen. Denke nur ja nicht, Bester, daß ich für mich spreche, mit mir ist das ganz anders, ich habe meine Bestimmung zum Teil erfüllt, habe genug zu tun in der Welt, habe durch Dich mehr bekommen, als ich noch erwarten durfte, meine Zeit war schon vorbei, aber Du solltest jetzt erst anfangen zu leben, zu handeln, zu würken, laß mich kein Hindernis sein, und verträume nicht Dein Leben in hoffnungslose Liebe. Die Natur, die Dir alle edlen Kräfte, hohen Geist und tiefes Gefühl gab, hat Dich bestimmt ein edler vortrefflicher glücklicher Mann zu werden, und es in allen Deinen Handlungen zu beweisen. Doch, noch leuchtet uns die Hoffnung für unsere geliebte Liebe, laß uns sie pflegen und erhalten so lange wir nur können. Eine Stunde, voll Seligkeit des Wiedersehns, und Hoffnung in der Brust, sind genug, ihr Leben auf Monate lang zu erhalten. Laß uns die Augen nur nicht zudrücken, und uns überraschen lassen vom Schicksal, damit wir das Nötigste und Beste tun können. Beruhige mich wenn Du kannst über die Zukunft. [...] Du batest mich auch, Dir einige meiner Gedanken und Ideen zu Worten zu bilden. Lieber! alle meine Äußerungen gehören nur Dir. Mein Geist, meine Seele spiegeln sich in Dir, Du gibst was sich geben läßt, in so schöner Form, als ich es nie könnte [...]

Aus dem 6. Brief:

Ich kann das Wort Zufall, welches ich geschrieben, nicht wieder aus den Kopf bringen, es gefällt mir nicht, klingt so klein, und kalt, und doch finde ich kein anderes. Könnte man nicht auch sagen, die geheime Verkettung der Dinge bilden für uns etwas, daß wir Zufall nennen, was doch aber notwendig ist. Wir können wegen unserer Kurzsichtigkeit, davon gar nichts vorher sehen, und erstaunen wenn es anders kömmt wie wir meinten. Doch gehen die ewigen Naturgesetze immer ihren Gang, sie sind uns unergründlich, und eben darum tröstlich, weil auch das uns noch geschehen kann, was wir nicht einmal ahndeten, und entfernt hofften. [...]

Du bist zu reich an Kräften, und immer zu voll, um für Dich zu bleiben und nur auf Dich zu beruhen, Dir ist es Bedürfnis, Dich mitzuteilen und aus deinem besten Wesen zu sprechen, wenn Du zuweilen so mißmutig bist, fehlt es nur daran, daß Du nicht verstanden wirst, und Dich dann selbst nicht siehst, und an Dir zweifelst. [...]
Du wünschest auch von mir zu hören, wie ich den ganzen Tag über mich beschäftige, diese Erzählung wird sehr einfach sein. Ich bin beinahe immer in meinem ruhigen Stübgen wo ich arbeite und nähe oder stricke, die Kinder, wenn sie keine Stunden im Nebenzimmer haben, lärmen um mich herum, aber es stört mich bald nicht mehr in meinen Gedanken, welche oft bei Dir, oder doch immer in Beziehung mit Dir sind, [...] oft verschließt sich auch mein Wesen so sehr, daß ich keinen Ton hervorbringe [...] Die Gesellschaft der Menschen ist mir so wenig und oft ist mir die Einsamkeit zur Last, so sehr, daß ich das gleichgültigste Gespräch vorziehe, doch ist es nur wie Täuschung, und am Ende gestehe ich mir immer, daß ich herzlich froh bin wieder allein, ohne Zwang zu sein. Mit dem Lesen will es noch nicht recht gehen! [...]
Um [...] künftig uns wiederzusehen, und ohne Nachricht uns nicht zu verfehlen, muß ich mit Dir einen Tag bestimmen, von wo ich anfange zu rechnen, wenn Du alle Jahr einmal kommen willst, Du wirst mir wohl immer so gegenwärtig bleiben, daß Deine Erscheinung mich nicht erschrecken wird. [...]
Den 4. April. Ich will Dir nun sagen, wie ich meine, daß wir es diesen Sommer machen können, um selbst unsere Briefträger zu sein, denn sie jemand anzuvertrauen ist würklich ein gewagter Entschluß, und wir haben auch beide eine Art von Widerwillen dagegen. Du kömmst also den 1sten Donnerstag im Monat wenn es schön Wetter ist, gehet es nicht, kömmst Du den nächsten und so immer nur an einem Donnerstag, damit das Wetter uns nicht irrt. Du kannst dann auch Morgends von H[omburg] weg gehen, und wenn es in der Stadt 10 Uhr schlägt, erscheinst Du, an der niedrigen Hecke, nahe bei den Pappeln, ich werde dann oben an meinem Fenster mich einfinden, und wir können uns sehen, zum Zeichen halte Deinen Stock auf die Schulter, ich werde ein weißes Tuch nehmen, schließe ich dann in einigen Minuten das Fenster, ist es ein Zeichen, daß ich herunter komme, tue ich es aber nicht, darf ich es nicht wagen, Du gehest wenn ich komme, an den Anfang der Einfahrt nicht weit von der kleinen Laube, denn hinter dem Garten, kann man wegen dem Graben sich nicht erreichen, und eher bemerkt werden, so deckt mich

die Laube, und Du kannst wohl sehen, ob von beiden Seiten niemand kömmt, um daß wir so viel Zeit gewinnen, unsere Briefe durch die Hecke zu tauschen. Den andern Tag, wenn Du wieder zurück gehest, kannst Du es um die selbe Zeit noch einmal wagen, wenn es den ersten nicht gelingen sollte, oder wir auf die Briefe noch zu antworten hätten. Wie es mir unangenehm ist, so intrigenartige Pläne zu machen, brauche ich Dir wohl nicht zu sagen, Deine zarte Seele stößt sich gewiß daran, und Du leidest mit mir, aber verdenken kannst Du mir es nicht, weil ich es nur aus der edeln Absicht tue, das Schönste und Beste unter den Menschen nicht zu Grunde gehen zu lassen.

Aus dem 8. Brief:

Ich mögte Dir so gerne auch etwas über Deine künftige Bestimmung sagen, Du hast mich dazu aufgefordert, wie schwer ist es aber für mich in jeder Rücksicht Dir zu raten, und werde ich nicht immer für Dich zu ängstlich wählen, ein treuer, erfahrner Freund vermag hier mehr. Ich weiß Du kannst keinen Schritt tun, den meine Seele nicht billiget, wenn vielleicht mein verwöhntes, von Deiner Nähe verzärteltes Herz sich auch dagegen sträuben mögte, meine bessere Überzeugung muß siegen, und solltest Du irgend eine Laufbahn betreten, die ruhmvoll für Dich und nützlich der Welt sein könnte, würden alle meine Tränen um Dich gewiß sich in Freudentränen verwandeln, aber ich müßte von Dir hören, und meine Hoffnung dürfte nicht getäuscht werden – berate Dich für die Zukunft mit Deinen wahren Freunden und erfahrenen Männern, und wenn dann nicht ein sicherer Weg sich Dir öffnet, bleibe lieber wie Du bist und helfe Dich durch, als daß Du es wagst noch einmal vom Schicksal überwältiget und zurückgeworfen zu werden, Deine Kräfte hielten es nicht aus, und Du gingest für die Welt und Nachwelt, der Du auch so, im stillen, lebst, noch ganz verloren.
Nein, das darfst Du nicht! Dich selbst darfst Du auf's Spiel nicht setzen, Deine edle Natur, der Spiegel alles Schönen darf nicht zerbrechen, in Dir, Du bist der Welt auch schuldig zu geben, was Dir verklärt in höherer Gestalt erscheint, und an Deine Erhaltung besonders zu denken. Wenige sind wie Du! –– Und was jetzt auch nicht wirkt bleibt sicher für künftige Zeiten. [...]
Handle nur nie aus dem falschen Begriff, Du müßtest mir Ehre machen, und alles was Du im Verborgenen treibst und würkest, wäre mir nicht so lieb. Du müßtest lauter meine Neigung zu Dir rechtfer-

tigen. Deine Liebe ehret mich genug und wird mir immer genügen, und nach das, was man Ehre nennt, verlange ich nicht. Dich ehren große Männer, Dich finde ich in allen Schilderungen edler Naturen, und brauche das elende Zeugnis unserer Welt nicht dazu. Noch heute las ich im Tasso, und fand unverkennbare Züge von Dir. Lies ihn auch einmal wieder. [...]
Sei nur heiter, Bestes Herz, und traue den Menschen doch etwas mehr wie Du tust, sie sind wohl manchmal besser wie wir meinen [...] Laß Mitleid, und nie Haß und Überdruß gegen sie in Dir wohnen.

Aus dem 9. Brief:

Wie schwer wird es wieder, das Stillschweigen zu brechen! – Und doch ist mir immer als könnt ich nur durch Schreiben Ruhe und Befriedigung finden [...] Du glaubst es nicht, wie drückend es ist mit der ganzen Last der Empfindungen so verschlossen zu bleiben, und nicht einmal der Feder sie anvertrauen zu können. [...]
Ich verirre mich in meinen Gedanken, darum sage mir, was Du denkest, und lass nicht die schwere Last der Entscheidung auf mich allein ruhen, was Du gut findest ist auch mein Wille, und wenn Du auch glaubest daß es gut ist in der Würklichkeit eine gänzliche Scheidung zwischen uns zu machen, ich will Dich nicht darum verkennen, die unsichtbaren Beziehungen dauern doch fort und das Leben ist kurz. Mir wird kalt! – Weil es kurz ist, es verscherzen? –– O sage! Wo finden wir uns wieder? ––– Teure, geliebte Seele! ––– Wo finde ich Ruhe? ––– Laß mich strenge meine Pflicht erkennen und mich selbst vergessen, und wird sie noch so schwer, hilf sie mir ausführen, aber ich kenne sie noch nicht. [...]
Welch eine schwere Kunst ist die Liebe! wer kann sie verstehen? und wer muß ihr nicht folgen? ––– Nimm alle Deine Vernunft zusammen und sprich überzeugend mit mir, denn ich fühle, es ist nötig, und wen kann ich sonst fragen als Dich meinen einzigen Freund. ––– [...]
Ich muß Dir nur gestehen, daß ich es nicht ausführen kann, diesen Winter gar nichts von Dir zu wissen, also ist mir eingefallen, daß wenn Du in der Gegend bleibst, Du alle 2 Monate den bestimmten Donnerstag Abends 9 Uhr unter dem Fenster mit der allergrößten Vorsicht erscheinen könntest, ich werde dann sehen, daß Du noch da und gesund bist. Wie viel ist das schon für mein Herz! und ich würde Dir wohl ein Zettelchen hinunterwerfen können, ich muß wohl auf

Briefe von Dir Verzicht tun, weil ich nicht glaube, daß es vor's erste ratsam ist, daß Du ins Haus kömmst, ich werde dann in Deinen Schriften nachspähen, wie Dir wohl zu Mute ist und Dich gewiß darin erkennen.

Hier berichtet Susette kurz über eine zehntägige Reise, die sie gemacht hat.

In Cassel blieben wir 3 Tage [...], weil meine Reisegesellschaft noch schlief, zog ich Deine lieben Gedichte aus meiner Brieftasche, und sie waren mein Morgengebet [...], die schöne Sonne über Cassel ging auf, und ich freute mich schon, alle meine lieben Gegenden wieder zu erblicken. [...]
[Wir] fuhren nach Weimar [...] Die alte La Roche kam uns sehr freundlich entgegen, sehr ungezwungen froh und äußerst lebendig, machte uns mit der Gesellschaft bekannt, Wieland, Herder! (Göthe fehlte) und noch einige andere weniger bedeutende Männer. [...] Beim Abschied reichte mir W[ieland] sehr herzlich die Hand und sagte, die wenigen Worte, welche Sie gesagt haben, machen mich wünschen, Sie öfter zu sehen. Das freute mich um Deinetwillen [...]

Susette berichtet hier über einen durch Sophie Mereau vermittelten Besuch bei Schiller.

Wir ließen uns anmelden und blieben indessen in der Gartentür stehen, erblickten seine edle Gestalt am Ende einer langen Allee, seine Frau begleitete ihn und 2 muntre Knaben sprangen im Grase herum. Wir entschuldigten unsere Zudringlichkeit, er führte uns in eine schattige Laube, wir setzten uns neben seine Frau, und er blieb in majestätischer Stellung vor uns stehen [...]
Wir fuhren den selben Abend noch nach Weimar. Von dort in einem fort über Fulda nach Frankfurt.

Zu diesem Besuch von Susette bei Schiller schreibt Adolf Beck:

Der Besuch fiel zeitlich – das erhöht wohl die heimliche Tragik der Umstände – ziemlich genau zwischen Hölderlins Brief an Schiller vom 5. 7. [1799] mit der Werbung für das Journal und Schillers späte Absage vom 24. 8. Frau Gontard wußte wohl von dem Journal-Plan. Aber sie war zu befangen, um den Besuch zu einem Gespräch mit Schiller über Hölderlin zu nutzen.[72]

Aus dem 11. Brief:

Wie viel ich an Dich gedacht, und mich bei Dir fühlte, kann ich nicht sagen, wenn ich abends einsam und still war (denn ich mogte niemand um mich leiden). Meine lebendigere Phantasie malte mir dann unsere Vergangenheit so schön, besonders die seeligen Stunden unserer ersten ganz neuen Liebe, wo Du einmal sagtest: O! wenn das Glück ein halbes Jahr nur dauert!

Wenn dann so viel süßes himmlisches Gefühl wieder vor meinen Sinn kam, ward ich nachher so voll Sehnsucht, und ich meinte dann, wenn Du nur da wärest, würde ich wohl wieder gesund sein. [...] Ich fühlte es lebhaft, daß ohne Dich mein Leben hinwelkt und langsam stirbt [...] Ich muß fast an Wunder glauben, weil ich nicht einsehen kann wie wir wieder zusammen kommen sollen, und dieß täglich mein innigster Wunsch ist, aber ohne Angst, sorglos wie in den ersten Zeiten unserer Liebe.

Aus dem 12. Brief:

Wer weiß wie es kommen kann, wozu es gut ist, wenn ich meinen Schmerz, so fern und doch so nahe Dir zu leben, ganz, mit Wahrheit, vor einen sichern Freund enthülle! --- Denke auch mit Gewißheit, daß ich immer nach Deinem Sinn, nur das Nötigste sagen werde, und das unsere liebste Liebe, immer nur uns bekannt, und ein heiliges Geheimnis bleiben wird. [...]
Was wir leiden müssen ist unbeschreiblich, aber warum wir's leiden ist auch unbeschreiblich.

Aus dem 13. Brief:

Aber es ist für den Menschen leicht leben zu lassen, was sie im Grunde nicht achten, nur das, was sie beneiden können möchten sie stören, und nur das Wesen, welches wahre Liebe erregt, wird um der Liebe willen geplagt. Ich fühle es immer mehr, ich passe zu den weltlichen Verhältnissen nicht und tue besser, mit meiner stillen Seele allein zu leben.

Aus dem 14. Brief:

Vor acht Tagen waren Landsleute von Dir bei uns zu Tische, es war mir nichts anders als müßten diese Dich gesehen haben [...]. Mit Vergnügen berechnete ich letzt mit Deinen Landsleuten, daß sie

nicht weiter von uns zu Hause wären, als unser liebes Cassel von hier entfernt ist, und dies dünkte mir das letzte Mal nur eine Spazierfahrt! Weiter gehest Du doch nie von mir? --- Nie ganz? --- Dahin kömmst Du immer wieder! und auch wieder zu mir!
Deine lieben Gedichte habe ich alle mit unaussprechlicher Freude gelesen! Deine Briefe habe ich mir alle wie ein Buch zusammengelegt, und wenn ich einmal lange nichts von Dir hören sollte, will ich darinnen lesen, und denken es ist noch so [...] Ich kann den Glauben nie aufgeben, das wir uns wieder finden in der Welt, und noch Freude haben werden. [...] Scheue Dein Herz nicht und glaube wie ich daß wir ewig unser und nur unser sind.

Aus dem 15. Brief:

Ich kann nicht weiter schreiben, Lebe wohl! Lebe wohl! Du bist unvergänglich in mir! und bleibst so lang ich bleibe.

Aus dem 17. und letzten der erhaltenen Briefe: Hölderlin hat ihr seinen Entschluß mitgeteilt, Homburg zu verlassen und nach Schwaben zurückzukehren, sei es nach Nürtingen, sei es nach Stuttgart. Dieser Brief ist »mit Blei, hastig und nervös« geschrieben.[73]

Der Entschluß, im Cirkel Deiner Familie nützlich zu leben, ist mir wie aus der Seele genommen, und es ist jetzt durch die Umstände, Bestimmung für Dich geworden, Deiner guten Schwester alles zu sein, was du kannst.

Am 2. März 1800 war nämlich der Schwager Hölderlins, Professor Breunlin, gestorben. Hölderlin war von seinem Bruder Karl Gok aufgefordert worden, »zum Trost der Schwester zu den Seinigen zu kommen«[74].

Wie wird es Deinem Herzen wohl tun, wieder ein innig liebefühlendes Wesen um Dich zu haben, dem Du vertrauen kannst, und wie sollte es mich freuen! – Ich werde immer von Dir hören, ich werde Dich wiedersehen, so bald es Dir möglich ist. So oft wie bisher hätten wir doch nicht Nachricht haben können, gewiß nicht alle Monate, und ich hatte auch schon im Sinne Dir zu sagen, daß wir nur alle halbe Jahr durch den Briefträger unsere Papiere austauschen wollten, aber immer für einander wenn wir eine glücklich fühlende Minute hätten an einander schreiben wollten, und aller hand erzählen, was uns so einfiele, aus dem Herzen sprechen und uns Lufft ma-

chen, wenn die Brust zuweilen so voll und gepreßt ist. So wollen wir es jetzt machen. Du kömmst wann Du kannst, und ich erwarte Dich ohne Ängstlichkeit. Einmal kömmst Du mir gewiß. Ich werde Dich wiedersehen! diese Gewißheit soll mir niemand nehmen. Ich will standhaft Deinen Blick und Deinen Händedruck ertragen, daß ich nicht zu sehr erweicht werde, nach so langer Trennung, wieder zur Trennung auszudauren. Und Dir dazu den Mut geben. [...]
Nur bitte ich Dich, laß Dich in keinem Verhältnis des Lebens durch das Unsrige stören, und laß mich immer Deine Vertraute bleiben, Du sollst nie dabei verlieren, denn Deine Freude ist auch die meinige.
Wenn Du künftig in der Stadt erscheinst, und Du siehest ein weißes Tuch an meinem Fenster, so schicke die Briefe nicht, und komme den nächsten Morgen wieder, siehest Du nichts, so schicke sie sogleich und kehre auch dann noch einmal zurück zum Zeichen.
Donnerstag Morgen.
Wirst Du nun kommen! --- Die ganze Gegend ist stumm, und leer, ohne Dich! und ich bin so voll Angst, wie werde ich die starken Dir entgegen wallenden Gefühle wieder in den Busen verschließen und bewahren? – wenn Du nicht kömmst! ---
Und wenn Du kömmst! ist es auch schwer, das Gleichgewicht zu halten, und nicht lebendig zu fühlen. Versprich mir, daß Du nicht zurückkommen, und ruhig von hier gehen willst, denn wenn ich dies nicht weiß, komme ich in der größten Spannung und Unruhe bis Morgen früh nicht vom Fenster, und am Ende müssen wir doch wieder ruhig werden, drum laß uns mit Zuversicht unsern Weg gehen und uns in unsern Schmerz noch glücklich fühlen und wünschen, daß er lange lange noch für uns bleiben möge weil wir darin vollkommen edel fühlen und gestärkt
Leb wohl! Leb wohl! der Segen
sey mir Dir. ---[75]

Diesen letzten Brief hat Susette am 7. Mai 1800 auf dem Sommersitz, dem Adlerflychtschen Hof, geschrieben. Im Laufe von zwanzig Monaten war es den Liebenden gelungen, einige Briefe auszutauschen und sich ein paarmal von ferne zu erblicken; gesprochen haben sie sich wohl kaum mehr als einmal. Hölderlin war in das Haus gekommen, Gontard hatte von diesem Besuch erfahren und war überzeugt, daß »gewisse Verhältnisse fortdauerten« – so schrieb Susette selbst in

ihrem 9. Brief, doch hab es deswegen keinen Auftritt gegeben: »Es lief auch alles ganz ruhig ab, und ließ keine üble Wirkung zurück.« Diese Feststellung einer gewissen Freizügigkeit seitens Gontards wird später von Gewicht sein.
Der letzte Brief, am Mittwoch geschrieben, wurde am Donnerstag, dem 8., auf dem Landsitz »durch die Hecke, nahe bei den Pappeln, nicht weit von der kleinen Laube« überreicht.

Hölderlins Verhalten Susette gegenüber läßt sich zum Teil aus drei erhaltenen Fragmenten von Briefkonzepten an Susette herauslesen. Doch am deutlichsten spricht das Gedicht *Der Abschied*, eine erweiterte Fassung der epigrammatischen Ode mit dem Titel *Die Liebenden.*

Der Abschied (erste Fassung)

Trennen wollten wir uns? wähnten es gut und klug?
Da wirs thaten, warum schrökte, wie Mord, die That?
Ach! wir kennen uns wenig,
Denn es waltet ein Gott in uns.

Den verrathen? ach ihn, welcher uns alles erst,
Sinn und Leben erschuff, ihn, den beseelenden
Schuzgott unsrer Liebe,
Diß, diß Eine vermag ich nicht.

Aber anderen Fehl denket der Menschen Sinn,
Andern ehernen Dienst übt er und anders Recht,
Und es fodert die Seele
Tag für Tag der Gebrauch uns ab.

Wohl! ich wußt' es zuvor. Seit der gewurzelte
Allentzweiende Haß Götter und Menschen trennt,
Muß, mit Blut sie zu sühnen,
Muß der Liebenden Herz vergehn.

Laß mich schweigen! o laß nimmer von nun an mich
Dieses Tödtliche sehn, daß ich im Frieden doch
Hin ins Einsame ziehe,
Und noch unser der Abschied sei!

Reich' die Schaale mir selbst, daß ich des rettenden
Heilgen Giftes genug, daß ich des Lethetranks
Mit dir trinke, daß alles
Haß und Liebe vergessen sei!

Hingehn will ich. Vieleicht seh' ich in langer Zeit
  Diotima! dich hier. Aber verblutet ist
    Dann das Wünschen und friedlich
      Gleich den Seeligen, fremd sind wir,

Und ein ruhig Gespräch führet uns auf und ab,
  Sinnend, zögernd, doch izt faßt die Vergessenen
    Hier die Stelle des Abschieds,
      Es erwarmet ein Herz in uns,

Staunend seh' ich dich an, Stimmen und süßen Sang,
  Wie aus voriger Zeit hör' ich und Saitenspiel,
    Und befreiet, in Lüfte
      Fliegt in Flammen der Geist uns auf.[76]

Es bedarf keines Kommentars, die Themen werden deutlich genug und ohne jede Esoterik angeschlagen:
– daß die Gesellschaft, »der Menschen Sinn« ehernen Dienst als sein Recht übt, das Göttliche der Liebe einzelner nicht gelten läßt;
– daß, um den Bruch zwischen Göttlichem und Menschlichem zu sühnen, das Herz der Liebenden geopfert werden muß;
– daß dies tödlich (warum sollte das Wort »tödlich« im bildlichen Sinne verstanden werden?) sein muß;
– daß er, der Dichter, sich in die Einsamkeit als Vorstufe des Jenseits zurückzieht;
– daß sich die Liebenden drüben, im »freieren Schattenreich«, wiederfinden werden, wie die Seelen der Helden, die Odysseus im Hades als wandelnde Schatten beschreibt.

Ist die Perspektive des Wiedersehens mit der Geliebten im Jenseits eine Vertröstung, bedeutet sie den Verzicht auf ein Wiedersehen im Diesseits? Ich meine, nicht unbedingt, sondern einfach, daß die Mittel und Wege eines Sichwiederfindens in dieser Welt zur Zeit völlig im Dunklen liegen.
Der Schmerz der Trennung ist reißender, als er ihn sich im voraus, in der Zeitspanne zwischen der prinzipiellen Entscheidung und der schließlichen Ausführung, vorstellen konnte, und bildet das Grundthema seiner Dichtung während des ersten Homburger Aufenthalts.

Hier zuerst die einfache, gleichsam in rohem Zustand dargebotene Darstellung des Schmerzes. *Elegie* heißt die erste, *Menons Klagen um Diotima* die zweite Fassung. Aus der ersten Fassung:

Täglich geh' ich heraus und such' ein Anderes immer,
 Habe längst sie befragt, alle die Pfade des Lands;
Droben die kühlenden Höhn, die Schatten alle besuch' ich,
 Und die Quellen; hinauf irret der Geist und hinab,
Ruh' erbittend; so flieht das getroffene Wild in die Wälder,
 Wo es um Mittag sonst sicher im Dunkel geruht;
Aber nimmer erquikt sein grünes Laager das Herz ihm
 Wieder und schlummerlos treibt es der Stachel umher.
Nicht die Wärme des Lichts und nicht die Kühle der Nacht hilft
 Und in Woogen des Stroms taucht es die Wunden umsonst.
Ihm bereitet umsonst die Erd' ihr stärkendes Heilkraut
 Und sein schäumendes Blut stillen die Lüftchen umsonst.

Wehe! so ists auch, so, ihr Todesgötter! vergebens,
 Wenn ihr ihn haltet und vest habt den bezwungenen Mann,
Wenn ihr einmal hinab in eure Nacht ihn gerissen,
 Dann zu suchen zu flehn, oder zu zürnen mit euch,
Oder geduldig auch wohl in euren Banden zu wohnen
 Und mit Lächeln von euch hören das furchtbare Lied.
[...]

Tag der Liebe! scheinest du auch den Todten, du goldner!
 [...]

Aber o du, die noch am Scheidewege mir damals,
 Da ich versank vor dir, tröstend ein Schöneres wies,
[...]

Dien' im Orkus, wem es gefällt! wir, welche die stille
 Liebe bildete, wir suchen zu Göttern die Bahn.[77]

Das gleiche Thema in einer unausgeführten Ode:

Wohl geh' ich täglich andere Pfade, bald
 Ins grüne Laub im Walde, zur Quelle bald,
  Zum Felsen, wo die Rosen blühen,
   [...]

Du Holde, nirgend find ich im Lichte dich
  Und in die Lüfte schwinden die Worte mir,
    [...]

Ja ferne bist du, seeliges Angesicht!
  Und deines Lebens Wohllaut verhallt von mir
    [...]

[...]

Leb immer wohl! es scheidet und kehrt zu dir
  Die Seele jeden Tag, und es weint um dich
    Das Auge [...][78]

Bald zürnt er auf die Menschen, die frechen, die ihm die Geliebte weggenommen. Das ist das Thema eines der ersten nach der Trennung entstandenen Gedichte, *Achill.* Ich zitiere aus dem Prosaentwurf, der sich deutlicher ausspricht:

Herrlicher Göttersohn, da sie die Ge-
liebte dir nahmen, Giengst du hinaus
ans Gestad,
und es rollten vom Heldenauge
die Thränen, In die heiligen
Woogen hinab in die stille Tiefe
sich sehnend
[...] wo [...]
die Göttin des Meers
wohnt, seine Mutter, die
bläuliche Thetis.
[...]
Und sie hörte die Weheklage des
Sohns dem seine Geliebte die Frechen
Genommen [...][79]

In einem anderen Entwurf aus derselben Zeit, der den Titel *Abschied* trägt, verbindet der Dichter den Schmerz des Verlustes der Geliebten mit dem Scheitern der Hoffnung, sich als Dichter berühmt zu machen:

Wenn ich sterbe mit Schmach, wenn an den Frechen nicht
  Meine Seele sich rächt, wenn ich hinunter bin
    Von des Genius Feinden
      Überwunden, ins feige Grab,

Dan vergiß mich, o dann rette vom Untergang
  Meinen Nahmen auch du, gütiges Herz! nicht mehr
    Dann erröthe, die du mir
      Hold gewesen, doch eher nicht!

Aber weiß ich es nicht? Wehe! du liebender
  Schutzgeist, ferne von dir spielen zerreißend bald
    Auf den Saiten des Herzens
      Alle Geister des Todes mir.

[...]

… hier wo am einsamen
Scheidewege der Schmerz mich,
  Mich der Tödtende niederwirft.[80]

Oktober 1798: wie sieht, ganz konkret, die Situation Hölderlins und Susettens aus?

Die »That«, der »Mord« ist nun nicht mehr, wie in der ersten Fassung des *Abschieds*, die bloße Entscheidung, sich zu trennen, sondern die jetzt vollzogene Trennung der Liebenden.

War für sie diese Trennung eine endgültige oder vielleicht nur Peripetie? Blieb irgendwie, irgendwo, irgendwann die Möglichkeit einer Wiedervereinigung der Liebenden offen, oder war das in ihren Augen unmöglich? Und: waren sie beide darüber ein und derselben Ansicht?

Zwei Fragen, die zu beantworten gewagt wäre, um so mehr, als sich die Liebenden selbst darüber vielleicht nicht ganz im klaren oder nicht ganz einig waren, obwohl sie gewiß die Situation miteinander ganz nüchtern überlegt haben.

Von Susettes Seite aus gesehen ist klar, daß sie das Haus Gontard nicht verlassen kann – obwohl sie (nach Carl Jügels Bericht, der doch den Standpunkt der Familie Gontard vertritt) nach dem Vorfall, der die Trennung verursacht hatte, es erwogen hatte, sofort das Haus Gontard zu verlassen und nach Homburg zu ihrem Bruder zurückzukehren, »an welchem letzteren Vorsatze sie nur durch einen in Folge der Aufregung sich zugezogenen Fieberanfall gehindert wurde«. Mit den Kindern von Bankier Gontard weggehen kommt nicht in Frage; sich von ihren vier Kindern trennen ist ebenfalls undenkbar.

Von Hölderlins Seite aus betrachtet kann er um so weniger die Verantwortung eines Lebens zu zweit auf sich nehmen, als es ihm schon schwer genug ist, als Alleinstehender die eigene Existenz zu bestreiten.

Nicht etwa, daß er gleich in materieller, finanzieller Not stünde. Er könnte sofort eine Pfarrstelle, sei es vorläufig erst als Vikar, beziehen; er sollte es sogar, da es seiner Verpflichtung als Tübinger Stiftler entspricht. Er könnte auch, wenn alle Stricke reißen, bei seiner Mutter leben und von der Rente des vom Vater hinterlassenen, von der Mutter betreuten Kapitals, wenn auch kärglich, leben. Doch nur er allein; zu zweit nicht.

Die konkrete Aussichtslosigkeit der Situation hat Susette voll ermessen. Doch ihr Verzweifeln ist ein zumindest im Ausdruck kontrolliertes. Ein einziges Mal spricht sie es aus, daß sie auf eine Vereinigung im Diesseits, auf Erden nicht hofft:

> Die Leidenschaft der höchsten Liebe findet wohl auf Erden ihre Befriedigung nie! --- fühle es mit mir! diese suchen wäre Torheit. --- Mit einander sterben! --- Doch still – es klingt wie Schwärmerey, und ist doch so wahr. --- ist die Befriedigung. -- Doch haben wir heilige Pflichten für diese Welt. [...] Stille Ergebenheit!

Ein diskreter Abschied vom Leben, mit dem Hinweis auf »Pflichten für diese Welt«.

Damit meint sie, daß nicht nur sie, ihren Kindern gegenüber, sondern auch er, Hölderlin, eine Verpflichtung hat: die seine besteht darin, seinem eigensten »Geschäft« als Mann nachzugehen. Sie selbst und die Liebe sollen ihm kein Hindernis sein, wenn es sich um seine »künftige Bestimmung« als Dichter handelt: »Laß dich in keinem Verhältnis des Lebens durch das Unsrige stören«, schreibt sie im letzten erhaltenen Brief.

Als Pendant dazu kann vielleicht ein kurzer Satz Hölderlins in einem Briefentwurf an Susette gelten; er sagt dort, der Plan, eine Zeitschrift herauszugeben und sich damit eine Existenz zu sichern, scheine zu scheitern; dies mache ihn verdrießlich,

> weil wahrscheinlich meine zukünftige Lage, also gewissermaaßen das Leben, das ich für Dich lebe, davon abhängt.[81]

»Das Leben, das ich für Dich lebe«. – Wie öfter bei Hölderlin ist dieser Ausdruck nicht so eindeutig, wie er zu sein scheint.

Auf den ersten Blick könnte man verstehen, er habe versucht, sich selbständig zu machen, um das Leben, das er »für sie« lebt, so zu gestalten, daß die Liebenden wieder zueinander finden. Doch läßt der Ausdruck eine andere, tiefere Deutung zu: das Leben, das Hölderlin »für sie« lebt, sei das unabhängige Leben eines Dichters, der nur seiner Bestimmung, nur seinem »Geschäft« nachgeht und so seine Berufung erfüllt. »Für sie« bedeutete dann: um ihrer Vorstellung von Hölderlin zu entsprechen und ihrem Anspruch an ihn zu genügen. Diese Deutung wird durch den Gedichtentwurf *Abschied* (nicht: *Der Abschied*!) nahegelegt: wenn er, »von des Genius Feinden überwunden«, »mit Schmach«, d. h. ohne als Dichter anerkannt zu werden, sterben sollte, »dann vergiß mich«.[82]

»Für sie« leben bedeutete dann, alles – selbst die Liebe – seiner dichterischen Berufung zu opfern. So, und nur so, könne er sich als »der Mann« erweisen, der zu sein er immer bestrebt gewesen war.

Wie sieht im Oktober 1798 Hölderlins Lebensperspektive aus?

Vorerst bleibt er in Homburg, wo er in der Nähe seines Freundes Isaac von Sinclair wohnt, und er schreibt. Einige Monate kann er noch von dem in Frankfurt gesparten Geld zehren. Aber dann? Wie wird er sich weiter weigern können, Pfarrer zu werden?

Drei Möglichkeiten stehen ihm offen.

Die erste ist, eine Zeitschrift zu gründen, wie es damals mehrere gab; darunter Schillers *Horen*. Einige Jahre später, 1808, wird Kleist in einer ähnlichen Situation zu einer ähnlichen Lösung greifen und das »Kunstjournal« *Phöbus* mit Adam Müller gründen. Von der *Iduna*, wie seine Zeitschrift heißen sollte, hoffte Hölderlin sein Leben bestreiten und sich einen Namen in der literarischen Welt schaffen zu können.

Eine zweite Perspektive ist, an der Universität Jena Vorlesungen über griechische Dichtung zu halten.

Eine dritte, geheimgehaltene Möglichkeit, die sich von uns nur vermuten läßt, wäre, im Falle einer politischen Umwälzung in Württemberg als offizieller Dichter der zu gründenden Schwäbischen Republik aufzutreten – ähnlich wie Marie Joseph Chénier in der Französischen Republik.

Daß die drei von Hölderlin erwogenen Möglichkeiten, sich eine unabhängige Existenz zu schaffen, letztlich scheiterten, ist nicht – oder nicht nur – seine Schuld. Alle drei Pläne waren vernünftig.

In einem Brief aus dieser Zeit an die Mutter formuliert er als Ziel seiner Arbeit:

[...] kann ich auch für dißmal nicht die Aufmerksamkeit meines deutschen Vaterlands so weit verdienen, daß die Menschen nach meinem Geburtsort und meiner Mutter fragen, so will ich es, so Gott will! in Zukunft noch dahin bringen. Denn das ist doch eigentlich der einzige, auch der süßeste Gewinn für alle Verläugnung und alle die liebe Mühe, ohne die der Schriftsteller nichts werden kann, daß er sich und den Nahmen der Seinigen unter sein Volk und unter die Nachwelt bringt. Und das sind keine Worte, theure Mutter![83]

Seinen Namen hat Hölderlin »unter die Nachwelt« gebracht.

Der erste seiner drei Lebenspläne, derjenige, eine Zeitschrift zu gründen, ist genau dokumentiert und ausführlich dargestellt worden.[84] In einem Brief an Neuffer vom 4. Juni 1799 schreibt er:

Ich habe im Sinne, eine poëtische Monatschrift herauszugeben. [...] Das Journal wird wenigstens zur Hälfte wirkliche ausübende Poësie enthalten, die übrigen Aufsäze werden in die Geschichte und Beurtheilung der Kunst einschlagen. Die ersten Stüke werden von mir enthalten ein Trauerspiel, den Tod des Empedokles, mit dem ich, bis auf den lezten Act fertig bin, und Gedichte, lyrische und elegische. Die übrigen Aufsäze werden enthalten: 1. karakteristische Züge aus dem Leben alter und neuer Dichter, die Umstände, unter denen sie erwuchsen [...] 2. Darstellung des Eigentümlichschönen ihrer Werke [...] 3. Räsonnirende populärdargestellte Aufsäze über Deklamation, Sprache, über das Wesen, und die verschiedenen Arten der Dichtkunst, endlich über das Schöne überhaupt [...] 4. [...] Recensionen neuer besonders interessanter poëtischer Werke [...][85]

Dem Verleger wird er den Titel vorschlagen: *Journal für Damen, ästhetischen Innhalts.* Er meint, der Geist der Zeitschrift

dürfte »für die Sittenbildung und ächte Erheiterung zuträglicher seyn [...], als mancher andere«.
Er setzt hinzu, daß er »ganz für das Unternehmen und von ihm leben« wird, da seine »frugale Existenz nicht so teuer zu besolden ist, wie die der großen Männer, welche die Horen ausgaben«.

Ich werde allen meinen Muth und Fleiß und meine Kräfte aufbieten, um diese Zeitschrift gangbar und rühmlich zu machen.

Als Zugabe für den Verleger verpflichtet er sich, ihm »für seinen Damenkalender wenigstens vier Bogen von Jahr zu Jahr unentgeltlich zu liefern«.

Jeden Monath würde ein Stük von 4 Bogen, nicht sehr enge gedrukt, in Octavform erscheinen. Der HE. Verleger könnte mir aufkünden, wenn er wollte, nur müßte es wenigstens 3 Monathe vor einer Messe geschehen.
Die Bestimmung des Honorars überlasse ich seiner Einsicht und Billigkeit.

Er bittet Neuffer als Mittelsperson, diesen Plan dem Verleger Steinkopf zu unterbreiten. Der Plan ist vernünftig und wohldurchdacht. Der Hinweis auf die *Horen* ist keineswegs zufällig: Die von Schiller bei Cotta von 1795 bis 1797 herausgegebenen *Horen* hatten ihr Publikum gefunden: warum sollte eine von Hölderlin geleitete Zeitschrift nicht zwei Jahre nach der Einstellung der Publikation der *Horen* das gleiche Publikum ansprechen?
Inzwischen waren auch die ersten drei Stücke vom *Athenäum*, der Zeitschrift der Jenaer Romantiker, von Mai 1798 bis März 1799 erschienen. Das Manifest der Gebrüder Schlegel hat Hölderlin nicht ignoriert, sondern ihm gegenüber deutlich Stellung bezogen, und zwar eine negative. Die *Iduna*, wie er seine Zeitschrift zu benennen gedenkt, ist als polemisches Gegenstück gegen das *Athenäum* konzipiert. Den wenigen Zeilen eines Programmentwurfs zur *Iduna* ist zu entnehmen, daß Hölderlin der »kalten Frivolität« der romantischen Zeitschrift einen Ton der »Bonhommie«, ihren »affectirt muthwilligen Sprüngen und Sonderbarkeiten« leichte klare Ordnung und Kürze des Ganzen, kurz dem romantischen Manifest ein klassisches Ideal entgegenstellt.[86]

»Bonhommie«: eine gutmütige, populäre (im Sinne von volkstümlich-bürgerlicher) Simplizität. Das Wort ist politisch wichtig und muß verstanden werden. 1777 hatte sich in Paris der Amerikaner Benjamin Franklin eine Zeitlang niedergelassen und war als der »bonhomme Franklin« sehr populär geworden. Der 72jährige Physiker, Moralist und Staatsmann hatte sich kurz nach der Unabhängigkeitserklärung der dreizehn amerikanischen vereinigten Staaten am 4. Juli 1776 nach Paris begeben, um gleichsam als erster Botschafter des in Amerika zu gründenden neuen demokratischen Staates die Unterstützung Frankreichs gegen England zu gewinnen und mit Louis XVI. ein Bündnis abzuschließen. Als Vertreter der ersten demokratischen Republik der modernen Weltgeschichte, als allererster bürgerlicher Demokrat hatte er in Paris großes Aufsehen erregt. Man zelebrierte die einfache, anspruchslose Lebensführung des »praktischen Philosophen«, des »Platon des Alltags«, der keine Perücke trug, das kurzgehaltene Haar nicht einmal puderte, ohne seidene Strümpfe auf die Straße ging und grundsätzlich sparsam lebte: le bonhomme Franklin, ein Mann des Volks.[87]
In diesem Sinne setzte Herder in der sechsten Sammlung der Humanitätsbriefe der »Bonhommie« des wahren Volkserziehers ein Denkmal. Das Wort und die Absicht der Volkserziehung übernimmt Hölderlin von Herder.
Neuffer leitete Hölderlins Brief an den Verleger Steinkopf weiter, der sofort auf den Vorschlag einging.
Johann Friedrich Steinkopf, etwa gleichaltrig mit Hölderlin, leitete in Stuttgart die den Namen seines Großvaters führende Firma, Buchhandlung, Antiquariat und Verlag in einem, und war als Herausgeber württembergischer und erbaulicher Literatur bekannt. Bei ihm gab Neuffer seine Taschenbücher heraus. Hölderlin hatte Steinkopf in Frankfurt flüchtig kennengelernt. Er fand Hölderlins Idee vortrefflich und schrieb ihm gleich am 13. Juni 1799, ihn um einen detaillierten Plan bittend. Er gab selbst verschiedene Winke, darunter denjenigen, »zu dem Ausdruck ›ästhetisches Journal‹ den des ›humanistischen‹ hinzu« zu bringen:

Bei den Mitarbeitern wäre auf ihre Zahl, und noch mehr auf den Namen, insofern sie sich einen verdienter Weise erworben haben, zu sehen. Ein Herder, Schiller, Göthe, v. Humboldt, Thümmel, Fichte, Schelling wären in jeder Hinsicht wünschenswert, und werden sich dem Herausgeber schwerlich ganz entziehen. [...] Ich bitte Sie nun unverzüglich um Antwort, und vorzüglich auch darum, daß Sie sogleich an alle Ihre Freunde, und besonders an einige Männer mit Namen, wie Schiller, Göthe pp. schreiben, und sie um ihre, wenn auch nur seltne Unterstützung bitten. Von solchen Namen hängt ein großer Teil des Erfolgs der Ankündigung ab.[88]

Fünf Tage später, am 18. Juni, schreibt ihm Hölderlin einen leider nur zum Teil erhaltenen Brief, in dem er den Plan weiter ausführt und, ohne den Namen zu nennen, gegen das Schlegelsche *Athenäum* polemisiert. Er meint, dieses habe »wohl Sensation, aber keine gründliche Wirkung hervorgebracht«. Sei es nun auf die »Leidenschaft« seiner Verfasser zurückzuführen oder auf die »Unkunde« der Herausgeber, auf jeden Fall haben sie einmal wieder übertrieben und zu einem Extrem gegriffen, wodurch sie »unverständlich« und gar »anstößig« geworden sind.
Er dagegen zielt auf »Popularität« (worunter man damals sowohl demokratische Einstellung als auch »Faßlichkeit« versteht) ab:

Vereinigung und Versöhnung der Wissenschaft mit dem Leben, der Kunst und des Geschmaks mit dem Genie, des Herzens mit dem Verstande, des Wirklichen mit dem Idealischen, des Gebildeten (im weitesten Sinne des Worts) mit der Natur – diß wird der allgemeinste Karakter, der Geist des Journals seyn.[89]

Die Poesie solle nicht bloß leidenschaftliche, schwärmerische, launische Explosion, nicht erzwungenes, kaltes Kunststück sein, sondern zugleich aus dem Leben und dem ordnenden Verstand, aus Empfindung und Überzeugung hervorgehen.
Wie man sieht: ein bewußtes und gezielt antiromantisches Manifest; ein hochvernünftiges, weit in die Zukunft blickendes Programm.
Doch damals siegte die Reaktion in Europa. Die Jenaer Romantiker spürten schnell, wo der Wind herwehte, und schwenkten um. Hölderlin nicht: er war kein Konjunkturritter.
Im selben Brief an den Verleger fordert Hölderlin ein Honorar

von jährlich 50 Carolin, d. h. 550 Gulden, gerade das, was er zum Leben braucht. Drei Viertel davon sollen als Honorar für die drei Bogen gelten, die er zu jeder monatlichen Lieferung beizutragen gedenkt; der Rest als Redaktionsgehalt.

Ein bescheidenes, wenn auch hinreichendes Honorar. Doch was für den anspruchslosen Hölderlin ausreichend war, konnte es für die anderen noch zu gewinnenden Mitarbeiter kaum sein. Diese finanzielle Bescheidenheit wird der Hauptgrund für das Scheitern des ganzen Unternehmens sein: »Die berühmten Mitarbeiter waren um ein Honorar, wie es Hölderlin für sich forderte, nicht zu gewinnen.«[90]

Steinkopf verfügte nicht über die Geldmittel, die es dem Verleger Cotta erlaubt hatten, Schillers *Horen* herauszugeben. Hier ein einziges, doch typisches Beispiel: Steinkopf bot Schiller gleich 4 Carolin, also 44 Gulden, pro Bogen; anderen Mitarbeitern hätte er weit weniger angeboten. Nun aber: vier Jahre früher hatte Schiller selbst in Jena dem damals fünfundzwanzigjährigen und unbekannten Hölderlin für eine Mitarbeit an den *Horen* die gleiche Summe, ja etwas mehr, nämlich 5 Louisd'or, d. h. 45 Gulden, angeboten. Für die 44 Gulden eines Anfängerhonorars war Schiller nicht zu haben, ebensowenig wie die anderen von Steinkopf erhofften »Namen«. Wohl schreibt Steinkopf am 5. Juli 1799 an Hölderlin:

Ich bitte Sie daher unverzüglich an Schillern, v. Humboldt, Göthe, Schlegel in Jena, Thümmel, Matthisson, Herder, Pfeffel, Schelling, Sophie Mereau, Falk in Weimar, Meisner in Prag und Lafontaine in Berlin, beide letzte für Erzählungen, um Beiträge zu schreiben [...] Besonders ist Schillers Beitritt und Name wesentlich. Wenn diese Männer nur hier und da etwas liefern, so ist es hinlänglich, an ihrem Namen ist hauptsächlich gelegen, und ohne mehrere derselben zu haben, glaube ich schwerlich, daß das Unternehmen ganz nach Wunsche in Rücksicht auf Absatz gelingen werde. Ich bitte Sie daher, mein Bester, deswegen sich keine Mühe verdrießen zu lassen, und wo man Ihnen nicht bald antwortet, wieder zu schreiben.[91]

Die besten Namen Deutschlands, ja ... aber es darf nichts kosten, oder nur sehr wenig!

Übrigens waren solche Unternehmen nur selten rentabel. Sie dauerten durchschnittlich etwa zwei Jahre. So Schillers (und Cottas) *Horen*; so das Schlegelsche *Athenäum*; so das acht

Jahre später, 1807, von Kleist mit Adam Müller gegründete »Kunstjournal« *Phöbus*, in dessen erstem Heft ein »organisches Fragment« der *Penthesilea* erschien. Auch der *Phöbus* ging nach einem Jahr ein.
»Unverzüglich«, wie ihm vom Verleger empfohlen worden war, schreibt Hölderlin an die Bekannten, an Schiller, an Schelling, an Goethe, an Franz Wilhelm Jung, an andere mehr.
An Schiller schreibt er:

Ich habe im Sinne, die literarischen und poëtischen Versuche, die ich unter der Hand habe, nach und nach in einem humanistischen Journale herauszugeben und fortzusezen, und ich würde es lieber abwarten, ob mir nicht endlich ein Product gelänge, von dessen Werth und Glük ich gewisser seyn könnte, wenn mir die Umstände die ruhige Independenz ließen, die dazu erforderlich wäre. So muß ich Proben geben, die vieleicht mehr etwas versprechen als leisten, und kann vor dem Publikum die Autorität eines bewährten großen Mannes nicht entbehren, wenn ich nicht verunglüken soll, so viel ich mich und die Zeit kenne.
Ich bin deswegen so frei, Sie um einige wenige Beiträge zu bitten, wenn Sie es nicht gegen ihre Würde finden sollten, diß Zeichen Ihrer Gunst und Güte mir öffentlich zu geben.
[...]
Haben Sie die Güte, auch wenn Sie es für gut finden sollten, mein Vorhaben nicht so eklatant zu begünstigen, mir doch zu antworten, es seie so kurz wie es wolle [...][92]

Nach sechs Wochen antwortete Schiller:

Gern, mein werthester Freund! würde ich Ihr Verlangen wegen der Beiträge zu Ihrer Zeitschrift erfüllen, wenn ich nicht so arm an Zeit und so eng an mein gegenwärtiges Geschäft gebunden wäre, daß ich selbst meinen Musenalmanach dieses Jahr ohne Beiträge lassen, oder doch sehr mager damit ausstatten werde, und ihn für die Zukunft vielleicht ganz abgebe. [...] Die Erfahrungen, die ich als Herausgeber periodischer Schriften seit 16 Jahren gemacht, da ich nicht weniger als 5 verschiedene Fahrzeuge auf das klippenvolle Meer der Literatur geführt habe, sind so wenig tröstlich, daß ich Ihnen als ein aufrichtiger Freund nicht rathen kann, ein Ähnliches zu thun. [...] Auch selbst in Rücksicht auf das Lukrative, die wir Poeten oft nicht umgehen können, ist der Weg periodischer Werke nur scheinbar vortheilhaft, und […] vollends nicht zu wagen.[93]

Ein im Ton freundlicher Brief, ein guter Rat – nämlich, vom Unternehmen Abstand zu nehmen. Für Hölderlin eine Enttäuschung.
Steinkopf erfährt von Schillers negativer Antwort. Er schreibt an Hölderlin, Schillers Nichtbeitritt sei freilich zu bedauern, doch schrecke ihn das noch nicht ab. Hölderlin läßt er aber deutlich merken, daß mehr »Rücksicht auf das Publikum, und weniger Spekulation« zu wünschen sei:

Ihr Geschmack, mein Theurer, ist gewiß gemacht, um dem Mann oder Frauenzimmer von Bildung zur wahren Erholung zu dienen, wenn Sie ihn, offenherzig gestanden, ein wenig mehr popularisieren.[94]

Verleger Steinkopf läßt schon eine gewisse Distanz Hölderlin gegenüber erkennen. Im September gibt er ihm zu verstehen, ein Kritiker, »ein Matador im Fache der schönen Wissenschaften«, habe »bei vielen so gerechten Lobsprüchen« die ungenügende »Popularität« des *Hyperion* leise beanstandet.
Außerdem meint Steinkopf, da Hölderlin nicht in Stuttgart lebe, sei es ratsam, einen »Mitherausgeber« in unmittelbarer Nähe des Verlegers zu bestimmen. Er schlägt ihm einen gewissen Haug vor. Wohl eine Zumutung, auf die Hölderlin im Oktober aber eingeht. Der Mutter schreibt er, er habe »die eigentliche Herausgabe und ganze Besorgung des Journals auf Schillers Anrathen abgelehnt«, weil ihm »die Korrespondenz mit andern, die am Journale arbeiten u.s.w. zu viel Zeit hinwegnehmen würde, als daß [er] das, was [er] eigentlich schreiben möchte, mit gehöriger Ruhe und Aufmerksamkeit betreiben könnte«.[95]
Er hatte redlich versucht, das Unternehmen auf die Beine zu bringen. Manche Briefe hatte er geschrieben, von denen einige erhalten sind.
An Goethe schrieb er:

Ich weiß nicht, Verehrungswürdigster! ob Sie sich meines Nahmens so weit erinnern, daß es Ihnen nicht auffallend ist, einen Brief und überdiß eine Bitte von mir zu lesen.
[…] Ich habe im Sinne, (in Gesellschaft einiger Schriftsteller) ein hu-

manistisches Journal herauszugeben, das vorerst in seinem eigentlichsten Karakter poëtisch wäre, sowohl ausübend als belehrend [...]. Wie viel mir daran gelegen ist, dabei durch Ihren Beitritt geehrt zu werden, und wie viel die Sache und das Publikum dadurch gewönne, mag Ihnen meine Unbescheidenheit selbst beweisen.[96]

Von einer Antwort Goethes ist nichts bekannt, aber auch nicht einmal, ob aus dem erhaltenen Briefentwurf ein richtiger an Goethe abgesandter Brief entstand.
Einen ähnlichen Wortlaut hat ein gleichzeitig an Schelling abgesandter Brief. An den »Freund seiner Jugend« schreibt er, er habe die Einsamkeit in Homburg dahin verwandt, über Poesie, »insofern sie lebendige Kunst ist und zugleich aus Genie und Erfahrung und Reflexion hervorgeht und idealisch und systematisch und individuell ist«, nachzudenken.

Diese Materialien zusammen veranlaßten mich zu dem Entwurf eines humanistischen Journals, das in seinem gewöhnlichen Karakter ausübend poëtisch, dann auch historisch und philosophisch belehrend wäre über Poësie, endlich im Allgemeinen historisch und philosophisch belehrend aus dem Gesichtspuncte der Humanität. [...]
In jedem Falle, Freund meiner Jugend! wirst Du mir verzeihen, daß ich mich mit dem alten Zutrauen an Dich gewandt und den Wunsch geäußert habe, Du möchtest durch Deine Theilnahme und Gesellschaft in dieser Sache meinen Muth mir erhalten, der durch meine Lage und andere Umstände indessen vielfältige Stöße erlitten hat, wie ich Dir wohl gestehen darf. [...]
Antiquar Steinkopf in Stutgard [...] verspricht jedem Mitarbeiter sichere Bezahlung, und ich habe es ihm zur Bedingung gemacht, jedem Mitarbeiter wenigstens ein Karolin für den Bogen zu schiken. Wenn ich schon beinahe ganz davon und dafür zu leben gedenke, so glaubt' ich dennoch für meine Person nicht weiter fordern zu dürfen, da ich noch als Schriftsteller so ziemlich ohne Glük bin und meine eingeschränkte Lebensart kein größeres Einkommen erfordert. [...]
Habe die Güte, mein Theurer! mich wenigstens bald mit irgend einer Antwort zu erfreuen [...][97]

Schelling antwortet aus Jena – aus Jena, wo Caroline Böhmer, die geistreiche Frau A. W. Schlegels, die sich übrigens von diesem bald trennen wird, um Schelling zu heiraten, den Kreis der Jenaer Romantiker um sich sammelt – am 12. August 1799. Vier Monate früher, im März, war gerade die dritte Ausgabe des *Athenäum* herausgekommen.

Nach einem Rückblick auf die Jahre seit ihrer letzten Trennung in Frankfurt (1796) erklärt Schelling, er werde »mit Vergnügen« an Hölderlins Unternehmen teilnehmen, soviel er könne, habe jedoch »für den Winter nichts zu bieten, als einige Vorlesungen über das organische Verhältnis der Geschlechter und die Philosophie der Kunst«.[98] Er fügt hinzu:

Ich bin jetzt eben in einer Lage und einer Stimmung, die mir wenig zu schreiben erlaubt, was Deinen Brief auch nur in etwas vergelten könnte.

Damit meint Schelling wohl die Anfänge der Liebe zu Caroline Schlegel. Von Hölderlin war es Unwissenheit, Naivität oder Verwegenheit, gerade da eine Zusammenarbeit zu erwarten, wo er als Konkurrent sich aufspielen wollte: am Herd der *Athenäum*-Clique.

Auch war der etwas jüngere Schelling, seitdem die *Ideen zu einer Philosophie der Natur* erschienen waren, Hölderlin, ja selbst Hegel gegenüber, ein gemachter, ja ein berühmter Mann geworden. Ihm war die Haut näher als das Hemd: Bei aller Freundschaft zu Hölderlin war ihm das eigene System des transzendentalen Idealismus näher als Hölderlins Spekulationen.

Es bleibt bei einem wohlgemeinten Ratschlag: Schelling empfiehlt Hölderlin, sich des durch Herder so in Mißkredit gekommenen Wortes Humanität zu enthalten. Diesen Begriff aufzunehmen war aber, wie wir gesehen haben, keineswegs Hölderlins Gedanke, sondern der Steinkopfs gewesen.[99]

Fast zwei Monate lang hat sich Hölderlin ausschließlich mit dem Projekt dieses Journals beschäftigt – »volle acht Wochen in diesem Harren und Hoffen, wovon gewissermaaßen [seine] Existenz abhängt«, wie er Mitte September 1799 an Susette schreibt.

In diesem Brief, der uns nur als unvollendeter Entwurf bekannt ist, spricht Hölderlin sehr deutlich über den Zusammenhang zwischen dem verlegerischen Vorhaben und seinem Lebensplan, in Susettens Nähe zu bleiben:

Das Project mit dem Journale, wovon ich Dir schon, nicht ohne Grund, mit so viel Zuverlässigkeit schrieb, scheint mir scheitern zu wollen. Ich hatte für meine Wirksamkeit und mein Auskommen und meinen dasigen Aufenthalt in Deiner Nähe mit so viel Hofnung darauf gerechnet, jezt hab' ich noch manche schlimme Erfahrung machen müssen zu den vergebenen Bemühungen und Hofnungen. Ich hatte einen sichern anspruchslosen Plan entworfen; mein Verleger wollte es glänzender haben; ich sollte eine Menge berühmter Schriftsteller, die er für meine Freunde hielt, zu Mitarbeitern engagiren, und wenn mir gleich nichts Gutes bei diesem Versuche ahndete, so lies ich Thor mich doch bereden, um nicht eigensinnig zu scheinen [...]. Nicht nur Männer, deren Verehrer mehr als Freund ich mich nennen konnte, auch Freunde, Theure! auch solche, die nicht ohne wahrhaften Undank mir eine Theilnahme versagen konnten – ließen mich bis jezt ohne Antwort. [...] Schämen sich denn die Menschen meiner so ganz?
[...] Die B e r ü h m t e n [...], deren Theilnahme mir armen Unberühmten zum Schilde dienen sollte, diese ließen mich stehn, und warum sollten sie nicht? Jeder, der in der Welt sich einen Nahmen macht, scheint ja dem ihrigen einen Abbruch zu thun; sie sind dann schon nicht mehr so einzig und allein die Gözen; kurz, es scheint mir bei ihnen, die ich mir u n g e f ä h r als meines gleichen denken darf, ein wenig Handwerksneid mitunter zu walten.[100]

Der letzte Satz ist wohl eine Anspielung auf Schelling, den er doch als ungefähr seinesgleichen ansehen darf und bei dem – als einem dem *Athenäum*-Kreis Verschriebenen – wohl ein wenig Handwerksneid »mitunter zu walten« scheint.
Eine Enttäuschung und eine bittere Erfahrung, vor der er aber nicht verzagt. Ungebeugt schreibt er im selben Brief an Susette von den beiden anderen Plänen:

Und so hab' ich denn im Sinne, alle Zeit, die mir noch bleibt, auf mein Trauerspiel zu wenden, was ungefähr noch ein Vierteljahr dauern kann und dann muß ich nach Hauße oder an einen Ort, wo ich mich durch Privatvorlesungen, was hier nicht thunlich ist, oder andere Nebengeschäffte erhalten kann.[101]

Wie bereits gesagt: Hölderlin hatte nicht nur das eine Eisen im Feuer. Neben dem Plan einer Zeitschrift gab es noch zwei andere Möglichkeiten: sich als Dramatiker zu behaupten oder

Unterricht zu geben. Fangen wir mit dieser letzten Perspektive an.

Als Hölderlin seiner Mutter am 8. Oktober 1799 schrieb, der Plan eines Journals sei gescheitert, sagte er ihr gleich, er habe »Schillern auf seine eigene Veranlassung geschrieben, daß er [ihm] in seiner Nähe, wenn es möglich, irgend einen kleinen Posten verschaffen möchte, der [ihn] nicht ganz beschäfftigte, und noch ein kleines Einkommen zu [seinen] schriftstellerischen Erwerbnissen [ihm] zugäbe«. Er fügte hinzu: »Ich erwarte alle Tage die Antwort.«[102]

Auf Schillers eigene Veranlassung? Der Sachverhalt ist folgender: Als Schiller ihm »als ein aufrichtiger Freund« von dem journalistischen Vorhaben abriet, fügte er hinzu:

> Wie sehr wünschte ich, daß ich Ihnen nicht bloß meinen Rath ertheilen, sondern auch die Mittel erleichtern könnte, denselben auszuführen. Wenn Sie mich mit Ihrer jetzigen Lage bekannter machen wollen, so bin ich vielleicht eher im Stande, etwas vorzuschlagen, was Ihren Wünschen gemäß ist.[103]

Hölderlin ging auf diesen Vorschlag ein. Zumindest ist uns der unvollendete Entwurf eines Briefs an Schiller erhalten, der in endgültiger Form an Schiller abging und auch von ihm empfangen wurde, jedoch verloren ist. Wie sich die endgültige Fassung des Briefes zum Entwurf verhielt, wissen wir nicht. Im Entwurf ist viel von Hölderlins geistiger Situation als Dichter, doch auch – zumindest im nicht erhaltenen Teil des Entwurfs – von seiner Lebensperspektive in der »bürgerlichen Gesellschaft«[104] die Rede. Dem Brief an die Mutter darf man entnehmen, er habe Schiller gebeten, ihm »irgend einen kleinen Posten« in seiner Nähe zu verschaffen.

Was für einen kleinen Posten? So bescheiden ist Hölderlin nicht: Ihm schwebt vor, an der Universität Jena als Privatdozent Vorlesungen über griechische Dichtung zu halten. Schelling ist ja ein Jahr zuvor, im Juli 1798, als außerordentlicher Professor der Philosophie von der Universität berufen worden. Eine ähnliche Perspektive ist für Hölderlin übrigens kein neuer Gedanke, kein plötzlicher Einfall. Schon mit fünfundzwanzig Jahren, im Jahre 1795, da er in Jena studierte, hatte er diese Art von Tätigkeit erwogen, sich davon jedoch wenig versprochen. Dem Bruder hatte er damals geschrieben:

Wahrscheinlich laß' ich mich nächsten Herbst, wenn ich bleibe, hier [d. h. in Jena, P. B.] examiniren. Das ist die einzige Bedingung, die mir die Erlaubnis giebt, Vorlesungen zu halten. Um den Professortitel ists mir nicht zu thun, und die Professorsbesoldung ist hier nur bei sehr wenigen beträchtlich. Viele haben gar keine.[105]

Hölderlin hatte Jena verlassen, ohne sich »examiniren« zu lassen. Doch wäre dies kein unüberwindliches Hindernis gewesen. Goethe war in der Lage, ihm einen Posten an der Universität zu verschaffen. Drei Jahre zuvor, 1796, hatte der Herzog von Sachsen-Weimar, nachdem er in Goethes Freitagsgesellschaft eine Vorlesung von Dr. Christian Hufeland gehört hatte, spontan beschlossen, diesem eine Professur an der Universität Jena zu erteilen.[106] Im Atheismus-Streit um Fichte hatte sich gezeigt, daß Goethe an der Universität Jena eine entscheidende Rolle spielte. Er notierte in seinen Annalen:

Die Universität Jena stand auf dem Gipfel ihres Flors; das Zusammenwirken von talentvollen Menschen und glücklichen Umständen wäre der treuesten, lebhaftesten Schilderung wert.[107]

Hätte neben Fichte, Schelling, Hufeland auch der Autor des *Hyperion*, Hölderlin, über griechische Poesie gelesen, wäre er nicht fehl am Platz gewesen; und Hölderlin war sich dessen bewußt.
Hölderlin hatte der Mutter geschrieben, er erwarte jeden Tag die Antwort, doch Schiller ließ den Brief Hölderlins unbeantwortet.
Den Gedanken an eine solche Professur in Jena ließ Hölderlin aber nicht fallen. Anderthalb Jahre später, am 2. Juni 1801, aus Hauptwil zurückkehrend, faßte Hölderlin den Mut, sich noch einmal – ein letztes Mal – bei Schiller zu bewerben, diesmal jedoch unumwunden:

Ich habe mich seit Jahren fast ununterbrochen mit der griechischen Literatur beschäfftiget. [...] Ich glaube, im Stande zu seyn, Jüngeren, die sich dafür interessiren, besonders damit nüzlich zu werden, daß ich sie vom Dienste des griechischen Buchstabens befreie und ihnen die große Bestimtheit dieser Schriftsteller als eine Folge ihrer Geistesfülle zu verstehen gebe. [...] Ich wollte Ihnen nur offen die Gründe nennen, die mich überzeugen, daß es nicht unschiklich wäre, wenn ich nach Jena gienge und da versuchte, den größeren

Theil meiner Zeit zu Vorlesungen zu verwenden, die mir, so viel ich weiß, zu halten erlaubt ist. Ich erwarte nicht gerade eine große Menge von Zuhörern, doch so viele, als bei derlei Vorlesungen gewöhnlich sind. Ich hoffe auch niemanden damit gerade in den Weg zu treten. Sollten Sie es widerrathen, so bin ich ruhiger auf einem anderen Wege, und werde sehen, wie ich mich aufrecht erhalte.[108]

Hölderlin trug sein Anliegen diesmal, wenn auch »auf eine weit ausholende Weise, mit einer wohldurchdachten sprachlichen Gebärde, die manchmal auch floskelhaft anmutende Wendungen nicht verschmäht«,[109] doch deutlich, vernünftig und mit triftigen Argumenten vor.
Auch diesen Brief ließ Schiller unbeantwortet; damit hörte Hölderlins Briefwechsel mit ihm endgültig auf.
Drei Wochen später versuchte Hölderlin beharrlich, außer Schiller noch einen »Freund« für sein Vorhaben zu gewinnen. Es handelte sich um Immanuel Niethammer, mit dem er vom Stift her bekannt war. Niethammer war der Sohn des Pfarrers zu Beilstein im Bottwartal. Nach dem Aufenthalt im Stift war Hölderlin mit ihm in reger Verbindung geblieben. Seit 1795 war Niethammer ordentlicher Professor, zuerst der Philosophie, dann, ab 1797, der Theologie in Jena. Er hatte 1795 das *Philosophische Journal* gegründet, das er von 1797 ab gemeinsam mit Fichte herausgab und das zur führenden philosophischen Zeitschrift der neunziger Jahre wurde. Bei seinem nur vier Jahre älteren Landsmann Niethammer hatte Hölderlin als Student in Jena an einem Abend des Sommers 1795 nicht nur Fichte getroffen, sondern auch einen jungen Mann namens Friedrich von Hardenberg – der später den Namen Novalis annehmen sollte. An dem Abend war »viel über Religion gesprochen worden«[110], notierte Niethammer. Von der Begegnung Hölderlins mit Novalis wissen wir sonst nichts.
Der Brief, den Hölderlin am 23. Juni 1801 an Niethammer richtete und der »in der Diktion direkter«[111] als der Brief an Schiller gehalten war, sei hier ausführlich zitiert, weil dieser höchst bedeutsame Text, den wir Johann Ludwig Döderlein verdanken, erst als Nachtrag in die Stuttgarter Ausgabe aufgenommen werden konnte und nicht sehr bekannt ist.[112]

Nürtingen, d. 23. Jun. 1801

Mein verehrungswürdiger Freund! [...] Ich habe die letzten Jahre in Verhältnissen gelebt, die meinem Lebensplan nicht angemessen waren und in denen ich nur selten das Glük der Zufriedenheit mit meinem Zustand empfinden konnte. In ein geistliches Amt mocht ich nicht gehen, und jetzt, im Alter von 31 Jahren, macht es mir Unbehagen, die Aussicht zu haben, als Vikar von einem Pfarrer dependiren zu müssen. Die Thätigkeit eines Erziehers, die sich mir anbot und die ich ausgeübt habe, erschien mir nur darum als erstrebenswerth, weil das tägliche Leben mit den Kindern, die meiner Obhut anvertraut waren, es möglich machte, ihre geistige Entwiklung von innen her zu befördern und durch den täglichen Unterricht, den ich ihnen gab, in ihnen das Bewußtseyn zu erweken, daß sie eines Tages auf dem Wege der Bildung allein fortschreiten müssen. Aber die wechselnden Verhältnisse, in denen sich das Leben eines Hofmeisters abspielt, waren weder meiner Natur noch meinem Lebensplan adäquat, und so war es immer mein Bestreben, danach eine Zeit der Independenz folgen zu lassen, in welcher es mir möglich war, mich nach meinem eigenen Gutdünken zu beschäftigen. So lebte ich fast zwey Jahre in Homburg in Gesellschaft meines Freundes Sinklair und konnte dort ganz auf meine Art arbeiten und literarische Studien treiben.

Vor kurzem bin ich aus der Schweiz, wo ich als Hauslehrer eine wenig glükliche Zeit verbrachte, in das Vaterland zurückgekehrt. Hier hat sich nun ein alter Plan, den ich schon fast aufgegeben hatte, in meinem Kopfe wieder vestgesezt, so sehr, daß ich mir jeden Tag überlege, wie er wohl zu verwirklichen sei. In meinem Leben habe ich ja nur zu oft erfahren, daß Pläne und Wünsche, mochten sie auch mit meiner Natur zusammenstimmen, weit über die Wirklichkeit hinausgriffen und dann von den Umständen erdrükt wurden, die das Schiksaal dem Lebensgang vorausbestimmt hatte. Ich will meine Lage verändern und bin entschlossen, das Leben eines privatisirenden Schriftstellers, das ich jetzt führe, nicht länger fortzusezen. Ich habe im Sinne, nach Jena zu gehen und möchte mich dort auf dem Gebiete der griechischen Literatur, die in den vergangenen Jahren der Haupttheil meiner Beschäfftigung gewesen ist, mit Vorlesungen nüzlich machen, indem ich Jünglingen, die sich dafür interessiren, die Karaktere der großen Dichtungen zeige und ihnen erkläre, was für ein Geist es war, der den Stoff zu organisiren und darin das poetische Leben zu befreien vermochte. Solch eine Thätigkeit entspricht

jezt ganz meiner Intention, und ich erwarte davon eine günstige Wendung für mein Leben. […]
Ich habe schon HE. Hofrath Schiller geschrieben und ihm die Gründe dargestellt, die mich bewegen, meine Lebenslage zu verändern. Ich weiß, daß Du mit ihm im freundschaftlichen Umgang stehst, und so wäre es wol keine Zumuthung, Dich zu bitten, daß Du mit ihm über meinen Plan redest und auch darüber, ob es möglich ist, meine Existenz zu sichern und meinem Thun in einer Stellung an der Universität Vestigkeit zu geben.
Es wäre mir eine große Hülfe, wenn Du mir bald ein Wort zu dieser ernsten Entscheidung sagen würdest. Dein Rath, er mag ausfallen, wie er will, wird mir in jedem Fall theuer seyn. Sei versichert, daß die Erinnerung an Deine Freundschaft mir immer tröstlich ist, und laß Dir sagen, daß ich die Freude zum voraus fühle, da ich erwarte, bald wieder in Deiner Nähe zu leben. Ganz der Deinige

Fr. Hölderlin.

Tausend herzliche Grüße an Schelling.

Der erste Herausgeber des Dokuments, Johann Ludwig Döderlein, kommentiert: »Der Aufbau des Briefes ist wohldurchdacht und hat eine klar erkennbare Gliederung. Man merkt ihm an, daß er […] nicht mit leichter Hand niedergeschrieben wurde.« Er ist »reich an faktischen Mitteilungen«; auch erklärt Hölderlin, daß er nicht vorhabe, mit den Kollegen Hofrat Schütz und Prof. Tennemann, von denen er gehört hatte, daß sie »Vorlesungen über Gegenstände der griechischen Literatur gehalten« hatten, in Kollision zu geraten.
Ein sehr vernünftiger, nicht zu hochgegriffener Plan. Wie hat Niethammer auf diesen Brief reagiert? Ich zitiere Döderlein weiter:

Es ist wahrscheinlich, ja fast sicher, daß ihm weder Schiller noch Niethammer geantwortet haben. In welcher Spannung mag er darauf gewartet haben, und wie groß mögen die Enttäuschung, die Bekümmerung und schließlich die Verzweiflung gewesen sein, als dann Woche um Woche, Monat um Monat vergingen und weder eine zuratende noch eine widerratende Antwort in Nürtingen eintraf.

Damit schwand für Hölderlin die zweite Möglichkeit, sich in »dem Leben, das ich für Dich lebe«, eine unabhängige, ehrbare Position zu verschaffen.

Wie stand es nun mit der dritten Möglichkeit, mit der Perspektive, sich als Dramatiker zu behaupten?
Im erwähnten Brief an Susette Gontard, in dem er ihr meldete, der Plan einer Zeitschrift scheine scheitern zu wollen, schrieb er ihr, daß er im Sinne habe, alle Zeit, die ihm noch bleibe, auf sein Trauerspiel zu verwenden, und dies könne noch ein Vierteljahr dauern.[113]
Wie kann er sich vorstellen, seine künftige Lage dadurch zu sichern, daß er den *Empedokles* in drei Monaten zu Ende schreibt? Ist es nicht ein völlig abwegiger Gedanke, sich durch ein einziges Drama einen Namen zu verschaffen und damit seinen Lebensunterhalt zu bestreiten? Bis jetzt haben wir feststellen können, daß seine Pläne keineswegs unvernünftig waren. Müssen wir angesichts dieser Vorstellung sagen, er sei doch lebens- und wirklichkeitsfremd gewesen?
Das müßte man wohl, wenn man Hölderlins politische Perspektiven und Hoffnungen ignorierte.
Hölderlin wäre unrealistisch gewesen, wenn er gehofft hätte, sich mit einem Drama durchzusetzen, das nur geschrieben und nicht auch gespielt würde. In meinem ganzen langen Leben ist mir noch kein einziger Dramatiker begegnet, der nur für die Schublade (oder für den Verlag), und nicht für die Bühne, geschrieben hätte. Wir dürfen also annehmen, daß Hölderlin, als er am *Empedokles* schrieb (wenigstens an der ersten Fassung, der einzigen, die in unserem Zusammenhang in Betracht kommt), die Aussicht auf Aufführung des Stückes vor Augen hatte.
Noch unrealistischer aber wäre es gewesen, zu hoffen, im damaligen Württemberg (anno 1798–1799) eine Tragödie spielen (oder drucken) zu lassen, deren Höhepunkt der Ausruf des Titelhelden markiert:

> Diß ist die Zeit der Könige nicht mehr![114]

Es ist befremdend, daß die gesamte deutsche Hölderlin-Forschung bisher nicht wirklich gefragt hat: Was hat Hölderlin im Sinne gehabt, als er seinem Philosophen und Staatsmann diesen Satz in den Mund legte? Auf die eigentlich nie gestellte Frage hat es bis jetzt nur zwei Antworten gegeben. Die erste: »Dabei hat er sich nichts Besonderes gedacht.« Die zweite: »Schon eine Anwandlung von Schizophrenie!«

Doch sind solche Interpretationen nur möglich, solange man von den äußeren Umständen von Hölderlins Leben absieht, solange man ihn für einen weltabgewandten Träumer oder einen Geisteskranken hält.
Heute ist ein solches Fortsehen von den konkreten, historischen Umständen nicht mehr statthaft.
Die Umstände der Abfassung der *Empedokles*-Tragödie habe ich an anderer Stelle ausführlich dargestellt;[115] hier sei nur auf das in unserem Zusammenhang Relevante hingewiesen.
Als Tübinger Stiftler (Oktober 1788–September 1793) hatten Hölderlin, Hegel und Schelling die erste, glorreiche Phase der Französischen Revolution (14. Juli 1789–27. Juli 1794, bis zum Sturz und Tod von Robespierre) begeistert miterlebt: Frankreich, die damals bevölkertste europäische Nation, befreite sich vom Joch des Despotismus und wurde zum Freistaat. Im Tübinger Stift war ein politischer Club gegründet worden, in dem man begierig französische Zeitungen las. Hegel galt als »derber Jakobiner«; er war »der begeisterte Redner der Freiheit und Gleichheit«; er schwärmte, »wie damals alle jungen Köpfe, für die Ideen der Revolution«. Schelling übersetzte die *Marseillaise* ins Deutsche. Auch Hölderlin war »dieser Richtung zugetan«.[116]
Sie träumten davon, dem Beispiel des französischen Nachbarn zu folgen und einen Freistaat deutscher Nation zu gründen oder gründen zu helfen, indem sie z. B. als Dichter den Freiheitssinn des C i t o y e n im deutschen Sprachgebiet propagierten.
Daher auch die Begeisterung dieser jungen Leute, und sonderlich Hölderlins, für Schiller – für den jugendlichen Schiller, von den *Räubern* bis zum *Don Carlos*, der die moralische Problematik der Revolutionäre dramatisch gestaltet hatte.[117]
So ist Hölderlins *Hyperion* ein Citoyen-Roman. So ist die *Empedokles*-Tragödie – eine Dramatisierung des Übergangs vom Untertanenstatus im Vatersystem der Monarchie zur Selbständigkeit des freien Staatsbürgers – durch das Selbstopfer der »Vater«-Figur eingeleitet. Mit anderen Worten: der Sinn der Tragödie Hölderlins liegt darin, dem deutschen Volk den Übergang vom Landesvater zum Vaterland zu zeigen und vorzuzeichnen. Der *Empedokles* ist in erster Linie und in letzter Instanz ein politisches Stück, das – so oder so – einen politi-

schen Zweck verfolgt und vom Problem der Revolution handelt.
Die französischen Jakobiner legten großen Wert auf die propagandistische Wirkung der öffentlichen Feierlichkeiten und Kundgebungen, insbesondere des Theaters.
Dies war ganz im Sinne Rousseaus, der schon 1758 im republikanischen Leben und Erlebnis dem Schauspiel einen bedeutenden Platz einräumte.[118]
Der offizielle Dichter der Französischen Republik, Marie-Joseph Chénier (1764–1811), war der Sohn einer Griechin (geb. Santi l'Homaca) aus Konstantinopel und war, wie sein Bruder, der viel berühmter gewordene Lyriker André Chénier, ein »Neu-Grieche«. Seine Tragödie *Caius Gracchus* wurde laut einem Dekret vom 2. August 1793 als Beispiel eines »republikanischen Schauspiels« anerkannt. Als weitere solche Beispiele wurden in derselben Verfügung Voltaires *Brutus* und Lemierres (nicht Schillers!) *Wilhelm Tell* anerkannt. Dies bedeutete, daß diese Stücke p a r e t p o u r l e p e u p l e, vom Volk und für das Volk, in öffentlichen Aufführungen mit freiem Eintritt gespielt wurden. Tatsächlich wurde Chéniers *Caius Gracchus* am 8. und 18. August und am 8. September 1793 in Paris bei »freiem Eintritt« gespielt. Im selben Jahr kamen auch Chéniers *Tiberius* und sein *Fénelon* auf die Bühne – selbstverständlich ein republikanischer Fénelon: ein als Urahn der Französischen Republik verstandener Fénelon.
Übrigens: Im Jahr 1804, in dem Hölderlin seine Übersetzung des Sophokleischen *Ödipus* bei Wilmans in Frankfurt veröffentlichte, ließ Marie-Joseph Chénier eine Bearbeitung desselben *Ödipus* als Huldigung an Napoleon Bonaparte bei dessen Krönung als Kaiser in Paris spielen. Gleichzeitig machte er bekannt, er habe vor, das ganze überlieferte Werk des Sophokles, des »größten tragischen Dichters der Antike«, zu übertragen: eine erstaunliche, doch nicht zufällige Parallelität. Man erinnere sich daran, daß Hölderlin die *Antigonä* politisch, und zwar republikanisch, interpretierte.
So ist es verständlich, daß auch Hölderlin, dem die Wirkung auf seine Zeitgenossen wichtig war, den Gedanken verfolgte, nicht nur mit dem *Hyperion* als einem Citoyen-Roman, sondern auch durch ein dramatisches Werk volkstümlich zu wirken, wie es in Deutschland Schiller mit den *Räubern* und dem

Don Carlos, in Frankreich Marie-Joseph Chénier und andere getan hatten.
Als Hölderlin den *Empedokles* (erste Fassung) schrieb, war in Württemberg gerade ein Plan in Vorbereitung, den Herzog zu stürzen. Nach dem Modell der 1795 im Fahrwasser der »République Française« gegründeten Batavischen Republik und der im März 1798 gegründeten Helvetischen Republik sollte in Stuttgart eine Schwäbische Republik gegründet werden – und Hölderlin war zumindest als Mitwisser an der Vorbereitung des Plans beteiligt.
Es hatte mit einer Reformbewegung angefangen, die vom ständischen Landtag Württembergs ausging. Das liberale schwäbische Bürgertum verlangte eine verbesserte oder wenigstens eine verbesserungsfähige Verfassung. Bei dieser Gelegenheit hatte Hegel seine erste politische Schrift verfaßt, die wohl als Flugblatt verteilt werden sollte, doch unveröffentlicht blieb. Von ihr sind nur Bruchstücke erhalten.
Der neutrale Titel [von Hegels Schrift, P. B.] *Über die neuesten innern Verhältnisse Württembergs, besonders über die Gebrechen der Magistratsverfassung* ist von fremder Hand an die Stelle der durchgestrichenen Originalüberschrift gesetzt worden, die programmatisch formuliert war: *Daß die Magistrate vom Volk gewählt werden müssen.* Hegel selbst hatte diese Fassung schon gemildert, indem er Volk durch Bürger ersetzte. Das Titelblatt trug die Widmung: »An das württembergische Volk«. Die Flugschrift ergreift in dem Konflikt zwischen Herzog und Ständen für diese Partei.[119]
Rosenkranz berichtet von drei Stuttgarter Freunden, die Hegel von der Publikation abgeraten haben. Tatsache ist, daß der vorsichtige Hegel – wohl aus Sicherheitsgründen – davon absah.
Es gärte in Württemberg. Ein wohlinformierter Beobachter, der preußische Resident in Stuttgart, meinte Anfang April 1798, daß es wie im Monat März in der benachbarten Schweiz »auch in Schwaben noch zu einer Revolution kommen könnte«. Der Berner Professor Ludwig von Tscharner schrieb am 30. April an den Grafen Metternich in Rastatt:

> Im Herzogtum Württemberg muß man sich auf alles gefaßt machen; die Explosion wird erst erfolgen, wenn der Sieg sicher ist.[120]

In Hölderlins Freundeskreis war von den bevorstehenden, von den erhofften Ereignissen viel die Rede. Der Anführer der Verschwörung in Württemberg, der Ludwigsburger Bürgermeister Baz, war der württembergische Vertreter beim Rastatter Kongreß, wo er mit dem hessen-homburgischen Gesandten beim Kongreß, Isaak von Sinclair, der ebenfalls revolutionär gesinnt war, verkehrte. Eine ganze Woche (21.–28. November 1798) hatte Hölderlin bei Sinclair in Rastatt verbracht, daselbst die Bekanntschaft der schwäbischen Revolutionäre gemacht und sich mit republikanisch gesinnten Deutschen angefreundet: mit dem Pommer Muhrbeck, mit dem preußischen Legationsrat Horn, die beide früher in Jena studiert hatten, mit Sinclair befreundet waren und damals dem linksgerichteten Bund der Freien Männer angehört hatten.

Ende Februar 1799 schreibt Hölderlin an die Schwester:

> Ich hatte mir ein recht ruhig Wiedersehen ausgedacht. Aber die stürmischen Zeiten, die vieleicht von unserem Vaterlande nicht mehr ferne sind, werfen sich zwischen unsre lieben Wünsche, und wir würden uns vieleicht unter mancher Unruhe wiedersehen, wenn ich in einiger Zeit zu meiner theuern Familie zurükkäme. Ich mag nicht davon sprechen, wie viel mir der neue Krieg und das Übrige Sorge für die Meinigen eingiebt.[121]

Der Krieg ... und »das Übrige« macht ihm Sorge für die Seinigen. »Das Übrige«: die bevorstehenden politischen Umwälzungen.

Anfang März ist es soweit: Am 11. März 1799 meldet ein Spitzel und Augenzeuge, daß ganze Ballen einer als Suevische Kontitution bezeichneten, in Basel gedruckten Flugschrift auf Güterwagen ins Württembergische hineingeschmuggelt worden sind. Von Basel aus werden, ebenfalls insgeheim, Nationalkokarden verteilt.

Genau um diese Zeit, nämlich im ersten Drittel des März 1799, schreibt Hölderlin an seine Mutter einen sehr merkwürdigen, in einem ganz anderen Ton als die sonstigen gehaltenen Brief:

> Liebste Mutter! Ich kann Ihnen dißmal nur wenig schreiben. Ich bin zu sehr okkupirt.
>
> [...]

Es ist wahrscheinlich, daß der Krieg, der nun eben wieder ausbricht, unser Wirtemberg nicht ruhig lassen wird [...] Im Falle, daß die Franzosen glüklich wären, dürfte es vieleicht in unserem Vaterlande Veränderungen geben.
[...] Daß Sie unter gewissen möglichen Vorfällen kein Unrecht leiden, dafür würd' ich mit allen meinen Kräften sorgen, und vieleicht nicht ohne Nuzen.[122]

Atemlos und beschwörend zugleich läßt er durchblicken, daß in Schwaben gewisse, mit dem Krieg zusammenhängende »Veränderungen« bevorstehen, daß er davon wohl unterrichtet ist und gar gegebenenfalls in der Lage wäre, seine Mutter »unter gewissen möglichen Vorfällen« gegen Unrecht zu schützen.
Der Brief ist nur als Bruchstück erhalten: Was in dem verlorengegangenen Teil enthalten war, wissen wir nicht. Es darf vermutet werden, daß explizitere Stellen von der Mutter oder von den Erben als politisch kompromittierend entfernt worden sind.
Doch was davon bleibt, ist deutlich genug: Hölderlin ist zumindest als Mitwisser beteiligt, und er setzt seine Hoffnung auf die »Veränderungen«.
Was kann er sich davon erhoffen? Sehr viel; vielleicht alles. Er darf nämlich hoffen, in der von seinen Freunden und Gesinnungsgenossen zu gründenden Schwäbischen Republik die Rolle zu spielen, die in der Französischen Republik ein Marie-Joseph Chénier spielte: die eines offiziellen Dichters, dessen Dramen als volkstümliche, erbauende republikanische Festspiele aufgeführt werden. Das erste dieser Dramen, das in dieser Perspektive geschrieben wird, ist der *Empedokles* (erste Fassung).
In der großen Rede Empedokles' vor dem versammelten Volk Agrigents werden alle Themen des Jakobinismus angeschlagen: Freiheit, Gleichheit, Brüderlichkeit. Hölderlin geht sogar noch einen Schritt weiter, wenn er seinen Empedokles sagen läßt:

[...] und theilt das Gut.[123]

Da hört man das Echo des Agrarkommunismus des Gracchus Babeuf, dessen Prozeß in Paris im Frühjahr 1797 Hölderlin sicher voller Anteilnahme verfolgt hatte.

Wie man weiß: einer der Anführer der Bewegung hieß Buonaroti ... ein Name, den sich Hölderlin gemerkt hat und mit dem er viel später, im Turm am Neckar, Gedichte unterschreiben wird.
Anfang März 1799 steht der Coup vor der Tür. Es ist von Hölderlin überhaupt nicht unrealistisch, sich zu wünschen, als patriotischer schwäbischer Dichter anerkannt zu werden und als solcher seinem Ziel einer Volkserziehung nachzugehen.
Der Coup steht vor der Tür ..., aber Voraussetzung für sein Gelingen ist das Einverständnis, ja mehr als das, ist die Unterstützung und Mitwirkung der Französischen Republik und der französischen Besatzungstruppen in Stuttgart.
Dieses Einverständnis schien ebenso gesichert zu sein wie bei der Gründung der Batavischen und der Helvetischen Republik. Die preußische Gesandtschaft in Rastatt meldete am 30. Januar 1799:

Zuverlässige Berichte aus Paris versichern, daß es dort mehr als dreißig Württemberger gibt, die das Direktorium [die französische Regierung, P. B.] für ihren Plan zu gewinnen versuchen, die [in Württemberg, P. B.] bestehende Regierung zu stürzen.[124]

Doch inzwischen hatte die Außenpolitik der Französischen Republik ihren Kurs geändert. Von einer tatsächlichen Revolutionierung Süddeutschlands wollte Talleyrand nichts mehr wissen. Frankreich brauchte Frieden und zog einen friedfertigen Fürsten einer unruhigen Republik vor. An den Oberbefehlshaber General Jourdan, der die französischen Besatzungstruppen in Württemberg kommandierte, erging ein Dekret folgenden Inhalts:

Das vollziehende Direktorium [...] erwartet von Ihrer Klugheit, daß Sie bei allen Regierungen, wo sie freundschaftliche und friedfertige Gesinnungen finden, anstatt die Aufwiegler zu begünstigen, im Gegenteil mit allen Ihren Mitteln beitragen, ihre Hoffnungen und ihre Bemühungen zu enttäuschen.[125]

Am 16. März 1799 gab General Jourdan in Stuttgart bekannt, daß die französischen Truppen eventuelle revolutionäre Bewegungen in Württemberg unterdrücken würden.
Die schwäbischen Revolutionäre und Republikaner standen

nun allein; allein konnten sie es aber nicht schaffen. Die Revolution in Schwaben wurde abgeblasen.
In der Folge, am 30. November 1799, dekretierte der Herzog von Württemberg die Auflösung des Reformlandtages. Im Januar 1800 ließ er ein Dutzend Verdächtige auf den Hohenasperg führen, darunter die ständischen Reformer und einige Mitglieder der revolutionären »Gesellschaft«. Baz wurde auf Ersuchen des Herzogs in Wien verhaftet und ebenfalls auf den Hohenasperg gebracht.
Der Traum von einer Schwäbischen Republik war ausgeträumt. Aber damit schwand auch Hölderlins Hoffnung, je als Dichter des schwäbischen Volks auftreten zu können und sich als solcher Anerkennung und Ruhm zu verschaffen.
Es hatte also keinen Sinn mehr, das als Festspiel der Schwäbischen Republik konzipierte *Empedokles*-Drama zu Ende zu schreiben. Es blieb Torso. Die beiden darauffolgenden »Fassungen« sind verzweifelte, aussichtslose Versuche, das Thema an die neue politische Situation anzupassen und als Drama zu retten; Versuche, die Hölderlin bald aufgab.
Damit gab er es aber auch auf, sich je als Dramatiker einen Namen zu machen: er zog sich zurück auf sein eigenstes Gebiet, die Lyrik. Der Übergang von der letzten Fassung des *Empedokles* zur Welt der großen Hymnen läßt sich eindeutig feststellen. In böser Zeit werden die »Heiligtümer«, die Ideale, der »verschwiegenen Erde« anvertraut; ihr dienen nur »verschwiegene Männer« in »tiefverschlossener Halle«. Nur verschlüsselt wird jetzt die politische Botschaft ausgesprochen:

Dreifach umschreibe du es,
Doch ungesprochen auch, wie es da ist,
[...] muß es bleiben.[126]

Ich habe schon darauf hingewiesen: meine Darstellung vom Scheitern der drei Lebenspläne Hölderlins hat sich nicht an die chronologische Reihenfolge gehalten. Alle drei Pläne greifen ineinander über. In der Tat ist Hölderlin in den ersten drei Monaten des Jahres 1799 mit der Arbeit am *Empedokles I* beschäftigt gewesen. Die Perspektive einer Schwäbischen Republik lag zu dieser Zeit noch offen. Diesem Aspekt von Hölderlins Aussichten bereitete die Proklamation von General Jourdan am 16. März 1799 ein jähes Ende.

Erst danach, im Juni 1799, taucht bei Hölderlin der Plan einer poetischen Monatsschrift auf, sozusagen als Ersatzplan, als Alternative zum gescheiterten »republikanischen« Plan. Dabei handelt es sich aber nicht nur um eine Änderung des konkreten Lebensplans, sondern um viel mehr als das: Hölderlin hat damit auch seine politische Perspektive geändert. Warum ist der Plan einer Schwäbischen Republik gescheitert? Weil die schwäbischen Republikaner auf die Unterstützung der Französischen Republik angewiesen waren. Und darauf waren sie angewiesen, weil es in Schwaben zu wenige Republikaner gab. Im Juli 1799 schreibt Hölderlin an Neuffer die vielsagenden Zeilen:

[...] die republikanische Form in unsern Reichsstädten [ist] tot und sinnlos geworden, weil die Menschen nicht so sind, daß sie ihrer bedürften, um wenig zu sagen.[127]

Eine Republik wird in Deutschland erst dann gegründet werden können, wenn es im Lande genug Republikaner gibt. Es handelt sich also für den Volkserzieher, der Hölderlin nach wie vor zu sein bestrebt ist, darum, eine Generation von Republikanern heranzubilden. Dies ist aber der – wenn auch geheimgehaltene – politische Sinn der Gründung einer poetischen Zeitschrift. Ihr Zweck ist, zur ästhetischen Erziehung freiheitsliebender Deutscher beizutragen, die dann, vielleicht in viel späterer Zeit, »im Namen Hölderlins« eine Republik gründeten.
Man erinnere sich in diesem Zusammenhang an Kants Auffassung der Rolle »poetischer Ideen«, in denen aufgehoben sein soll, was durch die Logik des Begriffs nicht faßbar ist. Die »ästhetische Idee«, meint Kant, vermittelt zwischen der bloß theoretischen Einsicht und dem praktischen Bereich, dem der Moral, der Affekte (und, fügen wir hinzu, der Politik):

Unter einer ästhetischen Idee [...] verstehe ich diejenige Vorstellung der Einbildungskraft, die viel zu denken veranlaßt, ohne daß ihr doch irgendein bestimmter Gedanke, d. i. Begriff adäquat sein kann, die folglich keine Sprache erreicht und verständlich machen kann.[128]

Hölderlins Plan einer poetischen Zeitschrift übernimmt einfach Gedanken Kants in der *Kritik der Urteilskraft* (1790) und

Schillers in seinen *Briefen über die ästhetische Erziehung des Menschen* (1794) und konkretisiert sie im Plan einer Zeitschrift: War es so unrealistisch von ihm, zu hoffen, Schiller würde ihn bei der Ausführung des Plans unterstützen?
Wie dem auch sei: im März 1799 paart sich bei Hölderlin die persönliche Enttäuschung mit einer politischen. Eine Umwelt, die seine politischen Ideale versteht und billigt – damit kann er nicht mehr rechnen. Er weiß, daß er dieses »Arkadien« der Zukunft nicht mehr erleben wird.
Es ist auffallend, daß das Wort Freiheit – so hatte seine Göttin geheißen – von nun an aus seinem Sprachgebrauch völlig und endgültig verschwindet, mit einer einzigen, bitter klingenden Ausnahme. Ein einziges Mal kommt das Wort noch vor: Alles prüfe der Mensch, schreibt er, »und verstehe die Freiheit, aufzubrechen, wohin er will«.[129] Nur eine Freiheit gibt es noch: die des Freitods.

Nach dem Scheitern der beiden Lebenspläne, des mit dem *Empedokles* verbundenen und des einer poetischen Zeitschrift, bleibt, wie gesehen, ein dritter Plan, der eines Lehrstuhls in Jena. Er wäre realisierbar gewesen, doch – wie gesagt – seine Bewerbung wurde weder von Schiller noch von Niethammer einer Antwort gewürdigt. Da stellt er seinen Anspruch eine Stufe niedriger: wenn er es nicht zu einem Lehrstuhl an der Universität bringt, kann er doch Privatunterricht geben. Im Brief, in dem er der Mutter sagt, er habe Schiller gebeten, ihm »irgend einen kleinen Posten« in seiner Nähe zu verschaffen, erwägt er schon eine Ersatzlösung:

Ich erwarte alle Tage [Schillers] Antwort. […] Wird aber daraus vor der Hand nichts, was ich freilich nicht hoffe, so hätt' ich fast im Sinne, nach Stutgard zu gehen, und da einer kleinen Anzahl erwachsener junger Leute Privatvorlesungen zu halten, was, so viel ich auf die Nachfrage erfahren habe, nicht unthunlich wäre.[130]

Wahrscheinlich beruht dieser Plan auf der Anregung oder Mitteilung des Buchhändlers Steinkopf, der dem Dichter die »Inconvenienz der Entfernung« von Stuttgart vorgehalten hatte. Es kann wohl sein, daß damals (im Spätsommer 1799) der Gedanke bei Hölderlin entstand, nach Stuttgart zu übersiedeln, um an Ort und Stelle die Leitung der Zeitschrift selbst zu übernehmen. Aus Homburg schreibt er der Mutter am 29. Januar 1800, Steinkopf habe ihm in Stuttgart ausgewirkt, daß er dort, ohne zu irgendeiner theologischen Funktion genötigt zu werden, sich aufhalten könne.

Wenn ich also mein Journal einige Jahre fortseze, wie ich es in jedem Falle, um meiner Reputation willen, versuchen würde, und wenn ich in Stutgard oder hier durch Privatvorlesungen noch einiges verdiene, so kann ich auf ein Einkommen rechnen, das beinahe zureichen wird.

Er fühlt sich »jezt erst gewissermaaßen eingeschirrt« und meint, »nach manchen Zerstreuungen und Unruhen endlich einige Festigkeit in [seinem] Thun gewonnen« zu haben. Er fühlt sich nicht stark genug, sich »Demüthigungen« auszusetzen, wie er sie als Hofmeister erlebt hat oder wie es der Fall wäre, wenn er bei einem Landpfarrer eine Vikarstelle anträte; Demütigungen,

die mir wenigstens auf einige Zeit die Lust und die rechte Kraft, unter den Menschen etwas zu fördern, nehmen würden. Und ich darf Ihnen wohl gestehen, liebste Mutter! daß eben hierauf mein Leibes- und Seelenwohl, wenn ich so sagen darf, in hohem Grade beruht.

Eine treffende psychosomatische Erkenntnis seiner selbst. Doch würde das vielleicht erfordern, daß sich die Mutter ihm gegenüber in Geldsachen etwas freizügiger verhalte. Im selben Brief an die Mutter äußert Hölderlin den, wenn auch bescheiden, vorsichtig und verklausuliert formulierten Wunsch, von seinem väterlichen Vermögen, sei es von dessen Zinsen, sei es im Notfall vom Kapital, etwas zu bekommen: es sei nicht so schlimm, wenn er später »ein künftiges Amt mit etwas weniger Vermögen antrete«[131]. Darauf geht aber die Mutter, die die Erbschaft ihres Sohnes streng verwaltet, nicht ein.
Einige Tage, bevor er diesen Brief an die Mutter schrieb, etwa Mitte Januar, hatte Hölderlin in Homburg den Besuch des Stuttgarter Kaufmanns Christian Landauer bekommen. Im Auftrag von Steinkopf hatte dieser bei einer Reise nach Frankfurt Hölderlin aufgesucht und ihm erklärt, sein Übersiedeln nach Stuttgart sei »von ihnen allen gewünscht«.
Bei derselben Reise war Kaufmann Landauer bei Bankier

Gontard zu Gast gewesen. Am 30. Januar hatte Susette an Hölderlin folgendes geschrieben:

Vor acht Tagen waren Landsleute von Dir bey uns zu Tische, es war mir nicht anders als müßten diese Dich gesehen haben, und ich fühlte darum mich recht wohl in ihrer Gesellschaft, auch ihre Sprache war mir gefällig und ich meinte immer wenn sie allein mit mir wären würden sie von Dir sprechen, wie gerne hätte ich das gewollt mit Menschen die Dich kennen und schätzen wie ich. [...] Solltest Du mit ihnen auch für die Zukunft etwas ausgemacht, und gefunden haben, das Dir angemessen wäre? [...] Weiter gehest Du doch nie von mir? --- Nie ganz?[132]

Bald, im März, wird sie auf den Gedanken kommen, Christian Landauer, der ihr außerordentlich gefallen hat, ins Vertrauen zu ziehen:

Vor einiger Zeit fiel mir ein, ob wir künftig im Notfall nicht durch den Herrn Landauer Nachricht von einander bekommen könnten, er ist dein Freund, und war auch letzt gegen mich besonders höflich und artig. Es müßte aber mit der äußersten Vorsicht und Schonung geschehen, um daß er selbst auch in keinen Verdacht käme. Es ist nur so ein Gedanke und wenn Du ihn nicht gut findest, wollen wir weiter darüber nicht sprechen. Du kannst indeß immer durch ihn von mir zuweilen indirekte Nachricht bekommen. Die künftige Messe wird er wohl hier her kommen, Du kannst ihn aber wenn Du ihn sehen solltest, fühlen machen daß er nur mir Deinen Namen nennt.[133]

Tatsächlich wird sich Christian Landauer als ein wahrer Freund Hölderlins erweisen; einer der besten; ja vielleicht – ganz anders als Sinclair – der beste.

Wer ist denn dieser getreue Christian Landauer, der Hölderlin von seinen Homburger Lebensverhältnissen, von Sinclair, von der Nähe Susettens, loslöst und überzeugt, bei ihm in Stuttgart zu wohnen?

Georg Christian Landauer (1769–1845, im gleichen Alter wie Hölderlin) war der Enkel eines schwäbischen Pfarrers und der Sohn eines Stuttgarter Tuchhändlers, dessen Geschäft Christian mit Erfolg weiterbetrieb. Ein ruhiger Verstandesmensch, musisch veranlagt, der besonders für Dichter und Künstler offenes Haus hielt. Er besaß, vielleicht erst später, eine Gemäldesammlung. Abends wurde bei ihm musiziert. Sein Sohn erzählte später, »an jedem Geburtstag seien so viel Gäste geladen worden, als der Vater Jahre gezählt habe, und eben so viele Lichter angezündet worden«[134]. Sein Haus war ein Treff- und Anziehungspunkt Stuttgarter Dichter und Künstler.[135] Er war, wie sein Sohn berichtet, »mit all den damaligen literarischen Celebritäten befreundet«. Die gastlichen Feiern bei ihm mögen »etwas vom hellenischen Symposion, etwas von den altchristlichen Agapen und etwas von geheimen Clubsitzungen gehabt haben«[136].

»Geheime Clubsitzungen«: Christian Landauer war demokratisch gesinnt, wie es seine Freunde waren.

In den Tagen, als die schwäbischen »Patrioten« den Coup gegen Herzog Friedrich von Württemberg vorbereiteten, am 3. Februar 1799, hatte ein französischer Emigrant dem Herzog eine Denunziation übermittelt, in welcher über revolutionäre Umtriebe in Württemberg berichtet wurde, die das Ziel hätten, den Fürsten zu stürzen, um eine Jakobiner-Republik zu errichten. In Paris gebe es »mehrere Jakobiner aus Stuttgart oder Württemberg«, die zwischen Paris und Stuttgart vermittelten, unter ihnen »ein gewisser Bohn«, der oft zwischen den beiden Orten über Basel hin- und herreise: »lorsque Bohn est à Stuttgart, il loge chez le Monsieur Landauer«: wenn der Agent Bohn sich in Stuttgart aufhält, wohnt er bei dem Herrn Landauer.[137]

Daß Landauers Haus von den »Patrioten« als Treffpunkt und Deckanschrift benutzt wurde, tauchte fünf Jahre später bei von Sinclairs Hochverratsprozeß wieder auf.

1805 schrieb ein Frankfurter Advokat namens Euler, der hinter dem Denunzianten Blankenstein stand – später hat Sinclair Euler als den eigentlichen Anzettler des Verfahrens angesehen –, es habe zwischen den Verschwörern Baz, Sinclair, Weishaar, von Seckendorff, Hofrat Jung von Mainz und Kruthofer von Worms

> eine Correspondenz statt gefunden, welche auf das letzte eine merkantilische Maske angenommen und unter der Adresse des Landauer in Stuttgart gegangen sei.[138]

Als Sinclair von der Untersuchungskommission verhört wurde, fragte man ihn, »ob nicht besonders unter der Adresse an Landauer Briefe von ihm versandt worden«. Sinclair antwortete unbestimmt und unkompromittierend,

er erinnere sich, daß er auch durch die Adresse an Landauer habe Briefe laufen lassen, aber er wisse nicht, ob es bloß an Hölderlin, der einige Zeit bei Landauer gewohnt, oder sonst noch an Jemand geschehen sei; übrigens habe er auch durch die Post an Baz geschrieben.[139]

»Auch durch die Post«: das bedeutete aber, daß Sinclair nicht nur durch die Post, sondern »auch über Landauer« an Baz geschrieben habe.

Landauer wurde von der Untersuchungskommission verhört und gefragt, »wann er den letzten Brief von Sinclair erhalten« habe.

Landauer antwortete, »er habe niemals einen Brief von ihm erhalten, sondern nur von dessen Mutter Einen«.

Frage der Untersuchungskommission an Landauer: ob nicht unter dem Couvert seines Handlungshauses Briefe von Sinclair an andere Personen gekommen seien. Darauf antwortete Landauer,

er könne nicht sagen, wie viel, aber es könne sein, daß auf diese Art Briefe an Magister Hoelderlen gerichtet gewesen seien, der bei ihm im Hause gewohnt habe. Eben der oben gedachte Brief der v. Sinclair Mutter sei an des Hoelderlens Mutter gerichtet gewesen.

Sinclair und Landauer drückten sich vorsichtig aus, nicht wissend, was für Beweisstücke die Untersuchungskommission in Händen hatte.

Unter den beschlagnahmten Papieren und Briefschaften befand sich jedoch nichts Beweiskräftiges. Auch schien die Untersuchungskommission keine Notiz davon genommen zu haben, daß Hölderlin eine Zeitlang bei Landauer gewohnt hatte. Man ließ den Kaufmann Landauer laufen.

Bei ihm sollte nun Hölderlin ab Juni 1800 als zahlender Pensionsgast wohnen. Aber bei Landauer fand er sehr viel mehr als nur Gastfreundschaft, nämlich auch vieles, was ihm im »Ausland«, in Homburg, gefehlt hatte: Gesinnungsgenossen, schwäbelnde Landsleute, die ihn als Dichter schätzten und ihn als Menschen liebten, eine angenehme Wohnung, so daß er die Möglichkeit hatte, im »Vaterland« seinem eigensten

»Geschäfft«, der Dichtung, nachzugehen. An Christian Landauer hatte er nicht nur einen Kostherrn, sondern auch gegebenenfalls einen Kreditgeber, so z. B. für die Rückreise aus Bordeaux, und schließlich einen in die Geheimnisse seines Herzens eingeweihten Freund. Landauer, ein »Gastfreund im edelsten Sinn«[140].

Wie herzlich das Verhältnis zu Landauer gewesen ist, läßt sich an einer Stelle des Briefs an die verwitwete Schwester ermessen. Kurz vor der Abreise in die Schweiz schreibt ihr Hölderlin:

An Landauern sollst Du den Mann finden, der meine Bruderstelle in meiner Abwesenheit vertritt.[141]

Es war wohl auch darüber gesprochen worden, ob Hölderlin den Kindern Landauers Unterricht erteilen solle; doch scheint dies hauptsächlich als Vorwand erwogen worden zu sein, um Hölderlin vor eventuellen Anforderungen des Konsistoriums abzusichern.[142]

Allmählich setzte sich bei Hölderlin der Entschluß fest, nach Stuttgart zu übersiedeln.

Sein Vorhaben hatte er Susette mitgeteilt. Sie war mit dem Plan einverstanden, allerdings mit dem etwas ängstlich zum Ausdruck kommenden Vorbehalt: »Weiter gehst Du doch nie von mir? --- Nie ganz?«

Hölderlins Abreise aus Homburg verzögerte sich noch monatelang, bis zum Ende des Frühlings. »In jedem Falle muß ich noch bis Ostern [in Homburg, P. B.] bleiben«, schreibt er der Mutter am 29. Januar 1800, »weil ich meine Arbeiten jezt unmöglich so weit unterbrechen kann.«[143]

Auffallenderweise hat Hölderlin seinen Plan einer Übersiedlung nach Stuttgart dem Homburger Freund Sinclair lange Zeit verschwiegen. Im erwähnten Brief vom 29. Januar 1800 schreibt er der Mutter:

Sollte Sinklair [...] nach Blaubeuren kommen, wie er es im Sinne hat, so bitte ich Sie von meiner wahrscheinlichen Abreise nichts gegen ihn zu erwähnen, wenn er nicht davon anfängt; so lang ich nicht ganz entschieden bin, mag ich ihm nichts davon sagen, weil er mich nicht gerne gehen läßt, und ich die ganze Sache gerne kalt überdenken und beschließen möchte. Übrigens würde mich der Abschied von diesem Orte nicht wenig kosten [...] Ich habe hier gute, zum Theil vortrefliche Menschen kennen gelernt, und genieße mehr Attention und Theilnahme, als ein Fremder erwarten kann, der nichts zu geben hat, als hie und da eine ehrliche Meinung.[144]

Wer diese »zum Theil vortrefliche Menschen«, die er in Homburg kennengelernt hatte, gewesen sein mögen, ist nicht klar und nicht einmal festzustellen, wenn er damit nicht die ihm sehr zugetane Familie des Landgrafen meint, mit der zu verkehren er aber kaum Gelegenheit hatte. Susette wird selbstverständlich der Mutter gegenüber mit keinem Wort erwähnt.
Auch nimmt sich Hölderlin Zeit, sein »Logis in Stutgard« einrichten zu lassen, bevor er umzieht. Seine Mutter bittet er, ein paar »Meubles« und den Bücherkasten nach Stuttgart zu schicken; nicht viel, denn er will nicht sehr lange in Stuttgart bleiben. Es könnte sich ihm »vieleicht über kurz oder lange doch noch ein angemessener Posten im Ausland [...] darbieten«, und so sieht er »darinn und in andern Rüksichten einen Grund, [sich] nicht so eigentlich auf ein langes Bleiben [in Stuttgart, P. B.] einzurichten«.[145]
Was die »anderen Rüksichten« gewesen sein mögen, ist schwer zu vermuten. »Im Ausland« bedeutet nur außerhalb seines Vaterlandes, außerhalb Württembergs: Frankfurt war ihm schon »Ausland«. Doch wird es ihn ziemlich bald in die Schweiz und nach Frankreich treiben.
Susette hat ihn in dem letzten von ihr erhaltenen Brief sozusagen freigesprochen, auch gefühlsmäßig:

Nur bitte ich Dich, laß Dich in keinem Verhältnis des Lebens durch das Unsrige stören, und laß mich immer Deine Vertraute bleiben. Du sollst nie dabei verlieren, denn Deine Freude ist auch die Meinige.[146]

Sie billigt seinen Entschluß, Homburg zu verlassen:

Der Entschluß, im Cirkel Deiner Familie nützlich zu leben ist mir wie aus der Seele genommen [...] und wie sollte es mich nicht freuen! – Ich werde immer von Dir hören ich werde Dich wiedersehen, so bald es Dir möglich ist [...] Ich hatte auch schon im Sinne Dir zu sagen daß wir nur alle halbe Jahr durch den Briefträger unsere

Papiere austauschen wollten, aber immer für einander wenn wir eine glücklich fühlende Minute hätten an einander schreiben wollten, und aller hand erzählen was uns so einfiele, aus dem Herzen sprechen und uns Lufft machen, wenn die Brust zuweilen so voll und gepreßt ist. So wollen wir es jetzt machen. Du kömmst wann Du kannst, und ich erwarte Dich ohne Ängstlichkeit. Einmal kömmst Du mir gewiß. Ich werde Dich wiedersehen! diese Gewißheit soll mir niemand nehmen. Ich will standhafft Deinen Blick und Deinen Händedruck ertragen, daß ich nicht zu sehr erweicht werde, nach so langer Trennung, wieder zur Trennung auszudauren. Und Dir dazu den Muth geben.[147]

Susettens Brief, vier Seiten mit Blei, hastig und nervös am Tag vor ihrer letzten Zusammenkunft geschrieben, schließt mit den Worten:

Am Ende müssen wir doch ruhig werden, drum laß uns mit Zuversicht unsern Weg gehen und uns in unsern Schmerz noch glücklich fühlen und wünschen daß er lange lange noch für uns bleiben möge weil wir darinn vollkommen Edel fühlen und gestärkt
Leb wohl! Leb wohl! der Segen
sey mit Dir. ---

Am Tage darauf, Donnerstag, den 8. Mai 1799, haben sich die Liebenden wohl flüchtig durch die Hecke des Adlerflychtschen Hofs gesehen, Briefe ausgetauscht und sich vielleicht die Hände gedrückt. War es wirklich das letzte Mal?
Daß Susette »darauf gefaßt [war], daß das Wiedersehen tags darauf, wie dies ihr Schreiben, für lange, vielleicht für immer, das letzte sein werde«, wie es Adolf Beck vermutet, ist nicht unwahrscheinlich.[148]
Daß es tatsächlich die letzte Begegnung gewesen ist, daß der Briefaustausch mit diesem Brief aufgehört hat, steht nicht fest. Wie noch darzulegen sein wird, liegen andere Vermutungen nahe.
Was sich Hölderlin dabei gedacht hat, wie er selbst die von ihm nach freier, lange erwogener Entscheidung endlich vollzogene Trennung von Susettens Landschaft aufgefaßt hat, bleibt dahingestellt.

Auf eine Erkältung des Gefühls oder gar auf eine Entfremdung der Liebenden kann sein Entschluß gewiß nicht zurück-

geführt werden. Ich sehe darin eher einen in Hölderlins Sinne männlichen Entschluß, »nützlich« zu leben. Das Wort, von Susette gebraucht, ist wohl ein Echo von Hölderlins eigenster Stimme. Nützlich leben – wie könnte es ihm in Homburg gelingen?
Doch anscheinend hat er schon damals erwogen, sich nicht sehr lange in Stuttgart aufzuhalten, sondern von da aus weiterzuwandern. Ob er diese seine Absicht auch Susette mitgeteilt hatte? Hatte sie es bloß geahnt, als sie ihm schrieb: »weiter gehst Du doch nie von mir? Nie ganz?«
Mitte Juni verläßt Hölderlin Homburg. Er kehrt einige Tage bei der Mutter in Nürtingen ein und geht am 20. Juni zu Fuß nach Stuttgart weiter.

Mein Logis und die Aufnahme in meines Freundes Hauße fand ich ganz nach meinem Wunsche. Überhaupt haben mich meine alten Bekanten so gutmüthig empfangen, daß ich wohl hoffen darf, hier eine Zeit im Frieden zu leben, und ungestörter, als bisher, mein Tagewerk thun zu können.

Der Mutter schreibt er auch folgendes:

Meine Feierstunden bringe ich in guter wohlmeinender Gesellschaft zu, und mein eigenstes Geschäfft gehet, wie es scheint, mir jezt auch leichter und reiner von Herzen.[149]

Der Tradition der Hölderlin-Forschung, die meint, »die Gereiztheit seines Seelenzustandes« und die Angegriffenheit des »einst blühenden Körpers« seien bereits damals den Freunden aufgefallen, kann ich nicht beipflichten. Man lese Dokument Nr. 4 und meinen Kommentar dazu. Ich bin der Meinung, er habe im Jahre 1800 einen besonders gesegneten und fruchtbaren Sommer und Herbst bei Landauer in Stuttgart erlebt.
Daß er sich im Herbst wieder nach einer Hofmeisterstelle umsah, ist wahrscheinlich darauf zurückzuführen, daß er von dem schlichten Honorar für Privatstunden in Stuttgart doch nicht auf Dauer leben konnte. Auch war ihm die Bitte an die Mutter um finanzielle Unterstützung (»Wenn es Ihnen aber möglich wäre, noch mit einigen Karolinen mir in einiger Zeit auszuhelfen ...«[150]) höchstwahrscheinlich abgeschlagen worden.

Da entschloß er sich, obwohl von den Freunden »fast unbarmherzig bestürmt, um zu bleiben«, eine Hofmeisterstelle in der Schweiz anzunehmen. Zur Episode in Hauptwil lese man Dokument Nr. 5 und meinen Kommentar dazu (S. 76 ff.).

Aus uns unbekannten Gründen, vielleicht einfach aus Langeweile, sagte ihm die Stelle beim Herrn von Gonzenbach nicht zu. Nach dreieinhalb Monaten, Mitte April 1801, kehrte er erleichtert nach Stuttgart zurück, wo ihm im Herbst von seinem Freund Ströhlin eine Hofmeisterstelle bei dem Hamburgischen Konsul in Bordeaux vermittelt wurde. Etwa am 10. Dezember 1801 brach er zu Fuß von Nürtingen nach Bordeaux auf, wohl über Tübingen und den Hochschwarzwald.

Zur Reise nach Frankreich siehe im Zweiten Teil S. 259 ff. In Straßburg wurde Hölderlin von den französischen Behörden als Ausländer vierzehn Tage aufgehalten; nicht etwa, weil er sich verdächtig verhalten hätte, sondern aufgrund einer allgemeinen polizeilichen Maßnahme. Daß er die ganzen vierzehn Tage in Straßburg verbracht hat, ist nicht sehr wahrscheinlich, um so weniger, als es nicht den geringsten Anhaltspunkt dafür gibt: Straßburg hat er später nie erwähnt. Es ist nicht völlig ausgeschlossen, daß er in den zwei Wochen einen Abstecher nach Frankfurt hat machen können – es wäre zeitlich zu schaffen gewesen –, um sich von Susette noch vor der Abreise nach Frankreich zu verabschieden. Doch dafür fehlt jeglicher Anhaltspunkt.

Am 28. Januar 1802, in Bordeaux angekommen, schreibt er der Mutter:

Endlich, meine theure Mutter, bin ich hier, bin wohl aufgenommen, bin gesund und will den Dank ja nicht vergessen, den ich dem Herrn des Lebens und des Todes schuldig bin. [...] Überdies hab' ich so viel erfahren, daß ich kaum noch reden kann davon.

Was er auf der abenteuerlichen winterlichen Reise durch die verschneite Auvergne »so viel erfahren« hat, läßt sich nicht einmal ahnen. Der einzige Anhaltspunkt ist in den folgenden Zeilen enthalten:

Diese lezten Tage bin ich schon in Einem schönen Frühlinge gewandert, aber kurz zuvor, auf den gefürchteten überschneiten Höhen der

Auvergne, in Sturm und Wildniß, in eiskalter Nacht und die geladene Pistole neben mir im rauhen Bette – da hab' ich auch ein Gebet gebetet, das bis jezt das beste war in meinem Leben und das ich nie vergessen werde.
Ich bin erhalten – danken Sie mit mir!
Ihr Lieben! Ich grüßt' Euch wie ein Neugeborner, da ich aus den Lebensgefahren heraus war [...]
Ich bin nun durch und durch gehärtet und geweiht, wie Ihr es wollt. Ich denke, ich will so bleiben, in der Hauptsache. Nichts fürchten und sich viel gefallen lassen.

Bei Konsul Meyer wohnt er schön; das Haus gefällt ihm:

Fast wohn' ich zu herrlich. Ich wäre froh an sicherer Einfalt. Mein Geschäfft soll, wie ich hoffe, gut gehn. Ich will mich ganz dem wiedmen, besonders von Anfang.

Als Postskriptum fügt er folgendes hinzu:

N.S. Der Brief hat sich um einige Tage verspätet. Der Anfang meiner Bekanntschaft, meiner Bestimmung ist gemacht. Er könnte nicht besser seyn. »Sie werden glüklich seyn«, sagte beim Empfange mein Konsul. Ich glaube, er hat Recht.[151]

Am Karfreitag, dem 16. April 1802, schreibt er einen zweiten Brief an die Mutter:

Mir gehet es so wohl, als ich nur wünschen darf! Ich hoffe auch das, was meine Lage mir giebt, allmälig zu verdienen und einmal, wenn ich in die Heimath wiederkomme, der wahrhaft vortreflichen Menschen, denen ich hier verbunden bin, nicht ganz unwürdig zu seyn.[152]

Von Hölderlins Leben in Bordeaux wissen wir so gut wie nichts. Nach Hölderlins Rückkehr aus Frankreich hatte sich Freund Landauer über das in Stuttgart verbreitete Gerücht von angeblichen »Ausschweifungen« Hölderlins in Frankreich geärgert. Er hatte sich an Konsul Meyer gewendet, von dem er »das schönste Zeugnis erhalten« haben soll: ein Dokument, das wir leider nicht besitzen. Nach allem, was wir wissen, war Hölderlin mit seinem Hausherrn und sein Hausherr mit ihm sehr zufrieden.
Doch läßt sich Hölderlin dreieinhalb Wochen nach dem

Karfreitagsbrief an die Mutter in Bordeaux einen Paß für die Rückreise ausstellen und gibt am selben Tag Anweisung an »Georg Friedrich Landauers Söhne in Stuttgart«, 77 Gulden an einen gewissen Herrn Aigner auszuzahlen – etwa 7 Louisd'or, Geld für die Heimreise. Ausgestattet mit einer solchen nicht unbeträchtlichen Summe, tritt er die Heimreise an.
Diese führte ihn höchstwahrscheinlich über Paris, wo er »die Antiken«, d. h. das neueröffnete Museum besichtigte. Es ist auch zu vermuten, daß er diesmal nicht zu Fuß wanderte, sondern die Post benutzte. Vielleicht führte ihn sein Weg über die Charente, am Rand der Vendée.
Am 7. Juni, genau vier Wochen nach der Ausstellung des Reisepasses in Bordeaux, ist er in Straßburg. Sein Paß wird visiert und mit dem Vermerk versehen: »pour passer le pont de Kehl«. An diesem oder am darauffolgenden Tage setzt er also bei Kehl den Fuß wieder auf deutschen Boden.
Doch erst drei bis vier Wochen später, Ende Juni oder Anfang Juli, wohl kurz vor dem 3. Juli (laut einem Brief von Landauer an Karl Gok)[153] taucht er in der schwäbischen Heimat auf: zuerst in Stuttgart bei Freunden, wohl bei Landauer – er meldet sich auch bei Matthisson –, dann bei der Mutter in Nürtingen.
Die spärlichen und zweifelhaften Zeugnisse zu dieser Rückkehr sind S. 84 ff. als Dokument Nr. 6 wiedergegeben. In meinem Kommentar zu diesen Zeugnissen habe ich es bei einer kritischen Prüfung ihres Aussagewertes belassen. Doch seit vierzig Jahren drängt sich mir e i n e von der Hölderlin-Forschung nie in Betracht gezogene Hypothese immer zwingender auf, die zwar eine Rekonstruktion ist, aber zumindest eines für sich hat, nämlich, daß man ihr bis jetzt keine bessere entgegenstellen kann: Hölderlins Rückkehr aus Bordeaux, sein drei- bis vierwöchiges Verschwundensein – zwischen der Ankunft in Kehl und dem Eintreffen in Stuttgart – sowie sein verwirrtes Auftauchen in der Heimat könnten mit dem Tode von Susette Gontard zu tun haben. Der mögliche Zusammenhang war den Zeitgenossen Hölderlins und den Chronisten Schwab und Waiblinger völlig entgangen, einerseits, weil sie über eine genaue Chronologie von Hölderlins

Rückreise aus Frankreich nicht verfügten, andererseits, weil Hölderlin selbst einen solchen Zusammenhang völlig verschwieg, und dies aus wohlerwogenen Gründen. In Unkenntnis des wahren Sachverhalts vermochte man damals begreiflicherweise Hölderlins Depression und seine Wutanfälle nicht anders als durch einen Anfall von Wahnsinn zu erklären. Heute führt die sorgfältige Nachprüfung der Dokumente zu einer ganz anderen Interpretation.

Das erste, was auffällt, ist, daß es in der Chronologie von Hölderlins Rückkehr aus Frankreich eine Zeitlücke von drei bis vier Wochen gibt, für die keine Erklärung vorliegt.
Das zweite ist noch auffallender: Gerade in dieser Zeit stirbt Susette Gontard in Frankfurt.

Schon vor vierzig Jahren hatte ich da die Möglichkeit eines Zusammenhangs gesehen und gemeint, es sei nicht ausgeschlossen, daß Hölderlin sich am 8. oder 9. Juni von Kehl nach Frankfurt begeben hätte, um Susette zu besuchen; er habe ihren Tod am 22. Juni aus nächster Nähe erlebt und sei dann »verstört« in die Heimat, nach Stuttgart und Nürtingen, zurückgegangen.
Diese Hypothese ist von Adolf Beck[154] zurückgewiesen worden, jedoch ohne stringente Begründung. Er hat wohl recht, wenn er ebenfalls meint, es sei nicht anzunehmen, daß Hölderlin »wochenlang zwischen Kehl und Nürtingen umhergeirrt sei«; doch will er von der Möglichkeit eines »Abstechers nach Frankfurt« nichts wissen.
Allerdings ist hier der Angelpunkt des gesamten Problems; hier entscheidet sich in erster Instanz, ob Hölderlin geisteskrank gewesen ist oder nicht. Wenn es eine verständliche Erklärung für Hölderlins Verhalten in den darauffolgenden Tagen, Wochen und Monaten gibt – wo bleibt dann die Behauptung, er habe damals einen Anfall von Geisteskrankheit erlitten und sei als Geisteskranker aus Frankreich zurückgekehrt?

Stellen wir die feststehenden Daten zum Zweck eines Vergleichs in zwei Spalten einander gegenüber.

10. Mai: Hölderlin läßt sich in Bordeaux einen Paß ausstellen und hebt eine Summe von 77 Gulden für die Rückreise ab.	
7. Juni: Hölderlin in Straßburg. Grenzübertritt bei Kehl.	
12. Juni: (?)	Susette erkrankt in Frankfurt, wird bettlägerig.
22. Juni: (?)	Susette stirbt.
30. Juni: Hölderlin (vielleicht etwas später, vielleicht etwas früher) in Stuttgart im Zustand der »Gemütsverwirrung« angelangt.	Sinclair schreibt an Hölderlin nach Bordeaux, um ihm den Tod von Susette zu melden. Den Brief schickt er nach Stuttgart, an Landauer, der ihn an Hölderlin weiterleiten soll. Dieser ist aber in Stuttgart, wo ihm von Landauer der Brief Sinclairs ausgehändigt wird.
»In den ersten Julitagen« ist Hölderlin in Stuttgart. Wenige Tage später kehrt er heim nach Nürtingen, zur Mutter. Peinlicher Auftritt: Er jagt die Bewohner des Hauses »vor die Tür hinaus«. Man sagt, er sei »rasend« geworden.	

Aus dieser chronologischen Zusammenstellung ergibt sich die Möglichkeit, ja die Wahrscheinlichkeit, Hölderlin habe sich in den Tagen von Susettens Todeskampf in Frankfurt aufgehalten.

Wenn dem so sein sollte, ergibt sich aber die naheliegende Schlußfolgerung: Hölderlin hat nach dem Tode Susettens an einer schweren Depression, an einem Nervenzusammenbruch gelitten, und die Depression ist von den Freunden und der

Mutter nicht als solche erkannt worden, weil Hölderlin die Ursache – den Tod Susettens – allen gegenüber verschwiegen hat.
Daß er die Umstände verschwieg, ist aus vielen Gründen verständlich, wird aber noch genauer zu klären sein.

Die erste Frage lautet: Warum hat Hölderlin Bordeaux und seine Stelle, mit der er anscheinend zufrieden war, so urplötzlich verlassen?
Ich brauche auf Vermutungen nicht einzugehen: Alle Wahrscheinlichkeit spricht dafür, daß er etwa Ende April oder Mitte Mai zumindest einen Brief von Susette in Bordeaux erhalten hat, in dem sie ihm schrieb, daß ihr ein nahes Ende bevorstehe.
Als ich vor vierzig Jahren die Hypothese zum ersten Mal aufstellte, sprach dagegen, daß Hölderlin Bordeaux am 10. Mai verlassen hatte, obwohl Susette Gontard, an den Röteln erkrankt, erst am 12. Juni bettlägerig geworden war. Hölderlin hätte also vor Susettens tödlicher Erkrankung Bordeaux verlassen. Seitdem hat sich aber herausgestellt, daß Susette bereits den ganzen Winter an Schwindsucht (Tuberkulose) erkrankt war und ihr Ende hatte herannahen sehen. Sinclair wußte, sie habe »den verflossenen Winter einen gefährlichen Husten gehabt, der ihre Lunge schwächte«[155]. Heute weiß man: sie hat »schon lang« »ihr Hüsteln und täglich Auswurf von Maderie« gehabt.[156]
Ist es denn unwahrscheinlich, daß sie, die ihm schon längst geschrieben hatte: »Ich fühle es lebhaft, daß ohne Dich mein Leben hinwelkt und langsam stirbt«, ihm nach Bordeaux geschrieben hätte, es sei nun soweit?
Wohl ist ein solcher Brief – im Tone von Diotimas Abschiedsbrief an Hyperion – von Susette an den in Bordeaux weilenden Hölderlin faktisch nicht überliefert, und meine Hypothese hing damals im leeren Raum.
Inzwischen hat sich aber herausgestellt, daß Karl Gok in dem Lebensabriß seines Bruders folgendes schreibt:

Wahrscheinlich erhielt er [Hölderlin in Bordeaux, P.B.] von dem Gegenstand seiner Verehrung, seiner Diotima, die er seit der Trennung von Frankfurt nicht mehr gesehen, aber wie ein heilig Geheimnis tief in seiner Brust verwahrt hatte, ein Schreiben worin sie ihm von einer schweren Krankheit Nachricht gab, und mit einer Vorahnung ihres nahen Todes noch auf ewig von ihm Abschied nahm.[157]

Zwar schreibt Karl Gok »wahrscheinlich«; doch drückt er sich dabei so aus wie einer, der einen solchen Brief in Händen gehabt hat. Es gibt auch Gründe, anzunehmen, daß, falls es einen solchen Brief gegeben hat, dieser von Hölderlins Familie unterdrückt worden ist, um der Respektabilität der Familie Gontard in Frankfurt nicht zu schaden.
Ich sehe eine Anspielung auf diesen Brief in dem im Gedicht *Andenken* enthaltenen Ausdruck »sterbliche Gedanken« – sterbliche Gedanken, von denen er nach Erhalt von Susettens Brief bei einem Spaziergang in Bordeaux an einem schönen Frühlingstag nicht loskam, die er dann im Gespräch mit Matrosen ein paar Stunden lang bewältigte.

Dann fällt auf: Ein anonymer, anscheinend wohlunterrichteter Schriftsteller, hinter dem man Gustav Schwab vermuten darf, schrieb wenige Wochen vor Hölderlins Tod, am 18. April 1843, in der *Kölnischen Zeitung* als Einleitung zu einer Reihe biographischer Dichterporträts einen Aufsatz unter dem Titel *Dichterleben. I. Hölderlin.* Dieser Aufsatz ist mehr als ein bloßes Resümee von Schwabs einige Monate früher erschienenem Lebensabriß. Er enthält folgende Stelle:

Nach langem Stillschweigen erschien Hölderlin plötzlich in traurigstem Gemütszustande bei seiner Mutter in Nürtingen zu Anfang Juli 1802. Wie es scheint, hatte er noch in Bordeaux Nachricht von der Krankheit Diotima's, deren Gedächtnis ungeschwächt in der Dichterseele fortlebte, und wahrscheinlich auf der Reise die Kunde von ihrem Tode vernommen.[158]

»Auf der Reise«: also nicht erst bei der Ankunft in der Heimat und durch den Brief Sinclairs? Doch wo – wenn nicht in Frankfurt? Schwab, der auf Diskretion angewiesen war, hat wohl einiges gewußt oder geahnt, das er nie deutlich ausgesprochen hat, doch hier durchscheinen läßt.

Es ist überhaupt nicht zu verstehen, warum Adolf Beck sowohl die »These Goks in seinem Lebensabriß« für »unhaltbar« hält als auch die Bemerkung Goks zurückweist:

[…] und ohne Zweifel erreichte ihn noch auf der Reise ein Schreiben von seinem Freunde Sinclair vom 30. Juni worin er ihm die traurige Nachricht gab, daß seine Diotima am 22. d. M. gestorben sei.[159]

Dies entspräche völlig unserer Zeittafel, besonders wenn man annimmt, daß Hölderlin nach dem tragischen Erlebnis in Frankfurt nicht direkt nach Nürtingen ging, sondern über Stuttgart nach Hause kam.

Für die Hypothese des »Abstechers nach Frankfurt« spricht noch folgendes: Wilhelm Waiblinger – derjenige, der in Hölderlins zweiter Lebenshälfte ihm noch am nächsten kam –, der vielleicht einiges wußte und noch mehr ahnte, beschreibt das Schicksal des »wahnsinnigen Hölderlin« in der Gestalt des Künstlers Phaethon. Nun erzählt er, wie Phaethon, der sich von seiner geliebten Atalanta (Diotima unter anderem Namen) getrennt hat, um im Ausland einen Auftrag zu erfüllen, Nachricht von ihr erhält:

Ein letzter Brief der dahinsiechenden Atalanta ruft [Phaethon] an ihr Sterbebett.[160]

Kann man dies einfach als bloße Phantasie eines sonst phantasielosen Romanciers abtun?

Wenn man annimmt, ein letzter Brief Susettes hätte Hölderlin in Bordeaux erreicht, ist es dann denkbar, daß er sich nach dem Grenzübertritt am 7. oder 8. Juni nicht sofort nach Frankfurt begeben hätte? Unter weniger dramatischen Umständen hat er weitere Wege als diesen zurückgelegt, und zwar in kürzester Zeit.
Im Karlsruher Taschenbuch für das Jahr 1826, in welchem die Post-Reiserouten in Europa angezeigt sind, werden von Straßburg nach Karlsruhe $4^1/_2$ Posten, von Karlsruhe nach Frankfurt $9^5/_8$ Posten gezählt. Eine »deutsche Post« entspricht zwei »deutschen Meilen« oder 4 Stunden Wegs. Die 14 Posten von Kehl nach Frankfurt entsprechen also etwa 56 Stunden Fahrt mit der Postkutsche oder ebensoviel Stunden Fußmarsch. Anders berechnet: Die 215 km von Kehl nach Frankfurt konnte Hölderlin – sei es mit der Postkutsche, sei es als der »rüstige Wanderer«, der er war – leicht in fünf Tagen, ja sogar in kürzerer Zeit zurücklegen.

Er hat also am 12. oder 13. Juni in Frankfurt ankommen können. Dort wäre er wohl im Gasthaus Weidenhof auf der Zeil abgestiegen, wo er zu übernachten pflegte, wenn er von Homburg kommend Susette in Frankfurt besuchte.
Ein Argument Adolf Becks gegen den »Abstecher nach Frankfurt« besteht darin, daß Hölderlin, wenn er in Frankfurt gewesen wäre, Sinclair benachrichtigt hätte, was offensichtlich nicht der Fall gewesen ist, da Sinclair ihm noch am 30. Juni nach Bordeaux schreibt. Dieses Argument ist jedoch überhaupt nicht stichhaltig: Hölderlin hatte keinen Grund, in Frankfurt weilend, sich bei Sinclair in Homburg zu melden und ihm seine Anwesenheit kundzugeben: Er war nach Frankfurt gekommen, um Susette zu sehen – nicht um Sinclair zu treffen, der keine Beziehung zum Gontardschen Haus hatte.
Nur einer konnte ihm dabei behilflich sein; nur einer war in der Lage, eine Begegnung zu vermitteln; nur einer war bereit, es zu tun, und das war Dr. Ebel.
Johann Gottfried Ebel, Arzt und Naturforscher, sechs Jahre älter als Hölderlin, hatte im Juni 1795 durch Vermittlung Sinclairs Hölderlins Bekanntschaft gemacht, als dieser, Jena fluchtartig verlassend, sich nach Hause, nach Nürtingen, begab, gleichwohl aber ohne Hast die Gelegenheit benutzte, sich in Heidelberg aufzuhalten, wo er dem damals dreißigjährigen Dr. Ebel begegnete. Ziemlich lange nach der Trennung vom Hause Gontard, etwa im November 1799, schrieb Hölderlin an Dr. Ebel, der sich seit einiger Zeit in Paris aufhielt, einen Brief, der uns nur im Entwurf erhalten ist und in dem er ihm mitteilt, er fühle mehr, als er sagen mag,

> wie viel Sie mir vom ersten Augenblike waren, wie viel ich entbehrte, seit ich Sie nicht mehr sah.[161]

Seit 1788 hatte Dr. Ebel ein Liebesverhältnis mit Margarete Gontard, der jüngeren Schwester des Bankiers, also der Schwägerin von Susette. Die beiden, Dr. Ebel und Gredel, blieben bis zum Tode von Gredel Gontard (1815), wie man sagt, »in herzlicher Neigung verbunden«, ohne daß sie je geheiratet hätten. Gredel, das »gute Mädchen«[162], wie Hölderlin sie in einem Brief an Ebel bezeichnete, war in die Liebe Hölderlins und Susettens eingeweiht, und sie hatte nichts dage-

gen einzuwenden, wie aus ihrem Brief an Ebel nach dem Tode von Susette zu entnehmen ist.[163]
Dr. Ebel war es gewesen, der Hölderlin die Stelle im Hause Gontard vermittelt hatte. Und er war es auch, dem Hölderlin in der Zeit, wo er aus Homburg nach Stuttgart zu übersiedeln gedachte, Susette empfahl:

Unsere edle Freundin, die ich unter mancher harten Probe nur immer selbstständiger im besten Leben, nur immer höher gebildet aus bittern Misverhältnissen wieder gefunden habe, scheint mir dennoch, um nicht endlich zu vertrauern, eines vesten klaren Worts, das ihren inneren Werth und ihren eigenen Lebensgang ihr für die Zukunft versicherte, in hohem Grade zu bedürfen, und mir ist es fast unmöglich gemacht, mich ihr mit Ruhe mitzutheilen.[164]

Während der letzten Tage Susettens war Dr. Ebel bei ihr; am Ende seines Briefes, in dem er Hölderlin den Tod Susettens meldet, schreibt Sinclair:

Freund Ebel läßt Dich grüßen, er ist seit dem Januar in Frankfurt. Er war bei der G. in ihrer Krankheit, und ihr Trost in ihren letzten Stunden.[165]

»Ihr Trost in ihren letzten Stunden«: dieser Ausdruck sagt wohl viel, vielleicht sehr viel mehr, als Sinclair selbst wußte, wie man sehen wird.
Angenommen, Hölderlin habe den »Abstecher nach Frankfurt« gemacht, was hat er in Frankfurt getan? Er hat sich zweifellos an Dr. Ebel gewandt, um eine Begegnung mit Susette zu erreichen. Dabei könnte auch Margarete Gontard behilflich gewesen sein.
Wie gesehen: Hölderlin wäre am 12. oder 13. Juni in Frankfurt angekommen. Doch gerade am 12. hat sich die kranke Susette zu Bett gelegt, um nicht wieder aufzustehen. Wenn eine letzte Begegnung Hölderlins mit der sterbenden Susette stattgefunden hat, dann zwischen dem 12. und dem 22. Juni im Hause Gontard.
Ich versuchte gerade, mir diese letzte Begegnung vorzustellen, als ich in Waiblingers Roman *Phaethon* auf eine ähnliche Szene stieß.
Wie lautet der Schluß von Waiblingers Roman? Im Auftrag seines Fürsten hat der Bildhauer Phaethon – unter dessen

Namen Waiblinger Hölderlin darstellt – ins Ausland reisen müssen, um eine Büste der Fürstin zu fertigen. Doch kann seine Braut und Geliebte Atalanta (der Diotima nachgebildet) den Schmerz der Trennung nicht verwinden. Dahinsiechend schreibt sie an Phaethon einen letzten Brief und ruft ihn an ihr Sterbebett.

Die Guten sagen, ich sei blaß geworden. Dieser Tage fühlte ich körperlichen Schmerz. Vielleicht schwebe ich bald hinüber! Eine Ahnung sagt es mir. Erschrick nicht, Du bange zerrüttete Seele! Ich bringe zu Gott einen Busen voll unsterblicher Liebe.

Etwas später:

Atalanta an Phaethon. Empfange die letzten Worte Deiner Atalanta und weine mit ihr, aber heilige selige Tränen, wie sie einst in Deinem Auge schwammen, als wir noch, blühend und gesund, wie befreundete Quellen ineinander floßen.
Deine Geliebte gehört der Erde nicht mehr an. [...] Ich werde sterben! Zittere nicht, bebe nicht! Nur weinen darfst Du, weinen mit einem Auge voll Glauben und Himmel. [...]
Und ist der Tod denn schrecklich? [...] Ist der Tod nicht die erhabenste Wiedergeburt des unsterblichen Geistes? [...] O, aus dem Grabe blüht wie eine ewigjunge Blume neues glühendes Leben.

Bis hierher klingt Waiblingers Text wie ein schlechter Abklatsch des letzten Briefs der Diotima im *Hyperion*-Roman. Aber dann kommt eine Szene, für die es im *Hyperion* kein Vorbild gibt.
Der letzte Satz von Atalantas Brief an Phaethon lautet:

Phaethon! willst Du Deine Braut auf Erden noch an Deine Brust drücken, so eile! so eile!

In einem anderen Zusammenhang macht Adolf Beck[166] darauf aufmerksam, daß Susette Gontard in bestimmten Zusammenhängen solche emphatischen Doppelungen liebt, z. B. »gerne! gerne!«. Der Satz der Atalanta könnte einem Satz von Susette nachgebildet sein.
Theodor, der getreue Freund und Begleiter Phaethons, erzählt:

Wir ritten Tag und Nacht. [...] Am dritten Tag waren wir in der Nähe des Schlosses. Phaethon sprang vom Pferde. [...] Wir rannten die

Treppe hinauf. […] Auf einem mit Purpur überwallten Bette lag sie: ein sterbender Engel!

Atalanta spricht noch einige Worte und stirbt in Phaethons Armen.

Phaethon wollte das Zimmer durchaus nicht verlassen. Er sprach kein vernünftiges Wort mehr.

In diesem Augenblick ist Phaethon rettungslos wahnsinnig geworden. Genau wie Hölderlin wohnt er von nun an als Umnachteter bei einem braven Tischler.

Der Tischler nahm ihn oft mit sich aufs Feld. Er mußte ihn aber hüten.

Wilhelm Waiblinger ist in der zweiten Hälfte von Hölderlins Leben der einzige gewesen, der mit ihm etwas vertraut wurde. Man schlage im Ersten Teil dieses Buchs nach und vergegenwärtige sich Dokument 25 (S. 187 ff.) und meinen Kommentar dazu: Waiblinger wollte einen Hölderlin-Roman als Roman eines Wahnsinnigen schreiben und hat es auch getan. Sein Phaethon trägt alle Züge Hölderlins, wie ihn Waiblinger sah; »Phaethons« Gedichte sind von Waiblinger aus Manuskripten Hölderlins, die ihm zur Verfügung standen, zusammengestoppelt.
Das einzige Mal, daß er in seinem Hölderlin-Roman eine Szene erfunden hätte, wäre die Begegnung Phaethons und Atalantas an ihrem Sterbebett. Ist das wahrscheinlich? Es wäre erstaunlich, daß Waiblinger gerade diese Szene, und praktisch nur diese, frei erfunden hätte.
Wenn man von den romantischen Requisiten – dem Schloß, dem mit Purpur umwallten Bett, dem Parforceritt in drei Tagen und drei Nächten – absieht, ist es durchaus denkbar, daß sich Waiblinger auch hier an ein Modell hält. Er hätte – und das ist nicht auszuschließen – irgendwie von einer letzten Begegnung Hölderlins mit Susette Gontard auf ihrem Sterbebett in Frankfurt Kunde gehabt oder sie erahnen können.
Eine solche Szene ist keineswegs undenkbar. Für Dr. Ebel war es als Arzt, als Schwager, als Vertrauter möglich, besonders unter Mitwirkung Gredels, Hölderlin im Weißen Hirsch, wo Gontards wohnten, bis in Susettens Zimmer zu führen. Ban-

kier Gontard war sowieso nur abends da, und er scheint sich nicht sehr um seine Frau gekümmert zu haben.
Die Möglichkeit zu einem solchen Treffen bestand gewiß. Trotzdem hätte es einen peinlichen Aspekt gehabt, es hinter dem Rücken des Bankiers zu arrangieren.
Es ist aber nicht auszuschließen, daß diese letzte Begegnung mit seinem Einverständnis stattgefunden hätte. Schließlich war er ein Aristokrat, oder hielt sich für einen. Als solcher war er über so niedrige kleinbürgerliche Affekte wie Liebe und Eifersucht erhaben. Auch war, wie Adolf Beck sagt, die Ehe mit Susette bald – wohl nach der Geburt des vierten Kindes – eine im Sinne des 18. Jahrhunderts »konventionelle« gewesen.
Es ist bereits bemerkt worden, daß Carl Jügel, der dem Hause Gontard nahestand und eher den Standpunkt Jakob Friedrich Gontards einnimmt, den Auftritt, der zu Hölderlins Entfernung aus dem Hause führte, nicht auf Eifersucht, sondern auf beleidigten Stolz des Bankiers zurückführt, der auch nach diesem Auftritt seiner Frau nie den Vorwurf der Untreue gemacht zu haben scheint. Wenn er von einem heimlichen Besuch Hölderlins im Hause erfährt, sagt er nichts dazu: »Es lief auch alles ganz ruhig ab, und ließ keine üble Wirkung zurück«, schreibt dann Susette an Hölderlin. Bankier Gontard war in seine Frau Susette nicht »verliebt« – das Verliebtsein, eine kleinbürgerliche Schwäche – und ging auch bald nach ihrem Tode wieder auf Freiersfüßen.
Es ist durchaus vorstellbar, daß, als Hölderlin in Frankfurt auftauchte, Dr. Ebel seinem Schwager, Gredel ihrem Bruder die Situation geschildert hätten, wie sie war: »Susette liegt in den letzten Zügen, Hölderlin ist da – warum sollen sie sich nicht ein letztes Mal sehen?« Als der Kavalier, der er sein wollte und auch war, konnte Jakob Friedrich nur einwilligen; freilich mit der Bedingung, daß nie ein Wort darüber verlaute, und auch, daß Hölderlin selbst nie davon rede und es von nun an vermeide, den Namen Susettens zu nennen.
Durch diese verpflichtende Bedingung, die Hölderlin akzeptiert hätte, wäre zu erklären, daß Hölderlin tatsächlich praktisch nie mehr von Susette redete – was mitunter ein Grund gewesen ist, seinen Gemütszustand durch Geisteserkrankung

zu erklären –, was er geschehen lassen mußte, um nicht selbst die wahre Erklärung preisgeben zu müssen.
Man ist versucht, eine Bestätigung dieser Vermutung darin zu finden, daß Bankier Gontard bei der Bestattung seiner Frau nicht anwesend war.
Ein naher Freund von Bankier Gontard, Henry von Lilienstern, schreibt am 6. Juli 1802, einige Wochen nach der Bestattung, an Ludwig Rüdt von Collenberg, den Mann der Marie Rätzer, der Erzieherin von Susettens Töchtern, die in allen Dingen Susettens Vertraute war, einen merkwürdigen Brief über den Tod Susettens und das Benehmen von »Cobus« Gontard:

[...] der Gontard soll schrecklich getan haben, und gleich in der ersten Stunde nach ihrem Tode weg gereist. Anfänglich wollte er nach Hamburg, und Brevillier hat ihn, um ihn nicht allein zu lassen, bis Vilbel vier Stunden begleitet, bis die Familie Anstalt getroffen hatte, jemand Vernünftiges mit zur Begleitung zu schicken; wozu Herr Kling bestimmt wurde und nachgeschickt. In dieser Zeit hatte er durch Zureden seinen Plan verändert, und ist um der Leiche zu entgehen und Condolenz-Visiten, nur bis Kassel gegangen. Viele Leute, wie es hier leider ist [...], haben ihm verdacht, daß er weggegangen ist.[167]

Daraus ist zu schließen, daß in der ersten Stunde nach dem Tode Susettens Gontard anspannen ließ und wegfuhr, um den Beileidsbesuchen zu entgehen und der Bestattung seiner Frau fernzubleiben. Ein etwas seltsames Verhalten, das an sich wohl nicht unverständlich ist, doch in ein anderes Licht rückt, wenn man bedenkt, daß Gontard vielleicht in den Tagen von Susettens Todeskampf eine letzte Begegnung der Liebenden begünstigt hätte. Dann wäre beides – daß er in die Begegnung einwilligte und daß er eine Stunde nach dem Tode Susettens wegfuhr – tadellos »gentlemanlike«.
Daß sich Hölderlin an das gegebene Versprechen gehalten hätte, die Begegnung geheimzuhalten und nie mehr von Susette zu sprechen, wäre nicht minder ehrbar.

Selbstverständlich bin ich nicht in der Lage, die Richtigkeit dieser Rekonstruktion durch Beweise zu bekräftigen. Immerhin aber spricht einiges für sie.

Erstens: Es gibt keine Gegenbeweise, ich meine damit Beweise, die meine Rekonstruktion widerlegten, weder in den Fakten noch in der Wahrscheinlichkeit.
Zweitens: Ich bin gern bereit, sie aufzugeben, wenn man mir eine bessere Konstruktion vorschlägt. Und da müßte erst die Frage beantwortet werden: W o soll Hölderlin in den Wochen zwischen dem 7. Juni und Ende des Monats, zwischen dem Grenzübertritt bei Kehl und dem Auftauchen in Schwaben – in der Zeitperiode von Susettens Ableben in Frankfurt –, gewesen sein? Daß er wie Lenz als Wahnsinniger wochenlang im Schwarzwald herumgeirrt wäre, ist nicht vertretbar. Nicht viel überzeugender ist Adolf Becks Behauptung, Hölderlin sei direkt von Kehl nach Hause, zur Mutter, gegangen. Diese Behauptung Adolf Becks, Hölderlin sei – entgegen der einzigen Überlieferung, derjenigen Schwabs, der zu berichten weiß, Hölderlin sei A n f a n g J u l i bei seiner Mutter in Nürtingen eingetroffen – »in Wirklichkeit schon gegen Mitte Juni« zu Hause gewesen, ist einfach aus der Luft gegriffen. Dagegen spricht ein weiteres Argument: Wie wir später sehen werden, hat es bei Hölderlins Ankunft in Nürtingen einen Auftritt gegeben, der chronologisch in die Mitte des Monats Juni nicht passen würde, doch Anfang Juli genau am Platz ist.

Wer aber meine Rekonstruktion auch nur zum Teil annimmt, wer zum Beispiel akzeptiert, Hölderlin sei in den zehn, zwölf fatalen Tagen von Susettens Todeskrankheit in Frankfurt gewesen, habe sie jedoch auf dem Sterbebett nicht mehr sehen können; wer sich einmal vorzustellen versucht, welches die psychische Situation Hölderlins gewesen sein mag, während seine geliebte Susette im Sterben lag; wer hinzufügt, Hölderlin habe sich, wie es auch der Fall war, für diesen Tod verantwortlich gefühlt – der wird den »traurigen Gemütszustand« Hölderlins in den darauffolgenden Monaten und Jahren ganz anders sehen, als es bisher im Zusammenhang der Umnachtungs-Legende der Fall gewesen ist.

Hölderlin, für den Tod Susettens verantwortlich und sich dessen bewußt: darauf werde ich zurückkommen. Es sei hier vorerst nur daran erinnert, daß Hölderlin vor dem Aufbruch nach Bordeaux an seinen Freund Böhlendorff einen Brief

schrieb, in welchem er als letztes sagte: »Ich bin jezt voll Abschieds. [...] Aber sie können mich nicht brauchen.« Mit »sie« meinte er die Leute von daheim, die Deutschen.
E i n e hatte ihn gebraucht. E i n e hatte ihn zum bloßen physischen Überleben nötig gehabt: Susette. Sie hatte es ihm gesagt und geschrieben. Er wußte es. Und trotzdem war er weggegangen. Nun hatte er ihren Tod erlebt.
Wie konnte er weiterleben?

Ich wiederhole: Bis zur Zwangseinlieferung in das Autenriethsche Klinikum, bis September 1806, zeigt Hölderlin nicht das leiseste Symptom einer Geistesstörung (das Spätere will ich vorläufig auf sich beruhen lassen). Alle Zeichen eines furchtbaren Schocks, eines Nervenzusammenbruchs, einer tiefen Melancholie oder Neurasthenie, wie man sie nennen mag – das ja. Aber jetzt wissen wir – oder jeder kann es wissen, wenn er nur für die gesamte Situation offen ist –, daß dieser »traurige Gemütszustand« seine verständlichen Gründe hatte und durch die äußeren Umstände sehr wohl zu erklären ist. Dazu ist kein übermäßiges Einfühlungsvermögen erforderlich.
Dann aber wird man auch dafür Verständnis haben, daß ich meine, es sei von Hölderlin heroisch gewesen, trotzdem weiterzuleben und sogar produktiv zu sein.
Daß er sich in seine Abgeschiedenheit zurückzog, ist nicht weniger verständlich. In einer ähnlichen tiefen Trauer sagte eine hohe Dame der Gesellschaft, von der mir meine Mutter erzählte, als sie ihre Kinder verloren hatte: »Plus ne m'est rien, rien ne m'est plus.«
Dieses letzte Wort der Verzweiflung vermag ich nicht ins Deutsche zu übertragen. Vielleicht entspricht ihm in etwa das Wort eines deutschen Dichters: »Geh an der Welt vorüber, es ist nichts.«[168]
Der erlittene Schock konnte dadurch, daß Hölderlin – meiner Ansicht nach nicht nur aus innerem Gefühl, sondern vielleicht auch, um ein Versprechen einzuhalten – sich niemandem mehr mitteilen konnte noch durfte, nur verschärft werden. Er mußte sein Leid als einsamer Mensch allein tragen. Es ist sehr wohl möglich, ja wahrscheinlich, daß er nicht einmal Sinclair ganz ins Vertrauen zog.

Man hat gemeint, er sei damals schon so geisteskrank gewesen, daß er nicht mehr fähig gewesen sei, »die ganze Größe des Schmerzes zu ermessen«, »von der Nachricht so erschüttert zu werden, wie unser Gefühl dies verlangt«[169]: Ein bestürzendes Unverständnis!
Noch weniger verständlich ist es, warum die Stuttgarter Ausgabe eine Stelle aus Schwabs Lebensabriß nicht aufnimmt, die in der Hellingrath-Ausgabe enthalten war. Dort waren sogar einige Zeilen aus dem unveröffentlichten Manuskript hinzugefügt, die ungemein vielsagend sind. Hier sind sie.

Daß er [Hölderlin] von seinem Aufenthalt in Frankfurt und seiner Abreise von Bordeaux nichts sprechen und nichts hören wollte, das war nur ein um so gewisseres Zeichen, daß er diese Orte wohl im Gedächtnis hatte, aber er mochte nicht davon reden, weil er durch die Erinnerung daran unangenehm berührt wurde. [Im unveröffentlichten Manuskript folgt:] Ein halbes Jahr vor seinem Tode, nannte er einmal den Namen seiner Geliebten und nachdem die Nacht des Wahnsinns schon 20 Jahre seinen Geist verdunkelt hatte, fand man zu unterst unter seinen Papieren Briefe von seiner Diotima, die er mit außerordentlicher Sorgfalt aufbewahrt hatte.[170]

Der Ausdruck der »planvollen Stille« ist wohl derjenige, der Hölderlins Verhalten am zutreffendsten bezeichnet.

Als sich Hölderlin nach dem erlittenen Schock nach Hause begab, erwartete ihn dort ein zweiter Schock, von dem die Hölderlin-Forschung bis jetzt keine Notiz genommen hat. Den Zwischenfall überlieferte Wilhelm Waiblinger folgendermaßen (siehe Dokument Nr. 6, S. 84 ff.):

In Nürtingen bei seiner Mutter angelangt, jagte [Hölderlin] sie und sämtliche Hausbewohner in der Raserei aus dem Hause.

Schwab berichtet seinerseits, fast identisch, daß Hölderlin

im Zustand entschiedenen Wahnsinns im mütterlichen Haus erschien, dessen Bewohner er in seiner Raserei alle vor die Tür hinaus jagte.

Bei meinem Versuch einer psychologischen Deutung des »Falles Hölderlin« habe ich über den Zwischenfall, der Hölderlins »Raserei« verursachte, ausführlich berichtet (S. 278 ff.).

Auf dem Rückweg aus Frankreich hatte Hölderlin seinen Koffer direkt von Straßburg nach Nürtingen geschickt, wohl in der Meinung, der »Abstecher nach Frankfurt« würde ihn nicht lange aufhalten und er würde etwa gleichzeitig mit seinem Koffer in Nürtingen eintreffen. Doch hielten ihn die Ereignisse in Frankfurt länger als vermutet auf.
Als er endlich mit einer Verspätung von einigen Wochen in Nürtingen ankam, war sein Koffer schon längst da. Die Mutter, die lange ohne Nachricht von ihm gewesen war, hatte den Koffer geöffnet und in einem geheimen Behälter desselben Briefe von Susette Gontard gefunden – dies übrigens ein Argument gegen Adolf Becks These, Hölderlin sei direkt von Straßburg nach Nürtingen gegangen und habe sich da schon seit Mitte Juni aufgehalten: wäre dies der Fall gewesen, hätte Hölderlin den Koffer selbst aufgemacht und es hätte den häßlichen Auftritt mit der Mutter nicht gegeben.

So erfuhr sie nämlich von der »Liebschaft in Frankfurt«, von der sie nichts gewußt hatte. Damit meinte sie wohl auch die Erklärung dafür gefunden zu haben, warum sich Friedrich Hölderlin so hartnäckig geweigert hatte, eine Pastorentochter zu heiraten und dadurch sein (und ihr eigenes) Glück, wie sie es auffaßte, zu machen. Auch konnte sie in ihrem ausgeprägten Klassenbewußtsein eine Bindung zu einer Dame der »höheren Gesellschaft« nur schärfstens mißbilligen.
Man kann sich mühelos vorstellen, wie der »liebe« Sohn, als er im mütterlichen Haus eintraf, von seiner Mutter mit strafenden Worten empfangen wurde.
Einige Tage nach dem von Hölderlin unmittelbar miterlebten Tode Susettens war eine solche Strafrede schwerlich zu ertragen. Doch konnte Hölderlin der Mutter nicht einmal sagen, er komme eben aus Frankfurt und Susette sei gestorben.
Ein nicht unberechtigter Wutanfall ergriff ihn. Ohne eine Erklärung abzugeben, also für die Beteiligten völlig unerklärlich, jagte er die Mutter und die ganze Familie zur Tür hinaus, ohne daß die Seinen verstanden hätten, daß es für seine Raserei einen sehr verständlichen Grund gab, von dem er nichts sagte.
So hielt man ihn für tobsüchtig und geistesgestört und hatte – bis heute, da wir den wirklichen Zusammenhang endlich zu

erkennen vermögen – nie mehr Gelegenheit, von dieser Überzeugung abzukommen.

Das ist das erste. Das zweite ist, daß Hölderlins Beziehung zur Mutter, die zwar schon immer schwierig, doch trotzdem von größter Bedeutung für ihn war, in diesem Moment wahrscheinlich vollends zerstört wurde, was für sein psychisches Leben die schwerwiegendsten Folgen haben mußte – und dies um so mehr, als er in der folgenden Zeit darauf angewiesen war, bei ihr zu wohnen.
Seltsamerweise hat die Hölderlin-Forschung nie bemerkt, daß Hölderlin von diesem Augenblick an, von Juli 1802 bis viel später, bis 1812 – also zehn Jahre lang –, seiner Mutter praktisch nicht, wohl nur ein einziges Mal, geschrieben hat.
Man wird wohl einwenden, er habe eine Zeitlang zu Hause gelebt, habe es also nicht nötig gehabt, seiner Mutter zu schreiben. Dies gilt jedoch nur für die Zeitspanne von Juli 1802 bis Juni 1804, wo er sich im »fatalen« Nürtingen aufhielt. Eine auffallende Lücke, und von entscheidender Bedeutung. Später werden wir darauf näher eingehen.
Ich sehe in dieser Tatsache – der Störung des Verhältnisses zur Mutter – die Ursache des gezwungenen Tons von Hölderlins Briefen an die Mutter in den Jahren der »Umnachtung«, ein Ton, der ganz anders zu erklären ist als durch »Geistesgestörtheit«.

Wer war Hölderlins Mutter? Es ist längst anerkannt worden, daß sie eine nicht unbedeutende, ja eine starke Persönlichkeit war und daß sie auf Hölderlins Leben und Schicksal entscheidend eingewirkt hat. Doch hat man sich bis jetzt kaum bemüht, das pietätvolle, konventionelle Bild der »liebenden«, in Selbstopfer und Sorgsamkeit aufgehenden Mutter zu überprüfen. Dies sei hier versucht.
Johanna Christiana Heyn war 1748 geboren worden. Adolf Beck sagt:

Durch ihre Eltern stammte Hölderlins Mutter aus der württembergischen Pfarraristokratie; ihre Großmutter Johanna Juditha Sutor (1702–1772, Taufpatin Hölderlins) war eine geborene Bardili, Nachkommin der Regina Bardili-Burckhardt (1599–1669), deren Blut in einer größeren Anzahl der schwäbischen Dichter und Denker floß.[171]

Am 17. Juni 1766, mit weniger als achtzehn Jahren, heiratete sie den dreißigjährigen Klosterhofmeister und geistlichen Verwalter Heinrich Friedrich Hölderlin. Erst drei Jahre und neun Monate nach der Vermählung wurde am 20. März 1770 Johann Christian Friedrich Hölderlin als erstes Kind geboren. Auffallend ist schon die Tatsache, daß die Ehe drei Jahre lang kinderlos blieb.

Dreizehn Monate nach Friedrichs Geburt, am 7. April 1771, wurde eine Tochter geboren, die aber mit viereinhalb Jahren starb.

Am 5. Juli 1772 starb der Vater Friedrich Hölderlins an einem Schlaganfall. Sechs Monate später wurde eine zweite Tochter als postumes Kind geboren: Maria Eleonora Heinrica, Hölderlins »liebe Rike«.

Anderthalb Jahre später beschloß die junge Witwe, sich wieder zu vermählen. Der Sohn aus zweiter Ehe, Karl Gok (oder Gock), berichtet, seine Mutter sei damals »durch die Sorgen für die Erziehung ihrer Kinder und für die Verwaltung ihres Vermögens bewogen [worden], einem bewährten Freunde ihres frühverstorbenen Gatten, dem Kammerrat Gock, welcher kurz vorher mit einem anderen Freund ihres Hauses, dem Hofrat Bilfinger nach Nürtingen gezogen war, ihre Hand zu geben«.[172]

Vor der Wiedervermählung Johannas wurde eine gründliche Inventur ihrer Güter aufgestellt. Dabei stellte sich heraus, daß sich im Laufe der ersten Ehe eine Vermögenseinbuße von 500 Gulden 18 Kreuzer 5 Heller ergeben hatte, etwa 5% des Kapitals. Dies wurde darauf zurückgeführt, »daß der Hausherr [der Vater Hölderlins, P. B.] ein klein wenig über seine Verhältnisse lebte, jedenfalls mit immer heitrem Gemüte zur Verschönerung und Erweiterung seines Hauses [...] alles tat, was sein Stand verlangte. Vater Hölderlin liebte ein weltoffenes Leben. [...] Die Gastlichkeit seines Hauses ist bekannt und geschätzt gewesen.«[173]

Jedenfalls war »die gewissenhafte Mutter [...] von der Einbuße nachhaltig getroffen« worden, schreibt Adolf Beck. »Noch in der zweiten Beilage zu ihrem Testament spricht sie davon, wie sehr es sie ›beugte‹ und empfindlich wehe tat, daß nach ihrer ersten Ehe trotz all ihrer haushälterischen Bemühungen ›bei der Inventur auch eine Einbuße sich zeigte‹.«[174]

Daher ist zu verstehen, warum Johanna ihr Leben lang immer wieder versuchte, ihrem Sohn Friedrich die strengste Sparsamkeit einzuprägen: Sie fürchtete immer, den ihr wohlbekannten Zug des Vaters zum »offenen«, gastfreundlichen Leben am Sohn erkennen zu müssen. Da glaubte sie, doppelt sparsam sein zu müssen, um jeder weiteren »Einbuße« an Kapital vorzubeugen. Sie hat ihn als einen geborenen Verschwender betrachtet und diese Veranlagung immer bekämpft.

Johannas zweiter Mann, Johann Christoph Gok (oder Gock), Amtsschreiber in Lauffen am Neckar, war dreieinhalb Monate jünger als Johanna. Sie hatte ihn schon zur Zeit von Friedrich Hölderlins Geburt in Lauffen gekannt; nach Karl Gok soll Johann Christoph Gok damals »ein bewährter Freund« von Hölderlins Vater gewesen sein. Ob ein gemeinsamer Freund, Bilfinger, oder sie selbst auf die Idee einer Wiedervermählung mit Gok kam, ist unsicher. Auf jeden Fall bestimmte und beschloß sie selbst diese zweite Ehe mit einem jüngeren Mann, den sie schon seit Jahren kannte.

Gok war, im Verhältnis zur jungen Witwe, unbemittelt. Doch kurz vor der Ehe und »sicherlich im Zusammenhang mit ihrer bevorstehenden Wiedervermählung und Übersiedlung nach Nürtingen«[175] kaufte der künftige Ehemann ein stattliches Haus »in der Naccar Staig«, am Neckarufer, mit einer vielfältigen ländlichen »Zugehördt«, Schweizerhof genannt, für den Preis von 4500 Gulden. Allerdings zahlte er im ersten Jahr nur 1200 Gulden, den Rest in Raten von 100 Gulden jährlich. Außer der Anzahlung von 1200 Gulden mußte Gok für die Instandsetzung des Hauses weitere 500 Gulden aufwenden; insgesamt hatte er also sofort 1700 Gulden zu zahlen, die er nicht besaß.

Nun trifft es sich, daß Johanna zur selben Zeit Ländereien in und um Lauffen für 1737 Gulden verkauft.

Es ist zu vermuten, daß noch vor ihrer Wiedervermählung und in Absicht »baldiger Gründung eigenen Hausstands« Johanna ihrem künftigen Gatten Gok aus eigenem Vermögen die Mittel, 1700 Gulden, zur Verfügung stellte und schenkte.

Den zweiten Mann hat sie sich gekauft.
Das Haus in Nürtingen hatte einen guten Keller, den Gok benutzte, um Weinhandel zu treiben. In ihrem Testament wird viele Jahre später Johanna darauf zurückkommen:

[Es] veranlaßte der tätige Geist meines l[ieben] Mannes, daß er einen beträchtlichen Weinhandel anfing und über 80 Eimer in eisengebundene Faß sich anschaffte und einige Jahrgänge nach einander sehr viel Wein kaufte, wo der Wein teuer und nicht besonders gut war; an welchem ich nach dem Tode meines l[ieben] Mannes großen Schaden hatte, weil die darauf folgenden Jahrgänge besser und auch wohlfeiler wurden. Die Fässer, in welches manches 100 fl. gesteckt wurde, mußte ich [...] in den Kauf geben [...], so daß bei dem Verkauf weit weniger gelöst wurde.[176]

Viereinhalb Jahre später, im März 1779, wurde die zweite Ehe Johannas durch den Tod des Mannes aufgelöst. Als der pflichtbewußte Oberbürgermeister Nürtingens, der er auf Betreiben der ehrgeizigen Johanna inzwischen geworden war, hatte er sich bei einer Überschwemmung und der »eifrigen Erfüllung seiner Berufspflichten« eine tödliche Lungenentzündung geholt. Mit einunddreißig Jahren war Johanna zum zweitenmal Witwe, nachdem sie zwischen 1770 und 1778 sieben Schwangerschaften erlebt hatte. Von den sieben Kindern blieben nur drei am Leben: Friedrich und Rike aus der ersten Ehe, Karl aus der zweiten.
Man muß sich vorstellen, daß Hölderlin bis zu seinem achten Lebensjahr seine Mutter fast nur als schwangere Frau gekannt hat, um seiner Vorstellung des Weiblichen, der immer fruchtbaren und immer befruchteten »Mutter Erde«, gerecht zu werden. Nicht nur der griechische Mythos des Hesiod, auch das eigene Erlebnis der Mutter hat eine solche Anschauung bekräftigt.
Übrigens war sie eine schöne Frau. Nach dem Tod ihres zweiten Mannes besuchte sie einen Onkel Friedrichs, Oberamtmann Volmar in Marktgröningen, der mit der Schwester von Hölderlins Vater vermählt war. Ein Mitarbeiter Volmars notierte in seinem Tagebuch:

Sie [Hölderlins Mutter] ist eine junge schöne Witwe von ungefähr 26–28 Jahren, voller Anmut, und scheint sehr vernünftig zu sein.

Ihre Kinder, ein Knäblein von 11 und ein Mägdlein von 8 Jahren, sind sehr wohl erzogen.[177]

Anscheinend war der dreieinhalbjährige Karl Gok am Tage dieses Besuchs zu Hause geblieben.
Wie sich dann das Leben Johannas gestaltete, davon zeugt die »fast peinlich genau« geführte Ausgabenliste der Mutter. »Sie erhellt zunächst das Wesen der Mutter«, schreibt Adolf Beck:

Der Grund der Anlegung und Fortführung [der Ausgabenliste, P. B.] war die fromme Gewissenhaftigkeit der Mutter, die darum besorgt war, es ihren Kindern aus zwei Ehen recht zu machen, keines zu kurz kommen zu lassen.[178]

Tatsächlich entwickelte sich 1828, nach dem Tode der Mutter, trotz ihrer Vorkehrungen und trotz des von ihr 1808 verfaßten Testaments ein Erbstreit zwischen Hölderlin und seinen Geschwistern, von dem ich schon berichtet habe.
Für Johannas Situation muß man Verständnis haben: Ihr erster Mann, Hölderlins Vater, hatte seiner Witwe und den beiden Kindern aus erster Ehe, Friedrich und Rike, ein nicht unbeträchtliches Vermögen von etwa 10000 Gulden hinterlassen. Davon mußte Johanna den Lebensunterhalt der Familie und das Studiengeld Friedrichs bestreiten, ohne das Kapital anzutasten.
Die zweite Ehe mit Gok hatte sie manches gekostet und hatte nichts eingebracht. Wohl bleiben in ihrem Testament die 1700 Gulden unerwähnt, die sie Gok vor der Vermählung geschenkt hatte; sie konnte doch nicht sagen, das Haus Goks sei mit ihrem eigenen Geld – oder mit dem Geld des ersten Ehemannes – gekauft worden.
Dafür aber beschwert sie sich um so mehr über die unglückliche Spekulation ihres zweiten Ehemannes mit dem Wein. Hochzeit und Einzug hatten auch Geld gekostet. Dann hatte der für 1200 Gulden gekaufte »große Zieglerische Garten« auf drei Seiten einen kostspieligen Zaun nötig gehabt. Eine Überschwemmung des Neckars hatte beinahe die ganze Länge der Mauer an der Straße weggerissen. Bäume hatten wieder gesetzt werden müssen, was noch einmal 100 Gulden kostete, doch waren sie im kalten Winter beinahe alle erfroren und mußten wieder neu gesetzt werden, wobei der Garten

»dann doch nur statt 1200 Gulden, welche er kostete«, nur für 1000 abgesetzt werden konnte: wieder eine schlecht ausgehende Spekulation ihres lieben zweiten Mannes. Auch waren

die Kosten von der Krankheit und der Leiche meines l[ieben] S[eligen] Mannes, und von 4 Kindern, welche ihrem l[ieben] Vater vorangingen, wie auch 4 Wochenbette, wo lange Krankheiten bei mir darzukamen, sehr beträchtlich.

Nicht weniger beträchtlich waren auch

die Kosten, die mein l[ieber] S[eliger] Mann hatte (und da er von seinem S[eligen] Vater nicht unterstützt werden konnte, von meinem Vermögen gingen).

Damit meint sie die Unkosten, welche die Übernahme des Amts des Kameralverwalters, der Erwerb des Kammerratstitels, der Eintritt in das Bürgermeistersamt verursacht hatten. Dabei war die Besoldung dieser Ämter nicht sehr hoch (100 Gulden jährlich); zudem hatte er die Ämter zu kurz bekleidet, als daß er etwas hätte »zurücklegen« können.
Die zweite Ehe Johannas hatte sich als finanziell unvorteilhaft erwiesen: eine Fehlinvestition.

Johanna zog die Konsequenz daraus. Während Friedrich Hölderlins Studien und Lebensunterhalt sich von den Zinsen des von seinem Vater hinterlassenen Kapitals noch schlecht und recht bestreiten ließen, kam es nicht in Frage, den Halbbruder Karl Gok in seinen Studien zu unterstützen, da dessen Vater manches gekostet, nichts eingebracht und nichts hinterlassen hatte.
Die unterschiedliche Behandlung der beiden Söhne aus zwei Ehen warf einen Schatten auf die Beziehung der beiden Brüder. Karl Gok fühlte sich »in seinem Bildungsdrang«[179], wie sich Adolf Beck ausdrückt, aber auch in seiner beruflichen Laufbahn seinem älteren Halbbruder gegenüber übervorteilt.
Karl Gok war mit seiner Tätigkeit als Hilfsschreiber in Nürtingen nicht zufrieden. Friedrich Hölderlin versuchte ihn nicht nur zu ermutigen, sondern auch finanziell zu unterstützen. Im Glück der ersten Monate in Frankfurt schwelgend, schreibt er an Karl:

Daß Dir Dein Schiksaal oft schwer aufliegt, das glaub' ich Dir gerne, liebes Herz! Sei ein Mann und siege. [...] Eine andere Stelle kann und will ich Dir nicht verschaffen. [...] Aus dieser Rüksicht schlag' ich Dir, gegen meine sonstigen Äußerungen, nach reiferer Überlegung, vor, daß Du eine Universität besuchst. Wenn mich mein wankelmüthiges Schiksaal in meiner gegenwärtigen Lage erhält, kann ich zu Ende des nächsten Winters ganz gut 200 fl. entbehren; die schik' ich Dir und Du gehst nach Jena und kannst, wie ich glaube, jedes Jahr auf dieselbe Summe, wohl auch auf etwas mehr, bei mir rechnen, und den kleinen Zuschuß, dessen Du noch benöthigt seyn dürftest, wird Dir unsere liebe Mutter nicht versagen.[180]

Mehrmals kommt Hölderlin auf sein Angebot zurück; zuerst in einem Brief, den er kurz vor der Reise nach Kassel etwa Ende Juni 1796 an den Bruder schreibt:

Ich kann unmöglich glauben, daß unsere theure Mutter den soliden Gründen, die ich ihr vorlegen werde, ihren Beifall versagen und ihren Willen und Seegen Dir nicht zu einer Reise nach Jena geben wird.[181]

Dann wieder nach dem Sommer in Bad Driburg, am 13. Oktober 1796:

Ich wünschte der lieben Mutter ernstliche Meinung zu vernehmen über meinen Vorschlag, den ich diesen Sommer zur Verbesserung Deiner Lage that.
Wir wollen sie nicht bestürmen; sie wird uns genau die ökonomischen Gründe sagen, die sie bestimmen, wenn sie gegen unsere Meinung ist.
Philosophie *mußt* Du studieren [...]
Professoren und Universitäten kannst Du freilich im *Nothfall* entbehren, aber ich möchte Dir denn doch gönnen, lieber Junge! daß Du Dich weniger leiden müßtest, um Dein edelstes Bedürfnis zu befriedigen.[182]

Der Plan Hölderlins, seinem Bruder aus eigenen Mitteln Hilfe zu leisten, zerschlug sich an der »ernstlichen Meinung« der »lieben Mutter«: für den Sohn Goks war kein Geld da. In einem Trostbrief an den Bruder schreibt Hölderlin:

Du wirst sicher bald eine Lage finden, wo Du doch ein paar Stunden des Tages wirst Deinen Geist aus der ermüdenden Unthätigkeit, in der er freilich durch die meisten bürgerlichen Geschäffte erhalten wird, erheben können. Wir wollen uns also trösten, bis auf bessere Zeit, die Du dann doppelt kräftig und glüklich benüzen wirst, weil Du sie durch Entbehren schäzen gelernt hast.[183]

Im Testament der Mutter heißt es:

Meine 2.te Bitte betrifft meinen jüngeren Sohn, welcher zu wiederholten Malen mich bat, ihn studieren zu lassen. Und da ich aus mancherlei Gründen es ihm nicht verwilligen konnte, so versprach ich ihm, wann er davon abstehen werde, als Schadloshaltung gegen seinen älteren Bruder von meinem Vermögen als Voraus 500 fl. zu geben, um ihn zu überzeugen, daß ich nicht ganz aus Interesse ihn suchte davon abzubringen.[184]

Anscheinend hat die Mutter auch andere Gründe als den rein finanziellen gehabt, Karl nicht studieren zu lassen; aber über diese Gründe spricht sie sich nicht deutlicher aus. Wie dem auch sei, Karl hat als Sohn des unbemittelten Vaters die Diskriminierung zu spüren bekommen. Hölderlin selbst wird darunter gelitten haben: Ein solches Verhalten hatte er von der Mutter nicht erwartet.

So ist zu erklären, daß die Mutter vom Herbst 1784 an, d. h. nach der Aufnahme Friedrichs in die Denkendorfer Schule, vier Jahrzehnte lang über die Ausgaben zugunsten ihres ältesten Sohnes peinlich[185] Buch führte. Eine andere, wenn auch nicht so ausführliche Ausgabenliste für den jüngeren Bruder hat sie ebenfalls geführt unter der Überschrift: »Ausgaben vor den l. Carl / wovon ihm aber nichts angerechnet wird.« Dies bezieht sich auf die später anzutretende Erbschaft, wie aus dem Testament der Mutter erhellt. In der Erbauseinandersetzung nach dem Tode der Mutter spielte die Ausgabenliste für »den l. Friz« eine entscheidend positive Rolle, da sich das Waisengericht darauf stützte, um die Ansprüche von Hölderlins Geschwistern zurückzuweisen.[186]

Johanna hatte also recht daran getan, diese Ausgabenliste zu führen. Doch verfolgte sie damit gleichzeitig noch einen anderen Zweck, nämlich, auf ihren »lieben« Sohn einen gewissen Druck auszuüben, daß er »im Gehorsam bleibt«. Das Dokument trägt die befremdende Überschrift:

Ausgaben vor den l. Friz, welche aber wann er im Gehorsam bleibt nicht sollen abgezogen werden.[187]

Die Idee der Mutter ist einfach: Wenn Hölderlin, dem Wunsch der Mutter folgend, Pfarrer wird, soll er nach ihrem Tod den vollen Erbschaftsanteil, der ihm als Sohn seines Vaters zukommt, erhalten. Andernfalls aber sollen die »Ausgaben« der Liste von der anzutretenden Erbschaft abgezogen werden.

Diese Bestimmungen der Mutter könnten einige juristische Fragen aufwerfen: War die Mutter berechtigt zu bestimmen, was der Sohn von seinem Vater erben sollte und was nicht, und in welchem Fall nicht? War die Mutter berechtigt, den Erbanteil ihres Sohnes Friedrich noch weiter zu verwalten und ihm diesen vorzuenthalten, nachdem er mündig geworden war? Denn schließlich hat Hölderlin nie über das vom Vater ererbte Kapital verfügt, wahrscheinlich, weil er es nie von der Mutter verlangt hat.

Wohl unterschreibt er zahlreiche Briefe mit den Worten »Ihr gehorsamer Sohn Fritz«; so z. B. einen Brief aus Tübingen vom August 1793.[188]

Doch dient diese Beteuerung seines Gehorsams gerade dazu, eine Gehorsamsverweigerung der Mutter gegenüber zu vertuschen. Im selben Brief bedeutet er ihr, er wolle sich um eine Hofmeisterstelle bewerben, sich aber in keinem Falle vom Konsistorium auf irgendeine Vikariatsstelle zu einem Pfarrer »hinzwingen« lassen.

Im Januar 1797, als er in Frankfurt ist, vermittelt ihm die Mutter das Angebot einer Pfarre, die aber nur durch Einheirat zu erlangen sei. Es wurde »die Erklärung gegeben, daß nur ein solcher, der das Mädchen heurathete, den Dienst bekommen sollte«[189], heißt es in einem Brief Hölderlins an den Bruder. Der Mutter erteilt er die negative Antwort in der schonenden Form einer Frage.

Ist das Alter und die Stimmung, worinn ich lebe, tauglich zu irgend einem festen häuslichen Verhältniß? […] Man muß älter, muß durch mancherlei Versuche und Erfahrungen genügsamer geworden seyn, um sich zu sagen: hier will ich stehen bleiben und ruhen! […] Es wird schon einmal anders werden. Ein ruhiger Ehemann ist eine schöne Sache; nur muß man einem nicht sagen, daß er in den Hafen einlaufen soll, wenn er von seiner Fahrt die Hälffte kaum zurückgelegt hat.[190]

Vier Jahre zuvor hatte es ihn verstimmt, daß sein Freund Magenau in eine vakante Pfarrei eingeheiratet hatte; dem gemeinsamen Freund Neuffer hatte Hölderlin damals geschrieben:

Von Magenau hab' ich vergessen zu schreiben. Ich begreif ihn nicht. Aber Du must ihn doch nicht ganz wegwerfen, lieber Bruder! vieleicht findst Du einmal wieder eine beßre Seite in ihm auf.[191]

Jetzt ist er selbst dran. Aber er weigert sich sowohl, ein Pfarramt zu bekleiden, als auch, es unter der Bedingung zu tun, »eine solche innige Verbindung« mit einem Wesen zu wagen, »das wir [...] im Leben vieleicht mit keinem Auge gesehen, oder auch bei gelegentlicher Ansicht wahrscheinlich doch wohl nicht als das Einzige betrachtet hätten, womit wir einen Bund aufs ganze Leben schließen möchten«.[192]
Wohl gibt es auch andere Gründe, die ihn damals bewegen, »überhaupt noch jezt nicht einen solchen Dienst zu nehmen«[193].
Zu diesen anderen Gründen gehört wohl, daß er in Frankfurt dem Wesen begegnet ist, mit dem er »einen Bund aufs ganze Leben« hätte schließen mögen. In einem etwa gleichzeitigen Brief an Neuffer erwähnt er »die ewige fröhliche Freundschaft mit einem Wesen«[194]: Susette Gontard.
Mit Vorsicht versucht er um diese Zeit, der Mutter verständlich zu machen, daß er sich zum Dichter berufen fühlt und sich dieser seiner Berufung zu widmen beabsichtigt. Er tut dies auch im Zusammenhang mit der Ablehnung einer angebotenen Präceptoratstelle an der Nürtinger Lateinschule. Hier die Gründe zur Ablehnung:

Ferner würden die Beschäfftigungen, die, durch Natur und Gewohnheit, mir unentbehrliches Bedürfniß geworden sind, und ohne welche für mich kein Glük der Erde genießbar ist, diese frohen, wenigstens unschuldigen Beschäfftigungen würden beinahe ganz unterbleiben müssen, wenn ich nicht jede Mitternacht zum Tage machen wollte, und das darf und kann ich nicht, wenn ich nicht in Einem Jahre fertig seyn will.[195]

Aus Homburg wird er doch im Januar 1799 der Mutter in Aussicht stellen, er könne künftig »das anspruchsloseste Amt«, das es für ihn geben kann, annehmen,

vorzüglich auch darum, weil nun einmal die vieleicht unglükliche Neigung zur Poësie, der ich von Jugend auf mit redlichem Bemühn durch sogenannt gründlichere Beschäfftigungen immer entgegen strebte, noch immer in mir ist und nach allen Erfahrungen, die ich an mir selber gemacht habe, in mir bleiben wird, so lange ich lebe. Ich will nicht entscheiden, ob es Einbildung oder wahrer Naturtrieb ist. Aber ich weiß jezt so viel, daß ich tiefen Unfrieden und Mißmuth unter anderm auch dadurch in mich gebracht habe, daß ich Beschäfftigungen, die meiner Natur weniger angemessen zu seyn scheinen, z. B. die Philosophie, mit überwiegender Aufmerksamkeit und Anstrengung betrieb und das aus gutem Willen, weil ich vor dem Nahmen eines leeren Poëten mich fürchtete.

Man ist berechtigt, an der vollen Aufrichtigkeit Hölderlins seiner Mutter gegenüber zu zweifeln, wenn man bedenkt, daß dies die Zeit ist, wo er Pläne schmiedet, wo er unter anderem am *Empedokles* arbeitet in der Perspektive, das Stück in der erwarteten Schwäbischen Republik spielen zu lassen. Er fährt fort:

Nennen Sie das keine Schwärmerei! Denn warum bin ich denn friedlich und gut, wie ein Kind, wenn ich ungestört mit süßer Muße diß unschuldigste aller Geschäffte treibe, das man freilich, und diß mit Recht, nur dann ehrt, wenn es meisterhaft ist [...] Und doch erfordert jede Kunst ein ganzes Menschenleben, und der Schüler muß alles, was er lernt, in Beziehung auf sie lernen, wenn er die Anlage zu ihr entwikeln und nicht am Ende gar erstiken will.

Und weiter:

Es hat es mancher, der wohl stärker war, als ich, versucht, ein großer Geschäfftsmann oder Gelehrter im Amt, und dabei Dichter zu seyn. Aber immer hat er am Ende eines dem andern aufgeopfert und das war in keinem Falle gut, er mochte das Amt um seiner Kunst willen, oder seine Kunst um seines Amts willen vernachlässigen; denn wenn er sein Amt aufopferte, so handelte er unehrlich an Andern, und wenn er seine Kunst aufopferte, so sündigte er gegen seine von Gott gegebene natürliche Gaabe, und das ist so gut Sünde und noch mehr, als wenn man gegen seinen Körper sündigt. Der gute Gellert, von dem Sie in Ihrem lieben Briefe sprechen, hätte sehr wohl gethan, nicht Professor in Leipzig zu werden. Wenn er es nicht an seiner Kunst gebüßt hat, so hat er es doch an seinem Körper gebüßt.

Wohl stellt er in Aussicht, sich einmal, wenn nicht gleich, dem Wunsch der Mutter zu beugen:

Muß ich also ein Amt annehmen, wie es denn wohl nicht anders thunlich ist, so glaub' ich eine Pfarrstelle auf dem Dorfe (recht weit von der Hauptstadt und von den hohen geistlichen Herren weg) wird das Beste für mich seyn. Und warum nicht lieber in dem Lande, wo Sie sind und die Meinigen, als unter Fremden?

Doch gleich kommt die Retirade:

Übrigens ist es mir lieb, wenn es noch einige Jahre ansteht, und wenn ich hier mit dem Buche, an dem ich schreibe, und mit meinem Gelde zu Ende bin, so will ich eben wieder Hofmeister werden.[196]

Wohl sagt er in demselben Brief:

Sie sehen, liebste Mutter! ich mache Sie recht zu meiner Vertrauten,

doch ist die Art, wie er der Mutter schreibt, eher schonend als vertraulich. Trotz mancher anders klingenden Beteuerungen der Mutter gegenüber hat er niemals ernsthaft erwogen, »Theologe von Profession«, Theologe »von Amtswegen« zu werden. Dies überläßt er seinen Freunden, Magenau, Neuffer u. a. m. Seine Sache ist es nicht.
Darin besteht aber auch eine gewisse Schwierigkeit bei der Interpretation von Hölderlins Briefen an seine Mutter. Ihr gegenüber ist er nie unbefangen. Alles, was er ihr schreibt, sollte jeweils mit einem Vorzeichen versehen werden: je entgegenkommender, je liebevoller der Ausdruck, desto unnachgiebiger seine Entschlossenheit ihr gegenüber.
Diese Befangenheit hat in der späten Zeit, im Tübinger Turm, einen solchen Grad erreicht, daß es einem nur zu leicht naheliegt zu meinen, man habe es mit den Briefen eines Geisteskranken zu tun. In Wirklichkeit aber drückt sich in dieser Zeit Hölderlins Befangenheit nur noch etwas unbeholfener aus. Auch sollte man den affektiven Bruch mit der Mutter nicht vergessen, der im Sommer 1802 stattfand.

Auch in einem anderen Punkte ist er der Mutter gegenüber nie ganz aufrichtig gewesen. Die Mutter war eine fromme Person; sie hat erwartet, daß ihr Sohn als angehender Pfarrer derselben Frömmigkeit sich hingebe, was indes nicht der Fall war. Doch will er sie nicht vor den Kopf stoßen. Ohne sie wirklich zu belügen, schreibt er ihr in Adventsstimmung aus Homburg:

Liebste Mutter! Sie haben mir schon manchmal über Religion geschrieben, als wüßten Sie nicht, was Sie von meiner Religiosität zu halten hätten. O könnt' ich so mit Einmal mein Innerstes aufthun vor Ihnen! – Nur so viel! Es ist kein lebendiger Laut in Ihrer Seele, wozu die meinige nicht auch mit einstimmte. Kommen Sie mir mit Glauben entgegen! Zweifeln Sie nicht, an dem, was Heiliges in mir ist, so will ich Ihnen mehr mich offenbaren. O meine Mutter! es ist etwas zwischen Ihnen und mir, das unsre Seelen trennt; ich weiß ihm keinen Nahmen; achtet eines von uns das andere zu wenig, oder was ist es sonst?[197]

Hier wird aber ein anderes Thema angeschlagen, das Thema der gegenseitigen Achtung: »Achtet eines von uns das andere zu wenig?« Es hat ihn immer gekränkt, zu spüren, daß die Mutter seine dichterische Begabung so wenig achtete und nichts davon wissen wollte. Ein paar Zeilen weiter schreibt er:

Darf ichs Ihnen einmal sagen? wenn ich oft in meinem Sinne verwildert war, [...] so wars nur darum, weil ich meinte, daß Sie keine Freude an mir hätten.

Doch gleich versucht er die Tatsache positiv dahin zu interpretieren, daß die Mutter gefürchtet hätte, die Söhne zu verzärteln,

und darum sezen Sie lieber zu wenig Vertrauen in uns und versagen sich aus Liebe die Freude, die der Eltern Eigentum im Alter ist, und hoffen lieber weniger von uns um nicht zu viel zu hoffen?

Es ist tatsächlich so, daß sich die Mutter zur Dichtung ihres lieben Sohnes nie positiv, nie günstig geäußert hat, daß sie nie einen Ton der Zufriedenheit oder Genugtuung dem Dichter gegenüber hat verlauten lassen.
Wenn Hölderlin sagt, er meine manchmal, seine Mutter habe keine Freude an ihm – so hat er damit völlig recht. Doch was

soll aus einem Sohn werden, der spürt, daß seine Mutter an ihm keine Freude hat und daß sie das Beste an ihm, seine eigenste Begabung, die dichterische, nicht zu schätzen weiß, davon keine Notiz nimmt – oder höchstens, um sich darüber zu ärgern?
Ein einziges Mal ist das schwache Echo eines Interesses der Mutter für die Schriften des Sohnes vernehmbar. Im April 1798, am Ende des Frankfurter Aufenthalts, schreibt er ihr:

Sie bitten mich um eine meiner Arbeiten? Ich danke Ihnen recht sehr, daß Sie um meine Schreibereien sich bekümmern mögen. Das nächstemal will ich etwas beilegen.[198]

Der Ausdruck »meine Schreibereien« zeugt von einem tiefverwundeten Selbstgefühl. Adolf Beck macht darauf aufmerksam, daß aus den erhaltenen Briefen nicht hervorgeht, Hölderlin habe das Versprechen eingelöst.

Es ist peinlich, immer wieder als Bilderstürmer auftreten zu müssen; doch immer wieder feststellen zu müssen, wie die fromme biedermeierliche Heiligenlegende um Hölderlin gewoben wurde, ist noch ärgerlicher.
Typisch dafür ist z.B. folgender Satz aus einem Vortrag eines schwäbischen Dichters, Johann Georg Fischer, der als Student des Reallehrer-Seminars in Tübingen Hölderlin 1841–1843 besuchte. In einem Vortrag sagte er:

Hölderlin war von Geburt ein ungemein weich ausgestattetes Gemüt, und in dieser Eigenschaft glich er offenbar seiner Mutter, denn ihre Briefe an den Sohn athmen überall die größte Zärtlichkeit.[199]

»Ihre Briefe an den Sohn athmen die größte Zärtlichkeit«: Welche Briefe? Es ist ein einziger Brief der Mutter an ihren Sohn erhalten geblieben, den übrigens Johann Georg Fischer nicht gekannt hat, weil er erst später gedruckt wurde; und dieser Brief trieft nicht gerade von Zärtlichkeit – ich werde später auf diesen Brief der Mutter zurückkommen.
Das »weich ausgestattete Gemüt« von Mutter und Sohn! Es bedarf keines besonders scharfen Spürsinns, um hinter den obligaten Floskeln der konventionellen Zärtlichkeit (daß die Mutter von ihrem Sohn immer als ihrem »l[ieben] Sohn«

schreibt) eine beiderseitige stählerne Hartnäckigkeit zu vernehmen. Keiner der beiden gibt nach.
Da die Briefe der Mutter an den Sohn mit einer einzigen Ausnahme nicht erhalten sind, kann man sich nur im Spiegel von Hölderlins Antworten eine Vorstellung vom Briefstil der Mutter machen, wenn sie an ihren Sohn schreibt.

Die neun erhaltenen Briefe Johannas an Isaac von Sinclair, die sie vom 20. Dezember 1802 bis zum 26. Dezember 1804 an den Freund ihres Sohnes richtete, können keine rechte Vorstellung davon geben. Sie machen einen peinlichen Eindruck. Dazu schreibt Adolf Beck: »Außer der Sorge um [den Sohn] [...] lassen die Briefe an den Edelmann eine Persönlichkeit erkennen, die nicht nur von religiöser, sondern auch von sozialer Demut geprägt ist.«[200] Zum Beispiel schließt der erste Brief an Sinclair mit den Worten:

Euer Hochwohlgeboren empfehle ich mich nebst meinem l. Sohn in die Fortdauer Ihrer Gewogenheit u. habe die Ehre in der vollkommensten Hochachtung zu verharren / Ihre / unterthanig gehorsamste Dienerin / J. C. Gockin.[201]

Wahrlich eine erstaunliche Geschichte, die der Hölderlin-Forschung! Befremdend war die eben erwähnte, seitdem immer wieder übernommene erbauliche Vorstellung von der »Zärtlichkeit« der Mutter ihrem »lieben« Sohn gegenüber, eine Vorstellung, die sich auf Briefe stützt – auf Briefe, die es gar nicht gibt.
Nicht weniger befremdend ist die Tatsache, daß es bis heute meines Wissens niemandem aufgefallen ist, daß der Briefwechsel zwischen Mutter und Sohn (mit Ausnahme eines einzigen Briefes) zwischen dem Sommer 1802 und September 1812, also zehn Jahre lang, völlig aufgehört hat.
Von 1785 bis 1802 hat Hölderlin 73 erhaltene Briefe, von September 1812 bis zum Tode der Mutter 1828 weitere 60 erhaltene Briefe geschrieben. In der Zwischenperiode ... einen einzigen, der noch zu kommentieren sein wird.
Eine Lücke von zehn Jahren im Briefwechsel, die äußerst signifikant ist, an der jedoch selbst der Spezialist der Hölderlin-Briefe, Paul Raabe, einfach vorbeigeht. Es kann wohl sein, daß er sie nicht einmal bemerkt hat. Er schreibt:

Die Briefe Hölderlins an seine Mutter bilden nicht nur das Kernstück in den Beziehungen zu den Seinigen, sondern ihr zahlenmäßiger Umfang und ihre zeitliche Dauer erheben sie zu den wichtigsten Zeugnissen des Dichters überhaupt. [...] Hölderlins Briefe an die Mutter sind die oft ergreifenden Dokumente des Versuchs, die verständlichen Vorstellungen einer Mutter von der Zukunft ihres Sohnes mit den Bestimmungen eines Dichters zu vereinbaren. In der Antinomie mütterlicher Wünsche und eigenen Lebensauftrages entstanden die Konfliktsituationen und inneren Auseinandersetzungen zwischen Mutter und Sohn.[202]

Wie gesagt: Man wird mir entgegnen, einerseits habe Hölderlin es in dieser Zeitperiode nicht immer nötig gehabt, seiner Mutter zu schreiben, weil er eine Zeitlang bei ihr wohnte, andererseits könne es sehr wohl sein, daß Hölderlins Briefe an die Mutter aus dieser Periode aus irgendeinem Zufall nicht überliefert worden sind; die Lücke in der Überlieferung habe also nicht die Bedeutung, die ich ihr beimesse.
Zum ersten Argument: Wohl hat Hölderlin am Anfang dieser Periode, vom Sommer 1802 bis zum Sommer 1804, also in den ersten zwei Jahren dieser Periode, bei seiner Mutter in Nürtingen gewohnt – doch danach, in den darauffolgenden acht Jahren?
Zum zweiten Argument – die Briefe könnten einfach verschollen sein – hier die Tatsachen und Dokumente selbst.
Die 73 Briefe v o r dieser Zeitperiode, von dem ersten, mit fünfzehn Jahren zu Weihnachten 1785 geschriebenen, bis zum Karfreitagsbrief 1802 aus Bordeaux, hat die Mutter sorgfältig aufbewahrt, doch einiges herausgeschnitten, das sie der Nachkommenschaft vorzuenthalten für richtig befand. Es ist auch nicht auszuschließen, daß sie gewisse, in ihrer Sicht unpassende Briefe einfach vernichtete.
Am 12. September 1812 nimmt Hölderlin, auf das dringende Bitten Zimmers hin, die Korrespondenz mit seiner Mutter wieder auf. Die neue Reihe von Briefen versieht die Mutter mit Nummern, und dieser Brief vom 12. September 1812 trägt, von ihrer Hand mit Tinte eingetragen, den Vermerk: »N. 1«.[203]
Es handelt sich also wirklich, nach einer langen Unterbrechung, um eine neue Reihe von Briefen.

Ich habe vorhin darauf hingewiesen, daß in der »Lücke« von zehn Jahren Hölderlin einen einzigen Brief an die Mutter geschrieben hat. Dieser übrigens nicht überlieferte Brief hat eine erwähnenswerte, bedeutsame Geschichte.
Im Sommer 1804, vierzehn Tage nachdem Hölderlin das Haus der Mutter verlassen hatte, um nach Homburg zu übersiedeln, fing die Mutter an, sich bei Sinclair zu beschweren, daß ihr Sohn nicht schreibe:

Auch nehme ich mir [...] die Freiheit, Euer Gnaden gehorsamst zu bitten meinen l. Sohn bey Übersendung meines Briefs, an ihn die Erinnerung gehen zu lassen, daß er mir wan noch kein Schreiben von ihm unterwegs seyn solte, mir doch recht bald zu schreiben, ich berge nicht, daß mir die Verzögerung eines Briefs, auf den ich mit Sehnsucht schon mehrere Wochen warte, das schlimste befürchten ließe. [...] Laider befürchte ich, daß sein langes Stillschweigen ein trauriger Beweis ist, daß seine Gemüths Stimung sich noch nicht gebessert hat [...] weiß ja auch nicht, ob er seine Bücher u. alle seine Kleider, u. Weißzeug nöthig hat, haben Sie die Gnade meinem Sohn zu sagen was er deswegen mir zu schreiben hat, wan ich nur so glücklich wäre recht bald eine beruhigende Nachricht zu erhalten.[204]

Sinclair antwortet klipp und klar, der Grund von Hölderlins Schweigen seiner Mutter gegenüber sei nicht etwa, daß es ihm schlecht gehe: »Vielmehr befindet sich derselbe vollkommen wohl und zufrieden.« Auch erklärt Sinclair sein eigenes Stillschweigen der Mutter gegenüber damit, daß »Ihr Herr Sohn es von mir verlangt hat, daß ich nicht eher schreiben sollte, als bis daß er schrieb« – was zu tun Hölderlin allerdings lange versäumt hat.
Übrigens ist Sinclairs Brief derjenige, in dem er Zweifel an der Echtheit von Hölderlins angeblicher Geisteskrankheit äußert.[205]
Einen Monat später, am 27. August 1804, wiederholt die Mutter die Bitte an Sinclair:

Das lange Stillschweigen meines l. Sohns macht mir bange Besorgnisse [...] Immer noch läßt der l. Hölderlin mich auf einen Brief von ihm warten, welches ich kaum erklären kann, da er mich mit so zärtlichen Gesinnungen verließ, u. gewiß versprach mir bald zu schreiben.[206]

Am 25. November 1804 meldet die Mutter an Sinclair, sie habe endlich einen Brief von ihrem Sohn erhalten. Dieser Brief ist nicht überliefert worden; es ist nicht ausgeschlossen, daß ihn die mißmutige Mutter vernichtete. Zu diesem Brief ihres Sohnes schreibt sie nämlich an Sinclair:

Laider bin ich durch seinen erhaltenen Brief wegen sein traurigen Gemüthszustand um nichts beruhigter worden, vielmehr habe ich ursache zu beförchten, daß sich solches verschlimmert haben möchte, ich habe mich oft gewundert daß in seinen Briefen so wenig von der Zerüttung seines Verstandes zu bemerken war, aber laider ach laider waren in dem erhaltenen Schreiben genug Spuhren hiervon. ich mußte so lange harren, auch etwas von ihm, u. seinem Befinden zu erfahren, u. dann wurde meine Sehnsucht so wenig befriedigt, der ganze Brief war beynahe von unserm l. Frizle, seinem Befinden, dessen Lehrer, u. Lehrart angefüllt, aber so daß man oft raten mußte, ob er den Lehrer oder Lernenden meinte. Auch war mir dies kein gutes Zeichen, daß er schrieb, er würde mir bald geantwortet haben, habe aber nur eine ruhige Stunde abwarten wollen, auch dies, er habe seinen Coffer schon lange erwartet, da er mir doch hier sagte, er wolle mir schreiben was er für Bücher nöthig habe, u. ich ihm deswegen einigemal geschrieben u. in seinem Brief doch keine Belehrung bekam. [...] Ich schrieb ihm er solle mir melden ob und wieviel ich ihm mit der Gelegenheit des Coffers Geld senden solle. Auf dieses meldete er mir, daß er für dieses Jahr keins nötig habe, welches ich mir kaum erklären kann, da die Bedürfnisse doch so mancherley seyn, die befriedigt werden müssen, u. ich es nicht verlange, daß ihm am Nötigen etwas abgehe.[207]

Aus diesem wahrscheinlich einzigen im Laufe der zehn Jahre von 1802 bis 1812 an die Mutter gerichteten Brief Hölderlins – richtiger, aus dem im Brief der Mutter an Sinclair erhaltenen Widerschein des nicht erhaltenen Briefes, den die Mutter wohl als unerfreulich unterdrückt hat – erhellt eindeutig, daß das Verhältnis zwischen Mutter und Sohn ein zutiefst gestörtes ist. Er läßt sie »von ihm und seinem Befinden« nichts erfahren; er redet nur über ziemlich nebensächliche, gleichgültige Themen: seinen Neffen, den »lieben Frizle«, dessen Lehrer und seine Lehrart ... Die Mutter sucht nach einem Vorwand, mehr vom »l. Sohn« zu hören: er wolle ihr doch schreiben, was er für Bücher nötig habe, ob sie ihm Geld

senden solle ... Darauf hatte er übrigens schon geantwortet, daß er für dieses Jahr keins nötig habe.
Die Mutter hatte recht: Dieser einzige Brief des Sohns war ein die Wiederaufnahme einer herzlichen Beziehung zur Mutter verweigernder Brief.
Es ist ein einziger Brief der Mutter an ihren Sohn erhalten geblieben. Er ist in unserem Zusammenhang sehr bezeichnend. Er lautet wie folgt:

Allerliebster Sohn! ob ich schon nicht so glücklich bin auf mein wiederholtes Bitten auch einige Linien von Dir mein Lieber zu erhalten, so kan ich es doch nicht unterlaßen, Dich manchmal von unserer vordauerenden Liebe, u. Andencken zu versichern. Wie sehr würde es mich freüen und erheitern, wan Du mir nur auch wieder einmal schreiben woltest, daß Du die L. Deinigen noch liebst, u. an uns denckest. Vieleicht habe ich Dir ohne mein Wisen u. Willen Veranlassung gegeben, daß Du empfindlich gegen mich bist, u. so bitter entgelten läßt, sei nur so gut u. melde es mir, ich will es zu verbessern suchen. Oder wan Dir etwas an Deinem Weiszeug oder Kleidungsstücke abgehen solte, so schreibe es mir oder bitte Deinen Hausherrn daß er mir schreibt. [...] ich sende Dir anbei ein Wämsle u. 4 Paar Strümpf u. 1 paar Handschu als einen Beweis meiner Liebe u. Andencken. Ich bitte Dich aber daß Du die wollene Strümpfe auch trägst ... Nebst unserm allerseitigen herzlichen Gruß u. Bitte daß Du mich auch wieder mit etwas erfreust u. bald schreibst, schliese ich mit der Versicherung daß ich unverändert verharre Deine getreüe M. Gockin. Nürtingen den 29. October 1805.[208]

Wer lesen kann, der lese: dieser Brief ist ein Zeugnis des affektiven Bruchs zwischen Mutter und Sohn, aber auch des Unverständnisses der Mutter. Sie hat anscheinend nicht einmal eine Ahnung von dem, was sie an ihrem l. Sohn verbrochen hat: »Vieleicht habe ich Dir ohne mein Wisen und Willen Veranlassung gegeben, daß Du empfindlich gegen mich bist ...« An dem Auftritt im Juli 1802 nach der Entdekkung von Hölderlins heimlicher Korrespondenz mit Susette und den Vorstellungen, die sie ihm gewiß daraufhin machte, hat sie anscheinend nichts verstanden. Und von dem ganz konkreten Grund seines »traurigen« Gemütszustands nach den Erlebnissen im Juni 1802 weiß sie immer noch nichts, oder sie tut so, als ob sie nichts wüßte. Sie versucht, mit einem Wämsle, vier Paar wollenen Strümpfen und einem Paar Handschuhen als »Beweis meiner Liebe u. Andencken« wiedergutzumachen, was sie getan hat. Weiter reicht ihr Verständnis, ihr affektives Entgegenkommen dem Sohn gegenüber, nicht.

Wie sollte, wie konnte Hölderlin – anders als durch schonendes Schweigen – reagieren?

Dann kommt das Ereignis vom 11. September 1806, der gewaltsame Abtransport Hölderlins von Homburg nach Tübingen. Eigentlich ist die Mutter daran schuld.

Am 3. August 1806 hatte Sinclair (siehe Dokument Nr. 18) einen dringenden Brief an die Mutter geschrieben, Hölderlin könne nicht länger in Homburg bleiben; er, Sinclair, könne für ihn nicht mehr sorgen, die Mutter solle also die Verantwortung für ihren Sohn wieder übernehmen und ihn von Homburg »entfernen«.

Anscheinend hat die Mutter einfach irgend jemandem in Homburg – vielleicht dem Sattlermeister Lattner, einem Landsmann Hölderlins, bei dem er in der letzten Zeit in Homburg wohnte, denn dessen Schwiegervater, der Hofweißbindermeister Georg Hammelmann, scheint mit dem Abtransport Hölderlins zu tun gehabt zu haben – ohne weiteres brieflich den Auftrag gegeben, ihren Sohn nach Tübingen zu verbringen. Vielleicht hat auch Sinclair selbst den Auftrag gegeben, aber das ist weniger wahrscheinlich. Auf jeden Fall hat die Mutter die Kosten des Transports beglichen.[209]

Sie hätte entweder ihren l. Sohn selbst abholen können oder doch seine l. Rike oder den Bruder Karl bitten können, den »kranken« Hölderlin abzuholen und nach Tübingen – oder auch ganz einfach nach Hause, zu ihr nach Nürtingen – zu bringen.

Ich kenne keine Mutter, die sich nicht so verhalten hätte. Sie aber nicht. Sie hat Anweisungen gegeben – wahrscheinlich einfach die Anweisung, ihn ins Krankenhaus von Autenrieth einzuliefern – und die Rechnungen sowohl für den fatalen Transport als auch für den Aufenthalt in der Klinik beglichen. Damit meinte sie wohl, als fromme und pflichtbewußte Frau ihre mütterliche Pflicht hinreichend erfüllt zu haben.

Es ist auch anscheinend niemandem eingefallen, daß auf dem

Weg von Homburg nach Tübingen die Fahrt über Nürtingen kaum ein Umweg ist. Doch die Zwischenstation bei Frau Mutter war nicht vorgesehen und fand nicht statt.
Auch hat wohl noch niemand darüber gestaunt, daß in den zweiundzwanzig Jahren zwischen der Ablieferung Hölderlins im Autenriethschen Klinikum im Jahre 1806 und ihrem Tode im Jahre 1828 die Mutter kein einziges Mal eine Gelegenheit gefunden hat, ihren Sohn in Tübingen zu besuchen. Was mag der Grund gewesen sein?
War sie zu alt, um sich zu bewegen? Nein: 1806 war sie erst 58, also noch lange keine Greisin.
War sie etwa altersschwach, krank, in irgendeiner Weise unbeweglich? Nein, sie blieb bis ins hohe Alter rüstig.
War sie zu arm, um sich die Reise zu leisten? Nein, sie war eine wohlhabende Dame.
War es ihr zu weit? Von Nürtingen nach Tübingen sind es etwa 28 km, höchstens vier Stunden Wegs mit einer Mietkutsche – also eine bequeme Tagesreise hin und zurück.
Nein: wenn sie ihren Sohn nicht besucht hat, muß der Grund dafür anderswo gesucht werden. Dieser Grund mag ein zweifacher gewesen sein und einen doppelten Aspekt gehabt haben: ihrerseits und seinerseits.
Seinerseits: Wäre sie zu ihm gekommen, hätte er sie vielleicht zur Tür hinausgewiesen. Zumindest durfte sie es – nicht unbegründet – befürchten, und sie wollte sich dieser kränkenden Eventualität nicht aussetzen. Da liegt auch eine Grenze ihrer Mutterliebe.
Ihrerseits: Sie hatte den mißratenen Sohn abgeschrieben und wollte so wenig wie möglich von ihm hören, so wenig wie möglich mit ihm zu tun haben. Sie sorgte für ihn, indem sie finanziell für ihn aufkam – übrigens mit seinem eigenen Geld, nicht mit dem ihrigen – und ein bedeutendes Gratial des Königs von Württemberg erwirkt hatte. Damit war es getan; damit, so meinte sie, sei sie ihren Verpflichtungen nachgekommen.

Hölderlin kann seine Verwandten nicht ausstehen; wenn sie ihn nach langen Jahren besuchen, so fährt er wütend auf sie ein,[210]

schrieb Zimmer an einen Unbekannten. Von den »Verwandten« ist die Mutter nicht auszunehmen.

Doch am 12. September 1812 fängt Hölderlin wieder an, ab und zu, etwa viermal im Jahr, seiner Mutter zu schreiben. Unter welchen Umständen nimmt er die Korrespondenz wieder auf?
Als vielleicht dritter Brief der neuen Reihe können vier Zeilen gelten:

Herr Zimmer erlaubt mir, eine Empfehlung von mir hinzuzusezen. Ich empfehle mich in Ihr gütiges Andenken. Können Sie, theuerste Mutter! mich bald wieder mit einem Briefe erfreuen, so wird diß an ein dankbares Herz geschehen.[211]

Dieser kurze Zettel wurde einem Brief Zimmers an die Mutter vom 2. März 1813 angefügt, mit dem Postskript:

Ich habe Hölderlin gefragt, ob Er nicht auch schreiben wolle. Es scheint aber, daß Er würklich keine Lust dazu hat.[212]

Nein, dazu hat er keine Lust, dazu hat er schon lange, seit dem fatalen Auftritt vom Juli 1802 in Nürtingen, keine Lust mehr gehabt.
Warum sollte man nicht in diesem Punkte dem Bericht von Gustav Kühne nach einer Unterredung mit Zimmer Glauben schenken?
Hier die von Kühne überlieferten Worte Zimmers:

Früher, als noch sei' alte Mutter hat gelebt, [...] da nahm i ihn vor und sagt', 's wär bös, daß er nit mehr an sie dächt'. Und da nahm er sich z'samme und schrieb 'nen Brief. Und das geschah immer ganz ordentlich und klar, wie 'n Gewöhnlicher schreibt. Wie geht's Dir, liebwerth Mütterche, und so in der Weise ganz einfach. Nur einmal schloß er den Brief: Leb' wohl, es überläuft mich, ich fühl' ich muß schließe.[213]

Waiblinger berichtete:

Seiner alten Mutter schrieb er, aber man mußte ihn immer mahnen. Diese Briefe waren nicht unvernünftig. Aber nur so, auch dem Styl nach, wie ein Kind schreibt, das noch nicht fertig denken und schreiben kann. Einer war einmal in der That gut, endete aber so: »Ich sehe, daß ich aufhören muß.« Hier verwickelte er sich schon, fühlte es selbst und schloß. Man kann diesen Zustand am besten mit der Störung im Denken vergleichen, die man bei Krankheiten, bei starkem Kopfweh, heftiger Schläfrigkeit, und des Morgens nach einem allzu unmäßigen Abend beim Weine in sich gewahrt.[214]

Wie Hölderlin an die Mutter geschrieben hat, können wir selbst beurteilen, da die sechzig an sie gerichteten Briefe erhalten sind. Sie verdienen es, näher betrachtet zu werden. Ich muß gestehen, daß ich selbst diese Briefe jahrzehntelang als Dokument, ja als das Dokument überhaupt, zu Hölderlins Geisteskrankheit betrachtet habe. Heute erscheint mir das nicht mehr so einfach.

Nicht nur die sechzig Briefe an die Mutter, auch weitere vier Briefe an die Schwester und einer an den Bruder aus der späten Zeit sind erhalten. Der Vergleich der Briefe an die Geschwister mit denjenigen an die Mutter erlaubt, die den Briefen an die Mutter eigene Spannung festzustellen und zu ermessen.

Hier der längere Brief an die Schwester, der nicht datierbar ist, doch bestimmt vor dem Tod der Mutter (1828) geschrieben wurde:

Meine verehrungswürdige Schwester! / Ich danke Dir herzlich, daß Du auch, wie unsre gütige Mutter, so viel Antheil nehmen wolltest an mir, und mich mit einem so vortrefflichen Schreiben erfreuen. Du bist allein zu Hauße; Du hast um so mehr Gelegenheit, der Ruhe Deines Gemüths, die ein Vorzug von Dir ist, nachzuhängen, und die Zurückkunft unsrer lieben verehrungswürdigen Mutter bringt Dich zu dem Angedenken von allem, was Dir lieb ist an ihr. Es sollte mich recht freuen, Dich auch einmal in Nürtingen wieder zu sehen; es freuet mich recht herzlich, daß Du in dem angenehmen Aufenthalte Dich befindest, und für Deine mir so theure Gesundheit sorgen kanst, und für die Heiterkeit Deines Gemüthes. Willst Du die gütige Mühe, Briefe an mich zu adressiren, noch künftig auf Dich nehmen, so will ich mich der Dankbarkeit so ferne befleißigen, und erkentlich seyn. Herrn Zimmers unterrichtender Umgang und aufmunternde Güte gegen mich ist mir ein großer Vortheil. Ich empfehle mich in Deine schwesterliche Liebe und nenne mich / Deinen / gehorsamst ergebenen Bruder / Hölderlin.[215]

Wo sind in diesem Brief Symptome einer Geistesgestörtheit zu erkennen? Wohl ist der Stil des Briefs nicht ganz konventionell, aber wann hat denn Hölderlin konventionell geschrieben? Und man muß bedenken: dies ist der Brief eines »Ein-

siedlers«, der es seit Jahren oder Jahrzehnten aufgegeben hat, mit den Menschen »normal« zu verkehren. Keine einzige Wendung verstößt gegen Verstand oder Grammatik; der Schreibende sagt genau, was er zu sagen hat.
An den Bruder schreibt er, vermutlich 1822 oder 1823:

Theuerster Bruder! / Du wirst es gut aufnehmen, daß ich Dir einen Brief schreibe. Ich bin überzeugt, daß Du es glaubst, daß es ein wahres Vergnügen für mich ist, wenn ich weiß, daß es Dir gut geht und daß Du gesund bist. Wenn ich Dir nur sehr wenig schreibe, so nehme den Brief als ein Zeichen der Aufmerksamkeit von mir an. Ich merke, daß ich schließen muß. Ich empfehle mich Deinem wohlwollenden Angedenken und nenne mich / Deinen / Dich schäzenden Bruder / Hölderlin.[216]

Auch dieser Brief ist ganz normal, besonders wenn man bedenkt, daß die Beziehungen Hölderlins zu seinem Halbbruder nicht die freiesten waren, ja selbst, wenn man von der Möglichkeit einer zeitweiligen Verliebtheit Hölderlins in Eberhardine Blöst, die spätere Frau Karl Goks, absieht. Bei dem Erbstreit nach dem Tode der Mutter hat sich Karl Gok, den Erbanspruch seines Bruders bestreitend, ja nicht sehr »brüderlich« verhalten.
Was die Briefe an die Mutter betrifft, sollen hier einige Auszüge wiedergegeben werden, als Zeugnisse, daß sie keineswegs »Dokumente eines seelischen scheinbar leeren Zustandes« und einer »trostlosen geistigen Umnachtung«[217] sind, als die man sie dargestellt hat.
Selbst Paul Raabe, der diese Briefe als »einen schaurigen, gespenstischen Nachhall« der früheren Briefe empfindet, muß anerkennen: »Bei eingehender Untersuchung ist festzustellen, daß diesen Briefen ein ganz bestimmter Sinn zugrunde liegt, der sich durch die erstarrten Formen hindurch verständlich machen will.« Bei näherer Betrachtung geht einem »unheimlich« der Sinn der Worte Hölderlins auf. Einiges klingt wie »diabolische Ironie«. Es sind – und da dringt Paul Raabe bis zur Tür der richtigen Erkenntnis, bleibt aber vor ihr stehen – »Selbsterkenntnisse eines von der Gesellschaft ausgestoßenen, in einem unbekannten Lande auf der anderen Seite des Lebens weilenden Menschen«, der weiß, daß er jetzt »keine Art zu sagen habe«.[218]

Ich sage im Grunde auch nichts anderes als das, was hier Paul Raabe richtig sagt: auf der anderen Seite des Lebens weilt, »wohnt« Hölderlin, in einem unbekannten Lande – sagen wir, irgendwo zwischen Leben und Tod, am Ufer des Lethestroms.

Warum aber glaubt Paul Raabe, dies sei Wahnsinn, sei Geisteskrankheit? Warum fügt er hinzu, Hölderlin habe diesen Brief »wohl ohne eigentliches Bewußtsein«[219] geschrieben?

Paul Raabe kommentiert besonders eingehend den letzten Brief an die Mutter als den »seltsamsten, aber zugleich gehaltvollsten Brief aus der Zeit der Krankheit«. Also zuerst hier der Brief Nr. 307, wohl der letzte Brief, den Hölderlin überhaupt geschrieben hat:

Verzeihen Sie, liebste Mutter! wenn ich mich Ihnen nicht für Sie sollte ganz verständlich machen können.

Ich wiederhohle Ihnen mit Höflichkeit was ich zu sagen die Ehre haben konnte. Ich bitte den guten Gott, daß er, wie ich als Gelehrter spreche, Ihnen helfe in allem und mir.

Nehmen Sie sich meiner an. Die Zeit ist buchstabengenau und allbarmherzig.

Indessen

Ihr gehorsamster Sohn
Friedrich Hölderlin[220]

Zu diesem Brief schreibt Paul Raabe zuerst:

Der Eingangssatz erschüttert durch das Wissen des Schreibers, in ein geistiges Stadium getreten zu sein, aus dem die Mutter ihn nicht mehr verstehen kann.[221]

Paul Raabe verkennt, daß die Mutter ihren Sohn nie verstanden hat, ihn auch nie hat verstehen wollen, nie bemüht gewesen ist, ihm Verständnis entgegenzubringen; daß seinerseits der Sohn die Erfahrung des Unverständnisses seiner Mutter immer wieder hat machen müssen und darunter schwer gelitten hat. Dies hat mit einem »geistigen Stadium« (lies: einem Stadium der Geisteskrankheit) nichts zu tun. Die angebliche »Erkrankung« hat an diesem Unverständnis nichts geändert, weder zum Guten noch zum Schlechten. Immer wieder hat der Sohn versucht, sich der Mutter verständlich zu machen;

immer wieder hat sie sich geweigert, ihm entgegenzukommen, immer wieder ist er in seinem Versuch abgewiesen worden, immer wieder ist sein Annäherungsversuch gescheitert.
Dies wird von ihm gleich im ersten Satz seines allerletzten Briefs festgestellt: »wenn ich mich Ihnen nicht für Sie sollte ganz verständlich machen können« – »für Sie« ist das entscheidende Wort. Doch nimmt er pietätvoll die Schuld auf sich: »Verzeihen Sie [...]«
Zweite Bemerkung Paul Raabes:

Im zweiten Absatz äußert sich Hölderlin noch als Dichter – er schreibt in seinem Zustand »Gelehrter« – in offenbarer Erinnerung einer Verszeile, mit Inversion eines Pronomens. Man könnte hier fast von dem Bruchstück eines Eigenzitats sprechen.[222]

Mit Recht hat Paul Raabe ein Zitat vermutet; doch warum meint er, Hölderlin habe »in seinem Zustand« die Bezeichnungen »Dichter« und »Gelehrter« verwechselt? Hier spricht Hölderlin nicht als Dichter, sondern als Gelehrter, denn die Zeile »Die Zeit ist buchstabengetreu und allbarmherzig« ist kein Selbstzitat, sondern die erweiternde Übertragung einer Zeile aus dem *Oedipus*, V. 1213 des Urtextes, »o panth' horôn chronos«, V. 1232 von Hölderlins Übersetzung: »Die allesschauende Zeit«. Die klassischen Kommentatoren, mit denen Hölderlin gewiß vertraut war, berufen sich auf Sophokles, Fragment 280, und auf *Oedipus*, V. 614, in Hölderlins Übersetzung V. 621: »Es zeigt die Zeit den rechten Mann allein«, um die Zeit mit der göttlichen Gerechtigkeit zu identifizieren.
Wohl hat hier, im Brief an die Mutter, Hölderlin die Eigenschaft der Zeit als »allesschauende« erweitert, indem er ihr die »Genauigkeit« als eine Form der Gerechtigkeit, aber auch – was im griechischen Text nicht enthalten ist – »Allbarmherzigkeit« zuschreibt. Dies ist doch das Resultat einer langjährigen geistigen Beschäftigung mit dem Thema »Zeit«, die er in seiner Abgeschiedenheit sehr wahrscheinlich fortgeführt hat. Der Beweis dafür ist die Tatsache, daß mitten in der Handschrift der ersten Fassung des *Empedokles* Hölderlin die Verse 48–54 der *Ersten Olympischen Hymne* des Pindar abgeschrieben hatte – ein Text, den er wahrscheinlich mit Sinclair kommentierte, da dieser sie später dem ersten Band seiner

dramatischen Trilogie voranstellte: »hamerai d'epiloipoi martures sophôtatoi«,[223] zu deutsch: »Künftige Tage aber sind zuverlässigste Zeugen.«[224]
Das Thema des »Abends der Zeit«, der alles versöhnt, kommt bei Hölderlin öfters vor und ist immer ein grundlegender Gedanke seiner Weltanschauung gewesen. Es findet sich sowohl in der Skizze *Versöhnender*... als auch in der *Friedensfeier*: »Denn siehe es ist der Abend der Zeit«, »darum rief ich Dich, Unvergeßlicher, Dich zum Abend der Zeit«. Man erinnere sich an die Strophen 12–14 der *Rhein*-Hymne, wo der Abend als die Zeit der Versöhnung dargestellt wird, wenn

[...] ausgeglichen
Ist eine Weile das Schiksaal.
[...] aber die Unversöhnten
Sind umgewandelt und eilen
Die Hände sich ehe zu reichen,
Bevor das freundliche Licht
Hinuntergeht und die Nacht kommt.[225]

In diesem Brief wäre also gleichsam eine letzte Botschaft an die Mutter enthalten. In seinem letzten Versuch, sich ihr verständlich zu machen, redet er vom »guten Gott« seiner Mutter, dem er aber seine eigene »Gelehrtheit«, d.h. die Weisheit der Griechen, gleichstellt.
Ergreifend ist Hölderlins Wort an die Mutter: »Nehmen Sie sich meiner an.« Paul Raabe spürt es ganz richtig: »Aus größter Not fleht der Sohn zur Mutter.« Aber die Mutter hat das Flehen ihres Kindes nicht gehört, nicht vernommen.
Unrichtig dagegen ist m.E. die Vermutung Raabes, dieser so bedeutungsschwere Brief stehe »an der Grenze von Krisis und Zusammenbruch«, sei also früher geschrieben worden als andere »Dokumente aus der Wahnsinnszeit«. Paul Raabe verkennt, daß, wo äußere Anhaltspunkte fehlen, die Dokumente aus der »Wahnsinnszeit« überhaupt nicht datierbar sind, weil sich der geistig-seelische Zustand Hölderlins in der zweiten Hälfte seines Lebens praktisch nicht geändert hat, sondern ein äußerst stabiler geblieben ist – was wohl nicht der Fall gewesen wäre, wenn es sich um eine »Krankheit« (im pathologischen Sinne des Wortes) gehandelt hätte.

Auch die anderen Briefe Hölderlins an die Mutter sind von Bedeutung und verdienen es, genauer interpretiert zu werden, sei es nur, um seine Beziehung zur Mutter psychologisch zu klären. Hier einige Auszüge daraus.
Aus dem zweiten Brief (Nr. 248):

Liebste Mutter! / Ich ergreife die von Herrn Zimmer mir gütigst angebotene Gelegenheit, mich in Gedanken an Sie zu wenden, und Sie noch immer von der Bezeugung meiner Ergebenheit und der Redlichkeit meiner Anhänglichkeit zu unterhalten. [...] Wenn ich Ihnen nicht kann so unterhaltend seyn, wie Sie mir, so ist es das Verneinende, das in ebenderselben Ergebenheit liegt, die ich Ihnen zu bezeugen die Ehre habe. Meine Theilnahme hat an Ihnen noch nicht aufgehört; so fortdaurend Ihre mütterliche Gütigkeit, so unverändert ist mein Angedenken an Sie, verehrungswürdige Mutter! [...][226]

Das »Verneinende« in seiner Beziehung zur Mutter ist ihm wohl bewußt, auch, daß es seiner »Ergebenheit« ihr gegenüber und der Bezeugung derselben zugrunde liegt und die Beziehung zerstört; er versucht diese psychologische Erkenntnis der Mutter nahezulegen.
Aus Brief 257:

Mich auszudrüken, ist mir so wenig gegönt gewesen im Leben, da ich mich in der Jugend gerne mit Büchern beschäfftiget und nachher von Ihnen entfernte.[227]

Hier wird in einem Satz gleich zweierlei ausgesagt: erstens, daß es ihm nie gegönnt gewesen sei, den Stil des Sichunterhaltens zu beherrschen und Unbedeutendes zu reden; zweitens das Geständnis, daß er sich von der Mutter auch auf dem Gebiet des Sichunterhaltens »entfernte«, d. h., daß er mit ihr nicht mehr ins Gespräch kommen konnte. Dies hat aber, wie wir gesehen haben, seinen guten Grund. Hier nimmt er pietätvoll die Schuld auf sich.
Aus Brief 259:

Verehrungswürdige Mutter! / Wenn meine bisherigen Briefe Ihnen nicht ganz gefallen konnten, so kann eine öftere Erweistung einer solchen Aufmerksamkeit die gutwillige Bemühung anzeigen. Es ist oft so, daß die Übung auch diese Gestalt annehmen kann.[228]

Im Klartext: Sie, meine Mutter, finden keinen Gefallen an meinen Briefen, weil ich Ihnen nichts zu sagen habe. Doch schon die Tatsache, daß ich Ihnen schreibe, soll an sich ein Zeichen meiner Aufmerksamkeit Ihnen gegenüber sein; mehr als das kann ich nicht, aber es sollte reichen. Dies ist auch der Sinn von Brief 270:

Verehrungswürdige Mutter! / Ich schreibe Ihnen schon wieder. Das Wiederhohlen von dem, was man geschrieben hat, ist nicht immer eine unnötige Beschaffenheit.[229]

Mit anderen Worten: Es muß nicht in jedem Brief etwas Neues, eine (wie man heute sagt) »Information« enthalten sein, besonders, wenn ein Einsiedler schreibt, der nicht mehr »lebt« oder nicht mehr im Leben lebt. Im Brief 280 sagt er sehr schön, Briefe seien »das Zeichen der Seele, das nicht lebendige«, und als solches »eine Wohlthat für die Menschen«.[230]
Er weiß es wohl:

Mein Briefschreiben wird Ihnen nicht immer viel seyn können, da ich das, was ich sage, so sehr, wie möglich, mit wenigen Worten sagen muß, und da ich jezt keine andere Art zu sagen habe.[231]

Wie kann man da noch behaupten, Hölderlin habe »wohl ohne eigentliches Bewußtsein« geschrieben? Das, was er zu sagen hat, »so sehr, wie möglich, mit wenigen Worten [zu] sagen«, ist schon immer sein Bestreben gewesen – und es ist so sehr zu seiner Natur geworden oder entspricht so sehr seiner Natur, daß er »jezt« – aber schon lange nicht mehr – »keine andere Art zu sagen« hat. Wie es im Prolog zur *Friedensfeier* heißt: »ich kann nicht anders.«
Selbstverständlich ist sein Sprachgebrauch kein »normaler«, insofern er kein umgänglicher, i.e. kein zum »normalen« Umgang mit Menschen dienender Sprachgebrauch ist. Aber er hat, nicht zuletzt als dichterisches Temperament, schon immer dazu tendiert. Seit den Jahren der Isolierung – eigentlich seit dem Sommer 1802 – hat er sich in die sprachliche Abgeschiedenheit zurückgezogen.
Doch hat dies m.E. nichts mit irgendeiner Form einer geistigen Erkrankung zu tun: Es ist die »normale« Folge der Entwicklung eines bestimmten Temperaments unter bestimmten

Umständen – eine Entwicklung, die völlig konsequent verläuft und als solche zu verstehen ist.

In den Briefen an die Mutter fallen zwei verschiedene Phänomene zusammen, die es auseinanderzuhalten gilt.
Das eine ist Hölderlins wohlbedachte Zurückgezogenheit auf seine »Insel«, eine Zurückgezogenheit, die sich in der Bildung eines ganz eigenen Sprachgebrauchs spiegelt.
Das andere Phänomen ist eine Spiegelung des gestörten Verhältnisses zur Mutter im sprachlichen Ausdruck, im sehr eigenartigen Stil der Briefe an die Mutter.
Im Brief 275 schreibt er:

Verehrungswürdigste Mutter! / Ich schreibe Ihnen, so gut ich im Stande bin, Ihnen etwas zu sagen, das Ihnen nicht unangenehm ist. [...] ich bin Ihnen bekannt, wie ich mit meinen Bitten bin und Ihnen beschwerlich falle.[232]

Im Brief 272 steht:

Nehmen Sie es nicht ungütig, daß ich Ihnen noch, wie Sie mich überzeugt haben, auf diese Art lästig bin.[233]

»Auf diese Art lästig«, wohl weil sie ihm etwas – wahrscheinlich Kleider oder Wäsche, wie sie es ab und zu tat – geschickt hat.
Im Brief 289 steht:

Beste Mutter! / Ich bestrebe mich, Ihnen so wenig, wie möglich unangenehm zu werden, und schreibe deßwegen, so offt ich kann.[234]

Daß er seiner Mutter »lästig«, »unangenehm«, »beschwerlich« ist, empfindet er schmerzlich. Sie hat alles getan, ihn das spüren zu lassen. »Wie Sie mich überzeugt haben«: da liegt die Tragik ihrer Beziehung. Daß dem aber so ist, ist nicht seine Schuld, sondern ihre.
Ein Zeichen des Verständnisses seitens der Mutter, ein einziges, rührt ihn zutiefst, so im Brief 279:

Verehrungswürdige Mutter! / Ich danke Ihnen für den erhaltnen Brief. Wie Sie mir geschrieben haben, kann ich mich versichern, daß es mit Ihrer Gesundheit gut geht, und daß Sie zufrieden und vergnügt leben. Haben Sie mir sagen gewollt, wie ich mich gegen Sie verhalten soll, so antwort' ich Ihnen, daß ich trachte, unveränderlich in gutem Vernehmen mit Ihnen zu bleiben. / Ich nenne mich Ihren / Gehorsamsten Sohn / Hölderlin.[235]

Der Sohn klammert sich krampfhaft an die Behauptung (daß man etwas behauptet, bedeutet nicht, daß man daran glaubt, schon eher das Gegenteil, nämlich, daß man daran glauben möchte), die er in besseren Zeiten so formuliert hatte:

Der fromme Geist, der zwischen Sohn und Mutter waltet, stirbt zwischen Ihnen und mir nicht aus.[236]

Einmal doch, ein einziges Mal in seinem Leben, hat er an seine Mutter einen ungehaltenen Brief geschrieben. Hier der Brief:

Theuerste Mutter! / Ich muß Sie bitten, daß Sie das, was ich Ihnen sagen mußte, auf sich nehmen, und sich darüber befragen. Ich habe Ihnen einiges in der von Ihnen befohlenen Erklärbarkeit sagen müssen, das Sie mir zustellen wollten. Ich muß Ihnen sagen, daß es nicht möglich ist, die Empfindung über sich zu nehmen, die das, was Sie verstehen, erfordert. Ich bin / Ihr / gehorsamster Sohn / Hölderlin.[237]

Es ist sehr zu bedauern, daß die Kommentatoren diesen Brief m. W. unbeachtet ließen: Es ist ein ungemein wichtiges Dokument zur Psyche Hölderlins, auch wenn wir damit nichts Rechtes anzufangen wissen, denn es zeugt von der Selbstbehauptung Hölderlins seiner Mutter gegenüber, und dies in einer sehr späten Zeit.
Der Brief ist nicht datierbar. Er trägt, von fremder Hand mit Blei geschrieben, die Nummer 49, könnte also der 49. Brief der neuen, 1812 angefangenen Reihe von Briefen an die Mutter sein. Wenn man annimmt, Hölderlin habe zwischen 1812 und dem Tode der Mutter im Jahr 1828 die sechzig Briefe der neuen Reihe in annähernd regelmäßigen Abständen, also etwa viermal pro Jahr, geschrieben, könnte dieser Brief in das dreizehnte Jahr fallen, also etwa in das Jahr 1825 oder 1826. Es fehlt an biographischen Daten über diese beiden Jahre. Als einziges notiert die *Chronik in Text und Bild* von Adolf Beck und Paul Raabe, daß der Kranke »bei der Mitteilung, daß Uhland und Schwab seine Gedichte, die im Juli bei Cotta erschienen waren, sehr gut redigiert hätten, in tiefen Unmut geraten sei und gesagt hätte, ›er brauche diese Hilfe nicht, er selbst könne redigieren, was er gedichtet‹«.

Dieser Unwillen ausdrückende Brief soll, nach Adolf Beck, »in einer gewissen Erregung über die Mutter geschrieben« worden sein, »worauf auch die Schriftzüge hindeuten mögen«.[238]

Er scheint sich auf einen Brief der Mutter zu beziehen, in dem sie eine Äußerung ihres Sohnes scharf zurückgewiesen hätte. Hier bestätigt Hölderlin mit großer Entschiedenheit das, was er ihr hat »sagen müssen«: Er bittet sie, es »auf sich zu nehmen« und sich selbst darüber zu »befragen« – d.h. sich selbst zu fragen, ob sie an der Störung des Verhältnisses zwischen Mutter und Sohn so unschuldig sei, wie sie sich wähnte. Von ihm, dem Sohn, zu erwarten, er könne und solle alles, was ihm die Mutter sagt, einfach hinnehmen, sei eine Zumutung.

Es fehlt an konkreten Elementen zur Beurteilung des Zwischenfalls. Der Brief der Mutter, auf den sich Hölderlins Antwort bezieht, ist nicht erhalten. Jedoch läßt sich anhand des vorhergehenden, die Nummer 48 tragenden Briefes etwa folgendes mit einiger Wahrscheinlichkeit rekonstruieren. Hier der Brief 48 im Wortlaut:

Verehrungswürdige Mutter! / Ich habe Ihnen schon lange nicht geschrieben. Es hat mich gefreut, daß Sie in Ihrem lezten gütigen Schreiben mir von Ihrer Zufriedenheit, zu leben, die Sie eher Ursache hätten zu loben, schreiben wollten. Ich mache Ihnen meine Danksagung für die gütige Nachricht, die Sie mir von Ihrem Wohlbefinden und von Ihrer Ruhe geben wollten und nenne mich / Ihren / gehorsamsten Sohn / Hölderlin.[239]

Anscheinend hatte die Mutter in dem Brief, den er damit beantwortet, einerseits von ihrer »Zufriedenheit, zu leben«, von ihrem eigenen »Wohlbefinden« und ihrer »Ruhe« geschrieben – doch auch, wie sie es des öfteren tat, weinerlich geklagt und sich beklagt. Darauf antwortet der Sohn mit Brief 48, der sich dann als bittere Entgegnung anhört, daß sie in ihrem »gütigen« Schreiben nur von ihrem eigenen Wohlbefinden spricht, sich um den Sohn wenig kümmernd, und daß sie sich beklagt, wo sie »eher Ursache hätte«, ihre Lebenszufriedenheit zu loben.

Auf den Brief 48 ihres »lieben« Sohnes und auf die in ihm enthaltenen unmißverständlichen Anspielungen hat die Mut-

ter wahrscheinlich verletzt reagiert. Vermutlich hat sie sich wieder einmal über die von ihr erlittenen Schicksalsschläge beklagt: über ihr zweifaches Verwitwen, darüber, daß sie die ebenfalls verwitwete Tochter auf dem Hals habe, daß der mißratene Sohn als unheilbarer und unbrauchbarer Kranker ihr auf der Tasche liege und daß sie solch eine verständnis- und respektlose Unverschämtheit ausgerechnet von ihm nicht erwartet hätte und sich Derartiges in Zukunft verbitte.
Daraufhin antwortet Hölderlin mit dem ungehaltenen Brief 49, der damit seine Erklärung fände und zur Beurteilung der Beziehungen zwischen Mutter und Sohn Wertvolles beitragen dürfte.
Einmal – vielleicht gerade ein paar Monate vor diesem Zwischenfall – hatte Hölderlin erwogen, seine Mutter in Nürtingen zu besuchen. Er schrieb den mit Nr. 46 versehenen Brief:

Theuerste Mutter! / Ich bin vieleicht so frei, Ihnen meine Aufwartung zu machen und Sie zu besuchen. Sollte besonders mein Aufenthalt von längerer Dauer seyn, so wollte ich bitten, mich nicht gerade als Gast zu nehmen, sondern mit dem vorlieb zu nehmen, was die Art und Weise wäre, wo ich mich sonst aufhielte. Ich nenne mich mit wahrer Achtung / Ihren / gehorsamsten Sohn / Hölderlin.[240]

Die Adresse dieses Briefs ist von der Hand Zimmers, der Brief selbst per Expreß geschickt. Man weiß nicht, wie die Mutter darauf reagierte: anscheinend negativ. Aus dem Vorhaben eines Besuchs bei der Mutter ist wohl ihretwegen nichts geworden.
Doch hatte er einen verzweifelten Appell an sie gerichtet:

Meine theuerste Mutter! / Weil HE. Zimmern gütig mir erlaubt, auch zu schreiben bin ich so frei. Ich empfehle mich Ihrer Güte. Sie werden mich wohl nicht verlassen. Ich hoffe, Sie bald zu sehen. Ich bin von Herzen / Ihr / gehorsamer Sohn: Hölderlin.[241]

»Sie werden mich wohl nicht verlassen.« Da ich kein Psychologe bin, wäre es unvorsichtig von mir, in diesem Zusammenhang von »infantiler Regression« zu sprechen. Doch ist dies ein klarer Fall, wo ein Mann wieder zum »Sohn« seiner Mutter zu werden trachtet, diese ihn aber als mißratenen, ihre Hoffnungen und Bemühungen bitter enttäuscht habenden »kranken« Sohn zurückweist und von sich fernhält.

Hölderlin ist es gewesen, der immer wieder einmal versucht hat, sich mit seiner Mutter zu »ver-söhnen«, wieder zum Sohn seiner Mutter zu werden. Der Begriff der Versöhnung war ihm immer wichtig. Der drittletzte Satz des *Hyperion* lautet: »Versöhnung ist mitten im Streit.« Das erste Wort der Hymnenskizze, die als Entwurf zur *Friedensfeier* gilt, ist: »Versöhnender, der du [...]« In der ersten Fassung heißt es: »o sei Versöhnender nun versöhnt daß wir des Abends mit den Freunden dich nennen.« Der Prosaentwurf zum Gedicht *Der Mutter Erde* (der *Mutter* Erde!) fängt an mit den Worten: »O Mutter Erde, du allversöhnende«[242]. Im Entwurf zum *Patmos* steht ebenfalls: »mit der allversöhnenden Erde«[243].
Hölderlin hat wohl nicht verkennen können, daß das Wort versöhnen philologisch mit dem Wort Sohn nichts zu tun hat, sondern mit Sühne. Da liegt wohl ein Wortspiel vor, ganz in Hölderlins Manier: Daß die Vokabel Versöhnung einerseits die Vorstellung des Sohn-Mutter-Verhältnisses enthält, aber auch auf den Begriff der Sühne hinweist, ist ein Beispiel dichterischer, verdichteter Vermittlung.

Zusammenfassend ist festzustellen, daß die späten Briefe Hölderlins an die Mutter nicht so sehr als Dokumente seiner Geisteskrankheit denn als Dokumente eines gestörten Mutter-Sohn-Verhältnisses gelten müssen.
Das Verhältnis zwischen Mutter und Sohn war immer besonders belastet und schwierig gewesen; mit der Krise vom Juli 1802 aber ward es vollends zerstört. Der damalige Bruch war nicht wiedergutzumachen. Zudem hat dieser Bruch für Hölderlin immense Folgen gehabt – innerliche und äußerliche: Hätte ihn die Mutter nicht so abtransportieren lassen, wie es am 11. September 1806 geschah, und hätte sie sich zu ihrem Sohn »mütterlich« verhalten, wäre Hölderlins Schicksal gewiß ein anderes gewesen.
In einem nicht unähnlichen Fall, demjenigen des französischen Dichters Antonin Artaud, der jahrelang in einem Irrenhaus untergebracht war, hatte die Mutter ein Zimmer in der Nähe der Klinik genommen, um ihrem Sohn beizustehen, obwohl dieser von ihr nichts wissen wollte und sie beschimpfte. Eine Mutter ...
Ich erhebe keinen Anspruch, das Verhältnis zwischen Mutter

und Sohn im Falle Hölderlins irgendwie erschöpfend untersucht zu haben: dies sei anderen, Fachkundigeren, vorbehalten. Sie werden wohl zu erwägen haben, ob es den damals vierjährigen Friedrich Hölderlin nicht traumatisiert hatte, daß sich seine schöne und geliebte Mutter wiedervermählte. Ich will hier nur darauf aufmerksam machen, daß das psychologische Problem vielleicht nicht so sehr bei Hölderlin als bei seiner Mutter liegt. Eine pathogene Mutter, vielleicht?
Tatsache ist, daß Hölderlins Beziehung zur Mutter für ihn schwer und vielleicht entscheidend belastend gewesen ist. Die Briefe der späten Zeit an die Mutter zeugen, meine ich, weniger von einer Geistesgestörtheit Hölderlins als von einer pathologischen Beziehung zwischen Mutter und Sohn, für welche ich aber in erster Linie die Mutter verantwortlich mache.
Es ist nicht unverständlich und zeugt nicht von einer pathologischen Gefühllosigkeit, wenn Schwab (wohl nach Zimmer) berichtet, der Tod der Mutter scheine auf Hölderlin wenig Eindruck gemacht zu haben.[244]
Im gleichen Abschnitt ihres Lebensberichts schreiben die Schwabs folgendes:

Die Nachricht vom griechischen Freiheitskampf regte [Hölderlin] für einige Zeit auf und er hörte mit Begeisterung zu, als man ihm erzählte, daß die Griechen Herrn der Morea seien. Bei einem solchen Aufleben, da sein Geist sich wieder zu öffnen schien für die Interessen, die ihn sonst bewegt hatten, glaubte man sich zu weiteren Hoffnungen berechtigt, allein man fand sich bald getäuscht, nach der augenblicklichen Anspannung kehrte die vorige Apathie und Verwirrung wieder zurück.[245]

Gewiß hat die 1829 proklamierte Unabhängigkeit Griechenlands in Hölderlins vorübergehendem Aufleben eine Rolle gespielt. Aber es ist auch nicht auszuschließen, daß das Ableben seiner Mutter 1828 auf ihn ebenfalls als »Befreiung« gewirkt hat. Tatsache ist, daß es ihm damals besonders wohl ging. Nach ihrem Tode berichtete Zimmer, doch nunmehr an Hölderlins Schwester Rike, ihr Bruder befinde sich »ganz wohl«, er habe »noch immer einen starken Appetit«, er sei »nicht mehr unglücklich«, im Umgang »sehr gefällig und zuvorkommend«. Wenn die Studenten ihre Kommerslieder singen, singt er mit »wie ein junger Bursche«; wenn einer einen Walzer spielt, so fängt er gleich zu tanzen an. »Auch witzig ist er.«[246]

Doch inzwischen war Hölderlin fast sechzig geworden. Schon zwanzig Jahre, ein Drittel seines Lebens, hatte er bei Zimmer »in philosophischer Ruhe« verbracht. Für eine Rückkehr in die Welt der Menschen war es zu spät.

Triptychon

Die methodische Untersuchung des »Falles Hölderlin« will ich damit abschließen, daß ich auf die Kontinuität im Leben Hölderlins bis zu seinem Tode hinweise. Drei miteinander verwandte Themen sollen dazu dienen:

- der Begriff des Wahnsinns;
- die Begriffe von Schuld, Strafe und Sühne;
- der Begriff des Todes.

Zuerst zum Begriff des Wahnsinns: Ich will nicht einmal ausschließen, Hölderlin habe sich selbst für »wahnsinnig« gehalten. Doch man halte mir das nicht entgegen: Seine Auffassung des Wahnsinns hat mit unserer Auffassung der Geisteskrankheit nichts zu tun.
Betrachten wir die von Hölderlin kultivierte Vorstellung des Wahnsinns näher.
Seine Hauptquelle dafür werden die alten Griechen gewesen sein. Wo, in welchen ihm bekannten Texten ist bei ihnen von m a n i a die Rede?
Die *Neunte Olympische Ode* des Pindar hat Hölderlin übersetzt oder zu übersetzen die Absicht gehabt. Mit dem ersten Vers hört in den Manuskripten seine Übersetzung, aber vielleicht nur ihre Reinschrift, auf. Auf jeden Fall hat sich Hölderlin mit dieser Ode beschäftigt. Da steht, daß »die Götter herausfordern und sich zu Unrecht rühmen die Menschen ins Verderben stürzt und an Wahnsinn grenzt«. Dies ist aber das Thema des ersten Akts der *Empedokles*-Tragödie in ihrer ersten Fassung. Als Übermütiger hat Empedokles gemeint, die Götter seien ihm dienstbar geworden:

ich allein
War Gott, und sprachs im frechen Stolz heraus.

Empedokles hat sich

mehr
Denn Sterbliche gerühmt, weil ihn zu viel
Beglükt die gütige Natur.

so daß ihm »das Leben zum Gedicht« wurde, denn die Macht der Allebendigen, der Natur, war in ihm. Er konnte

Es nennen, das Wandeln und Wirken deiner Geniuskräfte
Der herrlichen, deren Genoß ich war, o Natur!

Doch

Nun wein' ich, wie ein Ausgestoßener,
Und nirgends mag ich bleiben [...]

[...] bin ich ganz allein? und ist
Es Nacht hier oben auch am Tage? weh!

Der höhers, denn ein sterblich Auge, sah
Der Blindgeschlagene tastet nun umher.

Den Mann, den Freigeborenen haben die Götter hinabgestoßen:

[...] Und dulden sollt ichs
Wie die Schwächlinge, die im scheuen Tartarus
Geschmiedet sind ans alte Tagewerk?
[...] verbirg dirs nicht! du hast
Es selbst verschuldet, armer Tantalus,
Das Heiligtum hast du geschändet [...]
[...] wähntest karger Thor, an dich
Die Gütigen verkauft, daß sie dir,
Die Himmlischen, wie blöde Knechte dienten!

Panthea meint, er habe wohl gegen die Götter »sich versündiget«, und der Priester Hermokrates, der Spruch der Götter habe den Mann getroffen, ehe sein Werk begann. Hermokrates spricht:

Es haben ihn die Götter sehr geliebt.
Doch nicht ist er der Erste, den sie drauf
Hinab in sinnenlose Nacht verstoßen,
Vom Gipfel ihres gütigen Vertrauns,
Weil er des Unterschieds zu sehr vergaß
Im übergroßen Glük, und sich allein
Nur fühlte; so ergieng es ihm, er ist
Mit gränzenloser Oede nun gestraft.[1]

Diese »gränzenlose Oede«, die totale Vereinsamung, ist eine psychische Situation, die Hölderlin an sich selber erlebt hatte. Im *Empedokles* muß wohl manches, wenn nicht alles, als Selbstbekenntnis Hölderlins verstanden werden, u. a., daß »die Götter« den Übermütigen mit Niedergeschlagenheit strafen (sie »schlagen« ihn zu Boden), aber auch, daß die Götter nichts umsonst geben:

Umsonst wird nichts den Sterblichen gewährt.[2]

Davon zeugen die Schatten, die im Tartarus weilen:

[...] du hast
Es selbst verschuldet, armer Tantalus![3]

Es sei hier an den Brief erinnert, den Hölderlin vor der Abreise nach Bordeaux an Böhlendorff schrieb:

Sonst konnt' ich jauchzen über eine neue Wahrheit, eine bessere Ansicht deß, das über uns und um uns ist, jezt fürcht' ich, daß es mir nicht geh' am Ende, wie dem alten Tantalus, dem mehr von Göttern ward, als er verdauen konnte.[4]

Doch nicht nur im Jenseits, im Tartarus wie Tantalus, schon im Diesseits können die Götter den Schuldigen mit Blindheit – sei es mit physischer Blindheit wie im Falle des Ödipus, sei es mit psychischer Blindheit wie im Falle des Ajax – »schlagen«, so daß es für ihn »Nacht hier oben am Tage« ist.

In den *Bacchantinnen* des Euripides, deren Prolog Hölderlin übersetzt hat und deren Mythos von der Geburt des Dionysos den Gedichtentwurf *Wie wenn am Feiertage* ... inspirierte, so daß Bernhard Böschenstein mit Recht in diesem Prolog »mehrere Schlüsselstellen für Hölderlins eigene Dichtung«[5] erkennt, ist der Wahnsinn Teil einer planvollen Strategie des Gottes, der in seiner Macht vom König Pentheus anerkannt und geehrt werden will. Dionysos ist »der wahnsinnstiftende Gott«.

Mit dem *Ajax* des Sophokles hat sich Hölderlin mehrmals und eingehend beschäftigt. Die Verse 394–426 und 596–615 hat er übersetzt. Mehrmals erwähnt er das Stück.
Im *Thalia-Fragment* des *Hyperion* erlebt der in Melite (die spätere Diotima) verliebte Held eine schwere Enttäuschung. Melite scheint ihm auszuweichen; sie läßt ihm sagen, sie komme nicht. Er beschließt, sie »nimmer zu sehen«. Verzweifelt, »gedankenlos und zitternd«, zwingt sich Hyperion nach Hause, schlägt den *Ajax mastigophoros* auf und versucht, darin zu lesen; doch vergeblich.

Endlich ergrimmt ich über meinen Wahnsinn, und sann mit Ernst darauf, es von Grund aus zu vertilgen, dieses tödtende Sehnen. Aber mein Geist versagte mir den Dienst.[6]

Warum schlägt er gerade den *Ajax* auf? Weil da vom Wahnsinn des Ajax und seinem freiwilligen Tod die Rede ist.
In der vorletzten Fassung des Romans heißt es:

Der Ajax des Sophokles lag vor mir aufgeschlagen. Zufällig sah' ich hinein, traf auf die Stelle, wo der Heroë Abschied nimmt von den Strömen und Grotten und Hainen am Meere.[7]

In der endgültigen Fassung des Romans heißt es:

Ich lebe jezt auf der Insel des Ajax, der theuern Salamis.[8]

Da, auf dem Vorgebirge, hat sich Hyperion die Hütte des Einsiedlers gebaut.
Dem Gedicht *Der blinde Sänger* schickt Hölderlin einen Vers aus dem *Ajax* als Motto voraus, in seiner eigenen Übersetzung:

Gelöst hat den grausamen Kummer von den Augen Ares.[9]

In einer Fassung der *Mnemosyne*-Hymne liest man:

Am Feigenbaum ist mein
Achilles mir gestorben,
Und Ajax liegt
An den Grotten, nahe der See,
[...] in der Fremd'
Ajax gestorben,
[...][10]

Warum spielt denn Ajax, der kein besonders ansprechender Held ist, bei Hölderlin eine solche Rolle? Wie ist er auf ihn gekommen?
In der *Ilias* ist viel von Ajax die Rede. Da erscheint er als ein Doppelgänger oder eine Gegenfigur des Achill. Ajax ist der kräftigste und mutigste unter den Kriegern. Durch seine hohe Statur ausgezeichnet, ist er der robuste, doch geistig nicht besonders gewandte Held. Er hat die Tendenz, sich als den Göttern gleichgestellt zu betrachten,[11] wie es schon in der *Ilias* bezeugt wird. Wenn ihm Odysseus in der Unterwelt, in der Welt des Jenseits begegnet, bleibt Ajax hochmütig fern[12]: Er erinnert sich daran, daß nach dem Tode Achills dessen Waffen nicht ihm, sondern dem Odysseus zugesprochen wurden. In seiner Wut hat er die Achäer, die ihn übervorteilt hatten, ermorden wollen. Doch hat ihn Pallas Athene mit Wahnsinn geschlagen: Er hat Viehherden niedergemetzelt, glaubend, es seien Achäer. Als ihn der Wahn verläßt und er seine Tat erkennt, stürzt er sich in sein Schwert und nimmt

sich das Leben. Dies ist das Thema der Sophokleischen Tragödie.
Die Stellen aus ihr, die Hölderlin übersetzte, im ganzen etwa hundert Verse, beziehen sich auf den Wahnsinn des Ajax. Er liegt »in wilder Narrheit«. Die ergreifendsten Verse, in denen die Beziehung auf Hölderlins eigenes Schicksal unmißverständlich ist, sind die folgenden. Man kann sich vorstellen, woran Hölderlin während der Übersetzungsarbeit gedacht hat:

Wohl wird gepfleget vom alternden Tage
Schneeweiß aber an Jahren
Die Mutter, wenn von seiner Krankheit sie
Dem Wahnsinn, etwas höret,
Das klagende, klagende, nicht
Trauergesang der armen Nachtigall
Aussprechen wird die nun, sondern
Scharftönendes Lied wird
Die klagen, und von Händen
Geschlagen werden auf die Brüste fallen
Die Schläge und die Loken aus grauem Haare.

Denn besser ists zu schlafen in der Hölle, denn
Nichtstaugend Krankseyn, wenn vom heimathlichen Geschlechte
Der mühebeladenen Achäier einer kommt
Und nicht des angebornen
Zorns mächtig, sondern außer sich ist.[13]

Und schließlich sagt der Chor vom Ajax:

Dem
Sein Haus ist göttlicher Wahnsinn.[14]

Hölderlins unerwartete Übertragung »sein Haus ist göttlicher Wahnsinn« entspricht dem Griechischen t h e i a m a n i a x u n a u l o s: der mit dem göttlichen Wahnsinn schläft, lebt, wohnt. Ein solcher hat den göttlichen Wahnsinn zu seiner Ge-wohn-heit, zu seiner Wohnung gemacht. Er hat sich mit dieser Lebensform abgefunden, sich in sie hineingefunden.
Hölderlin übersetzt sehr richtig t h e i a m a n i a mit »göttlichem Wahnsinn«: Es soll nämlich eine Verwechslung vermieden werden mit dem »heiligen Wahnsinn« oder der »heiligen Geisteskrankheit«, dem i e r o n n o s o s, der bei Hippokra-

tes, aber auch schon bei Herodot und später bei Plutarch, eine wirkliche Krankheit bezeichnet, nämlich die Fallsucht oder Epilepsie.

Hier haben wir die Gelegenheit, uns den Unterschied zu vergegenwärtigen: Bei den Griechen (und bei Hölderlin) hat die t h e i a m a n i a, der göttliche Wahnsinn, mit einer Krankheit oder Erkrankung des Geistes nichts zu tun. Sie ist ein Wahn, mit dem die Götter einen Menschen schlagen, eine Verblendung oder Vorstellung, die sie ihm schicken, doch nicht unbedingt eine Strafe. Athena blendet den Ajax, um die Athener vor seiner nicht unberechtigten Wut zu schützen, aber auch, um ihn selbst vor den Folgen dieser Wut zu bewahren, damit er nicht zum Mörder seiner Kampfgenossen werde. Nur ist Ajax nicht gescheit genug, das Wohlwollen der Göttin anzuerkennen: Als er wieder zu Sinnen kommt, bedauert er nur, statt der Atriden und des Odysseus bloß unschuldiges Vieh gemetzelt zu haben. Daß er sich dabei lächerlich gemacht hat, kann er nicht überleben; er wirft sich in sein Schwert. Die Weisheit – nach Hölderlins Formulierung –, das ihm beschiedene Schicksal auch im Unglück zu lieben und mit dem Wahn zu »wohnen«, besitzt Ajax nicht. Das a m o r f a t i ist den wenigsten vorbehalten. Zu ihnen gehört Hölderlin.

In der *Antigonä* kommt der Wahnsinn an mehreren Stellen vor. Hier seien zwei davon kommentiert.

In der einen, am Anfang des vierten Akts, erwähnt der Chor der Thebanischen Alten die Legende des Königs der Edoner, dessen gefährlichen Wutanfall (m a n i a) Dionysos züchtigte:

> Den Wahnsinn weint' er so fast aus,
> Und den blühenden Zorn. Und kennen lernt' er,
> Im Wahnsinn tastend, den Gott mit schimpfender Zunge.[15]

Der Wahnsinn, von dem hier die Rede, ist »der blühende Zorn«, die wilde Wut, die sich des Mannes bemächtigt – eine Hölderlin wohlbekannte Situation.

An anderer Stelle, am Anfang des dritten Akts der *Antigonä*, ist vom »frechen Stolz«, von der Überheblichkeit, die Rede, die zum Wahnsinn führt:

Vater der Erde, deine Macht,
Von Männern, wer mag die mit Übertreiben erreichen?
[...]
Doch wohl auch Wahnsinn kostet
Bei Sterblichen im Leben
Solch ein gesetztes Denken.
[...]
Das Schlimme schein' oft treflich
Vor einem, so bald ein Gott
Zu Wahn den Sinn hintreibet.
Er treibet's aber die wenigste Zeit
Gescheuet, ohne Wahnsinn.[16]

Im Text von Sophokles ist nur von Unheil, von Verblendung die Rede. Hölderlins »ganz freie Wiedergabe«,[17] wie Beißner feststellen muß, wiederholt dreimal das Wort Wahnsinn, auch in der pointierten Form, daß »ein Gott zu Wahn den Sinn treibet« – dies ein Beweis, daß ihm der den Griechen entlehnte Begriff des von den Göttern gesandten Wahnsinns präsent und wichtig ist, auch wenn sich der griechische Urtext nicht wörtlich darauf bezieht.
Den griechischen Urtext des Antigone-Monologs hat Hölderlin in der gleichen Weise interpretiert; wo sie einfach sagt: »oimoi gelômai«, »weh! sie verspotten mich«, »sie lachen mich aus«, schreibt Hölderlin:

Weh! Närrisch machen sie mich.[18]

Und dies gibt Hölderlin Gelegenheit, in seinen *Anmerkungen zur Antigonä* den merkwürdigen Satz zu schreiben:

Wohl der höchste Zug an der Antigonä. Der erhabene Spott, so fern heiliger Wahnsinn höchste menschliche Erscheinung, und hier mehr Seele als Sprache ist [...][19]

Hier, in seinem Testament – denn so fasse ich die *Anmerkungen zur Antigonä* auf –, betrachtet Hölderlin den »heiligen Wahnsinn« als die »höchste menschliche Erscheinung«.
Doch wie kann Hölderlin daraufkommen, der »heilige Wahnsinn« sei die höchste menschliche Erscheinung?

Platons *Phaidros*, ein Text, den Hölderlin gewiß beherzigt hatte – dafür gibt es manche Hinweise –, enthält eine völlig ausgebaute Theorie des Wahnsinns.
In diesem Dialog meint Sokrates, man könne nicht sagen, der Wahn (des Wahnsinnigen) sei immer ein Übel:

In Wirklichkeit bringt uns die kostbarsten unsrer Güter der Wahn, wenn er als göttliches Geschenk beschert wird. Wahrlich, die Prophetin in Delphi und die Priesterin in Dodona haben in Wahn verzückt vieles Schöne in privaten und öffentlichen Dingen für Hellas bewirkt, – Kümmerliches dagegen bei klaren Sinnen oder nichts. [...] Zumindest dieses aber ist wert als Zeugnis zu dienen: daß auch die Altvordern, die den Namen gaben, nicht für Schande noch Schimpf den Wahnsinn hielten.[20]

Im *Phaidros* ist viel von Wahnsinn die Rede, denn die Liebe, das eigentliche Thema des Dialogs, ist eine Art von Wahnsinn. Doch gibt es, sagt Sokrates,

zwei Arten von Wahnsinn, deren eine aus menschlichen Krankheiten entspringt, die andere aus göttlicher Entfernung von den gewohnten Sitten.

Es soll demnach der Wahnsinn als n o s o s, als Erkrankung des Geistes, von der m a n i a, dem Wahn, unterschieden werden, mit dem die Götter einen Menschen schlagen oder begünstigen. Dieser Wahn ist keine Krankheit, er ist göttlichen Ursprungs und nimmt verschiedene Formen an, je nach dem Gott, der einen Menschen mit diesem Los bescheidet.
Sokrates schildert »die schönen Wirkungen gottgesandten Wahns«.

Vom göttlichen Wahn unterschieden wir vier Arten von vier Göttern:
- die prophetische Inspiration schrieben wir dem Apollon zu,
- die der Weihen dem Dionysos,
- die dichterische den Musen,
- der vierte Wahn aber, den Liebeswahn, von Aphrodite und Eros inspiriert, haben wir den herrlichsten genannt.[21]

Letztere Art von Wahn, der Liebeswahn, ist aber auch eine Wesensschau, ja die allerhöchste. Sie ist eine Erinnerung an den Urzustand der Vollkommenheit, wo wir »unversehrt von den Übeln, die in späterer Zeit unserer warteten«, »als Eingeweihte vollkommene, offene, wandellose, selige Erscheinungen im reinen Licht« erschauten.

Das aber bedeutet eine Wiedererinnerung an jene Dinge, welche unsre Seele einstmals schaute, als sie mit Gott wanderte und über das hinaussah, was wir jetzt als seiend bezeichnen, und aufstieg zum wirklichen Sein.[22]

Doch der Mensch, der sich der kontemplativen Lebensform widmet, gilt als verrückt:

Da er aus den menschlichen Bestrebungen heraustritt und zum Göttlichen sich hält, wird er von der Menge als Verrückter zurechtgewiesen, – daß er des Gottes voll ist, entgeht der Menge.[23]

Angenommen, Hölderlin hätte sich danach gerichtet und ein im platonischen Sinne kontemplatives Leben geführt, »selige Erscheinungen erschauend im reinen Licht«[24], so hätte ihn die Menge, wie Sokrates sagt, »als Verrückten zurechtgewiesen«.
Gerade das aber hat die Menge getan, und sie tut es noch.
Vielleicht hat sich Hölderlin im Turm der Stelle des *Phaidros* erinnert, wo Sokrates sagt, der Wahn sei nach dem Zeugnis der Alten schöner als der Verstand; auch biete er in schwersten Krankheiten oder Nöten »einen Rettungsweg in der Zuflucht zum Gebet an die Götter und zu ihrem Dienst«, wo »durch Sühnopfer und heilige Riten« der Befallene »heil gemacht wird für die Gegenwart und die Zukunft«, wo er durch »Sühnopfer [...] die Erlösung von seinem gegenwärtigen Leiden findet«.[25]

Der Wahn als Rettungsweg in der Not, auf dem durch Sühnopfer der Befallene heil gemacht wird – dies war die vom »heiligen Platon« empfohlene und versprochene Erlösung, die der leidende Mann im kontemplativen Leben zu finden erhoffen durfte.

Durch Sühnopfer: Es ist wahrscheinlich, daß Hölderlin sein Leben im Tübinger Turm als S ü h n e empfunden hat.

Es darf nicht vergessen werden, daß Hölderlin von Hause aus ein Theologe war, und zwar ein vom schwäbischen Pietismus geprägter evangelischer Theologe. Wohl hatte er den Glauben seiner Kindheit abgetan. Ein zutiefst religiöser, ein in seiner Art frommer Mensch war er aber geblieben. Man darf sogar sagen, daß seine absolute, kompromißlose Religiosität es war, die ihn der Kirche, so wie sie war und wie er sie erlebte, entfremdete. Wie meistens bei Menschen, die aus der Kirche austreten, zu beobachten ist, war bei ihm die ethische Forderung nur um so anspruchsvoller geworden. Als gewissenhafter Erzieher konnte er ebensowenig dem ethischen Problem ausweichen. Das ethische Problem aber ist das der Verantwortung, der Schuld, der Strafe, der Sühne.

Eine schwer zu datierende Abhandlung, von der nur ein Fragment erhalten ist, trägt den Titel *Über den Begriff der Straffe.* Sie enthält den kurzen, doch inhaltsschweren Satz: »Alles Leiden ist Strafe.«

Alles Leiden ist Strafe: Wie, bei welcher Gelegenheit kommt Hölderlin zu dem gleichsam apodiktisch geprägten Satz, zum euklidischen Postulat seiner Ethik?

Anscheinend ging Hofmeister Hölderlin von einer pädagogischen Besorgnis aus: Wie kann man einem Kind den Begriff des Bösen beibringen, ohne an rational nicht zu begründende Begriffe zu appellieren? Anders formuliert: Wie ist das Sittengesetz rational zu begründen? Ist das überhaupt möglich?

Ohne daß er sich ausdrücklich darauf bezogen hätte, geht Hölderlins Betrachtung auf eine Stelle Rousseaus zurück. Im Zweiten Buch des *Emile ou De l'education* steht folgender Dialog zwischen dem Hofmeister und seinem Zögling:

Der Hofmeister: Das soll man nicht tun.
Das Kind: Und warum soll man es nicht tun?
H.: Weil es böse ist.
K.: Und was ist denn böse?
H.: Was verboten ist.
K.: Warum ist es böse, Verbotenes zu tun?
H.: Weil man dich dafür bestraft.

Mit diesem Kurzschluß ist der Hofmeister am Ende seiner Weisheit. Rousseau schließt: »So ist der Zirkel, in den man unausweichlich fällt.«
Den Ball aufnehmend, schreibt Hölderlin am Anfang des Aufsatzes:

Es ist das nothwendige Schiksaal aller Feinde der Principien, daß sie mit allen ihren Behauptungen in einen Cirkel geraten (Beweis).[26]

Der Beweis lautet:

Straffe ist das Leiden rechtmäßigen Widerstands und die Folge böser Handlungen. Böse Handlungen sind aber solche, worauf Straffe folgt. Und Straffe folgt da, wo böse Handlungen sind.

Die »Feinde aller Principien« (mit P r i n c i p wird, dem etymologisch-platonischen Gebrauch des Wortes im *Phaidros* folgend, ein absoluter Anfang gemeint) können unmöglich ein für sich bestehendes Kriterium der bösen Handlung angeben.
Weiter führt Hölderlin aus, daß wir die Rechtmäßigkeit des Sittengesetzes nur daran erkennen, daß wir »seinen Widerstand leiden«, ein Leiden, das sich von jedem anderen Leiden nicht unterscheidet.
So darf von jedem erlittenen Widerstand angenommen werden, er sei Strafe: »weil wir Widerstand litten, betrachten wir unsern Willen als böse.« »Und bös ist, worauf Strafe folgt.«
Leider bricht der erhaltene Text der Abhandlung mitten in einem Satz ab, dem doch noch zu entnehmen ist, »daß man, insofern man sich als bestraft betrachte, nothwendig die Übertretung des Gesezes in sich vorausseze«.
Demnach ließe sich die ethische Reflexion schematisch, doch – wie er selbst sagt – konsequent, folgendermaßen darstellen: »Ich erkenne kein von außen gegebenes Prinzip von

Gut und Böse an. Doch von der Voraussetzung ausgehend, daß die Struktur der Welt konsequent ist (allzeit ganz ist die Welt), soll ich jedes Leiden, auch mein eigenes Leiden, als Strafe zu erkennen versuchen: Weswegen werde ich bestraft? Das Kind läßt das strafende Leiden über sich ergehen; der Erwachsene aber, der Mann muß versuchen zu verstehen, weshalb er gestraft wird. So kann er zu einem höheren Verständnis kommen, das an sich Sühne ist und erst die Möglichkeit einer Versöhnung schafft. Durch dieses Verständnis der eigenen Verantwortung und des selbstverdienten Leidens wird die Schuld bestraft und abgebüßt.«

Merkwürdigerweise wird in den sechzig Zeilen der Abhandlung vom Wort Schuld kein Gebrauch gemacht. Dies ist kein Zufall, sondern Absicht. Dieser Begriff ist für Hölderlin nicht brauchbar. Warum nicht?

Hier muß an einen Begriff des geistesverwandten Hegel erinnert werden, der zwar von Hegel formuliert, doch – wie manches – im »Geiste, der zwischen ihnen gewesen«, gebildet worden ist. Dieser Begriff ist derjenige der schuldlosen Schuld. Es ist übrigens nicht von der Hand zu weisen, daß obiger Text über die Strafe in Frankfurt niedergeschrieben wurde, zu einer Zeit, zu der Hölderlin und Hegel als Hofmeister – der eine bei Gontards, der andere bei Gogels – in einem regen Gedankenaustausch standen, aus dem Hegels Jugendwerk *Der Geist des Christentums und sein Schicksal* sowie Hölderlins *Empedokles* etwa gleichzeitig entstanden sind.

Die »schuldlose Schuld« lastet auf den größten Gestalten der Geschichte, deren Schicksal ein tragisches ist: Sokrates, Jesus ...

Das tragische Schicksal des Sokrates, der als Unschuldiger den Schierlingsbecher getrunken hatte, war gewiß von den Tübinger Stiftlern eingehend erörtert worden. Hölderlin hat erwogen, eine Tragödie über den Tod des Sokrates zu verfassen. Daraus ist schließlich der Plan der *Empedokles*-Tragödie geworden.

Wenn Hegel durch seine historisch-ethischen Betrachtungen zum Begriff der schuldlosen Schuld geführt worden war, so hatte Hölderlin durch rein dramaturgische Erwägungen zum selben Begriff geführt werden können. Nur ein Held, der zugleich schuldig und unschuldig ist – wie Ödipus, wie Antigone –, kann ein tragischer Held sein. Wenn er rein unschuldig wäre, so wäre er ein Opfer der Welt und der Geschichte – keine tragische Figur. Wenn er völlig schuldig wäre, so wäre sein tragisches Ende ein wohlverdientes und einfach gerechtes. Erst durch eine jeweilige Kombination von Schuld und Schuldlosigkeit wird der Held zu einer tragischen Figur.

Es ist anzunehmen, daß die schuldlose Schuld der Antigone zwischen Hölderlin und Hegel eingehend besprochen worden war, nicht nur in Tübingen, sondern auch später in Frankfurt, und daß sie ihnen als ganz zentrales Thema galt. Niederschlag davon ist bei Hegel die Tatsache, daß er Antigone wiederholt erwähnt, ja die »himmlische Antigone« als »die herrlichste Gestalt, die je auf Erden erschienen«, und das Stück als »eines der erhabensten, in jeder Rücksicht vortrefflichsten Kunstwerke aller Zeiten«[27] bezeichnet.

Dies tut er etwa zu der Zeit, zu der Hölderlin den griechischen Text verdeutscht, zu der Hölderlin gleichsam als Schiffbrüchiger mit den *Anmerkungen zur Antigonä* seine letzte Botschaft an die Menschen der zukünftigen Generationen als Flaschenpost den Gezeiten anvertraut.

Die menschlichen und geistigen Beziehungen Hölderlins und Hegels sind ein immenses, noch lange nicht ausgebeutetes, ja bis jetzt kaum gestreiftes, vielversprechendes Forschungsfeld, das eine bis jetzt noch nie gegebene gleich eingehende Kenntnis der beiden, aber auch sehr viel Einfühlung erfordert.

Hier noch ein Beispiel. In Hegels sogenannten *Theologischen Jugendschriften* findet man ein Wort, das der Äußerung Hölderlins entspricht, alles Leiden sei Strafe. Es lautet:

> Nie hat die Unschuld gelitten.[28]

Doch wer ist denn unschuldig? Nur das Kind ist es – das Kind und »die Götter«.

Im *Hyperion* steht:

> Alles Thun des Menschen hat am Ende seine Strafe und nur die Götter und die Kinder trifft die Nemesis nicht.[29]

Die »heilige Unschuld«, wie sie Hölderlin am Anfang des Gedichts *Unter den Alpen gesungen* anruft, ist der Urzustand. Sie ist das ursprüngliche, reine, arkadische Sein. Doch seit dem Entstehen des Bewußtseins ist der Mensch der Teilung, Entgegensetzung und Zerrissenheit ausgesetzt. Mit dem Beginn der Geschichte endet auch die Unbefangenheit des Menschen.

Am Tage, da die schöne Welt für uns
Begann, begann für uns die Dürftigkeit
Des Lebens und wir tauschten das Bewußtsein
Für unsre Reinigkeit und Freiheit ein[30]

heißt es in der metrischen Fassung des *Hyperion.* Das Reich des Schönen, das wir mit dem Bewußtwerden betreten, ist auch das Reich des Tragischen.

Das Prinzip der schuldlosen Schuld des tragischen Helden, das Hölderlin anhand der Tragödien des Sophokles analysiert hatte, verwendet er jetzt als Tragiker: darauf wird die *Empedokles*-Tragödie aufgebaut.

Der Mechanismus des tragischen Prozesses ist folgender: Einem jeden, Mann oder Frau, ist der Keim zur tragischen Entwicklung seines Lebensablaufs bereits bei der Geburt mitgegeben – man erinnere sich an die Prophetie bei der Geburt des Ödipus! –, gleichsam als göttlicher Funke und insofern ein jeder ein Göttliches in sich trägt. »Der Gott in uns«, von dem bei Hölderlin so oft die Rede ist, enthält schon in nuce die spätere tragische Existenz des Mannes oder der Frau: der daimôn des Sokrates; das Göttliche in Jesus; bei Antigone die Treue zum Heiligen.

Das von Empedokles in sich selber erkannte Göttliche gibt den Auftakt zur *Empedokles*-Tragödie. In tiefstes Leid versunken, hat sich Empedokles in die Einsamkeit zurückgezogen. Doch was ist dem Manne widerfahren, was hat er zu büßen? Warum sitzt er »seelenlos im Dunkel«? Wenn jedes Leiden Strafe ist, wofür wird er denn gestraft? Der Priester Hermokrates sagt, die Götter hätten seine Kraft von ihm genommen,

seit jenem Tage, da der trunkne Mann
Vor allem Volk sich einen Gott genannt.
[...]
Es haben ihn die Götter sehr geliebt.
Doch nicht ist der der Erste, den sie drauf
Hinab in sinnenlose Nacht verstoßen,
Vom Gipfel ihres gütigen Vertrauns

Weil er des Unterschieds zu sehr vergaß
Im übergroßen Glük, und sich allein
Nur fühlte; so ergieng es ihm, er ist
Mit gränzenloser Oede nun gestraft.[31]

Darauf erklärt Empedokles selbst:

[...] verbirg dirs nicht! du hast
Es selbst verschuldet, armer Tantalus
Das Heiligtum hast du geschändet.

Empedokles hat sich

[...] mehr
Denn Sterbliche, gerühmt, weil ihn zu viel
Beglükt die gütige Natur.

Es ist undenkbar, daß hier nicht eine eigene psychische Erfahrung des Dichters zum Ausdruck kommt, nämlich die auf höchste Begeisterung folgende Niedergeschlagenheit. Dem Menschen – so Hölderlins theoretische Fassung dieser Erfahrung – ist ein göttlicher Funke beigegeben (man denke an Ovids Spruch: »deus est in nobis, agitante calescimus illo«, wenn sich der »Gott in uns« bewegt, erwärmt ein Herz in uns). Doch ist dieser zündende Funke gefährlich: Der griechische Tartarus ist voll von Helden, die den Umgang, den sie mit Göttern gehabt, im Jenseits büßen. In der Unterwelt begegnet Odysseus Alkmene und Leda; drüben sind auch Tantalus, Sisyphus, Ixion, die Danaiden, die alle den Umgang mit Göttlichem büßen. Auch der christlichen Tradition ist dieser Gedanke nicht fremd. Der Volksmund und Luther als Übersetzer wußten es. Das Wort h e i m s u c h e n hat zwei Bedeutungen: Gott kann gnädig und segnend, aber auch strafend die Menschen »heimsuchen«. Wenn aber einer »heimgesucht« wird, wie kann er vorerst unterscheiden, ob er segnend oder strafend heimgesucht wurde, wenn nicht an dem erlittenen Leiden?
Wie soll sich aber der Heimgesuchte verhalten? An Empedokles sollen wir es lernen: Der Mann trägt männlich das Schicksal, das ihn trifft. Er klagt nicht und klagt nicht an, er wälzt die Verantwortung nicht von sich ab. Er redet nicht davon. Er »trägt«. »Tragen«: in Hölderlins Gebrauch ein schwer-

wiegendes Wort. Der Mann trägt – und schweigt. Vielleicht verstummt er gar.

Ist es unvorstellbar, daß Hölderlin nach dem Tode von Susette nicht nur an dem Verlust der Geliebten litt, sondern auch das nicht zurückzuweisende Empfinden hatte, an ihrem Tod schuldig zu sein; daß er das von ihm selbstverschuldete, doch irgendwie schuldlose Schicksal männlich, d. h. bewußt, doch in Schweigen verhüllt, bis zuletzt trug?

Drei Jahre vor Susettes Tod hatte er im *Hyperion* den Tod der Geliebten und seine eigene Schuld daran im voraus, doch unmißverständlich, gezeichnet:

> Mit mir ists aus; verlaidet ist mir meine eigne Seele, weil ich ihrs vorwerfen muß, daß Diotima todt ist, und die Gedanken meiner Jugend, die ich groß geachtet, gelten mir nichts mehr. Haben sie doch meine Diotima mir vergiftet![32]

Doch in ihrem letzten Brief spricht Diotima Hyperion von jeder Schuld frei:

> So ists mit deinem Mädchen geworden, Hyperion. Frage nicht wie? erkläre diesen Tod dir nicht! Wer solch ein Schiksaal zu ergründen denkt, der flucht am Ende sich und allem und doch hat keine Seele Schuld daran.[33]

Das Leiden des Überlebenden, sein Gewissen, ist ihm selbstverdiente Strafe, denn

> nichts ist schmerzlicher, Pausanias!
> Denn Leiden zu enträthseln.[34]

Warum sollte Hölderlin in der Tübinger Station, wo er »zwischen dieser Erde und der wilden Welt der Todten inne hält«[35], sich nicht als einen seine schuldlose Schuld Büßenden betrachtet und verhalten haben?

Einmal warf er auf ein Blatt Papier den Satz, der Waiblinger erschütterte: »ich lebe nicht mehr gerne.« Auch dieses Leiden hatte er im *Hyperion* schon beschrieben:

> Es ist wirklich ein Schmerz ohne gleichen, ein fortdaurendes Gefühl der Zernichtung, wenn das Daseyn so ganz seine Bedeutung verloren hat.[36]

Und auch folgendes:

Es ist die vorige Welt nicht mehr, zu der ich wiederkehre. Ein Fremdling bin ich, wie die Unbegrabnen, wenn sie herauf vom Acheron kommen.[37]

»Die wilde Welt der Todten«, schrieb Hölderlin in seinem Testament, den *Anmerkungen zur Antigonä.* Was hat das zu bedeuten?
Die »Wildniß« ist, wie aus demselben Text hervorgeht,[38] der Gegensatz zum Gestalteten, zur Gestalt; etwa dem Urchaos von Hesiods Theogonie entsprechend, das da war, bevor die Zeit anfing, aber auch in den Tiefen immer noch da ist, jederzeit bereit, jede Gestalt, sobald ihre eigene Zeit um ist, ins Gestaltlose zurückzunehmen, aus dem dann neue Gestalten entstehen werden. Die »heilige Wildniß«, wie er sie mehrmals nennt,[39] die bei ihm auch »das Ungebundene«, »der ungebundene Abgrund«[40] heißt, ist – als das Gestaltlose überhaupt – nicht auszudenken. Und doch muß es zum Gegenstand, ja zum Hauptgegenstand des Denkens werden, denn das Leben, das Dasein kann nicht wirklich gedanklich erfaßt werden, solange nicht sein Gegenpart, das »reale Nichts«[41], als solches ebenfalls gedanklich erfaßt wird.

Der Tod – der Tod des einzelnen, der Tod der Kulturen – ist die Auflösung des Bestehenden, der Gestalt. Die Götter, »die ewigen Götter sind / Voll Lebens allzeit«[42] und brauchen an den Tod nicht zu denken; sie denken ja überhaupt nicht. Die Tiere, die Kinder wissen nicht, daß sie sterblich sind. Nur der Mensch nährt »sterbliche Gedanken«, Gedanken, wie sie einem Sterblichen ziemen, der sich seiner Sterblichkeit bewußt ist – aber auch Gedanken, die sich mit dem Tode befassen: mit dem Tod des einzelnen und mit dem Tod überhaupt.
Diesen Gedanken ist Hölderlin sein Leben lang nachgegangen.
Es ist heute nicht ganz einfach, solche Gedanken eines Menschen des 18. Jahrhunderts nachzuvollziehen. Heute ist ein Toter ein Ab-gelebter, einer, der einfach nicht mehr da ist. Früher hatten die Toten ihren Platz in der Gesellschaft, und man pflegte zu sagen, die Menschheit bestehe aus mehr Toten denn Lebendigen. In der heutigen Gesellschaft spielen die Toten keine Rolle mehr. Der Tod ist eine Angelegenheit, die man schon als Gedanke, als Vorstellung von sich weist; ein

Verstorbener wird heute unauffällig beseitigt. Er ist einfach nicht mehr da. Das Leben geht ohne ihn weiter.
Bei Hölderlin war es, wie bei seinen Zeitgenossen, ganz anders. Man denke z. B. an Lessings Abhandlung *Wie die Alten den Tod gebildet, eine Untersuchung* (1769, ein Jahr vor Hölderlins Geburt), unter dem Motto »Nullique ea tristis imago«, aus dem Statius: und keinem ist das ein trauriges Bild![43]
»Sterbliche Gedanken« sind bei Hölderlin wie ein Grundwasser, das nur an wenigen Orten durchsickert und zutage tritt, das aber überall da ist, sobald man ein wenig gräbt.

Diese Beschäftigung mit dem Todesgedanken hat er mit Hegel gemein; sie gehört zur »gemeinsamen Sphäre« der beiden Brüder im Geiste. Da Hegel derjenige ist, der sich zu diesem Thema am deutlichsten äußerte, wählen wir ihn, wie es Hölderlin selbst tat, »zum conductor der Gedanken«[44] auf diesem Gebiet.
Zuerst eine berühmte Stelle aus der Vorrede zur *Phänomenologie des Geistes*:

Der Tod, wenn wir jene Unwirklichkeit so nennen wollen, ist das Furchtbarste, und das Tote festzuhalten, das, was die größte Kraft erfordert. Die kraftlose Schönheit haßt den Verstand, weil er ihr dies zumutet, was er nicht vermag. Aber nicht das Leben, das sich vor dem Tode scheut und von der Verwüstung rein bewahrt, sondern das ihn erträgt und in ihm sich erhält, ist das Leben des Geistes.

In diesem letzten Satz – den ich meinen Leser bitte, noch einmal zu lesen – ist Hölderlins selbstgestellte geistige Lebensaufgabe formuliert.
In den *Vorlesungen über die Philosophie der Religion* äußert sich Hegel ausführlicher über den Tod. Er ist, sagt Friedrich Heer, »fasziniert durch den Tod, wie der große spanische Barock«[45].

Dem Gott gegenüber sind die endlichen Menschen; der Mensch, das Endliche, ist im Tode selbst als Moment Gottes gesetzt, und der Tod ist das Versöhnende. Der Tod ist die Liebe selbst; es wird darin die absolute Liebe angeschaut.

Hier möchte ich den Leser noch einmal bitten, den letzten Satz ein zweites Mal zu lesen, denn in ihm ist vielleicht das Geheimnis von Hölderlins kontemplativem Leben im Tübin-

ger Turm enthalten: Der Tod ist die Liebe selbst, es wird darin die absolute Liebe angeschaut.
Dazu Friedrich Heers Kommentar zu Hegel, der sich Wort für Wort auf Hölderlins Gedankenwelt anwenden läßt:

Hegel ist, was oft nicht gesehen wird, darum so meilenweit fern von den tragizistischen, weltschmerzlichen, pessimistischen Untergangsphilosophien späterer Zeitläufe, weil für ihn das freiwillige Sichhineingeben des Menschen in das Sterben, in den großen Opfergang der Geschichte, ganz selbstverständlich ist. So selbstverständlich, wie für die Christen Alteuropas, für die das Sterben ganz zum Leben gehörte, so eng, natürlich und nah, daß nicht nur Mönche, sondern selbst Bauern ihren Sarg und ihr Sterbegewand im Hause und in der Truhe bei sich hatten. Die ars moriendi, die Kunst, gut, richtig, d.h. richtig vorbereitet zu sterben, gehörte wie die Kunst, gut zu essen und gut zu trinken, zu den Künsten und Fertigkeiten des Lebens, die ein rechter Mann können mußte, wollte er bestehen in der Kommunion und Kommunikation der Lebenden und der Toten.
Für Hegel ist dieses Sterbenkönnen so selbstverständlich, daß er nicht allzuoft davon spricht. Wenn er aber davon spricht, dann behandelt er dieses große, erste und letzte Thema des Denkens – die Philosophie ist von Anfang an ein Bedenken des Todes – in der einzigen angemessenen Form, die es dem Menschen ermöglicht, vom Sterben und vom Tode zu denken, ohne der Sentimentalität, dem Tragizismus, der falschen Anmaßung und Überhebung zu verfallen, ohne sich mit den Tränen der Selbstbespiegelung und der Selbstbemitleidung zu behängen. Diese einzige objektive Form ist dem Menschen gegeben durch die Möglichkeit, von seinem eigenen Sterben zu reden im Bedenken des Sterbens Gottes. Gott stirbt, tausendfach und tausendfältig, dem Menschen vor im Produktionsprozeß des Kosmos, der Weltgeschichte. »Gott selbst ist tot«. […] Ohne dieses sein Todeserleben mitten in allem Leben ist ja sein ganzes Denken unverständlich. Nie kam zuvor und nach ihm ein deutscher Denker hier den großen Spaniern so nahe wie Hegel.

Friedrich Heer zitiert Sätze Hegels aus dem Schlußteil der *Phänomenologie des Geistes*:

Seine Grenze wissen, heißt sich aufzuopfern wissen. Diese Aufopferung ist die Entäußerung, in welcher der Geist sein Werden zum Geiste, in der Form des freien zufälligen Geschehens, darstellt, sein reines Selbst als die Zeit außer ihm, und ebenso sein Sein als Raum anschauend. Dieses sein letzteres Werden, die Natur, ist sein lebendiges, unmittelbares Werden; sie, der entäußerte Geist, ist in ihrem Dasein nichts als die ewige Entäußerung ihres Bestehens und die Bewegung, die das Subjekt herstellt. – Die andere Seite aber seines Werdens, die Geschichte, ist das wissende, sich vermittelnde Werden – der an die Zeit entäußerte Geist; aber diese Entäußerung ist ebenso die Entäußerung ihrer Selbst; das Negative ist das Negative seiner selbst.[46]

Friedrich Heers Kommentar:

Diese Sätze [...] bezeugen bereits, daß Hegel sehr genau weiß, was das Werden, die Wandlung, das Aufheben kostet: ein wirkliches Sterben, ein Opfer, einen Tod. Dieses Sterben leistet die Natur unbewußt und freiwillig, der Mensch kann und soll es freiwillig und bewußt auf sich nehmen. In großer Nüchternheit [...] bekennt sich Hegel zum Opfer, zum Selbstopfer. »Er begriff die Notwendigkeit des Selbstopfers, welches von jedem Individuum in Freiheit gebracht werden muß« (Glockner).

Zum Abschluß die Fortführung des Hegelschen Zitats:

... Der Tod ist die Liebe selbst; es wird darin die absolute Liebe angeschaut. Es ist die Identität des Göttlichen und Menschlichen, daß Gott im Menschlichen, im Endlichen bei sich selbst ist und dies Endliche im Tode selbst Bestimmung Gottes ist. Durch den Tod hat Gott die Welt versöhnt und versöhnt sich ewig mit sich selbst.[47]

Der Tod gehörte zu den frühesten Erlebnissen Hölderlins. Mit zweieinhalb Jahren, als »ein schwacher, stammelnder Knabe noch«, erlebte er den Tod seines Vaters – ein Verlust, den er nie überwand. Mit fünf Jahren erlebte er den Tod seiner vierjährigen Schwester und einen Monat später den Tod einer erst vier Monate zuvor geborenen kleinen Schwester. Mit sieben Jahren erlebte er zuerst den Tod der Tante von Lohenschiold, von deren Vermögen er 1393 Gulden erbte, dann sechs Monate später Geburt, Tod und Begräbnis eines Bruders aus der zweiten Ehe der Mutter. Als Neunjähriger erlebte er den Tod seines Stiefvaters, der ihm »ein zweiter Vater« gewesen war. An »tägliche Trauer und Thränen« der Mutter erinnerte er sich noch zwanzig Jahre später in einem Brief an sie:

Wie herzlich dank' ich Ihnen auch für die lieben Worte von meinem seeligen Vater. Der Gute, Edle! Glauben Sie, ich habe schon manchmal an seine immerheitre Seele gedacht, und daß ich ihm gleichen möchte. [...] Ich sehe ziemlich klar über mein ganzes Leben, fast bis in die früheste Jugend zurük, und weiß auch wohl, seit welcher Zeit mein Gemüth sich dahin [zur Trauer, P.B.] neigte. Sie werdens kaum mir glauben, aber ich erinnere mich noch zu gut. Da mir mein zweiter Vater starb, dessen Liebe mir so unvergeßlich ist, da ich mich mit einem unbegreiflichen Schmerz als Waise fühlte, und Ihre tägliche Trauer und Thränen sah, da stimmte sich meine Seele zum erstenmal zu diesem Ernste, der mich nie ganz verlies, und freilich mit Jahren nur wachsen konnte.[48]

Mit achtzehn Jahren erlebte er vier Wochen lang aus nächster Nähe den Todeskampf einer Tante, der jüngeren dreiundvierzigjährigen Schwester seines Vaters, Friederike Juliane Witwe Volmar. Seinem Busenfreund Immanuel Nast schrieb er, während der ganzen Ostervakanz sei er kaum eine Meile von ihm entfernt gewesen, habe aber nicht auf einen halben Tag zu ihm kommen können:

Da saß ich ganze vier Wochen am Todtenbette meiner Tante in Gröningen, und lernte dulden – von ihr! und jezt Bruder, jezt ist sie todt!
O Bruder! Sie soll so ganz mein seeliger Vater gewesen sein, ich hab' ihn nie gekannt, ich war drei Jahr alt, als er starb, aber ein herrlicher Mann muß er gewesen sein, wenn er war, wie sie. Wann sie so unter den unaussprechlichsten Schmerzen trauernd zum Himmel sah, und sie in todesnahen Stunden die Sprache verlor, und ich für sie betete – und sie dann schnell wieder aus ihrem Röcheln aufwachte, und staunte, daß sie noch auf der Erde sei – Bruder! Bruder! da ließ sich viel lernen! Und als ich wieder hieher reiste, und auf Nimmerwiedersehen von ihr Abschied nahm, und sie sagte – »wann wir uns auf dieser Welt nimmer sehen, so finden wir uns in jener« – O! diese Worte vergeß' ich nie! Es ist des Menschen seeligster Gedanke, der Gedanke an die Ewigkeit.[49]

Mit zweiundzwanzig Jahren erfährt er den Tod des schwäbischen Dichters Schubart, der ihn zwei Jahre zuvor »so freundschaftlich« und »mit solcher väterlichen Zärtlichkeit« empfangen hatte. Hier kommt eine grausige Komponente hinzu. Seinem Freund Neuffer schreibt er:

Man trägt sich hier mit einer fürchterlichen Sage über Schubart im Grabe. Du magst wahrscheinlich wissen. Schreibe mir noch davon.[50]

»Die Sage« war, daß Schubart lebendig begraben worden sei:

Durch ein unterirdisches Getöse aufmerksam gemacht, habe der Totengräber am Abend nach der Beerdigung den Sarg wieder ausgegraben und geöffnet ... und in dem geöffneten Sarge habe man Schubart auf dem Bauche liegend, mit blutig gekratzten Nägeln, aber entseelt, gefunden.[51]

Das Bild des »lebendig Begrabenen« wird Hölderlin nie mehr verlassen.
Übrigens erwähnt er im selben Brief an Neuffer den Tod seines Kompromotionalen Authenrieth aus Stuttgart, der mit zweiundzwanzig Jahren gestorben war:

Wie gut ists dem braven Autenrieth gegangen. Freilich ists für die Lebenden traurig, wenn so eine gute Seele in der Hälfte der Jahre dahin muß! Das Stipendium ekelt mich nur noch mer an, seit ich die hirn- und herzlosen Äußerungen wieder hörte über seinen Tod [...][52]

Mit fünfundzwanzig Jahren schreibt er einen Beileidsbrief an seinen Freund Neuffer, dessen Braut Rosine Stäudlin der Schwindsucht erlegen ist:

Ich gestehe Dir, es überwältiget mich auch, und ich weis nicht, was ich Dir sagen soll, wenn ich das edle unersezliche Wesen vor Augen habe, das für Dich lebte, und mir sagen muß: das ist Tod! O mein Freund! ich begreif' es nicht, das Nahmenlose, das uns eine Weile erfreut und dann das Herz zerreißt, ich habe keinen Gedanken für das Vergehen, wo unser Herz, das Beste in uns, das Einzige, worauf zu hören noch der Mühe werth ist mit allen seinen Schmerzen um Bestand fleht – der Gott, zu dem ich betete als Kind, mag es mir verzeihen! ich begreife den Tod nicht in seiner Welt.

Und weiter:

O wenn wir auch nur darum da wären, um eine Weile zu träumen und dann zum Traum eines andern zu werden [...][53]

Man hat mit Recht bemerkt, daß dieser Tod und der Beileidsbrief in die Jenaer Zeit fallen (Mai 1795), in eine Zeit also, in der Hölderlin sich mit der völligen Umarbeitung des *Hyperion*-

Materials befaßte. Es ist wohl nicht zu weit gegriffen, zu meinen, daß »für den Dichter des *Hyperion* dieser Todesfall [der Tod von Neuffers Braut, P. B.] mit dem Ende der Diotima verschmilzt [...], wodurch die noch unerlebte Diotimawelt erst Farbe und Anschaulichkeit erhält«[54].
Am 19. März 1800 schreibt der Dreißigjährige an seine Schwester Heinrike, deren Mann, Professor Breunlin, gestorben ist, einen tröstenden Brief:

Es ist denen wohl zu gönnen, die von uns gehen zur Ruhe und zu neuer Jugend; aber auch dieses Leben ist gut, Gott ist auch hier, und ich glaube, es wird auch hier noch immer besser. [...] Eines denke ich besonders oft, daß der Lebendige, der in uns und um uns ist, von Anbeginn in alle Ewigkeiten mächtiger als aller Tod ist, und das Gefühl dieser Unsterblichkeit erfreuet mich oft in meinem Nahmen und im Nahmen aller, die da leben, und die gestorben sind, vor unseren Augen. Und so ists mein gewisser Glaube, daß am Ende alles gut ist, und alle Trauer nur der Weg zu wahrer heiliger Freude ist.[55]

Zwei Jahre später schreibt er am Karfreitag (16. April 1802) bei Gelegenheit des Hinscheidens »unserer nun seeligen Großmutter« aus Bordeaux an die Mutter – es handelt sich um die Mutter seiner Mutter, Johanna Rosina Heyn, die in Nürtingen einen wesentlichen Anteil an Hölderlins Erziehung gehabt hatte:

Das neue reine Leben, das, wie ich glaube, die Gestorbenen nach dem Tode leben, und das der Lohn ist auch für die, die, wie unsere theure Grosmutter, ihr Leben lebten in heiliger Einfalt, diese Jugend des Himmels, die nun ihr Antheil ist, nach der so lange ihre Seele sich sehnte, diese Ruhe und Freude nach dem Leiden, wird auch Euer Lohn seyn, theure Mutter, theure Schwester; für meinen Bruder und mich ist wohl auch ein edler Tod, ein sicherer Fortgang vom Leben ins Leben aufbehalten, so wie ich glaube, allen den Unsrigen.[56]

Kann man nach Aufzählung solcher Erlebnisse noch staunen, daß der Gedanke des Todes in Hölderlins ganzem Werk allgegenwärtig ist? Er hat es einmal formuliert, in einer Vorstufe des *Hyperion*, in einer Version, die wohl als zu deutlich in die endgültige Fassung nicht aufgenommen wurde und nur in einer Abschrift von Marie Rätzer erhalten ist:

Ach! das Leben ist kurz, sehr kurz. Wir leben nur Augenblike und sehn den Tod umher.[57]

Das ganze Werk des Dichters wird getragen vom basso continuo des Todesgedankens.
Wohl nicht aus Zufall – solche Zufälle gibt es bei Hölderlin nicht – lautet das letzte Wort des *Thalia-Fragments* des *Hyperion*: »[...] oder den Tod.«
Der ganze Satz lautet:

Es muß heraus, das große Geheimniß, das mir das Leben giebt oder den Tod.[58]

Der Sinn dieses Satzes ist m. E. nie wirklich befriedigend erläutert worden. Welches ist »das große Geheimniß«, wie kann die Antwort darauf dem Helden »das Leben« geben »oder den Tod«?
Das verhüllt Ausgedrückte entspricht dem Gedankengang der vorhergehenden Seite. Da ist Hyperion »auf dem Cithäron« und denkt nach: »Noch ahnd' ich, ohne zu finden.« Er fragt. Doch wie die Frage lautet, sagt er nicht: »Ich frage die Sterne, und sie verstummen, ich frage den Tag, und die Nacht; aber sie antworten nicht.« Auch in seinem Inneren findet er keine Antwort, nur »mystische Sprüche, Träume ohne Deutung«: eine »Dämmerung« des Denkens, ein Verlorensein, ein »seliger Tod«, ein Tod der Seele als Bewußtsein. Er kann in dieser Dämmerung der Seele nicht in Frieden ruhen, er will gedankliche Klarheit. Worüber denn?
Da hilft ihm ein Bild, den Gedanken zu formulieren: ein Kind liegt am Wege, die Mutter, die es bewacht, hat eine Decke über das Kind gebreitet, damit die Sonne es nicht blende. »Aber der Knabe wollte nicht bleiben, und riß die Deke weg«, schaute die Sonne an, »bis ihm das Auge schmerzte und er weinend sein Gesicht zur Erde kehrte«.
Mehr wird hier nicht gesagt. Erst wenn man eine Stelle aus dem 3. Brief der endgültigen Fassung des *Hyperion* heranzieht, wird das Bild verständlich: »ein göttlich Wesen ist das Kind«, es ist »ganz was es ist, und darum ist es schön«; denn »in ihm ist Frieden; es ist noch mit sich selber nicht zerfallen. [...] Es ist unsterblich, denn es weiß vom Tode nichts.«[59]
Dadurch, daß der Mensch – der Erwachsene – nicht nur ein

sterbliches Wesen ist, sondern auch erfahren hat, daß er es ist, ist er »mit sich selber zerfallen« – ein zerrissenes Wesen. Mitten im Leben sieht er überall den Tod und leidet. Doch indem er den Gedanken »erträgt«, wie sich Hegel ausdrückte, ihn also er-trägt, wie es Hölderlin verstand, ist er ein Mann.

Es fragt sich: Ist für den Einsiedler, wie er auch – ob freiwillig oder unfreiwillig – dazu gekommen sein mag, in der Abgeschiedenheit zu leben, eine andere Meditation denkbar als die über die Vergänglichkeit, die über den Tod?

Es ist hier nicht der Ort, den »sterblichen Gedanken«, dem Todesgedanken in Hölderlins gesamtem Werk methodisch nachzugehen. Es seien hier nur einige Beispiele gegeben.

Der ganze *Empedokles*-Zyklus steht ja unter dem Titel *Der Tod des Empedokles.* Nicht das Leben des Empedokles, nicht seine Philosophie, nicht einmal seine Politik als Staatsmann bilden das Thema des Dramas, sondern nur sein freiwilliger Tod – wie früher der Tod des Sokrates –, als Opfer und Versöhnung aufgefaßt. Dabei ist aber die Verherrlichung des Freitodes des Philosophen keineswegs als Apologie des Selbstmordes zu verstehen, ebensowenig wie das einem Freitod gleichkommende Selbstopfer des Sokrates oder Jesu Christi. Der von den Umständen herbeigeführte, doch akzeptierte und dadurch sinnvoll gemachte Tod entspricht dem zitierten Satzglied Hegels zur »Aufopferung in der Form des freien zufälligen Geschehens« – ein Gedanke, der Hölderlin gleich zu Anfang seines Lebens im Turm am Neckar vorgeschwebt haben muß.

Man kann auch fragen: Warum hat er sich nicht das Leben genommen?

Der Gedanke an Freitod ist ihm gekommen, die Versuchung hat er gehabt, »aufzubrechen [...] in's freiere Schattenreich«[60], wie es im *Hyperion* heißt.

Und auch:

> Ins Ungebundene gehet eine Sehnsucht.[61]

Worauf er aber sofort antwortet:

> Vieles aber ist
> Zu behalten. Und Noth die Treue.

Daß unter vergleichbaren Umständen sich Hyperion das Leben nicht nimmt, dafür gibt er am Ende des Romans die Gründe an:

Gestern war ich auf dem Aetna droben. Da fiel der große Sicilianer mir ein, der einst des Stundenzählens satt, vertraut mit der Seele der Welt, in seiner kühnen Lebenslust sich da hinabwarf in die herrlichen Flammen, denn der kalte Dichter hätte müssen am Feuer sich wärmen, sagt' ein Spötter ihm nach.
O wie gerne hätt' ich solchen Spott auf mich geladen! aber man muß sich höher achten, denn ich mich achte, um so ungerufen der Natur ans Herz zu fliegen, oder wie du es sonst noch heißen magst.[62]

Um der Natur »ungerufen ans Herz zu fliegen«, um sich das Leben zu nehmen, muß man »sich höher achten«, denn er sich achtet; d. h.: es ist nur dann legitim, wenn der Freitod als Selbstopfer eine historische Dimension gewinnt. Als Lösung eines individuellen Falls ist es eine Form von Selbstüberheblichkeit, oder ein Mangel an »Treue«, eine Feigheit.
Kürzer und bündiger heißt es im unausgeführten Gedichtentwurf *Abschied*:

Wenn ich sterbe mit Schmach, [...]
wenn ich hinunter bin
ins feige Grab,
Dann vergiß mich.[63]

Das »feige« Grab ist das des Selbstmörders. Wenn dies sein eigenes Schicksal sein sollte, verdiente er es nicht mehr, daß sein Name ihn überlebe, ja, daß die Geliebte sich an ihn erinnere.
Das Thema der *Empedokles*-Tragödie ist die Problematik des Freitods. Gleich zu Anfang der Bearbeitung des Empedokles-Themas, im Frankfurter Plan, heißt es:

Vierter Akt. [...] Nun reift sein Entschluß, der längst schon in ihm dämmerte, durch freiwilligen Tod sich mit der unendlichen Natur zu vereinen. [...]
Fünfter Akt. Empedokles bereitet sich zu seinem Tode vor. Die zufälligen Veranlassungen zu seinem Entschlusse fallen nun ganz für ihn weg und er betrachtet ihn als eine Nothwendigkeit, die aus sei-

nem innersten Wesen folge. In den kleinen Scenen, die er noch hie und da mit den Bewohnern der Gegend hat, findet er überall Bestätigung seiner Denkart, seines Entschlusses. […] Bald drauf stürzt sich Empedokles in den lodernden Aetna.[64]

Diese Szenen hat Hölderlin wohl nicht mehr ausgeführt, aber ihr Sinn ist schon in der Botschaft des Empedokles an die Agrigentiner im zweiten Akt deutlich enthalten:

> […] Es scheun
> Die Erdenkinder meist das Neu und Fremde,
> […]
> Wie sie bestehn, […] weiter reicht ihr Sinn
> Im Leben nicht. Doch müssen sie zuletzt,
> Die Ängstigen, heraus, und sterbend kehrt
> Ins Element ein jedes, daß es da
> Zu neuer Jugend, wie im Bade, sich
> Erfrische. Menschen ist die große Lust
> Gegeben, daß sie selber sich verjüngen.
> Und aus dem reinigenden Tode, den
> Sie selber sich zu rechter Zeit gewählt,
> Erstehn, wie aus dem Styx Achill, die Völker.
> O gebt euch der Natur, ehe sie euch nimmt![65]

Und weiter:

> Ihr dürft leben
> So lang' ihr Othem habt: ich nicht. Es muß
> Bei Zeiten weg, durch wen der Geist geredet.
> Es offenbart die göttliche Natur
> Sich göttlich oft durch Menschen […]
> Doch hat der Sterbliche, dem sie das Herz
> Mit ihrer Wonne füllte, sie verkündet,
> O laßt sie dann zerbrechen das Gefäß,
> Damit es nicht zu andrem Brauche dien',
> Und Göttliches zum Menschenwerke werde.
> Laßt diese Glüklichen doch sterben, laßt
> Eh sie in Eigenmacht und Tand und Schmach
> Vergehn, die Freien sich bei guter Zeit
> Den Göttern liebend opfern. Mein ist diß.
> Und wohlbewußt ist mir mein Loos und längst
> Am jugendlichen Tage hab' ich mirs

Geweissagt: ehret mirs! und wenn ihr morgen
Mich nimmer findet, sprecht: veralten sollt
Er nicht und Tage zählen, dienen nicht
Der Sorg und Krankheit.[66]

Der ganze fünfte Auftritt des zweiten Akts, ein Dialog zwischen Empedokles und seinem Jünger Pausanias, ist nichts anderes als eine Auseinandersetzung über den Freitod, durch die sich der Jünger von der Richtigkeit des Entschlusses des Meisters überzeugen läßt. Dann versucht Pausanias den beiden Mädchen, Delia und Panthea, seine neugewonnene Überzeugung mitzuteilen:

[...] wunderbar vor diesem Manne schwindet
Was traurig Sterblichen und furchtbar dünkt.
Und vor dem seelgen Aug ist alles licht.[67]

Darauf Delia:

[...] die besten
Sie treten auf der Todesgötter Seit',
Auch sie, und gehn dahin, mit Lust, und machen
Es uns zur Schmach, bei Sterblichen zu bleiben.

Darauf antwortet Pausanias (und es sind die letzten Worte des ausgeführten Teils der Tragödie):

[...] verdamme nicht

Den Herrlichen, dem seine Ehre so
Zum Unglük ward
Der sterben muß, weil er zu schön gelebt,
Weil ihn zu sehr die Götter alle liebten. [...]
Unendlich trift es den Unendlichen.[68]

Das Thema der Tragödie *Der Tod des Empedokles* ist viel prägnanter, als man es bis jetzt wahrgenommen hat: der Tod, der Freitod des Philosophen.

Hölderlins Identifizierung mit Empedokles, aber auch das bewußte Sich-Unterscheiden, wird deutlich, wenn man das dreistrophige Gedicht hinzuzieht, das noch in Frankfurt, wohl 1797, entstand und den Titel *Empedokles* trägt. Da gibt der Dichter allerdings einen anderen Grund an, warum er dem

Philosophen nicht folgt, und das ist die Liebe, die ihn im Diesseits fesselt. Ich zitiere aus dem deutlicher gehaltenen Entwurf:

Empedokles

In den Flammen suchst du das
 Leben, dein Herz gebietet und pocht und
  Du folgst und wirfst dich in den
   Bodenlosen Aetna hinab.

Perlen zerschmelzt' im Weine die Königin,
 Die Verschwenderin! [...]

Kühn war, wie das Element das ihn hinwegnahm,
 Der Getödtete, kühn und gut,
  Und ich möchte ihm folgen, dem heiligen Manne,
   Hielte die zarte Liebe mich nicht.[69]

In der endgültigen Fassung heißen die letzten Verse:

Doch heilig bist du mir, wie der Erde Macht,
 Die dich hinwegnahm, kühner Getödteter!
  Und folgen möcht' ich in die Tiefe,
   Hielte die Liebe mich nicht, dem Helden.[70]

Daraus erhellt, daß Hölderlin schon in Frankfurt, mitten in der Zeit der glücklichsten Liebe, den Freitod erwog, doch nicht als Ausweg, als Flucht, sondern einzig als einen philosophisch bedeutenden Akt, für den es sogar notwendig ist, daß »die zufälligen Veranlassungen« wegfallen. Sonst ist es des Mannes Pflicht und Bürde, der Natur zu überlassen, den Zeitpunkt der Auflösung des Individuums in ihrer Weisheit zu bestimmen, so lange dieser Zeitpunkt aber auf sich warten läßt, die Last zu tragen.

Auch im *Hyperion* wird vom Freitod gehandelt. Schließlich ist es Zufall, daß ein selbstgewählter Tod den Hyperion nicht trifft. Nach der großen Enttäuschung, daß bei der Eroberung von Misitra seine Leute geplündert und gemordet haben – »in der That! es war ein außerordentlich Project, durch eine Räuberbande mein Elysium zu pflanzen!« –, beschließt er, das Leben aufzugeben:

Ich kann, ich darf nicht mehr – wie mag der Priester leben, wo sein Gott nicht mehr ist? O Genius meines Volks! o Seele Griechenlands! ich muß hinab, ich muß im Todtenreiche dich suchen.[71]

Ehe er »ins Freie« auffliegt, möchte er noch »hinüberschiffen ans Land und den Boden küssen und den Boden erwärmen an [seinem] Busen, und alle süßen Abschiedsworte stammeln vor der schweigenden Erde«.
Doch am Tage darauf soll sich die Flotte schlagen, und »der Kampf wird heiß genug seyn«.

Ich betrachte diese Schlacht, wie ein Bad, den Staub mir abzuwaschen; und ich werde wohl finden, was ich wünsche; Wünsche, wie meiner, gewähren an Ort und Stelle sich leicht. [...] Sie werden mich wohl in die Meersfluth werfen, und ich seh' es gerne, wenn der Rest von mir da untersinkt, wo die Quellen all' und die Ströme, die ich liebte, sich versammeln, und wo die Wetterwolke aufsteigt, und die Berge tränkt und die Thale, die ich liebte. Und wir? o Diotima! Diotima! wann sehn wir uns wieder?
Es ist unmöglich, und mein innerstes Leben empört sich, wenn ich denken will, als verlören wir uns. Ich würde Jahrtausende lang die Sterne durchwandern, in alle Formen mich kleiden, in alle Sprachen des Lebens, um Dir Einmal wieder zu begegnen. Aber ich denke, was sich gleich ist, findet sich bald.[72]

Doch in der Schlacht wird er nur schwer verwundet; der Tod hat ihn nicht gewollt. Dafür aber hat er Diotima weggerafft. Jetzt wird Hyperion zum einsamen Menschen, zum »Eremiten«.
Diotimas Tod ist kein Selbstmord – aber wie soll er denn heißen? Sie legt nicht Hand an sich, aber sie hört auf, zu leben, als sie Hyperion tot wähnt:

Wie du auch ein Ende nimmst, du kehrest zu den Göttern, kehrst ins heilge, freie, jugendliche Leben der Natur, wovon du ausgiengst, und das ist ja dein Verlangen nur und auch das meine.[73]

In mannigfachen Variationen kommt in Diotimas letztem Brief der Gedanke des Freitods wieder.

Soll ich sagen, mich habe der Gram um dich getödtet? o nein! o nein! er war mir ja willkommen, dieser Gram, er gab dem Tode, den ich in mir trug, Gestalt und Anmuth; deinem Lieblinge zur Ehre stirbst du, konnt' ich nun mir sagen.[74]

Der Tod, den sie in sich trug: Alle Helden Hölderlins tragen den Tod in sich, im Innersten ihrer selbst, und das Sterben ist ihnen Befreiung, Rückkehr zum Elementaren, zu dem hin sie sich sehnen.

Oder ist mir meine Seele zu reif geworden in all den Begeisterungen unserer Liebe [...]? [...] war es meines Herzens Üppigkeit, die mich entzweite mit dem sterblichen Leben? ist die Natur in mir durch dich, du Herrlicher! zu stolz geworden, um sichs länger gefallen zu lassen auf diesem mittelmäßigen Sterne?[75]
[...] o da erst, als ich vollends meinte, dir habe das Wetter der Schlacht den Kerker gesprengt und mein Hyperion sei aufgeflogen in die alte Freiheit, da entschied sich es mit mir und wird nun bald sich enden. Ich habe viele Worte gemacht, und stillschweigend starb die große Römerin doch, da im Todeskampf ihr Brutus und das Vaterland rang. [...] Mein Tod ist beredt. Genug![76]
Die Armen [die Sterblichen, die Menschen, P.B.] [...], die mögen vor dem Tode sich fürchten. [...] [Sie] scheun die Götterfreiheit, die der Tod uns giebt? Ich aber nicht. [...] Wir sterben, um zu leben.[77]

Im *Hyperion*-Roman gibt es noch einen Helden: Alabanda. Doch ist der Abschied, den dieser am Ende von Hyperion nimmt, nichts anderes als ein freiwilliger Gang in den Tod, den ihm der Bund mit der Nemesis bereitet:

Soll ich büßen, was ich that, so will ich es mit Freiheit [...] Hyperion! meine Zeit ist aus, und was mir übrig bleibt, ist nur ein edles Ende. [...] Laß uns männlich enden![78]

Hyperion versucht nicht einmal, ihn von seinem Entschluß abzuhalten:

Ja! stirb nur, rief ich, stirb! Dein Herz ist herrlich genug, dein Leben ist reif, wie die Trauben am Herbsttag. Geh, Vollendeter! ich gienge mit dir, wenn es keine Diotima gäbe.[79]

Hölderlins Roman heißt *Hyperion*, aber er könnte genausogut, ja mit besserem Recht, den Titel tragen: »Der Tod der Diotima«, denn dieser Tod ist ja der Eckstein des Romans. Als Hölderlin, wohl Anfang November 1799, den Zweiten Teil des Romans an Susette Gontard schickte, schrieb er ihr:

Hier unsern Hyperion, Liebe! Ein wenig Freude wird diese Frucht unserer seelenvollen Tage Dir doch geben. Verzeih mirs, daß Diotima stirbt. Du erinnerst Dich, wir haben uns ehmals nicht ganz darüber vereinigen können. Ich glaubte, er wäre, der ganzen Anlage nach, nothwendig.[80]

»Notwendig« war dieser Tod in einem doppelten Sinne: in dem damals Hölderlin selbst entgehenden Sinne, daß weder Diotima noch Susette die Trennung von ihrem Geliebten zu überleben vermochten, aber auch in dem von Hölderlin eigentlich gemeinten Sinne, daß »der ganzen Anlage nach« der Tod Diotimas an zentraler Stelle des Geschehens steht.
Wer den Roman in diesem Sinne wieder liest, wird davon ergriffen, daß an fast allen Stellen des Romans das Leitmotiv des Todes anklingt.
Hier einige, beim flüchtigen Durchlesen des Romans gesammelte Beispiele. Bereits auf der zweiten Seite liest man:

Fern und todt sind meine Geliebten, und ich vernehme durch keine Stimme von ihnen nichts mehr.
[...]
Ruhmlos und einsam kehr' ich zurük und wandre durch mein Vaterland, das, wie ein Todtengarten, weit umher liegt, und mich erwartet vieleicht das Messer des Jägers, der uns Griechen, wie das Wild des Waldes, sich zur Lust hält.
[...] Der Wonnegesang des Frühlings singt meine sterblichen Gedanken in Schlaf. [...]
[...] Ich denke nach und finde mich, wie ich zuvor war, allein, mit allen Schmerzen der Sterblichkeit [...]

Im 3. Brief:

Ja! ein göttlich Wesen ist das Kind [...]
In ihm ist Frieden [...] Es ist unsterblich, denn es weiß vom Tode nichts.

Im 4. Brief:

Aber dreifach fühlt' ich ihn und mich, wenn [...] das Leben des Frühlings und die ewig jugendliche Sonne uns mahnte, daß auch der Mensch einst da war, und nun dahin ist, daß des Menschen herrliche Natur jetzt kaum noch da ist, wie das Bruchstück eines Tempels oder im Gedächtniß, wie ein Todtenbild [...]
Das macht uns arm bei allem Reichtum, daß wir nicht allein seyn können, daß die Liebe in uns, so lange wir leben, nicht erstirbt.

Im 5. Brief:

Wie ein Geist, der keine Ruhe am Acheron findet, kehr' ich zurük in die verlaßnen Gegenden meines Lebens. Alles altert und verjüngt sich wieder. Warum sind wir ausgenommen vom schönen Kreislauf der Natur? Oder gilt er auch für uns?
[...]
Lebt wohl, ihr Himmlischen! [...] ihr herrlichen Todten lebt wohl! ich möcht' euch folgen, möchte von mir schütteln, was mein Jahrhundert mir gab, und aufbrechen in's freiere Schattenreich!

Im 6. Brief ärgern den Helden des Romans die geselligen, verständnislosen Städter, für die nichts heilig ist, nicht einmal der Tod:

Es gebärdet' auch wohl einer sich aufgeklärt [...] Doch wenn man ihm vom Tode sprach, so legt' er straks die Hände zusammen, und kam so nach und nach im Gespräche darauf, wie es gefährlich sey, daß unsere Priester nichts mehr gelten. [...]

Im 7. Brief, nach dem Bruch mit dem Freund Alabanda:

Ich nahm mein höchstes Herz zu Hülfe [...], nun war ich auch zum Zorne gestärkt, nun tödtet' ich auch, wie eingelegtes Feuer, jeden Funken der Liebe in mir. [...]
Und doch war ich unaussprechlich glüklich gewesen mit ihm [...] Da ich die Wälder des Ida mit ihm durchstreifte, und wir herunterkamen in's Thal, um da die schweigenden Grabhügel nach ihren Todten zu fragen, und ich zu Alabanda sagte, daß unter den Grabhügeln einer vielleicht dem Geist Achills und seines Geliebten angehöre, und Alabanda mir vertraute, wie er oft ein Kind sey und sich denke, daß wir einst in Einem Schlachtthal fallen und zusammen ruhen werden unter Einem Baum [...]
Wir sprechen von unsrem Herzen, unsern Planen, als wären sie unser, und es ist doch eine fremde Gewalt, die uns herumwirft und in's Grab legt, wie es ihr gefällt, und von der wir nicht wissen, von wannen sie kommt, noch wohin sie geht.

Aus dem 8. Brief:

Was ist's denn, daß der Mensch so viel will? fragt' ich oft; was soll denn die Unendlichkeit in seiner Brust? [...] Das giebt das süße, schwärmerische Gefühl der Kraft, daß sie nicht ausströmt, wie sie will, das eben macht die schönen Träume von Unsterblichkeit und

all' die holden und die kolossalischen Phantome, die den Menschen tausendfach entzüken [...]
Aber dennoch stirbt der Trieb in unserer Brust, und mit ihm unsre Götter und ihr Himmel.
[...]
Und du? was frägst du dich? Daß so zuweilen etwas in dir auffährt, und, wie der Mund des Sterbenden, dein Herz in Einem Augenblike so gewaltsam dir sich öffnet und verschließt, das gerade ist das böse Zeichen.

Aus dem 10. Brief:

Es kann nichts wachsen und nichts so tief vergehen, wie der Mensch.
[...]
Aber schöner ist nichts, als wenn es so nach langem Tode wieder in ihm dämmert [...]
Endlich schrieb ich auch nach Smyrna [...], schrieb ich dreimal, [...] aber keine Antwort von dem Unvergeßlichen, bis in den Tod geliebten – Alabanda! rief ich, o mein Alabanda! [...]
Wir bedauern die Todten, als fühlten sie den Tod, und die Todten haben doch Frieden.

Aus dem 11. Brief:

Wenn ich hinsehe in's Leben, was ist das lezte von allem? Nichts. Wenn ich aufsteige im Geiste, was ist das Höchste von allem? Nichts.
Aber stille, mein Herz! [...]
Über dir und vor dir ist es freilich leer und öde, weil es in dir leer und öd' ist.
Wenn euer Gärten so voll Blumen ist, warum erfreut ihr Othem mich nicht auch? [...] Aber Einer nur hat seine Feste unter euch; das ist der Tod.

Aus dem 13. Brief:

Mir ist lange nicht gewesen, wie jezt.
[...]
Dem Einflusse des Meers und der Luft widerstrebt der finstere Sinn umsonst. Ich gab mich hin, fragte nichts nach mir und andern, suchte nichts, sann auf nichts, ließ vom Boote mich halb in Schlummer wiegen, und bildete mir ein, ich liege in Charons Nachen. O es ist süß, so aus der Schaale der Vergessenheit zu trinken.

[...]
Ist der Mensch nicht veraltert, verwelkt, ist er nicht, wie ein abgefallen Blatt, das seinen Stamm nicht wieder findet und nur umhergescheucht wird von den Winden, bis es der Sand begräbt?
Wie war denn ich? war ich nicht wie ein zerrissen Saitenspiel? Ein wenig tönt' ich noch, aber es waren Todestöne. Ich hatte mir ein düster Schwanenlied gesungen! Einen Sterbekranz hätt' ich gern mir gewunden, aber ich hatte nur Winterblumen.
Und wo war sie denn nun, die Todtenstille, die Nacht und Öde meines Lebens? die ganze dürftige Sterblichkeit?

Darauf folgt die Diotima-Episode, die glückliche. Da ist bis zum 22. Brief vom Tode nicht mehr die Rede. Doch fängt letzterer mit folgenden Worten an:

Ich kann nur hie und da ein Wörtchen von ihr sprechen. [...] als hätte sie vor alten Zeiten gelebt [...], wenn ihr lebendig Bild mich nicht ergreiffen soll, daß ich vergehe im Entzüken und im Schmerz, wenn ich den Tod der Freude über sie und den Tod der Trauer um sie nicht sterben soll.

Aus dem 23. Brief:

Es ist umsonst; ich kann's mir nicht verbergen. Wohin ich auch entfliehe mit meinen Gedanken, [...] auch da, auch da finden die süßen Schreken mich aus, die süßen verwirrenden tödtenden Schreken, daß Diotima's Grab mir nah ist.
Hörst du? hörst du? Diotima's Grab!
Mein Herz war doch so stille geworden, und meine Liebe war begraben mit der Todten, die ich liebte.
[...]
Ich gehe ans Ufer hinaus und sehe nach Kalaurea, wo sie ruhet, hinüber, das ist's.
[...] es wäre wohl größer, sich zu befreien auf immer, als sich zu behelfen mit Palliativen [...]

Aus dem 24. Brief:

War sie nicht mein [...]?
Wo ist das Wesen, das, wie meines, sie erkannte? [...]
Wir waren Eine Blume nur, und unsre Seelen lebten in einander [...]
Und doch, doch wurde sie, wie eine angemaaste Krone, von mir gerissen und in den Staub gelegt?

Aus dem 26. Brief:

Ich baue meinem Herzen ein Grab, damit es ruhen möge [...]
[...] ihr künftigen, ihr neuen Dioskuren, dann weilt ein wenig, wenn ihr vorüberkömmt, da, wo Hyperion schläft, weilt ahnend über des vergeßnen Mannes Asche, und sprecht: er wäre, wie unser einer, wär' er jezt da.
Das hab' ich gehört, mein Bellarmin! das hab' ich erfahren, und gehe nicht willig in den Tod?
Ja! ja! ich bin vorausbezahlt, ich habe gelebt.

Aus dem 27. Brief:

O ihr Uferweiden des Lethe! ihr abendröthlichen Pfade in Elysiums Wäldern! ihr Lilien an den Bächen des Thals! ihr Rosenkränze des Hügels! Ich glaub' an euch, in dieser freundlichen Stunde, und spreche zu meinem Herzen: dort findest du sie wieder, und alle Freude, die du verlorst.

Aus dem 28. Brief:

Ich will nicht zagen; ja! ich will stark seyn! ich will mir nichts verhehlen, will von allen Seeligkeiten mir die Seeligste aus dem Grabe beschwören.
[...]
[...] unter den Bogengängen des heiligen Walds, hinter Diotima's Garten [...] ergriff mich eine Gewalt, als trät' ich in Dianens Schatten, um zu sterben vor der gegenwärtigen Gottheit.

Hier erreichen die Liebenden den Höhepunkt ihrer Liebe:

Schwinde, schwinde, sterbliches Leben, dürftig Geschäft [...]
Es ist hier eine Lüke in meinem Daseyn. Ich starb, und wie ich erwachte, lag ich am Herzen des himmlischen Mädchens.

Das Mädchen fleht ihn an:

Erhalte dir und mir die reine Freude! Laß sie nachtönen in dir, bis Morgen, und tödte sie nicht durch Mismuth!

Doch bald, im 29. Brief, schleicht sich der Todesgedanke wieder ein. Diotima wird stiller und stiller:

Mir war, als hätt' ein unbegreiflich plötzlich Schiksaal unsrer Liebe den Tod geschworen, und alles Leben war hin, außer mir und allem.
[...] o meine Diotima! nun hatt' ich es, das reizende Bekenntniß,

nun hab' ich und halt' es, bis auch mich, mit allem, was an mir ist, in die alte Heimath, in den Schoos der Natur die Wooge der Liebe zurükbringt.

Der 30. Brief, der die großen kulturgeschichtlichen Visionen enthält, fängt mit einer Betrachtung über den selbstgewählten Tod des griechischen Helden der Freiheit an:

Wir saßen einst zusammen auf unsrem Berge, auf einem Steine der alten Stadt dieser Insel und sprachen davon, wie hier der Löwe Demosthenes sein Ende gefunden, wie er hier mit heiligem selbsterwähltem Tode aus den Macedonischen Ketten und Dolche sich zur Freiheit geholfen – Der herrliche Geist gieng scherzend aus der Welt, rief einer; warum nicht? sagt' ich; er hatte nichts mehr hier zu suchen; Athen war Alexanders Dirne geworden, und die Welt, wie ein Hirsch, von dem großen Jäger zu Tode gehezt.

In diesem Lichte betrachtet, erweist sich der ganze erste Band als eine auf den Gottesdienst selber vorbereitende Andacht – ein Sinnen über den Tod.
Der zweite Band steigert die Reflexion noch, bis mit dem Tode Diotimas die Klimax erreicht wird. Ihr Brief ist gleichsam die Antwort auf die von Hölderlin im Brief an Neuffer gestellte Frage: Wie kann man den Tod »begreifen«, d. h. gedanklich in den Griff nehmen? Welche Weltanschauung kann denn die »sterblichen Gedanken« als Bestandteil integrieren?
Die Antwort Diotimas umfaßt nur wenige Worte:

Wenn ich auch zur Pflanze würde, wäre denn der Schade groß? – Ich werde seyn. Wie sollt' ich mich verlieren aus der Sphäre des Lebens, worinn die ewige Liebe, die allen gemein ist, die Naturen alle zusammenhält? wie sollt ich scheiden aus dem Bunde, der die Wesen alle verknüpft? [...] Im Bunde der Natur ist Treue kein Traum. Wir trennen uns nur, um inniger einig zu seyn, göttlicher friedlich mit allem, mit uns. Wir sterben, um zu leben.
Beständigkeit haben die Sterne gewählt [...] Wir stellen im Wechsel das Vollendete dar.

Darauf Hyperion:

Ohne Tod ist kein Leben.

Dann, wie von drüben kommend, glaubt er Diotimas Stimme zu vernehmen:

Diotima, rief ich, wo bist du, o wo bist du? Und mir war, als hört' ich Diotimas Stimme, die Stimme, die mich einst erheitert in den Tagen der Freude –
Bei den Meinen, rief sie, bin ich, bei den Deinen, die der irre Menschengeist miskennt!
Ein sanfter Schreken ergriff mich und mein Denken entschlummerte in mir. [...]
Auch wir, auch wir sind nicht geschieden, Diotima [...] Wer mag die Liebenden scheiden?

Doch jetzt kehrt die Stille ein:

Die Seeligen, wo Diotima nun ist, sprechen nicht viel; in meiner Nacht, in der Tiefe der Traurenden, ist auch die Rede am Ende.[81]

Im Turm am Neckar hörte man öfters von außen, wie Hölderlin Stellen aus dem *Hyperion* mit lauter Stimme »declamirte«. »Sein Pathos ist groß, und *Hyperion* liegt beinahe immer aufgeschlagen da«, sagt Waiblinger. Die eben zitierten Stellen werden es wohl gewesen sein: entsprechen sie nicht gerade dem andächtigen Nachsinnen eines Einsiedlers, den »sterblichen Gedanken« eines Eremiten, sei es in Griechenland, sei es im Schwabenland?
»Das Leben, das ich für Dich lebe [...]«: hier, im Turm, »wohnt« Hölderlin mit der Hingeschiedenen, der Geliebten. E i n e hatte es verstanden – oder hatte es ihr vielleicht Sinclair als Geheimnis anvertraut? Mitten in Bettina Brentanos Bericht über Hölderlin, an ganz unauffälliger Stelle und gleichsam unter romantischen Floskeln begraben, spricht sie einen vielsagenden Satz aus: »Dort wohnt auch Er ... Ja, wer mit Gräbern sich vermählt, der kann leicht wahnsinnig werden den Menschen.«
Etwa 1823 oder 1824 – Hölderlin war bereits mehr als fünfzehn Jahre bei Zimmer – schrieb er, nach dem Zeugnis Mörikes, »einige Briefe als Fortsetzung des Romans Hyperion«: Briefe Hyperions an Diotima und Diotimas an Hyperion.
Diese Fragmente wurden von der Forschung mit einer angeblichen Äußerung Sinclairs in Beziehung gebracht, Hölderlin habe eine Fortsetzung seines Romans erwogen. Dies sei jedoch nicht möglich, meint ein Hölderlin-Forscher: Diese wunderliche Behauptung sehe an der einfachen Tatsache vor-

bei, daß Diotima gestorben ist und Hyperion also keine Briefe mit ihr wechseln kann.
Diese streng rationalistische Auffassung aber sieht selbst an der »einfachen Tatsache« vorbei, daß Hölderlin-Hyperion mit der Diotima des Jenseits in Gedanken weiter lebt, daß er mit ihr (nur mit ihr, mit den Menschen, die ihn umgeben, aber nicht) Gespräch führt.
Hier ein paar Zeilen aus den spätesten, wohl im Turm geschriebenen Bruchstücken:

Ich nehme überhaupt die Welt ganz anders. Ich erstaune, wie das mit mir gekommen. [...]
Ich gestehe es, ich wäre [...] offt gerner, auf einsameren Gebirgen, die hinter uns liegen, in den angenehmen Gegenden von Thebe, Macedonien, und Attika, auf den Höhen und Abhängen in den grünen Thälern des Olymps, auf Thraziens Gebirgen, an Lemnos droben, unter schattigen Bäumen der entlegenen Ithaka, um Mythilene, um Paros, ich wäre sogar lieber mit meinem Leben in den stillen Orten im Innern der Inseln, oder in heiligen Klöstern [...]
Ich kann dir nicht sagen, wie sehr ich zuweilen wünsche, dich wiederzusehen.
Ich weiß kaum, wie ich von dir weggekommen bin [...] Ich hüte mich, von dir mich weg zu machen. Das Leben hätte vieleicht einiges Anziehende für mich.[82]

»Ich hüte mich, von dir mich weg zu machen.« In dieser Welt zwischen den Welten, wo er jetzt – im Tübinger Turm – »wohnt« und »zu Hause« ist, haben die Liebenden zueinander gefunden.
Schon immer hatte Hölderlin zwar keinen Totenkult im banalen Sinn des Wortes, sondern mit den Toten einen richtigen, »lebendigen« Verkehr gesucht und gepflegt. Dies ist im Grunde das Thema des *Archipelagus*: Er ruft die Verstorbenen, die alten Griechen, an, um sich zu ge-wöhnen (von w o h - n e n !), mit ihnen zu »leben«:

O die Kinder des Glüks, die Frommen! wandeln sie fern nun
Bei den Vätern daheim, und der Schiksaalstage vergessen,
Drüben am Lethestrom, und bringt kein Sehnen sie wieder?
[...]
Zum Parnassos will ich [...],

Will ich, mit Thränen gemischt, aus blüthenumdufteter Schaale
Dort, auf keimendes Grün, das Wasser gießen, damit doch,
O ihr Schlafenden all! ein Todtenopfer euch werde.
Dort im schweigenden Thal, an Tempes hangenden Felsen,
Will ich wohnen mit euch, dort oft, ihr herrlichen Nahmen!
Her euch rufen bei Nacht [...]
Bis zu leben mit euch sich ganz die Seele gewöhnet.
Fragen wird der Geweihtere dann euch manches, ihr Todten!
[...]
[...] und wenn die reißende Zeit mir
Zu gewaltig das Haupt ergreifft und die Noth und das Irrsaal
Unter Sterblichen mir mein sterblich Leben erschüttert,
Laß der Stille mich dann in deiner Tiefe gedenken.[83]

Hölderlin ist der Tübinger Turm Zwischenstation, »Charons Nachen«[84], wo er »zwischen dieser Erde und der wilden Welt der Todten« innehält, wo er ein Leben führt, das kein Leben mehr ist, und mit einer Toten spricht, die noch da ist: so »schufen sich einst die Einsamen liebend / Nur von Göttern gekannt ihre geheimere Welt«.[85]

»Wie im Orkus«, wie »im freieren Reich der Schatten«, »wohnt« von nun an Hölderlin, der die Zugehörigkeit zur Welt der Menschen ablehnt (»ein lebender Toter«, hatte schon 1795 Magenau von ihm gesagt, »abgestorben allem Mitgefühl mit seines Gleichen«, nicht verstehend, daß Hölderlin »das schlaue Geschlecht«, die »Neidischen«, das freche, das alberne, das bübische Geschlecht, »die Söhne des Gewimmels« nicht als seinesgleichen anerkannte), das Gespräch mit den Seinen fortführend: mit Antigone, die »lebendig in die Wildniß der Gestorbnen hinab« kommt, mit Danae, mit Diotima ...

Diesen Zustand hat er schon im *Thalia-Fragment* als einen Zustand der »Dämmerung« beschrieben, gleichsam in Vorahnung des ihn erwartenden Schicksals. Hyperion hat erfahren, Melite (die spätere Diotima) sei ohne Abschied weggegangen. Da flüchtet er sich in »die Abgezogenheit von allem Lebendigen«, in einen Zustand der Dämmerung:

Abgezogenheit von allem Lebendigen, das war es, was ich suchte. [...] Allmählig war mir das, was man vor Augen hat, so fremde geworden, daß ich es oft beinahe mit Staunen ansah. [...] Ich kam mir vor,

wie ein Geist, der sich über die Mitternachtstunde verweilt hat, und den Hahnenschrei hört. [...]
Meinem Herzen ist oft wohl in dieser Dämmerung. Ich weis nicht, wie mir geschieht [...] Mein ganzes Wesen verstummt und lauscht [...] Mir wird, als schlösse sich die Pforte des Unsichtbaren mir auf und ich vergienge mit allem, was um mich ist, bis ein Rauschen im Gesträuche mich aufwekt aus dem seeligen Tode [...] Meinem Herzen ist wohl in dieser Dämmerung. Ist sie unser Element, diese Dämmerung?[86]

Ja, sie ist ihm in der zweiten Lebenshälfte zum Element geworden – diese Dämmerung.
Mit Recht weist Wilhelm Böhm auf einen Zusammenhang zwischen den vorhin zitierten Ansätzen zu einer späteren Fassung des *Hyperion* und einem der spätesten Gedichte hin, das wahrscheinlich im Jahr 1824, also im Turm, verfaßt wurde und das Waiblinger Mörike vermittelte. Die kein einziges Mal bei Namen genannte Diotima – »Diotima de l'Au-delà«, wie Pierre-Jean Jouve sehr schön übersetzte, Diotima »aus dem Jenseits« –, Diotima spricht (und ihr will ich das letzte Wort lassen):

Wenn aus der Ferne, da wir geschieden sind,
Ich dir noch kennbar bin, die Vergangenheit
O du Theilhaber meiner Leiden!
Einiges Gute bezeichnen dir kann,

So sage, wie erwartet die Freundin dich?
In jenen Gärten, da nach entsezlicher
Und dunkler Zeit wir uns gefunden?
Hier an den Strömen der heilgen Urwelt.

Das muß ich sagen, einiges Gutes war
In deinen Bliken, als in den Fernen du
Dich einmal fröhlich umgesehen
Immer verschlossener Mensch, mit finstrem

Aussehn. Wie flossen Stunden dahin, wie still
War meine Seele über der Wahrheit daß
Ich so getrennt gewesen wäre?
Ja! ich gestand es, ich war die deine.

Wahrhafftig! wie du alles Bekannte mir
In mein Gedächtniß bringen und schreiben willst,
Mit Briefen, so ergeht es mir auch
Daß ich Vergangenes alles sage.

Wars Frühling? war es Sommer? die Nachtigall
Mit süßem Liede lebte mit Vögeln, die
Nicht ferne waren im Gebüsche
Und mit Gerüchen umgaben Bäum' uns.

Die klaren Gänge, niedres Gesträuch und Sand
Auf dem wir traten, machten erfreulicher
Und lieblicher die Hyacinthe
Oder die Tulpe, Viole, Nelke.

Um Wänd und Mauern grünte der Epheu, grünt'
Ein seelig Dunkel hoher Alleen. Offt
Des Abends, Morgens waren dort wir
Redeten manches und sahn uns froh an.

In meinen Armen lebte der Jüngling auf,
Der, noch verlassen, aus den Gefilden kam,
Die er mir wies, mit einer Schwermuth,
Aber die Nahmen der seltnen Orte

Und alles Schöne hatt' er behalten, das
An seeligen Gestaden, auch mir sehr werth
Im heimatlichen Lande blühet
Oder verborgen, aus hoher Aussicht,

Allwo das Meer auch einer beschauen kann,
Doch keiner seyn will. Nehme vorlieb und denk
An die, die noch vergnügt ist, darum,
Weil der entzükende Tag uns anschien,

Der mit Geständniß oder der Hände Druk
Anhub, der uns vereinet. Ach! wehe mir!
Es waren schöne Tage. Aber
Traurige Dämmerung folgte nachher.

Du seiest so allein in der schönen Welt
Behauptest du mir immer, Geliebter! das
Weist aber du nicht,[87]

»das Weist aber du nicht,« – mit dem Komma bricht das Gedicht ab. Diotimas Stimme aus dem Jenseits verhallt. Dann kommt nur Ungesagtes, Unsagbares.
Nur noch Schweigen.
Hatte es Hyperion nicht längst ausgesprochen?

Die Seeligen, wo Diotima nun ist, sprechen nicht viel; in meiner Nacht, in der Tiefe der Traurenden, ist auch die Rede am Ende.[88]

Schlußworte

Auf Grund der Dokumente steht es nun einem jeden frei, sich eine fundierte eigene Meinung über den Fall Hölderlin zu bilden und für sich selbst zu entscheiden, ob er weiter glauben will, Hölderlin sei ein »Umnachteter«, ein Geisteskranker gewesen oder nicht. Wenn er trotzdem darauf besteht – wohl ihm!
Ich will versuchen, in ein paar Worten nüchtern zusammenzufassen, was für mich dabei herauskommt.

Erstens: Die übliche, landläufige, überlieferte Meinung, Hölderlin sei schizophren gewesen, ist für mich völlig unbefriedigend, ja abwegig. Der Sachverhalt ist sehr viel komplizierter, und die Antwort muß viel nuancierter sein. Meines Erachtens hat sie mit Pathologie wenig oder gar nichts zu tun.
Es stimmt schon, daß Hölderlin kein »normaler« Mensch gewesen ist, insofern sein psychologisches Profil kein gewöhnliches, sondern ein höchst seltenes, vielleicht ein einmaliges, gewesen ist. Man sollte wohl zuerst versuchen, ihn in seiner Einmaligkeit zu erkennen und zu begreifen, bevor man voreilig den Stab über ihn bricht und ihn als pathologischen Fall abtut. Schon seine außerordentliche sprachliche, lyrische, rhythmische und eidetische Begabung ist bei uns abnorm, weil sie von der statistischen Norm abweicht. Hölderlin war sich dieser seiner hervorstechenden poetischen Begabung früh bewußt und kultivierte sie dann ausschließlich, so daß seine diskursive Fähigkeit in gleichem Maße verkümmerte: wenn man will, ein Fall psychischer Atrophie.
Dies kann eine Gelegenheit sein, einem verbreiteten Irrtum abzuhelfen. Gewöhnlich meint man unüberlegt, ein Künstler – ein Maler, ein Dichter, ein Komponist – sei ein ganz normaler, doch mit einem Plus ausgestatteter Mensch: dieses Plus sei seine besondere Begabung. Dem ist aber nicht so. Ich würde eher sagen, daß, mit anderen, »normalen« Menschen verglichen, Künstler sich eher durch ein Minus auszeichnen. Ihnen fehlt etwas, ihnen geht etwas ab – und in dieser psychischen »Lücke« entwickelt sich ihr Talent. Alle Kinder werden wohl mehr oder weniger, doch irgendwie begabt geboren; alle sind geborene Künstler. Doch die Ausbildung gewisser im sozialen Leben erforderlicher Fertigkeiten hemmt einen Teil ihrer angeborenen Fähigkeiten und läßt sie verkümmern. Es

gäbe wohl heute viel mehr Maler, Bildhauer, musische Menschen überhaupt, wenn wir nicht alle zu lesen, zu schreiben und zu rechnen gelernt hätten – und alles, was damit zusammenhängt. Künstler können in unserer Gesellschaft nicht mehr als »normale« Menschen gelten, einfach, weil sie dem Normierungsprozeß der Gesellschaft aus irgendeinem Grunde entgangen sind. Dieser Grund scheint aber meistens die eben erwähnte »Lücke«, irgendeine Anpassungsunfähigkeit – oder ein fehlender Wille zur Anpassung – zu sein.
Auch Nietzsche hat dieses Phänomen beobachtet:

Es wurde schon erwähnt, daß eine Verstümmelung, Verkrüppelung, ein erheblicher Mangel eines Organs häufig die Veranlassung dazu gibt, daß ein anderes Organ sich ungewöhnlich gut entwickelt, weil es seine Funktion und noch eine andere zu versehen hat. Hieraus ist der Ursprung mancher glänzenden Begabung zu erraten.[1]

Im Falle Hölderlins ist es offensichtlich, daß der bei ihm sowohl angeborene als auch kultivierte Mangel an diskursiver, linearer Denkpraxis zugunsten des Eidetischen und Rhythmischen erst die volle und einzig dastehende Entwicklung des lyrischen Temperaments bewirkt hat. Von vornherein war es ausgeschlossen, er könne zugleich der Dichter Hölderlin, der er ist, *und* ein für unsere Begriffe normaler Mensch sein.
Doch sollte ein aus der Norm fallender Mensch unbedingt als Kranker gelten? Noch vor nicht allzu langer Zeit wurden Linkshänder »behandelt«, bis man einsah, Linkshänder seien keine Kranken. Sollte ein »Rechtshälfter«, einer, der vornehmlich mit der rechten Hälfte des Gehirns arbeitet, nicht einen vergleichbaren Fall darstellen? Muß man sagen, alle Künstler seien irgendwie geisteskrank, weil ihnen eine gewisse »prosaische« Denk- und Ausdrucksform abgeht? Als Künstlernatur ging Hölderlin mit der Sprache um, wie Maler mit Farben und Komponisten mit Tönen umgehen. Wohl ein seltener Fall – aber deswegen krank? Sicher nicht.

Zweitens: Die als Symptome einer Erkrankung Hölderlins geltenden Manifestationen zwischen Juli 1802 und dem 11. September 1806 lassen sich – abgesehen von den Wutanfällen – ausnahmslos als Zeichen einer tiefen Depression verstehen.

Was die Wutanfälle betrifft, muß in Betracht gezogen werden, daß Hölderlin schon immer ein Choleriker gewesen war, aber auch, daß der Wutanfall in Nürtingen, nach dem ihn seine Familie als geistesgestört bezeichnete, uns, die wir den Sachverhalt kennen, nur allzu verständlich ist. Was die Depression betrifft, muß man bedenken, daß Hölderlin schon immer zyklothym gewesen war, daß er aber diesmal einen echten Anlaß zur Depression hatte, von dem weder die Seinen noch die Ärzte wußten, den wir aber nicht mehr ignorieren dürfen, wie man es bis jetzt getan hat – nämlich den Tod Susettes, die Umstände ihres Ablebens und die Tatsache, daß er sich für verantwortlich dafür hielt.

Drittens: die monatelang andauernde Spannung, unter der er in Homburg gelebt hatte, als Sinclair im Stuttgarter Gefängnis saß und er selbst jeden Tag erwarten mußte, verhaftet zu werden und als württembergischer Untertan das Los Schubarts zu erleiden; dann der Schreck, als er am 11. September 1806 glauben mußte, es sei nun soweit; der gewaltsame Abtransport von Homburg nach Tübingen, die Einlieferung in das Irrenhaus Autenrieths, die Behandlung mit Zwangsjacke und vielleicht mit Autenriethscher Maske – das alles scheint völlig auszureichen, um zu erklären, wieso denn Hölderlin von da an als gebrochener Mensch dahinlebte. Man hatte ihn zum geistigen Krüppel unrettbar geschlagen. Diese psychische Situation hat mit Geisteskrankheit nichts zu tun: Ein Krüppel, auch ein seelischer Krüppel, ist noch lange kein Geisteskranker.

Viertens: Der Sektionsbericht von Dr. Rapp, der den Schädel öffnete, und mehr noch der Bericht von Dr. Gmelin machen auf eine Veränderung des Gehirns aufmerksam, welche das Corpus callosum, also die Verbindung der beiden Gehirnhälften, betraf. Was die Ursachen und Folgen dieser neurologischen Anomalie gewesen sein mögen: das zu untersuchen sei späteren Generationen von Forschern überlassen.

Fünftens: Hölderlins Existenz im Turm am Neckar als »Eremit im Schwabenland«, sein jahrzehntelanges »Pflanzenleben«, wie er es selbst zehn Jahre im voraus bezeichnet hatte, dieses Vegetieren zwischen Leben und Tod, zwischen Schlaf und Wachsein, diese geistige Dämmerung in den »Wolken des Wohllauts«, dieses »Wohnen« mit den Toten, mit der Toten – das alles hatte er längst vorhergesehen, also doch irgendwie schon erlebt:

Nur zu Zeiten erträgt göttliche Fülle der Mensch.
Traum von ihnen ist drauf das Leben. Aber das Irrsaal
Hilft, wie Schlummer.[2]

Schließlich, es kann wohl sein, daß man mir entgegnet, es sei nicht so wichtig, zu entscheiden, ob Hölderlin geisteskrank gewesen ist oder nicht – was ändere das wohl an dem Verständnis, das wir seiner Dichtung entgegenbringen, worauf es doch letzten Endes ankomme? Was hat seine eventuelle Geisteskrankheit oder -gesundheit mit der Rezeption seiner Dichtung zu tun?
Diesen Einwand lasse ich gerne gelten, insofern man Hölderlin als ein Phänomen betrachtet, das zum Bereich der Literatur gehört. Aber man hat wohl verstanden, daß es mir hier nicht in erster Linie auf Hölderlin als Schriftsteller oder als Dichter ankam, sondern auf den Menschen – den Mann. Nun gefällt es mir nicht, den unverdienten Ruf eines Psychopathen auf diesem Mann sitzen zu lassen.
Ich bin überzeugt, und vielleicht habe ich dafür den Anfang eines Beweises geliefert, daß im Falle Hölderlins ein besseres Verständnis des Menschen auch zu einem beßren Verständnis des Werkes führt.
Am Anfang meiner Forschungen über Hölderlin vor fünfzig Jahren stand ein Text von Hermann Hesse. Vielleicht habe ich seither nicht viel anderes getan, als das *wissen* zu wollen, was der mit Hölderlin geistesverwandte Hermann Hesse *intuitiv erfaßt* hatte – Hermann Hesse, auch er ein Schüler des schwäbischen Pietismus, auch er ein Schüler von Kloster Maulbronn, auch er ein der Galeere der evangelischen Theologie Entlaufener!

1925 schrieb Hermann Hesse:

Hölderlins Schicksal ist vor allem ein Heldenschicksal. Wir sehen oft große, begnadete Menschen an Widerständen zugrunde gehen, mit welchen der Kleine spielend fertig wird, und der gesunde Durchschnittsverstand hat es leicht, die Begnadeten als Psychopathen zu erklären. [...] Aber weit darüber hinaus sind sie Helden. [...] Hölderlin war es beschieden, dies tragische Schicksal des Begnadeten weithin sichtbar zu machen. [...] Bei ihm sind Werk und Schicksal nicht zu trennen.[3]

Im Namen Hölderlins!

Anhang

Anmerkungen

Kurztitel und Siglen

StA	Friedrich Hölderlin, Sämtliche Werke. Große Stuttgarter Ausgabe. Im Auftrage des Württembergischen Kultusministeriums und der Deutschen Akademie in München hrsg. von Friedrich Beißner. Band 1,1/2–7,4, Stuttgart 1943–1968.
Hellingrath	Friedrich Hölderlin, Sämtliche Werke. Historisch-kritische Ausgabe unter Mitarbeit von Friedrich Seebaß besorgt durch Norbert von Hellingrath, fortgeführt von Friedrich Seebaß und Ludwig von Pigenot. Band 1–6, München 1913–1923.
Lange	Wilhelm Lange, Hölderlin. Eine Pathographie. Stuttgart 1909.
Kirchner	Werner Kirchner, Der Hochverratsprozeß gegen Sinclair. Frankfurt a.M. 1969.

Vorspann

1 Hölderlin, Hyperion oder Der Eremit in Griechenland. Vorstufe der endgültigen Fassung; StA, Band 3, S.277.
2 StA, Band 2,1, S.251.
3 StA, Band 4,1, S.74f.
4 Friedrich Nietzsche, Streifzüge eines Unzeitgemäßen. § 37. Nietzsche hat hier einen Aphorismus des französischen Moralisten Chamfort, eines Zeitgenossen und irgendwie Geistesverwandten Hölderlins, übertragen.
5 Thomas S. Szasz, Die Fabrikation des Wahnsinns. Frankfurt a.M. 1976, S.72.
6 StA, Band 4,1, S.241ff.
7 Lange, S.IX (Einleitung).
8 Lange, S.145.
9 Lange, S.147.
10 Lange, S.146.
11 Lange, S.146f.
12 StA, Band 2,2, S.659.
13 StA, Band 2,1, S.114.
14 StA, Band 2,1, S.85.
15 StA, Band 2,2, S.403.
16 StA, Band 2,1, S.44.
17 Lange, S.106 und 109.
18 StA, Band 2,2, S.609.
19 Hellingrath, Band 4, S.318.
20 Lange, S.209.

21 Lange, S.206.
22 Lange, S.105f.
23 Lange, S.98, 153 und 110.
24 Lange, S.119.
25 Lange, S.12ff.
26 Lange, S.71.
27 Lange, S.79. – Forel: berühmter Schweizer Psychiater (1848–1931).
28 Lange, S.167.
29 Die Zeit (Wien), Nr.362/1901.
30 Zitiert nach: Lange, S.169.
31 Lange, S.38.
32 Lange, S.9.
33 Lange, S.9.
34 Lange, S.25.
35 Lange, S.12.
36 Lange, S.36.
37 Zitiert in: Gerhard Fichtner, Hölderlin und die Psychiatrie. Unveröffentlichter Vortrag.
38 Jean Laplanche, Hölderlin und die Suche nach dem Vater. Stuttgart 1976.
39 Norbert von Hellingrath, Hölderlins Wahnsinn. In: Neue Deutsche Beiträge (München), Jg. 1922. Wiederaufgenommen in: Deutscher Geist. Ein Lesebuch aus zwei Jahrhunderten. Band 2, Frankfurt a.M. 1959.
40 StA, Band 7,3, S.340.
41 StA, Band 7,3, S.340.
42 StA, Band 7,3, S.340.

Erster Teil

1 Brief 85 an die Mutter; StA, Band 6,1, S.129f.
2 Brief 81; StA, Band 6,1, S.120.
3 Brief 92 an die Mutter; StA, Band 6,1, S.147f.
4 StA, Band 6,2, S.697ff.
5 StA, Band 6,2, S.698.
6 Brief 64 an die Mutter; StA, Band 6,1, S.91.
7 Brief 64 an die Mutter; StA, Band 6,1, S.91.
8 StA, Band 6,2, S.639.
9 StA, Band 6,2, S.641.
10 Brief 70 an Stäudlin und Neuffer; StA, Band 6,1, S.100f., und Brief 71 an die Mutter; StA, Band 6,1, S.102f.
11 Brief 78; StA, Band 6,1, S.115.
12 StA, Band 6,2, S.672.
13 Brief 91 an die Mutter; StA, Band 6,1, S.143f.

14 StA, Band 6,2, S. 711.
15 Brief 91 an die Mutter; StA, Band 6,1, S. 144.
16 StA, Band 6,2, S. 656 ff.
17 Brief 72 an die Schwester; StA, Band 6,1, S. 105.
18 StA, Band 6,2, S. 657.
19 Brief 93 vom 19. Jenner 1795; StA, Band 6,1, S. 153.
20 Brief an Schiller; StA, Band 6,2, S. 711.
21 Brief 152 vom 12. Februar 1798; StA, Band 7,1, S. 97.
22 StA, Band 7,1, S. 118 f.
23 Brief von Susette Gontard; StA, Band 7,1, S. 97.
24 StA, Band 7,1, S. 118 f.
25 StA, Band 7,2, S. 84.
26 StA, Band 7,2, S. 351.
27 Brief 93 an Neuffer; StA, Band 6,1, S. 152.
28 StA, Band 6,2, S. 714.
29 Brief 117 an Niethammer; StA, Band 6,1, S. 202 f.
30 Brief 104 an Schiller; StA, Band 6,1, S. 180 f.
31 Brief 68 an Neuffer; StA, Band 6,1, S. 96.
32 StA, Band 6,2, S. 757.
33 StA, Band 6,2, S. 757. Das Zitat, eine Lesart zum Gedicht »Heidelberg«, siehe: StA, Band 2,2, S. 410.
34 StA, Band 6,2, S. 748.
35 StA, Band 3, S. 32 und 138 f.
36 StA, Band 7,2, S. 33 ff., und Xavier Léon, Fichte et son temps. Paris 1922, S. 316–375.
37 Brief 166 an die Mutter; StA, Band 6,1, S. 288.
38 Brief 167 an Neuffer; StA, Band 6,1, S. 289 f.
39 Brief 171 an Sinclair; StA, Band 6,1, S. 299.
40 Brief 173 an die Mutter; StA, Band 6,1, S. 309.
41 Brief 174 an die Schwester; StA, Band 6,1, S. 317.
42 Brief 177 an die Mutter; StA, Band 6,1, S. 319.
43 Brief 194 an Schiller; StA, Band 6,1, S. 365.
44 Brief 204 an die Mutter; StA, Band 6,1, S. 383.
45 Brief 204 an die Mutter; StA, Band 6,1, S. 385.
46 Adolf Beck und Paul Raabe, Hölderlin. Eine Chronik in Text und Bild. Frankfurt a. M. 1970, S. 53.
47 Brief 204 an die Mutter; StA, Band 6,1, S. 382 f.
48 Brief 207 an die Mutter, Homburg 23. Mai 1800; StA, Band 6,1, S. 390.
49 Brief 208 an die Mutter; StA, Band 6,1, S. 395.
50 Brief 210 an die Mutter; StA, Band 6,1, S. 398.
51 Brief 214 und 216 an die Schwester; StA, Band 6,1, S. 400 und 402.
52 StA, Band 6,2, S. 1023.
53 StA, Band 6,2, S. 1023.

54 StA, Band 2,1, S.86.
55 StA, Band 6,2, S.1012.
56 StA, Band 6,2, S.1012.
57 StA, Band 6,1, S.403 und 406.
58 Brief 219 an die Schwester; StA, Band 6,1, S.404.
59 StA, Band 6,2, S.1042.
60 Brief 229 an Christian Landauer; StA, Band 6,1, S.416.
61 Brief 230 an Christian Landauer; StA, Band 6,1, S.417f.
62 StA, Band 6,2, S.1065.
63 Brief 231 an den Bruder; StA, Band 6,1, S. 418f., und StA, Band 6,2, S.1067.
64 StA, Band 7,1, S.159.
65 Lothar Kempter, Hölderlin in Hauptwil. Tübingen 1975, S.49.
66 StA, Band 2,1, S.96ff.
67 Brief 231 an den Bruder; StA, Band 6,1, S.418.
68 StA, Band 7,1, S.101.
69 StA, Band 6,1, S.418.
70 StA, Band 7,2, S.177.
71 StA, Band 7,1, S.168.
72 StA, Band 2,1, S.44f.
73 StA, Band 7,2, S.229.
74 StA, Band 7,2, S.224.
75 StA, Band 7,2, S.224.
76 StA, Band 7,3, S.60.
77 StA, Band 7,2, S.223.
78 StA, Band 7,2, S.224.
79 StA, Band 6,2, S.422f.
80 Brief 233 an Niethammer; StA, Band 7,2, S.580.
81 Brief 234 an die Seinigen; StA, Band 6,1, S.424.
82 Pierre Bertaux, Hölderlin. Essai de biographie intérieure. Paris 1936, S.11.
83 StA, Band 7,3, S.60.
84 So der Hölderlin-Forscher Carl C. T. Litzmann im Jahre 1890. Zitiert nach: Lange, S.167.
85 Eugen Gottlieb Winkler, Der späte Hölderlin. In: Deutsche Zeitschrift (Stuttgart), Jg. 1936–1937. Wiederaufgenommen in: Hölderlin. Beiträge zu seinem Verständnis in unserem Jahrhundert. Tübingen 1961 (Schriften der Hölderlin-Gesellschaft).
86 Lange.
87 Adolf Beck, Hölderlin im Juni 1802 in Frankfurt? Zur Frage seiner Rückkehr von Bordeaux. In: Hölderlin-Jahrbuch 1975–1977. Tübingen 1978, S.468f.
88 StA, Band 7,1, S.170f.
89 StA, Band 7,2, S.225.

90 StA, Band 7,1, S.171f.
91 StA, Band 7,1, S.173.
92 StA, Band 7,2, S.230.
93 Berthold Litzmann, Einleitung zu: Hölderlins Gesammelte Dichtungen. Stuttgart und Berlin o.J.
94 StA, Band 7,2, S.230.
95 Brief 239 an die Mutter; StA, Band 6,1, S.430.
96 StA, Band 7,2, S.229.
97 StA, Band 7,2, S.231.
98 StA, Band 7,2, S.235.
99 StA, Band 7,2, S.235.
100 StA, Band 7,2, S.236f.
101 StA, Band 7,2, S.242.
102 StA, Band 7,2, S.254.
103 StA, Band 7,2, S.238.
104 Werner Kirchner, Hölderlin. Aufsätze zu seiner Homburger Zeit. Göttingen 1967, S.58.
105 Jacques D'Hondt, Hegel secret. Paris 1938. Nach: Le Forestier, Les Illuminés de Bavarière et la Franc-Maconnerie. Paris 1914, S.350.
106 Kirchner, Hölderlin. Aufsätze zu seiner Homburger Zeit, S.65.
107 Nach einem Auszug und Regest Gustav Schlesiers; StA, Band 7,1, S.176.
108 StA, Band 7,2, S.255.
109 StA, Band 7,2, S.254ff.
110 StA, Band 2,1, S.262.
111 StA, Band 2,1, S.197.
112 StA, Band 6,1, S.432f.
113 StA, Band 6,2, S.1087.
114 StA, Band 6,2, S.1086.
115 StA, Band 6,2, S.1088.
116 StA, Band 6,2, S.1089.
117 StA, Band 7,2, S.246.
118 Adolf Beck; StA, Band 6,2, S.1074.
119 StA, Band 7,2, S.132f.
120 StA, Band 7,2, S.133f.
121 StA, Band 6,1, S.420.
122 StA, Band 6,2, S.1086.
123 StA, Band 7,2, S.246.
124 StA, Band 7,2, S.261f.
125 Jena, 16.August 1803; StA, Band 7,2, S.263f.
126 Adolf Beck; StA, Band 7,2, S.264.
127 StA, Band 7,2, S.252f.
128 StA, Band 7,2, S.296.
129 Adolf Beck; StA, Band 6,2, S.1091.

130 StA, Band 7,2, S.299.
131 Adolf Beck; StA, Band 7,2, S.166.
132 StA, Band 7,2, S.286f.
133 StA, Band 7,2, S.166.
134 Adolf Beck; StA, Band 7,2, S.287.
135 Friedrich Beißner; StA, Band 5, S.455.
136 Adolf Beck; StA, Band 7,2, S.304.
137 StA, Band 7,2, S.303f.
138 Friedrich Beißner, Hölderlins Übersetzungen aus dem Griechischen. Stuttgart 1933.
139 Ebenda, S.90.
140 Beißner; StA, Band 5, S.451.
141 Beißner, Hölderlins Übersetzungen aus dem Griechischen, S.105.
142 StA, Band 7,2, S.258.
143 StA, Band 7,2, S.265.
144 StA, Band 7,2, S.270f.
145 StA, Band 7,2, S.276f.
146 StA, Band 7,2, S.299.
147 Steinmetz zitiert nach: StA, Band 7,2, S.293.
148 StA, Band 2,1, S.250.
149 StA, Band 7,1, S.149.
150 StA, Band 5, S.119.
151 StA, Band 7,2, S.297f.
152 StA, Band 7,2, S.299.
153 StA, Band 7,2, S.311.
154 StA, Band 7,2, S.315.
155 StA, Band 7,2, S.315f.
156 StA, Band 7,2, S.277.
157 Kirchner, S.61–71.
158 StA, Band 7,1, S.170f.
159 StA, Band 7,2, S.279.
160 Kirchner, S.72.
161 Kirchner, S.85.
162 StA, Band 6,1, S.249.
163 Siehe: Williamson (Hrsg.), Reading on the Character of Hamlet. London 1950. – Wilson, What happens in Hamlet. Cambridge 1962.
164 StA, Band 7,2, S.337.
165 StA, Band 7,2, S.325.
166 StA, Band 7,2, S.327.
167 StA, Band 7,2, S.328.
168 Kirchner, S.81 und 205.
169 Kirchner, S.97.
170 StA, Band 7,2, S.330.
171 Kirchner, S.106.

172 Adolf Beck zu Kirchner: »Das bleibt jedoch Vermutung.« (StA, Band 7,2, S.338.)
173 StA, Band 7,1, S.352.
174 Kirchner, S.161f., und StA, Band 7,2, S.238.
175 Kirchner, S.163f.
176 Kirchner, S.166.
177 Kirchner, S.167.
178 StA, Band 7,2, S.351.
179 Kirchner, S.171.
180 Kirchner, S.176f.
181 Schwabs Lebensbericht, aufgezeichnet von Christoph Friedrich Schwab. Band 2, Freiburg 1883, S.313f. Zitiert in: StA, Band 7,2, S.292.
182 StA, Band 7,2, S.156.
183 StA, Band 7,2, S.295.
184 StA, Band 7,2, S.295.
185 Hellingrath, Band 6, S.375.
186 Kirchner, S.219 und 180; StA, Band 7,2, S.353f.
187 Kirchner, S.180.
188 StA, Band 7,2, S.355.
189 StA, Band 7,2, S.382.
190 StA, Band 7,1, S.291.
191 StA, Band 7,2, S.362.
192 StA, Band 7,2, S.362.
193 Adolf Beck; StA, Band 7,2, S.363.
194 StA, Band 7,2, S.362f.
195 StA, Band 7,2, S.364.
196 Adolf Beck; StA, Band 7,2, S.586.
197 Fußnote von Wilhelm Lange nach der Überlieferung Friedrich Fischers im Marbacher Schillerbuch 1905.
198 Lange, S.122f.
199 StA, Band 7,3, S.63.
200 StA, Band 7,2, S.366.
201 StA, Band 7,3, S.471f.
202 StA, Band 7,2, S.415.
203 StA, Band 7,2, S.416.
204 StA, Band 7,3, S.115f.
205 StA, Band 7,3, S.133f.
206 StA, Band 7,2, S.377.
207 StA, Band 7,2, S.377.
208 StA, Band 7,2, S.419f.
209 StA, Band 7,2, S.422ff.
210 StA, Band 7,2, S.428.
211 StA, Band 7,2, S.428f.
212 StA, Band 7,2, S.465.

213 StA, Band 7,3, S. 105.
214 StA, Band 7,3, S. 108 f.
215 StA, Band 7,3, S. 111 f.
216 StA, Band 7,3, S. 112.
217 StA, Band 7,3, S. 113.
218 StA, Band 7,3, S. 103.
219 StA, Band 7,3, S. 107 f.
220 StA, Band 7,3, S. 132 ff.
221 StA, Band 7,2, S. 377.
222 StA, Band 7,3, S. 210.
223 StA, Band 7,3, S. 248.
224 StA, Band 7,3, S. 321.
225 StA, Band 7,3, S. 250.
226 StA, Band 7,3, S. 138.
227 StA, Band 7,3, S. 84.
228 StA, Band 7,2, S. 284.
229 StA, Band 7,2, S. 281.
230 Adolf Beck; StA, Band 7,3, S. 388.
231 StA, Band 7,3, S. 409.
232 StA, Band 7,3, S. 421.
233 StA, Band 7,3, S. 422.
234 StA, Band 7,3, S. 108.
235 StA, Band 7,3, S. 3 ff.
236 StA, Band 7,3, S. 18.
237 StA, Band 7,3, S. 19.
238 StA, Band 7,3, S. 6.
239 Adolf Beck; StA, Band 7,3, S. 88.
240 StA, Band 7,3, S. 8 und 11.
241 Szasz, Die Fabrikation des Wahnsinns, S. 257 ff.
242 StA, Band 7,3, S. 52, Z. 76 ff.
243 StA, Band 7,3, S. 59, Z. 312.
244 StA, Band 7,3, S. 53, Z. 103 ff., und S. 59 f., Z. 332 ff.
245 StA, Band 7,3, S. 342 und 556.
246 StA, Band 7,3, S. 304 und 557.
247 StA, Band 7,3, S. 202 ff.
248 Adolf Beck; StA, Band 7,3, S. 207.
249 Adolf Beck; StA, Band 7,3, S. 245.
250 StA, Band 7,3, S. 287.
251 StA, Band 7,3, S. 288.
252 StA, Band 7,3, S. 211.
253 StA, Band 7,3, S. 343.
254 StA, Band 7,3, S. 139.
255 Paul Celan, Tübingen. Jänner. In: Celan, Die Niemandsrose. Frankfurt a.M. 1963.

256 StA, Band 7,3, S. 453.
257 Hyperion; StA, Band 3, S. 35 f.
258 StA, Band 3, S. 31.
259 StA, Band 6,1, S. 288.
260 StA, Band 3, S. 63.
261 StA, Band 6,2, S. 741.
262 Hannelore Hegel, Isaac von Sinclair zwischen Fichte, Hölderlin und Hegel. Frankfurt a. M. 1971, S. 49 und 97 f. – Diese Briefe sind Nr. 165, 166, 167, 169, 171, 174, 177, 183, 188, 191, 192, 197, 200 und 204 der StA, Band 6,1.
263 StA, Band 6,1, S. 98.
264 StA, Band 7,2, S. 309.
265 Kirchner, S. 10.
266 StA, Band 7,3, S. 298.
267 StA, Band 7,2, S. 370 f.
268 StA, Band 7,2, S. 458.
269 StA, Band 7,2, S. 464 ff.
270 StA, Band 7,2, S. 411 ff.
271 StA, Band 3, S. 355 f.
272 StA, Band 7,3, S. 42.
273 StA, Band 7,3, S. 41 ff.
274 StA, Band 7,3, S. 301 f.
275 StA, Band 7,3, S. 294.
276 StA, Band 7,3, S. 300.
277 StA, Band 7,3, S. 294.
278 StA, Band 7,2, S. 371 f.
279 Adolf Beck; StA, Band 6,2, S. 575.
280 StA, Band 7,3, S. 399 ff.
281 StA, Band 7,2, S. 381.
282 StA, Band 7,2, S. 567.
283 StA, Band 7,2, S. 551.
284 StA, Band 7,2, S. 570.
285 StA, Band 7,2, S. 411.
286 Nannette, die dritte Schwester; StA, Band 7,1, S. 23.
287 StA, Band 7,3, S. 353.
288 StA, Band 7,2, S. 377 ff.; Schwabs Lebenserinnerungen, Band 2, S. 314 bis 318.
289 Hellingrath, Band 6, S. 443 ff.
290 Hellingrath, Band 6, S. 443.
291 StA, Band 7,2, S. 565.
292 StA, Band 7,3, S. 153 ff.
293 Hellingrath, Band 6, S. 456 f.
294 StA, Band 7,3, S. 145 ff.
295 StA, Band 7,3, S. 557.

296 StA, Band 7,3, S.141.
297 StA, Band 7,3, S.142.
298 StA, Band 7,3, S.246f.
299 StA, Band 7,3, S.247.
300 StA, Band 7,2, S.374.
301 StA, Band 7,3, S.250.
302 Adolf Beck; StA, Band 7,3, S.164f.
303 StA, Band 7,2, S.423.
304 StA, Band 7,3, S.264.
305 StA, Band 7,3, S.336.
306 StA, Band 7,3, S.338.
307 StA, Band 7,3, S.337.
308 StA, Band 7,3, S.334.
309 StA, Band 7,2, S.423.
310 StA, Band 7,3, S.340.
311 Eine bemerkenswerte Ausnahme bildet Hölderlins Biograph Alexander Jung in seinem 1848 veröffentlichten Werk »Friedrich Hölderlin und seine Werke. Mit besonderer Beziehung auf die Gegenwart«. Für ihn ist der »Hyperion« die »Selbstbiographie eines Propheten«. Alexander Jung, der erst fünf Jahre nach Hölderlins Tod schrieb, ein Freund von Karoline von Woltmann gewesen war und von Hölderlin viel wußte, verglich dessen Vegetieren in Tübingen mit der von ihm beschriebenen Situation des »Eremiten in Griechenland«. Alexander Jung schloß sehr richtig: »Dies Entrücktsein dem Geiste nach ist bei Hölderlin das, was die Menschen seinen Wahnsinn nannten.« (S.173f.)
312 David Cooper, Psychiatrie und Anti-Psychiatrie. Frankfurt a. M. 1971, S.130.
313 Siehe Gerhard Piniel, Robert Walsers »Geschwister Tanner«. Diss. Zürich 1968. S.11. Zitiert in: Urs Herzog, Robert Walsers Poetik. Tübingen 1974.
314 StA, Band 7,3, S.79.
315 Kirchner, S.181.
316 StA, Band 1, S.428.
317 Ermunterung; StA, Band 2,1, S.33 und 35.

Zweiter Teil

1 Wahrig, Deutsches Wörterbuch. Stuttgart 1968.
2 Peter Härtling, Hölderlin. Ein Roman. Darmstadt 1976, S.24.
3 StA, Band 7,3, S.246.
4 StA, Band 2,1, S.13.
5 StA, Band 2,1, S.24.
6 StA, Band 2,1, S.124f.

7 Horaz, Oden II, 1 und V, 1; StA, Band 2,1, S.215.
8 StA, Band 2,1, S.152 und 151.
9 Brod und Wein; StA, Band 2,1, S.92.
10 Stimme des Volks; StA, Band 2,1, S.53.
11 StA, Band 3, S.532.
12 Friedrich Nietzsche, Die Philosophie im tragischen Zeitalter der Griechen. In: Nietzsche, Werke. Hrsg. von Karl Schlechta. Band 1–3. München 1960–62, Band 3, S.356.
13 Der Rhein; StA, Band 2,1, S.143.
14 Albrecht Schöne, Säkularisation als sprachbildende Kraft. Göttingen 1958.
15 StA, Band 7,1, S.303.
16 Hans-Wolfgang Rath, Regina die schwäbische Geistesmutter. Ludwigsburg und Leipzig 1927.
17 Adolf Beck; StA, Band 7,1, S.263.
18 StA, Band 7,1, S.264ff.
19 Ernst Müller, Heinrich Friedrich Hölderlin, Vater des Dichters. Ein altwürttembergischer Landesbeamter. In: Zeitschrift für württembergische Landesgeschichte (Stuttgart), Nr.6/1942, S.414–473.
20 StA, Band 7,1, S.268.
21 StA, Band 7,1, S.268.
22 Lange, S.184ff.
23 StA, Band 6,1, S.3f.
24 StA, Band 6,1, S.61, und Band 6,2, S.576.
25 StA, Band 7,2, S.236.
26 StA, Band 6,1, S.31.
27 StA, Band 7,1, S.391.
28 StA, Band 6,1, S.67.
29 StA, Band 7,1, S.418.
30 StA, Band 1,1, S. 144f. – Hier ist Friedrich Beißner ein kleiner, doch entstellender Fehler unterlaufen. Den 79. Vers des Gedichts schreibt er: »Könnt' ich dein vergessen, o Land, der göttlichen Freiheit! […].« Das zweite Komma (»Land, der göttlichen Freiheit«) steht nur in der eigenhändigen Abschrift der Prinzessin Auguste von Homburg und ist leider von Beißner sowohl in der Stuttgarter wie in der Insel-Ausgabe – leider auch von mir in der Winkler-Ausgabe – übernommen worden. Doch ist der Sinn einleuchtend: Die Schweiz ist unmißverständlich »das Land der göttlichen Freiheit«. So soll es auch heißen: »Könnt' ich dein vergessen, o Land der Göttlichen Freiheit, / Froher wär' ich […].«
Als Deutscher, als Schwabe schämt er sich, doch hofft und harrt er des Tages, »wo in erfreuende That sich Schaam und Kummer verwandelt« und auch seine eigene Heimat als »Land der göttlichen Freiheit« gepriesen werden wird.
31 StA, Band 6,1, S.68.

32 StA, Band 6,1, S.35.
33 StA, Band 6,1, S.120.
34 StA, Band 6,1, S.129f.
35 StA, Band 6,1, S.123.
36 Kanton Schweiz; StA, Band 1,1, S.143.
37 StA, Band 6,1, S.166ff.
38 StA, Band 6,1, S.169f.
39 StA, Band 6,1, S.168.
40 StA, Band 6,1, S.174.
41 Brief 123 an Neuffer aus Frankfurt im Juli 1796; StA, Band 6,1, S.214.
42 Lesarten der ersten Fassung; StA, Band 1,2, S.520.
43 StA, Band 2,1, S.80.
44 StA, Band 2,1, S.81.
45 StA, Band 1,1, S.313.
46 StA, Band 2,1, S.84.
47 Adolf Beck; StA, Band 6,2, S.1051.
48 StA, Band 6,1, S.407.
49 Regest Gustav Schlesiers; StA, Band 6,1, S.411.
50 StA, Band 2,1, S.44.
51 Der Rhein; StA, Band 2,1, S.147.
52 Adolf Beck; StA, Band 7,2, S.194.
53 StA, Band 6,1, S.427.
54 StA, Band 7,2, S.193f., und StA, Band 6,2, S.1079.
55 Brief an Böhlendorff; StA, Band 6,1, S.428.
56 StA, Band 6,1, S.428.
57 StA, Band 6,1, S.429f.
58 Brief 293; StA, Band 6,1, S.462.
59 Adolf Beck; StA, Band 6,2, S.1110.
60 StA, Band 7,3, S.72.
61 StA, Band 7,2, S.361.
62 StA, Band 7,3, S.67 und 71.
63 Albert Diefenbach; StA, Band 7,3, S.149.
64 StA, Band 7,3, S.140.
65 StA, Band 7,3, S.107.
66 StA, Band 7,3, S.65.
67 StA, Band 7,3, S.111f.
68 StA, Band 6,1, S.274ff.
69 StA, Band 2,1, S.278. Siehe Bernhard Böschenstein, Hölderlins späteste Gedichte. In: Hölderlin-Jahrbuch 1965–1966. Tübingen 1967, S.39ff.
70 StA, Band 2,1, S.288.
71 Vom Abgrund nemlich …; StA, Band 2,1, S.250.
72 StA, Band 7,3, S.112f.
73 StA, Band 7,3, S.134.
74 StA, Band 7,3, S.453.

75 Hellingrath, Band 6, S.225.
76 Hellingrath, Band 6, S.224.
77 StA, Band 1,1, S.94.
78 Bettina Brentano, Die Günderode. Zitiert nach: Hellingrath, Band 6, S.337.
79 Adolf Beck; StA, Band 7,3, S.341.
80 StA, Band 7,3, S.63.
81 StA, Band 7,3, S.134.
82 StA, Band 7,1, S.406.
83 StA, Band 7,1, S.406 und 417.
84 StA, Band 6,1, S.7.
85 Hellingrath, Band 6, S.222f.
86 StA, Band 7,1, S.404f.
87 StA, Band 6,1, S.45f., und Adolf Beck; StA, Band 6,2, S.541.
88 StA, Band 7,1, S.402f.
89 StA, Band 7,1, S.61.
90 StA, Band 7,2, S.66f.
91 StA, Band 7,3, S.60.
92 StA, Band 7,2, S.223.
93 StA, Band 7,2, S.158.
94 Jochen Schmidt, Der Begriff des Zorns in Hölderlins Spätwerk. In: Hölderlin-Jahrbuch 1967–1968. Tübingen 1969, S.128ff.
95 StA, Band 2,2, S.669.
96 StA, Band 2,1, S.322.
97 StA, Band 2,2, S.603.
98 Schmidt, Der Begriff des Zorns in Hölderlins Spätwerk, S. 141f., und StA, Band 2,1, S.58.
99 Schmidt, Der Begriff des Zorns in Hölderlins Spätwerk, S.142f.
100 Dichterberuf; StA, Band 2,1, S.47, und StA, Band 2,2, S.58.
101 StA, Band 5, S.12.
102 StA, Band 5, S.279.
103 StA, Band 5, S.245.
104 Schmidt, Der Begriff des Zorns in Hölderlins Spätwerk, S.156.
105 StA, Band 5, S.201.
106 StA, Band 2,1, S.223.
107 StA, Band 2,1, S.224.
108 Wolfgang Schadewaldt, Sophokles' Tragödien. Deutsch von Friedrich Hölderlin. Frankfurt a.M. 1957, S.56.
109 StA, Band 5, S.241.
110 StA, Band 7,1, S.399.
111 Frontispiz in: Hölderlin. Eine Chronik in Text und Bild.
112 StA, Band 7,1, S.393.
113 StA, Band 7,3, S.298.
114 Lange, S.183f.

115 StA, Band 6,1, S.20.
116 StA, Band 6,1, S.31.
117 StA, Band 6,1, S.43f.
118 StA, Band 6,1, S.51f.
119 StA, Band 6,1, S.56.
120 Adolf Beck; StA, Band 6,2, S.564f.
121 Adolf Beck; StA, Band 6,2, S.565.
122 StA, Band 6,1, S.75.
123 StA, Band 6,1, S.80f.
124 StA, Band 7,1, S.23.
125 StA, Band 7,1, S.400.
126 StA, Band 6,1, S.123.
127 Adolf Beck; StA, Band 7,1, S.223.
128 StA, Band 7,1, S.223f.
129 StA, Band 7,1, S.222.
130 StA, Band 6,1, S.86.
131 StA, Band 6,2, S.517 und 904.
132 StA, Band 7,3, S.134.
133 StA, Band 7,3, S.60.
134 StA, Band 7,3, S.292.
135 Adolf Beck; StA, Band 7,2, S.377.
136 StA, Band 7,3, S.321.
137 StA, Band 1,1, S.311f.
138 Werner Kirchner, der das »Testament« der Prinzessin Auguste ausgrub, veröffentlichte es 1951. Neudruck in: Kirchner, Hölderlin. Aufsätze zu seiner Homburger Zeit. Göttingen 1967. Unverständlich ist es mir, warum Peter Härtling beim Zitieren des Bekenntnisses der Prinzessin Auguste gerade das wichtigste Satzglied ausläßt: »daß ich nicht übergeschnappt bin, bei dieser Überspannung, ist allein eine Gnade von Gott.« Um sich Gelegenheit zu verschaffen zu behaupten, sie habe Hölderlin »tiefer geliebt, als sie zugeben durfte«?
139 Kirchner, S.78ff., und auch z.T. StA, Band 7,2, S.147ff.
140 StA, Band 7,3, S.462.
141 Hellingrath, Band 6, S.375ff.
142 StA, Band 1,1, S.28.
143 StA, Band 1,1, S.90f.
144 StA, Band 1,1, S.94.
145 StA, Band 1,1, S.96.
146 StA, Band 1,1, S.98f.
147 StA, Band 1,1, S.97, und StA, Band 1,2, S.402.
148 StA, Band 6,1, S.51.
149 StA, Band 6,1, S.68.
150 Aus dem ungedruckten Manuskript von Schwabs Lebensbericht in: Hellingrath, Band 6, S.450.

151 Fritz Bauer, Widerstand gegen die Staatsgewalt. Frankfurt a.M. 1965.
152 StA, Band 6,1, S.46.
153 StA, Band 7,1, S.402.
154 StA, Band 6,1, S.285.
155 StA, Band 6,1, S.370.
156 Paul Raabe, Die Briefe Hölderlins. Tübingen 1963, S.106f.
157 StA, Band 2,1, S.155.
158 StA, Band 6,1, S.175f.
159 res nullius: ein juristischer Ausdruck – eine herrenlose Sache, die sich ein jeder aneignen kann; StA, Band 6,1, S.181.
160 StA, Band 6,1, S.249.
161 StA, Band 6,1, S.273.
162 StA, Band 6,1, S.342.
163 StA, Band 7,3, S.74f.
164 StA, Band 1,1, S.223f.
165 StA, Band 1,1, S.226.
166 StA, Band 6,2, S.484f.
167 StA, Band 1,1, S.236.
168 StA, Band 1,1, S.199f.
169 StA, Band 3, S.242.
170 StA, Band 4,1, S.189–206.
171 StA, Band 1,1, S.145.
172 StA, Band 1,1, S.174.
173 StA, Band 6,1, S.81.
174 StA, Band 1,1, S.176ff.
175 StA, Band 1,1, S.238.
176 StA, Band 1,1, S.239.
177 StA, Band 5, S.31.
178 StA, Band 5, S.358.
179 StA, Band 3, S.63.
180 StA, Band 6,1, S.288.
181 StA, Band 3, S.63.
182 StA, Band 2,1, S.41f.
183 StA, Band 5, S.1.
184 StA, Band 1,1, S.271.
185 StA, Band 2,1, S.196.
186 StA, Band 4,1, S.224.
187 StA, Band 4,1, S.224f.
188 StA, Band 4,1, S.218.
189 Friedrich Beißner, An Kallias. In: Iduna (Tübingen), 1.Jg. (1944), S.73f.
190 StA, Band 3, S.18f.
191 StA, Band 3, S.112f.
192 StA, Band 2,1, S.9.
193 StA, Band 6,1, S.352.

194 StA, Band 2,1, S.83.
195 StA, Band 2,1, S.243.
196 StA, Band 2,1, S.215.
197 StA, Band 6,1, S.389.
198 Georg Büchner, Dantons Tod. Zweiter Akt.
199 StA, Band 7,1, S.139.
200 Cyrus Hamlin, Hölderlins Mythos der heroischen Freundschaft. In: Hölderlin-Jahrbuch 1971–1972. Tübingen 1973, S.77.
201 StA, Band 6,1, S.340.
202 StA, Band 3, S.94f.
203 StA, Band 3, S.96.
204 StA, Band 6,1, S.139.
205 StA, Band 6,1, S.307.
206 Hamlin, Hölderlins Mythos der heroischen Freundschaft. In: Hölderlin-Jahrbuch 1971–1972, S.83ff.
207 StA, Band 3, S.7f.
208 StA, Band 2,1, S.42.
209 Geschichte der schönen Künste ...; StA, Band 4,1, S.194.
210 StA, Band 3, S.151.
211 StA, Band 1,1, S.240.
212 Thomas Mann, Betrachtungen eines Unpolitischen. Vorrede.
213 Rudolf Borchardt, Über den Dichter und das Dichterische. In: Borchardt, Prosa 1. 1920–1924. Stuttgart 1957, S.43f.
214 Ebenda, S.35.
215 StA, Band 4,1, S.194 und 197.
216 Lange, S.42.
217 StA, Band 6,1, S.418.
218 Albrecht Schöne, Säkularisation als sprachbildende Kraft. Göttingen 1958, S. 17. Man denke an Andreas Gryphius, den Sohn des Archi-Diaconus der Evangelischen Gemeinde in Großglogau, der mit 15 Jahren seine erste Tragödie schrieb.
219 Fragmente aus dem Nachlasse eines jungen Physikers. Ein Taschenbuch für Freunde der Natur. Hrsg. von J. W. Ritter. Heidelberg 1810, Band 2, S.232ff.
220 StA, Band 7,1, S.281.
221 StA, Band 7,1, S.303.
222 StA, Band 6,1, S.7f.
223 StA, Band 7,1, S.392.
224 Adolf Beck; StA, Band 7,1, S.394.
225 Hellingrath, Band 6, S.449.
226 StA, Band 6,1, S.201.
227 StA, Band 6,2, S.791.
228 StA, Band 7,1, S.71.
229 StA, Band 7,1, S.92.

230 StA, Band 7,2, S.156.
231 StA, Band 7,3, S.12.
232 StA, Band 7,3, S.69f.
233 StA, Band 7,3, S.202f.
234 StA, Band 7,3, S.252.
235 StA, Band 7,3, S.321.
236 1.Korinther 14,10.
237 StA, Band 2,1, S.126f.
238 StA, Band 2,1, S.123f.
239 StA, Band 3, S.52f.
240 StA, Band 2,1, S.49.
241 StA, Band 2,1, S.49.
242 StA, Band 2,1, S.55.
243 StA, Band 2,1, S.98.
244 StA, Band 2,1, S.143.
245 StA, Band 2,1, S.145.
246 StA, Band 2,1, S.167.
247 StA, Band 2,1, S.175.
248 StA, Band 2,1, S.373.
249 StA, Band 2,1, S.256.
250 StA, Band 3, S.532.
251 StA, Band 2,1, S.163.
252 StA, Band 3, S.55.
253 StA, Band 3, S.53.
254 StA, Band 5, S.243, V.960. – Hölderlin übersetzt hier V.924 des Sophokles (tèn dussebeian eusebous' ektèsamièn), das eigentlich etwas anderes bedeutet: Aus Frömmigkeit habe ich mir den Ruf der Gottvergessenheit gewonnen.
255 StA, Band 2,1, S.118.
256 StA, Band 2,1, S.34.
257 StA, Band 2,1, S.33.
258 StA, Band 2,1, S.67.
259 StA, Band 2,1, S.89.
260 StA, Band 2,1, S.92.
261 StA, Band 2,2, S.845.
262 StA, Band 2,1, S.318.
263 StA, Band 4,1, S.92.
264 StA, Band 4,1, S.95f.
265 StA, Band 2,1, S.212.
266 StA, Band 2,1, S.66.
267 Apostelgeschichte des Lukas 2,1–4, 6, 12–17.
268 1.Korinther 14,2–5, 11, 18–19, 27–28, 39.
269 1.Korinther 14,28.
270 StA, Band 6,1, S.185.

271 Berlin 1766.
272 StA, Band 2,1, S.33ff., und StA, Band 2,2, S.453.
273 StA, Band 6,1, S.293.
274 StA, Band 2,1, S.119.
275 Rolf Zuberbühler, Hölderlins Erneuerung der Sprache aus ihren etymologischen Ursprüngen. Berlin 1969, S.73f.
276 StA, Band 2,1, S.28 und 31.
277 A. Kinderling, Bemerkungen über die griechische und deutsche Sprache. In: Vollbedings Deutsch-griechisches Handwörterbuch. Stuttgart 1790. Zitiert nach: Zuberbühler, Hölderlins Erneuerung der Sprache aus ihren etymologischen Ursprüngen, S.51.
278 Ebenda, S.77f.
279 Ebenda, S.36.
280 StA, Band 2,1, S.128, 118 und 326.
281 Näheres darüber in meinem Essay »Hölderlin und die Französische Revolution«, Kapitel »Die Neue Religion«, Frankfurt a.M. 1969.
282 5.Mose 5,11.
283 StA, Band 3, S.223f.
284 StA, Band 5, S.284.
285 Bruchstück 26; StA, Band 2,1, S.322.
286 StA, Band 2,1, S.13.
287 StA, Band 1,1, S.266f.
288 Beißner, Hölderlins Übersetzungen aus dem Griechischen.
289 StA, Band 5, S.292.
290 StA, Band 2,1, S.325.
291 Platon, Politeia, 390 a; Aristoteles, Poetik.
292 StA, Band 7,1, S.75.
293 Zitiert nach: Hellingrath, Band 6, S.454.
294 StA, Band 4,1, S.233.
295 StA, Band 5, S.265.
296 Goethe, Faust, V.1912ff.
297 StA, Band 5, S.40.
298 Bertaux, Hölderlin und die Französische Revolution, S.158ff.
299 StA, Band 3, S.236.
300 Siehe die Figuren in: Hellingrath, Band 3, S.591.
301 Ulrich Gaier, Der gesetzliche Kalkül. Hölderlins Dichtungslehre. Tübingen 1962, S.4.
302 Thrasybulos Georgiades, Sprache als Rhythmus. In: Die Sprache. Vortragsreihe. München 1959.
303 Theodor W. Adorno, Parataxis. In: Neue Rundschau (Berlin), 1964. – Georgiades, Musik und Rhythmus bei den Griechen. Zum Ursprung der abendländischen Musik. Hamburg 1958.
304 Ebenda.
305 StA, Band 2,1, S.165.

306 Georgiades, Musik und Rhythmus, S.43.
307 Ebenda.
308 StA, Band 4,1, S.182f.
309 StA, Band 4,1, S.182.
310 StA, Band 4,1, S.234f.
311 StA, Band 6,2, S.901.
312 Wolfgang Binder, Hölderlins Patmos-Hymne. In: Hölderlin-Jahrbuch 1967–1968. Tübingen 1969, S.127.
313 Pierre Bertaux, Hölderlin in und nach Bordeaux. In: Hölderlin-Jahrbuch 1975–1977. Tübingen 1978, S.109.
314 StA, Band 2,1, S.189.
315 StA, Band 2,1, S.125.
316 Mozart, Briefe und Aufzeichnungen. Gesamtausgabe. Band 4, Kassel 1963, S.529f.
317 Paul Hindemith, Musikalische Inspiration. In: Im Zeichen der Hoffnung. Ein Lesebuch. München 1961, S.617ff.
318 Karl Michael Komma, Hölderlin und die Musik. In: Hölderlin-Jahrbuch 1953. Tübingen 1954, S.109ff.
319 Brief an Neuffer, Frankfurt, März 1796; StA, Band 6,1, S.204.
320 StA, Band 2,1, S.58.
321 StA, Band 2,1, S.319.
322 Hindemith, Musikalische Inspiration. In: Im Zeichen der Hoffnung, S.617ff.
323 Saint-John Perse, Œuvres complètes. Paris 1972, S.659 und 731ff.
324 Georgiades, Sprache als Rhythmus. In: Die Sprache, S.75–92.
325 Ebenda, S.92.
326 Georgiades, Musik und Rhythmus, S.67.
327 Bernhard Böschenstein, Konkordanz zu Hölderlins Gedichten nach 1800. Göttingen 1964, S.67.
328 Georgiades, Musik und Rhythmus, S.43.
329 Gesang des Deutschen; StA, Band 2,1, S.3.
330 Der Mutter Erde; StA, Band 2,1, S.125.
331 Prosaentwurf zum Gedicht »Der Mutter Erde«; StA, Band 2,2, S.683.
332 Entwurf zu »Natur und Kunst«; StA, Band 2,2, S.457.
333 Dichtermuth; StA, Band 2,1, S.62.
334 Der Archipelagus; StA, Band 2,1, S.104.
335 StA, Band 2,2, S.466.
336 Elegie; StA, Band 2,1, S.73.
337 Entwurf zu »Brod und Wein«; StA, Band 2,1, S.599.
338 Entwurf zu »Gesang des Deutschen«; StA, Band 2,2, S.385.
339 An die Deutschen; StA, Band 2,1, S.9.
340 Gesang des Deutschen; StA, Band 2,1, S.4.
341 Gesang des Deutschen; StA, Band 2,1, S.5.
342 An Eduard; StA, Band 2,1, S.41.

343 Dichtermuth; StA, Band 2,1, S.62.
344 Dichtermuth; StA, Band 2,1, S.63.
345 Heimkunft; StA, Band 2,1, S.98f.
346 Der Abschied; StA, Band 2,1, S.24.
347 Diotima; StA, Band 2,1, S.28.
348 Elegie; StA, Band 2,1, S.73.
349 Deutscher Gesang; StA, Band 2,1, S.202.
350 StA, Band 2,2, S.834.
351 StA, Band 3, S.121.
352 StA, Band 3, S.118.
353 StA, Band 2,1, S.216.
354 Georg Steiner, Sprache und Schweigen. Frankfurt a.M. 1969, S.87f.
355 StA, Band 6,1, S.255, und StA, Band 6,2, S.858.
356 Pigenot und Seebaß; Hellingrath, Band 6, S.375.
357 Zitiert nach: Hellingrath, Band 6, S.377ff.
358 StA, Band 4,1, S.78.
359 StA, Band 2,1, S.60f.
360 StA, Band 2,1, S.72.
361 StA, Band 2,1, S.25.
362 StA, Band 2,1, S.119.
363 StA, Band 2,1, S.86.
364 StA, Band 2,1, S.189.
365 StA, Band 6,1, S.433.
366 Hellingrath, Band 6, S.381.
367 Friedensfeier; StA, Band 3, S.536.
368 StA, Band 2,1, S.68.
369 StA, Band 2,1, S.22.
370 Da ich ein Knabe war …; StA, Band 1,1, S.267.
371 StA, Band 2,1, S.322.
372 StA, Band 5, S.188.
373 StA, Band 6,1, S.278.
374 StA, Band 6,1, S.74.
375 StA, Band 6,1, S.113.
376 StA, Band 6,1, S.131.
377 StA, Band 6,1, S.304.
378 StA, Band 6,1, S.137.
379 StA, Band 6,1, S.133.
380 StA, Band 6,1, S.277.
381 StA, Band 6,1, S.404.
382 StA, Band 6,1, S.336f.
383 StA, Band 6,1, S.407.
384 StA, Band 5, S.271.
385 StA, Band 4,1, S.283.
386 Psalm, 90,10.

387 Marcella Roddewig, Dante in der Dichtung des Freundeskreises von Hölderlin: Sinclair, Stäudlin, Reinhard, Boehlendorf. In: Deutsches Dante-Jahrbuch. Band 48. Köln, Wien 1973.
388 »Ich habe unter Euch einen gefunden, der für seine Missetaten als Seele schon im Strom des Jenseits badet, doch als Körper in der oberen Welt immer noch zu leben scheint.« Dante, Inferno, XXXIII, V.135ff.
389 StA, Band 6,1, S.436.
390 StA, Band 2,2, S.663 und 660.
391 StA, Band 2,1, S.115.
392 StA, Band 5, S.267f.
393 StA, Band 2,1, S.117, und StA, Band 2,2, S.663f.
394 StA, Band 2,1, S.182.
395 StA, Band 2,1, S.16.
396 StA, Band 7,3, S.478f.
397 Bernhard Böschenstein, Hölderlins späteste Gedichte. In: Hölderlin-Jahrbuch 1965-1966. Tübingen 1967. – Ulrich Häussermann, Hölderlins späteste Gedichte. In: Germanisch-Romanische Monatsschrift (Stuttgart), 1961.
398 Brief an Neuffer vom 12. November 1798; StA, Band 6,1, S.289.
399 Hugo von Hofmannsthal. Ein Brief. Berlin 1902.
400 Ernst Klett, Was verdanke ich meiner schwäbischen Heimat, wie weit hat sie mich geprägt? In: Schwaben unter sich über sich. Hrsg. von Otto Heuschele. Frankfurt a.M. 1976, S.115.
401 StA, Band 1,2, S.520.
402 StA, Band 1,1, S.523.
403 StA, Band 7,1, S.460.
404 Confessions, 12. Buch.
405 StA, Band 2,1, S.147.
406 StA, Band 1,1, S.93.
407 Friedrich Beißner; StA, Band 1,2, S.392.
408 StA, Band 6,1, S.305.
409 StA, Band 1,1, S.392.
410 StA, Band 2,1, S.58.
411 Sprüche 7,2.
412 StA, Band 5, S.45.
413 StA, Band 1,1, S.303f.
414 StA, Band 2,1, S.18.
415 StA, Band 2,1, S.19.
416 StA, Band 1,1, S.280f.
417 Der Mensch; StA, Band 1,1, S.263.
418 StA, Band 2,1, S.217.
419 StA, Band 2,1, S.103–112.
420 StA, Band 2,1, S.166.
421 StA, Band 3, S.235.

422 StA, Band 3, S. 256.
423 StA, Band 3, S. 87.
424 StA, Band 3, S. 103.
425 StA, Band 3, S. 119–121.
426 StA, Band 3, S. 133.
427 StA, Band 3, S. 140.
428 StA, Band 3, S. 150.
429 StA, Band 3, S. 15.
430 StA, Band 3, S. 17.
431 StA, Band 3, S. 157.
432 StA, Band 1,1, S. 274.
433 StA, Band 3, S. 8f.
434 Homer, Odyssee, III,270.
435 Homer, Odyssee, III,280.
436 StA, Band 2,1, S. 224.
437 StA, Band 2,1, S. 229.
438 Sophokles, Philoktetes. V. 180f.
439 Sophokles, Ödipus in Kolonos. V. 1114.
440 Sophokles, Elektra. V. 1405.
441 chôros erèmos; Ilias, X, V. 520.
442 ta erèma; Ilias, V, V. 140.
443 StA, Band 2,1, S. 217.
444 Stichworte »Klausner« und »Klause« zitiert nach dem Grimmschen Wörterbuch.
445 StA, Band 6,1, S. 18f.
446 StA, Band 6,1, S. 12.
447 StA, Band 6,1, S. 17.
448 StA, Band 1,1, S. 28.
449 StA, Band 1,1, S. 81.
450 StA, Band 1,1, S. 79.
451 StA, Band 1,2, S. 383f.
452 StA, Band 1,2, S. 385.
453 StA, Band 1,1, S. 84.
454 StA, Band 2,1, S. 217.
455 StA, Band 6,1, S. 190.
456 StA, Band 6,1, S. 195.
457 StA, Band 6,1, S. 300.
458 StA, Band 6,1, S. 346.
459 StA, Band 6,1, S. 381.
460 StA, Band 6,1, S. 402f.
461 StA, Band 6,1, S. 418.
462 StA, Band 6,1, S. 327.
463 StA, Band 6,1, S. 332.
464 StA, Band 3, S. 230ff.

465 StA, Band 3, S. 234.
466 StA, Band 3, S. 233
467 StA, Band 3, S. 101.
468 StA, Band 6,1, S. 300.
469 StA, Band 3, S. 167.
470 StA, Band 3, S. 21 f.
471 StA, Band 3, S. 12.
472 StA, Band 3, S. 37.
473 StA, Band 3, S. 105.
474 StA, Band 3, S. 139 f.
475 StA, Band 3, S. 139.
476 StA, Band 3, S. 142.
477 StA, Band 6,2, S. 492.
478 StA, Band 7,3, S. 107.
479 StA, Band 7,2, S. 379.
480 Aus Gustav Schlesiers Nachlaß; StA, Band 7,3, S. 106.
481 StA, Band 7,3, S. 97.
482 Adolf Beck; StA, Band 6,2, S. 543 f.
483 Christian Ludwig Neuffer, Gedichte. Hildburghausen und Philadelphia 1842. (Neue Miniatur-Bibliothek der Deutschen Klassiker. Band 172.)
484 StA, Band 4,1, S. 78.
485 D'Hondt, Hegel secret.
486 StA, Band 6,1, S. 156.
487 StA, Band 6,1, S. 186.
488 StA, Band 6,1, S. 127.
489 StA, Band 6,1, S. 222.
490 StA, Band 6,1, S. 127.
491 StA, Band 6,1, S. 223.
492 StA, Band 7,1, S. 235 f.
493 StA, Band 6,1, S. 215.
494 StA, Band 6,1, S. 218.
495 StA, Band 7,1, S. 57.
496 StA, Band 7,2, S. 262.
497 StA, Band 7,2, S. 264.
498 StA, Band 7,3, S. 119.
499 Friedrich Heer, Hegel. Frankfurt a. M. 1955, S. 20.
500 StA, Band 6,1, S. 57.
501 StA, Band 6,2, S. 771.
502 StA, Band 4,1, S. 298 f.
503 StA, Band 4,1, S. 282. Titel nicht von Hölderlin.
504 StA, Band 4,1, S. 283.
505 StA, Band 5, S. 271.
506 StA, Band 6,1, S. 139.
507 StA, Band 6,1, S. 348.

508 StA, Band 7,1, S. 136.
509 Heinrich Heine, Religion und Philosophie in Deutschland. Drittes Buch.
510 Hegel, Isaac von Sinclair zwischen Fichte, Hölderlin und Hegel, S. 21.
511 StA, Band 3, S. 63.
512 StA, Band 6,1, S. 187f.
513 30. Juni 1802; StA, Band 7,1, S. 170f.
514 Hellingrath, Band 3, S. 569ff.
515 Kirchner, S. 170.
516 Kirchner, S. 188.
517 StA, Band 6,1, S. 340.

Dritter Teil

1 StA, Band 6,1, S. 290.
2 StA, Band 6,1, S. 253.
3 StA, Band 6,1, S. 418.
4 StA, Band 3, S. 61.
5 Hölderlin-Jahrbuch 1955–1956. Tübingen 1957, S. 110f.
6 StA, Band 7,1, S. 93.
7 StA, Band 7,1, S. 96.
8 StA, Band 6,1, S. 198.
9 Adolf Beck nach: Alexander Dietz, Frankfurter Handelsgeschichte. Zitiert nach: StA, Band 6,2, S. 772ff.
10 Adolf Beck; StA, Band 6,2, S. 775.
11 StA, Band 6,1, S. 199f.
12 Hölderlin-Jahrbuch 1955–1956, S. 168.
13 StA, Band 6,1, S. 201.
14 StA, Band 6,1, S. 205.
15 StA, Band 6,1, S. 213f.
16 StA, Band 6,1, S. 212.
17 StA, Band 6,2, S. 796.
18 Samuel Gottlieb Finger; StA, Band 6,2, S. 796.
19 StA, Band 6,1, S. 216.
20 StA, Band 7,1, S. 98.
21 Erich Hock, Dort drüben in Westfahlen. Hölderlins Reise nach Bad Driburg mit Wilhelm Heinse und Diotima. Münster 1949. – Erich Hock, Zu Hölderlins Reise nach Kassel und Driburg. In: Hölderlin-Jahrbuch 1969–1970. Tübingen 1971, S. 254ff.
22 Ebenda, S. 262.
23 Ebenda, S. 261.
24 StA, Band 6,1, S. 217.
25 StA, Band 1,1, S. 241.
26 StA, Band 6,1, S. 217.

27 Hock, Zu Hölderlins Reise nach Kassel und Driburg. In: Hölderlin-Jahrbuch 1969–1970, S.272 und 289f.
28 StA, Band 6,1, S.86.
29 StA, Band 2,1, S.148.
30 Platon, Gastmahl, 223 c und d.
31 Wilhelm Heinse, Ardinghello. Leipzig 1911, S.305.
32 Hè de kai eme ta erôtika edidaxen; Symposion, 201 d.
33 Heinse, Ardinghello, S.233ff.
34 Ebenda, Zweiter Teil.
35 StA, Band 6,1, S.235f.
36 StA, Band 7,2, S.246.
37 Adolf Beck; StA, Band 6,2, S.809.
38 Adolf Beck; Hölderlin-Jahrbuch 1955–1956, S.161.
39 Ebenda, S.170.
40 Ebenda, S.142f.
41 StA, Band 7,2, S.89.
42 StA, Band 6,1, S.251.
43 StA, Band 6,1, S.247.
44 StA, Band 6,1, S.257.
45 November 1797; StA, Band 6,1, S.257.
46 StA, Band 7,1, S.54.
47 StA, Band 6,1, S.263f.
48 StA, Band 6,1, S.264.
49 StA, Band 6,1, S.266.
50 StA, Band 6,1, S.272.
51 StA, Band 6,1, S.428.
52 StA, Band 7,2, S.95–111.
53 StA, Band 7,2, S.104.
54 StA, Band 6,1, S.285f.
55 StA, Band 7,2, S.85.
56 StA, Band 7,2, S.95.
57 StA, Band 7,2, S.94.
58 StA, Band 7,2, S.121.
59 StA, Band 7,2, S.267.
60 StA, Band 2,1, S.26.
61 StA, Band 1,1, S.249.
62 StA, Band 3, S.97.
63 StA, Band 7,2, S.65ff.
64 StA, Band 6,1, S.257 und 285.
65 StA, Band 6,1, S.370.
66 StA, Band 7,1, S.61.
67 StA, Band 7,1, S.57.
68 StA, Band 6,1, S.283.
69 StA, Band 7,1, S.59.

70 StA, Band 7,1, S.57.
71 StA, Band 7,1, S.106f.
72 StA, Band 7,1, S.116.
73 StA, Band 7,1, S.123.
74 StA, Band 6,2, S.1014.
75 Diese siebzehn Briefe Susettes finden sich in: StA, Band 7,1, S.58–104.
76 StA, Band 2,1, S.24.
77 StA, Band 2,1, S.71ff.
78 StA, Band 1,1, S.313.
79 StA, Band 1,2, S.589.
80 StA, Band 1,1, S.276.
81 StA, Band 6,1, S.366.
82 StA, Band 1,1, S.276.
83 StA, Band 6,1, S.361.
84 Jürgen Isberg, Hölderlin in Homburg. Diss. Hamburg 1955. – Adolf Beck; StA, Band 6,2.
85 StA, Band 6,1, S.323f.
86 StA, Band 4,1, S.220.
87 Siehe Herman Melvilles Roman »Israel Potter«.
88 StA, Band 7,1, S.131.
89 StA, Band 6,1, S.335.
90 Adolf Beck; StA, Band 6,2, S.942.
91 StA, Band 7,1, S.132.
92 StA, Band 6,1, S.342.
93 StA, Band 7,1, S.137.
94 StA, Band 7,1, S.140f.
95 StA, Band 6,1, S.368.
96 StA, Band 6,1, S. 349f. – Siehe Adolf Becks Kommentar in: StA, Band 6,2, S.955ff.
97 StA, Band 6,1, S.345ff.
98 StA, Band 7,1, S.136.
99 StA, Band 7,1, S.136.
100 StA, Band 6,1, S.366f.
101 StA, Band 6,1, S.367.
102 StA, Band 6,1, S.368.
103 StA, Band 7,1, S.137.
104 StA, Band 6,1, S. 122; StA, Band 6,1, S. 363ff., und StA, Band 6,2, S.976f.
105 Brief 97; StA, Band 6,1, S.165.
106 Goethe, Annalen. 1796.
107 Goethe, Annalen. 1797.
108 Brief 232; StA, Band 6,1, S.422f.
109 Johann Ludwig Döderlein in einer Publikation des Schiller-Nationalmuseums Marbach 1970.

110 StA, Band 6,2, S.705.
111 Vgl. Anm. 109.
112 StA, Band 7,2, S.579ff.
113 StA, Band 6,1, S.367.
114 Der Tod des Empedokles, V.1448; StA, Band 4,1, S.62.
115 Bertaux, Hölderlin und die Französische Revolution.
116 Hölderlin. Eine Chronik in Text und Bild, S.30.
117 Siehe Georg Lukács, Skizze einer Geschichte der neueren deutschen Literatur. 1945–1963.
118 Jean-Jacques Rousseau, Lettre à d'Alembert. 1758.
119 Jürgen Habermas, Nachwort zu: Hegel, Politische Schriften. Frankfurt a.M. 1966, S.345.
120 Bertaux, Hölderlin und die Französische Revolution, S.97f.
121 StA, Band 6,1, S.315.
122 StA, Band 6,1, S.317f.
123 Empedokles I, V.1556; StA, Band 4,1, S.66.
124 Heinrich Scheel, Süddeutsche Jakobiner. Berlin 1962, S.475.
125 Ebenda, S.514.
126 StA, Band 2,1, S.152.
127 Brief 183; StA, Band 6,1, S.339.
128 Immanuel Kant, Kritik der Urteilskraft. § 49.
129 Lebenslauf; StA, Band 2,1, S.22.
130 Brief 197; StA, Band 6,1, S.368.
131 Brief 204; StA, Band 6,1, S.383.
132 StA, Band 7,1, S.97f.
133 StA, Band 7,2, S.101
134 StA, Band 7,2, S.175.
135 Adolf Beck; StA, Band 6,2, S.1025.
136 Petzold, Hölderlins Brod und Wein. Sambor 1897. – StA, Band 6,2, S.1026.
137 StA, Band 7,2, S.176.
138 StA, Band 7,2, S.334f.
139 StA, Band 7,2, S.343.
140 Adolf Beck; StA, Band 6,2, S.1025.
141 Brief 219; StA, Band 6,1, S.405.
142 StA, Band 6,1, S.399.
143 StA, Band 6,1, S.384.
144 StA, Band 6,1, S.384f.
145 StA, Band 6,1, S.390.
146 StA, Band 7,1, S.103.
147 StA, Band 7,1, S.102.
148 Adolf Beck; StA, Band 7,1, S.123.
149 Brief 208; StA, Band 6,1, S.395, und Brief 210; StA, Band 6,1, S.298.
150 Brief 396; StA, Band 6,1, S.396.

151 StA, Band 6,1, S.429f.
152 StA, Band 6,1, S.431.
153 StA, Band 7,1, S.171f.
154 StA, Band 7,1, S.171, und StA, Band 7,2, S.223.
155 StA, Band 7,1, S.170.
156 StA, Band 7,2, S.216.
157 StA, Band 7,2, S.201.
158 StA, Band 7,3, S.318.
159 StA, Band 7,2, S.202.
160 StA, Band 7,3, S.482.
161 StA, Band 6,1, S.376.
162 StA, Band 6,1, S.230.
163 StA, Band 7,2, S.267.
164 StA, Band 6,1, S.377f.
165 StA, Band 7,1, S.171.
166 StA, Band 7,1, S.207.
167 StA, Band 7,2, S.216.
168 Zitiert bei: Hedwig Dohm, Der Friede und die Frauen. In: Das Ziel. Aufrufe zu tätigem Geist. Hrsg. von Kurt Hiller. München 1915, S.168. – Es handelt sich eigentlich um einen von Schopenhauer zitierten altindischen Vers.
169 Litzmann und Böhm zitiert nach: StA, Band 7,2, S.230.
170 Hellingrath, Band 6, S.449.
171 StA, Band 7,1, S.263.
172 StA, Band 7,1, S.264.
173 Ernst Müller; StA, Band 7,1, S.272.
174 StA, Band 7,1, S.272.
175 Adolf Beck; StA, Band 7,1, S.268ff.
176 StA, Band 7,2, S.391.
177 StA, Band 7,1, S.298.
178 Adolf Beck; StA, Band 7,1, S.294.
179 StA, Band 6,2, S.781.
180 StA, Band 6,1, S.209.
181 StA, Band 6,1, S.211.
182 StA, Band 6,1, S.218.
183 StA, Band 6,1, S.227.
184 StA, Band 7,2, S.387.
185 Peinlich, aber nicht exakt, wie Eva Carstanjen in ihrer ungedruckten Dissertation »Die Mutter Hölderlins« feststellte.
186 StA, Band 7,3, S.98.
187 StA, Band 7,1, S.281.
188 StA, Band 6,1, S.90 und 92.
189 StA, Band 6,1, S.234.
190 StA, Band 6,1, S.232.

191 StA, Band 6,1, S.111.
192 StA, Band 6,1, S.234.
193 StA, Band 6,1, S.235.
194 StA, Band 6,1, S.235.
195 Brief 130 aus Frankfurt, 20.November 1796; StA, Band 6,1, S.225.
196 StA, Band 6,1, S.308ff.
197 StA, Band 6,1, S.297.
198 StA, Band 6,1, S.271.
199 StA, Band 7,3, S.295.
200 StA, Band 7,2, S.243f.
201 StA, Band 7,2, S.243.
202 Paul Raabe, Die Briefe Hölderlins. Stuttgart 1963, S.29 und 36.
203 StA, Band 6,2, S.1103.
204 StA, Band 7,2, S.297f.
205 StA, Band 7,2, S.299.
206 StA, Band 7,2, S.301.
207 StA, Band 7,2, S.311f.
208 StA, Band 7,1, S.186.
209 StA, Band 7,2, S. 293f. und 354. – Ausgabenliste der Mutter; StA, Band 7,1, S.291.
210 StA, Band 7,3, S.134.
211 StA, Band 6,1, S.444.
212 StA, Band 7,2, S.428.
213 StA, Band 7,3, S.165.
214 StA, Band 7,3, S.157.
215 StA, Band 7,3, S.71.
216 StA, Band 6,1, S.467f.
217 StA, Band 6,1, S.469.
218 Raabe, Die Briefe Hölderlins, S.186.
219 Ebenda, S.185ff.
220 StA, Band 6,1, S.467.
221 Raabe, Die Briefe Hölderlins, S.192.
222 Ebenda.
223 Isaac von Sinclair, Der Anfang des Cevennenkriegs. Ein Trauerspiel in 5 Aufzügen. Von Crisalin. 1806.
224 StA, Band 5, S.367f.
225 StA, Band 2,1, S.147f.
226 StA, Band 6,1, S.443f.
227 StA, Band 6,1, S.448.
228 StA, Band 6,1, S.449.
229 StA, Band 6,1, S.453.
230 Brief 280; StA, Band 6,1, S.457.
231 Brief 298; StA, Band 6,1, S.464.
232 StA, Band 6,1, S.455.

233 StA, Band 6,1, S.454.
234 StA, Band 6,1, S.460.
235 StA, Band 6,1, S.456.
236 StA, Band 6,1, S.332.
237 Brief 296; StA, Band 6,1, S.463.
238 StA, Band 6,2, S.1118.
239 StA, Band 6,1, S.463.
240 StA, Band 6,1, S.462.
241 StA, Band 6,1, S.453.
242 StA, Band 2,2, S.683.
243 StA, Band 2,2, S.776.
244 StA, Band 7,2, S.379. – Brief Zimmers; StA, Band 7,3, S.105.
245 StA, Band 7,2, S.379.
246 Brief Zimmers an Frau Breunlin; StA, Band 7,3, S.106ff.

Triptychon

1 Empedokles. Erste Fassung. Erster Akt; StA, Band 4,1.
2 V.1257; StA, Band 4,1, S.55.
3 V.335; StA, Band 4,1, S.15.
4 StA, Band 6,1, S.427.
5 Bernhard Böschenstein, Die Bakchen des Euripides in der Umgestaltung Hölderlins und Kleists. In: Aspekte der Goethezeit. Göttingen 1977.
6 StA, Band 3, S.172f.
7 StA, Band 3, S.240.
8 StA, Band 3, S.47.
9 StA, Band 2,1, S.54, und StA, Band 2,2, S.507.
10 StA, Band 2,1, S.196. – Siehe Beißners Kommentar in: StA, Band 2,2, S.828f.
11 Ilias, VII, V.543.
12 Nekuia; Odyssee, XI, V.543.
13 StA, Band 5, S.279.
14 StA, Band 5, S.278.
15 StA, Band 5, S.246.
16 StA, Band 5, S.230f. – »Gescheut« bedeutet gescheit, von Verstand.
17 StA, Band 5, S.497.
18 StA, Band 5, S.240.
19 StA, Band 5, S.267.
20 Platon, Phaidros. Deutsch von Edgar Salin. Frankfurt a.M. 1963, S.33f.
21 Ebenda, S. 265.
22 Ebenda, S. 249.
23 Ebenda, S. 249.
24 Ebenda, S. 250.

25 Ebenda, S. 244.
26 StA, Band 4,1, S.214.
27 Hegel, Sämtliche Werke. Jubiläumsausgabe in 20 Bänden. Neu hrsg. von Hermann Glockner. Stuttgart 1927–1940. Band 18, S.114, und Band 13, S.51, 52, 60, 180, 185 und 186.
28 Hegel, Theologische Jugendschriften. In: Ebenda, S.284.
29 StA, Band 3, S.139.
30 StA, Band 3, S.193.
31 StA, Band 4,1, S.10ff.
32 StA, Band 3, S.151.
33 StA, Band 3, S.145f.
34 StA, Band 4,1, S.20.
35 StA, Band 4,1, S.269.
36 StA, Band 3, S.214.
37 StA, Band 3, S.150.
38 StA, Band 5, S.271.
39 StA, Band 2,1, S.217 und 240.
40 StA, Band 2,1, S.197 und 219.
41 StA, Band 4,1, S.285.
42 StA, Band 2,1, S.148.
43 Statius, Thebais. V.100ff.
44 Brief 94 an Hegel; StA, Band 6,1, S.156.
45 Friedrich Heer, Hegel. Frankfurt a. M. und Hamburg 1955. Die Zitate von Hegel sind dem Aufsatz »Die Kunst des Sterbens«, S.33ff., entlehnt.
46 Hegel, Phänomenologie. In: Hegel, Sämtliche Werke. Kritische Ausgabe. Hrsg. von Georg Lasson. Band 8, S.520f.
47 Ebenda, S.822f.
48 StA, Band 6,1, S.333.
49 StA, Band 6,1, S.29f.
50 StA, Band 2,1, S.80.
51 David Friedrich Strauß, Schubarts Leben in seinen Briefen; StA, Band 6,2, S.611.
52 StA, Band 6,1, S.80.
53 StA, Band 6,1, S.170f.
54 Hans Heinrich Borcherdt, Schiller und die Romantiker. Stuttgart 1848; StA, Band 6,2, S.744.
55 StA, Band 6,1, S.387.
56 StA, Band 6,1, S.431.
57 Hölderlin-Jahrbuch 1955–1956, S.143.
58 StA, Band 3, S.184.
59 StA, Band 3, S.10.
60 StA, Band 3, S.19.
61 StA, Band 2,1, S.197.
62 StA, Band 3, S.151f.

63 StA, Band 1,1, S.276.
64 StA, Band 4,1, S.147f.
65 StA, Band 4,1, S.65.
66 StA, Band 4,1, S.73.
67 StA, Band 4,1, S.83.
68 StA, Band 4,1, S.85.
69 StA, Band 1,2, S.554.
70 StA, Band 1,1, S.240.
71 StA, Band 3, S.121.
72 StA, Band 3, S.122.
73 StA, Band 3, S.131f.
74 StA, Band 3, S.146.
75 StA, Band 3, S.146.
76 StA, Band 3, S.147.
77 StA, Band 3, S.147f.
78 StA, Band 3, S.139ff.
79 StA, Band 3, S.140.
80 StA, Band 6,1, S.370.
81 StA, Band 3, S.150.
82 StA, Band 3, S.291.
83 StA, Band 2,1, S.109ff.
84 »Ich liege in Charons Nachen« – Hyperion; StA, Band 3, S.49.
85 StA, Band 1,1, S.274.
86 StA, Band 3, S.183f.
87 StA, Band 2,1, S.263.
88 StA, Band 3, S.150.

Schlußworte

1 Nietzsche, Menschliches, Allzumenschliches. In: Nietzsche, Werke, Band 1, S.589.
2 Brod und Wein; StA, Band 2,1, S.93.
3 Hermann Hesse, Nachwort zu: Hölderlin. Dokumente seines Lebens. Berlin 1925, S.231.

Nachbemerkung

Nun ist dieses Buch des französischen Germanisten sein letztes über Hölderlin; als es 1978 ersterschien, war es sein fünftes und umfangreichstes über den deutschen Dichter. Ein Vermächtnis. Pierre Bertaux starb am 15. August 1986 im 79. Lebensjahr.

Der Typus eines dem Geistigen zugewandten Menschen, wie er vielleicht nur in Frankreich zu finden war und ist: der germanistische Gelehrte und leidenschaftliche Lehrer, der weiträumig in Vergangenheit und Zukunft denkende Forscher und Schriftsteller, der Politiker in schweren Zeiten und Mann der Tat. Eine Persönlichkeit von großer Ausstrahlungskraft. Pierre Bertaux wußte mit Stolz darauf zu verweisen, daß er ein Germanist in dritter Generation sei. Sein Vater, Felix Bertaux, war Freund und Übersetzer Gerhart Hauptmanns und hatte später zahlreichen emigrierten deutschen Schriftstellern nahegestanden, Joseph Roth und besonders Heinrich und Thomas Mann, die er beide schon aus den zwanziger Jahren persönlich kannte. So konnte er seinen Sohn Pierre 1927/28, mit einigen Empfehlungsschreiben ausgestattet, zum Studium nach Berlin schicken, wo dessen erste Hölderlin-Arbeit entstand und wo der Student Eingang fand in die Szene der Max Reinhardt, Alfred Kerr, Samuel Fischer, Alfred Döblin, Bertolt Brecht, Walter Benjamin, in die künstlerisch und politisch vielfältig bewegte Metropole der Weimarer Republik am Vorabend einer tiefen Krise und einschneidenden Zäsur deutscher Geschichte. Nach der Habilitation 1937 – über Hölderlin – und der Berufung zum ordentlichen Professor 1938 hätte sich eine ausschließlich akademische Laufbahn ereignen können. Allein Pierre Bertaux übernahm einen leitenden Posten im Auswärtigen Amt. Nach der militärischen Niederlage und nach der Okkupation Frankreichs durch Hitler-Deutschland gehörte er, der Professor und Hölderlin-Experte, zu den Organisatoren der Résistance in Südfrankreich. Er saß in den Gefängnissen Pétains und überlebte die Einzelhaft durch das Memorieren von Gedichten Heinrich Heines. Dem Zugriff der Gestapo entging er nur durch Zufall; das Ende wäre ihm gewiß gewesen. Die ersten zehn Jahre nach dem Krieg zeigten Pierre Bertaux im Dienst der Republik; als

Commissaire in Toulouse, als Präfekt im Département Rhône, als Directeur général de la sûreté nationale und schließlich als Senateur du Soudan. Als er 1965 in die Germanistik zurückkehrte und als Achtundfünfzigjähriger eine Professur an der Sorbonne antrat, hatte er zwei Werke abgeschlossen, die von der Spannweite seiner Interessen zeugten: die futurologische Untersuchung *Die Mutation des Menschen* und den historischen Exkurs *Afrika von der Vorgeschichte bis zu den Staaten der Gegenwart.*
Schon 1969 legte Bertaux eine Studie vor, die für die Hölderlin-Forschung zu einem der wichtigsten und zugleich herausforderndsten Impulse werden sollte: *Hölderlin und die Französische Revolution.* Der Dichter erhielt hier eine ungemein realistische Kontur, verhaftet der geschichtlichen und politischen Wirklichkeit am Ende des 18. Jahrhunderts, wie er sie seit seiner Renaissance vor allem im George-Kreis – jener Wirklichkeit enthoben – noch nicht erfahren hatte. In vier Kapiteln – *Deutsche Jakobiner, Die Neue Religion, Die Schwäbische Republik, In verschwiegener Erde* – dokumentierte Bertaux einen Teil der fast unübersehbaren Flut publizistischer, historischer, philosophischer, belletristischer und epistolarischer Literatur, oftmals jakobinischer Schärfe, die sich zu dem als solchem erkannten Jahrhundertereignis in jenem letzten Jahrzehnt über Deutschland ergoß. Wobei der südwestdeutsche Raum zu einem Sammelbecken des neuen Denkens und der enthusiastischen Hoffnungen geworden war, Hölderlin durch viele Fäden direkt oder indirekt in das Geflecht dieses revolutionären Denkens und Hoffens sich als eingewoben erwies. Die leidenschaftliche Hingabe an den Anbruch einer neuen Menschheitsepoche, der Impetus eines Glaubens an eine neue sich herausbildende Realität artikulierte sich in religiöser Terminologie und in dem Bedürfnis der Stiftung kultischer Verehrung: des Vaterlands, der Vernunft, der Freiheit und der Natur – jenseits des Rheins in der jungen Republik. Zeitungen und Reisende berichteten – so Bertaux – die Fülle von solchen patriotischen Festen, Proklamationen und Haltungen. Die Imagination des Dichters Hölderlin tat das Ihrige dazu. Die Neue Religion wurde vom Dichter und Philosophen getragen und verkündet, eine Religion von dieser Welt. Bertaux war willens, Hölderlins Wort

ernst zu nehmen, »heilig ernst«; denn Hölderlin gehörte nach eigener Aussage nicht zu jenen Dichtern, die »nur spielen«. Und deshalb stand für Bertaux Hyperions Ausruf: »der neue Geisterbund kann in der Luft nicht leben, die heilige Theokratie des Schönen muß in einem Freistaat wohnen und der will Platz auf Erden haben und diesen Platz erobern wir gewiß«, im geschichtlichen Kontext der Anstrengungen württembergischer Revolutionäre, in jenem letzten Jahrfünft des Jahrhunderts gemeinsam mit den Franzosen eine Schwäbische Republik zu errichten, wie es mit der Batavischen in Holland und der Helvetischen in der Schweiz geschehen war. Hölderlin war in die geheimen Pläne der »Patrioten« ebenso eingeweiht, wie er ihre Enttäuschungen darüber teilen mußte, daß die Franzosen – neuen Konstellationen der französischen Bourgeoisie und der europäischen Mächte folgend – schließlich eine Revolutionierung des deutschen Südens nicht mehr wünschten. Die Zäsur in Hölderlins Leben und Werk um 1800 begriff Bertaux polemisch nicht als Grenze einer immer vorhandenen Implikation des Hölderlinschen Denkens in die Zeitgeschichte, sondern als Übergang aller seiner Vorstellungen: »alle Heiligtümer / Begraben dem Feind in verschwiegener Erde«, wie es in dem Gesang *Der Mutter Erde* heißt, in den Ort der Bewahrung und künftiger Auferstehung: die Dichtung. Und eben dort zeigte Bertaux gegen »die Kommentare ... einer Sintflut von metaphysischem Wortschwall«, abermals das Dichterwort ernst nehmend, um das »Konkret-Poetische des Gedichts zu seinem Recht kommen [zu] lassen«, wie diese Dichtung auch und wesentlich zu lesen sei »als laufender Kommentar zum Problem der Revolution und des Mannes im Zeitalter der Revolution«. Damit war aber auch die Grenze einer subjektverzichtenden Philologie überschritten und der Anstoß mit Folgen für ein neues Hölderlin-Bild verursacht worden. Bertaux' Verdienst ist bedeutend.

Hölderlins bewegungsloses Dasein in jenem Tübinger Turm am Neckar, nach zwei geistig-physischen Zusammenbrüchen 1802 und 1805, 36 Jahre Pflege im Hause des Schreinermeisters Zimmer, ein dämmerndes Leben bis 1843 – es war ein tragisches Zerbrechen und tragisches Kontinuum zugleich gewesen. Angesichts der unvergleichbaren dichterischen Leistung und angesichts der zwar seltenen, doch eben vorhandenen Beispiele eines erschütterten lyrischen Sprechens in diesem späten Zeitraum muß sich desjenigen, der sich Hölderlin heute nähert und der etwas mehr über die psychische Struktur genialer Künstler weiß, als das vor 50 oder 150 Jahren der Fall war, zumindest eine anhaltende Beunruhigung bemächtigen. Welche Art von Existenz ist da gelebt worden? Und aus welchen Voraussetzungen hatte eben sie sich konstituiert?

Es ist das Verdienst der Romantik, vor allem aus dem schwäbisch-württembergischen Umkreis: der Justinus Kerner, Ludwig Uhland, Gustav Schwab, Wilhelm Waiblinger, Eduard Mörike, aber auch einer Bettina von Arnim, den noch lebenden Hölderlin vor dem sofortigen Vergessen bewahrt zu haben. Allein aus diesem Kreis kam aber auch die Stilisierung des »armen Hölderlin« zum »wahnsinnigen Dichter«; ein Bild, das, soweit es überhaupt eine weitere Kontur im 19. Jahrhundert erhielt, am Beginn des 20. überging in den »Seher«, »Propheten«, »Orphiker« Hölderlin. Die beiden großen historisch-kritischen Werkausgaben, die von Norbert von Hellingrath und die von Friedrich Beißner/Adolf Beck, haben dem – soweit als möglich – auf nüchterne Weise entgegengewirkt.

Pierre Bertaux hatte die Frage nach dem »politischen Hölderlin« gestellt und zehn Jahre später die nach der Einzigartigkeit des Wesens und der Existenz dieses 73 Jahre währenden Lebens Friedrich Hölderlins. Dabei waren ihm gewichtige Verbündete erwachsen; so in Peter Weiss, der in seinem *Hölderlin. Stück in zwei Akten* (1971) sich bekundetermaßen auf die Forschungen Bertaux' gestützt, »die revolutionäre Haltung, das Jakobinertum Hölderlins«, und in seiner Deutung des Dichters im Tübinger Turm in analoger Weise zu Bertaux von der überlieferten Vorstellung abging, da sei ein Leben »in geistiger Umnachtung« gelebt worden. Das auch und abermals unterstrichen nach Pierre Bertaux' Hölderlin-Buch von 1978, das dieses tradierte Bild ins Zentrum der Polemik und einer leidenschaftlich versuchten Revision rückt. Peter Weiss möchte diesem Schwer-Erklärbaren – und nur derjenige, der ihm als solchem nachfragt und nicht glaubt, eine Erklärung, beispielsweise eine medizinische, in der Hand zu haben, wird

Hypothesen folgen wollen, die sich bei aller Herausforderung als solche zu erkennen geben –, Peter Weiss möchte dieser Turm-Existenz, die er wie Bertaux unter dem Aspekt eines »unbeschädigten intellektuellen Vermögens« ansieht, indem er sich wie Bertaux u. a. auf das in jener Zeit entstandene Gedicht *Wenn aus der Ferne ...* bezieht, von dem er sagt: »kein Geistesgestörter wäre fähig zu einer derartigen Objektivierung seiner Lage«, Peter Weiss möchte diesem Hölderlin nachkommen als einem, den »eine feindliche und ›kranke‹ Umwelt ... in die Enge getrieben«, der sich »zu Erkenntnissen hinbewegt, die außerhalb alles Gewohnten und Bekannten« lagen, »dem es die Stimme verschlagen hat vor dem letztlich ›Geschauten‹«, dem »Bild einer zu vehementen und glühenden Visionen gesteigerten Welt«. Die Erfahrungen unseres Jahrhunderts, die uns Menschen haben anschauen lassen, welche durch Folterhöllen und Vernichtungslager gegangen und eine Lebenszeit lang entrückt blieben, ohne umnachtet zu sein, vielmehr gebunden an ein »Trauma der unlösbaren Erschütterung« (Weiss), solche Erfahrungen möchten uns befähigen, retrospektiv die Hölderlinsche Tragödie – das Entrücktsein in ein weitgehendes Verstummen – vielleicht anders zu verstehen.

Der Mensch und die Voraussetzungen des Dichters Friedrich Hölderlin sind erklärtermaßen der ausschließliche Gegenstand dieser umfassenden Untersuchung Pierre Bertaux'. Die Darstellung des in die Zeitgeschichte unübersehbar und vielgestaltig eingebundenen Citoyens, der sich mit dem Menschen und dem Dichter zu einer untrennbaren Einheit verband – sowohl in der Gestaltwerdung als auch in allen Krisen –, betrachtete der französische Forscher wohl als von ihm schon selbst geleistet, deshalb ist sie hier nicht mehr eingebracht, wird auf eine Ganzheit verzichtet.

Es muß sich die Frage stellen, ob durch eine extreme These, die Ausgangs- und Endpunkt des ganzen Buches ist: Hölderlins Geisteskrankheit in der zweiten Hälfte seines Lebens sei eine romantische Legende, eine Behauptung, die alles bisher dazu Festgestellte entschieden zurückweist, ob durch eine solche These neue und substantielle Erkenntnisse zu gewinnen waren. Und da kann gesagt sein – unbeschadet eines völligen oder nur partiellen oder gar keines Akzeptierens jener

These –: die Fülle der Aspekte zum Bild des Menschen und Dichters Hölderlin, der Besonderheit psychischer Konstitution einer künstlerischen Existenz ist so groß, daß sie zum Fortschritt für jede Art von Rezeption werden muß. Dabei mag der eminent polemische Grundton, die teilweise unkonventionell lockere Art des Argumentierens, die souveräne Selbstgewißheit des Autors den deutschen Leser etwas befremdlich anmuten. All das ist freilich einem romanischen Temperament geschuldet und einer bewußt gewollten und verantworteten Subjektivität, die meint, sich einbringen zu müssen, um eben dieser Überzeugung zum Durchbruch zu verhelfen. Bertaux' Buch besitzt dokumentarischen Wert durch die nahezu vollständige Zusammenstellung der »Lebensdokumente zur Krankheitsgeschichte«; es hat unverwechselbares Profil durch den weitausgreifenden »Versuch einer psychologischen Deutung ... Hölderlins«, einen Versuch, der Individualität und Wesenhaftigkeit Hölderlins selbst dem Kenner bereichert und differenziert vor Augen führt; und es rückt schließlich die zwei wichtigsten Bezugspersonen Hölderlins in den Vordergrund, »Susette Gontard. Hölderlins Mutter«, und schreitet damit abermals auf erhellende Weise den Lebensraum des Dichters aus ohne – wie oftmals geübt – Idealisierung oder Beschönigung dieser Bezüge, vielmehr die tragische und verhängnisvolle Verflochtenheit eines menschlichen und künstlerischen Daseins verdeutlichend.

Möglicherweise kommt es während des Lesens – eines teilweise spannenden Vorgangs, folgt man all den Elementen des hier entworfenen Beziehungsgefüges der Dichterbiographie – zu einer im Innern des Lesers sich nach und nach befestigenden eigenen Vorstellung, einer eigenen Summe, einem eigenen Resultat. Besseres kann ein Autor als Sachwalter eines großen Dichters sich gar nicht wünschen: den Leser in ein aneignendes, schöpferisches Verhältnis zum Gegenstand der gemeinsamen Liebe und Bewunderung gebracht zu haben. Unsere Annäherung an Hölderlin hat sich seit nun schon vier Jahrzehnten, durch bedeutende Fürsprecher wie Johannes R. Becher, Georg Lukács, Stephan Hermlin und Georg Maurer – um nur sie zu nennen –, durch editorische und wissenschaftliche Leistungen unterstützt, kontinuierlich vollzogen und ist sich ihres Prozeßcharakters bewußt geblieben. Es kann außerhalb von jedem Zweifel sein, daß das Werk von Pierre Bertaux innerhalb dieses Vorgangs einen wesentlichen Stellenwert erlangen wird.

Horst Nalewski

Register der erwähnten Werke Hölderlins

Personenregister

Inhalt

73,-